HEYNE <

W0221301

PAULA LAFFERTY

GUINEVERES REISE

ROMAN

Aus dem amerikanischen Englisch
übersetzt von Jara Dressler

WILHELM HEYNE VERLAG
MÜNCHEN

Die Originalausgabe erscheint unter dem Titel
The Once and Future Queen bei Erewhon Books.

Der Verlag behält sich die Verwertung der urheberrechtlich geschützten Inhalte dieses Werkes für Zwecke des Text- und Data-Minings nach § 44b UrhG ausdrücklich vor.
Jegliche unbefugte Nutzung ist hiermit ausgeschlossen.

FSC www.fsc.org
MIX
Papier | Fördert gute Waldnutzung
FSC® C083411

Penguin Random House Verlagsgruppe FSC® N001967

Deutsche Erstausgabe: 11/2025
Copyright © 2024 by Avalon Books LLC
Published by Erewhon Books
Copyright © 2025 der deutschsprachigen Ausgabe
by Wilhelm Heyne Verlag, München,
in der Penguin Random House Verlagsgruppe GmbH,
Neumarkter Straße 28, 81673 München
produktsicherheit@penguinrandomhouse.de
(Vorstehende Angaben sind zugleich
Pflichtinformationen nach GPSR.)

Alle Rechte vorbehalten.
Redaktion: Sabine Kranzow
Umschlaggestaltung: Der Gute Punkt GmbH & Co. KG
Innengestaltung unter Verwendung der Bilder von:
© Adobe Stock (Chaya)
Satz: satz-bau Leingärtner, Nabburg
Druck und Bindung: CPI books GmbH, Leck
Printed in the EU
ISBN 978-3-453-32401-5

www.heyne.de

*Für meine Mutter und meinen Vater, die niemals
eines meiner unzähligen Notizbücher mit Geschichtsfetzen öffneten,
die ich überall im Haus habe herumliegen lassen.
Die mir immer neue Notizbücher kauften, obwohl ich in
meiner Kindheit nie auch nur eine Geschichte darin
zu Ende schrieb. Während ich dachte, dass dieser Moment unmöglich
sei, glaubtet ihr, dass er unausweichlich wäre.*

*Und für Erin, die jedes Notizbuch gelesen hat,
über das sie gestolpert ist und mich ohne jede Scheu
gelöchert hat, was als Nächstes geschehen würde.
Du bist die Leserschaft, für die ich schreibe.*

Magierei
Bristol
Glastonbury
Camelot
Dorchester

CHeim '24

1

Soweit Vera wusste, war sie zweiundzwanzig Jahre alt. Und in dem Moment, als sie damit fertig war, die Schnürsenkel ihrer Laufschuhe an jenem frühen Oktobermorgen zu binden, verblieben ihr noch zehn Stunden und vierzehn Minuten des Lebens, wie sie es in der kleinen Stadt Glastonbury im Südwesten Englands kannte.

Glastonburys höchstes Gebäude hat drei Stockwerke. Und dennoch, wenn der Wind aus der richtigen Richtung kam, fühlte sich die High Street wie ein Tunnel an. Man konnte beinahe riechen, dass etwas dort nicht nur alt, sondern heilig war. Einige Touristen planten nur vorbeizufahren, wurden dann aber davon angezogen. Es reicht, der Stadt nah genug zu kommen, um den Tor zu sehen, einen mysteriösen Berg, der sich über die Landschaft erhebt mit einem einzelnen Steinturm (eigentlich nur einer Ruine) darauf.

Ein Passant versucht es zu umgehen, sieht den Glastonbury Tor, wird davon angezogen, geht nach Hause und berichtet den Leuten, die er am meisten liebt: »Das müsst ihr euch auch ansehen.« Und so begann vor über zehntausend Jahren die Wanderschaft zu diesem Ort. Selbst für einen wenig anfälligen Geist ist Glastonbury ein Ort, der nur so vor heiliger Energie strotzt, vor Geheimnissen, die nie gelöst wurden, und wo immer ein Hauch von Magie in der Luft liegt.

Die einzige ungläubige Person, die sagen würde: »Ein Hügel? Du willst, dass ich mir … einen Hügel anschaue?«, hat ihn entweder noch nicht gesehen oder, Gott bewahre, ist alles andere als neugierig veranlagt. Langweilig würde manch einer vielleicht sogar sagen.

Der Glastonbury Tor zieht einen in den Bann, der Wind lässt etwas Unberührtes, Wildes aufleben, und das Flüstern der Pilger, die hier unterwegs waren, hallt in jedem Schritt wider. Man trinkt das Wasser des Brunnens, und damit ist es getan. Die Verwandlung und noch etwas anderes sind bereit.

Die Legende könnt ihr selbst wählen: heidnische Gottheiten, König Arthur, selbst Jesus. All ihre Geschichten haben hier ein Zuhause, zusammen mit den gewöhnlichen, alltäglichen Menschen. Manche, die in Glastonbury leben, verkaufen Waren für Haushaltshexen, Artefakte und Steine, die eine tiefe Magie enthalten. Andere stellen selbst gemachte Gegenstände her oder brühen spektakulären Kaffee auf. Dann gibt es noch jene, die Teppiche verkaufen oder Autos reparieren. Egal, ob sie mit dem, was man als alltägliche Ware bezeichnen kann, handeln oder nicht, man kommt dem nicht aus. Wo auch immer du lebst, welche Luft du atmest, was auch immer für skurrilen Menschen du begegnest, alles wird gewöhnlich.

Und das Außergewöhnliche daran, in Glastonbury zu wohnen, im Schatten des Tors und unter den Legenden und in der mystischen Luft wird im Alltag vergessen, wo man damit beschäftigt ist, das Leben zu leben.

Ach, der Preis, den wir zahlen, um einem Wunder nahe zu sein: Er wird billig.

Aus genau diesem Grund stellte Vera, so oft es ihr möglich war, den Wecker so, dass er vor Sonnenaufgang klingelte, und joggte dann den steilen Weg zur Spitze des Tors hoch. Sie sehnte sich nach Wundern und war bereit, mit ihren Schritten und ihrem Schweiß dafür zu bezahlen. Sie war nicht besonders schnell, und manchmal waren die steileren Stellen eher mühsam, aber sie liebte das vorhersehbare Wettrennen gegen das Auftauchen der Sonne am Morgen. Vera erwachte mit gerade noch genügend Zeit, um sich anzuziehen und von der Dienstwohnung im George and Pilgrims Hotel die Treppe nach unten zu hasten und aus der Eingangstür zu platzen.

Sie nutzte eine Taschenlampe, um den Weg zu finden – kein Handy, keine Musik, keine Ablenkung. Nur das Geräusch ihrer Schritte auf dem Gehweg, bis sie die Straße verließ und auf einen engen Kiesweg bog, der sich zum Tor hinaufschlängelte.

Früher grinste Vera noch in die Dunkelheit, wenn der Wind sie zurückdrängte, hatte das Gefühl, als würde eine größere Macht sie vorantreiben. Daran glaubte sie nicht mehr. Es war nur Wind, der in ihren Ohren heulte, während er an ihr vorbeiwehte, nicht länger ein Zeichen, das auf das Gute hinwies, das ihr passieren würde. Stattdessen war er ein Geräusch, das Erinnerungen beinhaltete an das, was sie verloren hatte.

Sie nahm einen zitternden Atemzug, nicht imstande, die aufkommenden Erinnerungen zu unterdrücken. Dieser Klang. Es war wie an jenem Tag vor zwei Jahren, als sie in die Uni-Bibliothek eilte. Nur dass damals auf den pfeifenden Wind Blitze folgten.

Es hatte stark gestürmt. Weder davor noch danach hatte sie jemals wieder solch einen Donner gehört. Nicht viele andere Menschen waren anwesend, also schlängelte sich Vera durch die Hallen und Regale und sang leise vor sich hin, während sie darauf wartete, dass der Regen nachließ.

Sie hatte den jungen Mann, der mit dem Rücken an die Regale gelehnt auf dem Boden saß, nicht gesehen (vermutlich, weil sie daran gewöhnt war, dass niemand sie jemals wahrnahm – mehr dazu später), bis er ihr zurief, als sie an ihm vorbeiging: »Kann man sich auch einen Song wünschen?«

Sie kam stolpernd zum Halten und drehte sich zu ihm um. Es war das erste Mal, dass Vera ihm begegnete, jedoch würde sie ihn auf sehr intime Weise kennenlernen: Vincent. Er lächelte, ohne von dem

Zeichenblock auf den Knien aufzublicken. Während der nächsten zwei Jahre machte sich Vera einen Spaß daraus, ihn Vincent-nicht-Van-Gogh zu nennen, den Künstler, der noch beide Ohren hatte. Im hellsten Sonnenschein hatte sein Haar sogar einen leicht rötlichen Glanz.

Während sie ihre Beine zwang, sich die steilste Stelle hochzuquälen, spielte sich vor ihrem inneren Auge der ganze Tag ab, als wäre die Erinnerung im Vorspulmodus oder als ob Zeit überhaupt nicht existierte. Wie sie angehalten hatte, um mit Vincent zu reden, und dann stundenlang über seinen Zeichnungen brütete. Es war spätabends, bis einem von ihnen auffiel, dass der Sturm längst vorbei war. Als sie aufbrachen, gingen sie noch zusammen ein Bier trinken (aus dem drei wurden), bevor er sie nach Hause brachte. Vincent küsste sie auf die Wange und wünschte ihr eine gute Nacht.

Danach vergingen nicht viele Tage, bis sie sich wiedersahen. Sie verliebte sich schnell in ihn und er sich in sie.

Inzwischen war er seit vier Monaten tot.

Die Erinnerungen an die verlorenen Liebe waren grausam, und die Beständigkeit von Vincents Tod ließ sie zerbrochen zurück.

Heutzutage ging es ihr beim Laufen weniger darum, nach Wundern zu streben und mehr darum, vor ihren Gefühlen zu fliehen; ein verzweifelter Versuch, dem Schmerz seines Verlustes und ihrer eigenen Schuld, wie sie es hätte verhindern können, zu entkommen.

An ihren langsamsten Tagen dauerte die Strecke fünfzehn Minuten. Der St Michael's Tower, die Markierung ihres Ziels und die einsame Struktur des Tors schälten sich vage aus der Dunkelheit in dem langsam dämmernden Licht. Der Turm war nichts weiter als vier Steinwände ohne ein Dach. Würde sie weiterjoggen, wenn sie das obere Ende vom Tor erreichte, dann würde sie direkt durch einen offenen Spitzbogen des Turms hineinlaufen und auf der anderen Seite wieder heraus, wo er sich zu einer Terrasse in der Größe eines Gartens öffnete, in deren Zentrum sich ein Kompass befand. Dieser sah aus wie eine runde Steinbank, aber wenn man genauer hinblickte, erkannte man die feinen Pfeile, die in die Silberscheibe im Mittelpunkt geritzt waren und in alle Richtungen zeigten. Sie wiesen das aus, was ein Beobachter von seinem Standpunkt aus sehen würde, könnte er weit genug blicken: Vierzig Kilometer nördlich lag Bristol (wo Vera zur Uni gegangen war), achtzehn Kilometer südöstlich Camelot (ja, das aus der Legende), elf Kilometer südwestlich lag Somerton … und so weiter.

An den meisten Tagen gab es andere Leute in der Stadt, die sich danach sehnten, die Fesseln des Alltags bei Tagesanbruch auf dem Tor abzuschütteln. Heute war niemand sonst da.

Vera ging am Turm vorbei, ließ gedankenverloren die Finger über den Stein gleiten, wie sie das aus einer emotionalen Anziehungskraft heraus immer tat, um mit den alten Dingen, die sie umgaben, verbunden zu sein. Sie sah Richtung Westen zu den Ruinen der Glastonbury Abbey, erinnerte sich an einen Schulausflug, bei dem ihr Grundschullehrer sie schimpfte, weil sie alle Ruinen um sich herum mit der Hand berührte. Es war noch nicht hell genug, als dass sie die Stadt einen Kilometer oder so unterhalb der Wiese hätte sehen können. Außerdem konnte sie von hier aus die Trümmer der Kirche ohnehin nicht sehen. Die beeindruckenden Steinsäulen der einst großen Kathedrale grenzten direkt an die High Street, standen so eng beisammen, dass sie ein weiterer Ort der Wunder für Besucher waren. In einem Moment klebten ihre Augen noch an Handybildschirmen, um den richtigen Weg zu finden, im nächsten bogen die Touristen um die Ecke, sahen auf und hielten beim Anblick der Ruinen den Atem an.

Als Veras Finger die Ecke des Turms fanden, blieben sie dort einen Augenblick länger liegen. Mit noch einer Minute bis zum Wunder des Sonnenaufgangs zog Vera die Schuhe und Socken aus, legte sie neben sich an die Mauer, während sie die Beine im Gras ausstreckte, mit den Zehen wackelte und den kühlen, feuchten Boden spürte. Es war nicht weit bis zu ihrem Lieblingsplatz hier: der Stelle genau zwischen dem St Michael's Tower an einem Ende und dem großen Steinkompass auf der anderen Seite. Dort gab es eine wunderbare weiche Grasfläche, die perfekt war, um dort zu sitzen und dem Beginn des neuen Tags zuzusehen. Laut Kompass blickte sie in Richtung des legendären Camelots, das auf der Liste der Touristen steht, ja; aber die Einheimischen glaubten fester an die Legende als alle anderen.

Inzwischen war es offensichtlich, wo die Sonne aufgehen würde, da nur noch ein, zwei Minuten der Morgendämmerung verblieben. Vera lenkte ihren Blick zu dem glühenden Fleck, wagte es kaum zu blinzeln. Es war der perfekte Tag für einen Sonnenaufgang: keine Wolken, die die Sicht versperrten, dennoch breitete sich dichter Nebel in der Umgebung des Tors aus. Er würde in ein paar Stunden verschwinden, aber als die Schwaden sich verdickten, war es wie eine Decke, die über dem Tag lag, den Moment andauern ließ, ihn ein paar Sekunden in die Länge zog. Sie hielt den Atem an, wusste, dass der erste Sonnenstrahl kurz davor war hindurchzubrechen.

Und da war er.

Es gab höhere Berge und schönere Landschaften, aber Vera glaubte kaum, dass es irgendwo auf der Welt einen schöneren Sonnenaufgang gab.

Sie blieb für das ganze Spektakel, bis die Sonne deutlich am Horizont stand und ihre Seele stärkte. Zumindest für den Moment. Dann schnappte sie sich ihre Schuhe, berührte den Turm ein letztes Mal und joggte dieselbe Strecke zurück, die sie gekommen war.

Hätte sie sich umgesehen, als sie den alten White Spring Temple am Fuß des Hügels passierte, dann hätte sie vielleicht den Mann im Umhang dort im Eingang stehen sehen. In dem Moment, als die Sonne den Horizont erklomm, war er aufgetaucht, und Vera würde mit ihm verschwunden sein, sobald die Nacht anbrach.

2

Vera hatte nie vorgehabt, im Hotel zu arbeiten. Ihr ganzes Leben lang waren ihre Eltern die Besitzer des George and Pilgrims' gewesen, und sie hatte bereits dort gelebt, bevor sie, nachdem sie letztes Frühjahr die Uni abgeschlossen hatte, tatsächlich dort in die Dienstwohnung gezogen war.

Während ihre Mutter Allison sich um die Gäste gekümmert hatte, malte die sechsjährige Vera am Kamin im Pub Bilder aus. Als ihr Vater Martin die Zimmer reinigte und in Rekordzeit die Bettwäsche wechselte, suchte die neunjährige Vera nach Verstecken und verborgenen Geheimgängen. In Unterkünften, die im sechzehnten Jahrhundert gebaut worden waren, konnte ein herumstreunendes Kind alle möglichen geheimen Orte finden.

Als Vera zurück ins Hotel kam, hatte sie gerade noch genug Zeit, um zu duschen und sich für ihre vielen täglich anfallenden Rollen herzurichten. Sie band das Haar zu einem niedrigen Pferdeschwanz zurück und entschied, dass dies ausreichte. Sauber und ordentlich. Ihr Äußeres war attraktiv und gleichmäßig, nichts war fehl am Platz oder unkonventionell: eine durchschnittlich große Nase, Standardlippen, normal lange Wimpern, gestuftes, welliges braunes Haar. Hübsch, aber nichts Außergewöhnliches.

Es war ihr nicht peinlich, sich dies einzugestehen, aber es hatte Zeiten gegeben, in denen es sie gestört hatte, unauffällig zu sein. Jetzt, nachdem sie Vincent verloren hatte, war es ein Segen, unbemerkt durchs Leben zu gleiten. Das Ausmaß ihrer Welt war sehr klein geworden und bot ihr so die einfachste Möglichkeit, um im Angesicht des Verlusts weiterzumachen. Und ihre kleine Personalwohnung, so weit von dem entfernt, was sie geplant gehabt hatte, spendete ihr Trost. Wenn sie nun noch ihre Gedanken davon abhalten könnte, zu ihm zu wandern, würde es ihr gut gehen.

In der Nacht zuvor waren nur sechs Zimmer des Georges belegt gewesen. Vera erfuhr, dass eine Familie unter den Gästen sich heute Stonehenge anschauen würde, also formte sie vorsichtig eine Nachbildung der stehenden Steine aus der Butter für ihren Tisch. Sie waren hocherfreut, mit einem warmen Frühstück und einer Aussicht auf ihren Tag, die sie auf ihren Toast schmieren konnten, begrüßt zu werden.

Mehr Gäste kamen herein, während Vera Tee und Kaffee ausschenkte und ihre Bestellungen entgegennahm. Sie sprachen höflich mit ihr, aber sahen direkt über sie hinweg. Als sie gingen, wünschte Vera ihnen einen schönen Tag, allen, inklusive der Familie, die Veras Butterkunst genossen hatte und sich von ihr verabschiedete, als hätten sie sich nie zuvor unterhalten.

Als ob sie eine Fremde wäre.

Es wäre erschütternd gewesen, hätte sie nicht ihr ganzes Leben so verbracht, während alle sie wie eine leicht zu vergessende Auswechselspielerin behandelten. Über die Jahre hatte es einige bemerkenswerte Ausnahmen gegeben. Veras Eltern natürlich. Und einmal, als sie zwölf war, wurde Vera unerklärlicherweise für ihre Klassenkameraden interessant. Die Mädchen wollten mit ihr befreundet, die Jungs mit ihr zusammen sein. Sie wurde zu besonderen Festen eingeladen, sogar einem Geburtstags-Trip nach London. Dann entschieden sie alle gleichzeitig, dass sie keine Zeit mehr mit Vera verbringen wollten. Es gab keinen schrecklichen, peinlichen Moment. Keiner war gemein. Sie … verloren einfach das Interesse.

Ein anderes Mal, im dritten Studienjahr, als sie ihren absoluten Tiefpunkt erreichte und sich schrecklich einsam fühlte, war etwas Ähnliches geschehen. Ebenso schnell, wie ein Blitz einschlug, hatte Vera über Nacht eine Gruppe Freunde gefunden. Sie datete. Sie hatte Spaß. Und genau wie zuvor gab es eine abrupte und stille Übereinkunft, dass sie ohne Vera weitermachen würden. Zu dieser Zeit kümmerte es Vera nicht so sehr, denn sie hatte während dieses letzten Zaubers Vincent gefunden. Er hatte sie nicht vergessen.

Und nun war auch er nicht mehr da.

Es war nicht normal, aber Vera kannte es nicht anders. Für sie war ein unbedeutendes Leben völlig selbstverständlich.

Sie brachte für die Spätaufsteher eine frische Kanne Tee. Diese scrollten auf ihren Handys oder lasen die Morgenzeitung, außer einem Mann, der mit seiner schicken grauen Tweed-Weste und dem ordentlich gebügelten Hemd komplett fehl am Platz wirkte. Eine silberne Kette zog sich von seinem Revers zur Brusttasche. Er hatte weder Handy noch Lesematerial.

Er wirkte weiser, jedoch nicht älter. Und stattlich, aber nicht spießig. Sein Auftreten passte zu seinem perfekt gestutzten Bart, dunkel und mit vereinzelten silbernen Stellen versehen und den langen Haaren, die im Nacken zu einem strengen Dutt gebunden waren. Menschen, die durch Glastonbury wanderten, trugen alle möglichen Kleidungsstile. Das war also nicht der Grund, weshalb sich Vera jedes Mal, wenn sie ihn ansah, die Haare aufstellten. Es war … na ja, es war schwer zu beschreiben. Er saß da, die Hände vor sich gefaltet, bewegte sich nur, um auf die Uhr am Ende der silbernen Kette zu schauen. Er sah sie an, steckte sie dann wieder ein und tat erneut nichts.

Es wurde Vera klar, als sie ihm eine dampfende Teekanne und Milch brachte: Er hatte sie beobachtet. Niemand beobachtete sie.

»Vielen Dank, Vera«, sagte er.

Sie hatte sich gerade wieder zur Küche gewandt, erstarrte aber mitten in der Drehung und sah ihn an.

Vera zögerte, bevor sie ihre Stimme wiederfand. »Gern geschehen. Ich – es überrascht mich, dass Sie sich an meinen Namen erinnern«, erwiderte sie, obwohl sie sich nicht daran erinnern konnte, sich ihm vorgestellt zu haben.

Er hatte hellgrüne Augen, die Vera nun mit einer überraschenden Intensität musterten. Der Mann legte den Kopf schief, die Augenbrauen zusammengezogen.

»Natürlich erinnere ich mich an dich.« Er lächelte, aber etwas daran wirkte traurig.

Eine unangenehme Stille breitete sich zwischen ihnen aus, während Vera hoffte, ihn irgendwoher wiederzuerkennen. Aber es fiel ihr nichts dazu ein.

»Nun«, meinte sie und durchbrach die bleierne Stille. »Lassen Sie mich wissen, falls Sie noch einen Wunsch haben.«

Er nickte, und seine Mundwinkel zogen sich merkwürdig nach oben, als er sich wieder dem Tee zuwendete.

Zu der Zeit, als Vera mit seiner Rechnung zurückkehrte, war der Mann verschwunden. Die Bezahlung lag auf dem Tisch, der einzige Beweis, dass er je da gewesen war.

Vera widmete sich haushälterischen Tätigkeiten und tat die Unterhaltung als momentane Kuriosität ab. Das tägliche Bettwäsche-Rennen, wie Martin es nannte, war seine Lieblingsbeschäftigung. Vera hatte nur vorübergehend die Verantwortung dafür übernommen – bis es Martin wieder gut genug ging, um sich selbst darum zu kümmern. Aber sie hatte seine Liebe zu der Einfachheit geerbt, den Morgen damit zu verbringen, die Zimmer herzurichten. Über Kopfhörer lauschte sie ihrer Lieblingsmusik, und wenn die besten Stellen der Lieder kamen, hielt sie mitten im Bettenbeziehen inne und tanzte ausgelassen. In so einem alten Hotel diente Musik noch einem weiteren Zweck.

Das fünfhundert Jahre alte Gebäude dehnte sich und ächzte. Die porösen Balken hatten sich mit den Erinnerungen vergangener Pilger vollgesaugt – und in den stillen Momenten sickerten diese wieder heraus. Einige der ehemaligen Angestellten von George und Pilgrims sowie viele Gäste bezeugten aus eigener Erfahrung, dass es hier spukte. Und zwar ausgiebig. Mit Musik auf den Ohren fühlte es sich nicht so gruselig an, im George allein mit all den Geistern und Geräuschen zu sein. Aber beinahe immer gab es einen Hauch von Anomalie.

Heute wechselte Vera gerade die Bettwäsche in Zimmer eins, das besonders bekannt dafür war, dass es darin spukte, als der Fernseher von allein anging. Dann flogen die Türen des massiven alten Schranks auf, als sie das Badezimmer reinigte. Beides war einfach zu erklären, durch veraltete Kabel und lose Scharniere alter Möbelstücke.

Aber Vera hatte auch schon weitaus Unerklärlicheres gesehen und einmal sogar einen Geist. Es war an einem anderen Tor-Sonnenaufgang vor einem Jahr zur Wintersonnenwende gewesen. Als sie auf ihrem üblichen Fleck saß, in Decken eingehüllt, um die Kälte zu vertreiben, hatte eine Bewegung am Horizont ihren Blick auf sich gezogen, keine viereinhalb Meter von ihr entfernt. Eine kleine Wolke war mysteriöserweise von dem zunehmenden Nebel unten auf dem Feld zurückgeblieben, ein aufgeblasenes Schaf, das sich zu weit von der Herde entfernt hatte.

Während Vera die Wolke beobachtete, nahm sie Gestalt an – eine Person. Ein Mann, der ein halbes Dutzend Schritte in die eine Richtung tigerte, dann umkehrte und zurückkam.

»Heilige Scheiße«, hauchte Vera.

Er blieb stehen, als sie sprach, als könne er sie hören. Und er drehte sich um und sah direkt zu Vera. Er hatte Gesichtszüge, aber sie waren verwittert, wie die einer Gartenstatue, die jahrelang bei Wind und Wetter draußen gestanden hatte, abgenutzt und unkenntlich. Sie starrte auf diese Stelle, bis die Sonne über den Horizont brach. Als die ersten Strahlen erschienen, traf das Licht auf die Erscheinung, und sie löste sich in Nebel auf, der augenblicklich verschwand.

Im Vergleich dazu waren seltsame Vorkommnisse wie jene an diesem Morgen auszuhalten. Vera beendete ohne weitere Zwischenfälle ihre Arbeit in dem Zimmer und machte sich auf den Weg zur Mittagsschicht im Pub.

Als sie endlich wieder Zeit hatte zu denken, war der letzte Gast gegangen und sie hatte alle Tische abgeräumt. Es war sechzehn Uhr. Sie bahnte sich ihren Weg an den Tischen vorbei, von hinten nach vorne durch den Raum, schob Stühle zurecht und wischte die Tische ab. Ihr fielen einige große Krümel auf dem Boden auf, und sie wollte gerade den Besen hinter der Bar hervorholen, als sie bemerkte, dass sie nicht allein war. Wo noch vor einem Augenblick ein leerer Stuhl gestanden hatte, war nun eine Figur mit Kapuze erschienen, die ihr den Rücken zugedreht hatte.

Nach dem ersten Schreck ging Vera weiter zur Bar.

»Entschuldigen Sie«, begann sie, »das Abendessen wird erst ab siebzehn Uhr serviert. Es gibt Teehäuser in allen Richtungen, ungefähr drei Gehminuten entfernt, wenn Sie …« Vera hielt inne, als der Mann den Kopf schräg legte und sein Gesicht enthüllte.

Es war eindeutig derselbe wie heute Morgen, obwohl er nun einen Umhang trug und nicht mehr so schick gekleidet war. Sie zog ihre Mundwinkel nach oben. Sie hatte ihn nicht als Druiden oder New-Age-Typen eingeschätzt. Vera war angenehm überrascht, dass sie falschgelegen hatte.

»Oh. Hallo, noch mal«, grüßte sie ihn nun.

Er lächelte und es war genau wie an diesem Morgen. Er wirkte traurig. »Auf ein Wort, Vera?«

Sie erstarrte. Er hatte sie auch zuvor mit ihrem Namen angesprochen.

»Ähm, okay«, willigte sie ein. »Gibt … gibt es etwas, bei dem ich Ihnen behilflich sein kann?«

»Sehr viel sogar, würde ich meinen.« Er deutete auf den Stuhl ihm gegenüber. »Bitte, nimm Platz.«

Sehr zögerlich, beinahe in Zeitlupe setzte sie sich ihm gegenüber hin und schob den Stuhl weiter vom Tisch weg, um mehr Abstand zwischen ihnen zu erzeugen.

»Vera, hör mich an«, fuhr er fort. »Du bist nicht, wer du glaubst zu sein.«

Ihre Augenbrauen schossen in die Höhe, während sich ihr die Nackenhaare zur Warnung aufstellten.

»Sir«, begann sie erneut gezwungen höflich. »Ich habe Sie noch nie getroffen. Sie kennen mich nicht. Wie ich bereits sagte, der Pub hat geschlossen.«

Sie erhob sich schnell, bereit, ihn zurechtzuweisen, als er sie mit seinem Blick fixierte. Sie hielt inne.

»Ich weiß um einiges mehr als du«, erklärte er nun, seine Stimme kaum mehr als ein Flüstern.

Gänsehaut breitete sich auf beiden Armen aus. Vera musste sich häufig mit Betrunkenen und allerhand schrägen Gestalten rumschlagen, aber noch nie mit jemandem, der sich derart auf sie konzentrierte. Als alles in ihr sie anschrie zu verschwinden, erstarrte sie, versuchte herauszufinden, was sie zu jemandem sagen sollte, der sie komplett entwaffnet hatte.

Seine Augen wandten sich von Vera ab und zu der Tür hinter ihr. Sie hörte ein Klirren und das Zerschellen von Porzellan, bevor sie sich umdrehte und hinsah. Allison stand mit Silberbesteck und zerbrochenen Tellern zu ihren Füßen da. Vera wollte instinktiv hinübereilen und ihrer Mutter dabei helfen, die Scherben aufzuräumen, aber sie war verblüfft von der schrecklichen Erkenntnis, die sie im Gesicht ihrer Mutter sah.

»Gütiger Gott. Es …« Allisons Stimme zitterte voller Emotionen. »Ist es – es kann doch nicht schon an der Zeit sein?«

Veras Augen huschten zwischen den beiden hin und her. Mitleid spiegelte sich auf dem Gesicht des Mannes wider. Er nickte Allison zu, nur ganz leicht.

Ihre Mum wirkte genauso zerbrochen wie das Geschirr auf dem Boden.

»Was ist los? Was ist passiert?«, wollte Vera wissen. Sie hörte, wie die aufkommende Panik in ihrer Stimme deutlicher wurde und hasste es. Sie ließ die Hände auf den Tisch fallen, um Halt zu finden.

Allison stand da, schüttelte ganz leicht den Kopf, nur die kleinste, verzweifelte Bewegung. Etwas stimmte ganz und gar nicht. In ihrem gesamten Leben hatte Vera ihre Mutter noch nie so gesehen.

Der Mann legte seine Hand auf Veras Finger. Sie war sich nicht sicher, weshalb sie sich ihm nicht entzog.

»Warum setzt du dich nicht wieder?«, schlug der Mann leise und sanft vor. »Allison, du solltest dich ebenfalls zu uns gesellen. Und vielleicht ist ein heilender Trunk vonnöten?«

Vera zog ihre Hände von ihm weg, als sie sich zurück auf den Stuhl fallen ließ. Allison durchquerte wie ein Geist den Raum. Die Freude, die sonst ihr Gesicht erhellte, sich in tiefen Falten um ihre Augen zeigte und von all den Jahren des Lachens erzählte, war verschwunden. Allison nahm drei Gläser und eine Flasche Whisky von hinter der Bar und stellte alles auf den Tisch.

Sie schenkte jedem einen ordentlichen Schluck ein. Vera waren die grauen Strähnen im Haar ihrer Mutter zuvor nie aufgefallen.

Allison nahm einen Schluck und starrte den Mann an, also wandte auch Vera sich ihm zu.

»Es gibt keine Möglichkeit, das zu sagen, ohne komplett verrückt zu klingen, also werde ich einfach direkt sein.« Mit diesen Worten traf er Veras Blick.

»Vera, Liebes, ich denke, du weißt, dass Allison und Martin nicht deine leiblichen Eltern sind?«

Vera nickte. Ihre Eltern waren von Anfang an ehrlich gewesen, dass sie als Baby von ihnen adoptiert worden war.

»Ich weiß nicht, wie sehr du nach deinen biologischen Eltern gesucht hast, aber falls du es hast, bin ich mir sicher, dass du nichts finden konntest.«

Auch das stimmte. Die Agentur, über die ihre Eltern sie adoptiert hatten, war nach einem mysteriösen Skandal abrupt geschlossen worden, als sie noch klein war. Zumindest hatten ihre Eltern ihr das gesagt. Wusste dieser Mann vielleicht etwas über ihre biologischen Eltern? Etwas, das Allison und Martin vor ihr geheim gehalten hatten?

Er fuhr fort: »Ja, na ja, es gibt auch keine Aufzeichnungen. Ich verlange nun deine ungeteilte Aufmerksamkeit. Du wirst mir bei diesem Wahnsinn einiges entgegnen wollen, und das kannst du gern. Aber zuerst musst du zuhören. Klingt das fair?«

Vera legte die Stirn in Falten. Fair spielte hierbei keine Rolle. Sie sah ihre Mutter böse an, ein Gefühl des unvermeidlichen Verrats brannte in ihrer Brust.

Nun weinte Allison. »Es tut mir so leid, Liebling.«

Veras Vorstellungen überschlugen sich damit, was es wohl für ein Geheimnis war, eines, das ihre Mutter vor ihren Augen buchstäblich zerriss. Sie fixierte den Mann mit festem Blick, entschlossen, komme was wolle, ruhig zu bleiben.

»In Ordnung«, stimmte sie zu.

»In Ordnung.« Er nickte. »Du kannst deine leiblichen Eltern nicht finden, da sie nirgendwo existieren, wo du suchen könntest.«

Vera wappnete sich. Dies musste etwas Großes sein. Ein tragischer Tod? Vielleicht waren sie Mörder oder andere schreckliche Kriminelle.

Die Augen des Mannes senkten sich zu seinen Händen. »Du wurdest nicht vor zweiundzwanzig Jahren geboren. Du kamst im Jahr sechshundertzwölf zur Welt.«

Bei dieser Verlautbarung erstarrte jeder Gedanke in Veras Kopf. Sie hatte sich vor nicht mal einer halben Minute dazu bereit erklärt, ihn anzuhören, aber das war mit Sicherheit das Letzte, was sie erwartet hatte von dem Mann zu erfahren, und es war absoluter Schwachsinn.

Ohne aufzublicken, hob er die Hand, als ob er richtig geraten hätte, dass Vera kurz davor war, ihn zu unterbrechen. Seine Augen huschten wieder zu ihrem Gesicht.

»Als du zwanzig warst, wurdest du so schwer verletzt, dass niemand in der Lage war, dich zu heilen. Damit irgendetwas von alledem auch nur den geringsten Hauch Sinn macht, gibt es noch einen wichtigen Punkt, den du wissen musst, und der wird für dich absolut verrückt klingen. In unserer Zeit ist Magie real – in deiner ursprünglichen Zeit. Es ist nichts, was jeder besitzt, auch jene, die sie haben, können sie nicht gleichermaßen nutzen. Ich besitze Magie, und damit du das besser verstehst, sage ich ganz unbescheiden, dass ich sie erheblich nutzen kann.« Er schüttelte den Kopf, als ob der Gedanke ihn verzweifeln ließ.

»Aber ich konnte dich nicht retten. Ich konnte jedoch deine Essenz retten und dich in eine frühere Phase deines Lebens zurückversetzen. Du bist immer noch du, aber es ist, als würde man auf Neustart drücken. Du wurdest wieder zum Säugling.«

Er musste bemerkt haben, wie Vera tief Luft holte und den Kiefer anspannte. »Ich verspreche dir«, fuhr er fort, »dass ich all deine Fragen so gut beantworte, wie es mir möglich ist, aber lass mich eins sagen: Du bist für die Zukunft Englands unabkömmlich, zu genau der Zeit, als du das erste Mal gelebt hast. Selbst mit all der Magie dort draußen kann man das Wachstum eines Menschen nicht überstürzen. Es gab keine Möglichkeit, dich wieder zu der zu machen, die du einmal warst, ohne zu warten, dir zu erlauben, selbst erneut das richtige Alter zu erreichen. Aber dann wäre es viel zu spät gewesen.

Also habe ich einen ungewöhnlichen Weg gefunden … einen Umweg sozusagen. Ich konnte dich in diese Zeit hier bringen, dir erlauben aufzuwachsen und dann, sobald du das richtige Alter erreicht hast, würde ich ein kleines Zeitfenster haben, um dich zurückzubringen und nach deinem Unfall wieder einfügen zu können. Es erfordert einen präzisen Zauber, aber wenn er perfekt ausgeführt wird, wird niemand in deinem Umfeld merken, dass du länger als ein Jahr weg warst – und wir können alles wieder in Ordnung bringen, was schiefgegangen ist. Heute befinden wir uns in diesem Zeitfenster, und zwar nur heute.«

Er verschränkte die Hände auf dem Tisch und betrachtete sie abwartend. Vera brach den Augenkontakt nicht ab, während sie nach ihrem Whisky griff, einen großen Schluck nahm und dieser in ihrer Kehle brannte. Das greifbare Brennen war eine Erleichterung und ankerte sie in der Realität.

»Also«, begann sie, »ist dies der Augenblick, in dem ich Ihnen mitteile, dass Sie verdammt noch mal den Verstand verloren haben?«

»Ich schätze mal, dass das angebracht wäre. Ja«, stimmte er vernünftigerweise zu, während etwas Belustigung in seiner Stimme mitschwang.

»In Ordnung. Okay«, meinte sie, während ihr tausend Antwortmöglichkeiten im Kopf herumschwirrten. Aber Veras Mutter hielt ihre Hand fest und zitterte. Und stille Tränen liefen über Allisons Wange, was Vera dazu veranlasste zu schweigen. Sie wünschte sich, Martin wäre zu Hause.

»Okay.« Dieses Mal sagte sie es mit Bestimmtheit. »Sie behaupten, dass die Zukunft Englands von mir abhängt? Wir wollen jetzt mal außen vorlassen, dass wir uns bereits in der Zukunft Ihres Englands befinden … aber … vorausgesetzt, das stimmt, was ist so wichtig …«

»An dir?«, beendete der Mann ihre Frage.

Vera nickte. An der ganzen absurden Geschichte des Mannes war es das, was Vera am wenigsten glaubhaft empfand.

»Nun, zunächst einmal, du bist mit dem König verheiratet.«

Sie lachte, aber Allisons Hand war schwitzig und zitterte, als sie Veras drückte.

Als Vera Allisons Blick traf, erkannte sie wieder ihre Mutter darin, nicht den schockierten Geist, der sich langsam durch den Raum bewegt hatte. Ihr Gesicht war tränenbenetzt, aber ihr Funke war zurückgekehrt. Allison sah ihre Tochter mit Nachdruck an.

»Vera ist der Spitzname, den wir dir gegeben haben, mein Liebling«, erklärte sie. »Dein Name ist Guinevere.«

3

Vera zog die Hand von Allisons weg, als würde die Berührung sie verbrennen. Sie sah ihre Mutter verzweifelt an, die Person, der sie auf der Welt am meisten vertraute.

»Mum, das ist unmöglich! Das ergibt keinen Sinn. Du musst doch wissen, dass das keinen Sinn macht.«

Allison nickte mit großen Augen. »Das tut es nicht. Das tut es wirklich nicht. Zuerst habe ich es auch nicht geglaubt. Merlin musste uns zeigen …«

»Merlin?«, krächzte Vera.

Dieser Augenblick schien so gut wie jeder andere, um den Rest ihres Whiskys runterzuschütten. Sie verschluckte sich daran und putzte sich hastig die Flüssigkeit ab, die aus ihren Mundwinkeln lief.

»Ah, ja.« Der Mann legte den Kopf schief und hielt einen Finger hoch. »Das wäre dann wohl ich.«

Vera lehnte sich zurück und sah ihn sich genau an. »Du siehst nicht aus wie Merlin.«

»Oh?«, machte er und zog eine Augenbraue hoch. »Es sind die Haare, nicht wahr?«

»Schon ein bisschen.« Vera musste beim Ausatmen fast lachen. Sie hatte einen langen silbernen Bart erwartet und nicht seine dunkle, getrimmte Gesichtsbehaarung, die nur einen Hauch von Grau aufwies. Vera überlegte es sich noch mal und sprach den Gedanken, dass sie mit jemand weitaus Älterem gerechnet hätte, wenn er sich für Merlin ausgab, nicht laut aus.

»Ich versuche, mich nicht zu sehr in das Wissen über eure Zeit zu vertiefen, aber mir ist durchaus bewusst, dass mein Name recht wichtig in euren Legenden ist. Jedoch liegen sie nicht bei vielen Dingen über mich richtig.« Er hob abwehrend die Hände vor sich hoch. »Es tut mir leid, dass ich mich nicht schon früher vorgestellt habe, aber ich dachte, dass es unsere Unterhaltung nur behindern würde.«

Vera schüttelte den Kopf. Das war *verrückt*.

»Erst nachdem Merlin es uns zeigte, waren wir gewillt, ihm zu glauben«, ergriff Allison erneut das Wort. »Dein Vater und ich dachten zuerst, er hätte dich gekidnappt. Ich wollte schon die Polizei rufen, als …«

»Er hat euch … Magie gezeigt oder das Zeitreisen?«, fragte Vera nach.

»Magie.« Es war Merlin, der antwortete. »Jemandem zu beweisen, dass du aus der Vergangenheit kommst, ist um einiges schwieriger, als du es dir vielleicht vorstellst. Ich kann dir vieles über unsere Zeit erzählen, was in den Geschichtsbüchern falsch drinsteht, aber meine Worte beweisen gar nichts.«

Vera betrachtete ihn misstrauisch, redet aber mit ihrer Mutter. »Was hat er euch gezeigt?«

»Er«, Allison zuckte unbeholfen mit den Schultern und drehte ihr Glas zwischen den Fingern, »er verwandelte Wasser in Wein.«

»Du verarschst mich doch«, brach es aus Vera heraus. »Wie Jesus?«

Allison lachte kurz auf und nickte.

»Und was wirst du mir zeigen, *Merlin*?«, wollte Vera nun wissen und betonte dabei seinen Namen.

Merlin senkte den Blick, grinste seine Hände an. Sie glaubte ein gegrunztes Lachen zu hören. Aber er wurde wieder ernst und konzentriert. Ohne sich zu bewegen oder ihr zu antworten, erloschen die Lichter im ganzen Raum. Obwohl die Sonne noch am Himmel hing, gelang es ihrem Strahl nicht mehr, die vorderen Fenster komplett zu durchbrechen. Der Pub war in tiefe Dunkelheit getaucht. Merlin streckte die Hand aus, die Innenfläche nach oben, und ein glühender Ball schwebte nur Millimeter über seinen Fingern. Zuerst dachte Vera, dass er weiß wäre, aber ihr fiel auf, dass ein paar Kanten schwarz waren und in manchen Momenten blau. Aber im Zentrum sah sie eine Vision.

Sie war sich nicht sicher, ob der Ball ein Bild in ihr Hirn projizierte oder ob ein Film in der Kugel wirbelnder Lichter ablief. Vera sah sich deutlich selbst. Es war ihr Gesicht und ihr Körper, aber sie trug ein mittelalterliches Gewand in einem dunklen Grünton mit goldenen Stickereien. Ihre Augen waren dunkel, auch wenn sie lächelte. Es war ein grimmiger Ausdruck, den Vera erkannte, einer, den sie selbst an anstrengenden Tagen oft hatte. Der Ball in Merlins Hand begann sich aufzulösen und die Lichter um sie herum erwachten wieder zu ihrem normalen Glanz.

Vera blinzelte und zitterte. »Fuck.« Sie atmete das Wort mehr aus, als es tatsächlich zu sagen. Es gab keinen Weg drum herum. Das war Magie. Und obwohl sie keine Erinnerung daran hatte, an diesem Ort zu sein, war *sie* das in der Kugel gewesen. Nein, nicht sie. Das konnte nicht sein. Aber … es war auf jeden Fall jemand, der aussah wie sie, sogar bis hin zum Gesichtsausdruck.

»Bin ich ihr Klon?«, wollte Vera entsetzt wissen und versuchte das Ganze zu verstehen.

»Nein. Das warst *du*. Du bist sie. Das«, Merlin sah nachdrücklich auf seine nun leere Handfläche, wo der Ball gewesen war, »ist dein Körper – alles an dir, bevor ich dich in eine frühere Phase deines Lebens zurückversetzt habe.«

»Aber *warum*?«, fragte Vera verzweifelt. Sie mochte die Legenden um König Arthur noch nicht einmal – obwohl sie der Besessenheit ihres Vaters alles darüber zu verschlingen, jeden Film, jedes Buch, jede Sendung, egal was, dafür die Schuld gab, eine Obsession, die nun allerdings Sinn machte. Sie wusste, dass es in der Sage um Arthur und seine Ritter ging und nicht um Guinevere. Warum würde die Frau des Königs eine zentrale Rolle …

Vera öffnete den Mund, als ihr das drohende Schicksal bewusst wurde. »War es vorgesehen, dass sie sein Kind bekam?« Diese Vorstellung fühlte sich wie ein fester Würgegriff um ihre Kehle an. Das würde sie nicht machen. Eher würde sie den Zauberer bekämpfen und sterben, als in die Vergangenheit zurückzureisen, um eine Gebärmaschine zu sein.

»So ist es nicht«, meinte Merlin mitfühlend. »So ist die Nachfolge bei uns nicht geregelt. Magie bestimmt den König, nicht Abstammung. Ob du dich dafür entscheidest, Kinder zu bekommen, liegt ganz bei dir.«

»Also was ist es dann?«, beharrte Vera. »Was soll sie tun, das so unglaublich wichtig ist?«

»Das ist nicht *sie*. Sondern *du*. Du hast die Tat gesehen, die dem Königreich die Magie entzieht. Du bist die einzige Zeugin. Es geht nicht darum, *ob* es unsere Welt zerstören wird; es geht um das *Wann*. Und deine Erinnerung ist unsere einzige Möglichkeit, sie zu retten.«

»Du verlangst von mir, mich an das zu erinnern, was sie sah?«

Merlin starrte sie an, dachte darüber nach. Es schien, als wählte er seine Worte vorsichtig. »Du musst dich an alles erinnern.«

Vera hatte noch nie auch nur die Ahnung eines anderen Lebens gehabt als das, welches sie führte. Keine Visionen von Kriegen oder Schlössern. »Ich erinnere mich an gar nichts.«

»Du träumtest davon.« Allison hatte so lange geschwiegen, dass Vera bei dem Klang ihrer Stimme zusammenzuckte – und noch mehr bei dem Inhalt. »Du warst vielleicht drei oder vier Jahre alt, und am nächsten Morgen hast du dich nie daran erinnert, aber wenn du mitten in der Nacht aufgewacht bist, dann hast du von ihm geredet.«

»Von wem?« Vera hatte nicht flüstern wollen.

»Dem König. Einmal erzähltest du, dass du mit ihm spazieren gingst und alle ihn kannten und mit ihm reden wollten.« Allison lachte leicht. »Du glaubtest, dass er müde sein müsse, nachdem er die ganze Zeit so getan hatte, als möge er sie alle.«

Vera hatte nie zuvor mehr als ein simples Hallo mit Fremden auf der Straße ausgetauscht. Sie stimmte ihrem Kleinkind-Ich zu. Dennoch war das der Traum eines Mädchens gewesen. Glastonbury wurde nachgesagt, dass es die altertümliche Insel Avalon sei, und die Mönche im dreizehnten Jahrhundert hatten behauptet, Arthurs und Guineveres Gräber gefunden zu haben. Selbst mit ihrer Abneigung gegen die Legenden um König Arthur konnte sie sich kaum in der Stadt aufhalten, ohne eine Referenz dazu zu hören. Sie war ein fantasievolles Kind gewesen. Sie hätte sich die Geschichte über König Arthur ausdenken können. Das bewies rein gar nichts.

»Du hast auch über Merlin geredet«, erzählte Allison weiter.

Dieser setzte sich etwas aufrechter hin, und Vera glaubte zu sehen, wie er den Griff an seinem Whiskyglas verstärkte. Aber als er sprach, klang er lediglich interessiert. »Wirklich?«

»Ja«, bestätigte Allison. Sie schüttelte den Kopf und schenkte ihm ein halbes Grinsen. »Sie meinte, du hättest … Wasserballontiere gemacht, um sie aufzumuntern. Es klang unsinnig. Kommt dir das bekannt vor?«

»Das tut es«, meinte Merlin.

»Erinnerst du dich noch daran, was ihr Lieblingstier war?«, wollte Allison nun wissen, während sie sich zu dem Magier lehnte. Veras Meinung nach war dies eine seltsame Frage.

Merlin überlegte einen Augenblick, bevor er mit der Hand gegen das Whiskyglas klopfte. Die Flüssigkeit stieg auf, und als er seine

Finger bewegte, nahm sie die unverkennbare Form eines Affen an, bauchig und flüssig, aber ohne einen Tropfen zu verlieren.

»Oh«, gurrte Allison, als sie die Whiskyskulptur sah. Vera bemerkte, wie sich ein ungewolltes Lächeln auf ihre Lippen legte. Die Skulptur ähnelte einem Ballontier und bestand tatsächlich aus Flüssigkeit.

Merlin ließ die Finger sinken, und der Drink floss in Wellen in das Glas zurück, während sich Allison auf ihrem Stuhl entspannte. Vera erkannte stutzig, dass ihre Mutter ihn getestet hatte.

Sie wandte sich wieder Vera zu. »Außerdem gab es dort eine Frau namens Matilda. Einmal bist du weinend aufgewacht und hast mich gebeten, dein Haar zu flechten … diese Matilda lebte ebenfalls im Schloss und machte dir immer, wenn du traurig warst, die Haare.«

»Sie ist deine Kammerzofe«, erklärte Merlin. »Siehst du? Die Erinnerungen stecken immer noch in dir. Es wird vielleicht eine Weile dauern, aber wenn du zurück daheim bist, dann können wir damit anfangen, sie zu befreien.«

Es zerriss Vera beinahe, dass ein anderer Ort, eine andere Zeit als ihr Zuhause bezeichnet wurde. Das *hier* war daheim. Vera war keine Königin. Sie war nicht – sie konnte nicht – Guinevere sein. Aber sie konnte auch nicht leugnen, dass sie beide aus derselben (wie hatte es Merlin noch genannt?) Essenz bestanden, und auch ihre eigenen Kindheitserinnerungen konnte sie nicht leugnen. Vielleicht war sie eine Art … Gefäß für Guineveres Geschichte?

Dies zu akzeptieren, rückte die Möglichkeit, dass sie tatsächlich gehen sollte, in den Vordergrund. Es machte ihr Angst. »Wenn ich mit dir komme, werde ich dort für immer feststecken?«

Merlin runzelte die Stirn und es lag Mitleid darin. »Solltest du dich bis zum späten Frühling an deine Vergangenheit erinnern, und wir können die Geschichte begradigen, dann besteht die Möglichkeit deiner Rückkehr. Wenn es das ist, was du möchtest.«

»Aber kann ich denn zurück?«, hakte Vera nach und sah ihre Mutter an. Allison schien damit zu ringen, eine passive Maske aufrecht zu halten. »Es würde nicht den Fluss der Zeit zerreißen oder so etwas?«

Merlin nahm einen vorsichtigen Schluck von dem Whisky. »Nachdem du uns dabei geholfen hast, dass alles in Ordnung kommt, kann ich dich zurückbringen – wenn es das ist, was du willst.«

Vera biss die Zähne zusammen, um keine Grimasse zu schneiden. Er wiederholte: »Wenn es das ist, was du willst.« Natürlich würde sie das wollen. Aber genauso wichtig wie Timing für Merlin und Arthur war es auch für Vera.

»Wird mich das in genau diesen Moment zurückbringen oder werden hier auch sechs Monate vergangen sein?«, erkundigte sie sich daher.

Allison summte traurig zustimmend, als sie hinübergriff und Veras Schulter drückte. »Liebes, du kannst nicht dein ganzes Leben nach seinem Behandlungsplan ausrichten.«

Vera entzog sich ihr. »Kannst du mir garantieren, dass er die nächsten sechs Monate überleben wird?«

»Die Behandlung schlägt gut an …«

»Wir wissen noch nicht einmal, ob das in einem Monat noch der Fall ist.« Sie sah ihre Mutter finster an und unterdrückte die aufkommenden Tränen.

»Ah …«, machte Merlin. »Ich nehme an, dass Martin krank ist?«

Vera rieb über die Seite ihres Glases. Sie hätte es lieber gegen die Wand geschleudert. »Ja. Verdammter Krebs.«

Als sie es laut aussprach, erstarrte sie. Was dachte sie da? Dieser Mann hatte Guinevere vor dem Tod bewahrt. »Kannst du ihn heilen?«, wollte Vera wissen. »Zeig mir diese Magie, und ich werde tun, was auch immer du zum Teufel noch mal von mir verlangst.«

Er lächelte traurig und ihre Hoffnung verwandelte sich in Asche.

»Krebs ist anders als eine tödliche Verletzung des Fleisches. Es tut mir leid.«

Also waren sie wieder bei ihrer anfänglichen Frage angelangt. »Wie lange wäre ich weg?«

»Du kannst keine Zeit berühren, in der du nicht bereits gelebt hast, daher könnte ich dich nicht in deine Vergangenheit hier zurückbringen, aber ich kann dich in den Moment nach Glastonbury zurückbringen, nachdem wir heute Abend gegangen sind«, erklärte Merlin. »Ich möchte dir nichts vormachen; es ist riskant. Ich kann dich nicht zurückbringen, außer du hast … *bis* du uns geholfen hast, das zu reparieren, was zerstört ist. Das ist zwingend erforderlich. Ob du mit mir zurückkehrst oder nicht, ist allein deine Entscheidung.«

»Und wenn ich nicht mitkomme, was dann?«, erkundigte sich Vera.

Er seufzte schwer und starrte auf dem Tisch, bevor er ihren Blick traf. »Zeit ist«, er schnalzte mit der Zunge, während er nach Worten suchte, »unfassbar kompliziert. Aber die Gegenwart, die du kennst, baut auf *dir* auf, auf deinem Leben und deinen Taten … dass du dorthin zurückkehrst, wo du hergekommen bist. Wenn du hierbleibst, wird das Königreich fallen. Und ich kann nicht sagen, wie bald oder auf welche Weise es geschehen wird, aber diese Zeit, dieses Leben, so wie du es kennst, wird aufhören zu existieren.«

»Das nennst du eine Wahl?« Vera starrte ihn entsetzt an. »Fuck. Ich habe hier ein Leben. Ich …« Sie gestikulierte in den Pub um sich herum. Was wollte sie sagen? Dass sie Toiletten putzte und Bettwäsche wechselte? »Ich bin glücklich.«

»Es tut mir leid«, entgegnete Merlin. »Die Alternative hierzu war der Tod. Du wärst an dem Tag gestorben, als du verletzt wurdest, und hättest dieses Leben nie gekannt. Das war das Beste, das ich dir geben konnte.«

Allison gelang es, einen anhaltenden Strom an Tränen zu unterdrücken, aber ihre Augen waren von dem Kampf gerötet. »Ich muss gehen, nicht wahr?«, fragte Vera. Ein Teil von ihr hoffte, dass Allison so vehement widersprechen würde, dass die Entscheidung für sie getroffen wurde.

»Das musst du, Liebling«, krächzte sie stattdessen und nahm Veras Hände in ihre beiden. »Ich liebe dich bis ans Ende der Welt.« Allison versuchte fortzufahren, aber ihre Stimme brach. Sie räusperte sich und versuchte es erneut. »Hör mir gut zu. Du bist nicht glücklich. Und das hier ist kein Leben. Ich will etwas Besseres für dich.«

Es tat weh, aber es stimmte. Sie war seit Vincents Tod nicht mehr glücklich. Sie hatte nicht mehr ganz zu sich selbst gefunden, und Martin und Allison hatten es wahrgenommen. In gewisser Weise war Merlins Timing ein Geschenk. Auch wenn sie es versuchte, konnte Vera ihren Erinnerungen an Vincent hier nirgendwo entfliehen. Sie war aus Bristol abgehauen, wo sie sich kennengelernt, sich verliebt und zusammengelebt hatten – und wo er gestorben war. Sie war zurück nach Glastonbury gekommen.

Sie lief beinahe jeden Morgen zum Tor. Sie versuchte in der Regelmäßigkeit der Reinigung der Räume und des Servierens des Frühstücks zu entkommen. Ungeachtet der Distanz oder der Ablenkung, der Schmerz fand und vereinnahmte sie. Normalerweise tat sie sich leicht damit, die schwierigen Dinge zu verbergen, sie so weit in den Hintergrund zu rücken, dass sie sie nicht mehr erreichten, aber das … das ging nicht weg.

Die Diagnose, die Martin vor ein paar Monaten erhalten hatte, verschlimmerte das Ganze nur. Vera hatte die Last seines Behandlungsplans auf eine Art und Weise gestemmt, von der sie wusste, dass es nicht gesund war. Aber sie konnte nicht anders, als seine Heilung als ihre Verantwortung zu sehen.

Und sie wusste, weshalb. Wenn es um Vincent ging, konnte sie der Wahrheit ihrer eigenen Schuld nicht entkommen. Als sein Auto von der Straße abkam und gegen einen Baum geschleudert wurde, während er auf dem Nachhauseweg von einem Pubquiz war, hatte sie daheim auf dem Sofa geschlafen. Er hatte beinahe zwei Stunden lang blutend im Straßengraben gelegen, bevor ihn jemand fand. Zu dieser Zeit war es bereits zu spät. Normalerweise begleitete ihn Vera zu dem wöchentlichen Pubquiz, war aber an diesem Abend zu Hause geblieben, da sie müde war. Wenn sie da gewesen wäre, dann hätte sie Hilfe holen können. Auch wenn sie nicht auf der verdammten Couch eingeschlafen wäre, dann wäre ihr aufgefallen, dass er nicht nach Hause kam. Sie hätte die Polizei verständigt. Er wäre nicht gestorben.

Vera war im Krankenhaus angekommen, bevor sie ihn verloren. Es verfolgte sie, dass sie sich keinen Weg durch die Notaufnahme gebahnt hatte, um zu ihm zu gelangen. Sie ließ ihn inmitten von Fremden sterben.

Und nun musste sie hilflos dabei zusehen, wie ihr Vater dahinvegetierte, Tag für Tag, und es gab nichts, was Vera tun konnte, um ihm zu helfen.

Vierzehnhundert Jahre war ein langer Weg, um vor ihrer Schuld zu fliehen. Aber sie brauchten Guineveres Erinnerungen, und offensichtlich besaß Vera diese. Vielleicht … vielleicht könnte sie diesen Zweck erfüllen, konnte das Gefäß sein, das sie benötigten, und vielleicht – was? Es würde Vincent nicht zurückbringen.

Aber vielleicht könntest du dir dann vergeben?

Wie viele Leben würden Guineveres verborgene Erinnerungen retten? Mit Sicherheit, mit *absoluter* Sicherheit konnte dies ihr Absolution geben, und sie könnte wieder in ihr nicht bemerkenswertes Leben zurückkehren. Die Behandlung ihres Vaters würde wirken (das *musste* sie einfach), und ein Verlust wie der von Vincent würde nicht infrage kommen. Sie konnte zum Tor hochgehen oder ein Buch lesen oder die Sterne ansehen und glücklich sein, ohne vom Schmerz zerrissen zu werden.

Vera lachte leicht verrückt. Sie hätte sich niemals träumen lassen, dass sie sich mal in ihrem Leben nach einer weißen Weste sehnen würde, aber darin lag eine einfache Freude. Und wenn sie dafür vierzehnhundert Jahre reisen und die Erinnerungen einer wichtigen Frau hervorgraben musste – dann sei es so.

»Ich werde es tun«, entschied sie.

4

Allison rutschte auf ihrem Platz hin und her und mischte sich unbeholfen ein: »Ich hasse es, überhaupt darüber nachzudenken, aber was sollen wir tun, wenn den Leuten auffällt, dass sie nicht mehr da ist?«

»Es wird ihnen nicht auffallen. Das ist ein Teil des Zaubers – und was es ermöglicht hat, dass Vera so lange hier war«, erklärte Merlin. »Ist dir je aufgefallen, wie die Leute mit ihr umgehen?«

Allison traf nickend Veras Blick. Sie hatten sich nur darüber unterhalten, als Vera klein war – und seither nie wieder. Sie hatte geweint, weil sie keine Freunde hatte, und ihre Mutter beruhigte sie, strich ihr über die Haare und erzählte ihr, dass es völlig normal war, unsicher und unbeholfen zu sein.

»Ich versuchte so zu tun, als würde mir das nicht auffallen«, murmelte Allison. »Nach einer Weile jedoch war es nicht länger zu leugnen.«

Vera konnte nicht sagen, ob es besser oder schlimmer war, dass ihre Mutter es all die Jahre über wahrgenommen hatte, aber diese Beichte fühlte sich für Vera wie Verrat an und ließ sie schlucken. Sie wollte nicht sauer auf ihre Mum sein, wenn sie ging.

»Hier vergessen sie, dass du da bist«, richtete sich Merlin nun an Vera. »Aber niemand in unserer Zeit hat Guinevere vergessen. Dort wirst du nicht ignoriert oder abgetan. Dort gehörst du hin.« Er zog an der Kette seiner Taschenuhr, hob sie aus der Tasche und sah auf das Ziffernblatt. »Die Reise ist bis Sonnenuntergang möglich. Wir haben noch eine Stunde und vierunddreißig Minuten.« Er nahm einen Beutel vom Boden neben seinem Stuhl und reichte ihn Vera. »Du solltest dich umziehen, bevor wir gehen.«

Sie öffnete ihn und lugte hinein. Alles, was sie sah, war grüner Stoff. Ein Kleid, vermutete sie.

Eineinhalb Stunden waren kaum genug Zeit, um sich vorzubereiten, geschweige denn, sich von ihren Eltern zu verabschieden.

Shit.

Vera reckte den Hals, um einen Blick auf die Tür zu erhaschen, als ob dies dafür sorgen würde, dass ihr Vater plötzlich auftauchte. Martin war noch weitere zwei Tage im Krankenhaus in London. Sie hatte geplant direkt morgen früh aufzubrechen, um während der Behandlung bei ihm zu sein.

Es war eine dreistündige Autofahrt.

»Fuck.« Vera ließ den Kopf in die Hände fallen. Tränen ließen ihre Sicht verschwimmen.

»Ich werde versuchen, deinen Vater anzurufen, damit du dich wenigstens …« Allison ließ den Rest des Satzes in der Luft hängen.

Vera nickte. »Du hättest mir wenigstens mehr als eine Stunde Vorlauf geben können, meinst du nicht?«, knurrte sie dann, ihre Wut richtete sich sowohl gegen Merlin als auch gegen ihre Mutter. »Nur, um das klarzustellen, dieser … König, mit dem sie – mit dem ich verheiratet bin, ist …?«

»König Arthur. Ja.«

»Richtig.« Vera erhob sich von ihrem Stuhl und nahm den Beutel statt zu winken. »Ich schätze mal, ich gehe mich jetzt umziehen.«

Sie warf sich den Gurt über die Schulter. Das abgenutzte weiche Leder des Beutels rieb an ihrem Bein, als sie die Stufen zu ihrem Quartier nahm. Wie konnte das real sein?

Sie leerte den Inhalt der Tasche auf ihrem Bett aus und schüttelte so lange, bis ein zusammengerolltes Kleid herausfiel und ein Paar Leder-Slipper darauf landete. Gott sei Dank war es ein einfach gehaltenes Gewand. Erst als sie das Kleid angezogen hatte, bemerkte sie, dass sie ihren Slip und den BH angelassen hatte.

»Scheiß drauf.« Ihr erster Akt der Rebellion würde es sein, ein Gummiband ins Mittelalter zu transportieren.

Die Ironie ihrer Abneigung gegen die Legenden um König Arthur führte dazu, dass Vera schlecht wurde, als sie zu ihrem Buchregal sah, bereits in dem Wissen, dass sie keine einzige Version der Geschichte besaß. Im Geiste ging sie durch, was sie über die Sage wusste: Arthur war der uneheliche Sohn des Königs, den Excalibur auf den Thron gebracht hatte. Es gab die Ritter der Tafelrunde, inklusive Lancelot, mit dem Guinevere beinahe in jeder Erzählung eine Affäre hatte, soweit Vera wusste. Dies störte sie gewaltig. Eine Suche nach dem Heiligen Gral – oder war das nur bei Monty Python der Fall gewesen? Diese Version gefiel ihr … Und ein seltsamer Name bahnte sich seinen Weg in Veras Gedanken: Mordred. Er war der Bösewicht, derjenige, der Arthur tötete.

Vera seufzte, erinnerte sich an Merlins nebensächliche Bemerkung darüber, wie häufig die Geschichte falschlag. Stattdessen konzentrierte sie sich wieder auf das Gewand, rückte es auf ihrem Körper zurecht. Es war hübsch, reichte bis oben an ihre Füße und war von einer tiefen, waldgrünen Farbe mit goldenen Rändern und Stickereien, die sich entlang ihrer Taille zogen und unterhalb ihres Bauchnabels zu einem Rechteck zusammenliefen. Vera strich es an ihrem Oberkörper glatt und bemerkte einen kleinen Riss am Ärmelsaum. Das war kein neues Kleid. Jemand hatte es bereits getragen, obwohl es sich perfekt an die Kurven ihres Körpers schmiegte und genau die richtige Länge für sie hatte. Überrascht wurde ihr klar, dass sie die Person war, die es bereits getragen hatte.

Es war das exakt selbe Gewand, das sie in der Vision in Merlins

Hand gesehen hatte. Es war nicht unbequem; kein Korsett oder Stäbchen, aber es wurde am Rücken geschnürt. Vera verrenkte merkwürdig einen Arm, und es gelang ihr, das Kleid einigermaßen zu fixieren. Sie drehte sich um und starrte in den Spiegel.

Irgendwie war es komisch, ein mittelalterliches Gewand zu tragen. Sie zwang sich dazu, zu lachen, aber sah stattdessen einen Gesichtsausdruck, der dem ihren aus Merlins Vision unfassbar ähnlich war.

Vera schnappte sich das Handy und die In-Ear-Kopfhörer aus der Hose, die sie gerade abgelegt hatte. Ihr ging durch den Kopf, sie mitzunehmen. Natürlich würden die Kontakte darin nicht funktionieren, aber sie würde das Gefühl von Musik in den Ohren vermissen. Sie tippte auf den Bildschirm und bemerkte, dass ihr Akku bei sechzehn Prozent war. Das war typisch am Tagesende, aber es war es nicht wert, den elektronischen Gegenstand an Merlin vorbeizuschmuggeln, wenn sie ihn nicht aufladen konnte. Sie seufzte, legte das Handy und die Schlüssel auf den Tisch neben ihrem Laptop, bevor sie einen Stift und eine Haftnotiz nahm und all die relevanten Passwörter aufschrieb, die ihr einfielen.

Irgendetwas aus ihrem Leben hier wollte Vera jedoch mitnehmen. Sie suchte das Zimmer ab, und ihr Blick landete auf einem gerahmten Bild von ihren Eltern und ihr. Martin hatte es an dem Tag, als er ihr Regal zusammenbaute, dorthin gestellt. Sie öffnete den Rahmen, nahm das Foto heraus und legte es in den Lederbeutel. Es war das einzige gedruckte Bild im Raum. Die Aufnahmen von Vincent hatte sie an einem Tag entsorgt, an dem der Schmerz so schlimm gewesen war, dass sie dachte, er würde sie umbringen. Nun war sie deswegen wütend auf sich selbst. Der Zorn schickte Wellen der Rebellion durch sie hindurch, und sie betrachtete die sonst leere Tasche und ging entschlossen zu ihrem Schrank. Dann packte sie Unterwäsche, zwei Sport-BHs und einige Paar Socken ein, überzeugt davon, dass die entsprechenden Gegenstücke des dunklen Zeitalters schrecklich ungenügend sein würden.

Das war es. Sie ordnete die Zierkissen auf ihrem Bett, steckte ein Buch zurück ins Regal und räumte die Kaffeetasse vom Abtropfgitter auf. Es gab einen halb gefüllten Korb Schmutzwäsche, aber um den würde sich Allison kümmern müssen. Vera schnappte sich ihre Turnschuhe an der Tür und wollte sie in den Schrank verstauen, aber hielt dann inne. Sicherlich würde es Merlin nicht erlauben, aber … das *waren* recht neue Schuhe.

Sie steckte sie ebenfalls in den Beutel.

Vera schaltete das Licht aus und schloss die Tür, ohne sich die Mühe zu machen abzuschließen.

Sie konnte das Getöse der Gäste im Pub hören, bevor sie das untere Ende der Treppe erreichte. Allison und Merlin saßen nicht länger am Tisch. Sie hatten sich in den Flur direkt am Eingang begeben, aber Vera warf einen letzten Blick auf die Bar, in der sie aufgewachsen war. Es zerriss ihr das Herz, zu sehen, wie die Besucher Steak Pie bestellten oder ein Pint tranken, während ihr ganzes Leben auf den Kopf gestellt worden war.

»Vera!«

Sie zuckte bei Allisons Stimme erschrocken zusammen. Vera schulterte die Tasche und ging in den Gang. Allison hatte das Handy ans Gesicht gepresst. Sie hielt es von ihren Lippen fern, um zu flüstern: »Dein Vater ist dran!« und lenkte ihre Aufmerksamkeit dann wieder auf das Telefon. »Dafür ist keine Zeit. Sie gehen gerade zur Tür hinaus, Martin.«

Vera konnte sich ihren Vater am anderen Ende der Leitung vorstellen, wie er sich gegen ihre Abreise wehrte. Sie nahm das Handy und wandte sich für etwas Privatsphäre ab. »Dad?«

»Hey, Süße.« Martins Stimme, die sonst immer schnell witzelte und beinahe die lauteste im Raum war, klang nun sanft und nüchtern.

Vera wollte nicht darüber nachdenken, ob der Grund dafür Traurigkeit oder die Krankheit war. Beide Optionen zerrissen ihr das Herz. »Es tut mir leid, dass ich nicht bei dir sein kann. Du hast …«

Er hörte auf zu reden. Vera wusste, dass er weinte. Sie konnte den Kloß in ihrem Hals spüren.

»Ist in Ordnung, Dad. Ich bin …«

»Vera, Liebes. Es wird alles gut. Sei … einfach nur du selbst. Du bist genau so, wie sie dich brauchen.«

Sie brauchten Guinevere. Und das war sie nicht, aber in ihrer Vorstellung befreite Guineveres Bestimmung vielleicht Vera. Sie wusste nicht, wie sie es Martin erklären sollte, der wegen Veras verändertem Verhalten in jüngster Zeit noch besorgter war als Allison.

»Falls ich ihnen helfen kann«, meinte sie nun und hoffte trotz allem, dass er sie verstehen würde, »dann kann ich nach Hause kommen und dich dabei unterstützen, deine Behandlung durchzustehen. Ich werde besser sein. Ich werde dieses Mal etwas getan haben, das zählt.«

»*Du* zählst«, erwiderte Martin nachdrücklich. »Hörst du?«

Vera antwortete nicht. Er war ein guter Vater. Natürlich würde er das sagen. Schnell wischte sie sich die Tränen von den Wangen, zog die Nase hoch, als sie versuchte, ihre Atmung unter Kontrolle zu bringen und nicht zu schluchzen. Das war zu viel. »Okay«, presste sie nach einem Moment hervor. »Ich muss los, Dad.«

»Ich weiß, Süße.« Seine Stimme war gedämpft.

Vera konnte sich Martin in seinem Krankenhauszimmer vorstellen, halb im Bett sitzend. Sie wusste, dass er das Gesicht in den Händen vergraben hatte, dass er kaum in der Lage war, sich zusammenzureißen. Und die Wahrheit war, dass sie sich vielleicht noch ein paar Minuten hätte Zeit nehmen können, um mit ihm zu reden, aber keine Anzahl an Verabschiedungen würde je genug sein. Sie konnte es nicht weiter ertragen, ohne selbst zusammenzubrechen.

»Ich liebe dich so sehr«, schniefte er.

Veras Beine begannen zu zittern.

»Ich liebe dich auch«, sagte sie, kam sich komisch vor, denn es gab keine Möglichkeit, es adäquat auszudrücken. Sie lehnte sich an die Wand und rutschte zu Boden. »Danke, dass du so ein alberner, schräger und wundervoller Vater bist.« Sie hörte ihn glucksen, was in einen Schluchzer überging. »Ich werde – du wirst es kaum merken, dass ich weg bin. Ich werde zurückkommen und ...«

»Es ist in Ordnung. Wir reden bald wieder, okay?«

»Ja.« Sie schloss die Augen. »Tschüss, Dad.«

Und Vera legte auf, ohne seine Antwort abzuwarten. Sie hielt es nicht aus. Ihr ganzer Körper bebte. Sie atmete einmal zitternd ein und konzentrierte sich wieder auf die Fakten: Die Realität hatte sich verändert. Sie musste gehen.

Sie nahm einen zweiten Atemzug und dieser war schon stabiler als der erste. Vera verbannte Martin und Allison in den Hinterkopf. Sie fokussierte sich auf den nächsten Schritt. Sie musste das Gebäude verlassen. Ein letzter tiefer Atemzug füllte ihre Lunge, ohne zu stocken, und sie stieß erleichtert die Luft aus und erhob sich.

»Es geht mir gut«, versicherte sie sich selbst laut. Ihr Körper schien ihr zu glauben und brachte sie zu Merlin und Allison. Sie reichte ihrer Mutter das Handy. »Meins ist oben. Und ich habe die Passwörter und Schlüssel für dich dagelassen.«

Tränen strömten über Allisons Wangen. Sie packte Merlin bei den Ellbogen und blickte ihm direkt ins Gesicht. »Du passt auf sie auf.«

Er nickte und tätschelte ihren Arm. »Das werde ich. Versprochen.«

Allison ließ von ihm ab und zog Vera in eine feste Umarmung. »Ich liebe dich«, hauchte sie in Veras Haare.

»Ich liebe dich auch. So sehr. So, so sehr«, murmelte Vera. Sie entzog sich ihrer Mutter. Für einen Zusammenbruch gab es momentan keinen Spielraum. Sie musste das durchstehen. »Mach's gut, Mum.«

Allison versuchte tapfer das Schluchzen zu unterdrücken, welches sich einen Weg aus ihrer Kehle bahnte.

Merlin hielt Vera die Tür auf. Sie warf einen letzten Blick auf ihre Mum, die sich nach ihr ausstreckte, als ob sie sie festhalten und an sich ziehen wolle. Dieser Moment würde kein Happy End haben.

Vera machte auf dem Absatz kehrt, ging aus der Tür und blieb nicht stehen.

5

Blick nicht zurück. Blick nicht zurück, wies Vera sich still an. Sie hielt nicht an, bis sie die Bank vor der alten Kirche ein paar Häuser weiter erreicht hatte. Sie traute sich nicht, sich umzudrehen, um sicherzugehen, dass Merlin ihr folgte, für den Fall, dass Allison ebenfalls rausgekommen war. Er holte sie ein und blieb nicht stehen, sondern gab ihr nur mit einer Kopfbewegung zu verstehen, dass Vera ihn begleiten sollte.

Sie wusste nichts über Merlin. Nicht, wohin sie gingen. Vera war nicht in den Sinn gekommen, zu fragen, was für ein Unfall Guinevere an den Rand des Todes gebracht hatte.

Es war zu viel. Es waren zu viele Einzelteile. *Brich nicht zusammen*, baute sie sich selbst auf. *Bleib dran.*

»Hast du schon einmal den White Spring Temple besucht?«, wollte Merlin wissen, wie es auch von einem Gast im George, der sich über die Gegend erkundigte, hätte kommen können. Vera wurde angesichts der Freundlichkeit eines zwanglosen Gesprächs ihm gegenüber weicher. Vielleicht wusste er, wie sehr ihr Verstand auf der Kippe stand, während die Distanz zwischen Vera und ihrem Zuhause wuchs.

Sie nickte.

»Dorthin sind wir unterwegs. Es ist … na ja, ich schätze mal, dass man sagen könnte, dass es dort ein Portal gibt, aber es ein magisch stabilisiertes Wurmloch zu nennen, wäre wohl wissenschaftlich akkurater«, berichtete er, als ob er ihr erzählen würde, was er gefrühstückt hatte.

Vera prustete fast los. Vielleicht hatte er ihren geistigen Zustand doch überschätzt. Nichtsdestotrotz sollte es ein Portal (oder ein Wurmloch oder … was auch immer) in Glastonbury geben, würden White Spring und eine Handvoll anderer Orte wie die Faust aufs Auge passen.

Der Tempel befand sich in einem alten, unscheinbaren Brunnenhaus am Fuße des Tors, das auf der Quelle errichtet worden war und als Speicher diente. Sie hatten das zweihundert Jahre alte Gebäude nicht mit Elektrizität ausgestattet, sondern sich stattdessen auf Kerzen und hartnäckige Sonnenlichtfetzen als Lichtquelle verlassen, die sich einen Weg durch die Ritzen und Löcher in den Steinwänden suchten. Zusammen mit dem allgegenwärtigen Geräusch von tropfendem Wasser und dem stetigen Echo des Gurgelns unsichtbarer Quellen sorgte es für eine mystische Stimmung. In jeder Ecke standen Schreine, die sich der Lady von Avalon widmeten und an alle möglichen Arten von religiösen Pilgern wandten. Manche bezeichneten sie als Göttin, andere als Mutter Gottes und der Rest als Mutter Erde.

Das Wasser aus der Quelle war seit Beginn der Aufzeichnungen nie versiegt. Es half den Leuten Glastonburys durch Hungersnöte und Krankheiten, und Besucher sprachen ihm eine heilende Wirkung zu, aber als man im späten neunzehnten Jahrhundert versuchte, das Wasser durch die Stadt zu pumpen, verstopften die Rohre. Wissenschaftlich war eindeutig bewiesen, dass der hohe Kalkgehalt des Quellwassers den irreparablen Schaden an dem Metall verursacht hatte. Andere hatten jedoch ihre eigene Erklärung: Das moderne Abwassersystem war einfach nicht für Magie geschaffen. Auch wenn das Wasser nicht aus ihren Hähnen floss, konnten sie dennoch jederzeit die Quelle besuchen. Touristen wurden am Eingang durch ein

Schild angewiesen, entweder in das flache Gewässer zu steigen oder in einem der tieferen Becken vollständig unterzutauchen.

Seltsamerweise war White Spring nur ein paar Hundert Meter von einer weiteren (und bekannteren) alten Quelle entfernt, Chalice Well. Das dortige Quellwasser war rot, was für rational denkende Menschen durch einen hohen Eisengehalt erklärt werden kann, von spirituell Suchenden jedoch nur selten so gesehen wird. Christliche Legenden behaupten, dass die Quelle und ihre Heilkräfte in direkter Verbindung zum Heiligen Gral stehen. In den Legenden hieß es, dass der Gral von Joseph von Arimathäa nach England gebracht und irgendwann in einer Höhle unter der Quelle begraben wurde. Sie behaupteten, dass das rote Wasser für das Blut Jesu Christus stand, das unter dem Kreuz in besagtem Kelch aufgefangen wurde. Die Heiden glaubten, dass es das Fruchtwasser der Erde ist.

»Ich bin überrascht, dass es nicht in Chalice Well ist«, meinte Vera, die das Gefühl hatte, diesen Gedanken laut äußern zu müssen. Sie bog rechts auf der Chilkwell Street ab, ohne darüber nachzudenken. Sie war diesen Weg schon so häufig gegangen, dass sie sich, wäre da nicht die mittelalterliche Kleidung gewesen, beinahe hätte einreden können, dass es eine ganz gewöhnliche Reise war. Sie kamen an Menschen vorbei, die in die entgegengesetzte Richtung unterwegs waren, aber in einer exzentrischen Stadt wie Glastonbury, wo ausgefallene Kleidung nichts Außergewöhnliches war, schenkte ihnen niemand groß Beachtung.

»Interessant, dass du das sagst«, sinnierte Merlin. »Das Wasser von White Spring kommt direkt vom Tor. Und daher kommt auch diese spezielle Art von Magie. Vera.« Er war abrupt stehen geblieben. »Mir ist aufgefallen, dass du immer noch die Tasche trägst. Du bist in allem, was ich dir zur Verfügung gestellt habe, gekleidet, aber sie ist nicht leer. Was hast du in dem Beutel?«

Vera schürzte die Lippen und drehte sich nur halb zu ihm um.

»Ein Bild meiner Eltern, ein Paar Socken und Unterwäsche und …« Sollte sie sich die Mühe machen zu lügen?

»Und?«, hakte er weiter nach.

»Meine Laufschuhe.« Sie zog die Schultern zurück und stand aufrecht da, forderte ihn heraus, darüber mit ihr zu streiten.

Er seufzte schwer. »Sonst nichts? Keine elektrischen Geräte jeglicher Art?«

»Nein.«

Merlin gluckste kopfschüttelnd und ging weiter. »In Ordnung. Aber du *musst* mir versprechen, dass du sie vor jedem verbergen wirst, der nicht über deine Situation Bescheid weiß.«

Dieses Mal war es Vera, die mitten im Schritt innehielt. »Andere wissen davon? Wer alles?« Es war ihr nicht in den Sinn gekommen, das andere in dieses Vorhaben eingeweiht waren.

»Oh, Guinevere, es tut mir so leid.« Merlin zog die Augenbrauen zusammen. »Ich hätte es zuvor erwähnen sollen. Arthur weiß Bescheid, da es …«

»*Er* weiß es?« Sie hatte geglaubt, dieses Geheimnis allein bewahren und besonders vor Arthur verbergen zu müssen.

»Natürlich. Er hat es außerdem«, Merlin stöhnte schwer und verdrehte die Augen, »trotz meiner Einwände, sollte ich hinzufügen, seinem engsten Vertrauten erzählt.«

»Wer ist das? Würde mir der Name etwas sagen?«

Merlin ging, ohne zu antworten, weiter. Vera rannte ein paar Schritte, um ihn einzuholen. Nun war sie neugierig. Es war der erste Hinweis auf Frustration, den sie bei dem geduldigen Zauberer erlebte.

»Es ist nicht Lancelot oder so?«, scherzte sie, aber Merlin presste die Lippen so fest aufeinander, dass sie zu einer dünnen Linie wurden.

Vera fiel die Kinnlade herunter. »Verarsch mich *nicht*. Es *ist* Lancelot!« Vielleicht lag es daran, dass Merlin innerhalb einer Stunde ihre ganze Welt auf den Kopf gestellt hatte, aber Vera war sichtlich erfreut, ob der Genervtheit des Magiers, was den berühmten Ritter betraf. Sie lachte. »Und du magst ihn nicht!«

»Ich habe nicht …« Merlin schüttelte den Kopf. »Er ist der älteste und engste Freund des Königs. Und ich kenne ihn als äußerst loyal, und dafür bin ich dankbar. Aber Lancelot ist … laut und töricht.« Er öffnete den Mund, als wolle er noch mehr hinzufügen, aber schien sich dann jedoch dagegen zu entscheiden und klappte ihn wieder zu.

Es fühlte sich alles weit genug weg an, um nicht ganz Veras Geschichte zu sein. Aber sie erinnerte sich an die Handlung. Guinevere hatte eine Affäre mit Lancelot. Kannte Merlin *diesen* Teil?

»Ich weiß, du meintest, ich soll mich nicht zu sehr an unserer Version der Legende aufhängen, aber es gibt da einen ziemlich übereinstimmenden Teil darüber, dass Lancelot und Guinevere vielleicht …«

»Ja, das weiß ich.« Er winkte ab. »Guinevere, du wirst schockiert sein, zu erfahren, wie falsch diese Zeit die Dinge darstellt.«

Es dauerte einen Moment, bis Vera klar wurde, dass Merlin, wenn er Guinevere sagte, sie meinte.

»Über König Arthur?«, fragte sie.

»Über alles. Magie ist in unserer Zeit normal. Sie beflügelt Kulturen, unsere Gesellschaft – nur wenig wird so sein, wie du es erwartest. Magie hinterlässt keine archäologischen Spuren, was der Hauptgrund ist, weshalb du damit aufgewachsen bist, über diese Zeit als das *dunkle Zeitalter* zu lernen.« Er warf ihr einen Seitenblick zu, und das Lächeln, das sich auf seinen Lippen ausbreitete, war von Stolz erfüllt. »Meine Liebe, du wirst sehen, dass es überhaupt nicht so ist.«

Merlin war stehen geblieben und sah über Veras Schulter auf die Straße. Sie war zu sehr damit beschäftigt gewesen, sich eine Vergangenheit vorzustellen, die die Geschichtsbücher so komplett falsch beschrieben, dass sie gar nicht bemerkt hatte, wo sie standen. Sie hatten das Brunnenhaus erreicht.

Ein viktorianisches Steingebäude, das am Waldrand am Fuße des Tors stand. Blattwerk bedeckte es, verlieh den Eindruck, dass das Dach des Häuschens aus kräftigen grünen Reben bestand. Ein ständig fließender Brunnen tröpfelte aus einer Steinsäule in der Nähe der vorderen Ecke. Selbst wenn der Tempel geschlossen war, hatte jeder, der vorbeikam, Zugang zu dem heiligen Wasser. Eine gedrungene Steinmauer säumte den Innenhof an der Stirnseite mit einer Öffnung, die als Pfad von der Straße zur Tür des Gebäudes diente – welche nicht massiv war, sondern ein kunstvoll gestaltetes schmiedeeisernes Tor mit Spiralen und drei vertikalen Mandelformen in der Mitte. Der Tempel war täglich immer nur ein paar Stunden geöffnet. Zu dieser Zeit am Abend war er geschlossen und das Tor abgesperrt. »Werden wir …«

Vera musste ihre Frage nicht zu Ende stellen. Merlin zog einen Schlüssel aus einer seiner Gewandtaschen und ging an ihr vorbei, um das Tor aufzuschließen. Er öffnete es weit genug, dass man hindurchschlüpfen konnte und ließ ihr höflich den Vortritt. Sie wollte gerade los, als sie das Schloss hinter sich einrasten hörte, sich umdrehte und Merlin dabei beobachtete, wie er das Tor hinter sich wieder verschloss. Ihre Kehle schnürte sich zu und Vera verspannte sich. Sie war hier drin mit einem magischen Fremden gefangen. Sie ballte die Fäuste und ließ sie wieder locker, während sie über ihre Situation nachdachte.

Welche Möglichkeiten hatte sie? Sich zu entscheiden, dass bis hierher alles absoluter Quatsch gewesen war und dies ein übertriebener Plan war, sie zu töten? Panik zu bekommen und zu verlangen, dass er die Tür wieder öffnete, damit sie nach Hause rennen konnte?

Nein. Sie hatte sich in dem Augenblick entschlossen, Merlin zu vertrauen, als sie die Tasche, die nun von ihrer Schulter hing, entgegennahm. Deswegen trug sie dieses Kleid. Sie war ein Teil hiervon und es gab kein Zurück. Vera vertraute entweder auf eigene Gefahr einem

Verrückten oder ihr Leben stand kurz davor, etwas zu werden, das sie sich nicht einmal erträumen konnte. Es gab nichts dazwischen.

Sie starrte in die Schatten, hoffte, dass sich ihre Augen daran gewöhnen würden. Der riesengroße Raum war sehr dunkel, da die vergehenden Strahlen der Abendsonne die einzige Lichtquelle war, die durch das Tor drang. Merlin wedelte mit dem Arm, und Kerzen, die vor einem Moment noch düstere Stummel gewesen waren, erwachten in Dutzenden Kerzenhaltern zum Leben. Sie standen angeordnet vor Schreinen, in Halterungen in kleinen Regalen, dazu kamen Teelichter auf Mauervorsprüngen, die gerade breit genug waren, sie zu tragen. Das Zimmer tanzte im flackernden Glühen der Kerzen, zu der Musik, die von dem Wasser, das über die Felsen plätscherte, vorgegeben war.

Steinsäulen erhoben sich vom Boden zur Decke, hielten das Gebäude zusammen, während sie es zur selben Zeit mysteriös wirken ließen. Der Raum hatte Winkel und Ecken an allen möglichen Stellen, die noch mehr Kerzen, Bilder, Statuen von Heiligen oder Gottheiten sowie den ein oder anderen Schrein, der die Dunkelheit erfüllte, beinhalteten. Der Boden war überall nass, aber Steinbecken fingen die fließende Quelle auf.

Direkt in der Mitte erstreckte sich ein runder Pool, in dem das gesammelte Wasser tief genug war, um bis zu den Knien darin zu versinken. In der hinteren linken Ecke stand ein dreistöckiges Steinbecken, das oberste davon hatte die Größe eines Whirlpools in einem Ressort. Das war die Stelle, an der die Besucher komplett in der Quelle baden konnten.

»Was nun?«, wollte Vera wissen, und ihre Stimme hallte dabei in der Kammer wider, klang viel zu laut und das, obwohl sie flüsterte.

Als Antwort machte sich Merlin langsam und vorsichtig auf den Weg zu dem dreistöckigen Becken. »Wir müssen zum Untertauchen in den Pool klettern …«

»Warum habe ich mich dann zuerst umgezogen?«, unterbrach ihn Vera.

»Das wird kein Problem darstellen«, entgegnete Merlin und trat bereitwillig in das erste Becken, das für ihn auf Kniehöhe war. Er kletterte mit der Beweglichkeit eines viel jüngeren Mannes zum obersten Becken.

Vera seufzte, sagte sich, dass es zu spät war, um umzukehren, und folgte ihm. Es war nicht furchtbar hoch, nicht einmal zwei Meter bis oben. Unbeholfen kletterte sie auf die Mauer, wobei sie das Kleid unter sich raffte. Sie stöhnte angestrengt, als sie die Beine Richtung Wasser drehte. Vera drückte die Tasche, die immer noch über ihrer Schulter hing, an sich, da sie sich an das Foto darin erinnerte.

»Merlin?«, fragte sie vorsichtig. Zuerst sah sie ihn nicht. So weit hinten im Raum war es dunkler, und nur ein einziger Kerzenständer strahlte am hinteren Ende des Pools. Nach einem Moment jedoch sah sie, dass er graziös in die Mitte des Wasserbeckens geschritten war. »Ich bin mir nicht sicher, was ich mit dem Beutel machen soll. Da ist … da ist ein Foto meiner Eltern drin.«

Sie konnte sein Gesicht nicht sehen, aber wusste, dass er sich zu ihr gedreht hatte. »Das ist in Ordnung. Dein Eigentum wird nicht beschädigt.«

Sie zögerte noch einen Augenblick, drückte die Tasche an sich, dann ließ sie sich in das Wasser sinken. Etwas, das zur Hälfte Keuchen und zur anderen ein Schrei war, entkam ihr, als das kalte Wasser über ihre Haut lief. Sie hatte selbst noch nie zuvor in der Quelle gebadet, aber wusste, dass das Wasser bekannt dafür war, das ganze Jahr verdammt kalt zu sein. Vera watschelte zu Merlin in die Mitte des Beckens, ihr nasses Kleid wog mit jedem Schritt schwerer und verhedderte sich an ihren Knöcheln.

In der Mitte war es am tiefsten. Als Vera Merlin erreichte, waren ihre Köpfe das Einzige, was noch über Wasser war. Selbst als körperloser Kopf in eisig kaltem Wasser wirkte er immer noch gelassen und würdevoll. Vera hingegen zitterte stark und hatte Merlin am Arm gepackt, während sie über den Bund ihres Gewands stolperte. Er half ihr dabei, nicht hinzufallen, und ließ seine Hand danach auf Veras Ellbogen ruhen, um sie zu stabilisieren.

»Gleich werde ich von dir verlangen, komplett unterzutauchen. Und dann beginne ich mit dem Zauber.« Merlin sprach mit Bedacht und unterbrach den Blickkontakt mit Vera nicht. »Sobald der Zauber anfängt, ist es äußerst wichtig, dass du nicht wieder an die Oberfläche kommst. Hast du mich verstanden?«

Sie nickte und versuchte ihre Zähne davon abzuhalten, zu klappern. »Unter Wasser bleiben. Verstanden.«

»Wir haben nur einen Versuch«, warnte er. »Bist du bereit?«

»Ich schätze mal.« Sie atmete flach ein. »Und du?«

»Das bin ich.«

Seine Leichtigkeit beruhigte Vera etwas, und sie merkte, dass sie für die stabilisierende Hand dankbar war.

»Willst du, dass ich bis drei zähle oder einfach untertauchen?«, fragte Merlin.

»Mach einfach«, lautete ihre Antwort.

»In Ordnung. Und … los.«

Vera atmete einmal tief ein und tauchte unter. Er hatte nicht genau gesagt, wie weit sie unter Wasser sein musste, also hörte sie einfach damit auf, gegen den Sog ihres Kleides anzukämpfen. Es zog sie so weit unter Wasser, bis ihre Knie auf den Boden schlugen. Sie ließ die Augen geschlossen, aber selbst, wenn sie das nicht getan hätte, wäre es zu dunkel gewesen, um zu sehen, dass Merlin ebenfalls untergetaucht war. Sie bemerkte seine Hand an der Schulter, die sie fest nach unten drückte – es war kein Schubsen, aber ein anhaltender Druck, um sie an Ort und Stelle zu fixieren.

Es fühlte sich nicht besonders an. Es fühlte sich an … wie unter Wasser zu sein. Vera hatte nicht gefragt, wann sie wieder auftauchen sollte oder wie lang sie den Atem anhalten musste. Die Sekunden zogen sich in die Länge und nichts geschah. Sie hielt vollkommen still. Nach zwanzig Sekunden breitete sich ein Brennen in ihrer Brust aus. Nach einer halben Minute wurde Vera langsam panisch. Sie konnte die Luft in diesem kalten Wasser nicht viel länger anhalten. Was würde geschehen, wenn sie versuchte, zu früh aufzutauchen? Ohne es bewusst zu wollen, trieb der Überlebensinstinkt sie an, die Füße unter sich zu schieben und aufzustehen. Als sie es versuchte und dem Drang nachgab, drückte die Hand auf ihrer Schulter sie mit überraschender Stärke zurück nach unten.

Oh Scheiße.

Vera riss die Augen auf und blickte in das dunkle Wasser über ihr, suchte nach Antworten, die sie niemals sehen konnte. Selbst in der Finsternis bemerkte sie, dass ihr Sichtfeld kleiner wurde. Sie war kurz davor, ohnmächtig zu werden, als sich das Wasser um sie herum veränderte.

Es war nicht mehr flüssig. Stattdessen wurde es zu einem dicken Gel. Ihre panischen Bewegungen stoppten; sie erstarrte. Alles war bewegungslos, und dann fühlte es sich an, als würde ein Vakuum unter ihr geöffnet. Vera spürte, wie sie fiel, und schrie in das Geleeartige Wasser, als ihr Körper gewaltsam nach unten gerissen wurde, aber sie prallte nie auf dem Boden auf. Eine Sekunde war sie voller Angst der Meinung, dass es nie aufhören würde.

Von überall und nirgendwo erfüllte eine Stimme ihren Kopf, die sie noch nie zuvor gehört hatte.

»Ishau mar domibaru.«

Dann war da nichts mehr.

6

Der Nebel in Veras Gedanken legte sich, als sie in den Himmel starrte, die Augen bereits geöffnet, verfolgte sie die vorbeiwehenden Wolken über sich. Nur ein Geräusch lag auf ihren Lippen: *ish.* Der Klang eines Sommerlüftchens, das über Blumenfelder fegte. Da waren noch weitere Worte gewesen; sie war sich sicher. Sie verfolgte sie in ihrem Geist und versuchte sie zu erwischen, aber sobald sie ihr bewusst wurden, lösten sie sich auf. Vera setzte sich hin.

»Hast du etwas gesagt?«, fragte ein Mann. Sie drehte sich um. Merlin saß auf dem Boden neben ihr und sah so zerzaust aus, wie Vera sich fühlte.

»Ich weiß es nicht«, murmelte sie. Wasser. Sie erinnerte sich daran, dass es sich verändert hatte und an das Gefühl, hinuntergezogen zu werden, und dann – was? Vera blinzelte. Wie war sie aus dem Wasser gelangt? Oder aus dem Tempel?

Sie saß auf grünem Gras auf einem weiten Feld. Vera hörte fließendes Wasser, bevor sie den Bach neben sich bemerkte. Ihre linke Hand lag in dem seichten Teil auf einem glatten runden Stein, über den kaum Wasser plätscherte. Aber ihre Hand war das einzige Körperteil, das nass war. Das Kleid, die Tasche, die Schuhe – alles, was komplett untergetaucht gewesen war, war dagegen trocken. Vera griff nach oben und berührte ihren Kopf. Nicht einmal ihr Haar war feucht.

Der Fluss schlängelte sich am Hügel entlang, bis er zwischen den Bäumen und einem dichten Blätterdach weiter unten verschwand. Vera folgte dem Wasser zurück den Hügel hinauf, von dem sie gekommen waren, wo es eine ungefähr sechs Meter hohe Öffnung im Stein gab. »Wo sind wir?«

»Weißt du das nicht?«, fragte Merlin.

Vera drehte sich zu ihm und stellte fest, dass er bereits aufgestanden war und sich nun den Dreck vom Gewand wischte und die Taschen ordnete. Sie schüttelte den Kopf, aber die Bewegung half ihr dabei, die Puzzlestücke ihrer Gedanken richtig anzuordnen.

Die Mündung eines Baches an einem üppigen Berghang. Sie kämpfte sich auf die Beine, und ihr Blick schoss an Merlin vorbei zu einem Wäldchen hinter ihm. Dort stand kein Brunnenhaus, und die Bäume versperrten ihre Sicht, aber sie war sich beinahe sicher, dass sie direkt auf den Tor sehen würde, wäre nichts in ihrem Blickfeld gewesen.

»Oh!« Vera drehte sich um die eigene Achse, nahm jedes noch so kleine Detail in sich auf. »Oh!«, wiederholte sie, als sie langsam die Landschaft erkannte.

Unten am Hügel war das Gras runtergetreten und formte einen Pfad an der Stelle, die sie vermutlich als Straße kannte. Er lief an Merlin und Vera vorbei und schlängelte sich durch die Bäume und, wie Vera vermutete, weiter zur obersten Stelle des Tors. Und in die entgegengesetzte Richtung bildete er einen Fußweg, der eines Tages zu der Straße werden würde, die in die Stadt führte.

»Wollen wir?« Merlin zeigte zu dem Pfad vor ihnen.

»Ähm, schätze mal.« Vera verlagerte das Gewicht der Tasche. »Also ist es das? Sind wir da? Ist das Jahr sechshundertirgendwas?«

Merlin gluckste und tätschelte Vera die Schulter. »Genau, das Jahr sechshundertirgendwas. Nun gehen wir hinunter nach Glastonbury, holen unsere Pferde und beenden die Reise zum Schloss.«

Vera hatte angenommen, dass das Zeitreisen sie direkt zu ihrem Ziel führen würde, wo auch immer das war. Ihr war nicht klar gewesen, dass sie Glastonbury in seiner altertümlichen Form sehen würde. Mit Sicherheit gab es dort ebenfalls Menschen, Einwohner, die ihr mittelalterliches Leben lebten. Was taten sie, um ihre Tage auszufüllen? Worüber redeten sie?

Ein Hauch von Sorge breitete sich in Veras Gedanken aus. »Das Englisch hier ist anders, nicht wahr?«, erkundigte sie sich. »Wie werde ich sie verstehen oder kommunizieren können?«

»Darüber musst du dir keine Gedanken machen – oh, vorsichtig, pass auf, wo du hintrittst.« Merlin führte sie um einen frischen Haufen Pferdeäpfel auf dem Weg. »Du wirst alle problemlos verstehen. Und sie dich auch. Es ist …«

»Teil der Magie?«, beendete Vera den Satz für ihn.

»Du lernst schnell«, entgegnete er liebevoll. »Jegliche Umgangssprache, die du nutzt, wird auch im hiesigen Dialekt verstanden werden. Es ist keine Anpassung notwendig. Obwohl«, fügte er hinzu und runzelte die Stirn, als ob er es nicht sagen wollte, »du vielleicht ›scheiße‹ etwas weniger sagen solltest. Es lässt sich gut übersetzen, aber ist entschieden unangebracht für eine Dame deines Stands.«

»Ich gebe mein Bestes«, versprach Vera sarkastisch und warf dem Magier einen langen Seitenblick zu.

Er gluckste, schien von ihren Mätzchen eher amüsiert als genervt. Vera war beeindruckt von Merlins Entspanntheit im Angesicht dessen, was alles hatte funktionieren müssen, um sie hierherzubekommen. Alles, was nun noch auf dieser gewaltigen Liste stand, war, Guineveres Erinnerungen zurückzubekommen. Die Reise selbst hatte nichts wachgerüttelt. Vera überlegte sich, wie sie das mitteilen sollte, als sich das Gurgeln des Wassers, das Rauschen der Blätter im Wind und der abendliche Gesang der Vögel mit anderen Geräuschen vermischten.

Sie drangen aus der bewaldeten Fläche zu ihr, und das Treiben kam von weiter unten vom Pfad. Es war ein regelrechtes Gewirr – und zwar von jeder Menge Stimmen. Und außerdem erklang Musik: Streichinstrumente, Flöten und Gesang trug der Wind herüber. Zur linken Seite stand ein Häuschen und die beiden Fenster neben der Tür hatten die hölzernen Fensterläden geöffnet. Ein Kind, das vielleicht sieben oder acht Jahre alt war, kam lachend hinter dem Haus hervorgerannt und stürzte sich durch das offene Fenster. Die geflochtenen Zöpfe des Mädchens tanzten um seinen Kopf. Kaum war es verschwunden, kam sein jüngerer Bruder um die Ecke mit dem erfreuten Schrei eines Fünfjährigen. Er musste sich sehr viel mehr anstrengen, um hinter dem Mädchen her in das Fenster zu klettern.

Es war beruhigend zu sehen, dass sich die Kinder hier genauso wie in Veras Zeit benahmen. Ein Windhauch trug den Duft von frisch gekochtem Essen über einem Feuer zu ihnen. Inzwischen war es spät am Abend, und Veras Magen knurrte als Antwort laut. Schnell strich sie sich über die vom Wind verwehte Frisur und bemerkte, dass sich ihr Zopf gelöst hatte. Vera stoppte, um das Gummi zu lösen und die Haare neu zusammenzubinden.

»Das erinnert mich daran«, begann Merlin und suchte in einer weiteren Tasche seines Gewands, dann zog er eine zerbrechliche Ringkrone hervor. Sie schien aus dünnen Metallsträngen zu bestehen, die zu einem Kreis miteinander verflochten und so geformt waren, dass sie um einen ovalen Mondstein zusammenliefen. »Du solltest die hier aufsetzen.«

Vera flocht ihre Haare und legte sie sich über die Schulter. Sie wusste nicht, wie die Frisuren im siebten Jahrhundert aussahen, aber ein einfacher Zopf schien ungefähr zu passen. Merlin half ihr dabei, die Krone so auf dem Kopf zu platzieren, dass der Stein mittig auf ihrer Stirn lag. Sie staunte darüber, wie gut sie zu ihrer Kopfform passte. Vermutlich, wurde ihr klar, weil sie sie bereits zuvor getragen hatte.

Merlin beäugte sie und schüttelte den Kopf. »Perfekt. Du siehst … du siehst wie du selbst aus.«

Je länger sie gingen, desto mehr Häuser erschienen entlang des immer breiter werdenden Wegs. Auch die Schar an Fußgängern nahm konstant zu. So ziemlich jede Person, die ihnen begegnete, grüßte sie mit einer Verbeugung oder einem Knicks und einem gemurmelten »Die Dame« oder »Euer Majestät«, während sie dies taten. Sie flüsterten hinter vorgehaltenen Händen und deuteten über den Weg. Veras Handflächen waren trotz der kühlen Abendluft schwitzig. Noch nie in ihrem Leben hatten so viele Menschen ihr Beachtung geschenkt.

Sie knetete den Stoff ihres Kleides, stellte sicher, dass er richtig um ihre Beine lag. »Ist diese Art der Aufmerksamkeit normal?«

»Für dich schon, Liebes«, antwortete Merlin gutmütig, nahm ihre Hand und hakte sie bei seinem Arm unter. »Sie kennen dich. Ich würde sogar so weit gehen, zu behaupten, dass sie dich verehren. Arthur ist ein beliebter König. Du warst schon häufig in Glastonbury. Das hinterlässt bei den Leuten Eindruck.«

»Muss ich auf eine bestimmte Weise reagieren?«, erkundigte Vera sich nun, versuchte ihre Lippen dabei aber so wenig wie möglich zu bewegen.

»Du machst das gut.« Er tätschelte ihr die Hand. »Lächle und grüße sie, wenn du möchtest. Das ist alles.«

Dies musste der am dichtesten bewohnte Teil sein. Häuser standen eng beieinander, und die Bewohner eilten rein und raus, Kochfeuer brannten, und Gruppen saßen an Tischen draußen zum Abendmahl zusammen. Vera hörte mehr Gelächter, als sie erwartet hatte. Der Weg endete, und sie erkannte grob, dass dies der Ort war, an dem die High Street wäre. Sie gingen um die Ecke, und Vera wurde nicht enttäuscht.

Ihre Füße kamen stolpernd zum Stehen. Unglaube hatte Vera erstarren lassen. Entlang des Weges säumten Gebäude den Rand, alle aus Stein oder Holz und um einiges kleiner als die Häuser, die Vera aus ihrer Zeit kannte. Aber das war es nicht, was ihr den Atem raubte. Flackernde Laternen in der Größe von Fußbällen hingen fröhlich kreuz und quer über dem Dreckpfad und hüllten den Weg in ein sanftes Licht. Nur wenig entfernt gab es Wagen und Stände. Vera konnte die Gewürze riechen, bevor sie sie sah. Händler waren überall und boten ihre Waren feil: Speisen, Schmuck, Kleidung und feine Stoffe. Außerdem gab es Künstler mit Gemälden, Zeichnungen und Stickereien. Als die Musik wieder begann, suchte Vera nach der Quelle und bemerkte eine Gruppe von Artisten hinter der Gewürzbude, die ein schwungvolles Lied spielten, das wie sich schnell herausstellte, von einer spitzbübischen Fee handelte, die in Häuser schlich und Kinder mit Magie segnete.

Und tatsächlich war es magisch.

Bei genauerer Betrachtung stellte Vera fest, dass die Laternen nicht an einem Seil befestigt waren, sondern frei in der Luft schwebten. Und es war auch kein Feuer, das darin brannte, sondern eine undefinierbare Quelle. Auf der anderen Seite des Weges bewachte ein kleiner Junge einen Wagen. Die Frau hinter ihm briet süßlich riechende Nüsse über einer blauen Flamme. Vera bemerkte eine andere Frau weiter unten an dem Weg, die Geld entgegennahm und den Kunden einen halben Meter oder so über dem Boden schweben ließ.

Egal, wo sie sich hindrehte, überall gab es etwas Unglaubliches. Merlin führte Vera durch die Masse an Menschen, die sie alle mit genauso viel Interesse ansahen, wie Vera sie. Sie ging langsam an zwei Sängern, einem Mann und einer Frau, vorbei, die auf mysteriöse Weise vierstimmig sangen. Das Glastonbury, das sie ihr ganzes Leben lang geliebt hatte, würde für immer ein besonderer Ort sein. Aber der Nachtmarkt dieses Glastonbury war ein wundersames Straßenfest wie aus dem Märchen.

»Wir müssen weiter, Guinevere«, sagte Merlin. An den Namen würde sie sich noch gewöhnen müssen.

Vera ließ sich von ihm wegführen, ohne den Blick von dem fröhlichen Spektakel, das sie umgab, abzuwenden. Zu schnell hatten sie das Ende des magischen Pfads erreicht, wo die Laternen aufhörten und die Menge ausdünnte.

»Arthur wird uns dort treffen.« Merlin zeigte zum Ende der High Street in die Dunkelheit, wo Vera eine Scheune erkannte.

Ihr Magen machte einen Satz. Merlin musste die Veränderung ihres Ausdrucks bemerkt haben.

»Es gibt keinen Grund, nervös zu sein. Dich mit ihm wieder zu vereinen, wird dabei helfen, deine Erinnerungen wachzurütteln. Ich nehme mal an, dass du dich an ihn erinnern wirst, bevor dir irgendetwas anderes einfällt. Das wird gut sein«, erklärte er ihr.

Seine Zusicherungen halfen Vera nur bedingt. Sie atmete tief ein und nickte. Als sie sich der Scheune näherten, erkannte Vera, dass jemand davor auf dem Boden saß, den Rücken an die Wand gelehnt. Es war dunkel genug, dass sie seine Züge nicht ausmachen konnte, aber er hatte scheinbar auch Merlin und Vera bemerkt, denn er erhob sich. Es traf sie wie ein Schlag.

Er war es.

»Warum gehst du nicht vor?«, schlug Merlin vor. »Ich gebe euch beiden einen Moment.«

Das war nicht das, was sie gewollt hatte. Sie wusste nicht, wie sie ihre Füße dazu brachte, sich zu bewegen. Wie sollte sie einem der berühmtesten Männer der Geschichte begegnen, der ihr Ehemann war? Gott. *Ehemann*. Sie hätte über die Absurdität gelacht, wenn es sie nicht so verängstigen würde. Vera fehlten die Worte, um sich zu wehren. Sie stand wie festgewurzelt auf der Stelle. Merlin schob sie vorwärts. Sie machte einen wackligen Schritt, dann noch einen.

Ihr Herz pochte in der Brust, und Blut schoss ihr durch den Körper, so schnell, dass sie schwören hätte können, dass selbst ihre Fingerspitzen pulsierten. Vera war sich sicher, dass der Mann sehen konnte, wie sehr sie zitterte. Bevor sie wusste, wie ihr geschah, hatten ihre Beine sie zu ihm getragen. Er war gut aussehend und groß, seine Statur war weder breit noch geduckt, sondern schlank, muskulös und fit. Er trug einen kurz geschnittenen Bart, und sein honigblondes Haar war gerade so lang genug, dass er es sich aus der Stirn wischen musste. Aber was ihr stärker als alles andere auffiel, war die Freundlichkeit in seinen Augen.

Als sich ihre Blicke trafen, erblühte eine tiefe Zuneigung in Veras Bauch.

»Hallo«, grüßte sie zögerlich.

Sie hatte nicht bemerkt, wie angespannt sein Mund gewesen war, bis er sich bei ihrer Begrüßung entspannte. Die Sorge, die sich in die Linien auf seinem Gesicht gegraben hatte, wich der Erleichterung und seine Augen funkelten. Er eilte zu Vera und nahm sie überschwänglich in die Arme. Zögerlich ließ sie sich hineinfallen, testete, wie es sich anfühlte, den Kopf an seine Schulter zu lehnen und die Umarmung zu erwidern, seinen Rücken mit einer Hand zu berühren.

Er legte die Hände auf ihre Schultern, beugte die Knie, um mit ihr auf Augenhöhe zu sein. Seine Augenbrauen zogen sich zusammen, als er sie forschend anblickte.

»Geht es dir gut?«, fragte er.

»Ich glaube schon«, antwortete sie nervös mit einem halben Lachen. Obwohl sie sich nicht an ihn erinnern konnte, hatte Vera augenblicklich das Gefühl ihn zu kennen. Das könnte funktionieren.

»Verdammt noch mal!«

Vera zuckte bei Merlins Fluch direkt hinter ihr zusammen. »Wo zum Teufel ist Arthur?« Er funkelte den anderen Mann wütend an.

Vera spannte sich an und drehte sich wieder zu dem Mann, der sie immer noch an den Schultern hielt. Das war nicht Arthur?

Der Fremde sah den Schock auf ihrem Gesicht. Er ließ die Hände sinken und machte einen Schritt auf Merlin zu. »Auf ein Wort?«

Merlins ruhiges Auftreten, das Vera noch vor wenigen Minuten beobachtete hatte, schlug in greifbare Wut um. Vera vermutete mal, dass dies angesichts der Schwere der Situation verständlich war. Der unbekannte Mann führte Merlin jedoch heiter weg, einen Arm um seine Schultern gelegt, als wären sie alte Freunde. Vera konnte ihre Unterhaltung nicht hören, aber sie sah seine Gesten und die Haltung, die der Mann nutzte, um Merlins Ärger zu vertreiben. Sie beobachtete sie, ohne sich die Mühe zu machen, ihre Neugier zu verbergen. Wenn es einen Grund gab, weshalb Arthur nicht einmal einen Ritt auf sich nehmen konnte, nachdem sie ihr ganzes Leben hinter sich gelassen hatte, dann war Vera der Meinung, dass sie jedes Recht hatte, zu wissen, weshalb. Sie hatte angenommen, dass *sie* das einzige Hindernis in diesem Plan wäre und sonst niemand. Es war ihr nicht in den Sinn gekommen, sich zu fragen, wie es Arthur damit ging, außerdem hatte sie sich auch bis zu diesem Moment nicht überlegt, dass die Beziehung zwischen Arthur und Guinevere vielleicht keine glückliche gewesen war.

Als Merlin sich wieder Vera zuwandte – der andere Mann lief einen Schritt hinter ihm –, schien es so, als wäre nicht all seine Mühe umsonst gewesen. In Merlin brodelte es immer noch, aber die Aura des Zorns war verschwunden.

»Es scheint, als werde ich dringend gebraucht. Ich reite schon vor. Sir Lancelot wird dich zum Schloss bringen. Du bist bei ihm sicher.«

Merlin dreht sich um, eilte ohne ein weiteres Wort in die Scheune und ließ Vera mit Lancelot stehen.

»Scheiße«, murmelte diese leise. Sie war so ratlos wie nie zuvor, was sie selbst und diese Welt betraf, eine verrückte Mischung aus Besorgnis und Verärgerung wegen Arthurs Abwesenheit und jede Menge Peinlichkeit wegen ihres Umgangs mit dem Mann, von dem sie nun wusste, dass es Lancelot war, durchflutete sie. Dieser wippte auf den Fersen vor und zurück, sein Ausdruck war leicht und entspannt.

»Ist bei Arthur alles okay?«, erkundigte sich Vera.

»Oh, ihm geht es gut«, meinte Lancelot und winkte ab. »Hast du Hunger? Wir haben einen recht langen Ritt vor uns. Ungefähr drei Stunden.«

Vera seufzte, fragte sich, ob Merlin die Schwierigkeiten dieser Reise absichtlich beschönigte. Und was noch zu ihrem Unmut beitrug, war die Tatsache, dass sie wirklich kurz vor dem Verhungern war. Nachdem sie nach ihrem Lauf heute Morgen nur Toast und Tee und dann während dem Bedienen der Gäste hektisch ein paar Löffel Eintopf zum Mittag gehabt hatte, gefolgt von der Hinterfragung ihres Lebens, fühlte sich Vera komplett ausgelaugt.

»Das habe ich wirklich«, antwortete sie daher.

»Gut, weil ich kurz vor dem Verhungern bin.« Lancelot bot ihr seinen Arm, den sie annahm, bevor sie zurück in Richtung Nachtmarkt gingen. »Es gibt einen Stand mit leckeren Handkuchen dort vorne. Möchtest du Ale oder Wein?«

»Oh, ähm, Ale«, entgegnete Vera. Wasser wäre vermutlich die bessere Wahl gewesen, aber sie war sich nicht sicher, ob es das einfach so gab, und die Scham der Unwissenheit hielt sie davon ab zu fragen.

Lancelot führte Vera durch die wachsende Menge unter den magischen Laternen. Er ging geradewegs auf einen bestimmten Essensstand zu. Während er sich mit dem alten Mann, der das Essen zubereitete, unterhielt, schlich sich Vera von ihm weg zurück auf die

Straße, behielt Lancelot aber vorsichtig im Blick. Diese Version von Glastonbury war chaotisch, hell erleuchtet und magisch pulsierend. Es war eindeutig die Stadt, die sie so gut kannte, aber nun sah Vera sie so, als würde sie in einem juwelenbesetzten Spiegel gezeigt. Der Instinkt, ihr Handy zu nehmen und Bilder zu machen, war so tief in Vera verankert, dass sie dorthin griff, wo ihre Hosentaschen hätten sein sollen, bevor sie sich daran erinnerte, dass dies nicht der Fall war. Es würde ihr noch schwerer fallen, sich daran zu gewöhnen, als an den neuen Namen.

Vera bemerkte Lancelots Gegenwart an ihrem Ellbogen. In jeder Hand hatte er einen Krug, auf dem er jeweils einen dampfenden Handkuchen balancierte, und er beobachtete sie mit unverhohlenem Interesse. Sie beeilte sich, ihm sowohl einen Krug als auch einen Kuchen abzunehmen, und folgte, als er sich einen Weg zu einem der langen, geteilten Tische mit Bänken zu beiden Seiten bahnte.

Vera setzte sich gerade erst hin, bevor sie einen möglichst großen Bissen nahm, aber dennoch so, dass es gerade noch als höflich galt, und schüttelte den Kopf, während sie kaute. Die Füllung war so unfassbar heiß, dass Vera sie unanständig lang im Mund behielt und tief durch die Zähne einatmen musste.

»Was hast du dir da hinten angeschaut?«, erkundigte sich Lancelot.

Sie konnte den Geschmack der Pastete wegen der starken Hitze kaum wahrnehmen, aber hätte ihr Leben darauf verwettet, dass sie köstlich war. Sobald es ihr gelang zu schlucken, beantwortete sie seine Frage. »Es sieht alles so anders aus als in meiner Zeit. Dort gibt es Magie nur in Erzählungen und – ich meine, das ist unsere Geschichte. Ich habe über diese Zeit in der Schule gelernt, und wir liegen mit allem daneben. Was zum Teufel ist zwischen jetzt und der Zukunft geschehen?«

»Das weiß niemand«, meinte Lancelot, unterdrückte ein Grinsen mit einem Schluck seines Ales. Vera nahm nur vage wahr, dass dies vermutlich eine Antwort auf ihre unflätige Sprache war. Sie war mehr darauf konzentriert, was er sagte. Und sie hatte nicht erwartet, dass er eine Antwort für sie parat hatte. »Merlin hat keinen Zugang zu der Zeit zwischen heute und neunzehnhundert.«

»Woher weißt du das?«, wollte Vera wissen.

»Ich bin sehr intelligent und weiß so einiges«, erklärte Lancelot, nachdem er einen Mundvoll geschluckt hatte. »Magie hat ihre Grenzen.«

»Wirklich?«

»Ja, so viele Sachen.« Er lehnte sich nach vorne, betrachtete Vera mit gespielter Intensität. »Du kannst mich alles fragen.«

Sie lachte, was ihrem Tischgenossen ein zufriedenes Grinsen entlockte. »Nein, ich meine …«

»Ich weiß, was du meinst. Es gibt eine Blockade der nachfolgenden dreizehnhundert Jahre, durch die Magie nicht dringen kann. Keiner weiß, was in dieser Zeit geschieht«, holte er aus, als ob das Thema damit erledigt wäre.

»Oh.« Vera schwieg und versuchte zu sortieren, was sie gelernt hatte und was sie noch fragen musste, während sie ihre Pastete aufaß und Ale schlürfte. Dies war keine kleine Aufgabe. Vera hatte das Gefühl, je mehr sie hörte, desto weniger wusste sie. Sie hielt den Krug fest umschlungen, ihr Körper spannte sich bei dem Versuch an, nicht in Panik zu verfallen. *Tief einatmen. Bleib bei dir. Es geht dir gut.*

Sie musste nicht lang darüber nachdenken, denn ihr Blick blieb an einem Mann hängen, der inmitten der Feierlichkeiten deutlich auffiel, als er sich seinen Weg durch die Menge bahnte, die Stirn schweißnass und die Augen auf Lancelot gerichtet. Bei dieser Ablenkung verschwand Veras aufkeimende Angst, und sie legte den Kopf schief. Lancelot folgte ihrem Blick, als der Mann sie erreichte und beide Hände auf den Tisch stemmte, um sich Halt zu geben.

»Sir Lancelot!«, grüßte er durch die Schnappatmung hindurch. »Ich habe gehört, Ihr wäret hier. Verdammt gutes Timing ist das.« Schnell verlagerte er seine Aufmerksamkeit auf Vera, die bei dem ungewohnten Gefühl aufzufallen, zusammenzuckte. »Ich freue mich, dass Ihr wohlauf seid, Euer Majestät. Und bitte entschuldigt die Unterbrechung. Diese Angelegenheit ist äußerst dinglich.«

»Geht es um Räuber?«, erkundigte sich Lancelot. Die Atmosphäre um ihn herum veränderte sich vor Veras Augen. Seine Züge wirkten härter und das freundliche Funkeln in seinen Augen verschwand augenblicklich. Der Lancelot, der Vera nun gegenübersaß, war wirklich Furcht einflößend.

»Sie wurden gesichtet, wie sie sich der östlichen Straße nähern. Soll ich die Soldaten rufen oder nicht?« Der Mann richtete sich auf, eindeutig bereit zu handeln. »Es wird höchste Zeit, dass diese Kerle an den Pranger gestellt werden.«

Lancelot seufzte, wirkte merkwürdig zögerlich, aber er nickte, und der Mann wandte sich zum Gehen. Dann erhellten sich Lancelots Augen, und er hielt ihn auf, indem er ihn am Arm packte. »Warte. Haben sie jemanden verletzt?«

»Die Diebe? Nein«, berichtete der Mann schnell. »Gott sei Dank sind es nur ein paar Schürfwunden und blaue Flecke.«

»Hm.« Lancelot trommelte mit den Fingern auf den Tisch. Seine Augen huschten kurz zu Vera. »Garth, könntest du der Königin und mir bitte einen Moment geben?«

Garth, der vor Dringlichkeit ganz angespannt war, schnaubte und schürzte die Lippen.

»Ich weiß. Wir haben keine Zeit.« Lancelot hob einen einzelnen Finger. »Nur einen Augenblick.«

Er lehnte sich zu Vera über den Tisch, während sich Garth zögerlich ein paar Schritte entfernte.

»Diese Diebe … das sind Jungs. Kaum mehr als Kinder«, erklärte Lancelot schnell. »Zweifelsohne kleine Taugenichtse. Seit drei Wochen greifen sie nun schon Reisende auf der Straße des Königs an – und vermeiden gekonnt die hiesigen Soldaten, was so einiges darüber aussagt, wie clever die Jungs sind.«

»Oder wie inkompetent die Soldaten«, witzelte Vera.

Lancelot grinste auf seine Hände. »Guter Punkt. Wie auch immer, wir haben nicht die ganze vermaledeite Nation vereint und zehn Jahre lang Eindringlinge bekämpft, damit nun irgendwelche Halbstarken die Straße des Königs unsicher machen können. Es heißt, dass sie kein Zuhause hätten. Sie sind eindeutig durch das System gerutscht, aber wir können ihnen nicht erlauben, so weiterzumachen. Eines der folgenden beiden Dinge wird geschehen: Entweder werden sie die falsche Person überfallen und dabei getötet, oder … die kleinen Taugenichtse wachsen zu großen Taugenichtsen heran. Und große Taugenichtse sorgen für Probleme, die nicht so leicht behoben werden können, verzeih, wenn ich das so deutlich sage.«

»Da ist nichts zu verzeihen«, meinte Vera. »Das ist recht bildlich.«

Garth räusperte sich und verlagerte das Gewicht von einem Bein aufs andere.

»Ich denke, dass ich sie genug das Fürchten lehren kann, dass sie wieder auf den rechten Weg kommen, sobald wir die Stadt verlassen. Natürlich nur, wenn das für dich in Ordnung ist?«, schlug Lancelot vor. »Wenn alles nach Plan verläuft, dann werden sie morgen ein besseres Leben führen als heute. Du musst gar nichts machen, und wir werden dafür sorgen, dass dich niemand sieht. Du wirst keiner direkten Gefahr ausgesetzt sein.«

Vera spielte die Ungläubige, zog eine Augenbraue hoch, aber

Aufregung begann sich in ihrem Magen auszubreiten. »Keiner direkten?«

Lancelots Halblächeln brachte ihre Fassade beinahe ins Wanken. Scheiße. Er war niedlich – und zu liebenswert. Aber es war das, was als Nächstes kam, das sie ins Taumeln brachte. Das Lächeln verschwand, und er betrachtete Vera mit inbrünstiger Aufrichtigkeit. »Ich werde auf Euch aufpassen, Euer Majestät.« Er klang um einiges nüchterner, als es der Fall sein sollte.

Und so glaubte sie ihm.

7

Nachdem Lancelot Garth mit schnell aufeinanderfolgenden Fragen bombardiert hatte, ging er zügiger und führte Vera zu den Stallungen. Er warf ihr immer wieder Seitenblicke zu, während er seine langen Schritte ihren viel zu kurzen Beinen anpasste.

»Wir könnten rennen«, schlug Vera vor, bevor sie darüber nachdenken konnte.

Seine Augen wurden groß. »Wirklich?«

Anstatt zu antworten, begann Vera zu joggen. Sie hörte sein Lachen, bevor er sie einholte und neben ihr hereilte. Nun war Vera diejenige, die ihm Seitenblicke zuwarf, zufrieden damit, dass er leicht überrascht wirkte, als sie die Pferde erreichten.

»Guinevere, das ist Kalimorfis«, stellte Lancelot vor und streichelte den Nacken einer gutmütigen braun-grau gesprenkelten Stute. »Kalimorfis, ich bin mir sicher, du erinnerst dich an Guinevere.« Für den Bruchteil einer Sekunde, war sich Vera nicht sicher, ob Lancelot Witze machte oder ob das Pferd antworten würde. Mit Tieren zu sprechen, schien hier nicht im Reich des Unmöglichen zu liegen. Aber Kalimorfis antwortete nur mit den typischen Pferdegeräuschen, und Vera entschied, dass sie Lancelot ein klein wenig mehr mochte.

Er bewegte sich mit beeindruckender Effizienz, durchsuchte seine Satteltaschen und brachte einen Reiseumhang für Vera zum Vorschein, den sie über ihr Kleid zog, dann half er ihr auf das Pferd und stieg ebenfalls graziös in den Sattel, all das in nur einer Minute.

Während sie sich von der Stadt entfernten, erklärte Lancelot Vera den Plan. Die Taktik der Jungspunde war bei jedem Angriff dieselbe: Sie warteten vor der Stadt, und wenn sich ihr Ziel näherte, tat einer so, als wäre er verletzt und allein. Während der Reisende dem Jungen half, kamen die anderen beiden von hinten und klauten alles, was sie konnten. Wenn die Zielperson es bemerkte, flüchtete die Diebesbande und auch der, der so getan hatte, als sei er verletzt, suchte das Weite.

Lancelots Plan beinhaltete einen Großteil ihrer eigenen Medizin. Er würde so tun, als hätte er auf der Straße Schwierigkeiten und hoffte, dass sie auf den Köder ansprangen und ihn für leichte Beute hielten. Er würde sie bei der Tat erwischen und wie Lancelot gesagt hatte: »Ihnen das Fürchten lehren.«

Vera würde die ganze Zeit ihre Kapuze aufbehalten und sich verstecken. Er band sein Schwert an ihr Pferd, um vollkommen unbewaffnet und verletzlich zu wirken. Es war eine Entscheidung, die ihr etwas riskant vorkam, da sie nicht nur den Eindruck einer Schwachstelle erweckte, sondern eine war.

Als Vera ihn darauf ansprach, balancierte er das Schwert in der Hand, dachte über ihren Einwand nach und verstaute es dann sicher hinter ihrem Sattel.

»Ich denke, ich schaffe das schon«, meinte er.

Merlins Beschreibung von Lancelot hallte in ihren Gedanken wider und klang diesmal wie eine Warnung: laut und töricht. Aber dann gab es da noch ihre augenblickliche Zuneigung ihm gegenüber, und das führte zu etwas, von dem Vera wusste, dass es noch viel gefährlicher war: Sie vertraute ihm bereits.

Die Straße von Glastonbury führte nach unten zu einer Ebene, bevor sie sich in alle Richtungen schlängelte. Vor ihnen war der einzig feste Untergrund der Teil der Straße, der sich in die Landschaft grub. Vereinzelte Baumhaine säumten den Straßenrand. Aber das umliegende Gebiet war nicht grün. Hinter der hart geschotterten

Straße, die sich bis an den Horizont fortsetzte, konnte Vera die letzten Strahlen der Sonne auf der Erde schimmern sehen, wie eine Fata Morgana in der Wüste, eine Illusion von Wasser. In Wahrheit gab es kein Trugbild. Sie waren von Sümpfen umgeben, das seichte Wasser sammelte sich zu einem großen See. Vera wusste, dass Glastonbury vor langer Zeit einmal eine Insel gewesen war, und ihr wurde klar, dass sie dies nun mit eigenen Augen sah.

»Das sieht gut aus.« Lancelot nickte zu einer besonders dichten Ansammlung von Bäumen, Büschen und Unterholz. Vera lenkte ihr Pferd in den Hain. Bisher war sie erst zweimal im Sommerlager geritten und wusste, dass dies hier ein besonders gut trainiertes Tier war. Was Vera an Fähigkeiten fehlte, machte das Pferd durch Intuition wieder wett. Die Stute schien genau zu wissen, wo Vera sie hinlenken wollte und sobald sie sich hinter der größten Hecke versteckt hatten, bestätigte Lancelot, dass sie unsichtbar genug waren.

Und dann warteten sie.

Vera lehnte sich zur Seite und beobachtete Lancelot durch ein Loch in den Blättern. Sie sollte nicht gesehen werden, aber das hieß nicht, dass sie die ganze Aufregung verpassen wollte. Er stieg an der Straße aus dem Sattel und stand dem Pferd gegenüber, streichelte es liebevoll zwischen den Augen, während er ihm beruhigende Worte zumurmelte, die sie nicht hören konnte. Das sanfte Geräusch von schallendem Gelächter wurde vom Wind zu ihnen getragen. Lancelot hielt inne, blickte über die Schulter. Dann warf er seinen großen, graziösen Köper kurzerhand in den Dreck. Vera musste sich die Hand vor den Mund halten, um nicht laut aufzulachen. Er drehte ihr den Kopf zu, selbst still lachend.

»Reiß dich zusammen«, sagte er gerade laut genug, dass sie ihn hören konnte. »Bleib bei dir, Guinevere.«

Es schockierte Vera, ihn das sagen zu hören. Sie hatte genau denselben Satz früher am Abend zu sich gesagt. Vera reckte den Hals, um die Straße zu sehen, als undeutliche Formen auszumachen waren und beim Näherkommen langsam die Gestalten von drei Jungs annahmen.

Einer war enorm. Er schlenderte, bewegte sich dabei aber eher wie ein Kleinkind als ein Mann, mit Händen und Füßen, die scheinbar zu groß für ihn waren und von denen er nicht wusste, was er damit anfangen sollte. Er war zweimal so breit wie der kleinste. Sie waren eine witzig aussehende Gruppe, der eine war um die ein Meter achtzig, während der andere beinahe einen halben Meter kleiner war. Die Züge des Kleinsten ähnelten einer Maus und die Haare und sein Teint hatten die Farbe von dreckigem Stroh. Das picklige Gesicht des dritten war zu einer wütenden Maske verzerrt, aber er hatte dieselbe Nase wie der Mäuse-Junge, und Vera vermutete, dass sie Brüder waren. Sie alle waren schmutzig und trugen Kleidung, die dringend gewaschen werden musste oder sogar fortgeworfen gehörte. Ihre Hosen und Shirts waren mehr Flicken als Stoff. Keiner von ihnen trug Schuhe. Traurigkeit überkam Vera.

Sie waren komplett in ihr wildes Geplänkel vertieft, sodass sie bereits in der Nähe von Veras Versteck waren, als der kleinste aufschrie.

»Seht!« Sein Flüstern war viel zu laut für irgendwelche Geheimnisse. Sie hielten an und ihre Gesichtsausdrücke wurden hungrig.

»Er scheint verletzt zu sein«, meinte der riesengroße Junge mit tiefer Stimme, während er die Brauen zusammenzog.

»Er scheint reich zu sein.« Der kleinste Junge löste einen Dolch von seinem Gürtel und wirbelte ihn gekonnt zwischen den Fingern. »Und diesen Gaul können wir für ein Vermögen verscherbeln.«

Sie standen auf der Straße und unterhielten sich darüber, was sie nun tun sollten. Der Picklige und sein Bruder wollten den verletzten Mann nach Geld absuchen und das Pferd mitnehmen. Der Große meinte, dass sie zu gierig wären, nur das Pferd nehmen und nichts riskieren sollten. Sie hatten noch keine Entscheidung getroffen, als sich der Mäuse-Junge plötzlich umdrehte und zu Lancelot ging.

»Dunstan!«, zischte sein Bruder, dessen Stimme brach. »Stopp!«

Aber Dunstan blieb nicht stehen. Er marschierte weiter, den Dolch verteidigend vor sich gestreckt, während die anderen beiden Jungs wie angewurzelt dastanden. Er trat Lancelot fest in die Seite und jedes Mitleid, das Vera bisher empfunden hatte, verpuffte. Lancelot zuckte nicht einmal zusammen. Sie wusste nicht, wie ihm das gelang. Ihr Herz schlug wie wild.

Lancelot hatte zwei Beutel an den Hüften befestigt und der Junge, wohl zufrieden damit, dass sein Opfer ohnmächtig war, machte sich am Öffnen des einen zu schaffen. Als Lancelots Hand hervorschoss und ihn am Handgelenk packte, zuckte Vera beinahe so sehr zusammen wie der Junge.

Mit einer fließenden Bewegung setzte sich Lancelot auf, sodass er mit dem geschockten Kind auf Augenhöhe war. Dunstan schwang unbeholfen zur Vergeltung mit seinem Dolch. Innerhalb eines Wimpernschlags war der Dolch in Lancelots Hand und ihre Positionen vertauscht; Dunstan lang auf dem Boden, während Lancelot über ihm kniete. Seine Bewegungen waren so präzise, dass es genauso sinnlos war, zu versuchen herauszufinden, wie Lancelot das gemacht hatte, wie zu probieren den Flügelschlag eines Kolibris in der Luft zu beschreiben. Veras Frage, ob er dieser Situation hätte unbewaffnet gegenübertreten sollen, verflüchtigte sich.

Immerhin hatten die anderen beiden Jungs nicht das Weite gesucht. Tatsächlich stürmte Dunstans Bruder los und zog dabei seinen eigenen Dolch. Lancelot drehte sich nicht einmal komplett zu dem Jungen um, als er die Hand ausstreckte und ihn am Handgelenk packte. Er erhob sich zu seiner vollen Größe und verdrehte den Arm des älteren Bruders, bis dieser den Dolch fallen ließ.

»Oh, Scheiße.« Dunstans Bruder keuchte, als ihm klar wurde, wer ihm gerade gegenüberstand.

Lancelot legte den Kopf schief und lächelte reumütig. »Gut ausgedrückt.« Er blickte über die Schulter zu dem größten der drei. »Wenn du auch nur den geringsten Hauch einer Chance haben möchtest, deine Hände zu behalten, dann schwing deinen Arsch *augenblicklich* hierher.« Lancelots Stimme war so herrisch, dass Vera beinahe selbst von ihrem Pferd gesprungen und zu ihm gegangen wäre, nur um zu gehorchen.

Zögerlich schleppte sich der große Junge zu ihnen. Lancelot steckte die Dolche der Brüder in seinen Gürtel. Sie hatten sich alle genug bewegt, dass Vera nichts mehr sehen konnte, also führte sie ihr Pferd näher an die Straße. Sie war nicht mehr ganz so versteckt wie zuvor, aber hatte eine viel bessere Sicht. Es war beinahe dunkel und die Jungs hatten ihr den Rücken zugewandt. Als Lancelot sich wieder Dunstan zuwandte, blieb der größte Junge auf halber Strecke zwischen Vera und Lancelot stehen. Er wippte auf den Fußballen vor und zurück, unentschieden, wohin er sollte. Lancelots Blick schoss in die Höhe, als spüre er, dass etwas schiefgegangen war. Der Junge war kurz davor, etwas Dummes zu tun.

Er drehte sich und rannte taumelnd die Straße in Veras Richtung entlang. Diese dachte nicht lang über die Konsequenzen nach. Sie gab ihrem Pferd die Sporen und preschte auf die Straße. Dort riss sie so stark an den Zügeln, dass ihre Kapuze zurückrutschte. Sie zog Lancelots Schwert mit beiden Händen aus der Scheide und hielt dem Jungen die Spitze vors Gesicht. Dieser kam stolpernd zum Halt und fiel auf seinen Hintern, starrte unverhohlen schockiert zu ihr hinauf. Blankes Entsetzen verzerrte seine Züge.

»Ich würde mir das noch mal überlegen«, meinte sie.

Dem Jungen fehlten die Worte, als er rückwärts wie eine Krabbe von ihr wegrutschte.

»Ist das die Königin?«, fragte das Pickelgesicht in entsetzter Ehrfurcht.

Lancelot betrachtet Vera mit einem hochgezogenen Mundwinkel. »Ja, das ist sie.«

Vera glaubte Verblüffung in seiner Stimme zu hören, aber entschied, dass sie sich geirrt haben musste, als Lancelot den Blick auf den großen Jungen verlagerte. Dieser trampelte hinüber und gesellte sich zu den anderen beiden.

»Setzen.« Lancelot spuckte den Befehl regelrecht aus.

Nicht überraschend taten alle wie geheißen. Keiner von ihnen wagte es auch nur, sich zu bewegen. Vermutlich trauten sie sich nicht einmal mehr zu blinzeln.

»Ich weiß ja nicht, wie euer Leben bisher verlaufen ist«, begann Lancelot, nachdem er sie unangenehm lange finster angestarrt hatte, »aber das Chaos, dass ihr auf dieser Straße verursacht habt, blieb vom König nicht unbemerkt. So kann und so wird es nicht weitergehen.« Er tigerte vor ihnen vor und zurück, traf eindringlich ihre Blicke. »Ihr habt die Wahl: Entweder erscheint ihr morgen bei der Waffenkammer, schwört dem König die Treue und werdet Teil seines Heers. Ihr werdet einen Ort zum Wohnen und genug zu essen haben, und ihr werdet lernen, anständige Männer zu sein, statt diebische Balgen. Oder ihr werdet von den Wachen des Königs höchstpersönlich verfolgt und nicht mit so viel Nachsicht behandelt, wie ich sie euch heute gezeigt habe. Habe ich mich klar ausgedrückt?«

Alle nickten energisch, wie eifrige Hühner auf der Suche nach Würmern.

»Gut«, meinte Lancelot. »Und nun verschwindet – bevor ich meine Meinung ändere.«

Die Jungen rappelten sich auf und rannten in Richtung Glastonbury davon. Auf ihrem Weg starrten sie Vera mit offenen Mündern an, außer dem größten Jungen, der hielt den Blick gesenkt. Bald waren sie nur noch unförmige Flecken am Horizont.

Vera drehte sich zurück zu Lancelot. Sein ernster Gesichtsausdruck war geblieben, aber verschwand, als er Veras Blick traf.

»*Ja!*«, rief er und riss beide Fäuste triumphierend in die Höhe. »Du«, fuhr er fort und zeigte auf sie. »Du warst verdammt brillant.«

Sie war so überrascht, dass sie einfach nur lachte. »Das war wirklich dumm«, sie kicherte, »und dieses Schwert ist unfassbar schwer. Ich war kurz davor, mir die Schulter auszurenken.« Sie reichte ihm das Schwert, beide Arme zitterten vor Anstrengung.

Lancelot nahm es entgegen, und während sie Probleme hatte, es mit zwei Händen zu halten, steckte er es lässig mit einer zurück in die Scheide und erklomm sein Pferd so selbstverständlich, als würde er sich eine Jacke überziehen.

»Du warst brillant«, wiederholte Lancelot. Er schnalzte mit der Zunge und ihre Pferde setzten sich gehorsam in Bewegung. »Das sollte mich nicht überraschen. Du hattest schon immer einen guten taktischen Verstand.«

»Taktischen Verstand?« Vera starrte ihn an.

Er nickte. »Du und Arthur habt nur ein paar Monate vor der letzten Invasion geheiratet. Dir ist der ausschlaggebende Teil unserer Kampfstrategie eingefallen.«

»Ich … ich war das? Bist du dir sicher?«

Er lachte, bedachte sie aber mit seinem Blick. »Sehr sicher. Würdest du dich jetzt nicht strategisch begabt nennen?«

»Gott, nein.«

Lancelot grinste schief und einen Moment sah er sie bewundernd an. »Du bist anders als …« Er schüttelte den Kopf und schnalzte mit der Zunge. »Du bist anders.«

Sie rutschte in ihrem Sattel hin und her. »Im guten oder im schlechten Sinn?«

»Einfach … anders«, entgegnete er, auch wenn er dabei hoffnungsvoll wirkte. »Ich schätze mal, das ist nur fair. Das, was für uns ein Jahr war, war für dich ein ganzes verdammtes Leben. Wie ist es so? In deiner Zeit, meine ich.«

Sie war sich nicht sicher, wie sie das beantworten sollte. Wie konnte sie das Handy erklären, nach dem sie in der letzten Stunde ganz vergessen hatte, ungefähr zwanzig Mal danach zu greifen? Womit könnte sie überhaupt anfangen, um die Zukunft zu beschreiben? »Ich habe meinen Eltern dabei geholfen, eine Gaststätte zu führen«, erzählte sie schließlich.

Lancelot hatte jede Menge Fragen darüber, wie Vera sich die Zeit vertrieb. Sie stolperte durch die Liste ihrer Hobbys, aber als sie das Joggen erwähnte, setzte er sich aufrechter hin.

»Du läufst?«, wollte er wissen.

»Ja.« Vera biss sich auf die Lippen. War das so seltsam?

Er fixierte sie mit einem erfreuten Lächeln. »Das sollte mich nach der Nummer an der Scheune nicht überraschen. Man sah dir an, dass du dich beim Laufen wohlfühlst.«

Sie hatte nicht darüber nachgedacht, aber Lancelot hatte währenddessen auch zufrieden gewirkt. Seine Schritte und die Haltung … Vera starrte ihn an. »Läufst *du*? Ich hatte nicht erwartet, dass die Menschen in dieser Zeit joggen.«

»Soldaten schon«, erklärte er. »Den Großteil des Jahrzehnts haben wir im Krieg verbracht und sind jeden Tag gelaufen, um kampfbereit zu bleiben. Die meisten Soldaten haben sich inzwischen in alle möglichen Winkel des Königreichs verzogen und führen ein ruhiges Leben – und das wohlverdient, möchte ich hinzufügen. Ich trainiere die hiesigen Streitkräfte und die königliche Wache und laufe immer noch, um fit zu bleiben. Und es gefällt mir.« Er zuckte mit den Schultern. »Es beruhigt den Verstand.«

»Ja!« Vera schrie beinahe. »Das ist es. Tatsächlich …« Sie erinnerte sich an ihre Turnschuhe, die hinter ihr in der Satteltasche lagen und entschied sich, sie ihm zu zeigen. Er begann regelrecht zu schwärmen, drehte die Schuhbändel zwischen den Fingern hin und her, und seine Augen weiteten sich, als er das Polster auf der Innensohle fühlte.

»Guinevere«, meinte er mit gesenkter und ehrfürchtiger Stimme. »Das muss die beste Erfindung aller Zeiten sein.«

Sie lachte. »Die sind ziemlich weit oben auf der Liste.«

Danach gab es kaum einen Augenblick der Stille zwischen ihnen. Die Dunkelheit hatte sich nun vollständig ausgebreitet, und das samtige Schwarz des Nachthimmels gesprenkelt mit Sternen erstreckte sich über ihnen, bevor Vera klar wurde, dass es ihr noch nie so leichtgefallen war, sich mit jemandem zu unterhalten, außer mit ihren Eltern. Die aufkeimende Freundschaft war eine angenehme Überraschung, aber umso mehr Vera sich für Lancelot erwärmte, desto stärker rumorte ihr Magen. Er betrachtete sie mit einem wissenden Blick, die Augen liebevoll.

»Als wir uns das erste Mal getroffen haben, dachtest du, ich wäre Arthur, nicht wahr?«

Sie hoffte, dass die Dunkelheit das aufflammende Pink ihrer Wangen verbarg. »Ja«, antwortete sie. »Warum ist er nicht gekommen?«

Lancelot betrachtete Vera forschend. »Es tut mir leid. Das muss unglaublich schwierig für dich sein.«

Vera weigerte sich, die Stille zu füllen. Er hatte ihre Frage nicht beantwortet.

»Ich will dich nicht in die Irre führen. Wir wussten nicht, dass heute *der* Tag sein würde, an dem Merlin dich zurückbringen wird. Er hat erst heute Nachmittag einen Boten geschickt, und Arthur hatte Bedenken, dass Merlin versucht ...« Lancelot hielt inne, seine Lippen verzogen sich zu einer schmalen Linie. »Nun, dass Merlin extreme Maßnahmen nutzen wird, um dich zurückzubringen.«

Er schien seine Worte genau zu wählen. Vera konnte ihn genauso gut direkt fragen: »Hasst Arthur Guinevere?«

»Nein.« Dies sagte Lancelot sehr bestimmt. »Es war … eine schwere Zeit.« Er warf Vera einen düsteren Blick zu. »Aber es hat nichts mit dem zu tun, was du durchgemacht hast.«

Sie spannte sich an, und eine Erinnerung an einen blutenden, sterbenden Vincent schoss ihr durch den Kopf. Woher wusste er das?

Er sah jedoch ihren Blick und erklärte seine Aussage in einem sanfteren Ton. »Du hast dein ganzes Leben hinter dir gelassen.«

»Oh.« Natürlich. Witzig, dass sie nicht darüber nachgedacht hatte. Aber es stimmte. Und ihre Fähigkeit nach Hause zu gehen, ihr Leben zurückzubekommen, sich *selbst* zurückzubekommen, hing einzig und allein von einer Aufgabe ab, die sich als sehr viel komplizierter erwies, als es Vera in ihrer naiven Vorstellung geglaubt hatte. »Was, wenn ich nicht kann, was Merlin von mir braucht?«

Lancelot sah sie einen Augenblick lang an. »Merlin setzt sich zielstrebig für das Königreich ein – und geht manchmal damit zu weit, um ehrlich zu sein. Ich weiß nicht, ob seine Erwartungen an dich angemessen sind.«

Vera runzelte die Stirn. »Und ich bin mir nicht sicher, ob er deiner Einschätzung der Situation Glauben schenken würde.«

»Ah.« Lancelot grinste sie schief an, entzündete damit erneut den Funken der Unbeschwertheit. »Du hast bereits festgestellt, dass ich nicht Merlins Liebling bin.«

»Du warst so ziemlich das Einzige, was seine …« Vera suchte nach den richtigen Worten, um Merlins mächtige Ruhe zu beschreiben.

»Stock-im-Arsch-Haltung?«, bot Lancelot an. Vera lachte. »Also weiter. Was hat er über mich gesagt?«

»Er meinte, dass du Arthurs teuerster Freund seiest. Und äußerst loyal«, erzählte Vera.

»Oh, das ist recht nett. Und?«

»Dass du laut und töricht bist.«

»Das ist … hm.« Zuerst dachte sie, Lancelot wäre beleidigt, aber er grinste. »Er beginnt wirklich langsam, mich zu mögen. Laut und töricht. Das ist vermutlich die netteste Beschreibung, die er bisher für mich genutzt hat. Zugegeben, vielleicht hat er etwas übertrieben, um dich davon zu überzeugen, du weißt schon, alles hinter dir zu lassen … aber ich nenne dies einen Fortschritt in der Merlin-Lancelot-Beziehung.«

Sie ritten beinahe zwei Stunden, bevor sich eine freundschaftliche Stille über sie legte und sich Veras Augenlider kurz darauf schlossen. Sie hätten genauso gut hundert Pfund wiegen können, so anstrengend war es, sie offen zu halten.

Sie wachte erschreckt auf, als ein fester Griff am Arm sie aufrecht hielt.

»Du wärst beinahe vom Pferd gefallen«, erklärte Lancelot ruhig. »Du hast tausend Jahre an einem Tag erlebt. Mach schon und lehn dich nach vorne an den Hals der Stute.«

Veras Augen waren kaum noch offen. Sie nickte schweigend und lehnte sich nach vorne, während Lancelot eine ruhige Hand auf ihren Rücken legte. Sie glaubte ihn sagen zu hören: »Ich habe dich.« Es könnte aber genauso gut ein Traum sein, da sie bereits schlief.

»Ishau mar domibaru.«

Zum zweiten Mal hallten diese unbekannten Worte durch Veras Körper. Worte, an die sie sich nicht mehr erinnern würde, wenn sie erwachte.

8

Ein sanftes Glühen führte Vera zurück in einen wachen Zustand, aber es war nicht der Mond. Die Seite ihres Gesichts lag am Nacken ihres Pferdes, und das Licht kam aus Lancelots Richtung, nicht vom Himmel.

Vera blinzelte, versuchte zu verstehen, was sie da sah. Da war eine Laterne, ein Ball aus Licht, ähnlich jenen, die sie in Glastonbury gesehen hatte. Dieser hatte die Größe einer Grapefruit und hüpfte zwischen ihren Rössern in seinem ganz eigenen Takt auf und ab. Er erzeugte keine scharfen Schatten, und es schmerzte auch nicht, ihn anzusehen, aber er erleuchtete die Fläche um sie herum in alle Richtungen, wie eine reisende Blase. Vera setzte sich auf und rieb sich das Gesicht.

»Guten Morgen«, begrüßte Lancelot sie. »Hast du gut geschlafen?«

Sie wusste nicht, wie lange sie ausgeknockt gewesen war. Lange genug, dass ihr Nacken und Rücken verspannt waren und der Mondstein auf ihrer Stirn einen Abdruck hinterlassen hatte. Sie spitzte die Ohren, als sie das entfernte Geklapper von Hufen auf Stein wahrnahm. Sie hatten das Sumpfgebiet hinter sich gelassen und waren auf einer Pflastersteinstraße angelangt. Sie ritten an ein paar Bauernhäusern mit Strohdächern vorbei, und Vera erkannte eine Ansammlung von Lichtern nicht allzu weit weg, auf einem großen Berg, und vermutete mal, dass dies das Ziel ihrer Reise war. »Gehen wir dorthin?«

»Ja. Sobald wir die Tore des Dorfes durchquert haben, sind es nur noch ein paar Minuten bis zum Schloss.«

Ein paar Minuten bis zum Schloss. Veras Magen sank ihr in die Kniekehlen. Das passierte gerade wirklich. Sie ritten an einer hohen Steinmauer entlang, die sich zu beiden Richtungen erstreckte, den Pfad auf und ab. Falls die Mauer irgendwo endete oder abbog, war sie lang genug, dass Vera es nicht sehen konnte. Sie verstand sofort, warum dieser Ort für eine Burg gewählt worden war: Man hatte kilometerweit den Vorteil bei der Verteidigung und Sicherung. Die Tore zur Stadt waren geschlossen und bewacht, Männer standen auf unterschiedlich hohen Türmen auf der Steinmauer, nur ihre dunklen Silhouetten waren vom Boden aus zu erkennen. Die Straße wurde durch ein massives Holztor in Form eines Bogens unterbrochen, das in zwei Türen geteilt war. Wenn beide geöffnet waren, dann wäre es breit genug für die meisten modernen Fahrzeuge. Zwei Wachen waren zu jeder Seite positioniert. Lancelot rief ihnen etwas zu, und sie erkannten ihn sofort.

Die Wache oben auf der Mauer rief: »Zwei zu Fuß!«

Die linke Seite schwang mit einem wütenden Knarren auf. Die Pflastersteinstraße schlängelte sich durch die Stadt. Häuser waren häufig von Geschäften und Marktständen durchsetzt; hier ein Schmied, dort vielleicht eine Taverne. Der Geruch von rauchenden Torfmoosfeuern stieg von primitiven Kaminen auf, und das Glühen der Feuerstellen war durch Ritze in den Fensterläden erkennbar, dort wo die Bewohner erwachten. Ein paar Lichter in der Stadt strahlten in einer bekannten Sonnenuntergangsfarbe, zweifelsohne waren es die gleichen magischen Lichter wie Lancelots.

Sie bogen um eine Ecke und Vera sah es. Sie verstand nicht, wie sie es nicht schon früher hatte bemerken können – vielleicht lag es an der cleveren Platzierung in der Form des Hügels. Aber selbst in der Dunkelheit war das Schloss unverwechselbar. Das war nicht die kalte mittelalterliche Burg, die Vera erwartet hatte. Sie war größer, der Stein hatte die Farbe einer hellen Perle und einen schillernden Glanz im Mondlicht. Dieselbe Mauer, die auch die Stadt umgab, bildete einen weiteren Weg von der Burg, um sie zusätzlich zu schützen, wobei jeder Abschnitt durch eine Art Wachturm unterteilt war. Vier wesentlich höhere Türme erhoben sich dahinter und zeigten die Ecken des Schlosses auf. Drei erreichten eine ähnliche und beeindruckende Höhe, gekrönt von einem runden Steinballen mit einem spitzen kegelförmigen Dach. Der vierte Turm, der am weitesten von Vera und Lancelot entfernt lag, war sogar noch höher und wurde von einem stabilen, flachen Zylinder abgedeckt. Spitzdächer lugten dahinter und zwischen der Mauer und den Türmen hervor. Es gab keine zwölfstöckigen Türmchen, keinen Wassergraben mit Zugbrücken und auch keine Springbrunnen, aber in seiner Schlichtheit und dem Strahlen war es wunderschön.

»Camelot«, verkündete Lancelot, und Vera starrte ehrerbietig.

Sie zog die Augenbrauen hoch. Die Geschichten hatten zumindest beim Namen richtiggelegen.

Lancelot führte sie durch ein weiteres Tor in einen großen Landgarten. Zu ihrer Linken gab es Stallungen, und Vera roch die Pferde, bevor sie sie hörte, und drehte sich in ihre Richtung, um ihre Köpfe und Hufe über und unter den Stalltüren hervorblitzen zu sehen. Eine weitere Struktur erhob sich auf dem großen Feld zu ihrer Rechten. Es war aus demselben Perlenstein, mit einem hohen Spitzdach, jedoch mit einem auffälligen Unterschied zu den anderen Gebäuden: Die Tür war zu jeder Seite von einem Buntglasfenster gesäumt und einem dreiteiligen Fenster darüber.

Unterschiedlich geformte Glasflächen in Seegrün, Abendblau, Grau-Weiß und einem kräftigen Rot waren durch eine Art dickes Band aus Ton voneinander getrennt. Sie ergaben kein Bild, aber sorgten für ein angenehmes Mosaik auf bunten, leuchtenden Punkten.

Ein flaches Steinkreuz saß auf der höchsten Spitze, wo die Seite des Daches auf die anderen traf.

Hinter der Kapelle gegenüber von Vera und Lancelot war der eigentliche Haupteingang zum Schloss. Lancelot stieg vom Pferd, und Vera folgte ihm. Sie hatten den schläfrigen Stalljungen hinter ihnen nicht bemerkt, bis er ihr ihre Tasche vom hinteren Ende des Sattels reichte und beide Pferde in Richtung der Stallungen führte.

»Es ist beinahe Mitternacht.« Merlins Stimme schnitt durch den stillen Hof und klang verärgert. Abwartend stand er an der Tür des Schlosses. »Warum hat das so lange gedauert? Ihr kommt zwei Stunden später, als ich erwartete.«

»Verzeiht meine Ritterlichkeit«, rügte Lancelot, die Hände in die Hüften gestemmt. »Du hast eine Frau durch tausend Jahre gebracht und hast nicht einmal gefragt, ob sie hungrig ist.« Geschickt verschwieg er ihre Begegnung mit den jungen Dieben auf der Straße und auch Vera erwähnte sie nicht. Von ihrem Standpunkt neben Lancelot konnte sie sich nicht hundertprozentig sicher sein, aber sie glaubte, dass er ihr ein ganz kleines Zwinkern schenkte. Er hielt seine Lichtkugel in der Hand, die langsam erlosch, bevor sie in seiner Hand auf die Größe einer Pflaume schrumpfte. Lancelot steckte sie so selbstverständlich ein, wie man das vielleicht mit einem Fünf-Pfund-Schein tat.

Merlin seufzte. »Es tut mir leid, Guinevere. Es war ein anstrengender Tag.«

Sie folgte den beiden Männern in das Innere der Eingangshalle mit hohem Deckengewölbe, welches das Echo ihrer Schritte lauter widerhallen ließ als die Schritte an sich. Zu jeder Seite gab es eine Tür – eine auf der linken, eine auf der rechten und eine größere geradeaus in der gegenüberliegenden Wand. Mit einer Bewegung von Merlins Handgelenk entfachten die Fackeln in den Halterungen an den Wänden.

»Ist er …?«, erkundigte sich Lancelot.

»Er kommt«, entgegnete Merlin schnell, aber Unsicherheit lag in seiner Stimme. »Wartet genau hier.« Er eilte in Richtung der großen Tür auf der anderen Seite davon.

Ein Flattern breitete sich in Veras Bauch aus. Plötzlich war ihr sehr bewusst, dass sie stundenlang auf einem Pferd gesessen war und ihr Gesicht dagegen gedrückt hatte. Sie richtete ihre Krone, stellte sicher, dass der Mondstein zentral in ihrer Stirn lag und versuchte dann das Kleid an den Beinen glatt zu streichen.

»Sehe ich okay aus?«, fragte Vera, ohne darüber nachzudenken, kam sich dann aber direkt dumm vor und wünschte sich, sie könnte die Frage zurücknehmen.

Lancelot antwortete jedoch, ohne zu zögern: »Du siehst wunderschön aus.«

Eine Flamme der Zuneigung erwärmte ihre Brust. Sein Adamsapfel hüpfte, als er schwer schluckte. Auch er war angespannt.

Durch die offene Tür, durch die Merlin verschwunden war, wurden die Geräusche aus der Halle lauter und deutlicher. Es war dar Klang von Schritten. Vera versteifte sich. Sie wünschte, sie könnte als Unterstützung Lancelots Hand nehmen. Sie sah hinunter. Die Hand, die ihr am nächsten war, lag auf dem Schwertgriff, eine Haltung, die er mehr aus Gewohnheit einzunehmen schien, als um sich zu verteidigen.

Auch er beobachtete die Tür, aber machte einen kleinen Schritt zu Vera, sodass sich ihre Arme berührten.

Merlin kam zuerst um die Ecke, dicht gefolgt von einem anderen Mann. Das musste Arthur sein. Seine Augen waren auf den Boden vor ihm gerichtet. Er trug keine Krone oder andere schicken Dinge, sondern war in ein einfaches grauweißes Hemd und eine dunkle Hose gekleidet. Und er war kein kleiner Mann. Er ragte über Merlin auf. Alles an Arthur war noch intensiver als an Lancelot: seine

Schultern waren breiter und die Haare viel dunkler. Sie schienen ihm bis zum Kinn zu reichen, waren aber in den Nacken zurückgeschoben und wellten sich ganz leicht, weshalb es schwer zu sagen war, wie lang sie wirklich waren. Die leichten Locken an den Spitzen hätten ihn vielleicht jungenhaft erscheinen lassen, wenn da nicht die tiefen Falten um seinen Mund gewesen wären. Er schritt hinter Merlin durch den Raum und kam drei Schritte vor Vera und Lancelot zum Stehen, bevor er den Blick hob.

Vera hatte keine tränenreiche, glückliche Wiedervereinigung erwartet, aber war dennoch schockiert. Instinktiv machte sie einen halben Schritt von Arthur weg, bevor sie sich selbst Einhalt gebot. Sein Gesicht war hart wie Stahl, strahlte Zorn aus, obwohl er seine Züge so im Griff hatte, dass es absichtlich emotionslos wirkte. Er sah vielleicht gut aus, aber Vera konnte das hinter der kaum gezähmten Wut nicht beurteilen.

Wenn das Licht seine Augen richtig traf, dann waren sie verwaschen grau. Sie funkelten etwas wässrig, aber nicht so, als würde er gleich heulen, eher als … als hätte er getrunken. Angst breitete sich in Vera aus, als Arthur sie anstarrte. Sie wusste, dass sie müde aussah und fragte sich, ob sie auch panisch wirkte.

Merlin beobachtete sie abwartend.

Hoffnungsvoll.

Sie verlagerte ihren Blick zurück zu Arthur und strengte sich an, wirklich. Aber nichts an dem Mann kam ihr bekannt vor.

Keiner verlangte eine Bestätigung von Vera. Ihr Schweigen sprach Bände.

Merlin seufzte. »Es kann sein, dass es dauert, bis du dich an seine Majestät erinnerst.«

Dann sah Arthur von ihr weg und sprach zum ersten Mal, seine Stimme ein tiefes Knurren, das ihn noch angsteinflößender machte.

»Das ist sie nicht«, sagte er zu Merlin.

Ohne ein Wort oder eine Geste zu Vera drehte er sich um und verschwand durch dieselbe Tür, durch die er gekommen war.

Lancelot war die ganze Zeit zu einer Statue erstarrt gewesen, aber nun bewegte er sich schnell. Er führte seine Hand zu Veras Ellbogen. »Ich muss …«, begann er, den Kiefer angespannt, als er einen Schritt in Richtung Tür machte. »Oder möchtest du, dass ich bleibe?«

Obwohl Vera das tat, schüttelte sie den Kopf. »Geh.«

»Wir sehen uns morgen!«, rief er und eilte hinter Arthur her. Die herzzerreißend nervöse Energie, die sie durchströmt hatte, gefror und erstarrte in ihrem Magen zu einem Klumpen.

»Was nun?«, wandte sie sich an Merlin.

Seine Augen waren geschlossen, und er atmete tief ein, bevor er sie öffnete. »Das ist nicht so gelaufen, wie ich gehofft habe.«

»Ach wirklich«, murmelte Vera und lachte bitter.

Er lächelte und legte den Kopf schief, als wäre Vera ein Gemälde (oder etwas Seltsames), das er zum ersten Mal sah. »Ich glaube, viele von uns würden von einer zweiten Kindheit mit Eltern wie Allison und Martin profitieren. Es hat deinem Geist auf jeden Fall gutgetan.«

Vera konnte nicht anders, als Dankbarkeit bei seinem Lob zu empfinden. Und seit sie hier angekommen war, hatte sie erst einmal an Vincent gedacht, was um einiges besser war als jeder andere Tag seit seinem Tod. Selbst als sie sich im Geiste dazu beglückwünschte, schob sie die Erinnerungen an ihn zur Seite, aus Angst, dass sie auch in dieser Zeit die Trauer überkam, wenn sie den Namen zu lang im Gedächtnis behielt.

»Ich dachte, Arthur würde stoischer reagieren.« Merlin tätschelte ihr den Arm. »Ich zeige dir dein Gemach. Deine Kammerdienerin ist dort, um dir zu helfen. Sie war auch eine große Unterstützung bei den Angelegenheiten des Schlosses, während du weg warst.«

»Weiß sie über mich Bescheid?«, fragte Vera.

»Nein«, sagte Merlin streng. »Matilda, wie all die anderen hier, glaubt, dass du das letzte Jahr in einem Kloster verbracht hast, um dich von deinem Unfall zu erholen. Auf jeden Fall wird sie dir bei deinen Aufgaben helfen, bis du dich wieder eingelebt hast.« Sie bahnten sich ihren Weg durch ein Labyrinth aus Gängen mit Fackeln, die aufflammten, wenn sie näher kamen, und erloschen, nachdem sie sie passiert hatten, bis sie eine offene Tür erreichten, die zu einer Wendeltreppe in einem der Türme, die Vera von außen gesehen hatte, führte.

Der Turm war so groß, dass die Treppe auf jedem Stockwerk, das sie hinaufstiegen, einen eigenen Absatz mit einem Korridor hatte, der sich über die gesamte Breite des Turms erstreckte. Im obersten Stockwerk wartete bereits eine entzückende Frau auf sie.

Ihre krausen Locken hatten einen Rotton, der Vera an Ahornblätter im Herbst erinnerte. Zum größten Teil waren sie zu einem Bund hinten am Kopf zusammengedreht, abgesehen von ein paar losen Strähnen, die entkommen waren und ihr in die Stirn fielen. Ihr einfaches indigoblaues Schürzenkleid über einer weißen knöchellangen Tunika schmeichelte ihrer Haut, den Haaren und Augen. Vera vermutete mal, dass das Matilda war, aber sie erkannte sie nicht. Matilda musste Anfang vierzig sein und war eine der schönsten Frauen, die Vera je gesehen hatte.

Besorgt zogen sich Matildas Augenbrauen zusammen, und ihre ungläubigen Augen richteten sich auf Vera. »Euer Hoheit, ich kann nicht glauben, dass Ihr …« Sie ließ den Satz in der Luft hängen. Ihre Arme hoben sich, um Vera zu umarmen. Aber stattdessen klatschte sie steif die Hände vor sich zusammen. »Nun, ich bin sehr erfreut, dass Ihr wieder zu Hause seid.«

»Vielen Dank«, entgegnete Vera, der es nicht möglich war, den dumpfen Schmerz bei den Worten »zu Hause« zu verbergen.

»Ich gehe mal davon aus, dass von hier an alles in guten Händen ist?«, sagte Merlin.

Matilda nickte, und der Magier wünschte ihnen eine gute Nacht, bevor er die Treppe hinunter verschwand. Stille breitete sich aus. Einen Augenblick lang suchten Matildas Augen Veras Gesicht ab, bevor sie sie durch den Gang zu einer Tür zu ihrer Linken führte. Diese öffnete sie mit einem Schlüssel, den sie aus einer Tasche der Kittelschürze gezogen hatte.

Vera betrat hinter ihr den Raum. Er war sauber und von einem Kronleuchter an der Decke, gesprenkelt mit winzigen, leuchtenden Kugeln, erhellt. Links an der Wand stand ein großes Himmelbett mit schweren marineblauen Vorhängen an allen vier Seiten. Auf der rechten Seite neben einer weiteren Tür stand ein Holzschreibtisch.

Ein schlagendes Geräusch, Holz gegen Stein, zog Veras Aufmerksamkeit auf die gegenüberliegende Wand, eine gebogene Außenwand des Turms. Sofort erkannte sie die Quelle des Lärms: ein Fenster, größer als sie, war in die Wand eingelassen. Drei Steintreppen führten auf eine Anhöhe, wo eine blau gepolsterte Bank in etwas stand, das für sie wie eine gemütliche Leseecke wirkte. Das Fenster hatte keine Glasscheiben. Stattdessen kreuzten sich Holzplatten zu einem Rautenspalier, jede von ihnen so groß wie Veras Gesicht. Ein Windstoß fegte hindurch und der nicht gesicherte Fensterladen schlug erneut gegen die Wand.

Vera starrte auf das Fenster, aber Matilda kam ihr zuvor. Sie eilte die Stufen hinauf, schloss den Laden und sicherte ihn mit einem Metallnagel am oberen Ende. Ihre panischen Augen huschten zu Vera, als sie die Treppe herunterkam. »Es tut mir leid, Euer Majestät. Der sollte eigentlich geschlossen sein. Soll ich Euch vielleicht ein Feuer anzünden, damit Ihr Euch vor der kühlen Luft schützen könnt?«

Neben dem Fenster gab es einen großen Kamin. Vera war genauso verliebt in ihn wie in den Platz am Fenster. Fluffige Kissen lagen um einen niedrigen kleinen Holztisch verteilt in der Mitte eines großen Fellteppichs.

»Nein, vielen Dank«, antwortete Vera, als ihr klar wurde, dass sie verwundert den Ort angestarrt hatte, den Guinevere gut kennen würde.

Als Matilda anbot, Vera in ihr Nachtgewand zu helfen, das auf dem Bett lag, lehnte diese panisch ab, da sie sich an ihre Unterwäsche erinnerte, die hier etwas fehl am Platz war. Matilda war sichtlich verwirrt, aber Vera ruderte zurück und bat sie die Schnürung des Kleides zu lösen. Matilda starrte sie mit scharfen Augen an, bevor sie es wenig überzeugt der Reisemüdigkeit zuschrieb.

»Ich habe ein paar Dinge zurechtgelegt, falls Ihr Euch nach der Reise frisch machen wollt«, erwähnte sie, während ihre Finger schnell die wollenen Bänder an Veras Kleid lösten. Sie deutete zu der Ecke, die der Tür, durch die sie gekommen waren, am nächsten war. Dort gab es einen eckigen hölzernen Sockel, mit etwas, das einem Wasserhahn verblüffend ähnlich sah.

»Seid Ihr Euch sicher, dass ich mit nichts behilflich sein kann?«, fragte Matilda erneut langsamer.

Vera schüttelte den Kopf, und Matilda gab sich keine Mühe, den Unmut zu verbergen.

»Wie Ihr wünscht«, ergab sie sich mit einem Seufzen, die Hände in die Hüften gestemmt. »Mein Gemach wurde nach hier oben verlegt, bis Ihr Euch wieder eingewöhnt habt. Ich bin auf der anderen Seite des Korridors.«

»Vielen Dank«, antwortete Vera.

Matilda blieb noch ein paar Sekunden vor Vera stehen – worauf genau sie wartete, konnte Vera nicht sagen. Dann schüttelte die andere Frau den Kopf und ging.

Nun war es an Vera zu warten, den Atem anzuhalten, bis sie sicher war, dass Matilda nicht zurückkehren würde. Erst legte Vera die

Tasche aufs Bett und zog sich das Nachtgewand an, das man für sie vorbereitet hatte. Sie war eigentlich an ein T-Shirt und Leggings gewöhnt, aber die weiße Tunika, nicht so anders als das, was Matilda unter ihrer blauen Kittelschürze trug, reichte bis zu Veras Schienbeinen. Sie war weich und dick genug, um Vera warm zu halten.

Danach sah sie sich genauer in dem Zimmer um. Sie öffnete den Schrank neben ihrem Bett, um jede Menge Kleider in wunderschönen Juwelenfarben und mit ausgefallenen Stickereien vorzufinden. Auf einem der Ärmel zeichnete Vera die delikate Fadenarbeit nach, nahm den Stoff zwischen die Finger und hielt ihn ans Gesicht, atmete den Geruch ein und suchte dabei nach etwas Vertrautem, fand aber nichts.

Dieser Ort schien so gut wie jeder andere, um ihren ausgezogenen Sport-BH und die Tasche, die sie von Merlin beschlagnahmt und mit ihren Sachen gefüllt hatte, zu verstecken. Sie schob alles hinter die Kleider und hoffte, dass sich niemand die Mühe machen würde, tief genug zu graben. Da sie nicht wusste, was sie sonst damit sollte, hängte sie die Krone kurzerhand über den Türknauf des Kleiderschranks.

Als Nächstes nahm Vera den Sockel unter die Lupe. Und tatsächlich, das, was sie für einen Wasserhahn gehalten hatte, war tatsächlich einer, wenn auch nur rudimentär. Der Hebel erinnerte sie an eine Pumpstation draußen auf einem Campingplatz. Als Vera ihn vorsichtig hochzog, begann ein anhaltender Strom kalten Wassers aus dem Hahn in das glatte Becken zu fließen, wo es am unteren Ende in einen Abfluss hinablief. Ihr Mund wurde trocken, als sie ihre Finger unter das Wasser hob. Sie war kurz vor dem Verdursten. Vera schnappte sich den Becher, der praktischerweise direkt neben dem Hahn stand und füllte ihn, zögerte aber, bevor sie ihn an die Lippen brachte. Ob man das Wasser hier trinken konnte?

Beinahe besiegte der Durst die Vorsicht, aber Vera seufzte und stellte den Becher ab. Sie lenkte sich von ihrem Durst ab, indem sie zum Schreibtisch schlenderte.

Eingeklemmt zwischen einem runden Stein auf der einen und einem kupfernen Kerzenhalter auf der anderen Seite, stand eine ordentliche Reihe in Leder gebundener Wälzer am Ende des Tisches. Bücher. Sie versuchte, sich daran zu erinnern, wann man aufgehört hatte, Papyrus und Schriftrollen zu nutzen, und auf Bücher umgestiegen war, bis ihr einfiel, dass all die Informationen, an die sie sich aus dem Geschichtsunterricht erinnern konnte, vermutlich ohnehin falsch waren. Immerhin war sie beinahe sicher, dass ein Wasserhahn mit Rohren nicht ins siebte Jahrhundert gehörte. Dennoch hatte die Kleidung keinen Gummi und die Fenster kein durchsichtiges Glas. Tatsächlich war das einzige Glas, das sie bisher gesehen hatte, das bunte Fenster der Kapelle gewesen. Sie konnte nicht genau sagen, wann die Dinge so waren, wie sie sein sollten und wann sie komplett von der Vorstellung abwichen.

Vera zog ein Buch aus der Mitte, eins mit einem moosgrünen Cover. Sie schlug es auf, und ihr stockte der Atem, als sie die zwei signifikanten Dinge wahrnahm: Erstens, die Worte des Titels waren getippt worden und zweitens stand dort *Der Hobbit*. Als ob sie noch mehr Bestätigung für das Unmögliche brauchte, las sie in viel kleineren Buchstaben: *Oder hin und zurück* von J.R.R. Tolkien.

Sie lachte ungläubig, während sie das Buch zuschlug und untersuchte. Der Ledereinband fühlte sich für diese Zeit passend an, aber *Der Hobbit* gehörte mehr als tausend Jahre in die Zukunft genau wie sie. Vera zog ein weiteres Buch aus dem Stapel und öffnete es. *Hamlet* von William Shakespeare.

Nun öffnete sie ein Buch nach dem anderen. *Ilias* und *Odyssee*, *Im Westen nichts Neues*, *Tod eines Handlungsreisenden*, *Stolz und*

Vorurteil, Menschenkind, Der Fremde, Frankenstein … Vera hatte sie alle in der Schule oder Uni gelesen.

Am besten kannte sie *Der Hobbit*, also blätterte sie durch die Seiten, während sie auf dem Bett saß und suchte nach ihren Lieblingsabschnitten. Alles schien am richtigen Ort. Es war die bekannte Geschichte, die sie liebte und die sie, Martin und Allison einander als Tradition zur Weihnachtszeit laut vorlasen.

Vera verbannte die Erinnerung, als sie das Buch schloss und stattdessen darauf achtete, wo sie saß. Das Bett lud ihren erschöpften Köper ein, mit genug Platz, um sich auszustrecken, und jeder Menge Kissen.

Ihr Blick huschte zu dem Schrank mit ihren Sachen, und sie schielte zur Tür. Da war es.

Ein weiterer Schrank. Und ein Stapel Schriftstücke häuften sich auf dem Schreibtisch. Eine Schreibfeder lag unordentlich daneben. Natürlich. Das war nicht nur ihr Zimmer und nicht nur ihr Bett. Nachdem Merlin Vera versichert hatte, dass sie nicht hierhergebracht worden war, um ein Kind zu gebären, hatte sie den Gedanken beiseitegeschoben. Aber wie konnte ihr bis gerade nur entgangen sein, dass sie nicht allein schlafen würde?

Es war, als dienten ihre Gedanken als Einladung. Die Tür öffnete sich. Arthur trat ein, schloss die Tür hinter sich und machte zwei Schritte in das Zimmer, bis er sie bemerkte. Sie erhob sich, hatte das Gefühl, dass es unerlässlich war, dass sie im Moment nicht auf dem Bett saß. Er wirkte beinahe so überrascht, sie zu sehen, wie sie es war, ihn hier zu treffen, was das Ganze für Vera etwas besser machte.

Seine Augen waren immer noch glasig, und nach dem überraschenden Schock erstarrte sein Gesicht einmal mehr zu Stahl. Sie öffnete den Mund, aber schloss ihn wieder.

Auch Arthur sagte nichts. Er erholte sich rasch und ging auf sie zu.

Vera wich instinktiv vor ihm zurück, was Arthur mitten im Schritt erstarren ließ.

»Ich werde dir nicht wehtun«, sagte er. Seine Stimme war ein tiefes Grollen, auch wenn sie leise war. Er setzte sich wieder in Bewegung, umrundete sie mit mehr Abstand und ging zum zweiten Schrank. Er nahm ein paar Kleidungsstücke heraus und legte sie sich über den Arm, dann ging er zum Schreibtisch und nahm eine Handvoll Bücher. Sein Finger fuhr zweimal über den jeweiligen Rücken, bis er sich entschied, welche er wollte. Schließlich drehte sich Arthur zu Vera. Seine Augen huschten zu *Der Hobbit*, das in ihrer Hand lag. Vera streckte es ihm hin, hatte plötzlich das Gefühl, seine Privatsphäre verletzt zu haben.

Arthur schüttelte den Kopf. »Es sind deine. Merlin brachte sie für dich aus deiner Zeit hierher. Er dachte, sie würden dir Trost spenden.« Er sah auf Veras Schulter statt in ihr Gesicht. »Halte die Tür zum Gang nachts geschlossen, außer du benötigst etwas. Falls du Hilfe brauchst, wende dich an Matilda.« Die unausgesprochenen Worte waren genauso deutlich: Komm nicht zu mir.

Arthur drehte sich zu der Tür neben dem Schreibtisch, die Finger auf der Klinke.

Aber sie brauchte Hilfe und sie konnte Matilda nicht fragen. Vera wusste nicht, was sie sagen sollte, um seine Aufmerksamkeit zu bekommen. Sollte sie ihn »Euer Majestät« nennen oder »mein Herr«? Aufgrund von Notwendigkeit und der aufkommenden Panik, dass ihre einzige Informationsquelle verschwinden würde, fand Vera ihre Stimme wieder.

»Arthur«, sagte sie.

Als er sie ansah, war sein Gesicht eine Maske der Unzufriedenheit.

»Ich … Kann ich das Wasser hier gefahrlos trinken?« Sie hasste die Tatsache, dass ihre Stimme zitterte, wenn sie mit ihm sprach. »Und ich weiß nicht, wie man das Licht ein- und, ähm, ausschaltet.

Ich kann Matilda nicht fragen, da ich all das bereits wissen sollte ...« Ihre Worte verhallten in der Stille.

Für eine Sekunde verrutschte Arthurs Maske. Vera war sich beinahe sicher, dass etwas anderes als blanke Wut, etwas Sanfteres durch die Muskeln seines Gesichtes fuhr. Er nickte kurz.

»Das Wasser ist ungefährlich. Und das Licht ...« Er ging an ihr vorbei zu der Seite des Betts, auf der Veras Kleiderschrank stand, und deutete auf eine marmorartige Fliese an der Wand neben dem Bett. »Lege deine Hand darauf, bis es so dunkel ist, wie du es wünscht.«

Er ließ die kalten Augen lange genug auf Vera verweilen, bis diese ein »Dankeschön« gemurmelt hatte.

Arthur nickte erneut kurz und starrte auf den Boden, als er zurück zur Tür beim Schreibtisch ging und ohne ein weiteres Wort verschwand. Sie hörte das Geräusch von Metall auf Holz, als er die Tür hinter sich zuschloss.

Von Arthurs Antworten ihr gegenüber und Lancelots vorsichtig formulierten Worten, wusste Vera, dass es mehr über Guineveres Geschichte gab, als Merlin sie hatte glauben lassen. Die bevorstehende Aufgabe, ihre Erinnerungen auszugraben, schien ein Ding der Unmöglichkeit zu sein. Sie war naiv gewesen, zu glauben, dass sie dazu in der Lage sei. Ein übler Geschmack breitete sich in Veras Mund aus. Sie hatte Angst und fühlte sich komplett allein.

Vera stürzte den Becher Wasser hinunter, füllte ihn erneut und nahm ihn mit zu ihrem Nachttisch. Sie legte die Hand auf die Marmorfliese und beobachtete, wie das Licht immer dunkler wurde, ganz erlosch und dann wieder taghell wurde. Sie entschied sich für einen gedimmten Schein, da die komplette Dunkelheit sie nur verängstigt hätte. Dann krabbelte Vera unter die schweren Decken, drehte sich auf die Seite und zog die Beine an, und ohne zu wissen, was sie sonst tun sollte, begann sie *Der Hobbit* zu lesen. Vera fiel nicht auf, dass sie sich die Stimme ihres Vaters vorstellte, als sie die Dialoge las, da er zu

Weihnachten während ihrer Lesungen immer die Charaktere nachahmte. Seine Stimme hatte sie immer glücklich gemacht.

Und so kam es, dass Vera in einer der einsamsten Nächte ihres Lebens mit der Hand schlaff auf dem offenen Buch einschlief, während die Stimme von jemandem, den sie liebte, ihre Gedanken erfüllte.

9

Als Vera das erste Mal erwachte, war es immer noch Nacht. Ihr fiel nur zum Teil auf, dass *Der Hobbit* nun auf dem Nachttisch lag und das Licht ausgeschaltet war, aber sie wunderte sich nicht, wie beides geschehen war, sondern drehte sich um und schlief innerhalb von Sekunden wieder ein. Das nächste Mal erwachte sie, weil Matildas Hand sie an der Schulter rüttelte und es beinahe Mittag war.

Es gab keinen Ruck oder eine kurzzeitige Verwirrung, weshalb sie nicht in ihrem Bett im George and Pilgrims lag. Sie wusste, wo sie war. Noch wichtiger, sie wusste, in welcher Zeit sie sich befand. Ihr Blick huschte zu der Tür neben dem Schreibtisch, die nun leicht geöffnet war. Neugierde darüber, was dahinter lag, erwachte in ihr.

»Merlin möchte mit Euch reden«, meinte Matilda, »und er beharrt darauf, dass es nicht warten kann.«

Falls Vera erwartete hatte, dass Matilda etwas anderes tun würde, als geduldig und abwartend dazustehen, dann hatte sie sich geirrt.

»Du möchtest mir helfen, mich fertig zu machen, nicht wahr?«, erkundigte sich Vera, und Matilda nickte. »Es macht mir nichts aus, das selbst zu tun, ich …«

»Eure Gegenwart ist dringend erforderlich, und ohne meine Hilfe wird es viel länger dauern«, unterbrach Matilda. »Euer Hoheit, ich bin mir nicht sicher, was Ihr glaubt, dass ich sehen werde, das anders ist als zuvor. Es stört mich nicht, wenn Ihr Narben oder Deformierungen oder … mehrfarbige Flecken auf der Haut habt. Wenn ich verspreche, nichts zu sagen oder keine Fragen zu stellen, erlaubt Ihr mir dann, Euch behilflich zu sein?«

Vera seufzte. »Oh, na schön.«

Wie versprochen, zeigte sich Matilda nicht überrascht oder verwirrt von Veras Unterhose und half ihr in ein burgunderfarbenes Kleid mit Ärmeln, die sich dramatisch an den Handgelenken öffneten, was Vera dazu brachte, sich zu fühlen, als hätte sie zerbrechliche Flügel, wenn sie die Arme ausstreckte. Matilda kämmte die Knoten aus ihrem Haar und setzte ihr die Krone auf einen ordentlichen Zopf. Sie war tatsächlich in etwas mehr als fünf Minuten fertig.

Unter dem Vorwand, den *Hobbit* an seinen vorherigen Platz zurückzubringen, öffnete Vera die Tür zur Nebenkammer etwas weiter und spähte hinein. Es war niemand dort, und das Zimmer war bis auf ein säuberlich gemachtes Bett mit den Büchern, die Arthur mitgenommen hatte, auf der Decke, leer.

Matilda führte Vera nach unten und in einen anderen Hof, dieser wurde von dem Turm, in dem Veras Gemach lag, flankiert und von einem mit einem runden Dach, das nicht zu den anderen passte. Rohre, die sie in der Dunkelheit nicht hatte sehen können, bahnten sich einen Weg von oben entlang der Schlosswand hinunter. Vera folgte Matilda durch einen Spitztorbogen in den Seiteneingang des anderen Turms. Das Innere konnte sich kaum stärker von dem Turm mit Veras Gemach unterscheiden. An der gegenüberliegenden Wand lehnte eine Leiter, die sich bis hoch zur Decke erstreckte, was deshalb gut sichtbar war, da der Turm sonst leer war.

Direkt im Zentrum des Gebäudes auf dem Lehmboden gab es einen Steinbrunnen mit einem Eimer-Zug-System. Hölzerne Eimer wurden auf der einen Seite hinaufgezogen, gefüllt mit Wasser, das herumspritzte, als sie gegen die Steinwände schlugen, bevor sie sich stabilisierten. Die gefüllten Eimer verschwanden in einem von zwei Löchern in der Decke und kamen leer aus dem anderen Loch wieder, während sie in den Brunnen gesenkt wurden, um den Kreislauf fortzusetzen. Vera starrte die brillante mittelalterliche Erfindung vor ihr mit offenem Mund an: Das hier war ein Wasserturm.

Merlins Büro lag am Fuße einer Treppe, zu der ein enger Gang führte. Am Eingang ließ Matilda Vera allein, und es war wie ein makellos geordnetes Kaleidoskop zu betreten. Sie wollte überall auf einmal hinsehen. Eine Seite beinhaltete eine Apothekerküche: ein großes Waschbecken neben einem klobigen hölzernen Arbeitstisch – in greifbarer Nähe stand ein Kessel in der Nähe einer Feuerstelle. Entlang der Rückwand verliefen Regale über Regale voll mit Glasampullen und Flaschen, die mit den unterschiedlichsten Dingen befüllt waren: einer azurblauen Paste, rotem Granulat, bröseligen grünen Kräutern, tintenschwarzer Schmiere – Hunderte von Gefäßen.

Sie hörte Wasser über einen Stein plätschern. Die Kammer war so groß, dass Vera nur mit Mühe erkannte, dass das Geräusch aus der hintersten Ecke kam. Das Wasser floss aus dem gemeißelten Mund eines Ebers in ein Becken darunter. Zwischen ihr und dem Pool gab es einen wahren Überfluss an Schätzen: Körbe mit zusammengerollten Schriftstücken, hölzerne Ausrüstungen, Metallkelche und zerbrechliche Instrumente, die in Schränken vom Boden bis zur Decke angeordnet waren, Kristalle in allen Farben und Größen, die man sich vorstellen konnte, und im Zentrum des Raumes saß Merlin an einem der beiden zusammengeschobenen Schreibtische über ein Buch gelehnt, das so groß war, dass es die ganze Oberfläche bedeckte. Er erhob sich, als Vera eintrat.

»Du siehst gut erholt aus«, meinte er mit einem Funkeln in den Augen.

»Das bin ich. Danke«, entgegnete sie.

Er deutete auf den Platz neben ihm am Schreibtisch, und sie folgte brav, setzte sich, ließ aber die Augen weiterhin über die Schätze in seiner Kammer gleiten. »Du hast bestimmt Fragen, und ich schulde dir Antworten.«

Das lenkte Veras Aufmerksamkeit wieder auf Merlin. »Ja, nur ungefähr hundert Stück.« Sie hoffte, dass sie auf eine Art lächelte, die ihre Angst nicht verriet.

»Dann schieß mal los«, ermutigte er sie.

Vera begann direkt mit der, die ihr am meisten zu schaffen machte. »Warum bist du nicht früher gekommen, um mir zu sagen, wer ich bin? Du kannst durch die Zeit reisen. Und das ist genau das, wovon es jede Menge geben sollte!«

Merlin gluckste. »Diese Ironie ist mir nicht entgangen. Aber das magische Zeitreisen ist nicht so einfach und hat seine Grenzen. Es gibt nur bestimmte Zeiten, in denen das Wurmloch zugängig ist, und selbst dann unterscheidet sich diese besondere Magie von den Gaben, mit denen die meisten von uns geboren wurden. Sie wurde durch Magiekunde entwickelt und ist begrenzt. Sobald sie aufgebraucht ist, verschwindet das Wurmloch, und das Reisen wird nicht länger möglich sein.«

Wenn etwas passierte und sie nicht mehr zurück zu ihren Eltern könnten – zu ihrem Vater … Vera blickte auf ihre Hände und drückte die Finger in die Schenkel, als ein körperliches Zittern sie durchfuhr. Was, wenn sie hier feststeckte?

»Deshalb habe ich es nicht öfters genutzt als unbedingt nötig«, fügte Merlin schnell hinzu, sein Blick sanft und verständnisvoll. »Ich verspreche dir, dass ich dir die Wahl geben werde, zurückzukehren, nachdem hier alles erledigt ist, und ich werde alles in meiner Macht Stehende tun, um dieses Versprechen zu halten. Also«, fuhr er nun fröhlicher fort, »was würdest du sonst noch gern wissen?«

Vera stöhnte. »Ich weiß nicht, wo ich anfangen soll. Ich weiß weder was über Magie noch über dieses Königreich …«

»Alles klar. Die Grundlagen«, meinte Merlin. »Als die Römer nach einer langen Belagerung verschwanden, hinterließen sie das, was du als England kennst, zersplittert in Tausende kleiner Stämme, die verletzlich und anfällig für Eroberer waren. So viel steht sehr wahrscheinlich in deinen Geschichtsbüchern. Nach jahrelangem Chaos mischte sich die Magie ein und wählte Arthur, und er vereinte das Königreich.«

»War es Excalibur?«, fragte Vera, die es nicht lassen konnte zu unterbrechen. »Hat er das Schwert aus einem Stein oder See oder … was auch immer gezogen?«

Merlin lächelte, als redete er mit einem Kind. »Es ist nicht ganz so dramatisch. Ein Zauberer traf ihn und war in der Lage, ihn zu sehen – ihn *wirklich* zu sehen –, und spürte, dass er der Auserwählte war.

Auf wundersame Weise bestätigten dies alle anderen Magier des Landes, die ihn trafen. Es waren überzeugende Aussagen, denn sie hatten keinen Nutzen davon. Aber das war es: Es war nicht zu leugnen. Auch alle, die nur weniger große Macht besaßen, konnten es spüren, wenn sie ihn trafen, und das ist kein geringer Teil der Bevölkerung – beinahe einer von vier. Das verlieh ihm eine stabile Grundlage, um zu regieren.«

»Entschuldige.« Vera stoppte ihn. »Ein Viertel der Bevölkerung hier verfügt über Magie? Ist jeder mit Magie oder der Gabe, wie du es nennst, gesegnet? Ist jeder mit Magie ein Zauberer?«

»Nein. Genau genommen werden beinahe alle mit der Gabe geboren, und das ist alles. Magier sind um einiges seltener. Wir haben mehrere Gaben und erlangen während unserer Lebzeiten noch mehr. Die meisten Städte im Königreich haben einen Magier, der die Bevölkerung mit seiner Macht versorgt. Je größer das Schloss und die Stadt darum, desto mächtiger der Magier. Unsere größten Städte haben oftmals sogar zwei.« Er wartete und sah Vera auffordernd an.

Dann verstand sie die Anspielung. »Gibt es auch hier zwei?«, erkundigte sie sich.

»Früher mal. Wir haben uns dieses Büro geteilt.« Er deutete auf den zweiten Schreibtisch. »Sie hat das Königreich verraten, indem sie versuchte, die Königin zu töten, und damit beinahe Erfolg gehabt hätte.« Merlin verschränkte die Hände vor sich, als Vera klar wurde, dass er mit »der Königin« sie meinte.

»Du hast gesagt, ich hatte einen Unfall«, wandte sie ein.

Er nickte bedeutsam. »Das ist die offizielle Geschichte der Krone: Du hattest einen Unfall und Viviane, unsere zweite Magierin, wurde auf einer Mission im Land der Sachsen entführt und ermordet. Nur Arthur, Lancelot und nun du kennen die Wahrheit: Viviane hat dich angegriffen und starb für ihre Tat. Aber dies müssen wir unserem Volk verheimlichen.«

Die Haare auf Veras Armen stellten sich auf: »Warum?«

»Frieden und auch Britannien selbst sind jung. Die Kriege endeten vor drei Jahren, und damals hatten wir eine unvergleichbare Macht der Einheit, ein Land und seine Leute reich an Magie und mehr Magiern mit größerer Macht, als jede andere Nation es je hatte. Die Menschen bauen die Infrastruktur aus, weil sie wissen, dass sie Teil von etwas anderem sind, etwas Größerem als sie selbst. Diese Zeit ist etwas besonderes. Ist dir aufgefallen, wie wenige Soldaten durch das Schloss patrouillieren? Dass du nur eine Kammerdienerin hast? Dass Arthur nicht die ganze Zeit in Begleitung der königlichen Wache ist?«

Es war ihr aufgefallen, aber sie hatte geglaubt, dass es nur ein Zufall war, dass gestern Nacht kaum Wachen in den Gängen waren.

»Wir sind bisher noch nicht etabliert genug, um an die Strukturen und Formalitäten eines älteren und größeren Landes gebunden zu sein. Dies ist eine spezielle Zeit des Wachstums und Aufschwungs, die nur wenige Nationen erleben, und das gibt es nur einmal. Kannst du dir vorstellen, wie dies zerbrochen wäre, wenn die Magierin des

Königs, abgesehen vom König selbst die vertrauenswürdigste und mächtigste Position am Hof, ihn verrät? Wir konnten das, was wir aufgebaut hatten, nicht opfern, also haben wir die schwere Entscheidung getroffen, es geheim zu halten.«

»Aber du kannst es nicht lange geheim halten, nicht wahr?« Vera lehnte sich auf ihrem Stuhl zurück, als ob es ihr helfen würde, die Flut an Informationen zu verdauen, die sie gerade bekommen hatte. »Du meintest gestern, dass die Magie aus dem Königreich verschwindet. Wird es ihnen nicht auffallen?«

»Ja, und dass es ihnen auffällt, ist unser geringstes Problem, fürchte ich«, erwiderte Merlin mit angespanntem Gesichtsausdruck. »Als ich sagte, dass die Magierrate bei eins zu vier liegt, war dies eine falsche Repräsentation unserer derzeitigen Situation. Dies sind die Zahlen, die die meisten Leute kennen und ohne nachzudenken nennen würden, und das stimmte auch *mal* … früher. Viviane hat uns verflucht. Nun liegt die Rate der Geburten mit Magie eher bei eins zu zehn. Diese Nation wurde auf Magie gegründet, und wir werden ohne sie nicht überleben. Ich kann mir die Pläne kaum ausmalen, die sie für das Königreich haben musste, um uns so einen Fluch aufzuerlegen.«

Merlin legte den Kopf schief. »Aber du wusstest darum. Du hast es herausgefunden, und nur du allein weißt, was sie vorhatte. Sie hat deine Erinnerungen weggeschlossen, weil sie unser Schlüssel dazu sind, ihre Taten rückgängig zu machen. Es ist ein Wunder, dass wir dich bei dem Angriff nicht verloren haben.« Er schloss das riesengroße Buch vor ihm und öffnete seine Hand, die er ihr entgegenstreckte. »Du bist eine einmalige Anomalie, meine Liebe. Die Art von Magie, die ich nutzte, um dein Leben zu retten, wurde noch nie zuvor genutzt.«

»Woher weißt du dann, dass es funktionieren wird?«, hakte sie nach und schluckte, um den Mut zu finden, ihre Ängste zu benennen.

»Merlin, ich bin nicht *sie*. Ich weiß nicht, wie ich ihre Erinnerungen haben könnte.«

»Es sind *deine* Erinnerungen«, korrigierte er sie. »Und ich weiß es, da du bereits angefangen hast, dich zu erinnern.«

»Nein, das habe ich nicht«, beharrte sie.

»Das hast du.« Es lag wieder diese besonnene Geduld in Merlins Lächeln. »Ich habe es gesehen.«

Vera starrte ihn an. Es gab nicht einen Moment in den letzten vierundzwanzig Stunden, in dem sie etwas anderes als verblüfft gewesen war. Das, was einer Erinnerung am nächsten kam, war ihre beunruhigende Zuneigung gegenüber Lancelot, etwas, von dem sie hoffte, dass es Merlin nicht aufgefallen war.

Seine Augen glitzerten. »An wie viele Ausritte erinnerst du dich in deinem Leben in Glastonbury?«

»Ausritte?« Sie blinzelte. »Kaum.«

»Und sonst irgendwelche Unterrichtsstunden?«

Sie schüttelte den Kopf.

»Guinevere, es gibt eine bestimmte Art, wie eine Dame, die ein Kleid trägt von einem Pferd steigt. Ich habe dich letzte Nacht genau beobachtet, da du als junges Mädchen in unserer Zeit ausgebildet wurdest. Du hast es so getan, als wäre es das Selbstverständlichste auf der Welt, weil es das für dich ist.«

Sobald Merlin es ausgesprochen hatte, wurde Vera klar, dass das stimmte. In dem Moment war sie so damit beschäftigt gewesen, sich zu fragen, was als Nächstes kam. Sie hatte nicht einmal bemerkt, wie sie vom Pferd gestiegen war, und wenn jemand sie gebeten hätte, die Schritte zu wiederholen, wüsste sie nicht, ob sie es könnte. Aber dennoch spürte sie eine tiefe Überzeugung, dass sie es konnte. »Und das ist genug für dich, um sicher zu sein, dass der Rest davon in mir ist?«

»Es ist genug, und ich bin mir sicher«, bestätigte er.

»Gibt es einen magischen Weg, wie ich mich wieder erinnern

kann?« Vera merkte, wie die Verzweiflung in ihre zitternde Stimme kroch. »Kannst du das nicht aus meinem Kopf ziehen oder so?«

Merlin verschränkte die Finger vor den Lippen. Sie hatte das Gefühl, dass er etwas sagen wollte, aber stattdessen seufzte er und schnalzte mit der Zunge. »Am Ende werden wir Magie anwenden müssen, um die letzte Hürde zu überwinden – um auf das zu stoßen, von dem Viviane nicht wollte, dass du dich daran erinnerst. Aber …« Er atmete einmal tief ein und nickte dann entschieden. »Je mehr du von der Barriere abtragen kannst, die sie in dir errichtet hat, desto besser wird die magische Behandlung am Ende auch wirken.«

»Und wie soll ich das anstellen?«

»Kenntnis ist das Fundament, das sowohl deine bewussten als auch deine unbewussten Erinnerungen freisetzt. Lass dich auf dein normales Leben ein. Als Königin unterliegen dir all die Angelegenheiten des Schlosses, und du wirst gut ausgestattet sein, diese Aufgaben zu erledigen. Ich hatte es nicht geplant, aber es erweist sich als sehr praktisch, dass du Martin und Allison dabei geholfen hast, das Hotel zu führen. Aber das Wichtigste, was du tun kannst, ist, dich wieder mit Arthur zu verbinden – auf jede dir mögliche Weise.«

Sie atmete scharf ein und funkelte Merlin an. Wollte er etwa … deutete er etwas Körperliches an … Vermutlich lief sie gerade rot an. Vera räusperte sich. »Warum würde mir das dabei helfen, mich zu erinnern?«

»Es gib niemanden, dem du näherstandest als dem König. Deswegen ist es so schwer für ihn.« Merlin lächelte traurig. »Er wagt es kaum zu hoffen, dass er dich vielleicht wiederhat. Seine Liebe zu dir ist das Wesentliche, um zu deinen Erinnerungen durchzudringen.«

Vera tat sich schwer, zu glauben, dass der Mann, der letzte Nacht so kalt und einschüchternd vor ihr gestanden hatte, etwas mit ihr zu tun haben wollte, geschweige denn … sich wieder an sie binden wollte. Dennoch war sie entschlossen, es zu versuchen.

10

Zumindest konnte sich Vera voll in Guineveres Leben stürzen. Matilda führte sie an diesem Nachmittag in beinahe jede Ecke und jeden Winkel des Schlosses und der Umgebung. Sie begannen in der Küche und sorgten für ganz schön viel Unruhe während Vera so tat, als kenne sie den Koch und ein halbes Dutzend Küchenhelfer, die sie mit Willkommenswünschen überschütteten. Sie besuchten die Gärten, dann die Stallungen und trafen die Diener des Schlosses.

Vor jedem Stopp drehte sich Matilda zu Vera. »Möchtet Ihr lieber die Unterhaltung selbst führen, Euer Majestät?«, erkundigte sie sich. Oder: »Bitte meldet Euch zu Wort, wenn Ihr wollt.«

Vera lächelte höflich, aber gab meist die stille Beobachterin, da sie wusste, wenn sie den Mund zu mehr als nur einem Gruße öffnete, würde sie ihre Unwissenheit kundtun. Und mit jedem Mal wurde Matildas Angebot mehr zur Formalität.

Als es Zeit fürs Abendessen war, seufzte Vera tief in der Annahme, dass Arthur da sein würde und dass das ihre Gelegenheit wäre, mit ihm zu reden. Aber ihre Erleichterung war von kurzer Dauer. Der große Saal war das größte Zimmer im Schloss, mit zwei Tafeln, die sich auf jeder Seite über die ganze Länge erstreckten. Und sie waren bereits zur Hälfte mit Menschen gefüllt.

Ein viel kleinerer Tisch stand im rechten Winkel zu den anderen ganz vorne auf einem Podest mit drei kleinen Stufen. Dort standen nur sechs Stühle, und die mittleren zwei waren verschnörkelter als die anderen, thronmäßiger. Sie waren alle leer – nur der eine neben dem kleineren Thron nicht. Lancelot saß darauf, und sein Gesicht erstrahlte, als er Vera sah. Diese hielt beinahe im Gehen inne.

Er erinnerte sich an sie. Und er war nicht der Einzige. Alle Augen der versammelten Speisenden verlagerten sich auf Vera, als sie sich auf den Thron neben ihm setzte.

Aber sie erinnerten sich an Guinevere. Lancelot erinnerte sich an *sie*.

»Guten Abend«, begrüßte er sie mit einer warmen Neigung des Kopfs, als er ihr einen Kelch mit Wein reichte. »Arthur lässt sich entschuldigen. Er wird heute Abend nicht anwesend sein.« Vera glaubte Frustration, vielleicht sogar eine Anschuldigung in seinen Worten zu hören.

Da war es also. Arthur mied Vera weiterhin, und scheinbar hieß Lancelot das nicht gut. Ihre Zuneigung zu ihm wuchs. Vera suchte den Raum ab, während sie einen Schluck nahm, und ihr Blick fand den von Merlin, dessen Mund zu einer schmalen Linie verzogen war, als seine Augen von Vera und Lancelot zur Tür huschten.

»Wie ist dein erster Tag zurück?«, erkundigte sich Lancelot und zog damit ihre Aufmerksamkeit auf sich.

»Es war okay«, murmelte sie mehr aus Gewohnheit, als tatsächlich zu antworten. Er drehte sich ihr komplett zu und sah sie an, die Augenbrauen hochgezogen.

»Es war ein klein wenig überfordernd«, erklärte sie.

Lancelot legte das Kinn in die Hand. »Inwiefern?«

»Willst du das wirklich wissen?«

»Das möchte ich, wenn du darüber reden willst.« Er schien es ernst zu meinen.

»In Ordnung«, willigte Vera ein. Vielleicht war es die Einsamkeit, die sie antrieb, oder das warme Gefühl der Zugehörigkeit zu ihm. Egal, was es war, schnell brach die Wahrheit in einem Flüsterton aus ihr heraus. Lancelot lehnte sich näher. »Ich glaube nicht, dass ich Guineveres Erinnerungen habe, und all die Magie und das Königreich, so wie du es kennst, und vermutlich auch die Zukunft, in der ich aufgewachsen bin, sind dem Untergang geweiht. Und ich habe den Nachmittag damit verbracht, mich wie ein tauber Trottel anzustellen, der nichts weiß, denn wie sich herausstellt, weiß ich auch nichts.«

»Verstehe«, entgegnete er und passte sich ihrer Lautstärke an. »Warum flüstern wir?«

»Ich …« Sie hatte es nicht mit Absicht getan. Vera blickte in den Saal und sah viel zu viele Augenpaare zurückstarren. Sie schluckte und erzählte ihm, wie es zuvor gewesen war … dass niemand sich an sie erinnern konnte. »Ich bin es nicht gewohnt, gekannt oder überhaupt auch nur von jemandem beachtet zu werden. Und wer *sind* überhaupt all diese Leute?«

Lancelot atmete lange aus. »Überfordert wäre eine Untertreibung«, sagte er mit ernster Miene, bevor er sich dem Saal zuwandte und seine Härte verschwand. »Und dies sind all die Adligen der Stadt. Die meisten halfen dabei, unsere Kriegsbemühungen zu finanzieren, einige von ihnen sind erfolgreiche Händler. Und der Mann, der gerade dort drüben Platz genommen hat …« Lancelot deutete mit dem Kopf zu dem kürzlich besetzten Stuhl auf der anderen Seite von Arthurs leerem Thron. »Sieh nicht hin«, fügte er eine halbe Sekunde später hinzu, nachdem Vera sich umgedreht hatte.

»Entschuldige«, flüsterte sie und sah sofort wieder zu Lancelot.

»Ist schon in Ordnung.« Er grinste. »War meine Schuld. Dieser Mann«, fügte er noch leiser hinzu, »hat seine Tochter mitgebracht, um mich zu einer Hochzeit zu verleiten.«

»Du bist nicht verheiratet?« Vera hatte angenommen, dass die Menschen im Mittelalter jung heirateten. Sie konnte Lancelots Alter nicht genau einschätzen, aber sie war sich sicher, dass er mindestens ein paar Jahre älter war als sie.

»Nein, ich war achtzehn, als die Invasion begann und das Leben für die darauffolgenden Jahre vom Krieg bestimmt wurde. Gewöhnliche Dinge wie Heiraten wurden verschoben. Du und Arthur habt erst vor drei Jahren geheiratet«, fügte er auf eine Art hinzu, die sich auswendig gelernt anfühlte, als hätte er es schon mehrfach sagen müssen. »Ich bin noch nicht dazu gekommen. Die meisten Ritter hatten genau genommen noch keine Zeit dazu.«

Wesentlich nonchalanter tat Vera diesmal so, als rücke sie ihren Stuhl zurecht, während das Essen serviert wurde, anstatt – was sie eigentlich beabsichtigte – einen Blick auf den hoffnungsvollen Lord und seine deprimierte junge Tochter zu erhaschen.

»Diese Woche werden noch drei weitere kommen«, fuhr Lancelot mit zusammengebissenen Zähnen fort, aber es gelang ihm irgendwie, weiterhin zu lächeln. »Ich bin nicht bescheiden, wenn ich sage, dass ich *wirklich* kein guter Fang bin.«

Vera unterdrückte den plötzlichen Drang, das Gegenteil zu behaupten, als ihr auffiel, dass die Muskeln in seinem Nacken angespannt waren und er mit den Zähnen knirschte. Er hasste das.

Sie lehnte sich ernst zu ihm. »Wenn eine der anderen dir diese Woche gefällt, soll ich dann eine Lobeshymne auf Lancelot anstimmen, den Lauten und Törichten?«

Seine Augen funkelten sie an, und ein überraschtes Lächeln zog seine Mundwinkel in die Höhe.

»Oder vielleicht«, fuhr Vera unschuldig fort, »sollte ich ihnen erzählen, dass er, wenn seine Auserwählte Glück hat, sie mitnimmt, um kleine Taugenichtse mit dem Schwert das Fürchten zu lehren?«

Diesmal lachte Lancelot wirklich. »Dir ist vielleicht aufgefallen, dass ich diese Kleinigkeit letzte Nacht Merlin gegenüber ausgelassen habe.« Er starrte auf seinen Becher und drehte diesen zwischen den Fingern.

»Das ist es«, meinte Vera, und bevor sie es sich anders überlegen konnte, fügte sie hinzu: »Und was ist mit Arthur? Hast du es ihm erzählt?«

Lancelot schnitt eine Grimasse. »Ich, ähm, bin noch nicht dazu gekommen.«

Diesmal war Vera diejenige, die lachte. »Ein gängiges Thema, wie es scheint.«

Auf einem Podest vor einer Halle höfischer Anwesender zu essen, die alle den Hals reckten, um einen Blick auf die lang erwartete Königin zu erhaschen, war mit Lancelot an ihrer Seite eine viel angenehmere Angelegenheit, da er sie mit Klatsch und Tratsch über den Hof ablenkte. Vera war nicht einmal aufgefallen, dass sich die Halle langsam zu leeren begann, und selbst die Stühle neben Arthurs leerem Thron waren mit der Zeit von dem Lord und seiner Tochter verlassen worden, als Matilda neben ihr auftauchte.

»Matilda«, meinte Lancelot mit einem Funkeln in den Augen. »Würdet Ihr mich bitte heiraten und mich davor bewahren, den Lords vorgeführt zu werden, die ihre Töchter loswerden wollen?«

Sie schürzte die Lippen, spielte die Ahnungslose, aber ein verschmitztes Lächeln drang hervor. »So verlockend und romantisch dieses Angebot auch ist – nein.«

Lancelot zuckte die Schultern und schob seinen Stuhl zurück. »Einen Versuch war es wert. Einen schönen Abend, Lady Matilda.« Er verbeugte sich vor beiden und zwinkerte Vera zu. »Nacht, Guinna.«

Vera presste die Lippen zusammen und unterdrückte ein Grinsen, als er ging. Vielleicht hatte er Guinevere schon immer Guinna genannt, aber für Vera war der Spitzname komplett neu.

Matilda beobachtete das Ganze mit schief gelegtem Kopf und einem unergründlichen Ausdruck. »Ziehen wir uns zurück, Euer Majestät«, meinte sie.

Nachdem Veras Mission, eine Verbindung zu Arthur aufzubauen, gründlich vereitelt worden war, hoffte sie weiterhin auf eine kurze Interaktion in ihrer Kammer, so wie sie es am Abend zuvor gehabt hatten. Dieses Mal war sie vorbereitet. Sie entschied, wenn sie ihn dieses Mal sah, so direkt wie ein Vorschlaghammer zu sein und ihm zu erzählen, dass sie ebenfalls nicht glaubte, dass sie Guinevere war. Sie waren nicht – *konnten nicht* – dieselbe Person sein. Wenn Arthur wüsste, dass sie nicht das Verlangen hatte, die Frau zu ersetzen, die er verloren hatte, und sie nur die Erinnerungen für das Königreich für *ihn ausgraben* wollte, dann würde er ihr mit Sicherheit helfen.

Aber als sie in das Gemach zurückkehrte, war die Tür bereits verschlossen. Am nächsten Morgen war Arthur verschwunden, bevor sie erwachte.

Matilda wusste alles, was im Schloss so vor sich ging, daher war sich Vera sicher, dass ihr das seltsame Verhalten zwischen dem, was eigentlich ein wiedervereintes Paar hätte sein sollen, aufgefallen war, aber sie ließ sich nichts anmerken. Pflichtbewusst begleitete sie Vera bei den alltäglichen Aufgaben, das Schloss zu führen, und flüsterte ihr freundliche Korrekturen ins Ohr, wenn Vera die Details vermasselte, was häufig der Fall war. Auch deshalb mussten bei Matilda wohl die Alarmglocken läuten, die sie aber, abgesehen von einer hochgezogenen Augenbraue, ignorierte.

Doch das absolute Highlight ihrer ersten Woche geschah am dritten Morgen, als Vera von einem Klopfen an der Tür vor Sonnenaufgang geweckt wurde. Sie setzte sich im Bett auf, in der Annahme, sich das Geräusch in der Stille eingebildet zu haben, aber dann ertönte es erneut. Drei schnelle Klopfer. Vera schlich aus ihrem Bett, die nackten Füße brannten auf dem kalten Steinboden, die Augen fest auf Arthurs Tür gerichtet, als sie sich fragte, ob sie nach Hilfe rufen sollte.

»Wer ist da?«, fragte sie aufgeweckt in einem Halbflüstern.

»Ich bin's, Lancelot!«

Sofort öffnete sie die Tür, besorgt, dass etwas schiefgelaufen war, aber da stand er mit einem breiten Grinsen. »Lust, joggen zu gehen?«, erkundigte er sich.

»Ja!«, stimmte Vera begeistert zu. Sie ließ ihn im Gang zurück, während sie sich anzog.

Ein schnelles Stöbern im Kleiderschrank bescherte ihr ein Tunika-Hemd, schwerer und blusenartiger als jenes, das Lancelot trug, und eine dicke braune Hose. Beides war nicht ideal, aber Vera war so verzweifelt, die Erlösung des Laufens zu spüren, dass sie auch in ihrem Nachthemd gegangen wäre, wenn das alles gewesen wäre, was sie besaß.

Sie verließen das Gelände durch das Hintertor in der Schlossmauer, einer gewöhnlichen und nicht sonderlich beeindruckenden Holztür (die überhaupt nicht zu den restlichen Verteidigungsmaßnahmen des Haupttors passte), und rannten los.

Die Sonne war noch nicht aufgegangen, und der Weg, den sie entlangjoggten, war dunkel, aber Lancelots leuchtende Sphäre baumelte neben ihnen her. Ihre Schritte waren leicht und ließen genügend Luft in den Lungen für eine Unterhaltung, die recht unproblematisch war.

Vera drängte Lancelot fast panisch an einer Stelle beinahe vom Pfad, als ein Eichhörnchen in der Nähe aus einem Busch sprang, was dazu führte, dass er ihr eine übertrieben laute Warnung zurief bei jedem weiteren Tier, das er danach sah. »Vogel!«, schrie er und zeigte darauf, selbst wenn dieser hoch oben im Himmel war. Aber das Beharren auf dem Witz war alles andere als hilfreich, als er über eine Wurzel stolperte, die sich über den Weg erstreckte, während er auf etwas zeigte und es gerade noch so verhindern konnte, mit dem Gesicht voraus im Dreck zu landen.

Vera grinste im Dunklen vor sich hin und wartete geduldig auf ihren Moment, während sie weiterjoggte. Dann sah sie es auf dem Pfad vor ihnen liegen.

»Stock!«, rief sie, als sie auf das kümmerliche Ding zukamen, das kaum länger war als ihr Arm. Lancelot zuckte bei dem Klang ihrer Stimme zusammen und musste anhalten, um sich von dem Gelächter zu erholen.

Sie hatten schon Hunderte Morgenläufe hinter sich. Dieser war wie jeder andere, nur dass sie diesmal nicht allein war. Vera war so dankbar, dass sie nicht einmal darüber nachdachte, sich über das Gewicht ihrer Kleidung zu beschweren und darüber, wie schnell sie deshalb von Kopf bis Fuß nassgeschwitzt war.

Nach ungefähr einer Stunde führte Lancelot sie, als die Sonne langsam hinter dem Horizont erschien, zurück zu dem Hintertor, von wo aus sie gestartet waren. Er ließ sich vor der Schlossmauer ins Gras fallen und streckte seine Hand zu der Sphäre, die zu ihm zurückkehrte und dort schrumpfte.

»Ist das deine Magie?«, erkundigte sich Vera und nickte zu seinem Licht, als sie sich neben ihn setzte.

»Was? Oh, das?« Er drehte das Licht zwischen den Fingern, bevor er es einsteckte. »Nein. Nein, ich besitze keinen Funken Magie. Merlin stellt all die Lichter her … nun, um ehrlich zu sein, kommt die meiste Magie von Camelot.«

»Und was ist mit Arthur? Hat er Magie?«, bohrte Vera weiter und versuchte dabei möglichst gleichgültig zu klingen.

»Das«, meinte Lancelot empathisch, »ist eine sehr viel interessantere Frage. Nicht … wirklich. Aber als die Invasion begann und Arthur anfing, die Menschen hinter sich zu vereinen … Ich hätte es nicht geglaubt, wenn ich es nicht selbst erlebt hätte. So viele Dinge sind zusammengekommen, damit wir auch nur die geringste Chance hatten. Und ohne die Magier wären wir richtig am Arsch gewesen, aber«, seine Augen überzogen sich mit Bewunderung, »ich sage das nicht, weil er wie ein Bruder für mich ist, aber dieses Land und der Frieden – nichts davon würde es ohne Arthur geben.«

»Er klingt beeindruckend«, gestand Vera mit dem Gefühl, als hätte sich etwas Bleiernes in ihrem Magen ausgebreitet.

Lancelot lächelte sie mitfühlend an. Sie konnte in seinem Gesicht lesen, dass er sehr viel mehr wusste, als er zugab.

»Was stimmt mit ihm nicht?«, fragte sie sehr viel direkter, als sie es vorgehabt hatte.

»Ah.« Lancelot lehnte sich zu Vera, sodass seine Schulter leicht gegen ihre drückte. »Es ist … nicht an mir, diese Geschichte zu erzählen.«

Äußerst loyal. Vera hörte Merlins Worte in ihren Gedanken widerhallen, als Lancelot den Kopf schüttelte und das Gras zu seinen Füßen herausriss. »Aber du solltest mit ihm sprechen«, riet er ihr. Sie schnaubte.

»Dafür müsste er zuerst bereit sein, sich im selben Zimmer wie ich aufzuhalten, bevor das geschieht«, höhnte sie.

Er spannte den Kiefer an, und eine unausgesprochene Unterhaltung fand zwischen ihnen statt, als sich ihre Blicke trafen. Er würde es nie laut sagen, aber Vera spürte, dass er zumindest, was das Thema anging, auf ihrer Seite war. Er griff nach hinten und tätschelte ihr den Rücken, bevor er schnell die Hand wegzog. »Eklig … Gott, du tropfst ja regelrecht vor Schweiß, nicht wahr?«

Vera lachte, als die Anspannung zwischen ihnen sich auflöste. »Dieses Hemd ist so verdammt schwer.«

Er zog eine Augenbraue hoch. »Dann sollten wir dir bessere Kleidung besorgen.«

11

Nur zwei Morgen später führte Lancelot Vera durch die gepflasterten Straßen Camelots direkt zur … Waffenkammer. Vera hatte eine königliche Schneiderin oder ein Kleidungsgeschäft erwartet. Stattdessen wurden sie von dem finsteren Blick eines ungepflegten Mannes mittleren Alters begrüßt (bei dem sich Vera unerklärlich sicher war, dass er, wäre er dreizehn Jahrhunderte später geboren, Motorrad fahren würde), der geschickt kleine Metallringe zu einem Kettenhemd verband. Er legte einen Moment die Arbeit nieder und kratzte sich den zum größten Teil grauen Bart mit dicken Fingern, während er Veras Augen absuchte. Sie hatte das Gefühl, dass er jede Lüge durchschaute, die sie gerade lebte, als ob sie deutlich in ihr Gesicht geschrieben stand.

»Euer Hoheit. Lancelot«, grunzte er die Worte mehr, als dass er sie sagte. Er erhob sich und nahm einen ordentlich zusammengefalteten Stapel Kleidung, den er Vera reichte. Sofort zum Punkt. Das wusste sie zu schätzen. »Zieht Euch dort drüben um.« Er zeigte auf eine behelfsmäßig gemachte Umkleidekabine in einer Ecke.

Nachdem sie damit gekämpft hatte, die Schnürung ihres Kleids zu lösen, schlüpfte Vera in die überraschend bequemen Klamotten. Die Hose war rostbraun und saß locker an den Beinen. Knöpfe unterhalb der Knie verhinderten, dass sie beim Laufen flatterte. Das langärmlige Hemd saß enger als die Tuniken, die sie bisher gesehen hatte, aber bestand aus demselben Material wie die Hose.

»Wie fühlt es sich an?« Vera zuckte bei Lancelots Stimme zusammen, als ihre Finger an den Knöpfen der Hose herumfummelten.

Sie trat aus der Kabine. »Die Sachen sind perfekt.«

Es war nicht weiter verwunderlich. Lancelot erzählte ihr alles, während sie zurückgingen.

»Er hat die Kleidung für *mich* gemacht? In nur zwei Tagen?«, hatte Vera ungläubig gefragt. »Woher kannte er meine Maße?«

»Das ist Randalls Gabe«, erklärte Lancelot. »Es ist eine sensorische Begabung. Er muss nie Maß nehmen. Er hat dich am ersten Abend beim Abendessen gesehen und kannte sie sofort. Er hört besser, sieht besser, riecht aus weiterer Ferne, und er hat auch noch diese Fähigkeit mit den Händen. Er hat extreme Wurstfinger, aber webt die feinsten, kompliziertesten Rüstungen. Ist außerdem schnell. Im Kampf war das alles sehr hilfreich, selbst das mit den Gerüchen. Er kann etwas schwierig sein, aber lass dich nicht von ihm täuschen. Randall ist der liebste Mann auf dem ganzen Planeten.«

Vera konnte nichts zu den Rüstungen oder Randalls liebevoller Persönlichkeit sagen, aber Lancelots Einschätzung ihrer neuen Joggingkleidung stimmte definitiv. Randall betrachtete Vera von allen Seiten, während er sich den Bart rieb. »Das Hemd basiert auf dem, was unsere Soldaten unter ihren Kettenhemden tragen. Das ganze Set besteht aus einem Gemisch aus Wolle und Seide. Es sollte auch mit Feuchtigkeit klarkommen.«

»Das ist großartig«, kommentierte Lancelot, »denn sie schwitzt ganz schön. Literweise.«

»Es war ein schweres Hemd!«, protestierte Vera, die ihn finster ansah. Er setzte sich zurück an die Werkbank, lehnte sich über Randalls Kettenhemd mit den Metallwerkzeugen in den Händen und grinste zufrieden, während er sich ans Werk machte. »Ich schwitze die normale Menge«, fügte sie an Randall gewandt hinzu.

Der fuhr mit seiner Inspektion fort, kontrollierte die Naht an Veras

Ärmeln. »Du beherrschst das sehr schlecht«, knurrte er, und erst dann, als sie zu Lancelot sah, wurde Vera klar, dass Randall nicht mit ihr geredet hatte. »Ja, du«, fügte er hinzu, als Lancelot ihm einen empörten Blick zuwarf. »Ich muss all deine Arbeit noch einmal machen. Und außerdem bist du langsam.«

Vera grinste. Randall hob den Blick zum ersten Mal zu Veras Gesicht, und sein linkes Augenlid zuckte genug, um Vera erkennen zu lassen, dass er ihr zuzwinkerte, als er für sie an den Neckereien teilnahm. »Ich kann nicht glauben, dass du das so schnell gemacht hast. Vielen Dank.«

Sie berührte seinen Arm, und Randall senkte verlegen den Kopf, die Farbe seines Gesichts über den Barthaaren änderte sich. Vielleicht hatte Lancelot auch richtiggelegen, was Randalls sanftes Gemüt anging.

Lancelot führte Vera über eine andere Route zurück zum Schloss: einem sich schlängelnden Pfad durch einen Teil der Stadt, wo die Gebäude weniger wurden und sich üppigen grünen Feldern, durchzogen mit lila Heidekraut und Bänken an der Seite, beugten. Zwischen den Bänken lagen Übungsschwerter und Speere verteilt, während Schilde an hölzernen Gestellen hingen.

»Das ist unser Trainingsbereich«, erklärte Lancelot. »Hier führen wir jeden Tag die Drills mit den Schlosswachen durch.«

Ein Gehege am anderen Ende des Felds erweckte Veras Aufmerksamkeit. Es bestand aus Zaunlatten, die ihr bis zu den Hüften reichten und erinnerte sie an einen Streichelzoo, den sie einmal mit der Schule besucht hatte.

Obwohl darin keine Ziegen waren, die ihre Aufforderung, gefüttert zu werden, kleinen Kindern entgegenblökten, war die Koppel nicht leer. Es waren ungefähr ein Dutzend Leute hineingepfercht: Jungs, die kaum alt genug waren, um Bartwuchs zu haben, Männer, die problemlos ihre Väter hätten sein können, und zwei jugendliche

Mädchen – alle rannten, lachten und schrien. Zuschauer hatten sich an dem Lattenzaun versammelt und feuerten sie an.

Vera hörte einen lauten Stoß, und bald darauf konnte sie einen grob zusammengenähten Fußball erkennen. Sie spielten irgendeine Art von Abklatsch-Spiel. Die Spieler traten oder schlugen den Ball mit den Fäusten, aber wenn der Ball von den Holzlatten abprallte und jemanden am Bein erwischte oder ein Spieler von einem direkt getretenen Ball zu Boden gebracht wurde, sprang er über die Mauer, und das Spiel wurde mit den restlichen Leuten fortgesetzt. Es hörte auf, als nur noch eine Person in der Arena stand, der auf den Rücken geklopft und zu ihrem Sieg gratuliert wurde, bevor alle an der nächsten Runde auf dem Feld mitmachen wollten.

»Das ist die Grube. Das Spiel ist in der Stadt recht beliebt.« Lancelot beäugte sie. »Hast du Lust, mitzumachen?«

»Was? Ich?« Vera sah sich um, als erwarte sie jemand anderen zu sehen, den er gefragt hatte. »Ist das überhaupt erlaubt?« Es nahmen *einige* Frauen an dem Spiel teil.

»Natürlich«, meinte er. »Zugegebenermaßen kann ich nicht so gut beurteilen, was angemessen ist, aber … ich wüsste nicht, wieso nicht.«

Lancelot wartete ihre Antwort gar nicht erst ab. Er nahm Veras Hand und führte sie zu der Grube, wo beide zu den sich versammelnden Spielern traten. Keiner sprach sie direkt an, aber eine allgemeine Aufregung ging durch die Menge, als sie Veras und Lancelots Gegenwart in der Arena bemerkte. Der Gewinner der letzten Runde hatte die Ehre, den Ball als Erster treten zu dürfen, und dann ging es los.

Und die Stimmung war ausgelassen. Lancelot sprang in die Luft, um einem besonders gut gezielten Wurf auszuweichen, und Vera hob eine Hand, bereit, ihm zu gratulieren.

Er blickte auf ihre Finger und dann in ihr Gesicht. »Was ist das? Was tust du?«

»Ein High Five«, erklärte sie erfreut, dass sie dem legendären Sir Lancelot wohl gerade sein allererstes High Five beibrachte. »Du schlägst mit deiner Hand auf meine.« Sie machte es ihm vor, schlug dabei ihre beiden gehobenen Handflächen zusammen. »Das ist eine Art ›Gut gemacht!‹-Gratulationsding.«

»Oh«, machte er, als er bereitwillig einschlug. Dann grinste er. »Das gefällt mir.«

Das Spiel um sie tobte weiter, und Vera wurde von einem Ball an der Schulter erwischt, während sie immer noch darüber lachte, die Geschichte des High Fives umgeschrieben zu haben. Daraufhin wurden die Spieler ruhig, bis sie gespielt frustriert den Kopf zurückwarf und über den Zaun kletterte. Das war genug, um das Spiel wiederaufleben zu lassen. Sie feuerte unerbittlich Lancelots Gegner an, und als er von einem schlecht geworfenen, abgeprallten Ball getroffen wurde, jubelte sie begeistert, und er verdrehte die Augen, das erste Zeichen von Genervtheit, das sie je an ihm gesehen hatte. Das erfreute Vera nur noch mehr: Ihr neuer Freund mochte es scheinbar zu gewinnen. Aber er war kein schlechter Verlierer und jubelte kurz darauf schon den verbliebenen Spielern zu.

Während des nächsten Spiels schaffte es Vera mit Glück und jeder Menge Verstecken hinter größeren Gegnern, unter den letzten vier verbleibenden Spielern zu sein. Sie bemerkte abwesend, dass die Menge verstummte, war aber zu konzentriert auf das Spiel, um herauszufinden, weshalb. Der Ball lag in ihrem Bereich, und sie trat ihn, so fest sie konnte. Sie hatte auf einen ihrer Gegner gezielt, verfehlte ihn aber, traf die Wand, und durch den Abprall wurden praktischerweise zwei Gegner rausgekickt, sodass nur noch Vera und ein kräftiger Mann in der Grube um den Sieg rangen.

Der Ball blieb in seiner Nähe liegen, was bedeutete, dass er an der Reihe war. Seine Augen huschten zwischen dem Ball und Vera hin und her, und dann trat er ihn auf die armseligste Weise in ihre Richtung. Sie schürzte die Lippen, als ob dies die Empörung aufhalten könnte, die durch sie hindurchrauschte. Vera marschierte nach vorne, nahm den Ball, der nicht einmal zur Hälfte über das Feld gerollt war, und ging zu dem Mann.

Gemurmel brach in der Menge los, aber nur eine Stimme drang an Veras Ohren heran.

»Was tut sie da?« Es war ein bekannter Klang, und sie hätte hingesehen, aber Vera erkannte den Gegner. Tatsächlich war er kein Mann … nur ein Junge im Körper eines Mannes.

»Du bist es!«, begann sie. Es war der Junge, den sie mit der Schwertspitze auf der Straße aufgehalten hatte – obwohl er inzwischen offensichtlich gebadet und einen Haarschnitt bekommen hatte und nicht länger in Lumpen gekleidet war. Aber ein Anzeichen von zuvor blieb zurück: die Angst in seinem Gesicht. Wenn so etwas möglich war, dann war er sogar noch erstarrter als bei ihrem ersten Treffen.

»Ihr seid die Königin! Ich kann nicht gegen Euch spielen, Euer Majestät.« Er murmelte dies so leise, dass Vera sich vorlehnen musste, um ihn zu verstehen. Und seine Augen hoben sich alle paar Sekunden.

»Natürlich kannst du das«, entgegnete sie. Wenn er nur wüsste, wie unbedeutend sie war.

»Nicht vor Lancelot … und definitiv nicht vor dem König.«

Später würde Veras Nacken schmerzen, weil sie sich so schnell umdrehte. Neben Lancelot, der lässig an der Wand lehnte, stand Arthur. Ihr rutschte der Magen in die Kniekehlen. Seit ihrer ersten Nacht hatte sie nur kurze Blicke auf ihn erhascht. Er war nicht formell gekleidet, aber sein Haar wurde im Nacken zurückgehalten, und er trug eine goldene Krone. Seine Hand ruhte auf dem Knauf seines Schwertes, während er zusah. Immerhin war er in ihrer Nähe, und

Vera fiel auf, dass er nicht finster dreinblickte. Sie drehte sich wieder dem Jungen zu, da sie nicht weiter an Arthur denken wollte.

»Er wird mich töten«, fuhr der Junge fort. »Besonders nach dem, was passiert ist – was ich getan habe«, korrigierte er sich selbst, die Worte trieften vor Scham.

In seinen Augen lag Schmerz, er wirkte regelrecht gequält. Sie lächelte ihn traurig an, überlegte sich, wie jung er wohl war. »Wie lautet dein Name?«

»Walter«, murmelte er und starrte Arthur an.

Vera senkte die Stimme und trat näher zu ihm. »Sieh mich an, Walter.« Sie wartete darauf, bis er den Blick vom König losriss. »Er weiß nichts davon. Aber wenn du mich das Spiel aufgrund irgendeiner unangebrachten Ritterlichkeit gewinnen lässt, dann werde ich direkt zu ihm marschieren und dich verpfeifen.« Sie sagte all dies todernst, aber am Ende grinste sie ihn herausfordernd an. »Nun komm schon. Zeig mir, was du draufhast.«

Sie drückte ihm den Ball in die Hand. Vera wünschte sich, Walter zu überzeugen, dass sie genauso nervös wie er war. Arthur stand an der Wand ganz genau gegenüber von Walter, was natürlich bedeutete, dass Vera sich davorstellte. Sie fühlte seinen Blick im Nacken, als Lancelot in den allgemeinen Jubel der Menge mit einstieg: »Bleib im Spiel, Guinevere!«

Als Walter den Ball warf, sprang Vera zur Seite, hörte ein Abprallen hinter sich, als der Ball gegen die Wand klatschte. Diesmal hielt sich Walter nicht zurück. *Gut.* Sie lieferte eine gute Show, duckte sich erfolgreich unter ein paar Würfen weg und schaffte sogar ein paar solide Kicks, war aber kein Gegner für Walter. Nachdem sie einen Blick auf Lancelot und Arthur geworfen hatte, deren Köpfe zusammensteckten, kam Vera aus dem Gleichgewicht und war abgelenkt. Lancelot redete schnell und gestikulierte in ihre Richtung, während Arthurs Lippen zu einer dünnen unleserlichen Linie zusammengepresst waren.

Walter warf den Ball, und in ihrer Sorge wegen Arthur schlug dieser auf der Wand hinter Vera auf und traf sie stark zentral in den Rücken. Sie fiel ungraziös auf die Hände und Knie und hörte das kollektive Keuchen der Menge, als Walter in einen Strom aus Entschuldigungen ausbrach.

»Es tut mir leid, es tut mir leid, es tut mir so leid!« Er eilte an ihre Seite und griff nach Veras Schulter, dann wich er wieder zurück, wollte ihr erneut aufhelfen, scheinbar unsicher, ob er sie berühren sollte. Vera schnappte sich Walters Hand, um das Ganze ein für alle Mal zu beenden, und zog sich auf die Füße.

Ihr Kleid musste dreckig sein, und Strähnen ihrer Haare hatten sich aus dem Zopf gelöst, den sie tapfer zu bändigen versuchte. Vera spürte, wie sich Hitze in ihren Wangen ausbreitete. Es gab kein Szenario, in dem vor Fremden, ganz zu schweigen vor einem berühmten König in den Dreck zu fallen, nicht unfassbar peinlich gewesen wäre. Sie hatte vergessen, dass sie alle anstarrten, sobald das Spiel zu Ende war.

Nichtsdestotrotz merkte Vera, wie prekär dieser Moment für Walter war. Sie strahlte ihn an und hob seine Hand in einer eindeutigen Siegesgeste. Die Spannung im Publikum löste sich auf, und die Zuschauer jubelten und klatschten noch enthusiastischer als zuvor.

»Danke«, sagte Vera zu Walter. »Das hat sehr viel Spaß gemacht.«

Der leise Junge im Körper eines Mannes lief scharlachrot an und verbeugte sich vor Vera, während er Abstand nahm.

Als einige der Leute für die nächste Runde über den Zaun kletterten, zog sich Vera zurück. Die Menge hatte sich aufgrund von Veras und Arthurs unerwarteter Gegenwart vergrößert. Nachdem Vera ihr ganzes Leben damit verbracht hatte, unauffällig, ja sogar unnatürlich leicht zu vergessen zu sein, ließ die Aufmerksamkeit, mit der sie nun überhäuft wurde, Bedauern in ihr aufkeimen, überhaupt mitgespielt zu haben, vor allem, nachdem sie darauf bestanden hatte, dass das Spiel zu Ende gebracht wurde. Kaum hatte sie ihr Bein über die Absperrung gehoben, wetteiferten alle um sie herum um ihre Aufmerksamkeit.

»Willkommen zu Hause, Euer Hoheit!«

»Was für ein Sturz. Geht es Euch gut?«

»Hervorragendes Spiel, Madame. Gut gespielt!«

Sie lächelte peinlich berührt von den Glückwünschen, aber es gab auch Geflüster. Sie hörte entfernt die Worte »unangemessen« und »eine Schande«, als sie sich einen Weg durch die Menge bahnte. Vera spürte eine Hand an ihrem Ellbogen und drehte sich um, um Lancelot und Arthur einen halben Schritt hinter ihm zu entdecken.

Lancelot schenkte Vera ein Schmunzeln. »Das hatte ich nicht erwartet«, gestand er.

Sie wagte einen Blick zu Arthur und war erleichtert, dass er nicht wütend aussah. Aber er lächelte auch nicht.

»Bist du verletzt?«, erkundigte er sich auf seine hölzerne Weise. Es war das erste Mal, dass er seit der Nacht ihrer Ankunft mit ihr sprach. Ein winziges Flattern machte sich in Veras Brust breit.

»Nur mein Stolz«, schaffte sie mit einem Lächeln zu sagen.

Sie glaubte, dass Arthurs Lippen leicht zuckten, aber vermutlich hatte sie sich geirrt, denn sein Gesicht blieb kalt.

»Ich wusste nicht, dass du hier bist«, fuhr sie fort.

Er neigte den Kopf auf eine Weise, die in Richtung des Übungsfelds deutete. »Ich trainiere heute die Soldaten.« Arthur musterte Vera und öffnete den Mund, als wolle er etwas sagen, aber ein gebeugter alter Mann mit Stock kam ihm zuvor.

»Euer Majestät«, unterbrach der kleine Mann mit einer Fistelstimme und verbeugte sich tief.

Instinktiv griff Arthur nach ihm, um den Mann am Ellbogen zu stützen, und lächelte ihn sanftmütig an. Es war erschütternd zu sehen, wie Arthurs Blick so dramatisch weich wurde. Sie hatte bisher sein Gesicht nur kalt und kontrolliert, wie Granit, gesehen.

»Ich wusste nicht, dass die Königin so eine tapfere Kämpferin ist!« Der kleine Mann sagte dies mit nicht gerade wenig Stolz.

»Jawohl«, stimmte Arthur zu und wandte seine Wärme an Vera, sah aber nur bis zu ihren Schultern auf. Dennoch haute es sie beinahe aus den Socken. »Sie war sehr beeindruckend.«

Der Alte wedelte mit seinem Stock vor Vera hin und her. »Ich würde mir nichts anderes von Euch erhoffen, Euer Hoheit. Und wir sind alle froh, dass Ihr zurückgekehrt seid.« Er tätschelte ihr den Arm und humpelte mit beeindruckender Wendigkeit davon. Ihm nachzusehen, war ein guter Vorwand, um herauszufinden, was sie als Nächstes zu Arthur sagen sollte. Dies war ihre Gelegenheit; er war genau hier und herzlicher, als er bisher gewesen war.

Aber als sich Vera wieder zu ihm umdrehte, war es nur noch sein Rücken, den sie in Richtung Übungsfeld verschwinden sah.

12

Vielleicht hatte das eine nichts mit dem anderen zu tun, aber es war ihre bisher freundlichste Interaktion gewesen, und als Vera an diesem Abend durch den großen Saal ging, hielt sie mitten in der Bewegung inne, als sie sah, dass sein Platz besetzt war. Da saß Arthur, weniger formell gekleidet, als Vera erwartet hatte. Nichtsdestotrotz veränderte seine Anwesenheit nachdrücklich die Atmosphäre im Raum. Es lag eine Spannung in der Energie aller Anwesenden. Und es war lauter. An den vergangenen Abenden, an denen Arthur nicht gekommen war, hatte es Vera vorgezogen, nicht lauter als im Flüsterton zu sprechen. Heute erfüllte das angenehme Summen von Unterhaltungen und derbes Gelächter ihre Umgebung.

Veras Blick huschte zu Merlin, und sie fragte sich, ob er etwas damit zu tun hatte. Er lächelte sie ermutigend an.

Arthur hatte sich Lancelot zugewandt, der links von ihm saß, als Vera um den Tisch ging, um zu ihrem Platz zu gelangen. Arthur hielt den Blick weiterhin auf Lancelot gerichtet, der lebhaft redete.

»Und es ist nicht der einzige Weg, wie wir vielleicht …« Lancelot brach mitten im Satz ab, verlagerte seine Aufmerksamkeit auf Vera, die gerade in sein Blickfeld trat. »Guten Abend, Euer Majestät«, setzte er wieder an und zwang Arthur auf diese Weise, ihre Gegenwart seinerseits anzuerkennen. Der drehte sich auf seinem Platz und nickte ihr zur Begrüßung steif und formell zu.

Aber sobald sie sich gesetzt hatte, wandte er sich wieder komplett zu Lancelot. Dessen Rücken bildete eine unüberwindbare Mauer, die sie ausschloss und Vera frustriert zurückließ – aber nicht allzu lang. Als das Essen gebracht wurde, erklangen Trompeten, und eine melodische Stimme übernahm das Kommando im Saal.

»Zur höfischen Unterhaltung für diesen Abend begrüßt unser König die Nordwindspieler, die *Die größte Tragödie von Dorchester* aufführen werden.« Der Bote des Schlosses stand am hinteren Ende der Halle und trat einen großen Schritt zur Seite, als er ausschweifend die Tür öffnete und ein Schauspieltrupp unter höflichem Applaus den Saal betrat.

Eine Stille senkte sich über den Raum, als die Darsteller ihre Plätze zwischen den beiden Tischreihen einnahmen. Beinahe zu lange hielten sie ihre Stellung und gerade als der Erste im Publikum unruhig wurde, begannen sie alle sich zu bewegen. Die beiden vorne auf den Knien schlugen mit den Fäusten auf den Boden. Eine hinreißende, komplett in Grau gekleidete Frau, die Stoffbahnen hinter sich herwallen ließ, wirbelte durch den Raum und als sie vorbeikam, folgten ihr wahrhaftige Windgeräusche und der aufkommende Klang von Regen. Ein Schauspieler sprang auf einen Tisch und hob eine gelb glühende Sphäre hoch über seinen Kopf, bevor er sie auf den Boden warf. Sie zerbarst in Scherben, aber mit einem letzten hellen Blitz und einer Wolke aus Wasserdampf. Das begleitende Geräusch klang wirklich wie das Grollen von Donner. Der Dunst nahm zu und erhob sich, verdunkelte und breitete sich aus, bis die ganze Decke der Halle in schwarze Sturmwolken gehüllt war.

Diese grollten über ihren Köpfen weiter, als ein mageres Mädchen aus dem allgemeinen Chaos erschien und die Geschichte erzählte. Sie war die einzige Überlebende eines Dorfes, das von einem verrückt gewordenen jungen Magier massakriert worden war.

Sie erzählte die Geschichte, und die Darsteller spielten um sie herum und erweckten auf wundervolle Weise diese tragische Geschichte zum Leben. Das ganze Publikum war gefesselt, mehr als eine Träne wurde vergossen, als das junge Mädchen von ihren Brüdern in dem Trog für Tiere versteckt wurde, bevor sie durch Risse im Holz dabei zusah, wie sie von dem Magier abgeschlachtet wurden. Es war eine märchenhafte Erzählung, an deren Ende eine Moral wartete, in der gepriesen wurde, dass Arthurs Herrschaft dem Volk Einheit und Frieden brachte. In perfekter Starre hielten die Gaukler ihre Schlussposen. Die Wolken sanken in Richtung der Köpfe des Publikums.

Da sie höher saßen als alle anderen, erreichte der Dunst erst den königlichen Tisch. Vera warf einen Blick auf Arthur, der grinste, als er nach oben griff und die Wolkendecke mit den Fingern berührte. Als ob er ihre Augen gespürt hätte, drehte er sich zu ihr. Sein Blick hatte keine Gelegenheit, sich zu verdunkeln, und Vera wusste, dass ihr Ausdruck sein Erstaunen widerspiegelte. Ihre Haut prickelte; es war beinahe intim – und innerhalb eines Wimpernschlags war es vorbei, als die Wolken ihre Köpfe erreichten und Veras Blick vernebelten.

Ein Murmeln staunender *Ohs* und *Ahs* raunte durch die Menge, und bloß ein paar wenige davon klangen wahrhaftig verängstigt. Nachdem die Schwaden den Boden erreichten und sich auflösten und nur den leichten Geruch nach Regen zurückließen, fiel Vera auf, dass sich der Schauspieltrupp erhoben und gemeinsam unter dem Absinken der Wolkendecke aufgestellt hatte. Alle Beteiligten verbeugten sich, und die gesamte Hofgesellschaft folgte Arthurs enthusiastischem Applaus.

»Das war wirklich beeindruckend«, verkündete Arthur, als der Applaus langsam schwand. »Ich fühle mich geehrt von Eurer Erzählung über mich in dem Stück. Vergebt meinem Gedächtnis, aber das Massaker von Dorchester ist zwanzig Jahre her, nicht wahr?«

Das Ensemble warf sich gegenseitig Blicke zu und nickte dann.

»Ich war ein Knabe von gerade mal zehn Jahren, und so beschämend es auch sein mag, mein Vater war davon überzeugt, dass ich eher Verwüstung anrichten würde, als das Königreich je zu vereinen«, fuhr Arthur bescheiden fort.

Die Augen der Schauspieler huschten untereinander hin und her, bis die Anführerin der Truppe, die Frau in Grau, die mit ihrem Körper den Klang von Wind nachahmen konnte, mit einer ausgiebigen Verbeugung nach vorne trat. »Euer Gnaden, wir glauben, dass der Geist der Krone unter uns weilte, bevor er Euch fand. Aber Ihr wart es immer.«

Der versammelte Hof brach erneut in Applaus aus.

»Das ist wundervoll«, meinte Lancelot großmütig zu den Schauspielern. Dann lehnte er sich nach vorne, sodass Vera und Arthur ihn sehen konnten, und fügte wesentlich leiser hinzu: »Was verdammt noch mal soll das heißen?«

Arthur war den Humor seines Freundes bereits gewohnt. Seine Lippen verzogen sich auf einer Seite kaum merklich, und er neigte den Kopf in einer leichten Verbeugung, als die Darsteller gingen. Vera hingegen grunzte vor Lachen. Der Adlige zu ihrer Rechten blickte sie böse an. Schnell drehte sie sich von ihm weg und sah Arthur, der diese Szene beobachtet hatte und dessen Augen nun vor Lachen funkelten. Kaum hatte Vera seinen Blick getroffen, da senkten sich seine Augen auch schon, und er erhob sich von seinem Thron.

»Entschuldigt mich«, erklärte er. Ohne ein weiteres Nicken, eine Verbeugung oder auch nur ein Wort ging er urplötzlich davon. Vera starrte Lancelot an, dessen Augen groß geworden waren und dessen Lippen sich frustriert verzogen.

»Ich nehme mal an, dass dies nicht normal ist?«, stellte Vera sachlich fest.

»Ähm.« Sein Blick folgte Arthur, der die Halle verließ. »Nein«, meinte er dann.

Vera lachte einmal kurz freudlos auf.

Es verging ein Moment, in dem Lancelot die Finger knetete, ein Auge zukniff und den Mund fast drollig verzog, bevor er sich strahlend zu ihr drehte. »Also«, begann er. »Willst du morgen wieder laufen gehen?«

Nun komplett ausgestattet, erwachte Vera jeden Morgen vor Sonnenaufgang, um joggen zu gehen, was die einzige Konstante zwischen ihrem vorherigen Leben und dem jetzigen als Guinevere darstellte. Aber dieses Mal hatte sie Gesellschaft. Wie auch an diesem Abend würde Lancelot während des Abendmahls bestätigen, ob sie am nächsten Morgen laufen gingen, und meistens war dies auch der Fall. Sie trafen sich vor Veras Tür, joggten den Großteil einer Stunde, ließen sich auf den grasigen Hügel neben der Rückwand des Schlosses fallen und redeten, bis die Sonne aufging.

In den ersten Tagen von Veras neuer Normalität nahm die Routine in vielen Lebensbereichen ihren Lauf. Sie ging mit Lancelot laufen. Kümmerte sich mit Matilda um den Haushalt. Dann gab es Abendessen. Es war die viele unausgefüllte Zeit dazwischen, die Veras Angst schürte. Merlin war kaum im Schloss. Beinahe die ganze Zeit war er in den benachbarten Dörfern, um deren magische Probleme zu beheben. Vera wollte unbedingt damit beginnen, Guineveres verlorene Erinnerungen wiederherzustellen. Sie konnte diesen Betrug nicht viel länger aufrechterhalten – ein Niemand, gefangen im Körper einer Königin. Aber als Merlin sie nach beinahe zwei Wochen in sein Arbeitszimmer bat, war Veras Erleichterung von kurzer Dauer.

»Was tust …«, begann Vera, aber es war offensichtlich. Merlin trug bereits seinen Reiseumhang, als er vorsichtig Zaubertränke in der Satteltasche verstaute. »Warum packst du?«

Er seufzte und warf ihr einen kurzen Blick zu. »Es gibt Ärger in Exeter.« Auf Veras leeren Gesichtsausdruck hin, fuhr er fort: »Es ist ein zweitägiger Ritt von hier aus. Größere Städte haben Magier. An Orten wie Exeter verlassen sie sich jedoch auf das Zusammenspiel all jener, die mit Gaben geboren wurden. Exeter versorgt Camelot und die nächsten vier Städte mit Getreide. Aber der Grund, warum sie diese Rolle für sich beanspruchen konnten, war die Begabung einer Frau, die ein recht ausgeklügeltes Bewässerungssystem geschaffen hat. Das komplexe Turbinensystem, welches das Wasser umleitete, entsprang ihrer Magie. Kurz nach der Errichtung verstarb sie, und zum größten Teil konnten es die dort Ansässigen am Laufen halten und reparieren, wenn es kaputtging. Aber nun hat das ganze System aufgehört zu arbeiten. Es fließt kein Wasser mehr, und niemand mit einer passenden Begabung vor Ort kann es wiederherstellen, und nun schwebt die letzte Ernte ohne Hilfe von außen in akuter Gefahr. Also …« Er schüttelte den Kopf, während er weiterhin Bücher und Fläschchen in seine Tasche stopfte.

Geknickt ließ sich Vera auf denselben Stuhl fallen, auf dem sie während ihres ersten Treffens hier gesessen hatte. »Warum hat es aufgehört zu arbeiten?«

»Wenn eine Person etwas mit ihrer Gabe erstellt hat, dann können sie es nach ihrem Ableben selbstverständlich nicht mehr am Laufen halten.«

»Die Magie stirbt mit ihnen?«

Merlin eilte zu einem Korb voller Schriftrollen und begann diese zu durchsuchen. »Nicht wirklich«, erklärte er, während er zwei Rollen aus dem Bündel wählte. »Die Wirkung der Magie wird von dem, was sie berührt haben, schwinden, sobald der jeweilige Magier sie nicht mehr nähren kann, aber die Gabe selbst kehrt in den Kreislauf zurück. Theoretisch werden jeden Tag auf der Welt Babys mit Gaben geboren. Also würde das bedeuten, dass irgendwo ein Kind mit ihrer Fähigkeit zur Welt kam, als sie starb. Seit wir die Magie studieren, funktioniert sie wie Luft, eine Ressource, die sich selbst erneuert.«

Vera nickte. »Aber seit Viviane nicht mehr?«

Merlin hörte auf zu packen und sah Vera ernst an. Er schien ihr älter, als sie ihn in Erinnerung hatte. »Seit Viviane nicht mehr«, bestätigte er. »Ich habe mit Arthur gesprochen, aber …« Er schüttelte den Kopf. »Es tut mir leid, dass dies auf dir lastet, aber er muss es von dir hören. Wenn *du* ihm sagst, dass du ihn brauchst, dann glaube ich nicht, dass er sich dir verweigern wird.«

»Ich sehe ihn kaum. Ich weiß noch nicht mal, wann ich überhaupt …«

Merlin ließ sich vor Vera auf die Knie fallen, seine Augen glühten vor Verzweiflung. »Bitte«, flehte er. »Bitte versuche es. Die Situation wird gewaltig unterschätzt.«

Vera schluckte erschrocken darüber, dass die Bitte genauso deutlich in seinem Gesicht stand, wie sie in seinen Worten nachhallte. »Das werde ich. Aber was, wenn er Nein sagt?«

Merlin erhob sich seufzend und fuhr damit fort, Gegenstände zusammenzusuchen. »Wir werden uns nach meiner Rückkehr über eine magische Intervention Gedanken machen.«

Unter anderen Umständen wäre der Aufwand, den Arthur betrieb, um Vera zu meiden, vielleicht amüsant gewesen. Sie hatte gedacht, dass die Abendmahle ihre beste Chance wären, ihn zur Rede zu stellen, nun, da er daran teilnahm. Immerhin befanden sie sich im selben Zimmer und saßen für mindestens die Dauer eines Essens sogar direkt nebeneinander. Aber der Auftritt der Schauspieler war keine einmalige Angelegenheit gewesen. An jedem weiteren Abend gab es eine neue Vorstellung, was einen in den Wahnsinn treiben würde, wenn sie nicht ebenso wunderschön wie die vorherigen wäre, mit magischen Elementen und manchmal ohne.

Ein Barde, der die Legenden des Königreichs besang. Eine Gruppe von Musizierenden, die lang über das Mahl hinausspielten. Weitere Schauspieltrupps. Tänzer. Am Abend, an dem Merlin nach Exeter aufbrach, kam ein Geschichtenerzähler, der malte, während er Legenden wiedergab. Vera hatte das Gefühl, dass dem eine Magie innewohnen musste, aber sie konnte nicht genau benennen, worin die mystische Qualität lag. Wenn der Erzähler aufhörte zu reden, um Anpassungen an seinem Gemälde vorzunehmen, war die Stille einlullend, und Vera entschied kurzerhand, sie für sich zu nutzen.

»Ich muss diese Erinnerungen freisetzen.« Sie murmelte dies leise, lehnte sich dabei näher zu Arthur. Sie wartete nicht darauf, dass er sie mit einem Blick würdigte; sie wusste, dass er sie hörte. »Merlin glaubt fest, dass die Verbindung zu dir der beste Weg ist, um mich zu erinnern.« Vera zögerte, da ihr peinlich war, was sie als Nächstes sagte. Aber sie dachte an Merlins Bitte und die Worte sprudelten nur so aus ihr heraus. »Ich brauche dich.«

Arthur zuckte zusammen. Er hatte sich ihr nicht zugewandt, noch nicht einmal den Kopf in Veras Richtung geneigt. Nun öffnete er den Mund, um sie zu unterbrechen, aber Vera legte eine Hand auf seinen Arm und fuhr einfach fort, als sie merkte, wie sich seine Muskeln unter ihren Fingern anspannten: »Hör mir bitte einfach zu. Ich werde nicht versuchen, sie zu ersetzen …«

Sie hielt inne – da er sie plötzlich ansah. Aber es war weder mit Interesse oder gar aus Höflichkeit. Nein, er war stinksauer.

»Guinevere.« Er knurrte den Namen regelrecht. »Ich kann nicht.« Seine Stimme klang angespannt und tief, und hinter der Wut in seinem Gesicht konnte Vera es in seinen Augen sehen, genau wie in dem leichten Zittern seines verkrampften Körpers: ein Aufblitzen von Angst. Die Darstellung war noch nicht zu Ende, aber Arthur erhob sich und verließ die Halle, ein Verhalten, das im Raum nicht unbemerkt blieb.

Vera versuchte Haltung zu wahren, als wäre dies völlig normal. Köpfe drehten sich in Arthurs Richtung, bis er durch eine Seitentür verschwunden war, und dann wandten sich die Blicke ihr zu. Selbst der Künstler kam ins Schwanken und stoppte, sah Vera dabei überrascht an. Der Raum war unangenehm still. Ihre Handflächen begannen zu schwitzen und Übelkeit überkam sie. Erwarteten die Leute, dass sie etwas sagte? Sie war nicht – sie konnte nicht so tun, als sei sie ihre Königin. Sie war die zerbrochene Projektion einer Erinnerung. Das war alles. Vera starrte auf ihre Hände hinunter.

Lancelot lehnte sich zu ihr. »Guinna …«

»Hilf mir«, flüsterte sie und hasste, wie armselig sie dabei klang.

Lancelot legte die Stirn in Falten. Er drehte sich zu der wartenden Menge, setzte ein strahlendes Lächeln auf. »Der König lässt sich entschuldigen. Er wurde gerufen und möchte, dass wir verweilen und den Rest dieser außergewöhnlichen Unterhaltung an seiner Stelle genießen. Macht weiter, guter Mann.«

Vera erinnerte sich an keinen weiteren Augenblick der Vorstellung. Sobald der Applaus begann, scheuchte Matilda Vera aus dem Zimmer und sie folgte ihr wie benebelt zurück in ihre Gemächer. Es musste einen Grund für Arthurs Verhalten geben.

Als Matilda den Rücken ihres Kleides aufschnürte, huschte Veras Blick zu der geschlossenen Tür seiner Kammer. Sie wusste, dass er nicht glaubte, dass sie Guinevere war; das taten sie beide nicht. Aber genügte dies, um ihn so reagieren zu lassen? Da musste noch mehr sein.

Sie zog gerade ihr Nachtgewand über, und Matilda war zwei Schritte davon entfernt, den Raum zu verlassen, als Vera eine Entscheidung traf.

»Matilda?«, begann sie und Matilda drehte sich überrascht zu ihr. »Würdest du gern etwas mit mir trinken und … reden?«

Die Kammerdienerin starrte Vera lange an, ihr Blick war sanft. »Es wäre mir eine Ehre.«

Vera deutete zu der Sitzgruppe am Feuer, wo Matilda sich auf einem der bequemen Hocker niederließ. Dann holte Vera zwei

Gläser und einen Krug, der immer mit frischem Wein (vermutlich durch Matilda selbst) gefüllt war, vom Schreibtisch. Sie schenkte Matilda ein und füllte dann ihren eigenen Becher. Matilda schüttelte den Kopf, als sie den ersten Schluck nahm.

Vera wusste nicht, wo sie anfangen sollte. Sie hatte einen Plan für diese Unterhaltung, aber es fühlte sich unnatürlich an, einfach loszulegen. Ihr Blick landete auf der Vase auf dem kleinen Tischchen. Sie wurde mindestens einmal pro Woche mit neuen Blumen gefüllt. Als Vera heute Morgen gegangen war, blühten sie gelb und golden und im Laufe des Tages waren sie durch große dunkelorangene Blüten gemischt mit kleinen weißen und cremefarbenen Blumen ersetzt worden, die so wunderschön und perfekt waren, dass Vera nicht überrascht wäre, wenn sie aus Seide gefertigt wären. Sie berührte eines der Blütenblätter, um unnötigerweise zu bestätigen, dass sie echt waren.

»Danke dafür. Sie sind sehr schön«, meinte Vera. »Ich freue mich immer darauf, den wöchentlichen Strauß zu sehen.«

»Ich …« Matilda interessierte sich plötzlich übermäßig für ihren Weinkelch. Sie starrte hinein, schwenkte das Gefäß, während sie antwortete: »Liebend gern, Euer Hoheit. Aber Ihr solltet wissen …«

»Ich hatte gehofft, dass du mich Guinevere nennen könntest, statt Euer Hoheit«, unterbrach Vera.

Matilda schürzte die Lippen. »Es wäre äußerst unangebracht, wenn ich Euch so informell ansprechen würde.«

»Und wenn du mich einfach unter vier Augen Guinevere nennst?«

Matilda seufzte langsam und absichtlich. »Ich werde es versuchen, Euer Majestät, aber das ist eine recht große Umstellung.« Vera lächelte bei dem ersten Fehltritt. »Eure … Guinevere«, fuhr Matilda steif fort. »Euer Anstandsgefühl ist … wesentlich entspannter, seit Ihr zurück seid. Und«, sie schüttelte den Kopf, als Vera ihnen beiden nachschenkte, »Ihr solltet *nicht* mich bedienen.«

»Ich bin mir sicher, dass dir aufgefallen ist, dass einiges anders ist«, entgegnete Vera. Sie dachte seit der ersten Nacht darüber nach, als sie Matilda ihre drängendsten Fragen nicht stellen konnte und definitiv auch während ihrer ganzen Stunden gemeinsamer Arbeit im und um das Schloss. Nach dem heutigen Abend wäre es unvermeidbar: Vera benötigte mehr Hilfe. Aber noch viel wichtiger war, dass sie weniger allein sein musste. Vielleicht gab es einen guten Grund dafür, dass Matilda nicht darüber unterrichtet worden war, was Guinevere zugestoßen war, aber sie trauten ihr immerhin genug, um sich um Vera zu kümmern und bei ihr zu sein. Ihr mussten während des Saubermachens die Bücher aufgefallen sein, ganz zu schweigen von Veras Unterwäsche.

»Matilda, ich muss dir etwas erzählen.«

Matilda stellte ihren Kelch ab und lehnte sich nach vorne. »Ich glaube, dass ich es vielleicht bereits weiß.«

Vera blinzelte. »Tust du das?«

»Ihr leidet an Gedächtnisverlust, nicht wahr? Wegen des Unfalls?«

»Ich …« Warum war Vera das nicht eingefallen? Wenn sie genauer darüber nachdachte, warum hatten Merlin und Arthur Matilda nicht einfach das erzählt? »Ja. Das stimmt. Das tue ich.«

»Ich weiß nicht, warum man dachte, dass man dies vor *mir* verbergen müsste.« Matilda strich ihren Rock glatt und verlieh irgendwie über diese Geste ihrer Verärgerung Luft. »Arthur weiß es, nicht wahr?«

»Ja«, bestätigte Vera, der aufgefallen war, wie leicht Matilda *Arthur* bei seinem Namen genannt hatte.

»Er ist seit dem Geschehnis nicht mehr er selbst.«

»Habe ich vor dem Unfall etwas falsch gemacht?«, hakte Vera vorsichtig nach. »Etwas, weswegen er sauer auf mich ist?«

Matilda runzelte die Stirn, während sie beruhigend eine Hand auf Veras Arm legte. »Nein«, meinte sie. »Ich war beinahe immer bei Euch und in den Zeiten, als ich es nicht war …« Sie schüttelte den Kopf. »Ich kann mir nicht vorstellen, was Ihr getan haben sollt.«

»Aber warum hasst er mich dann?«

»Er …« Matilda schwieg, und Vera glaubte, dass sie vielleicht gar nicht antworten würde. Matilda beugte sich nach vorne, um die Blumen zu richten. »Ich besorge sie nicht, wisst Ihr.«

Vera lachte irritiert. Sie war sich nicht sicher, was *das* mit allem zu tun hatte. »Wer kommt noch hier herein?« Veras Augen schossen zu dem Schrank, wo ihre Tasche mit Anachronismen achtlos herumlag. Das Bild ihrer Eltern war auf dem Nachttisch als Lesezeichen in *Der Hobbit* gesteckt.

Matilda sah Vera eindringlich an. Warum antwortete sie nicht? Wenn noch jemand außer Matilda und Arthur in das Zimmer kam – oh.

Sie waren die Einzigen, die je das Gemach betraten.

Matilda nickte, als Veras Blick auf ihr landete.

»Ist das … hat er …« Vera dachte an das Zimmer zurück, wie alles immer gleich geblieben war, außer den Blumen, dem einzig physischen Beweis in diesem Raum, dass seit diesen ersten Wochen Zeit vergangen war.

»Jedes Mal?«, erkundigte sich Vera atemlos.

»Jedes Mal.« Matilda hörte stirnrunzelnd damit auf, die Blumen anzurichten. »Ich verstehe sein Verhalten seit Eurer Rückkehr nicht, aber er hat Euch nie, keinen einzigen Moment lang gehasst.«

13

Vera fühlte eine irrationale Gewissheit, dass, wenn man die seltsame Freundlichkeit des Blumenstraußes außer Acht ließ, etwas *geschehen* war, das dafür sorgte, dass Arthur sie so schlecht behandelte. Und sie wusste, wen sie wirklich fragen musste. Basierend auf ihrer bisherigen Erfahrung würde es Lancelot wissen, wenn Guinevere etwas getan hätte. Denn es wäre mit ihm geschehen.

Es war ungewöhnlich warm, als sie in die frühmorgendliche Dunkelheit aufbrachen. Lancelot sprach Arthurs Verhalten am vorherigen Abend nicht an, aber er beobachtete Vera genauer … als ob sie ein Wasserkocher war, der jeden Moment anfangen würde zu pfeifen. Inzwischen hatte sie sich an ihre Route gewöhnt, aber er bog nach rechts statt nach links an der Gabelung ab, und Vera folgte ihm, ohne es zu hinterfragen. Es wäre schön, eine Ablenkung von der Unterhaltung zu haben, die am Ende ihrer Runde auf sie wartete.

Der neue Weg machte ihr Spaß, und sie verstand, warum er ihn so lange verheimlicht hatte, bis er wusste, dass sie dazu in der Lage war. Während sich der andere Pfad zwischen und über Hügel schlängelte, aber die Steigungen relativ flach hielt, war dieser Weg enger und führte sie in die Wälder, wo er die ganze Zeit anstieg und dann wieder abflachte. Aber er war selbst in der Dunkelheit wunderschön. Die Bäume, an denen sie vorbeikamen, waren behangen mit Herbstlaub, und Vera konnte Wasser in der Nähe fließen hören.

Nach zwanzig Minuten stoppte Lancelot. Das hatte er bei keinem ihrer bisherigen Läufe getan.

»Was ist los?«, erkundigte sich Vera.

Er verließ den Pfad und hielt ein paar biegsame Zweige zur Seite, bedeutete Vera, ihm zu folgen. »Nichts«, entgegnete er. »Ich wollte dir etwas zeigen.«

Sie folgte ihm einen gut genutzten Trampelpfad hinunter, das Geräusch von rauschendem Wasser wurde immer lauter, bis die Äste ausdünnten und den Blick auf einen Hain freigaben, der geradewegs aus einem Märchen hätte entsprungen sein können. Vor ihr erstreckte sich ein See, so kristallklar, dass Vera sich nicht einmal sicher war, wo er begann, bis ein Frosch hineinsprang und die sich ausbreitenden Wellen das Ufer aufzeigten. Auf der gegenüberliegenden Seite stand ein Baum so massiv und alt, dass der Stamm die Größe einer kleinen Hütte hatte. Sie drehte sich um, im Einklang mit dem Gluckern eines Flusses, der den felsigen Hügel hinunterlief und von einem drei Meter breiten Vorsprung in Form eines schmalen Wasserfalls in die Tiefe stürzte.

Vera drehte sich wieder zu Lancelot, ihre Freude über diesen Ort hatte gerade in dem Moment ihre Lippen erreicht, als sie sah, wie er sein Hemd auszog.

»Was tust du?«, fragte sie entgeistert, aber lachend.

»Ich gehe schwimmen«, erklärte er, als ob es die offensichtlichste Antwort auf die dümmste Frage wäre. »Ich kann mir nicht vorstellen, dass es vor dem Frühjahr noch einmal einen wärmeren Tag geben wird. Und ich habe eine Regel, der ich penibel folge: Wenn du an ein schönes Gewässer kommst, dann gehe immer schwimmen. Immer.«

Er zog die Schuhe aus und warf sie zusammen mit dem Oberteil auf einen Haufen, behielt nur die Hose an. Er warf die Leuchtkugel in einem großen Bogen über den See, aber anstatt hineinzufallen, nachdem sie den höchsten Punkt überschritten hatte, stoppte sie und hing einfach dort. Ein Miniatur-Mond, der nur auf die Gezeiten dieses geheiligten Tümpels reagierte.

Lancelot kletterte auf den Felsen neben ihm und wickelte ein Seil, das an dem Ast darüber befestigt war, ab. Über dem zusammengeknoteten Ende hielt er eifrig daran fest, schwang und ließ sich zu einer kleinen Kanonenkugel zusammengerollt direkt über der Mitte des Beckens fallen. Eine beeindruckende Fontäne Wasser explodierte in alle Richtungen.

Nur Augenblicke später tauchte er wieder auf, heulte gut gelaunt auf und keuchte, wie es Menschen taten, wenn ihre Körper schockierend kaltes Wasser berührten.

»Fang das Seil, Guinna!«, rief er zwischen Atemzügen.

Pflichtgemäß tat Vera genau dies, als es zurück über das Ufer schwenkte. Lancelot lachte laut in die Nacht hinein, besonders, als er ihre Ungläubigkeit sah.

»Es ist recht kalt, Euer Majestät«, warnte er. »Nicht geeignet für das Gemüt einer Dame.« Er tauchte unter und schwamm von ihr weg, ohne Vera Zeit zu geben, etwas zu erwidern.

»Verdammt«, fluchte diese. Er wusste, wie man sie provozierte. Auf keinen Fall würde sie nun am trockenen Land bleiben. Sie kletterte auf den Felsen und band das Seil fest, bevor sie ihre Turnschuhe und Socken auszog. Einen Augenblick zögerte sie über den Knöpfen ihrer Hose. Sie könnte komplett bekleidet bleiben, aber dann wäre sie bei dem Lauf zurück klatschnass. Oder sie könnte sich so schnell wie möglich ausziehen und reinspringen, bevor Lancelot einen Blick auf ihren größtenteils nackten Körper erhielt.

Er war immer noch unter Wasser. Sie hörte die spritzenden Tritte, als er von ihr wegschwamm und sah, wie sich kleine Wellen hinter ihm bildeten. Vera seufzte. Sie fummelte an den Knöpfen an ihrer Taille herum und kämpfte sich aus der Hose. Dann zog sie die Tunika über den Kopf und warf ihre Kleidung auf einen Haufen, nur den Sport-BH und die Unterhose behielt sie an, bevor sie sich das Seil schnappte. Vera klammerte sich mit beiden Händen fest und schwang los. Ihr Sturz in das Wasser war wesentlich weniger koordiniert wie die Kanonenkugel vorhin und beinhaltete wesentlich mehr Herumfuchteln.

Mit einem Schlag und einer Fontäne traf sie auf die Oberfläche, und die Kälte fuhr wie ein Blitz durch sie hindurch, erweckte jeden Millimeter ihres Körpers. Vera brach keuchend und schreiend durch die Oberfläche, während Lancelot beide Fäuste in die Luft riss.

»Ja!«, jubelte er auf und ab wippend, während seine Beine unter Wasser ruderten. Er behielt eine Hand oben und starrte Vera abwartend an. Sie zuckte mit den Schultern, während sie sich brustschwimmend über Wasser hielt.

»Ich weiß, dass das neu für mich ist, aber ich würde sagen, dass dies eine High-Five-würdige Aktion war«, erklärte Lancelot.

»Oh!«, machte Vera lachend. Sie schwamm zu ihm und schlug ein. Absichtlich hielt sie dabei die Augen über seinem Kinn, weg von der entblößten Brust. Noch vor einer Woche hätte sie kein Problem damit gehabt, diesen Mann oben ohne zu sehen, aber der Kontext änderte alles. Von vielen Bereichen des Lebens im siebten Jahrhundert war Vera überrascht, aber hier war sie sich sicher, dass dies gefährliches Terrain war.

Lancelot schwamm in Richtung des Wasserfalls und trotz ihrer Bedenken folgte Vera. Mit jedem Zug wurde das Wasser erträglicher. Bis sie das weit entfernte andere Ende erreichten, hielt sie es beinahe für angenehm. Lancelot wartete vor dem Vorhang aus Wasser auf sie.

»Darf ich dir etwas auf der anderen Seite zeigen?«, fragte er.

Vera nickte.

»Hier ist es etwas verzwickt. Also bleib bei mir«, fuhr er fort. Unter der Wasseroberfläche spürte Vera, wie er ihre Hand nahm. Sie atmeten gemeinsam tief ein und tauchten dann unter. Sofort wusste

Vera, was Lancelot gemeint hatte. Unter dem Wasserfall wirbelte die Strömung so stark, dass sie Vera leicht orientierungslos gemacht und ohne den Halt von Lancelot mitgerissen hätte, aber er zog sie weiter. Man musste nicht weit schwimmen, um ruhiges Gewässer zu erreichen. Vera spürte den felsigen Boden unter den Füßen und erhob sich, ihr Nacken und die Schultern durchbrachen die Oberfläche, als Lancelot ihre Hand losließ.

Es war sehr dunkel. Das Licht, das er über den See geworfen hatte, drang nicht bis hierher vor. Vera konnte kaum erkennen, wie er vor ihr wuselte.

»Nur einen Moment«, rief er.

Vera blinzelte, als eine neue Leuchtkugel zum Leben erwachte. Sie brauchte einen Augenblick, bis sie verstand, was sie da vor sich sah. Zuerst war es nur die Kugel. Dann wurde ihr klar, dass Lancelot sie festhielt und grinste – und dass er auf dem trockenen Felsen vor ihr stand, sie aber nicht draußen waren. Sie befanden sich in einer Höhle mit glatten Steinwänden. Der einzig erkennbare Eingang war der Weg unter dem Wasserfall hindurch, den sie genommen hatten. Vera ging halb und schwamm halb, als sie ans Ufer kletterte. Lancelot wühlte bereits in einer Kiste unten an der Wand.

»Hier.« Er hielt eine Decke hinter sich, ohne sich dabei zu Vera umzudrehen. Er ließ seinen Blick auf der Wand ruhen, bis Vera sich darin eingewickelt hatte und sie unter ihrem Kinn geschlossen hielt. Dann zog er eine zweite Decke hervor und tat dasselbe damit bei sich, beide sahen nun aus wie Kinder, die Verkleiden mit selbst gemachten Umhängen spielten. Lancelot setzte sich auf den Boden und nutzte eine Ecke der Decke, um sich die Haare zu trocknen. Vera nahm neben ihm Platz und zog amüsiert eine Augenbraue hoch. Sie war nicht die erste Person, die er hierher mitgebracht hatte.

Sollte er ihre Reaktion bemerkt haben, so entschied er sich, sie zu ignorieren. Er strahlte sie an. »Was denkst du?«

»Es ist … unglaublich. Wie hast du sie gefunden?«

»Eine Mischung aus Glück und Unfug treiben, würde ich sagen.« Abwesend strich Lancelot mit der Hand über die glatten Kiessteine an seinem Fuß und fuhr sie mit dem Daumen nach. »Wenn ich so darüber nachdenke, habe ich auf diese Weise so ziemlich alles Gute in meinem Leben gefunden.«

Vera fischte ebenfalls durch die Steinchen, bis ihre Finger auf einen kleinen, flachen stießen. Sie hob ihn hoch und ließ ihn über den See springen. Er hüpfte über die Oberfläche, bis der Kiesel seinen letzten Satz machte und dann im Wasserfall verschwand. Lancelot summte anerkennend und stieß sie sachte mit der Schulter an. Das war es. Vera konnte es nicht weiter vor sich herschieben.

»Es gibt etwas Wichtiges, worüber ich mit dir reden muss«, begann sie, und ihre Stimme zitterte vor Nervosität.

Lancelot setzte sich aufrechter hin. »Geht es dir gut?«

»Ja.« Sie atmete tief ein und spürte, wie ihr Herz begann, schneller zu schlagen. »Vor dem Unfall haben wir da … etwas *getan*? Du bist die einzige Person, die mir irgendwie vertraut ist, seit ich hier bin. Und ich mag dich wirklich gern.«

»Ich mag dich auch wirklich gern«, murmelte er leise.

Das drängte Vera weiter. »Nun, ich habe mich gefragt, ob das heißt, dass … etwas Unangemessenes zwischen uns passiert ist?«

Lancelot blinzelte überrascht, als er die Bedeutung ihrer Worte verstand. »Du glaubst, wir hätten eine Affäre gehabt?«

»Ich … na ja, ich weiß es nicht.« Scham überrollte Vera, und bevor sie es sich anders überlegen konnte, sagte sie daher entschieden: »Ja, tatsächlich tue ich das. In den Legenden über euch, die es in meiner Zeit gab, hatten Guinevere und Lancelot eine Affäre … ich glaube, eine, die das Königreich ziemlich zerstörte. Und das fühlt sich so gewaltig an. Basierend auf dem, was wir gerade machen … Lancelot, wir sitzen zusammen in einer Höhle, spärlich bekleidet, in die du offensichtlich schon andere Frauen gebracht hast – und versuche erst gar nicht, das zu leugnen. Du hast eine Kiste mit Decken und ein Licht bereit, und es würde mich nicht wundern, wenn du hier auch irgendwo Wein versteckt hättest.«

Er öffnete den Mund, um etwas zu entgegnen, schloss ihn aber dann wieder, als er gluckste, vor sich auf den Felsen starrte und mit den Fingern trommelte.

»Ich kann nicht anders, als mich zu fragen, ob du *mich* zuvor schon hierhergebracht hast. Und das erklärt vielleicht auch, warum Arthur es nicht aushält, mich auch nur anzusehen, geschweige denn mit mir zu reden.« Inzwischen war ihre Stimme kaum mehr als ein Flüstern.

»Du warst noch nie hier, und wir hatten *keine* Affäre«, antwortete er. Er war einen Moment still, bis er sich vollkommen Vera zuwandte. Sie drehte sich ebenfalls zu ihm. Im Schneidersitz saßen sie einander gegenüber, Knie an Knie. »Guinna, das fühlt sich jetzt stark an. Da hast du recht. Und das mag verrückt klingen, aber zuvor kannte ich dich kaum. Natürlich *kannte* ich dich. Aber zwischen dir und mir gab es nie eine Unterhaltung, die länger als fünf Minuten dauerte.«

»Nicht?«, fragte Vera völlig verblüfft. »Aber es ist so einfach. Ich glaube nicht, dass ich mich bei irgendjemandem schon mal so wohlgefühlt habe. Und wenn wir uns zuvor nie wirklich unterhalten haben, warum hast du dann in Glastonbury auf mich gewartet, als ich zurückkam?«

»Ich wollte nicht, dass du allein bist.« Sein Kiefer verspannte sich und er starrte auf seine Füße.

Sie konnte es spüren; er verschwieg ihr etwas. »Was weißt du, das du mir nicht sagen willst? Bitte«, drängte sie auf sein Schweigen hin. »Wie soll ich das hier anstellen, wenn ich keine Ahnung habe?«

Als Lancelot nicht antwortete, stöhnte Vera.

Er schüttelte den Kopf. »Guinevere war … Du warst vor dem Angriff traurig. Und ich weiß, dass Arthur danach zu kämpfen hatte, und Merlin ist … Merlin«, meinte er leichthin mit einem Halblächeln. Dann wurde Lancelot wieder ernst. »Ich wollte nicht, dass du allein bist, ohne jemanden, der weiß, was geschehen ist. Ohne jemand, der dein Freund sein könnte. Ich hätte jedoch niemals gedacht, dass es sich so anfühlt. Das ist etwas anderes.«

Sein Gesicht strahlte vor ungezügelter Verehrung. Sie wusste, was er meinte. Vera hätte diese Art der Freundschaft als magisch bezeichnet, bevor sie überhaupt wusste, dass Magie existierte. Aber die Art, wie er sich korrigierte, wenn er über Guinevere sprach, als wäre sie eine andere Person, nagte an ihrem Verstand.

»Ich glaube, dass ich nur das Gefäß für ihre Erinnerungen bin«, erklärte Vera. »Ich bin nicht wirklich sie.«

Lancelot legte den Kopf schief und traf suchend ihren Blick. »Vielleicht nicht. Die Art, wie du dich bewegst und wie du redest … selbst dein Ausdruck ist derselbe. Aber Guinevere wirkte oft so, als wandelte sie durch einen Traum, und du tust …« Er lachte gehaucht, bevor er den Satz beendete. »Das nicht. Ich kann mir nicht vorstellen, wie sie sich bis auf ihr Untergewand ausgezogen hätte und in einem See geschwommen wäre, aber manchmal waren da Anzeichen. Wenn sie sich beispielsweise Kampfstrategien ausdachte. Sie war furchtlos. Dieser Teil fühlt sich nach dir an.«

Vera lachte. Er sah sie nicht wirklich. Vielleicht war es schwer für ihn, der Wahrheit ins Gesicht zu blicken: Das einzig Wichtige an ihr waren Guineveres Erinnerungen. »Das ist lieb«, sagte Vera, »aber ich bin weit entfernt davon, furchtlos zu sein, und sollte nicht einmal annähernd irgendwem Befehle erteilen. Ich lasse immer noch Matilda für mich mit dem Küchenpersonal sprechen.«

»Ich würde dir in die Schlacht folgen«, entgegnete er. »Und das meine ich ernst.«

»Danke«, erwiderte Vera und lief unter seinem Blick und dem Kompliment rot an. »Was hast du da?« Sie griff nach ihm, um seine unruhigen Finger auf dem Stein festzuhalten.

Er grinste, als er es ihr reichte, in dem Wissen, dass sie nur fragte, um das Thema zu wechseln. »Er hat eine schöne Form, nicht wahr?«

Vera drehte den Stein in ihren Händen um und lächelte. »Es ist ein Herz.«

Und das war es: ein glatter, schwarzer Flussstein in der Form eines Herzens, der bequem in ihre Hand passte.

»Ein Herz?« Er lehnte sich näher, um den Stein besser sehen zu können. »Ich habe bereits Herzen gesehen. So sehen die nicht aus.«

Vera lachte. »Nun, in meiner Zeit ist dies die Form, die genutzt wird, um ein Herz oder Liebe darzustellen. Die Leute zeichnen sie, machen Schmuck in der Form … Meine Mum findet tatsächlich überall, wo sie hingeht, Steine in Herzform. Sie hat eine komplette Vase voll damit daheim.« Als Allisons Gesicht vor ihrem inneren Auge erschien, schmerzte es Vera augenblicklich. Sie gab den Stein Lancelot zurück.

»Du solltest ihn behalten. Um dich an sie zu erinnern«, meinte er.

»Ich will nicht an sie erinnert werden«, gestand Vera schärfer, als sie es gewollt hatte. Wenn sie an ihre Eltern dachte, dann dachte sie an ihr eigenes Leben, an Vincent. So viel dazu, furchtlos zu sein. Alles, was Vera tun konnte, um die schmerzhaften Dinge erträglich zu machen, war, sich vor ihnen zu verstecken.

»In Ordnung. Ich werde ihn behalten.« Mit einer Hand schnappte sich Lancelot den Stein und steckte ihn ein; mit der anderen nahm er Veras und drückte sie leicht.

Sein Blick huschte von ihren verschränkten Fingern über Veras in eine Decke gehüllten Körper zu ihrem Gesicht, und es war, als fiele ihm ihre Nähe das erste Mal auf. Er zog die Hand zurück.

»Du weißt doch, dass ich dich nicht hierhergebracht habe, um dich zu verführen, oder? Ich habe kein Interesse an … ich habe kein körperliches Verlangen nach dir«, erklärte er. Dann schnell, als hätte sie dies beleidigt, fügte er hinzu: »Du bist eine wunderschöne Frau, aber so ist es nicht.«

»Ich weiß.« Und als Vera dies laut sagte, löste sich der Knoten in ihrem Magen von ganz allein, da sie wusste, dass es zweifellos stimmte. »Aber hast du keine Angst, dass unsere Freundschaft das Misstrauen anderer erwecken könnte? Ich meine, selbst *ich* habe gefragt, ob wir zusammen waren.«

Er dachte kurz darüber nach. »Ich weiß nicht, wie es in deiner Zeit ist, aber es ist ziemlich skandalös, wenn eine Frau mit einem Mann allein ist, der weder ihr Ehemann noch ihr Vater ist. Aber du und ich haben großes Glück. Ich wurde zu deiner Wache ernannt. Du wurdest mir aufgrund meiner Position im Königreich und meiner Freundschaft mit Arthur anvertraut. Zugegebenermaßen«, er betrachtete die Höhle und das Nest aus Decken, das sie umgab, und blinzelte schuldig, »das könnte *vielleicht* etwas zu weit gehen.«

»Etwas zu weit oder komplett darüber hinaus?«

»Es könnte schlimmer sein«, meinte Lancelot, und seine Mundwinkel hoben sich. »Für gewöhnlich schwimme ich nackt.«

14

Vera traf eine Entscheidung. Nachdem jeder Versuch, sich Arthur anzunähern, nach hinten losgegangen war, beschloss sie, damit aufzuhören, und die Freiheit, die darauf folgte, war eine wahre Erleichterung.

Durch Merlins Versprechen war sie sicher, dass sie mit der magischen Prozedur beginnen würden, sobald er zurückkehrte. Und er *hatte* Vera ermutigt, sich wieder einzufinden. Nachdem Arthur sich ihr als Anknüpfungspunkt entzogen hatte, verstand Vera das als Aufforderung, ihre Freizeit so zu verbringen, wie sie wollte. Sie machte sich keine Illusionen, dass sie mehr sein könnte als die Verbindung zu verlorenen Erinnerungen – aber immerhin konnte sie versuchen, dabei eine gute Zeit zu haben.

Während der nächsten zwei Wochen suchte sie sich Orte der Freude. Der erste war die Kapelle, die Vera in ihrer ersten Nacht am Hof aufgefallen war. Das Innere war atemberaubend. Licht flutete durch das gefärbte Glas und tränkte die Flure in unterschiedlichen Farben, es war besonders schön, wenn es die vielen Statuen mit seinen Strahlen erreichte. Die Skulpturen mit ihren fein säuberlich drapierten Gewändern, die auf die präzise gemeißelte Muskulatur geschnitzt waren, erinnerten Vera an römische Statuen, die sie im British Museum gesehen hatte.

Eine der Skulpturen, die, die am weitesten vorne auf der linken Seite stand, war eine sehr schwangere Frau, bei der Vera an das Abbild Gaias, der Mutter Erde, in Glastonbury dachte. Es war die Art und Weise, wie sie stand, mit einem Fuß knapp vor dem anderen, als würde sie gehen. Ihre Schultern waren nach hinten gezogen und die Brust gehoben, ihr Blick voraus gerichtet, ein Ausdruck von Stärke und Weisheit, mit dem sie für immer ihre Verehrer betrachten würde. Sie hatte eine Hand unten, und die andere oben auf ihrem runden Bauch liegende umrahmte ihn. Vera hatte die Mutter Jesu noch nie zuvor mit solch einer Aura der Macht gesehen, aber sie war sich sicher, dass die Frau, die in Marmor erstarrt war, Maria darstellte. Vera hatte die Kapelle vom ersten Moment an geliebt, und sie hatte jede Menge Zeit, sie zu bewundern, wenn sie mit einem unerschütterlichen und stillen Arthur an ihrer Seite zur Sonntagsmesse erschien.

Sie konnte dem Drang nicht widerstehen, jedes Mal, wenn sich die Tür der Kapelle öffnete, nachzusehen.

»Er kommt nicht«, drang Arthurs tiefe Stimme rumpelnd an ihr Ohr. Er blickte nach vorne, sein Gesicht teilnahmslos, aber er neigte den Kopf minimal zu Vera.

»Wer kommt nicht?«, fragte diese instinktiv.

»Lancelot«, erklärte er richtig in der Annahme, nach wem sie gesucht hatte. »Er folgt dem alten Glauben.«

»Oh.« Es schien niemandem etwas auszumachen, dass der General des Königs dem »alten Glauben«, wie Arthur es nannte, folgte. Tatsächlich erfuhr Vera, dass Camelots Bevölkerung beinahe genau zur Hälfte aus Christen und Heiden bestand – und offensichtlich hatten sie noch nicht den Punkt in der Geschichte erreicht, wo man sich darüber stritt. Vera war sich nicht sicher, ob diese friedliche Koexistenz des siebten Jahrhunderts irgendwo in den Schulbüchern stand, die auf ihrem Regal in Glastonbury verstaubten.

Matilda war vermutlich die angenehmste Überraschung. Ursprünglich hatte ihr Sinn für Anstand dafür gesorgt, Vera auf Distanz zu halten, sich in ihrer Gegenwart streng unter Kontrolle zu haben. Vera versuchte sie in das Geplänkel mit Lancelot nach dem Abendmahl mit einzubeziehen, aber sie schenkte ihnen nur das Lächeln einer Mutter, die sich geduldig den uninteressanten Geschichten ihrer Kinder hingibt.

In der nächsten Woche knackte Vera das Rätsel um Matilda zufällig, als der junge Stallbursche, den sie in ihrer ersten Nacht kennengelernt hatte (und der, wie sie erfuhr, Grady hieß), ihr ein wöchentliches Update gab. Gradys Vater, der Stallmeister, überließ seinem Sohn das Kommando, während er dabei war, die Neuzugänge zu trainieren. Der Junge war gerade mal vierzehn und nahm seine Rolle sehr ernst. Er trug die zu großen Stiefel seines Vaters und hatte sich eine Art Öl in die nicht zu bändigenden schwarzen Locken geschüttet, um sie teilweise zu glätten. Grady musste sein Leben lang gesagt bekommen haben, wie niedlich sein Lächeln mit Grübchen war, denn während Veras und Matildas Besuch zeigte er es kaum. Wie alle Jungs wollte er wie ein Mann gesehen und behandelt werden. Dennoch war er der am wenigsten einschüchternde von allen Mitarbeitern des Schlosses, also ermutigte Matilda Vera, hier als Erstes ihren Pflichten nachzugehen.

»Unser Plan für die Fütterung liegt genau im Zeitfenster.« Grady versuchte seine Stimme tiefer zu stellen, als sie eigentlich war, während er sie durch die Stallungen führte. »Und Vater berichtete mir, dass sich die Neuzugänge ausgesprochen gut trainieren lassen. Es gibt jedoch eine Kleinigkeit.« Er stoppte und sah Vera besorgt an. »Mit Kalimorfis.«

Vera brauchte einen Moment, bis ihr klar wurde, dass dies der Name *ihrer* Stute war, da sie seit ihrer Ankunft nicht mehr geritten war. »Was ist mit ihr?«

»Nichts«, entgegnete er, als er die beiden zu Kalimorfis' Box führte. Sie war tadellos gepflegt, wieherte und neigte ihren seidigen

Hals zu Grady. Er lächelte, als er sie streichelte. »Seit Eurer Rückkehr wurde sie nicht oft geritten, und sie wird langsam unruhig.«

»Oh.« Vera schämte sich, da sie selbst nicht darauf gekommen war. »Wer hat sie geritten, als ich nicht da war?«

»Hauptsächlich der König, Euer Majestät. Manchmal bat er auch mich darum. Sie ist ein unglaubliches Pferd. Es war mir eine Ehre.« Grady kicherte, als die Stute den Kopf an seine Schulter drückte. Er kuschelte sich ebenfalls an sie. »Wann immer Ihr sie reiten wollt, bin ich Euch gern behilflich; gebt einfach Bescheid. Ich habe sie innerhalb von ein paar Minuten gesattelt«, erklärte er stolz. »Und in der Zwischenzeit kann ich, wenn Ihr möchtet, einen der Ritter darum bitten, sie für Euch zu reiten.« Diese Idee schien ihm selber nicht zu gefallen.

»Würde es dir etwas ausmachen, wenn du sie für mich reitest?«, erkundigte sich Vera.

Seine Augen begannen zu leuchten. »Ich?« Seine tiefe Stimme war verschwunden und durch ein aufgeregtes Quietschen ersetzt worden.

»Selbstverständlich. Aber nur, wenn es keine Umstände …«

»Es wäre mir eine Ehre, Euer Majestät!« In seiner Freude hatte er nicht einmal bemerkt, dass er sie unterbrochen hatte.

»Vielen Dank, Grady«, sagte Vera und grinste breit, als sich Kalimorfis weiterhin an ihn schmiegte. »Sie vergöttert dich ganz offensichtlich. Ich glaube, ich habe ihre Gunst verloren.«

»Mit etwas Liebe kann man sie leicht für sich gewinnen. Der König zeigte es mir«, berichtete Grady. »Striegelt sie einfach kräftig, und Ihr habt ihre Gunst zurückerlangt. Ich könnte eine Bürste holen und es Euch zeigen?« Er war so voller Hoffnung, dass Vera merkte, wie sie enthusiastisch nickte.

Grady schoss aus der Box und raste den Gang entlang.

»Er hat schon immer für Euch geschwärmt«, erzählte Matilda, »aber nun wird er Euch auf ewig lieben.«

Vera wurde rot und vergrub das Gesicht in den Händen. Sie lachten beide, also hörten sie die Unruhe nicht sofort.

Grady musste mit der Bürste zurückgekehrt sein, aber der momentane Frieden wurde durch wütendes Geschrei und einer Faust, die gegen Holz schlug, beendet.

»Was, verdammt noch mal, stimmt denn mit dir nicht, Bursche?« Vera erkannte die Stimme nicht. Wer auch immer es war, schrie so laut, dass sie sich sicher war, dass man es bis in die Eingangshalle hörte. »Mein Pferd! Mein Pferd hätte eine Stunde vor meiner Abreise fertig sein sollen. Du dummer Taugenichts, was starrst du denn so?«

»Ich … mein Herr, ich …«, stammelte Grady. »Ich wurde nicht über Eure Abreise unterrichtet.«

Hilflos sah Vera zu Matilda. Sie wollte eingreifen, um Grady zu schützen, hatte aber Angst, dass sie ihn blamierte, weil sie unaufgefordert zu seiner Hilfe eilte, in einer Situation, die er sehr gut allein regeln könnte.

»Oh, als ob du das, zum Teufel noch mal, nicht gesagt bekommen hättest. Kümmere dich augenblicklich darum, Junge. Jetzt!« Der Mann schien von Sekunde zu Sekunde wütender zu werden.

Grady bewahrte bewundernswerterweise die Fassung. »Mein Herr, ich werde sofort da sein. Ich bin mit der …«

Schwere Schritte näherten sich dem Stall. Näherten sich Grady. »Das ist mir scheißegal, du vermaledeiter Taugenichts!« Es ertönte das unverkennbare Geräusch einer Faust auf Haut, ein Wimmern und Stöhnen des Jungen, und Vera setzte sich in einem Wimpernschlag in Bewegung. Sie kam um die Tür. Grady lag auf dem Boden, seine Arme abwehrend über den Kopf gehoben, eine Mistgabel in der einen und die Bürste in der anderen Hand.

Ein tadellos gekleideter Adliger, der klein, aber aufgrund seiner Größe und seines Umfangs mehr als das Doppelte von Grady war, ragte über dem Jungen auf, bereit, ihm ins Gesicht zu treten.

»Halt!«, schrie Vera. Sie spürte, wie das Blut durch ihre Venen schoss, ihr Gesicht rot vor Wut war. Sie wusste nicht mehr, wie sie vom Stall hierhergekommen war, nah genug, um nach dem Handgelenk des Mannes vor ihr zu greifen.

Er hatte ein aufgedunsenes Gesicht, das durch das Stirnrunzeln wirklich hässlich war, und ein Streifen von etwas braunem Stinkenden war über die untere Hälfte geschmiert. Es musste ihm von der Mistgabel in die Visage geflogen sein, als er Grady zu Boden geworfen hatte. Die Haare des Adligen waren schwarz wie Tinte, und er trug eine Art lange Samttunika und Strumpfhosen, wie Vera geglaubt hatte, dass Arthur und Lancelot sie tragen würden, bevor sie sie getroffen hatte. Er hielt inne und riss seinen wutentbrannten Blick von Grady los, seine Lippen waren grausam verzerrt, bereit, sein Gift gegen sie zu verwenden, bevor er sah, wer sie war, und seine Züge sanft wurden.

»Euer Majestät.« Er stolperte einen Schritt zurück. »Mir war nicht bewusst, dass Ihr …«

»Wie könnt Ihr es wagen, ein Mitglied dieses Schlosses so respektlos zu behandeln?«, fuhr Vera ihn an.

»Respektlos?«, schimpfte der Mann. »Ich wurde respektlos behandelt. Ich habe einen vierstündigen Ritt vor mir, und dieser *dumme …*«

»Nicht.« Veras Stimme war kalt wie Eis. »Nicht ein weiteres Wort.«

Er starrte sie verärgert an, schwieg aber.

»Grady«, wandte sich Vera an den Jungen, starrte dabei aber weiter den Mann an. »Bitte sattle sein Pferd. Es ist am besten, wenn er früher als später von hier verschwindet.«

»Ja, Euer Hoheit.« Gradys Stimme erklang leise hinter ihr.

»Ihr wartet dort.« Sie zeigte auf die Bank, die auf Höhe der Hälfte der Stallungen stand. »Und Ihr werdet kein Wort mehr an diesen jungen Burschen richten, außer es ist eine Entschuldigung.«

Vera ging davon aus, dass er sie lieber ohrfeigen, als ihr zuhören würde. »Wisst Ihr, wer ich bin?«, flüsterte der Mann gefährlich.

»Nein«, entgegnete Vera und kehrte ihm den Rücken zu.

Gradys Gesicht war voller Dreck und dieser nur von den Linien stiller Tränen durchbrochen. Er rappelte sich auf, die Mistgabel und Bürste immer noch in den Händen. Vera wünschte, es gäbe etwas, das sie zu ihm sagen könnte, etwas, bei dem er sich in diesem Moment weniger klein vorkam. Als sie hörte, wie der Mann grummelnd zu der Bank ging, die ihm Vera zugewiesen hatte, griff sie nach der Bürste in Gradys Hand. »Ich bin bei Kalimorfis.«

Er fixierte mit tränenüberströmtem Blick den Boden.

»Grady.« Vera legte ihm eine Hand auf die Schulter und wartete, bis er zu ihr hochsah. »Er ist dreimal so alt wie du und nicht halb der Mann, der du jetzt schon bist.«

Er war wieder kurz davor zu weinen, sein Kiefer zitterte angestrengt.

»Scheiß auf ihn«, fügte Vera hinzu.

Grady stieß ein überraschtes Lachen aus. Er nickte und straffte das Kinn, bevor er sich an die Arbeit machte.

»Gut gesprochen, Guinevere«, lobte Matilda. Sie stand in der Stalltür, hielt den Blick auf den Adligen gerichtet, als Vera begann, Kalimorfis zu striegeln. Tränen brannten in ihren Augen, als ob sie von Grady wie ein Virus auf sie übergegangen waren.

»Es ist mir egal, wenn ich dieses Pferd zwölfmal bürsten muss. Wir werden den Stall nicht verlassen, bis dieser Mann weg ist«, erklärte Vera.

»Da stimme ich zu.«

Gott sei Dank arbeitete Grady schnell. Als Vera hörte, wie der Mann zurück zum Stall kam, tat sie so, als würde sie die Bürste im Regal mit der Ausrüstung verstauen, um in der Nähe zu sein. Grady führte das Pferd des Mannes hinaus, das Gesicht angespannt, als er die Zügel übergab.

»Es tut mir leid, Junge«, knurrte der Mann, klang überhaupt nicht entschuldigend. Grady neigte respektvoll den Kopf, bevor er sich mit den Seilen und dem Tauwerk am anderen Ende des Stalls beschäftigte.

Vera verschränkte die Arme vor der Brust und beobachtete, wie der Mann in den Sattel stieg.

»Ich würde mir einen neuen Stallburschen suchen«, sagte er, während er die Reithandschuhe überzog. Er konnte es anscheinend nicht ertragen, nicht das letzte Wort zu haben. »Die Stallungen riechen um einiges schlimmer als bei meinen letzten Besuchen. Sie müssen ordentlich gesäubert werden. Es ist eine Schande, dass das die Ställe unseres Königs sind.«

Wortlos ging Vera zu dem Stapel mit sauberer Wäsche, schnappte sich ein Tuch und marschierte damit zu dem Mann. Sie streckte es ihm entgegen, und sein Blick huschte überrascht zwischen Vera und dem Lappen hin und her.

»Ihr habt Pferdescheiße im Gesicht.«

Mit Genugtuung stellte sie fest, dass der Mann daraufhin aussah, als würde er gleich in die Luft gehen.

»Wenn ich zurückkehre«, spie er, sein Gesicht karmesinrot vor Wut, »dann werde ich dem König hiervon berichten.«

»Oh, ich bitte darum«, entgegnete Vera, und der Mann ritt schnaubend davon.

Nachdem der anfängliche Schock überwunden war, glaubte Vera, dass Matilda sich ganz schön bemühen musste, die Mundwinkel davon abzuhalten, nach oben zu wandern, und danach entspannte sie sich. Ihr Lachen kam bereitwillig, und sogar wenn sie Vera dabei half, sich anzuziehen, wurde die Unterhaltung immer flüssiger. Schnell wurden die beiden zu Freundinnen. Und Matilda protestierte kaum noch, wenn Vera bei ihren abendlichen Besuchen darauf bestand, sie zu bedienen.

»Habe ich weitere Decken?«, erkundigte sich Vera an einem kühlen Abend bei ihr. Matilda hatte gerade ein loderndes Feuer im Kamin entfacht und machte es sich auf dem gemütlichen Hocker bequem.

»Ja, in dieser Truhe.« Sie zeigte auf eine hinter Vera und wollte sich gerade erheben, aber Vera winkte ab.

»Ich hole sie«, erklärte sie sich bereit. Matilda lächelte einfach und schüttelte den Kopf.

Die Truhe war voll von dicken, ordentlich gefalteten Decken. Vera nahm zwei davon auf den Arm und bemerkte einen dünneren Stoff, der unter dem Berg hervorblitzte. Sie zog versuchshalber daran und etwas, das an dem Material befestigt war, kratzte über die Seite der Truhe. Mit anhaltendem Zug erschien mehr Stoff, der an einem hölzernen Stickrahmen befestigt war. Das Projekt war kaum begonnen: eine einfache Stoffserviette. Alles, was bisher daran fertig war, war eine dünne Linie aus grünen Reben und vier Blütenblättern, die mit ordentlichen blauen Stichen gestickt worden waren.

Vera legte den Ring auf ihre Ladung Decken. Sie ließ eine auf Matilda fallen und zog die andere über sich, als sie den Daumen über Guineveres Stickerei streichen ließ und sich vorkam, als hielt sie einen Geist in den Händen.

»Erinnerst du dich, wie man stickt?« Matildas Stimme durchbrach die Trance der Verbindung zwischen Vera und Guinevere.

»Tatsächlich ja.« Das entsprach der Wahrheit, aber es war keine wiedergefundene Erinnerung. Vor ein paar Jahren waren Stickereien in Glastonbury schwer angesagt gewesen. Vera und Allison hatten an einem kitschigen Trink-und-Stick-Kurs teilgenommen und kichernd Pinot Noir geschlurft, während eine großmütterliche Frau ihnen unterschiedliche Techniken beibrachte. Vera hatte Spaß daran gehabt und es als Hobby noch ein paar Monate verfolgt, bis sie das Interesse daran verlor. Vergessene Stickereien waren also etwas, das sie und Guinevere gemein hatten, da Vera wusste, dass eine unfertige Arbeit irgendwo in der Schublade auf Guinevere wartete.

»Ich nehme mal an, im Kloster hat man jede Menge Zeit für diese Art der Aktivität«, überlegte Matilda. Vera starrte sie leer an. »Während du dich dort erholt hast, im Kloster«, erklärte sie.

»Oh! Ja. Stimmt. Ähm, ein bisschen.« Das war allen erzählt worden: Dass Guinevere ein Jahr zur Erholung im Kloster ganz im Südwesten des Landes verbrachte, bei einem Orden, der sich der Heilung verschrieben hatte.

»Wie war es denn dort so?«, erkundigte sich Matilda. »Ich habe gehört, die Mönche spielen gern, wenn sie Zeit haben. Stimmt das?«

Vera war von dieser neu gefundenen Freundschaft immer noch so begeistert, dass sie sich selbst antworten hörte. »Ja«, auch wenn sie nichts über die Mönche wusste, die sich angeblich um sie gekümmert hatten.

»Bringst du es mir bei?«

»Ähm …« Natürlich hatte Vera keine Ahnung, welches Spiel die Mönche spielten (falls sie das überhaupt taten). Also brachte Vera Matilda das einzige Spiel bei, das ihr in diesem Moment einfiel. »Es nennt sich Schere-Stein-Papier.«

Nachdem sie sich mit einer Freundin einen Krug Wein am warmen Feuer geteilt hatte, die ständig vergaß, was bei Schere-Stein-Papier was schlug und sich immer wieder fälschlicherweise selbst zur Siegerin erklärt hatte, stellte sich heraus, dass das Spiel wirklich unterhaltsam war.

»Okay, okay. Ich habe es verstanden. Dieses Mal habe ich es verstanden«, erklärte Matilda selbstsicher.

»Aller guten Dinge sind fünf.« Vera lachte. »Ich glaube an dich.«

Auf drei Faustbewegungen folgte die Enthüllung. Matilda ballte die Faust zu einem Stein, und Vera legte ihre flach wie ein Papier darauf. Matilda quietschte vor Freunde, bevor Vera etwas sagen konnte.

»Ich habe gewonnen, nicht wahr?« Matilda schrie beinahe. Vera brachte kein Wort heraus. Sie schüttelte den Kopf, Tränen liefen ihr über die Wange, als sie in eine Art Gelächter ausbrach, das keine Geräusche erzeugte.

»Ich habe nicht gewonnen?«, rief Matilda. »Das macht keinen Sinn! Diese Mönche sind Spinner.« Das führte nur dazu, dass Vera in Hysterie zusammenbrach. Und auch Matilda lachte nun.

Für den Moment hatte Vera zwar den Stickring vergessen, der von ihrem Schoß gerutscht war, aber er hatte sie auf eine Idee gebracht.

Das Abendmahl am darauffolgenden Tag verlief wie immer: Sie aßen, die Schauspieler führten etwas auf, dann kam irgendeine Ausrede von Arthur, und er ging. Wie ein Uhrwerk kamen sie zu diesem Punkt.

Er nickte Lancelot zu, dann murmelte er zu Vera: »Schönen Abend.«

Das war eine der positiven Veränderungen. Seit der Nacht, in der er so unhöflich gewesen war, erkannte er immerhin Veras Gegenwart an, bevor er jeden Abend verschwand. Sie wusste nicht, ob dies an ihrer neuen »Mir doch egal«-Einstellung lag, ob Lancelot etwas gesagt hatte oder ob sich Arthur einfach schuldig fühlte. Nachdem Vera jedoch aufgehört hatte, Arthur aufzusuchen, schien er entspannter. Er lachte sogar in ihrer Gegenwart über Lancelots Witze oder vergaß seinen finsteren Blick, wenn er versehentlich Veras Augen traf, aber immer nur für einen Moment.

Auch wenn sein Blick mehr als einmal bei ihr Gänsehaut verursacht hatte, entschied sich Vera, ihn möglichst wenig zu beachten. Sie würde die Erinnerungen auch ohne Arthur wiedererlangen und müsste sich nie genauer damit beschäftigen, was eigentlich sein Problem war. Immerhin hatte sie nun einen neuen Plan, den sie verfolgte. Sie durchsuchte die Halle, bis sie Matilda in der hinteren Ecke fand. Diese lächelte vielsagend, als sie sich ihren Weg zu Vera bahnte, eine unscheinbare Tasche hing von ihrer Schulter.

Allem Anschein nach begleitete sie Vera zu deren Gemächern. Aber in Wahrheit überquerten sie in schnellen Schritten den Hof, Regentropfen begannen auf ihre Köpfe zu prasseln und sorgten für kleine Explosionen auf dem steinernen Weg. Vor der Eingangshalle des Schlosses reichte Matilda Vera die Tasche, während diese weiter zur Kapelle eilte. Nach einem schnellen Winken von Vera, als sie das Gemäuer sicher erreicht hatte, zog sich nur Matilda zurück.

Zu Beginn war sie etwas zögerlich gewesen, als Vera ihr die Idee vorgeschlagen hatte, dachte, dass es unklug wäre, Vera allein losziehen zu lassen. Aber am späten Nachmittag hatte Matilda plötzlich ihre Meinung geändert. Vera war so glücklich darüber, dass sie sich nicht die Mühe gemacht hatte nachzufragen, warum.

Nach dem ersten Gottesdienst hatte der Priester sie ermutigt, jederzeit zu kommen, um zu beten, dass die Kapelle am Abend leer und nicht abgeschlossen wäre, wenn sie das wünschte, und das tat sie. Vera war sich nicht sicher, ob sie es wirklich beten nennen würde. Aber als ihr die Idee in den Sinn kam, wusste sie, dass sie allein in der Kapelle sitzen und in den juwelenfarbenen Strahlen der Abendsonne baden musste, die durch das gefärbte Fensterglas nach innen drangen, während Vera im Schatten der exquisiten Marienstatue stickte. Es war genauso schön, wie sie es sich vorgestellt hatte.

Danach eilte Vera an jedem Abend, den sie nicht mit Matilda verbrachte, in die Kapelle, wo sie die Einsamkeit willkommen hieß und sich nicht darum sorgen musste, wer sie sah oder ihr zuhörte. Während sie stickte, sang sie, was auch immer sie wollte. Vera hatte keine Stimme, bei der man sich die Ohren zuhalten musste, aber auch keine, die einem Freudentränen entlockte, doch sie mochte Musik und wollte die Lieder aus ihrem vorherigen Leben nicht vergessen. Sie sang jene, die sie liebte, hatte dabei jede Menge Auswahl und entschied sich für das, was am besten zu ihrer momentanen Stimmung passte: Beatles, Adele, The Mamas & the Papas, Ed Sheeran, Whitney Houston – sogar die Spice Girls.

An diesem Abend, dem fünften von Veras neuer Routine, trommelte der Regen auf das hohe Dach über ihr. Sie war so vertieft in ein Lied, dass ihre Finger herumfummelten und die Nadel mit so viel Wucht in den Stoff drückten, dass sie in ihrem Daumen steckte. Vera schrie laut auf und zischte: »Scheiße«, während sie die Nadel wieder rausriss.

Dann hörte sie ein Geräusch vom vorderen Teil der Kapelle. Sie saß stockstill da, als Angst sich in ihr ausbreitete. Vielleicht war sie doch nicht allein.

Vera realisierte nun, dass sie noch nie bis ganz nach vorne gegangen war. Es musste einen Alkoven auf der linken Seite geben. Sie hatte nicht darüber nachgedacht, das zu überprüfen.

Vera erhob sich und machte ein paar zögerliche Schritte nach vorne. »Hallo?«, rief sie.

Stille, schwer und dröhnend, antwortete.

Die Sonne war inzwischen untergegangen. Vera biss sich auf die Lippen, erinnerte sich daran, dass die Marmorfliese, die das Licht kontrollierte, am anderen Ende des Raumes war. Sie wünschte, sie hätte es heller eingestellt. Aus Gewohnheit griff sie nach ihrem Handy (das nicht da war), um die Taschenlampenfunktion zu nutzen.

»Ist da jemand?«, rief Vera kräftiger.

»Guten Abend«, kam die Stimme eines Mannes von hinter ihr. Vera zuckte zusammen und drehte sich so schnell zu ihm um, dass sie beinahe vornüberfiel.

»Entschuldigt, Euer Majestät. Ich wollte Euch nicht erschrecken«, meinte er schnell. Er stand gerade so in der Tür und war ungefähr so alt wie Veras Vater mit größtenteils grauen Haaren, abgesehen von ein paar nussbraunen Stellen, die sich noch an ihre Jugend klammerten. »Ich habe das Licht gesehen und dachte, dass Vater John vielleicht hier sei. Mein Name ist Thomas. Ich wurde während Eurer Abwesenheit zum stellvertretenden Schatzmeister ernannt.« Vera war erleichtert, dass er sich vorgestellt hatte und dass dies nicht eine weitere Person war, an die sie sich erinnern sollte. »Es tut mir leid, wenn ich störe. Ich hatte gehofft, dass Vater John mir einen Brief schreiben könnte, aber es scheint, als wärt Ihr allein?«

»Ja«, entgegnete Vera. »Entschuldigt.«

Thomas knetete die Hände, schien hin- und hergerissen, ob er weiter in die Kapelle eintreten oder gehen sollte. Er wippte einen Augenblick lang vor und zurück und entschied sich dann für Ersteres.

»Würdet Ihr mir einen Moment der Kühnheit verzeihen?«, fragte Thomas.

Veras Neugier war geweckt. »Gern.«

Er kam auf sie zu und stoppte zufällig in einem Spalt blauen Lichts, das durch die gefärbten Scheiben drang. Er bemerkte nicht, dass sein Gesicht dadurch verwaschen blau war, und Vera gab ihr Bestes, um bei dem Anblick nicht zu kichern. »Es ist unglaublich herzerwärmend zu sehen, wie eine Dame ihre freie Zeit mit Beten verbringt«, fuhr Thomas fort.

Es sollte ein Kompliment sein. Vera bedankte sich leise, neugierig, was er wohl gesagt hätte, wenn er sie fluchen gehört hätte, nachdem sie sich in den Finger gestochen hatte.

»Ich weiß, dass wir mit der Gnade Christi wählen, allen gegenüber tolerant zu sein«, redete er schnell abwinkend weiter. »Aber bei so vielen, die den alten heidnischen Wegen folgen, bin ich doch dankbar, dass der König und die Königin den christlichen für sich entdeckt haben. Ihr seid die Königin, die das Volk braucht.«

Vera musste sich bei Thomas' Bemerkungen bewusst dazu zwingen, sich nicht lustig zu machen. Beinahe alles an dieser Zeit war freier, als sie es sich erträumt hatte. Und seine ernsthafte Überzeugung und das freundliche Kompliment bewegten sie, auch wenn sie das Gefühl hatte, dass sie ihr gegenüber fehl am Platz waren.

»Ihr seid zu freundlich«, entgegnete sie aufrichtig, als sie nach den richtigen Worten suchte. »Ich bin … mir nicht sicher, ob meine Gebete den Herrn zufriedenstellen.«

Er strahlte. In ihrem Versuch, unterschwellig ehrlich zu sein, hatte sich Vera noch mehr dem züchtigen Bild angepasst, das Thomas von ihr hatte. »Ihr seid ein gutes Mädchen. Es war mir eine Ehre, Euch zu begegnen, meine Königin.«

Als sie ihm zusah, wie er ging, dachte Vera an das, was Lancelot darüber gesagt hatte, mit einem Mann allein zu sein, und fragte sich, ob Thomas der Sittenbruch aufgefallen war.

Sie dachte nicht mehr daran, den Alkoven an der Vorderseite der Kapelle zu erkunden, und vergaß, sich zu fragen: Wenn nicht Thomas, was dann hatte das Geräusch verursacht, das sie in jener verregneten Nacht gehört hatte?

15

In den drei Wochen nach Veras erstem Abend in der Kapelle schätzte sie, dass sie und Lancelot mehr als hundertfünfzig Kilometer auf sechs unterschiedlichen Routen gelaufen waren. Sie waren beide überrascht, als Randall am Rande der Stadt auf sie wartete, als sie an einem Morgen zum Schloss zurückkehrten. Völlig unaufgefordert hatte er Vera zwei weitere Sets Laufkleidung hergestellt, inklusive eines dickeren Hemds, was dringend nötig war, da die perfekten kühlen Herbstmorgen der eisigen Kälte des Winters gewichen waren.

»Ich habe Euch beinahe jeden verdammten Morgen laufen sehen«, erklärte Randall und drückte ihr das Kleiderbündel in die Hände. »Zusätzlich etwas zu haben, hilft vielleicht und Matilda muss dann auch die Wäsche nicht so oft machen.«

Vera bedankte sich ausgiebig, aber er winkte nur ab und verabschiedete sich schnell.

»Mir gefallen Eure Schuhe, Euer Hoheit«, rief er über die Schulter. Vera und Lancelot sahen einander mit großen Augen an.

Die beiden hatten auch ein paarmal wieder bei dem Abklatsch-Spiel mitgemacht, aber sie waren nicht mehr in den heiligen Hain zurückgekehrt. Da die Dezemberwinde zunahmen und häufig Regen auf ihre Köpfe prasselte, verlagerten sie ihre Gespräche nach dem Lauf vom Hügel in einen besser geschützten Teil des Waldes in der Nähe der Schlossmauer, mit einer hübschen Lichtung, auf der man es sich bequem machen konnte.

In der Kapelle sitzend hatte Vera drei Stickereien fertiggestellt. Thomas war mindestens einmal pro Woche vorbeigekommen, immer um sich höflich mit ihr zu unterhalten. Zweimal brachte er ihr Blumen, welche Vera dem Strauß in ihrem Zimmer hinzufügte, auch wenn sie nicht wirklich dazu passten. Ihr gegenüber war er ausnehmend freundlich und schwärmte häufig von ihrer Frömmigkeit, Reinheit und Tugend, aber wenn es um andere Vertreterinnen ihres Geschlechts ging, ließ er oft bissige Bemerkungen fallen. Innerlich zuckte Vera dann jedes Mal zusammen und rief sich in Erinnerung, dass – Magie oder nicht – es immer noch das Mittelalter war, und ihn höflich zu tolerieren, war vermutlich der am wenigsten konfrontierende Ausgang.

Am Abend, als sie ihre dritte Stickerei beendete, war Thomas da. Es war schön, jemanden zu haben, mit dem sie feiern konnte. Stolz präsentierte sie ihm den Stickrahmen, und er machte eine große Sache daraus.

Er fuhr mit dem Daumen über ihre ordentlichen Stiche. »Wenn Ihr Eurer Stickerei so viel Aufmerksamkeit schenkt, dann kann ich mir nur vorstellen, wie viel Ihr Eurem Ehemann gebt. Unser König ist gesegnet, sich Eurer Hingabe zu erfreuen.«

Ihr Lächeln verrutschte. Sie bezweifelte, dass Arthur seine Bewunderung teilte.

Abgesehen von einem »Guten Abend« beim Essen hatte Arthur kein Wort mit Vera gesprochen. Als er sich also diesmal zum Abendessen setzte und sich ihr dann sofort zuwendete, wusste Vera, dass etwas kommen würde. Ihr Kelch war gehoben und berührte beinahe ihre Lippen. Vera stellte ihn, ohne einen Schluck zu nehmen, ab und verschränkte die Hände vor sich auf dem Tisch. Für einen Sekundenbruchteil sah sie, wie Arthurs Lippen sich an den Mundwinkeln hoben, bevor er es vertuschen konnte.

»Hat dir Merlin vom Hof erzählt?«, fragte er so ernst, dass Vera sich sicher war, dass sie sich den Augenblick der Leichtheit eingebildet hatte.

Sie sah sich im Saal um. War das denn nicht der Hof?

»Das hier meine ich nicht.« Arthur machte eine ausschweifende Geste zu der versammelten Gemeinschaft. »Seit deiner Ankunft pausieren wir, aber jede Woche halten wir in der Regel Hof. Jeder im Königreich kann kommen und uns ansprechen – mich ansprechen. Merlin hatte geplant, dass du wie Guin…« Er spannte den Kiefer an. »Dass du wie davor daran teilnimmst.«

Jedes Mal, wenn er aufhörte zu sprechen, biss er kurz die Zähne zusammen – ein sich wiederholendes Muster. Vera wäre es nicht aufgefallen, wenn sie ihm nicht so nah gewesen wäre und sein Gesicht mit dem Eifer eines Feldbotanikers studiert hätte, geduldig auf eine Veränderung in dem Laub wartend. Die Muskeln in seinen Ohrläppchen traten hervor und spannten sich bei jedem Zähneknirschen-und-loslassen-Zyklus an.

Als er schwieg, bemerkte Vera, dass auch er sie sehr genau beobachtete. Ihre Blicke trafen sich, und zum ersten Mal sah Arthur nicht weg. Ihr Magen rumorte unter der Intensität. Verdammt. Nach Wochen seiner abstoßenden Unhöflichkeit, warum interessierte es sie, wenn er sie nun ansah? Bestimmt erinnerte er sich an die Guinevere von zuvor. Vielleicht ließ die Zeit, die sie hier war, Vera immer mehr wie sie wirken.

»Es macht mir nichts aus teilzunehmen«, entgegnete sie schnell, alles, um den Moment zu durchbrechen. »Wann ist es?«

»Morgen.« Sie hörte Lancelots Stimme, bevor er sich nach vorne lehnte, damit sie ihn auf Arthurs anderer Seite sehen konnte. »Dienstag. Jeden vermaledeiten Dienstag. Die meisten Königreiche halten einmal im Monat Hof, aber nicht dieses. Ganze sechs Stunden an Beschwerden und Rückfragen und unsinnigen Bitten und das jede Woche«, erzählte er fröhlich. Er stieß seinen Kelch gegen Arthurs, bevor er den Großteil des Inhaltes trank und ihn dann mit einem demonstrativen Augenrollen auf den Tisch schlug. »Du kannst dich glücklich schätzen, an *diesem* Erlebnis wieder teilzuhaben.«

Während ihres Laufs am nächsten Morgen überhäufte Vera Lancelot mit Fragen bezüglich des Hofhaltens. »Es ist wertvoll und unabdingbar für die Moral des Königreichs«, lenkte er atemlos ein, als sie einen steilen Hügel im Wald hochrannten. »Aber natürlich denkt jeder, was er zu sagen hat, ist das Allerwichtigste im ganzen Universum. Sie wollen sich alle von ihrem König verstanden fühlen, und ich will verdammt sein, wenn Arthur das nicht auch abliefert. Es dauert nur einfach *so* lang, Guinna, und es ist in der Regel unfassbar langweilig.«

Aus einem Instinkt heraus hatte sie das, was auf sie zukam mit dem Justizsystem in Verbindung gesetzt. »Aber spricht man dort nicht Verbrechen und Verstöße an?«

Ihre Augen waren auf den Boden vor ihnen gerichtet, während sie liefen, immer bereit für Steine oder Wurzeln, aber Vera spürte, wie Lancelot sie aus den Augenwinkeln ansah. »Nun ja, schon, aber alles läuft erstaunlich gut, seit die Kriege endeten. Es ist, als lebten wir in einer Blase … Es gibt kaum Verbrechen.«

»Und?«, hakte Vera nach, die das Gefühl hatte, dass da noch mehr war.

»Und es ist eine sorgfältig gepflegte Kultur. Auf keinen Fall kann das andauern. Wir werden diesem Idealismus entwachsen. Aber wenn du Arthur verrätst, dass ich das gesagt habe, dann werde ich es bis in mein Grab leugnen. Wir halten so viele Verurteilungen wie möglich vom Hof fern. Wenn es doch ein Verbrechen gibt, dann ist es ein Kampf mit Arthur, den Schuldigen angemessen zu bestrafen.«

»Ist er streng?«, erkundigte sich Vera und erinnerte sich dabei an Arthurs scharfen Blick und die glasigen Augen vom ersten Mal, als sie ihn gesehen hatte. Und es brauchte keinen Historiker, um zu wissen, dass das Mittelalter eine brutale Zeit gewesen war, in der Hände und Köpfe bedenkenlos abgehackt wurden. Sie hatte Angst gehabt, das überhaupt zu fragen. Hatte Angst herauszufinden, wie Arthur mit seiner gottesähnlichen Macht umging, um so einen utopischen Frieden in seinem Land zu erhalten.

Aber Lancelot lachte so laut auf, dass Vera stolperte. Sie schnaubte und rannte schweigend weiter.

»Ich habe vergessen, dass du ihn nicht mehr wirklich kennst«, meinte er nun sanfter. »Er ist nicht streng. Das ist das Problem. Wir haben so viele Jahre auf dem Schlachtfeld verbracht. Die Gerechtigkeit im Kampf war unerbittlich und brutal. Arthur hat jedoch eine andere Vision. Wenn ein gerechtes Urteil gefällt werden soll, dann mit Gnade. Er will immer einen Weg finden, um Gnade walten zu lassen.«

»Und das willst du nicht?«

»Das kann er nicht, Guinna. Du kannst nicht regieren, und jeder geht dabei glücklich nach Hause. Wenn kriminelle Vorwürfe im Hof aufkommen, dann wird Percival … du wirst ihn später kennenlernen. Er ist der jüngste Ritter und leicht zu erkennen, da er eine Narbe über seinem ganzen Gesicht hat. Wie auch immer, Percival und ich arbeiteten dann daran, Arthur zu überzeugen, wenn es um die Strafe geht. Arthur ist nicht dumm. Er weiß, dass es getan werden muss, aber es von jenen bestätigt zu hören, denen man am meisten traut … Nun, am Ende hat er den Grundstein für das Land gelegt, auf das er hofft. In den meisten Fällen kann er sich darauf verlassen, dass das Volk Gnade walten lässt, wenn er ein gerechtes Urteil spricht.

Aber es ist selten *irgendwas* Interessantes. Wir haben viele Hochzeitsankündigungen, Landwirtschaftsprobleme, Magie, die schiefging, einige Streitigkeiten mit dem Cousin der Tante des Bruders wegen Land … Interessanter wird es, wenn du selbst mit wiederholten

Anfragen beginnst«, fügte er in einem abfälligeren Ton hinzu, der wie Vera wusste, ohne hinzusehen, von einem verschlagenen Lächeln begleitet wurde.

»Du machst Witze«, stellte sie fest, bemüht, ihre Stimme neutral zu halten und nicht auf seine Neckerei einzugehen. Sie hatte nicht darüber nachgedacht, dass vielleicht von ihr erwartet würde, sich zu beteiligen.

»Ja, aber nicht ganz«, meinte er. »Sobald du dich wieder mehr wie du selbst fühlst, findet Merlin, dass du das solltest. Aber das scheint noch eine Weile zu dauern, oder?«

Vera konnte es sich nicht einmal vorstellen.

Der Hof wurde in einer Kammer gehalten, die sie zuvor noch nicht besucht hatte. Vera saß auf einem Thron neben Arthurs auf einem Podium im vorderen Teil des Raums. Mehrere weitere Stühle standen hinter ihren, auf einem davon saß Matilda, die anderen waren von Beratern und Bediensteten besetzt: dem Schatzmeister der Krone, zwei zivilen Repräsentanten (von denen Lancelot ihr erklärte, dass sie jede Woche ausgewechselt wurden), Lancelot und Percival. Vera erkannte den Letzteren an der prominenten Narbe, die unter seinem Auge begann und über die untere rechte Hälfte seines jungen Gesichts verlief, bevor sie unter seiner Tunika verschwand. Merlin war der Letzte, der eintrat. Er war erst am Vortag zurückgekehrt. Unter den Augen hatte er dunkle Ringe, und er bewegte sich langsamer als sonst.

Vera war ihm bei ihrer Rückkehr von ihrem Lauf in die Arme gestolpert. Sie hatte sich Sorgen gemacht, er würde Höflichkeiten austauschen und eine Unterhaltung beginnen wollen, aber Merlin war beinahe so versessen, direkt zur Sache zu kommen, wie sie.

»Hat Arthur …« Er brach ab. Vera schüttelte bereits den Kopf.

»Ich habe es versucht«, erklärte sie auf seinen enttäuschten Blick hin. Zu ihrer Überraschung stellte sie fest, dass sie tatsächlich wollte, dass er das wusste. »Können wir es mit Magie versuchen?«

Merlin hatte sich in den Nasenrücken gezwickt und geseufzt. »Ich glaube nicht, dass wir eine andere Wahl haben.«

Sie war augenblicklich bereit gewesen, ihm in seine Arbeitsstätte zu folgen.

»Nachdem wir Hof gehalten haben«, meinte er müde. »Ich muss mir überlegen, wie wir das machen. Bald werde ich mehr Zeit haben.« Es war kryptisch, aber die Bedeutung wurde klar, sobald das Hofhalten begann.

Merlins Audienz war die erste des Tages. Er und Arthur verkündeten, dass sie einen neuen Magier gefunden hatten, der Vivianes Position einnehmen sollte. »Er ist der Jüngste im Rat der Magier. Er ist ausgesprochen klug, wenn auch etwas seltsam.« Merlin lächelte versonnen, als er fortfuhr: »Die Forderung, Camelots derzeitige magische Strukturen zu erhalten, hinderte mich daran, die langfristigen Bedürfnisse des Königreichs anzugehen. Ein wenig Unterstützung wird mir eine große Hilfe sein.« Bei diesen Worten landete sein müder Blick auf Vera, die wegsah, da sie sich grundlos schuldig fühlte. Arthur war derjenige, der sich schämen sollte.

Eine kleinliche Seite von Vera freute sich darüber, ihn heute vielleicht unter Druck zu sehen. Es könnte eine Beschwerde über ihn geben, auf die er eingehen müsste. Die er nicht mit einem eisigen Blick niederschmettern könnte.

Aber es war nichts dergleichen. *Er* war nicht so.

Sie hatte, abgesehen von dem kalten Ausdruck, so wenig von ihm gesehen und er hatte sogar noch weniger gesagt. Hier war er eine komplett andere Person als der Mann, der in dem Zimmer schlief, das an ihres grenzte. Dieser Mann hier hörte interessiert und respektvoll seinen Untertanen zu. Es machte keinen Unterschied, ob sie schick gekleidet waren oder in Lumpen daherkamen, ob sie

Arthur mit ernsten Bedenken wegen des Überlebens ihres Bauernhofs ansprachen, einer Auseinandersetzung, bei der das Äquivalent eines Pennys geschuldet wurde oder wegen der Geburtsankündigung eines Babys. Arthur stellte durchdachte Fragen und nahm an der Unterhaltung teil. Seine Stimme, von der Vera bisher nur ein paar gesprochene Sätze gehört hatte, war nun ein verankertes Geräusch. Sie war überrascht, als sie feststellte, dass der Klang seiner tiefen Stimme sie beruhigte.

Je nach Thema beriet sich Arthur mit jedem Mitglied seines versammelten Hofs. Lancelot und Percival boten Rat bei militärischen Fragen an und die beiden Bürger bei allen zwischenmenschlichen und alltäglichen Problemen. Alle wurden regelmäßig in den Prozess involviert, abgesehen von Vera, die schweigend von Arthurs Seite aus zusah.

Er wurde nie müde, auch nicht, als Stunde um Stunde verging und eine Person nach der anderen den Thronsaal betrat. Manchmal schweiften Veras Gedanken ab, und ihre Augen wurden glasig. Aber der tiefe Tenor von Arthurs Stimme holte sie zurück. Das Bild, das Merlin und Lancelot von ihm gezeichnet hatten, rückte in den Fokus. Vielleicht war dies die Magie, die sie beschrieben hatten? Selbst Vera konnte es fühlen: Arthur war hierfür geschaffen. Um aufzubauen, zu regieren und sein Land zu lieben. Es war außergewöhnlich, davon Zeuge zu sein; hier saß ein Mann, der seiner Legende gerecht wurde.

Der Schmerz war plötzlich da. Vera hatte die Angst so gut begraben, den Verlust und jegliche unangenehmen Dinge. Selbst Vincent. Es war einfacher hier, die Erinnerung an ihn an einen unerreichbaren Ort zu verbannen, so weit weg von der Welt, in der sie ihn kannte. Vera hatte beschlossen, sich von Arthurs kalter Distanziertheit zu lösen, und damit hätte die Sache erledigt sein sollen. Für gewöhnlich gelang ihr das, aber diesmal nagte es an ihr. Warum hatte er nicht das Bedürfnis, ihr zu helfen, sie kennenzulernen oder ihr ein Minimum an Freundlichkeit zu zeigen?

Aber nun hatte Vera ihn gesehen. Sie hatte ihn unter Freunden erlebt, seine Interaktionen mit den Menschen beobachtet, war Zeuge seiner Sanftmütigkeit, seines liebenswürdigen Lächelns und warmen Gesichts geworden. Er lachte über einen Witz, den Vera nicht gehört hatte, und antwortete mit einem heiteren Spruch, der bei allen anderen im Thronsaal Gelächter auslöste. Das war der wahre Arthur – und er zeigte sich jedem außer ihr. Das war ein stechendes Gefühl. Es versenkte sich in Vera wie eine Axt in einem Holzscheit und blieb dort, um zu rosten.

Aber Hofhalten bedeutete nicht nur, dass Arthur ein liebevoller Anführer war. Probleme mit der Magie waren vorherrschend. Trauernde berichteten, dass ein brillanter Künstler, der die Gabe besaß, jede Stimme, die er je hörte, perfekt nachzuahmen, seiner langen Krankheit erlegen war. Ein süßer alter Mann bat um Hilfe, seinen magischen Ziegenzaun wieder zu errichten, den seine verstorbene Frau geschaffen hatte. Dann kam ein Bienenzüchter, der Angst hatte, dass sein Schwarm von einer Krankheit befallen war. Er hoffte, dass ein Zaubertrank oder Spruch seine Bienen und den Honig retten könnte. Danach kam jedoch das alarmierendste: Gerüchte über einen gewalttätigen Magier in Frankreich, das sie die fränkischen Königreiche nannten.

Veras Augen huschten zu Arthur. Die Abruptheit ihrer Bewegung lenkte seine Aufmerksamkeit auf sie – oder vielleicht war es auch die Art des Themas. Aus den Augenwinkeln sah er zu Vera, bevor er den Mann, der vor ihnen stand, adressierte: »Wie habt Ihr davon gehört?«

Der Mann schluckte, als er in seiner Tasche herumsuchte und ein zusammengefaltetes Stück Papier hervorzog. »Meine Schwester lebt in der Normandie. Sie teilte mir die Gerüchte in diesem Brief mit. Ich wollte es Eurer Majestät direkt sagen.«

Die Schwester war äußerst hilfreich. Sie hatte mehrere Versionen von Angriffen an der südlichen Küste gehört; jede davon unterschied sich leicht von der vorherigen. Aber alle beinhalteten das brutale Nutzen von Magie. Alle Angriffe waren verheerend. Trotzdem war alles reine Spekulation, und es konnte nichts getan werden, außer einen Kundschafter zu schicken, der das Ganze untersuchen sollte. Ihnen blieb nichts anderes übrig, als in der Zwischenzeit gespannt zu warten.

Die nächste Frau trat so leise nach vorne, dass sie alle einen Moment brauchten, bis sie sie bemerkten, da ihre Gedanken zu einem Schlachtfeld an fremden Küsten abgeschweift waren. Sie trug ein schwarzes Kleid und einen Schleier, der dazu passte, und Vera war wie vom Blitz getroffen, da ihr rundes Gesicht und die liebevollen Augen sie an Allison erinnerten.

Die Frau atmete zitternd ein. »Mein Sohn ist gestorben«, begann sie, und weiter kam sie auch nicht. Sie ging schluchzend in die Knie, als wäre das Gewicht des Verlustes über ihr zusammengebrochen.

Lancelot und Percival warfen einander einen überraschten Blick zu. Die beiden Bürger flüsterten hinter vorgehaltenen Händen. Der Schatzmeister blickte überall im Raum hin und her, nur nicht zu der Frau. Vera wandte sich hilflos von den Beobachtern zu Matilda, deren Ausdruck Veras eigenes Mitgefühl für die Frau widerspiegelte, und dann zu Arthur.

Seine Augen ruhten auf der weinenden Frau auf dem kalten Steinboden. Er erhob sich und ging die Stufen hinunter, kniete sich neben sie, nahm sie zögerlich in den Arm. Als die Frau an Arthur lehnte und in seine Schulter weinte, umarmte er sie mit beiden Armen.

»Es tut mir leid. Es tut mir so unendlich leid.« Seine Stimme war kaum lauter als ein Flüstern. Arthur verweilte auf dem Boden bei ihr, ließ sie erst los, als sie den ersten Schritt tat.

»Ich weiß, dass es nichts gibt, das ich tun kann, um Eure Trauer zu schmälern«, bekundete er. »Können wir Eure Bürde leichter machen? Gibt es Dinge, bei denen Ihr Hilfe benötigt, die Euer Sohn bisher geleistet hat?«

Die verzweifelte Frau nickte, und mit Tränen, die ihr über die Wangen rannen, erklärte sie Arthur: »Mein Mann ist bereits seit einer Weile verstorben. Mein Sohn kümmerte sich um unsere Tiere und die Ernte. Das Getreide auf den Feldern ist reif, und ich … ich weiß nicht, wie …«

»Es ist in Ordnung«, besänftigte er sie. »Wir können Euch helfen.« Arthur sah zu Lancelot, der nickte.

»Es ist erledigt. Wir werden heute noch Männer schicken.«

Die Frau hielt ein Schluchzen zurück, als sie Arthurs ausgestreckte Hand akzeptierte, um ihr aufzuhelfen. Er umarmte sie und redete so leise auf sie ein, dass Vera nur das tiefe Timbre seiner Stimme hörte, ein Summen ohne Worte. Was auch immer er sagte, brachte die Frau zum Lächeln, und sie tätschelte seine Schulter. Und dann sah Vera das Beeindruckendste überhaupt.

Arthur sorgte für diese Mutter mit einer Zärtlichkeit, als wäre er ihr eigenes Kind. Es war, als verlangsamte sich alles, nur damit Vera es sehen konnte. In genau diesem Moment kam es ihr vor, als sehe sie Arthur zum ersten Mal. Er war wunderschön.

Schnell wandte sie den Blick ab, als er sich umdrehte, um zu seinem Platz zurückzukehren, und stattdessen beobachtete Vera, wie die trauernde Frau ging, während ein weiterer Mann nach vorne gebracht wurde. Er hatte etwas Bekanntes an sich, wie er so auf sie zuwatschelte, schick gekleidet und mit drei Bediensteten, die ihm folgten. Jemand auf den Plätzen hinter ihr hustete. Nach ein paar Sekunden hörte es Vera erneut und drehte sich um. Matilda warf einen eindringlichen Blick von dem Mann zu Vera.

Vera drehte sich schnell zurück.

»Shit.« Sie flüsterte dies so leise und ausgedehnt, mit einer scharfen Betonung auf dem T.

Arthur neigte den Kopf in Veras Richtung, aber sie hielt die Augen auf den Mann gerichtet. Er hatte ein schiefes, einseitiges Grinsen im Gesicht, das nicht bis zu seinen Augen reichte, aber Genugtuung ausstrahlte. Er war ohne den Mist im Gesicht kaum attraktiver, denn seine Grausamkeit war deutlich zu sehen.

Es war der Mann von den Stallungen, und wie versprochen, war er bereit, seine Anklage vor den König zu bringen.

16

Vera lehnte sich zu Arthur. Er tat es ihr gleich, neigte sich auf dem Ellbogen in ihre Richtung.

»Hierbei geht es vermutlich um mich«, murmelte sie und bewegte dabei ihre Lippen so wenig wie möglich.

»Bist du dir sicher?«, erkundigte sich Arthur.

»Ähm … ja.«

Der Adlige erreichte sie und blieb erwartungsvoll stehen.

»Willkommen, Lord Wulfstan.« Arthur begrüßte ihn freundlich, ließ nichts von Veras Flüstern durchdringen. »Welch eine Überraschung. Ihr seid noch nie gekommen, wenn wir Hof gehalten haben, seit Ihr mit Camelot Handel betreibt.«

»Ich hatte zuvor nie einen Grund, Euer Hoheit«, erklärte Lord Wulfstan. Nun, da er den König adressierte, ersetzte ein Anflug von Ehrfurcht sein Grinsen, jegliche fromme Besorgnis über seine Eitelkeit hielt er verborgen.

Shit. Ein Adliger, der in den Bereichen Handel und Tauschgeschäfte tätig war, würde wissen, wie man eine Situation manipuliert. Vera hätte Arthur zuvor erzählen sollen, was geschehen war (als ob sie dazu die Möglichkeit gehabt hätte). Sie war dumm gewesen, zu glauben, dass ihr Handeln allein nach ihrem Verdienst und auf ihr eigenes Wort hin beurteilt würde.

»Erzählt mir, was Euch umtreibt«, bat Arthur.

Lord Wulfstan befeuchtete seine Lippen, und eine rachsüchtige

Freude durchdrang seine Maske, als er Vera einen bösen Blick zuwarf. »Es schmerzt mich, Eurer Majestät mitteilen zu müssen, dass ich bei meiner Abreise nach meinem letzten Besuch von den königlichen Stallungen von Eurem Stallburschen respektlos und missachtend behandelt wurde.«

Seine Dreistigkeit sorgte dafür, dass Vera die Armlehnen ihres Stuhls so fest umkrallte, dass sich ihre Knöchel weiß färbten und sich das Holz in ihre Handflächen grub. Sie wusste, dass ihr die Wut deutlich ins Gesicht geschrieben stand. Vera biss die Zähne zusammen, um sich davon abzuhalten zu knurren, während sie zuhörte.

»Und das Entsetzlichste daran war«, fuhr der schamlose schreckliche Mann fort, »meine Begegnung mit Ihrer Majestät, der Königin, und der vulgären Sprache, die sie nutzte. Es schmerzt mich, dies zu sagen, nachdem ich jahrelang mit ihrem Vater in den Nordlanden Handel betrieb. Er wäre zutiefst bestürzt.«

Kurzzeitig vergaß Vera ihre Wut. Nach all den Jahren, die sie vergeblich damit verbracht hatte, nach ihren leiblichen Eltern zu suchen, war es ihr nicht in den Sinn gekommen, dass sie sie hier vielleicht kennenlernen könnte. Sie musste später darauf zurückkommen, denn Lord Wulfstan redete weiter.

»Ihre Majestät sagte mir, dass ich, und vergebt mir meine Sprache, da ich sie direkt zitiere, dass ich«, er machte eine dramatische Pause, »Pferdescheiße im Gesicht habe.«

Der Raum und alle darin waren still, und es war eine Art Schweigen, tiefer als zu jeder anderen Zeit am Hof. Vera glaubte Merlins Blick auf sich zu spüren.

Arthur sah sie, ohne etwas zu sagen, an. Als Vera seinen Blick traf, hoben sich seine Augenbrauen. Sie nickte ihm minimal zu, um es zu bestätigen.

Ein plötzliches Lachen erklang hinter ihnen und wurde als Huster getarnt. Wäre es nicht Lancelot gewesen, dessen Lachen Vera so gut kannte, dann hätte es sie getäuscht.

Arthurs Gesicht gab nichts preis. Die Kontrolliertheit, die er ausstrahlte, war meisterhaft, als er seine Aufmerksamkeit wieder Lord Wulfstan zuwandte.

»Und hattet Ihr Pferdescheiße im Gesicht?«, fragte er gemäßigt.

Es war das Letzte, was Vera erwartet hatte. Es gelang ihr kaum, ihre Reaktion auf weit aufgerissene Augen zu beschränken. Lord Wulfstan hingegen hatte sich von gefasst in eine reife Tomate verwandelt. Er schnaubte laut, als er Luft durch die Nasenflügel ausstieß.

Schließlich antwortete er mit einem knappen Nicken und einem durch die Zähne gezischten »Ja«.

Arthur drehte sich zu Vera. »Was ist genau vorgefallen?«

Wenn sie es nicht alles und jetzt erzählte, bekam sie vermutlich keine weitere Gelegenheit dazu. Ihre Brust wurde eng, aber sie zwang sich, ihre Stimme zu finden. Sie erzählte ihm alles, an das sie sich erinnern konnte. Die schrecklichen Beleidigungen, mit denen Wulfstan um sich geschmissen hatte, wie er nicht zuhörte, als Grady ihm versuchte zu erklären, dass er gerade bei der Königin war, und wie heftig er den Jungen geschlagen hatte. Sie würde sich nicht von dem Mann vor ihr einschüchtern lassen.

»Ich verlangte, dass er sich bei dem Jungen entschuldigte«, erklärte Vera. »Und … ich habe keine Einwände hinsichtlich dessen, wie Lord Wulfstan mein Verhalten im restlichen Teil der Geschichte wiedergab. Seine Darstellung meiner Sprache ist akkurat.«

Die Stille, die daraufhin folgte, während Arthur Lord Wulfstan betrachtete, war geladen. Jemand rutschte auf dem Stuhl hinter Vera hin und her, und Merlins Stimme erklang: »Dürfte ich vielleicht einwerfen, mein Herr, dass sich die Königin gerade noch von ihrer …«

Arthur hob die Hand, um ihn zum Schweigen zu bringen, während sein unleserlicher Blick auf Wulfstan fixiert war.

Veras Herz raste im Brustkorb. Sie wusste nicht, was sie erwarten sollte oder auf welchen Ausgang sie hoffte. Arthur ließ die Stille länger andauern als angenehm war, bevor er die Hand senkte.

»Während ich nicht behaupten kann, dass ich das Problem auf dieselbe Weise angegangen wäre wie Lady Guinevere, teile ich die Gefühle der Königin.«

Vera setzte sich aufrechter hin, ihre Augen schossen zu Arthur. *Ja, verdammt.*

»Keiner«, Arthur unterbrach sich für den Bruchteil einer Sekunde, »legt Hand an ein Mitglied des Schlosspersonals oder erhebt seine Stimme in unangemessener Grausamkeit. Sich gegen einen Stallburschen zu wenden, bedeutete sich gegen mich zu wenden.«

Lord Wulfstan senkte das Kinn, angemessen eingeschüchtert.

Nach einer weiteren langen Pause drehte sich Arthur zu Vera. »Möchtet Ihr dem noch etwas hinzufügen?«

Sie war sich nicht sicher, ob er von ihr verlangte, sich zu entschuldigen. Vera suchte nach einer Welle in den stillen Gewässern seines Gesichts und fand keinen Hinweis darauf, was er von ihr erwartete.

»Ja«, meinte sie.

Wulfstans Grinsen kehrte an seine Stelle zurück. *Er* dachte auf jeden Fall, dass eine Entschuldigung folgen würde, was eine Schande war, da Vera es sich wirklich überlegt hatte, bis sie sein zufriedenes Gesicht gesehen hatte. In ihr kam erneut Wut auf.

»Mein Herr«, begann sie, selbst beeindruckt davon, wie ruhig ihre Stimme klang, »ich hätte keine so undamenhafte Sprache nutzen sollen, besonders nicht in der Gegenwart eines Gentlemans.« Sie meinte damit Grady, aber widerstand der Versuchung, dies zu erklären. »Es tut mir von Herzen leid. Es war nicht meine Pflicht. Ich hätte Euch nie darüber unterrichten sollen, dass Ihr Dung im Gesicht hattet.« Es verlangte alles von ihr ab, nicht hinzuzufügen, *ich hätte Euch so gehen lassen sollen, damit Ihr es den ganzen Nachhauseweg riecht*, aber Vera erlaubte es dem Unausgesprochenen in der Luft zu hängen und für sich selbst zu sprechen. Sie wagte es nicht, ihre Aufmerksamkeit von Wulfstan abzuwenden, versessen darauf zu sehen, ob er besänftigt war oder ob er ihre kaum verhüllte Beleidigung wahrnahm.

Arthur starrte schnell auf den Boden zwischen seinen Füßen. War das ein Grinsen, das er versteckte? Er hatte die Bedeutung von Veras Worten erkannt und redete schnell, bevor es dem Adligen auffiel. »Da haben wir es. Ihr habt Euch bei meinem Stallburschen entschuldigt und Eure Königin hat ihrerseits eine Entschuldigung geäußert.«

Wulfstan neigte den Kopf. »Ich nehme an, dass sich die Angelegenheit damit für mich erledigt hat«, entgegnete er, etwas zähneknirschend. Er wandte sich gerade mit einer Bewegung des Handgelenks an seine Diener zum Gehen ab, hielt aber inne, als Arthur das Wort erneut ergriff.

»Nicht für mich, so leid es mir tut.« Gänsehaut breitete sich auf Veras Armen aus. Arthur klang komplett gelassen, sogar gefährlich. »Mein Herr, habt Ihr Euch bereits bei Eurer Königin entschuldigt?«

Vera saß wie versteinert da und hielt den Atem an. Hatte Arthur das wirklich gesagt? Lord Wulfstan stotterte fassungslos, die Färbung auf seinen Wangen vertiefte sich. »Ich … Verzeiht bitte?«

»Bei Eurer Königin«, wiederholte Arthur langsam. »Die Sprache, die Ihr in ihrer Gegenwart nutztet, war bestenfalls unpassend. Bei Euren Standards schuldet Ihr ihr eine Entschuldigung. Mit Sicherheit erwartet Ihr von Euch selbst doch nicht weniger als von einer Dame. Habt Ihr Euch entschuldigt?«

»Das habe ich, mein König«, beeilte er sich zu sagen. »Sobald ich merkte, dass sie anwesend war.«

Arthur sah zu Vera, um sich dies bestätigen zu lassen. Diese starrte ausdruckslos vor sich hin. Vera konnte sich nicht daran erinnern, was er in den Sekunden, nachdem er Grady geschlagen hatte, gesagt hatte. Sie war zu wütend gewesen.

»Das hat er nicht, Euer Majestät«, unterbrach Matilda. »Bitte verzeiht, aber das hat er nicht.« Dann wandte sie sich an Lord Wulfstan. »Mein Herr, Ihr meintet, dass Euch nicht bewusst gewesen sei, dass die Königin anwesend war. Ihr habt Euch nicht entschuldigt.«

Arthur drehte sich wieder zu Wulfstan. »Zusätzlich«, sagte er, »kamt Ihr in dem Wissen, wie unser Personal behandelt wird, vor diesen Thron. Ihr habt diese Regeln wissentlich missachtet in der Annahme, dass Ihr mit dem jüngsten Mitglied unseres Hofes allein wäret, und als Eure Königin Euch auf dieses Verhalten hinwies, habt Ihr es gewagt, einen Streit mit Ihr vom Zaun zu brechen. Die Autorität der Königin ist mit der meinen gleichzusetzen.« Das Gift war in jedem von Arthurs Worten deutlich zu hören.

»Es … es tut mir leid, Euer Majestät …« Arthurs kalter Blick ließ Wulfstan mitten im Satz erstarren.

»Entschuldigt Euch nicht bei mir. Entschuldigt Euch bei Guinevere.« Sein Tonfall blieb gleichmäßig, aber seine Stimme klang inzwischen wesentlich mehr nach einem Knurren und es bestand kein Zweifel, dass Arthur vor Wut kochte.

Wulfstan machte einen Schritt zurück und schloss den Mund, als er schwer schluckte. »Ich bitte um Eure Vergebung, Euer Majestät. Ich hätte Euch nicht missachten dürfen. Es … es tut mir leid.«

»Ich nehme Eure Entschuldigung an«, sagte Vera.

Arthur nickte kurz. »In Ordnung. Lasst uns fortfahren.«

Wulfstans Augen waren auf den Boden gerichtet. Er verbeugte sich steif, machte auf dem Absatz kehrt und marschierte aus dem Saal, seine Bediensteten folgten ihm hastig bei seinem wenig zeremoniösen Abgang.

Vera nahm sich nicht die Zeit, darüber nachzudenken, bevor sie zaghaft Arthurs Arm berührte – nur lange genug, um seine Aufmerksamkeit auf sie zu lenken. Dennoch zuckte er zusammen und starrte auf ihre Finger.

»Es tut mir leid«, flüsterte sie. »Ich hätte mein Temperament zügeln sollen, ich …«

»Ich bin nicht wütend«, unterbrach Arthur sie angespannt, bevor er wegsah.

Also was zum Teufel stimmt dann mit dir nicht? Sie hätte es beinahe laut gefragt. *Sag schon*, drängte Vera sich selbst. *Mach schon.* Aber die Worte kamen ihr nicht über die Lippen. Wie konnte er sie verteidigen und dann direkt wieder so werden?

»*Das* ist Pferdescheiße«, murmelte sie vor sich hin. Der einzige Grund, den es für Vera gab, war, dass Arthur den Thron und seine Autorität verteidigt hatte, das empfindliche Gleichgewicht im Königreich und nicht sie. Vera verschränkte die Arme und lehnte sich auf ihrem Platz zurück, kam sich wie eine armselige Nervensäge vor und fragte sich zum gefühlt hundertsten Mal, warum ihre Präsenz in dieser Welt relevant war.

Aber das Hofhalten war noch nicht vorbei. Es betrat bereits die nächste Person den Thronsaal und nach Wulfstans Abgang brauchte Vera einen Augenblick, um zu bemerken, dass etwas nicht stimmte. Ein uniformierter Soldat, der das königliche Wappen in Rot auf der Brust gestickt trug, kam durch den Saal gerannt. Lancelot und Percival erhoben sich, ihre Hände wanderten instinktiv zu den Schwertern.

»Euer Hoheit«, begann der Krieger. Er wartete nicht damit, bis seine Verbeugung zu Ende gebracht war, sondern fuhr direkt fort: »Es gab eine Flut. Die Neuigkeit hat sich schnell verbreitet. Wir benötigen Hilfe.«

»Wo?«, verlangte Arthur zu erfahren.

»Exeter.«

Nun war es Merlin, der sich erhoben hatte und neben Arthur trat. Zweifel waren in den hochgezogenen Augenbrauen des Magiers deutlich zu erkennen. Er war gerade erst in Exeter gewesen, oder nicht?

»Was ist passiert?«, erkundigte er sich.

»Ich … ich bin mir nicht sicher, was schiefging, aber …«

»Die Magie?«, unterbrach Merlin ihn streng.

»Ja. Das Wasser fließt weiter, aber nun ist es eine Sintflut, und wir können sie nicht aufhalten.«

»Ich habe die Barrieren gesichert«, wandte sich Merlin an Arthur. »Sie hielten scheinbar nicht.«

»Und die Neuigkeit macht bereits die Runde?«, erkundigte sich Arthur nun bei dem Soldaten.

Dieser schluckte schwer. »Ja. Selbst hier in der Stadt sprechen bereits alle davon, dass die Ernte nicht gerettet werden kann.«

»Ist das wahr?«, wollte Arthur nun wissen.

Der Krieger zögerte.

»Wie lautet Euer Name, Soldat?«

»Marcus.«

»Marcus, Eure Aufgabe ist es nicht, mir gute Nachrichten zu überbringen«, sagte Arthur. »Ich muss die Wahrheit kennen, und zwar sofort.«

»Ja, mein König«, nun sprach Marcus mit mehr Selbstvertrauen. »Es ist nicht alles verloren, aber wir müssen augenblicklich handeln. Wir brauchen Männer, um zu retten, was noch übrig ist, und wir benötigen Magie, um das Problem zu beseitigen. Wir brauchen beides so schnell wie möglich.«

»Verstanden«, bestätigte Arthur.

»Euer Majestät, ich kann sofort aufbrechen und einen Trupp Männer mitnehmen«, bot Lancelot an.

»Nein«, widersprach Arthur. »Ich will, dass du und Percival in Camelot bleibt. Percival, geh und suche Sir Bors. Befiehl ihm, seine Einheit zu versammeln und aufzubrechen. Marcus wird ihre Anweisungen an die Waffenkammer überbringen. Kehre danach direkt zurück. Es gibt noch mehr zu besprechen.«

»Wie Ihr wünscht, mein König.« Percival machte sich augenblicklich an die Arbeit, rannte, ohne zu zögern, aus dem Raum. Arthur blickte ohne ein Wort zu Merlin. Dieser nickte ernst.

»Ich werde sofort aufbrechen.« Merlin sah zu Vera, während er sprach. Der Hoffnungsschimmer in seinen Augen erlosch, eine Kerze, die im Wind aufflackerte, bevor sie erstickt wird.

Als Nächstes adressierte Arthur die überraschten Zivilisten, einen Mann in Veras Alter und eine ältere Frau, deren silbernes Haar in einem Dutt zusammengehalten wurde und wie ein Vogelnest auf ihrem Kopf saß. »Ich bedanke mich für eure Dienste heute. Ihr werdet um Geheimhaltung dieser besonders delikaten Information gebeten. Ich verlasse mich auf eure Verschwiegenheit, wenn ihr nach Hause zurückkehrt.«

»Ich würde mal behaupten, dass die Chancen auf Diskretion recht schlecht stehen«, meinte Lancelot, sobald sich die Tür hinter den Städtern geschlossen hatte. Er hob seinen Stuhl mit einer Hand an und deutete auf Matildas. »Darf ich?« Sie erhob sich, und er stellte beide in einen Halbkreis neben Arthurs und Veras Plätzen. Sie war überrascht, dass Lancelot den Stuhl neben ihrem wählte, was dazu führte, dass Matilda neben Arthur saß und nicht bei ihr. Nun konnten sie alle einander sehen.

»Warten wir auf Percival?«, erkundigte sich Lancelot bei Arthur. Dieser nickte abgelenkt und rieb sich das Kinn.

Auch Lancelot war tief in Gedanken versunken. Er lehnte sich auf seinem Stuhl zurück und starrte an die Decke. »Was sagtest du noch gleich?«, fragte er plötzlich. Seine Augen funkelten, als er Veras Blick traf. »Pferdescheiße in Eurem Gesicht …«, wiederholte er und genoss die unflätige Sprache. »Das hast du wirklich zu Wulfstan gesagt?«

Vera blickte sich um. »Ja.«

Lancelot grinste. In Erwartung auf ein High Five hob er die Hand. Matilda und Arthur beobachteten sie erstaunt, als sie ihre Handflächen zusammenschlugen, Lancelot enthusiastisch und Vera eher zögerlich.

»Aber ich wusste nicht, wer er war«, verteidigte sie sich.

»Nun, ich verrate es dir. Er ist ein eingebildeter Trottel und ein kolossaler Arsch mit viel zu viel Gold und wirtschaftlichem Einfluss. Also gibt es niemanden im ganzen Königreich, der damit durchkommen würde, *außer* dir – und vielleicht noch Arthur, aber er würde das nie tun«, fügte Lancelot abschätzig hinzu. »Ich hätte nicht geglaubt, dass ich dich noch mehr lieben könnte, aber so ist es.« Lancelot kippte den Stuhl nach hinten, als hätte er nicht gerade Vera gesagt, dass er sie liebte, und das vor ihrem Ehemann und ihrer Kammerdienerin. Arthur hatte all das gehört, aber er blieb auf die geschlossene Tür auf der anderen Seite der Halle konzentriert.

»Matilda«, fuhr Lancelot fort. »Ich werde den Rest meiner Tage eifersüchtig sein, dass du dies persönlich hören durftest.«

Matilda verkniff sich ein Grinsen und strich sich die Locken aus der Stirn. »Ich persönlich kenne diesen Mann nicht, aber es war dennoch eine Genugtuung.«

Die Tür schwang auf und Percival eilte herein. Lancelot brachte ihm einen Stuhl, und er ließ sich darauf fallen, kaum außer Atem, obwohl er den ganzen Weg zur Waffenkammer und zurück gerannt sein musste.

»Die Truppen bereiten sich vor«, verkündete er. »Sie werden heute Nachmittag aufbrechen.«

»Gut.« Arthur sah einen nach dem anderen an. »Wir müssen währenddessen hier tun, was auch immer wir können. Dies ist unsere erste Krise seit Beginn meiner Herrschaft. Angst ist mächtig, und Panik verbreitet sich wie eine Plage. Alle in unserem Königreich erinnern sich daran, wie es war, während der Kriege zu hungern. Sie müssen sich sicher sein können, dass ihre Kinder den Winter über nicht verhungern werden. Matilda, können wir unsere Reserven nutzen, um die Lücke zu schließen? Wenn wir zwischen jetzt und bis die Ernte eintrifft zeigen, dass reichlich Vorräte da sind, könnte das ausreichen, um die Angst zu mildern.«

Matilda warf Vera einen verstohlenen Blick zu. Die Frage hätte ihr gestellt werden sollen, aber sie hätte die Antwort ohnehin nicht gekannt. »Ja, Euer Majestät. Die Königin kann die Anweisung heute noch veranlassen.«

»Gut. Unsere Soldaten müssen einverstanden sein, und wir benötigen Botschafter, die in andere Städte reisen, die davon betroffen sind, während wir Verpflegung schicken. Hier wird der Schaden jedoch größer sein. Unsere Stadtwachen müssen wissen, was sie sagen sollen. Und ihr beiden«, er sprach nun Lancelot und Percival direkt an, »solltet sichtbar bleiben, um den Leuten Zuversicht zu schenken. Ich werde dasselbe tun.«

»Was ist mit einer öffentlichen Ansprache?«, erkundigte sich Percival.

»Ich denke, dass das weise wäre. Und die Königin …«, begann Lancelot, brach aber sofort ab, als Arthur ihn wütend anfunkelte. Gott, Arthur musste Vera wirklich hassen … »Wir brauchen sie, Arthur. Wenn du Solidarität zeigen willst, um die Moral zu heben, dann kann sie nicht mit Abwesenheit glänzen, wenn die ganze Stadt weiß, dass sie hier ist.«

»Was meinst du?« Arthur wandte sich an Matilda. Diese blickte kurz zu Vera, die Lippen zu einer schmalen Linie verzogen, bevor sie antwortete.

»Ich bin mir ziemlich sicher, Euer Hoheit weiß, wie ich darüber denke. Es würde helfen, wenn die Königin und ich für die Lebensmittelverteilung anwesend wären, da es an ihr liegt, ihre Aufgaben wiederaufzunehmen und Treffen mit dem Schlosspersonal beizuwohnen. Lancelot hat recht. Es ist gut für die Moral. Ich würde annehmen, dass es geschadet hat, dass wir dies nicht schon früher taten.«

»Was meint *Ihr*?«, fragte Percival an Vera gerichtet.

Sie wusste nicht viel über Percival, aber sein ernstes Aussehen, während er auf ihre Antwort wartete, während alle anderen redeten, brachte sie dazu, ihn direkt zu mögen. Sie merkte, wie jung er war, allein durch den Vergleich, dass er neben Lancelot saß. Es war offensichtlich, dass Percival stark war, aber er hatte eher den Körper eines Jugendlichen statt den eines Mannes. Seine Schultern waren schmaler als Lancelots und die Gesichtszüge weicher, nicht so scharfkantig wie die von Lancelot oder Arthur. Er konnte kaum älter sein als sie, und wenn er, wie Vera wegen der Narbe in seinem Gesicht vermutete, in den Kriegen gekämpft hatte, dann bedeutete dies, dass er damit seine Jugend verbracht hatte.

»Ich werde tun, was auch immer nötig ist«, erklärte Vera.

Arthur seufzte. Vermutlich hatte er dieselben Bedenken wie Vera: Sie wussten beide genau, dass dies eine Farce war und dass sie unmöglich in die Fußstapfen der Königin treten konnte.

17

Schnell zu handeln, war weise gewesen. Die Atmosphäre in Camelot hatte sich über Nacht gewandelt. Nun schien jeden Moment eine Panik auszubrechen. Arthurs öffentliche Ansprache verlief gut, und die Soldaten erfüllten ihre Rolle mit beeindruckender Sorgfalt. Lancelot und Matilda hatten mit ihren Instinkten richtiggelegen, dass Vera bei der Aktion involviert sein sollte. Die drei wurden von den meisten wie Helden empfangen, als sie der angenehmen Aufgabe nachkamen, die Lebensmittellieferungen in die Stadt zu begleiten. Matilda und Lancelot lächelten, während sie Proviant verteilten, Zuversicht boten und mit Kindern spielten. Da Vera entschieden hatte, dass sie wegen Lord Wulfstan schon für genug Probleme gesorgt hatte, gab sie ihr Bestes, sichtbar zu sein und sich trotzdem so wenig wie möglich zu beteiligen.

Die ersten paar Tage waren von hoffnungsvoller Dankbarkeit gezeichnet.

Aber dies hielt nicht an.

Trotz Arthurs Bemühen, allen Mut zu machen, verbunden mit seiner und Veras konstanter Anwesenheit in der Stadt, gab es immer wieder Probleme. Rücksichtslose Händler versuchten von der Situation und Unsicherheit der Leute zu profitieren und trieben die Preise in die Höhe. Sie mussten von den Wachen zurechtgewiesen werden. Jene mit den Möglichkeiten, mehr einzulagern als andere, horteten mehr Essen aus Angst, dass es bald nicht mehr genug geben würde, was zu einer echten vorübergehenden Knappheit führte und die Ärmsten der Stadt ohne die Möglichkeit zurückließ, Nahrung zu erstehen. Arthur begrenzte, wie viel jeder Haushalt kaufen durfte. Zwar sorgte dies dafür, dass niemand hungern musste, hob aber nicht gerade die Stimmung der Leute.

Am sechsten Tag brach morgens eine Kaltfront über die Stadt herein. Und mit dem Frost, der auf jeder Baumspitze ruhte, breitete sich auch eine Kälte zwischen den Menschen aus. Vera erwartete nicht, dass sie weiterhin gefeiert wurden, während die Angst wuchs. Die immer häufigeren Begegnungen mit gestressten Bewohnern fühlten sich verständlich an, aber Vera erwischte Matilda und Lancelot immer öfter dabei, wie sie besorgte Blicke austauschten, wenn sie glaubten, Vera würde nicht aufpassen.

Sie waren bereits seit zwei Wochen damit beschäftigt, die Moral anzuheben, als das ankam, was Merlin von der Ernte noch hatte retten können. Die Preise wurden wieder normaler, und auch wenn es nicht das blühende Überangebot war, an das sich das Königreich gewöhnt hatte, ließ die Angst vor Knappheit nach. Aber das kalte Wetter, welches es sich scheinbar gemütlich gemacht hatte und eine Weile bleiben wollte, ließ auch die Kälte der Leute andauern.

Lancelot hatte es sich angewöhnt, lässig die ganze Zeit die Hand auf seinem Schwertgriff zu behalten. Inzwischen begleitete er Vera und Matilda bei jedem Ausflug in die Stadt und obwohl er sich an ihrer Unterhaltung beteiligte, scannten seine Augen die ganze Zeit die Umgebung.

Sie waren gerade dabei, Feuerholz für diese Woche abzuholen, als Lancelot abgelenkt in die Luft griff, bevor er Veras Hand fand, um ihr von dem von Pferden gezogenen Karren zu helfen. Sie hatten am Ende einer langen Schlange angehalten, ungefähr einen halben Block vom Laden des Holzfällers entfernt. Kaum war Matilda ebenfalls vom Wagen geklettert, hatten sich auch schon vier weitere Gruppen hinter ihnen eingereiht.

Lancelot sah zu den Neuankömmlingen, die Lippen fest aufeinandergepresst. Es war keine größere Menge als an Veras erstem Tag in der Grube, aber die Größe war auch nicht das Problem. Fröhliche Klänge von Gelächter und aufgeregte Rufe über das Feld gab es häufig zuvor, aber nun schienen sie fremd und unangebracht. Die Leute standen in Grüppchen zusammen, unterhielten sich leise und warfen allen anderen angespannte Blicke zu. Es war ein alarmierender Unterschied. Lancelot war wie ein Hund, der die Ohren angelegt hatte – und eindeutig unzufrieden damit, dass er nicht alles gleichzeitig im Blick behalten konnte.

Stimmen erhoben sich am vorderen Ende der Schlange, begleitet von einem wellenartigen Gemurmel aus Unbehagen.

»Wir müssen hier Wachen positionieren.« Lancelot sah sich verärgert um, als ob eine vielleicht auftauchen würde. Sie hatten noch nie Soldaten irgendwo in der Stadt positionieren müssen. Das war alles Neuland. Weitere Stimmen schlossen sich dem an, was am vorderen Ende zu einem Streit geworden war.

»Geh und hilf«, befahl Vera. »Auf mich aufzupassen, ist definitiv unwichtiger, als deine Pflicht zu erfüllen. Das da ist deine eigentliche Aufgabe.«

Er seufzte, aber diskutierte nicht. »Ich bin gleich wieder da.« Er tauschte einen besorgten Blick mit Matilda über Veras Kopf hinweg aus, bevor er in der Menge verschwand.

»Was?«, schnauzte Vera. »Warum tut ihr das immer?«

»Weißt du das wirklich nicht?«, erkundigte sich Matilda.

»Ich weiß, dass alle etwas gereizt sind, aber …« Sie brach ab, als sie Matildas mitleidigen Blick sah. »Was?«

»Lancelot und ich begannen es nach ungefähr einer Woche zu bemerken. Die Leute sind nicht nur gereizt, sie behandeln *dich* schlecht.«

»Das stimmt nicht. Sie sind …« Aber wieder hielt sie inne. Heute Morgen auf dem Markt hatte das Lachen einer Frau abrupt geendet, als sie Vera erspähte. Ihr Gesicht hatte sich angespannt, als sie schnell ihren Ehemann am Arm genommen hatte und schnaubend gegangen war. Vera hatte dies absichtlich ignoriert, aber all die finsteren Blicke in den letzten Wochen hatten ihr gegolten. »Aber … weshalb?«, wollte sie schließlich wissen.

»Ich weiß es nicht«, gab Matilda zu, aber ihr musste aufgefallen sein, wie Vera sich anspannte. Sie legte ihr eine Hand auf den Arm. »Wir berichteten es Arthur, und er bat Percival, sich umzuhören. Wir kümmern uns darum. Menschen … verhalten sich unter Stress seltsam.«

»Zwing mich nicht dazu, mit ihnen zu reden.« Vera drängte sich an den Wagen, sehnte sich nach der Unsichtbarkeit, die sich einst wie ein Fluch angefühlt hatte.

Beinahe zur selben Zeit änderte sich die Stimmung. Es dauerte gerade mal einen Wimpernschlag, bis sich all das Grummeln in aufgeregtes Flüstern verwandelt hatte und alle Augen auf einen Punkt gerichtet waren. Vera wusste, was sie dort sehen würde, bevor sie sich umgedreht hatte.

Arthur war da. Er allein hatte diese Wirkung auf die Menge. Er und Vera waren nie gemeinsam zu diesen Verpflichtungen gegangen, obwohl er die ganze Zeit unter den Leuten war. Einen Augenblick lang trafen sich ihre Blicke. Er nickte Vera steif zu, und sie erwiderte es mit einem kurzen Lächeln, während ihr Herz stolperte.

Wieder presste sie sich in die Ecke hinter dem Sitz, den Rücken gegen das Rad gedrückt, vermied sie jeglichen Blickkontakt. Aber sie war sich Arthur die ganze Zeit bewusst. All die anderen Male, die sie ihn in der Stadt gesehen hatte, blieb er am entgegengesetzten Ende. Diesmal nicht. Er kam immer näher, bis Vera nur ein paar Schritte hätte machen müssen, um nach rechts zu greifen und ihn zu berühren.

Selbst durch den Lärm der Menge konnte sie ihn hören, manchmal war es nur der Ton seiner Stimme, nicht ganz laut genug, um Worte zu formen. Wenn seine Lautstärke unter Gelächter anschwoll oder weil er jemand weiter weg zurief, dann verstand sie einzelne Worte. Sie war versucht zu lauschen, besänftigt durch seine Gegenwart – und genervt, dass er diesen Einfluss auf sie hatte.

Er bewegte sich, als Lancelot ihm zurief, und verschwand aus Veras Sichtfeld. Sie schälte sich aus ihrem Versteck und bahnte sich einen Weg nach vorne, als ob sie nach dem Pferd sehen wollte.

Sofort fand Arthurs Blick sie, als ob er jede ihrer Bewegungen kannte, während sie seine beobachtete. Diesmal runzelte er die Stirn, als seine Aufmerksamkeit wieder auf das gezogen wurde, was Lancelot sagte.

Dann zeigte dieser auf Vera und das Paar, mit dem sie gesprochen hatten, wandte sich mit strahlenden Gesichtern an sie – und es war nicht nur das Paar. Ein aufgewecktes Kleinkind mit zerzausten Locken, das aussah, als wäre es gerade aus einem Mittagsschlaf erwacht, klammerte sich an das Hosenbein seines Vaters, während die Mutter ein in weiße Tücher gehülltes Bündel in den Armen hielt, das sich als Baby entpuppte, als es ein winziges Fäustchen in die Luft boxte.

Und sie kamen auf Vera zu. *Shit*. Das konnte sie nicht vermeiden. Der Mann, der seinem Sohn wohl die Locken vererbt hatte (auch wenn seine nicht so zerzaust waren), schloss die Distanz zwischen ihnen mit ein paar großen Schritten und verbeugte sich. »Euer Majestät, mein Name ist Roger, und das ist meine Frau, Helene.«

Helene neigte den Kopf und zog ihr Kleid mit einer Hand zur Seite, um sich bestmöglich mit dem Baby auf dem Arm zu verbeugen. Lancelot lächelte mit einem Funkeln in den Augen hinter Helene hervor, während Arthur verkrampft neben ihm stand.

Was zum Teufel sollte das?

»Es ist … es ist schön, euch kennenzulernen.« Vera wusste nicht, ob sie dem Paar eine Frage stellen sollte, aber Roger löste dieses Problem für sie.

»Wir wissen, dass Ihr keine Anfragen entgegennehmt, aber … wir hatten gehofft, dass Ihr unsere neugeborene Tochter segnet«, erklärte Roger.

»Oh.« Wenn dies zuvor eine von Guineveres Pflichten gewesen war, dann konnte Vera sie zu der Liste von Dingen, die sie nicht wusste, hinzufügen.

Arthur warf Lancelot einen ungewöhnlich offenen bösen Blick zu, bevor er seufzte und einen Schritt auf Vera zumachte, zwischen sie und all die anderen. Er lehnte sich zu ihr und sprach leise, erzeugte damit Gänsehaut in ihrem Nacken. »Das ist durchaus üblich, und du bist auch dazu befähigt, falls du Ja sagen möchtest«, erklärte er. »Aber wenn es dir lieber ist, dann übernehme ich das.«

Vera war ihm noch nie so nah gewesen und hatte seine Blicke so lange auf sich gerichtet gehabt. Diesmal hatte er keine kalte Maske aufgesetzt. Hier ging es darum, gut zu herrschen, und kein Hass oder Verbitterung konnte zwischen Arthur und der Liebe zu seinem Volk stehen. Vera wollte ihm beweisen, dass sie *etwas* tun konnte, was vielleicht hilfreich war.

»Ich kann es versuchen«, entgegnete sie. Arthur nickte, trat einen Schritt zurück, und Vera wandte sich wieder dem Paar zu. »Also, ähm, nur die übliche Segnung dann? Für ein, äh, gesundes Leben und so?«

Roger lächelte. Helene nickte.

Hatte Guinevere eine religiöse Ausbildung, von der sie nichts wusste? Helene trug einen Schleier. War dies eine religiöse Wahl? Vera leckte sich die trockenen Lippen. »Soll ich christliche oder heidnische Gebete nutzen?« Sie kannte von beiden nicht viele.

»Das ist uns egal«, antwortete Helene. »Jede Segnung, die Ihr gebt, ist uns eine Ehre.«

Vera schluckte. »Darf ich?«, bat sie mit einer Geste zu dem kleinen Bündel.

Helenes rosige Wangen wurden von Grübchen geziert, als sie Vera das kleine Mädchen reichte. Das Baby war kaum älter als ein Neugeborenes und trug ein weißes Taufkleidchen. Ab und an wedelten die perfekten Finger einer Hand durch die Luft, während die anderen zu einer Faust unterm Kinn geballt waren. Das Gesicht der Kleinen mit der delikaten Nase, den Lippen und den geschlossenen Augen war entspannt, als ob sie schlafen würde.

So als hätte es den Übergang in fremde Arme gespürt, öffnete das Baby die Äuglein und begann zu wimmern, quengelnde Schreie durchbrachen die neu gewonnene Ruhe auf dem Platz. Vera wiegte das Kind im Rhythmus zu einem beruhigenden »Sch-sch-sch«, bis es wieder eingeschlafen war.

»Wie lautet ihr Name?«, erkundigte sich Vera leise.

»Guinevere«, antwortete Roger. »Wir haben sie nach Euch benannt.«

Vera stockte der Atem. »Vielen Dank«, murmelte sie überrascht, dass sie die Emotionen unterdrücken musste. Immerhin war das Baby nach der echten Guinevere benannt. Nicht nach Vera.

»Unsere Stadt lag am nächsten an der letzten Schlacht. Wir lieben unseren König«, berichtete Roger mit einem schnellen Blick zu Arthur, »und wir haben nicht vergessen, dass unsere Königin uns gerettet hat.«

Betrügerin. Lügnerin. Vera konnte nicht damit aufhören, sich selbst niederzumachen. Aber das Baby war wunderschön und die Familie so freundlich – und die Leute beobachteten sie.

»Unser aller Gott«, begann Vera, den Blick auf das Baby gerichtet, unsicher, wie laut sie sprechen sollte. »Wir bitten dich darum, dieses wunderbare Kind zu segnen. Möge es ein langes, gesundes Leben in Sicherheit und Wohlstand führen – und Liebe und Glück an all seinen Tagen empfinden.«

Die Eltern dankten Vera, aber ihre Aufmerksamkeit hatte sich auf den kleinen Jungen verlagert. Er hatte sich bis gerade hinter dem Rock seiner Mutter versteckt, näherte sich aber nun Vera, erhob sich auf seine Zehenspitzen, um einen Blick auf seine Schwester zu werfen.

Vera kniete sich hin, sodass sie auf einer Augenhöhe mit ihm war. »Was denkst du über deine neue Schwester?«

Der Junge schmollte, seine Augen füllten sich mit Tränen.

»Er ist frustriert, da er ihren Namen noch nicht aussprechen kann«, erklärte Helene.

Eine Idee schob sich in den Vordergrund von Veras Gedanken. Helene hatte sich wieder ihrem Ehemann und Lancelot zugewendet. Auch Arthur war bei ihnen; seine Aufmerksamkeit war auf was auch immer sie sagten gerichtet. Keiner schenkte Vera Beachtung. Gut.

»Kannst du ›Vera‹ sagen?«, flüsterte sie dem Jungen zu.

»Ve-ra«, wiederholte er, wobei er das Wort entzweibrach.

Sie nickte ihm ermutigend zu. »So haben mich meine Eltern auch genannt. Möchtest du, dass dies dein besonderer Name für deine Schwester wird?«

Seine Augen strahlten. »Ja!«, rief er. »Vera.« Er murmelte es noch dreimal und küsste dann ungeschickt den Kopf seiner Schwester, wobei ihn der Stock, den er in der Hosentasche stecken hatte, merklich behinderte.

»Was hast du da?«, erkundigte sich Vera.

Er zog den Gegenstand hervor und schwang ihn, die Schüchternheit komplett vergessen. »Mein Schwert!«, verkündete er. »Guck!« Seine molligen Arme schwenkten den Stock durch die Luft. Lancelot bemerkte es und begann sofort mit dem Jungen zu spielen. Vera lachte und erhob sich, um das Baby aus der Gefahrenzone des Spiels zu heben, als sie von hinten gegen die Schulter getroffen wurde und nach vorne stolperte.

Es war ein Mann, der sie angerempelt hatte. Mit einem fragenden Blick auf Vera ging er weiter.

»Entschuldigt«, sagte sie instinktiv, obwohl sie nichts falsch gemacht hatte.

Der Mann blieb stehen und drehte sich mit einem angespannten, vor Wut fast violett gefärbtem Gesicht zu ihr. Vera machte einen Schritt zurück, als er nach vorne trat und sie anfauchte: »Ich werde einem Bastard-Baby nicht vergeben.«

Er marschierte davon, als Veras Gedanken sich verlangsamten, um den Worten einen Sinn zu entlocken. Vielleicht kannte er diese netten Leute, und sie waren nicht auf eine Art verheiratet worden, die er guthieß. Was auch immer der Fall war, Veras Wangen wurden heiß wegen der Wut, die aus ihr herausbrach. Sie könnte es einfach gut sein lassen, könnte den Mann und seine mürrische Verurteilung davonziehen lassen, aber als er vorbeiging, kickte er Dreck in Richtung des Jungen.

»Was soll denn das bitte heißen?«, schnauzte Vera ihn an.

Er blieb stehen und schwang herum, um sie anzusehen. Sie glaubte, die Art, wie sich seine Augen verengten, zeugte von Zögern. Die Leute um sie herum hatten die Auseinandersetzung bemerkt, unterbrachen, was sie taten, und sahen ihnen zu. Die Hand des Mannes war in seiner Tasche, als er zu Boden starrte. Wenn es Schuld und Verlegenheit waren, dann war das *gut* so. Das verdiente er, weil er Helene und Roger beleidigt hatte. Es ermutigte Vera.

»Es waren wohl keine Worte, hinter denen Ihr stehen wollt«, scherzte Vera.

»Es ist das Kind einer Hure«, entgegnete der Mann, und Vera fiel die Kinnlade herunter. Aber er klang nicht mehr so sicher oder überzeugt, nun da die Aufmerksamkeit auf ihm lag.

Veras Blut begann zu kochen. Wie konnte er es wagen? Sie wollte auf ihn losgehen, weil er Helene beleidigt hatte, aber er fuhr fort.

»Ihr habt niemanden getäuscht.« Die Art, wie sich sein hasserfüllter Blick in sie brannte, machte Vera Angst. »Schon praktisch, dass Ihr ein ganzes Jahr weg wart. Genug Zeit, um Euren schändlichen Bastard zu gebären. Ihr seid keine Königin. Ihr bringt unseren Untergang!«

Moment mal.

Was?

Es gab keine Zeit, um diesen Wahnsinn zu verdauen, als der Mann die Hand aus der Tasche zog, den Arm zurückriss und etwas, das wie ein Ei aussah, auf Vera schleuderte. Sie drückte das Baby an ihre Brust, versuchte es vor dem Aufprall zu schützen.

Aber dieser kam nie. Vor einem Augenblick war Arthur noch in das Gespräch mit dem Paar vertieft gewesen, hatte ihr den Rücken zugewandt. Doch nun hatte er sich nach vorne geworfen und das Ei gefangen, welches in seiner Hand zerbrach.

»Nein!« Der Mann ging in die Knie und schrie entsetzt, der Rest seiner Wut verblasste in einem bemitleidenswerten Heulen. »Es war für *sie*«, jammerte er.

Vera gab ihr Bestes, ihn zu ignorieren, was durch den überwältigenden und fauligen Geruch, der in dem Moment eingesetzt hatte, als das Ei zerbrach, erleichtert wurde. Es musste ranzig gewesen sein, aber dann – eine grünliche Wolke erhob sich, aber die triefende Sauerei blieb aus. Abgesehen von dem Rauch, war das Ei leer. Jedoch begann Arthurs Haut Blasen und Wulste zu werfen, wie die sprudelnde Oberfläche von kochendem Wasser.

Vera starrte darauf, aber Arthurs Aufmerksamkeit war auf sie gerichtet. Mit der unverletzten Hand nahm er sie bei der Schulter, betrachtete sie und das Kind in ihrem Arm – dieses schlief friedlich und war sich nicht bewusst, was um es herum los war.

»Es geht ihr gut«, sagte Vera.

»Sie ist eine Hexe!«, kreischte der Mann durch Tränen, als Lancelot ihn zu Boden rammte. Das Gesicht des Mannes verzog sich in wildem Zorn. »Sie hat den Fluch auf uns gehetzt! *Verbrennt sie.*«

Er entriss Lancelot den Arm lang genug, um auf Vera zu zeigen. Und die Blicke der sie Umgebenden waren nicht wie sie sein sollten, nachdem sie diesen Wutausbruch eines Verrückten gehört hatten.

Sie waren ängstlich – aber sie galten Vera.

Sie hatten Angst vor ihr.

18

Eine unheimliche Stille hatte eingesetzt. Sie saßen im Thronsaal, Matilda nah bei Vera. Lancelot auf ihrer anderen Seite, ungewöhnlich ernst. Er hatte den Mann in den Kerker gebracht, bevor er zu ihnen gestoßen und direkt zu Vera geeilt war.

»Bist du wirklich nicht verletzt?«, hatte er sich erkundigt, die Stirn gerunzelt, als er ihre Hand nahm und ihr ins Gesicht sah.

»Es geht mir gut.« Vera war übel, und ihre Haut prickelte und brannte nach dem Schock, aber sie war nicht verletzt. Lancelot stieß zitternd den Atem aus. Dann küsste er ihre Hände. Vera sah durch den Kreis zu Arthur. Er interessierte sich nicht für Lancelots schamlose Zuneigung.

Sie waren nur zu viert, ein leerer Stuhl stand für Percival bereit. Percival, der all die Informationen hatte. Percival, der geschickt worden war, um den Verrückten zu befragen. Es wäre Arthur gewesen, aber seine verbrühte Hand hielt ihn davon ab. Camelots Heiler hatten darauf bestanden, ihn sofort zu behandeln, da sich die Blasen auf das Handgelenk ausgebreitet hatten und drohten seinen ganzen Arm zu überziehen.

Nun waren seine Hand und das Handgelenk verbunden, aber die wütende Rötung breitete sich weiter aus. Oberhalb des Verbands war eine weitere Blase entstanden. Er musste Schmerzen haben, aber sein beherrschter Gesichtsausdruck verbarg es beinahe komplett. Lediglich sein Kiefer war angespannt.

Es standen Wachen vor dem Thronsaal. Noch nie zuvor waren dort welche positioniert gewesen. Sie stießen die Türen auf, als Percival kam. Er ließ sich auf den letzten Stuhl fallen und atmete tief ein, als Arthur seinen Kopf in Richtung des jungen Ritters senkte, ihn eindeutig anwies zu beginnen.

»Es gibt ein paar gute Neuigkeiten«, sagte Percival, auch wenn er finster dreinblickte. »Lasst uns damit anfangen. Die Arbeiten in Exeter sind erledigt. Unsere Truppen haben sich bereits auf die Rückreise gemacht und sollten morgen früh eintreffen. Merlin begleitet sie. Die Ernte wäre außergewöhnlich gut gewesen. Da hatten wir Glück. Ihnen ist es gelungen, einen großen Anteil zu retten. Wenn das alles vorbei ist, haben wir beinahe unsere ganzen Reserven aufgebraucht. Nun müssen wir abwarten, wie die nächste Ernte ausfallen wird, aber niemand wird über den Winter Hunger leiden. Im Moment ist dies ein Grund zu feiern.«

Vera konnte die Nervosität in Percivals Stimme hören. Etwas hatte sich in ihm verlagert. Und in Lancelot – eine Härte, die ihre Angst verriet. Arthur blieb bei seinem sorgfältig leeren Ausdruck.

»Der Angreifer?«, forderte er sanft zu erfahren.

»Er ist völlig verrückt«, murmelte Lancelot.

»Das ist er«, bestätigte Percival. »Aber das ändert nichts daran, dass er eine gefährliche Anschuldigung erhoben hat. Und es tut mir leid, dies sagen zu müssen, aber andere teilen diese Meinung.«

Eine tiefe Furche bildete sich zwischen Arthurs Augenbrauen. »Das ergibt keinen Sinn.«

Aber Vera verstand es. Sie hatte den ganzen Morgen schon darüber nachgedacht. »Die Probleme haben nach meiner Rückkehr begonnen«, erklärte sie.

Percival nickte. »Ihr habt euch verändert, aber wer hat schon etwas anderes erwartet? Keiner unserer Ritter, die anwesenden eingeschlossen, war nach den Kriegen noch derselbe. Warum solltet Ihr es also sein, nachdem Ihr beinahe gestorben wärt?«

»Natürlich hat sie sich verändert«, warf Matilda mit einer Spur von Stolz zur Verteidigung ein. »Und das hat sie besser gemacht. Wir alle sind dadurch besser.«

»Dem stimme ich zu.« Lancelots Blick traf Arthurs, bevor er mit ähnlicher Wärme zu Vera sah.

Hitze breitete sich auf ihren Wangen aus, und sie starrte auf ihre Zehen. Sie fühlte sich weniger geschmeichelt und eher so, als wäre es ihr gelungen, sie alle übers Ohr zu hauen. Sie war nicht mutig genug, um nachzusehen, wie Arthur reagierte.

»Ich habe das Gefühl, bereits nach ein paar Minuten Unterhaltung nun mehr über Euch zu wissen als in all den Jahren zuvor, Euer Hoheit«, meinte Percival. »Ihr wirkt stärker.«

Arthur rutschte auf seinem Platz hin und her, und Vera glaubte, einen Ausbruch von Wut über sein Gesicht huschen zu sehen. Percival ignorierte es. »Das ist jedoch eines der Probleme. Sie stören sich daran, dass eine Frau ihre Meinung kundtut.«

Fuck. Sie hatte das nicht ernst genug genommen. Vera hatte sich benommen, als wäre Camelot ein Spielplatz … all die Augenblicke, in denen sie unangemessen mit Lancelot während des Abendessens gelacht hatte, der Tag, an dem sie in der Grube eine Szene gemacht hatte, als sie spielte. Und dann ihre spitze Zunge gegenüber sowohl Lord Wulfstan als auch nun diesem Mann im Kerker.

»Im Gegensatz dazu«, fuhr Percival fort, »war die Hauptbeschwerde in den letzten paar Wochen die, dass die Lady nicht genug mit dem Volk interagiert. Sie nehmen sie als …«, er hielt inne und warf Vera einen fragenden Blick zu.

Oh Gott. Was nun? »Sagt es einfach direkt«, meinte sie mit rumorendem Magen.

»Distanziert wahr«, erklärte er. »Sie haben das Gefühl, dass Eure

Herkunft im Norden Euch besser macht als sie.« Percival lächelte grimmig. Der Mundwinkel, an dem die Narbe verlief, hob sich nicht wie der andere. »Es ist eine unfaire Erwartung, die Euch nur einen engen Spielraum an angemessenem Verhalten lässt.«

»Was ist mit der Untreue?« Matildas Stimme war leise und entschuldigend. »Glauben andere das ebenfalls?«

Percival stemmte die Ellbogen auf die Knie und ließ die Hände gefaltet zwischen die Beine sinken. Er sah aus, als kämpfte er damit, die Worte über die Lippen zu bringen, ohne sich zu übergeben. »Es gibt Gerüchte, dass die Königin ihre Nächte mit anderen Männern verbringt. Ich war nicht in der Lage, die Quelle ausfindig zu machen.«

Veras und Lancelots Blicke trafen sich. Ihre Treffen am frühen Morgen. Das musste es sein. Das war, was sie die ganze Zeit gefürchtet hatte.

Sie erschrak, als sie bemerkte, dass Percival seinen Fokus auf Lancelot verlagert hatte.

Tatsächlich lachte dieser. »Oh, komm *schon*. Sie darf Freunde haben.« Er wusste besser als jeder andere im Zimmer, das ihre besondere Freundschaft, obwohl sie nicht romantischer Natur war, für jeden mit einer gehörigen Portion Misstrauen alles andere als unschuldig wirkte.

»Sie ist immer bei dir«, sagte Percival bemüht um einen neutralen Ton. Vera sank in ihrem Sitz zusammen.

»Sie ist auch immer bei Matilda«, verteidigte sich Lancelot. »Ich verstehe nicht …«

»Das ist etwas anderes.«

»Natürlich«, murmelte er sarkastisch. »Weil zwei Frauen ja noch nie …«

»Hört auf«, mischte sich Matilda erzürnt ein. »Richtig oder falsch, es ist etwas anderes. Und du benimmst dich wie ein kleines Kind, wenn du so tust, als wäre dem nicht so.«

Percival wurde rot, als Lancelot, der nicht bereit war aufzugeben, die Augen verdrehte und fortfuhr: »Sie ist auch häufig mit Arthur zusammen. Jedes Mal, wenn wir Hof halten. Bei allen Mahlzeiten. Bei Gott, sie teilen sich nachts sogar eine Kammer.«

»Aber sie ist glücklich, wenn sie bei dir ist!«, schrie Percival nun, seine Lautstärke glich seinem Level an Frustration. »Das ist das Problem. Die Königin …« Dann schien er sich daran zu erinnern, wo er war. Percival sah erst Vera und dann Arthur an, der in kaltem Schweigen zuhörte.

»Fahr fort, Percival«, befahl Arthur nun mit einer Ruhe, die einen wahnsinnig machte. »Sag es mir.«

Percival atmete tief ein, um loszulegen, schwieg dann aber.

»Ich meine es ernst«, beharrte Arthur. »Sag mir die Wahrheit. Alles.«

»Sie …« Percival hielt inne und sprach daraufhin Vera direkt an. »Ihr seht neben dem König verängstigt aus. Und Euer Majestät«, er verlagerte seinen Blick zu Arthur, »Ihr wirkt gequält. Das Volk beobachtet Euch. Sie verfolgen alles, was Ihr tut, bis ins kleinste Detail. Und ihnen ist Euer Missfallen, was die Königin betrifft, nicht entgangen. Die Menschen lieben Euch, und sie werden Eurem Beispiel folgen, wenn es um Guinevere geht.« Er schluckte schwer. »Sie *sind* Eurem Vorbild gefolgt.«

Für einen Wimpernschlag veränderte sich der Ausdruck auf Arthurs Gesicht. Vera fiel auf, dass sie selbst die kleinste Veränderung in seinem Wesen bemerken konnte, da sie die ganze Zeit neben ihm saß, ihm zuhörte und ihn beobachtete. Sie erkannte den Ausdruck, der über seine Gesichtszüge huschte. Es war derselbe Ausdruck, den sie in ihrer ersten Nacht gesehen hatte, als sie ihn fragte, ob das Wasser trinkbar war.

Arthur schämte sich.

Gut, dachte Vera mit einer Grausamkeit, die so tief ging wie ihr Schmerz, ihn aber vielleicht nur vertrat.

»Und dann gibt es noch die Anschuldigung, dass sie eine Hexe ist«, fügte Percival hinzu.

Vera runzelte die Stirn und blickte in die Gesichter der anderen. Keiner von ihnen nahm dies auf die leichte Schulter.

»Aber … gibt es nicht überall Hexen?« Sie hatte angenommen, scheinbar fälschlicherweise, dass jede Frau mit einer Gabe als Hexe betrachtet wurde. Das war vermutlich etwas, das sie hätte wissen sollen. Percivals hochgezogene Augenbrauen waren Bestätigung genug.

Arthur kam ihr zu Hilfe. »Im Norden wird der Begriff anders gebraucht. Im Süden ist eine ›Hexe‹ eine Frau, die dunkle Magie nutzt. Unerlaubte Magie.«

Percival nickte. »Und dass die Missernte auf die Rückkehr der Königin folgte …«

»Verdammt.« Die Leichtigkeit in Lancelots Lachen und die Empörung waren aus seinen Augen verschwunden, als er Percival ansah. »Es gibt keinen anderen Weg, oder?«

Percival schüttelte den Kopf.

»Arthur«, sagte Lancelot leise. »Vor zehn, vielleicht sogar fünf Jahren wäre dies Beweis genug gewesen. Sie wäre bereits verbrannt worden.« Er betrachtete Percival, und Vera wurde klar, dass sie begonnen hatten, abwechselnd auf Arthur einzureden. Sie versuchten ihn von etwas zu überzeugen, aber von was? Sie zu verbrennen? Kaum war Vera dieser Gedanke gekommen, verwarf sie ihn auch schon wieder. Vielleicht war es naiv, aber sie vertraute Matilda und Lancelot blind und war überrascht festzustellen, dass sie auch Arthur vertraute, dass er ihr nicht wehtun würde.

»Ich wünschte, ich könnte sagen, dass dies kein Problem darstellt, Euer Hoheit«, meinte Percival und nahm damit den Faden der Unterhaltung erneut auf. »Aber dieser Glaube reicht tief. Für einige begann er, während die Königin abwesend war, und vertiefte sich seither. Auch wenn wenige dahinterstanden, war der Samen gesät, und unsere derzeitige Situation ließ ihn Wurzeln schlagen. Die Menschen, die das glauben, sind keine kleine Minderheit mehr. Und der Mann, der sie heute angriffen hat? Er wollte sie entstellen.« Percival deutete auf Arthurs verletzte Hand. »Er sagte mir, eine Hexe sollte so hässlich sein wie der Schaden, den sie zufüge.«

Das musste Vera nicht wissen. Ihre Gedanken rasten. Sie hatte begonnen, die Not zu verstehen, die sie über das Königreich gebracht hatte, aber bis zu diesem Moment hatte sie nicht begriffen, dass möglicherweise ihr Leben in Gefahr war.

»Ich muss es tun«, sagte Arthur schließlich.

Lancelot seufzte und schüttelte den Kopf. Er und Percival waren erfolgreich gewesen, auch wenn es für keinen von beiden angenehm war. »Das musst du.«

»Es sollte heute erledigt werden«, fuhr Arthur fort. Er hatte nie gewirkt, als trage er eine größere Last als in diesem Moment. »Es hinauszuzögern, wird die Menge nur weiter aufstacheln. Ich möchte eine klare Botschaft senden, ohne ungerechtfertigte Angst zu schüren.«

»Was willst du …« Veras Worte waren so leise, dass niemand sie hören konnte.

»Es wird das erste Mal in deiner Regentschaft sein, nicht wahr?«, erkundigte sich Lancelot mit beängstigender Sanftheit. Arthur nickte.

»Das erste Mal was?«, fragte Vera. Die Angst hatte ihr den Atem genommen, sodass ihre Frage nun wie eine Forderung klang.

Schließlich sah Arthur sie an. Er hielt ihren Blick. »Exekution.«

Zuerst begriff Vera nicht. Bei ihrer Ankunft hatte sie eine brutale Bevölkerung erwartet, eine Realität, die von grausamen Bestrafungen beherrscht wurde. Diese Annahme war ihr schnell ausgetrieben worden. Sie erbauten eine andere Welt. Arthur träumte von einer neuen Art Nation, er schuf sie und …

Er würde den Mann, der sie angegriffen hatte, hinrichten lassen.

Es zerstörte alles, wofür sie gekämpft hatten. Alles, was sie eigentlich hatte helfen sollen zu retten. Und es war Veras Schuld. Dieser Mann würde sterben, weil sie nicht den Mund gehalten hatte. Es war ihre Schuld.

Ein schmerzerfülltes Geräusch entwich ihr, bevor sie ein Wort sagen konnte. »Nein. Nein, das kannst du nicht.« Camelot war anders. Dieses England, es war besser. Es war besser gewesen ... bis sie gekommen war. Sie würde es wiedergutmachen. Sie würde betteln. Sie würde bitten. »Ich wollte nicht, dass so etwas passiert. Es tut mir leid. Ich hätte schweigen sollen. Ich hätte nicht so tun sollen, als wäre ich sie ...«

»Du hast nichts falsch gemacht.« Lancelot redete über sie hinweg, versuchte ihren Ausrutscher zu übertönen, bevor er Percival und Matilda auffiel.

»Es muss eine andere Möglichkeit geben. Er ...« Ihr Blick wanderte zu Arthurs verbundener Hand. »Er wollte dich nicht verletzen. Es hätte mich nicht getötet ...«

»Ihr hattet das Kind auf dem Arm, Guinevere«, unterbrach Matilda sie sanft. »Wenn das Ei Euch getroffen hätte, dann hätte es mit Gewissheit das Baby getötet.«

Bewusste Gedanken waren aus Veras Verstand verschwunden, ersetzt durch schnelle, unkoordinierte Gefühlsausbrüche. Sie presste die Augen zu, versuchte alles auszublenden, aber alles, was sie vor ihrem geistigen Auge erblickte, war Tod. Ein totes Kind in ihren Armen. Der Mann. Vincent.

Ihre Schuld.

Arthur konnte das in Ordnung bringen. Er liebte sein Volk. »Es tut mir leid. Es tut mir leid. Bitte. Bitte nicht ...«

»Es ist nicht deine Schuld.« Vera glaubte, dass Arthur dies sagte. Vielleicht war es einfach das, was sie hören wollte. Ihre Sicht verschwamm. Sie konnte ihn nicht mehr klar erkennen.

»Ich will das nicht.« Veras Stimme wurde lauter, ungeachtet dessen, was sie sagte. »Ich werde gehen. Ich werde zurück nach Glastonbury gehen … Ich hätte niemals hierherkommen sollen. Ich kann nicht sie sein …«

»Es geht nicht um dich!« Das hatte sie gehört. Arthur schrie sie regelrecht an, so wütend, wie hätte sie es nicht hören können? Vera atmete tief ein, und ihre Sicht wurde wieder klar genug, um Abscheu in seinen Gesichtszügen zu erkennen. »Es ist meine Entscheidung. Dieser Mann hat Hochverrat begangen. Seine Tat ist eine Bedrohung für meine Herrschaft und das Königreich, das wir erbauen. Er wird sterben, und du hast kein Mitspracherecht!«

Es ging nicht um sie. Das war es nie. Es ging um seine Herrschaft. Natürlich. Das sollte Vera nicht wütend machen. Sie wusste, dass sie nicht mehr als ein Platzhalter für Guinevere war.

Vera biss die Zähne zusammen und funkelte verärgert zurück. Alles sanfter als Zorn hätte sie heulen lassen.

Als Arthur weitersprach, war seine Stimme ruhig, aber überraschend streng. »Es hat nichts mit dir zu tun. Hast du das verstanden?«

Sie würde zerbrechen. Sie würde weinen, wenn sie nun sprach.

»Sie …«, begann Lancelot, aber Arthur brachte ihn mit einem wütenden Blick zum Schweigen, bevor er sich wieder an Vera wandte.

»Hast du das?«

Es war eine Lüge. Es hatte alles mit ihr zu tun und Vera verachtete sich selbst dafür. Aber in diesem Moment hasste sie auch ihn, und das machte es einfacher.

»Ja, *mein König.*« Sie schleuderte ihm diese Worte wie einen Dolch entgegen.

»Wer wird die Hinrichtung in Abwesenheit des Magiers durchführen?«, unterbrach Percival die überlange Pause, die darauf folgte. »Merlin wird nicht vor morgen zurück sein.«

»Ich werde es tun.« Die Antwort, die von der Tür kam, überraschte sie alle. Lancelot und Percival erhoben sich automatisch und nahmen eine Verteidigungsposition ein, ungleich der des Mannes, der neben der geschlossenen Tür stand, die Hände vor seiner schmuddeligen braunen Robe verschränkt. Seine Augen lagen tief in seinem Schädel. Es betonte den finsteren Blick, der in seine Züge gemeißelt war, noch. Sein tintenschwarzes Haar war weder lang noch kurz. Es fiel ungefähr bis zur Mitte seiner Ohren, und so wirkte er wie jemand, der eigentlich kurze Haare tragen wollte, aber sich nicht darum kümmerte, es beizubehalten. Zusammen mit dem Stirnrunzeln, den Augen und der kantigen Nase fand Vera ihn ziemlich beunruhigend.

Percivals schockiert offen stehender Mund brachte Lancelot dazu, halb zu lachen, obwohl er sein Schwert bereits zum Teil gezogen hatte. »Wer verdammt noch mal seid Ihr?«, bellte Percival. »Wie seid Ihr hier hereingekommen?«

Der Mann antwortete nicht. Stattdessen erklärte er unbeeindruckt: »Ich werde die Hinrichtung durchführen.«

Percivals Lippen verzogen sich empört, aber kein Geräusch drang daraus hervor.

»Das ist ein großzügiges Angebot von einem nicht identifizierten Fremden«, entgegnete Lancelot mit hochgezogener Augenbraue, »aber die Hinrichtung muss von einem Magier vollzogen werden.«

»Dessen bin ich mir bewusst«, entgegnete der Mann trotzig, woraufhin eine schwere Stille folgte.

Ein Summen der Erkenntnis ertönte aus Arthurs Richtung. »Ihr seid Gawain.«

Vera schreckte auf. Das war ein Name aus der Legende um König Arthur. Ein Ritter, einer von Arthurs Rittern. Da war sie sich sicher. Zum hundertsten Mal seit ihrer Ankunft hasste sie sich dafür, nie genug Interesse an den Legenden gezeigt zu haben, um wenigstens ein verfluchtes Buch darüber zu lesen. Aber dieser Mann war kein Ritter.

Gawain nickte und starrte auf Arthurs verletzte Hand, wobei seine Augen bei der Bewegung durch die Haare verdeckt wurden. »Ich bin gerade erst eingetroffen.«

»Ich danke Euch.« Arthur neigte den Kopf. »Und es tut mir leid, dass dies Eure Begrüßung ist.«

»Hochverrat ist das schwerste Verbrechen gegen Euch.« Gawains dunkle Augen blieben an Vera hängen. »Es ist meine Pflicht, aber ich bestehe darauf, erst Eure Wunde zu sehen.«

»Sie wurde bereits von Heilern versorgt.«

Gawain zuckte mit den Schultern. »Wenn Ihr damit zufrieden seid, dauerhaft verstümmelt zu sein.«

»Seid Ihr absichtlich begriffsstutzig?« Percival starrte Gawain fassungslos an. »Bitte *erklärt,* was Ihr damit meint.«

Gawain starrte Percival einen langen Moment ausdruckslos an. »Die Wunde wurde von Magie verursacht. Sie kann nur durch Magie geheilt werden.«

»Und Ihr habt die Gabe zu heilen?«, erkundigte sich Lancelot mit schräg gelegtem Kopf.

Gawain nickte. »Sie ist selten. Ich schätze mich glücklich.«

Sie musste wirklich rar sein, denn selbst Percival fiel vor Ehrfurcht die Kinnlade runter. Dies schürte jedoch erneut Veras Angst. Dieselben Hände, die heilten, würden bald eine Hinrichtung durchführen. Sie wollte die Zeit verlangsamen. Vera wollte, dass seine Arbeit an Arthur Stunden dauerte … *etwas*, das sie vor dem schützen würde, was kam. Es musste einen anderen Weg geben.

Aber alles geschah furchtbar schnell. Niemand musste Vera mitteilen, dass sie der Exekution beiwohnen musste, dass Guinevere nach Percivals Enthüllung an Arthurs Seite sein sollte. Es war eine klare Schlussfolgerung, obwohl sie sich nicht erinnern konnte, wie sie zum Dorfplatz gelangt war. Es gab keinen Hinrichtungsplatz, aber der Ort war wegen seiner Logistik gewählt worden: eine Fläche, von der aus Arthur den Akt mit Vera an seiner Seite überblicken konnte (eine erhobene Bühne, die ironischerweise errichtet worden war, um Camelots vielen Feierlichkeiten beizuwohnen) und jeder Menge Raum für … Publikum. Der Platz war beinahe komplett gefüllt, gesprenkelt mit enttäuschten und verängstigten Gesichtern, die es sich in einer Zeit des blühenden Friedens gemütlich gemacht hatten. In der Mitte kniete der Mann mit gefesselten Händen auf der hölzernen Erhebung.

Vera konnte seine Tränen nicht sehen, aber sie hörte sein Schluchzen. Neben dem Mann stand Lancelot, komplett in feierlicher Rüstung, das pure Gegenteil von Gawain auf der anderen Seite in seinem schmuddeligen braunen Reisemantel. Außerdem erkannte Vera Vater John, den Schlosspriester, der über dem Mann stand, ihm den letzten Segen gab, bevor er zurücktrat und in der Menge verschwand.

Ritter waren in einem weiten Bogen um die Bühne aufgestellt, um eine Blase zwischen dem Publikum und dem Delinquenten zu schaffen. Percival und Randall fügten eine Einheit aus Soldaten hinzu, die Vera und Arthur bewachten.

Und dann war es an der Zeit. Veras Beine zitterten so heftig, dass sie sich wunderte, überhaupt stehen zu können. Sie biss die Zähne zusammen, um sie davon abzuhalten zu klappern.

Arthur trat einen Schritt nach vorne. »Joseph, Sohn von Cuthbert, dem Schreiner«, begann er, und Vera stockte der Atem. Sie hatte zuvor nicht einmal daran gedacht, nach seinem Namen zu fragen.

»Ihr seid des Hochverrats schuldig, da Ihr den König und die Königin angegriffen habt und dabei nicht nur ihr Leben, sondern auch die von unzähligen anwesenden Zeugen in Gefahr gebracht habt. Hiermit werdet Ihr zum Tode verurteilt.« Es gab keine direkte

Benennung der wörtlichen Beschimpfungen, aber das war der Grund, warum ihm keine letzten Worte gewährt wurden.

Lancelots Gesicht war angespannt und sein Ausdruck hart, als er hinter den Mann trat – Joseph – und ihn an der Schulter packte. Dann nickte er Gawain zu.

Dies würde wirklich geschehen. Sie sah Arthurs Bewegung aus den Augenwinkeln und fühlte das Gewicht seines Blickes. Aber Vera konnte den Gedanken nicht ertragen, seinen Hass zu sehen.

Sie redete sich selbst ein, dass es Neugier war, aber in Wahrheit war es Einsamkeit, die dazu führte, dass sie sich ihm zuwandte. In seinen Augen erkannte sie Angst und hatte daraufhin das überwältigende Gefühl, dass er sie brauchte. Nein, nicht sie – Guinevere.

Instinktiv griff sie nach seiner Hand und hätte im letzten Moment gezögert, wenn er sich nicht im selben Augenblick zu ihr bewegt hätte. Die Finger seiner verbundenen Hand trafen auf ihre unverletzten und umklammerten sie fest.

Josephs Heulen wurde lauter und verwandelte sich in Schreie, und der zärtliche Moment war vorbei, wie Nebel, der vom Wind vertrieben wurde.

Gawain legte die linke Hand um Josephs Gesicht, hielt den Nacken unterhalt des Kinns fest an Ort und Stelle. In der anderen Hand hatte er einen silbernen Dolch mit dünner Klinge.

Vera keuchte. Da es keine Guillotine, keine Schlinge, kein großes Schwert gab, hatte sie angenommen, dass die Tat durch Magie erledigt werden würde. Niemals mit einem Dolch. Schweiß rann ihren Rücken hinunter, obwohl es ein kühler Tag war.

»Schließ die Augen«, murmelte Arthur, seine Lippen bewegten sich kaum. »Bitte sieh dir das nicht an.«

Der Schock über diese zärtliche Bitte raubte Vera beinahe den Atem, aber sie musste zusehen. Sie konnte den Blick nicht von dem Mann abwenden, dessen Blut an ihren Händen klebte.

Gawain stach schnell zu, mitten ins Zentrum von Josephs Brust, so tief, bis das Heft des Dolches auf Fleisch traf. Joseph schrie, und es war das Geräusch eines Tieres, das von seinem Jäger erwischt wurde. Er keuchte und zuckte unter dem Griff des Magiers. Mit jedem Zug und jedem Schluchzen schoss Blut aus der Wunde, aber Gawain blieb für einen tiefen Atemzug reglos, bevor er den eigenen Kopf zur Seite riss.

Es war, als hätte diese Bewegung Josephs Lebensfaden komplett durchtrennt. Die Anspannung verließ seine Muskeln, in nur einem Wimpernschlag brach er zusammen.

19

In jener Nacht schlief Vera kaum. Wellen der Angst drangen durch ihre Gedanken, gefolgt von einem Gefühl des Grauens, das so überwältigend war, dass sie es in ihrem rasenden Herzen und dem Pulsieren ihrer Haut spürte. Als sogar ihre Decke vom Schweiß durchnässt war, trat sie sie zur Seite.

Der Tag war schrecklich gewesen, sogar so schlimm, dass selbst Arthur Mitleid hatte. Ihre Gedanken kehrten zu häufig zu dem Moment zurück, indem er ihre Hand gehalten hatte, aber es war eines von zwei Dingen an diesem Tag, die sie in tiefgründigem Entsetzen an die Decke starren ließen.

Das andere war eine Nachricht auf ihrem Nachttisch. Matilda war zu Veras Tür hereingeschlichen, um sie ihr kurz vor Mitternacht zu bringen, unnötigerweise besorgt, dass Vera bereits schlief. Sie stammte von Merlin. Er war zurück. Vera sollte ihn morgen früh in seiner Arbeitsstätte treffen. *Endlich.*

Sie wollte in dem Wissen auf Arthur warten, dass er ihr nach gestern Gehör schenken würde. Sie sehnte sich danach, sich zu entschuldigen und mehr noch, eine echte Unterhaltung mit ihm zu führen. Aber er tauchte nicht auf. Selbst als der Morgen anbrach und Matilda kam, um Vera dabei zu helfen, sich anzukleiden, war die Tür zur Kammer ein paar Zentimeter geöffnet, in genau derselben Position wie letzte Nacht.

Vielleicht hatte sich aber nach heute auch alles erledigt. Vera hatte nicht gefragt, ob sie hier überleben könnte, bis es im Frühjahr wieder möglich wäre, in der Zeit zu reisen. Abgeschirmt durch Schlossmauern und Leute wie Merlin, Lancelot und sogar Arthur, mit nächtlichen Lektüren, die durch wahrhaftige Magie beleuchtet wurden, und Abendessen, die von Erzählungen und Auftritten untermalt waren, kam es ihr eher wie in einem Märchen als an einem realen Ort am Rande der Katastrophe vor – wo ihr Leben in echter Gefahr war.

Aber natürlich war es das. Guinevere war hier ihrem Ende begegnet.

Also würde sie heute auf magische Weise ihre Erinnerungen wiedererhalten, dann … was? Würde sich Vera dann wirklich in einem Kloster auf dem Land verstecken und warten, bis der Winter vorbei war? Sie könnten so tun, als wäre sie gestorben. Das würde gut gehen. Vera verbannte das traurige Gefühl, das sie bei dem Gedanken, Lancelot und Matilda verlassen zu müssen, beschlich. Ihr Leben wäre dann besser, und sie würden Vera schon bald vergessen. Und sie selbst würde nach Hause gehen.

Nach Hause. Die Vorstellung, ihre Eltern zu sehen, war zu schön, um weiter darüber nachzudenken. Wenn sie sich dagegen sich selbst wieder in Glastonbury, so wie sie es kannte, vorstellte … zurück im George, jeden Morgen allein zu joggen, wieder in ihrem unbedeutenden und nicht erinnerungswürdigen Leben. Das war es doch, was sie wollte, also warum fiel es ihr so schwer, sich dies vorzustellen? Vera gehörte nirgendwo hin.

Der Weg zu Merlins Arbeitsstätte war nicht weit, nur die Treppen ihres Turms hinunter an den Wachen, die nun in den meisten Gängen patrouillierten, vorbei und über den Hof, aber kurz hinter der letzten Stufe wurden Vera und Matilda aufgehalten. Denn die ruhige Morgenluft wurde von Schreien zerrissen. Ein Stein senkte sich in Veras Magen. O Gott. Was nun?

Es gab viele Stimmen, die lauteste gehörte einer Frau, es war ein urängstliches Heulen. Bevor Vera einen klaren Gedanken fassen konnte, hatten sich ihre Füße bereits in Bewegung gesetzt und trugen sie in Richtung des Geräuschs.

»Guinevere, warte!«, rief Matilda hinter ihr, folgte ihr aber den ganzen Weg bis in den Thronsaal. Dort standen vier Wachen zusammen mit Arthur und Lancelot im Herzen des Chaos und der schreienden Frau … Vera erkannte sie. Obwohl ihr Gesicht verzerrt war, hielt sie das Baby fest an ihre Brust gepresst. Helene, die Mutter von gestern.

Roger war ebenfalls da, aber hatte sich von Vera abgewandt. Er hielt das Kleinkind mit dem Engelsgesicht. Der Junge wirkte ängstlich, und eine einzelne Träne klammerte sich an sein Kinn, aber seine Augen leuchteten, als er Vera über die Schulter seines Vaters erspähte. Er winkte mit seiner molligen Hand.

Arthur und Lancelot waren zu den Eltern gebeugt, arbeiteten beide daran, Helene zu beruhigen, als Arthur Vera erblickte. Sein Gesicht verdunkelte sich, er packte Lancelot am Arm und schob ihn unsanft in ihre Richtung.

Erst schien Lancelot von der Geste verwirrt, bis er Vera und Matilda sah. Dann eilte er zu ihnen. »Das Baby ist krank.«

»Was meinst du? Wo ist der Heiler?« Als Vera fragte, kam Percival mit Gawain im Schlepptau über den Hof gerannt.

»Das Baby ist *sehr* krank«, erklärte Lancelot. »Komm schon.« Er versuchte sie mit der Hand am Ellbogen wegzudrängen. Vera schüttelte ihn ab.

Gawain eilte schnurstracks zu Helene und nahm ihr das Kind ab. Das Bündel rührte sich kaum, keine Bewegung, als eine winzige Hand schlaff herausglitt. Veras Knie gaben nach und Lancelot fing sie auf. »Ist sie tot?«

Aber dann ballten sich die kleinen Fingerchen zu einer Faust.

Nun, da ihre Arme leer waren, drehte sich Helene um und ihr wilder Blick fand Vera. Ihre Augen veränderten sich, wurden von kalter Wut benebelt. »Was hast du ihr angetan?«, schrie Helene.

»Helene, bitte«, flehte Roger durch seine eigenen Tränen. Arthur versuchte, die Frau zu zügeln, aber sie hatte die Kraft einer wütenden Mutter und marschierte einfach um ihn herum.

Lancelot warf sich nach vorne, um sie aufzuhalten, mit einem verstörten Blick über seine Schulter zu Vera und Matilda.

Er war völlig am Ende seiner Kräfte. Er und Vera hatten während ihrer Läufe so viel Spaß. Sie lachten zusammen. Er verstand sie.

Aber niemals gingen sie tief. Sie redeten nie über ihre Probleme, und nun war dies alles, was ihnen blieb. Vera hatte bereits erwartet, dass es nicht lange dauern würde, bis er genug von ihr hatte, ein bemitleidenswerter Gedanke im Vergleich zu einer Mutter, die dabei war, ihr Kind zu verlieren.

Matilda zog an Veras Arm. »Wir müssen gehen.«

Dieses Mal wehrte sich Vera nicht. Sie folgte Matilda in die entgegengesetzte Richtung, Helene schrie weiterhin hinter ihnen. Vera versuchte, die Worte zu ignorieren, aber sie hallten in ihren Gedanken wider. Sie war egoistisch. Sie war Verderben. Sie war ein Fluch.

Sie zitterte vor Übelkeit und ging weiter, die Augen auf den Boden vor sich gerichtet, denn wenn sie anhalten würde, dann würde sie zusammenbrechen. Wie hatte sie nur je so verblendet sein können, zu glauben, dass sie das hier könnte?

Vera wusste nicht einmal, wo Matilda sie hinführte. Sie schafften es in die Eingangshalle. Vera hörte das Geschnatter von wem auch immer, der dort anwesend war, aber ignorierte es, bis Matilda plötzlich stehen blieb. »Nein«, flüsterte sie entsetzt.

»Was ist los?«, fragte Vera.

»Es ist dein Vater.«

Vera folgte Matildas Blick zu einem schick angezogenen Mann, der mit sicheren Schritten auf sie zukam, eine Ansammlung aus Bediensteten hinter ihm. Sie erkannte ihn nicht, aber dennoch bekam sie es mit der Angst zu tun und musste gegen den Drang ankämpfen, sich zu ducken. Sein Blick war auf Vera gerichtet, er wanderte nicht eine Sekunde zu Matilda.

Dies war Veras erster Blick auf ihren biologischen Vater.

Er war jünger, als sie vermutete, hatte kaum graue Strähnen in den Haaren und nur vereinzelte Stellen in dem feinsäuberlich getrimmten Bart. Vera hatte davon geträumt, ihn kennenzulernen, aber nun wünschte sie sich überall anders zu sein als in seinem kalten Blickfeld. Wünschte sich, dass er nicht so groß und eine so einschüchternde Person wäre. Sie wünschte sich, dass sie nicht sofort und grundlos seine Anerkennung wollte.

»Mein Herr«, begann Matilda, »die Königin hat …«

Die dünne Linie seiner Lippen verzog sich nach unten, und er betrachtete Vera nicht mit hochgezogenen Augenbrauen, sondern mit einem finsteren Stirnrunzeln. »Ich verlange eine private Unterredung.«

Er packte Vera am Oberarm, die Finger gruben sich schmerzhaft in ihre Haut. Sie warf Matilda einen hilflosen Blick über die Schulter zu, als dieser Mann – ihr Vater – sie in einen Seitengang zog, außer Hörweite der Anwesenden.

»Du hast Schande über den Norden gebracht«, spie er ihr entgegen, als er an Veras Arm zog, um sie dazu zu bringen, ihn anzusehen. »Du hast Schande über *mich* gebracht.«

Vera hatte sich immer vorgestellt, irgendwas zu fühlen, wenn sie ihrem Vater begegnen würde. Sie hatte jedoch nie erwartet, vor ihm Angst zu haben. Sein Gesicht war nur Zentimeter von ihrem entfernt, und sie konnte nicht anders, als erfolglos nach etwas Bekanntem in seinen Zügen zu suchen.

»Wulfstan wäre schon schlimm genug gewesen. Und nun höre ich, dass du dich wie eine Dirne aufführst«, knurrte er durch zusammengebissene Zähne, während er sie niederstarrte. Vera stolperte einen Schritt zurück gegen die Wand des Korridors. »Ich schwöre dir, Kind, wenn du deine Ehre verloren hast, werde ich sicherstellen, dass du dir wünschtest, du wärest bei dem Vorfall gestorben.«

Vera starrte ihn sprachlos an, suchte an der Mauer hinter sich Halt.

Dies war nicht die richtige Antwort. Ihr Vater machte einen Schritt zurück und musterte sie angewidert von Kopf bis Fuß. »Du dumme Hure, hast du die Beine breitgemacht?«

Sie hätte dies kategorisch verneinen sollen. Natürlich. Aber sie stotterte bedeutungslos und war nicht in der Lage, seiner Verurteilung standzuhalten, also riss sie den Blick los.

Er packte sie am Kinn und zwang Vera, ihn anzusehen.

Ein tieferer, primitiverer Instinkt als ihr Bedürfnis, ihn zu besänftigen, schoss durch sie hindurch. Vera riss sich los, um auf den Boden zu starren. Sie wusste, dass das ein Fehler war, nur einen Herzschlag, bevor sein Handrücken sie im Gesicht traf. Vera schrie auf, als der Ring, den er trug, sich dabei in ihren Mundwinkel bohrte und es danach immer noch schmerzte.

Seine Ohrfeige hatte dafür gesorgt, dass sie ihn wieder ansah. »Ich habe dich *hierfür* großgezogen. Du musst perfekt sein.« Er packte Vera an den Schultern und schüttelte sie grob. »Du …«

»Lord Aballach!« Arthurs Stimme erklang vom Ende des Flurs, und auch wenn es kein Befehl gewesen war, klang es wie einer. Veras Vater gehorchte, indem er schwieg und von ihr abließ. Als er und Vera zu Arthur blickten, hatte dieser bereits die Entfernung zwischen ihnen geschlossen, aber er stellte sich unangenehm nah an ihren Vater, seine Brust berührte beinahe Aballachs Schulter, als er gereizt ausatmete.

»Legt nie wieder«, sagte er mit einem wütenden Knurren in der Stimme, das Vera überrascht zurückließ, »Hand an meine Frau.«

Aballach machte reflexartig einen Schritt zurück. »Sie ist *meine* Tochter und …«

»Und Eure Königin.« Arthur zitterte vor kaum gezügeltem Zorn. Er stellte sich vor Vera, wandte sich ihr zu und verdeckte so komplett die Sicht auf ihren Vater. Er traf nicht ihren Blick; seine Augen hielten bei ihren Lippen an und verdunkelten sich. Vera berührte die Stelle, an der der Ring sie getroffen hatte und zog dann die Finger zurück. Blut. Sie verspürte Mitleid mit Guinevere – der echten Guinevere –, die bei diesem Mann aufgewachsen war.

»Geh«, befahl Arthur so leise, dass es kaum zu hören war, bevor er sich wieder zu Lord Aballach drehte.

Vera machte sich wegen seiner Einmischung nichts vor. Er musste seine Herrschaft schützen. Dennoch war sie dankbar. Ihr einen Ausweg zu geben, war das Netteste, das er für sie tun konnte. Vera wusste nicht, was geschehen wäre, wenn er nicht interveniert hätte.

Wären keine Wachen an den Toren gestanden, dann wäre sie aus dem Schloss hinaus und immer weitergelaufen. Zu verschwinden, war das Beste, was sie für sie alle tun könnte. Aber ihre Beine trugen sie ohne einen Gedanken zur Kapelle. Aus Gewohnheit nahm Vera an. Sie wanderte zu der Marienstatue und sank zu Boden. Dann zog sie die Knie zu sich, schlang die Arme darum und legte den Kopf darauf. Kleiner konnte sie sich nicht machen.

Vera weinte nicht. Sie starrte reglos auf den Boden. Sie hatte ein Leben lang damit verbracht, ihrem Verstand beizubringen, wie sie sich von der Traurigkeit ablenkte, aber nun gab es nichts anderes. Also starrte sie ins Nichts, während die Last der Verfehlung versuchte, sie zu erdrücken. Dies war schlimmer, als wertlos zu sein.

Als sich die Tür öffnete und Schritte erklangen, presste Vera den Kopf an die Brust und schloss die Augen. Vermutlich war es Thomas. Sie war sich nicht sicher, ob sie gerade eine Unterhaltung mit ihm meistern konnte. Aber er war es nicht.

»Möchtest du, dass ich Lancelot hole?« Arthurs Stimme war weich und sanft. Er musste gesehen haben, wie sie hierhin geflohen war.

Vera riss die Augen auf. Sie erwartete Wut oder Mitleid in seinem Blick zu sehen. Aber die steinerne Maske war in seinem Gesicht verankert. Zorn riss sie aus ihrer Starre.

»Nein«, entgegnete sie. »Ich brauche *dich.*« Sie schämte sich so sehr, dies zugeben zu müssen, und fügte schnell hinzu: »Du musst in der Lage sein, im selben Raum wie ich zu sein. Zu Lancelot zu rennen, hat mich erst in diese missliche Lage gebracht.« Sie ließ die Stirn auf die Arme sinken. »Ich weiß, dass du mich hasst – und gerade hast du jedes Recht dazu. Ich bin schlimmer als eine Betrügerin. Ich habe Guineveres Namen beschmutzt und die Erinnerung an sie auch. Ich habe alles zerstört, was du geschaffen hast. Es – es tut mir leid. Ich kann das nicht. Ich kann das nicht wieder in Ordnung bringen.«

Sie wartete so lange darauf, dass seine Stimme die Stille füllte, dass sie begann zu glauben, ihn sich nur eingebildet zu haben. Sie sah ihn an, komplett ruhig, abgesehen von seinen Schultern, die sich durch die Atmung hoben und senkten. Sein Kiefer ging zur Seite, als er anscheinend einen Entschluss fasste.

»Du hast recht«, bestätigte Arthur, und ein ungutes Gefühl überkam Vera, aber er ging zu ihr und setzte sich auf den Boden neben sie. »Du kannst das nicht wieder in Ordnung bringen. Und du hast es nicht zerstört. Es gibt ein paar Dinge, die du verstehen musst. Was du gehört hast – dass Guinevere uns im letzten Kampf gerettet hat –, das ist wahr. Aber jede Menge Leute starben deswegen. Es funktionierte, weil es so tödlich war, und ganz gleich, was ich auch sagte, sie trug diese Last mit sich.

Ich hätte mich um sie kümmern sollen. Sie beschützen müssen. Aber ich habe sie so oft im Stich gelassen.« Er schluckte und lehnte den Kopf an die Steinmauer, um Vera anzusehen, und es lag nichts Kaltes oder Kalkulierendes in seinem Blick. Nur Schmerz. »Ich dachte, wenn ich mich von dir fernhalte, dann würde es …« Arthur schüttelte den Kopf. »Dass es besser für dich wäre, aber ich habe auch dich im Stich gelassen. Du musst mir glauben: Nichts davon ist deine Schuld. Ich habe alles falsch gemacht. Alles, was in den letzten paar Tagen geschah, war wegen meines Verhaltens. Dies ist mein Versagen.«

»Aber das Baby«, meinte Vera, deren Kehle sich sofort zuschnürte. »Ich habe es gehalten, und nun stirbt das Mädchen. Vielleicht gibt es einen Fluch …«

»Das warst nicht du.«

»Doch, aber …«

»Nein«, unterbrach er entschieden. »Es waren die Dämpfe des Venovum. Das verfluchte Objekt, das dieser Mann auf dich warf. Das hat das Baby krank gemacht. Gawain hatte den Trank, um meine Hand zu behandeln, bereits gebraut. Das Mädchen wird wieder gesund.«

»Wird sie das?«, ihre Stimme zitterte. »Bist du dir sicher?«

»Sieh doch.« Arthur hob seine Hand, damit Vera sie untersuchen konnte. Der Verband war verschwunden. Sie war an ein paar Stellen nur noch leicht rosa. »Gawain beherrscht sein Metier. Dem Baby ging es direkt besser.«

»Oh. Das ist gut. Das ist …« Ihr Atem ging stoßweise. *Verdränge es.* Sie spannte die Muskeln an. *Denk nicht daran.* Vera atmete dreimal tief ein und schluckte schwer.

Sie wollte gerade *»Es geht mir gut«* sagen, als Arthur den linken Arm um ihre Schultern legte und den rechten vorne um ihre Schienbeine schlang und sie damit in die Arme schloss. Vielleicht war es einfach der Schock einer so zärtlichen Geste von ihm, oder vielleicht war es auch die brüchige Barriere, die Vera bei all dem Grauen errichtet hatte, die brach, aber ein Schluchzen rann durch ihren gesamten Körper. Sie wusste nicht, wo die Erleichterung aufhörte und Angst und Traurigkeit begannen. Vielleicht war es alles dasselbe und brach in Tränen aus ihr heraus. Vera ließ den Kopf auf seine Schulter fallen, in diesem Augenblick ungeachtet dessen, was seine Fürsorge bedeutete oder warum er sie ihr schenkte, allein in dem Wissen, dass es sich sicher anfühlte, und sie weinte. Sie vergoss all die Tränen, die sie seit dem Tag, an dem sie ihr Zuhause verlassen hatte, zurückdrängte – und auch ein paar von davor noch.

Es hatte keinen Platz für sie gegeben. Vera war wie die neblige Erscheinung vom Tor geschwebt, und Arthurs Arme hatten sie irgendwie aufgefangen und ihr eine Form, ein Gefäß gegeben, in das sie sich fallen lassen konnte. Er sagte nichts. Erst als ihre Tränen weniger wurden, begann sie, es zu hinterfragen. Es war zu intim, besonders mit ihm. Vera setzte sich auf, und Arthur ließ die Hände wieder in den Schoß fallen.

»Du musst das nicht tun.« Sie wischte sich mit den Fingern die Augen, ein sinnloses Unterfangen, um die Spuren der Tränen wegzuwischen. »Ich bin dankbar dafür, dass du mit mir redest, aber ich möchte nicht, dass du so tust, als könntest du mich leiden.«

»Das tue ich nicht. Ich … ich mag dich recht gern.«

»Nein, das tust du nicht«, protestierte Vera, obwohl sie ihm glauben wollte. »Vielleicht mochtest du sie, aber ich bin nicht sie.«

»Du musst nicht sie sein. Sei einfach du selbst.«

Vera sah ihn finster an, was Arthur aus irgendeinem Grund ein kleines Lächeln entlockte. »Ich habe es irgendwie versucht. Das ging schon zuvor nicht gut.«

Er nickte. »Ich war zuvor ein Riesentölpel.«

Das brachte Vera beinahe zum Lachen. Bisher war es ihr noch

nicht gelungen, seinem Blick standzuhalten oder ihn ohne Maske zu sehen. »Ich weiß nicht, wie das gehen soll«, gestand sie.

»Ich auch nicht.« Seine Hand zuckte, und Vera glaubte, dass er sie hatte vielleicht nach ihr ausstrecken wollen, aber nun schien er zögerlich, sie zu berühren. Sein Gesicht war starr, und er senkte den Blick auf ihr Kinn. »Es tut mir leid. Ich schulde dir jede Menge Entschuldigungen. Ich verdiene deine Vergebung nicht, aber ich muss das in Ordnung bringen. Ich sehe keine andere Möglichkeit, zumindest nicht in der Öffentlichkeit, als dich zu bitten, meine Liebkosungen auszuhalten, … um dich vor schlechter Behandlung zu schützen und damit es für das Königreich gut aussieht. Und …« Sie war erleichtert, als er wieder ihren Blick traf, auch wenn Traurigkeit sein Gesicht überzog. Zumindest war sie echt. »Und im Privaten würde ich dir Freundschaft bieten, falls du das möchtest. Ich mache dir aber keine Vorwürfe, wenn du das nicht willst.«

»Das ist alles, was ich von dir will. Es war die ganze Zeit alles, was ich wollte.«

»Es tut mir leid«, sagte er wieder.

Er rieb sich die rechte Hand, wo die Knöchel immer noch geschwollen und schrecklich rot waren. Vera hatte nicht realisiert, dass Verbrennungen solche Schwellungen hinterließen. Aber … es war seine linke Hand gewesen, die von dem Ei getroffen worden war. Und darauf waren nur noch rosa Flecken, wo einst die Blasen waren.

»Was ist mit deiner Hand passiert?«

»Oh. Ähm …« Er versuchte sie an seiner Seite zu verstecken, aber Vera griff schnell danach.

Die Knöchel waren geschwollen, besonders am Zeigefinger, sodass Vera bereits bei einer leichten Berührung eine Schwellung spüren konnte. »Was ist passiert?«, fragte sie wieder.

Er schürzte die Lippen. »Nun. Ich, ähm, habe die Beherrschung verloren. Gegenüber deinem Vater.«

»Wie würde das …« *Oh.* Ihre Lippen formten den Laut, auch wenn sie ihn nicht von sich gab. »Du hast ihn geschlagen?«

Er zog die Hand zurück und führte sie wieder an die Seite. »Ähm. Ja.«

»Hm.« Sie versuchte ein Grinsen zu unterdrücken, dasselbe kribblige Gefühl, welches sie hatte, als er sie gegen Wulfstan verteidigte, erblühte in ihrer Brust, bevor sie sich daran erinnerte, dass es um seine Herrschaft ging. Nicht, weil sie ihm wichtig war.

Ihm schien aufgefallen zu sein, dass sich ihr Gesichtsausdruck verändert hatte. »Macht dich das traurig?«

Vera wusste nicht, wie sie darauf antworten sollte. »Es war das erste Mal, dass ich meinen biologischen Vater getroffen habe.« Sie wusste nicht, warum sie ihm das erzählte, außer dass es wichtig schien, dass *irgendjemand* darüber Bescheid wusste. »Ist er immer so?«

»Leider ja. Er ist …« Arthur schüttelte den Kopf. »Er ist ein Arsch. Guinevere erzählte mir, dass sie keine glückliche Kindheit hatte.«

»Was hat er gesagt?«, fragte Vera.

»Hm?«

»Was hat er gesagt, das dich dazu brachte, ihn zu schlagen?« Vera zwang sich, ihre Stimme locker zu halten, aber sie wollte es unbedingt wissen.

»Oh.« Arthurs Blick hob sich zur Decke. »Es war nichts.«

Vera schnaubte. »Nimm keine Rücksicht auf meine Gefühle. Erzähl es mir.«

Arthur seufzte, und seine Wangen färbten sich rot. »Er meinte, ich sollte dich schwängern, um dich zu zähmen.«

Ein Prickeln breitete sich in Veras Brust aus. »Das hat dich dazu gebracht, ihn zu schlagen?«

»Voll in die Fresse«, bestätigte Arthur. Er sah auf ihre Lippen, und Vera tastete instinktiv nach der verletzten Stelle, die immer noch brannte. »Es schien nur fair.«

20

Lancelot fand sie beide in der Kapelle auf Geheiß von Veras Vater und den Lords aus der Gegend, die eine Unterredung mit Arthur wollten. Arthur bot an, Percival stellvertretend zu schicken, aber Vera beharrte darauf, dass es ihr gut ging. Sie wussten alle, dass es Arthur war, der gebraucht wurde. Vera hatte vor, danach allein zu Merlins Arbeitsstätte zu gehen, entschlossen, ihre Sitzung nicht weiter zu vertagen, aber Lancelot schloss zu ihr auf, anstatt Arthur zu folgen.

»Wirst du nicht gebraucht, was immer da für Diplomatie stattfinden wird?«, erkundigte sich Vera.

»O nein«, sagte er schnell. »Arthur kann das viel besser. Ich muss nicht erst die Beherrschung verlieren, um zuzuschlagen.«

Sie ging davon aus, dass er sich an Merlins Turm von ihr verabschieden würde, aber er folgte ihr hinein und sah sie erwartungsvoll an, als sie auf der anderen Seite der Schwelle stehen blieb.

»Du hast mich sicher hierhergebracht«, erklärte Vera. »Du musst mich nicht bis ganz nach unten begleiten.«

»Oh, ich begleite dich nicht nur. Ich bleibe.«

Sie war sich so sicher, dass all die Probleme, die sie verursacht hatte, dafür sorgen würden, dass er das Weite suchte. »Du möchtest bestimmt lieber mit den anderen Rittern üben oder …«

»Guinna«, unterbrach Lancelot sie ernst. »Ich *will* hier sein.«

»Nur wenn du dir sicher bist …«

»Das bin ich. Ich bestehe darauf.« Seine Intensität verging, als sich ein flüchtiges Grinsen auf seine Lippen stahl. »Für den Fall, dass jemand Merlin schlagen muss.«

Auf den ersten Blick hin schien Merlins Arbeitsstätte noch gleich zu sein: Kuriositäten baumelten an Haken, stapelten sich in den Regalen, waren in Körbe gestopft. Es war angenehm unaufgeräumt, irgendwie doch geordnet, und erweckte nur den Anschein eines heillosen Durcheinanders – außer einer Insel des reinsten Chaos, die sich in der Mitte des Raums befand und das vereinnahmte, was einst Vivianes Schreibtisch gewesen war. Zerknülltes Pergament und weggeworfener Müll lagen auf dem Boden verteilt. Der Tisch war in eine behelfsmäßige Festung verwandelt worden, geschützt von Stapeln dicker Wälzer, die sich an den Rändern auf drei Seiten erhoben, und zum Teil auch auf der vierten, womit nur eine Lücke zurückblieb, in der Gawain arbeitete. Nun, mal angenommen, es war Gawain. Das einzige, was durch die Lücke in der Bücherwand zu sehen war, waren die Beine eines Mannes in einer Robe.

Vera stellte sich vor, die Schreibtischfestung durch ein handgeschriebenes *Draußen bleiben!*-Schild zu komplettieren, und lächelte – bis sie Merlins Blick über dem Küchenbereich traf. Sie hatte sich unzählige Dinge vorgestellt, die er zu ihr sagen würde, darüber, wie sauer er vielleicht war. Enttäuscht von ihr. Sie hatte sich gefragt, ob er Mitleid haben würde.

Aber er wirkte einfach nur etwas ängstlich, was vielleicht noch schlimmer war als die Alternativen. Er beschäftigte sich, vermischte vorsichtig Zutaten auf dem Tisch. Lancelot ließ sich auf Merlins Stuhl fallen, ging sogar so weit, den dicken Wälzer auf der Arbeitsfläche zu öffnen und durch die Seiten zu blättern.

»Was tust du da?«, knurrte Merlin, als er dies bemerkte.

»Lesen«, entgegnete Lancelot unschuldig. »Merlin, was ist …«, er beugte den Kopf dicht an das Buch, »das vertretbare Übertragungsprotokoll?«

Der obere Teil des Kopfes und die zwei Augen reichten kaum über die Festungswand, als Gawain sich aufsetzte und Lancelot anblinzelte, sein Interesse war geweckt.

»Hallöchen«, grüßte Lancelot ihn. »Ich war mir nicht sicher, ob Ihr es seid, der sich da drin versteckt.«

»Ich werde gehen«, erklärte Gawain. »Mir wurde mitgeteilt, dass dies eine private Angelegenheit ist.«

Lancelot lächelte freundlich, als er die Hände auf der Tischplatte vor sich verschränkte.

»Dennoch bleibt *Ihr*«, fügte Gawain mit nicht gerade wenig Missfallen hinzu.

Lancelots Grinsen wurde noch breiter.

Merlin durchquerte den Raum und schlug das Buch zu. Lancelot hatte kaum genug Zeit, sich zurückzulehnen, damit seine Nase nicht zwischen den Seiten zerquetscht wurde.

»Der König hat es befohlen, Gawain«, sagte Merlin.

»Da habt Ihr es.« Lancelot warf die Hände in gespielter Frustration in die Luft. »Ich bin auf Befehl hier. Es gibt nichts, was ich dagegen tun kann.«

Gawain neigte den Kopf nach vorne und funkelte Lancelot mit gesenkten Augenbrauen wütend an. »Ich finde Euch nicht amüsant.«

Dies schien Lancelot nur noch mehr zu freuen. »*Das* ist eine Schande.«

»Wir sollten vor dem Abendmahl fertig sein«, unterbrach Merlin den Austausch und beendete damit die Unterhaltung.

Gawain starrte auf Merlins Hand – aber nein … Vera konnte sehen, dass er eine Glasampulle hielt. Er bewegte seine Hand so, dass die Finger das Gefäß verdeckten, und zog damit Gawains

Aufmerksamkeit wieder nach oben, als der ältere Magier den Kopf in Richtung Tür neigte.

»Natürlich«, meinte Gawain schnell, die Stuhlbeine kratzten über den Boden, als er sich von seinem Platz erhob, ein rechteckiges Stück Holz in einer Hand. Vera fiel dies nur auf, weil sie auf den ersten Blick hin dachte, dass es sich dabei um ein Handy handle. Es hatte genau die richtige Größe. Aber Gawain steckte was auch immer es war in die Tasche seines Umhangs und marschierte zur Tür, ohne Vera zu grüßen oder sich von ihr zu verabschieden. Sie war sich nicht einmal sicher, ob er sie überhaupt bemerkt hatte.

»Er ist ein guter Junge«, meinte Merlin. Dann seufzte er und schüttelte den Kopf. »Ich werde mir bald etwas einfallen lassen müssen, um ihm zu erklären, was hier vor sich geht. Er ist unheimlich scharfsinnig.«

»Oh ja«, meldete sich Lancelot, der entspannt auf Merlins Platz Däumchen drehte. »Er hat wirklich ein Händchen für jedes noch so kleine Detail.«

Auch Merlin war nicht sonderlich begeistert über Lancelots Anwesenheit. Ihre Dynamik entsprach der eines Kleinkindes, welches die Verärgerung seines Erziehungsberechtigten spürte und dann gnadenlos auf dieser Schwäche herumritt.

Er gluckste, als Merlin sich das geschlossene Buch schnappte und wegdrehte.

Stopp!, dachte sich Vera gereizt, aber lächelte auch. Sie war nervös. Lancelots Unfug war eine willkommene Ablenkung.

Merlin führte sie zu den Badebecken in der dunkelsten Ecke seiner Kammer. Dieses war größer, als es zunächst gewirkt hatte, und hatte die unheimliche Form eines Sargs. »Wir werden es mit einer erweiterten Form des sensorischen Entzugs versuchen«, erklärte Merlin.

»So als würdest du mich in Trance versetzen?«, wollte Vera wissen.

»Es dient dieser Funktion und noch ein paar anderen. Mit der Hilfe von Magie durch einen Trank werden deine normalen Gehirnströme beinahe stillgelegt. Das führt dazu, dass der unterbewusste Teil deines Verstandes übernimmt.«

»Und wie wacht sie daraus wieder auf?«, mischte sich Lancelot nun ein, als er das Becken betrachtete und die Finger über die Wasseroberfläche gleiten ließ. Das war eine gute Frage. In dem unbewussten Teil ihres Verstandes festzustecken, wäre eine ganz eigene Form der Folter.

»Hauptsächlich wird es von allein vonstattengehen«, erklärte Merlin, »aber wir können auch eine Grenze ziehen, und ich kann sie zurückholen, wenn sie diese überschreitet.«

»Und es wird ganz sicher funktionieren?«, hakte Vera nach.

Merlin wackelte mit dem Kopf. »Es ist die weniger invasive Option. Ich glaube nicht, dass die Blockade in deinem Geist bereits genug gelöst wurde. Dies sollte dabei helfen. Ich kann nicht mit Sicherheit versprechen, dass es eine Erinnerung aus deinem vorherigen Leben preisgibt, aber es wird etwas von deinem Unterbewusstsein enthüllen. Zumindest wird es ein Schritt in die richtige Richtung sein.«

Angst überkam Vera. Es gab viele verborgene Dinge, die sie lieber nicht berühren wollte, aber ihr Wille an Guineveres Erinnerungen heranzukommen, war stärker. Sie warf Lancelot einen schnellen Blick zu. Er hatte aufgehört, Witze zu reißen, und starrte sie nun mit einem angespannten Lächeln und stirnrunzelnd an. Wenn er hier wäre, dann würde es ihr gut gehen.

»Also gut«, meinte sie.

Merlin zog ein schweres weißes Gewand hervor, das Vera an eine Chorrobe erinnerte. Sie zögerte nicht, als sie Lancelot bat, die Schnürung ihres Kleides zu lockern (obwohl Merlin die Lippen schürzte und kaum wahrnehmbar den Kopf schüttelte), bevor sie hinter eine

Abtrennung trat, um sich allein umzuziehen. Als Vera zurückkehrte, reichte Merlin ihr eine kleine Flasche und eine dicke, schwarze Schlinge aus Stoff.

»Wenn du bereit bist, einzusteigen, trink das. Du hast dann fünfzehn Sekunden, bevor deine bewussten Gedanken verschwinden. Dies sollte genug Zeit sein, um sicher ins Wasser zu steigen, dich hinzulegen und die Augenmaske aufzusetzen. Sobald du den Trank zu dir genommen hast, können wir dich nicht mehr berühren, oder die Auswirkungen werden zunichtegemacht. Ich bin bereit, wenn du es bist.«

Lancelot drückte Veras Schulter. »Hoch die Tassen, meine Liebe«, scherzte er, als er sich neben das Becken kniete.

Vera starrte auf die handflächengroße Ampulle in ihrer Hand. Es war nicht mal ein Schnapsglas voll, also atmete sie tief ein und trank den Inhalt dann auf ex wie Wodka. Er hatte keinen Geruch – keinen Geschmack, obwohl ihre Kehle taub wurde, während die Flüssigkeit hinunterlief.

Vera kletterte in das angenehm warme Wasser und zog die Augenbinde über, als sie sich zurücklehnte. Das Wasser ließ sie schwerelos werden, ihre Beine schwebten über der Unterseite des Beckens, und nur ihr Gesicht durchbrach die Wasseroberfläche.

»Das Salz und der Trank, die ich dem Wasser hinzugefügt habe, fühlen sich vielleicht merkwürdig an«, meinte Merlin. Das Gefühl, das sich auf Veras Haut ausbreitete, war angenehm prickelnd. Sie hörte die Worte des Magiers wie aus großer Entfernung, und als sie weiter weg glitt, kam ihr ein letzter bewusster Gedanke: Sie hörte die Worte, dieselben Worte wie jedes Mal, wenn sie einschlief. Es hatte während ihrer Reise zurück in diese Zeit begonnen und kam seitdem täglich vor, aber sie konnte sich nicht mal einen Moment später mehr daran erinnern … wie ein Radiergummi, der sie auslöschte, sobald sie sie gehört hatte und nur eine unreine Spur hinterließ, der einzige Beweis, dass sie überhaupt gesagt worden waren. Und da kamen sie.

»Ishau mar domibaru.«

Veras Gedanken wurden vernebelt, Verstand und Fantasie vermischten sich. Und die Worte waren verschwunden. Die ganze Welt bestand aus Dunkelheit.

Bis sie es nicht mehr tat.

Vera war barfuß in einem Feld. Sie fühlte das Stechen der Steinchen und die Kratzer des trockenen Grases an ihren Zehen. Niedrige Hügel zierten den Horizont in der Ferne, und zwischen ihr und den Bergen floss der Nebenarm eines Flusses, und näher noch war ein Feld übersät mit spindeldünnen gelben Blumen, die ihr bis an die Knie reichten. Hunderte davon. Sie winkten ihr zu, als sie sich vor- und zurückbewegten. Vera hörte das Gluckern des Bachs und spürte, wie ein Windhauch ihre Wangen küsste. Der süße Duft von Leben, das sich den Weg aus der Erde bahnte, war stark, aber es mischte sich ein zweiter Geruch von ranziger Fäulnis darunter. Und der Klang der Geräusche veränderte sich.

Es begann sanft mit dem Rauschen des Wassers, aber hob sich dann ab, weil die beiden Klänge nicht zusammenpassten. Das Geräusch wurde immer lauter, bis Vera den Fluss kaum noch hören konnte.

Schreie. Schreckliche Schreie, die keine Worte benötigten, aber um Hilfe riefen. Vera drehte sich schnell um, und jegliches bisschen Luft verließ ihren Körper, denn da war ihre Mutter. Allison kniete in dem Blumenfeld, die Hände um ihren Bauch geschlungen, und sie heulte, Blut schoss durch ihre Finger.

Vera rannte zu ihrer Mutter. In Allisons Gesicht spielten sich eine Abfolge von Emotionen ab, von der Angst, die sie fühlen musste, bis zur Ablehnung, dass Vera da war, und dann eine unerschütterliche Zuversicht, wie sie nur eine Mutter ausstrahlen konnte, und dann –

ihr Gesicht … schimmerte, als wäre es unter Wasser. Es war nicht mehr Allison. Einen Augenblick lang starrte Vera in ihr Spiegelbild. Dann schimmerte es wieder.

Die neue Frau war eine Fremde, aber ihr Ausdruck änderte sich in den drei Durchläufen nicht. Dennoch war sie genauso real. Veras Schluchzen begleiteten ihr eigenes, ihr Herz war genauso gebrochen wie das von Allison. So viel Blut schoss aus der klaffenden Wunde. Vera hatte nicht gewusst, dass Blut so dickflüssig sein konnte. Als es gerann, war es beinahe lila.

Vera drückte ihre Hände auf die Wunde, aber sie waren zu klein, oder die Verletzung war zu groß. Ihre Finger glitten durch die glitschige Unordnung aus Blut. Ihre Hände waren innerhalb von Sekunden eingefärbt, und das einzige Geräusch waren Schreie, jedoch ihre eigenen, denn die Frau schwieg. Alles, was sie sehen, riechen und fühlen konnte, war Blut, und der scharfe, rostige Geruch überwältigte sie.

Vera riss die Augen auf und erhob sich keuchend aus dem Becken. Eine Hand packte ihr Handgelenk, und eine weitere lag auf ihrer Schulter.

»Du darfst sie nicht berühren!«, schimpfte Merlin.

Vera riss die Augenbinde herunter. Die Hände auf ihr gehörten zu Lancelot. Sein Atem kam stoßweise. »Du hast geschrien«, berichtete er.

Sie hatte keine Zeit, ihn zu beruhigen. Vera packte Merlins Handgelenk. »Es ist meine Mum … Ich sah sie sterben. Ich muss zurück. Ich muss …«

Merlin legte die Hände an beide Seiten ihres Gesichts. »Guinevere«, begann er streng, aber nicht unfreundlich. »Allison geht es gut. Nichts ist ihr zugestoßen. Du hast geträumt. Es ist nichts Ungewöhnliches, während des Prozesses einzuschlafen.«

Sie schüttelte protestierend den Kopf, selbst als sie sich daran erinnerte, dass Allisons Gesicht sich verändert hatte. Alles andere war real gewesen.

»Ihr Gesicht hat sich auch in meins verwandelt. Meinst du … ich habe mich an Guineveres Tod erinnert … an Vivianes vorherigen Angriff?«, fragte Vera.

Lancelots Griff an ihrer Schulter wurde fester, als Merlin den Kopf nachdenklich schräg legte. »Wo war die Wunde?«

Vera zeigte auf die Stelle auf ihrem Bauch.

Merlin schüttelte den Kopf. »Nein. Nein, das ist es nicht.« Ein Schleier legte sich über seine Augen, als würde er nichts mehr vor sich sehen. Er schwieg so lange, dass es Vera überraschte, als er redete. »Deine vergangene Verletzung war im Herz. Du hast geträumt. Es war ein Albtraum.«

Es hatte sich nach mehr als nur dem angefühlt. Vera legte die Stirn an den Rand des Beckens, und Lancelot massierte ihr den Nacken. Sie atmete langsam und zitternd ein. *Verdränge es*, wies sie sich selbst an. Noch ein tiefer Atemzug, dieser stabiler als die Erinnerung an das, was sie gesehen hatte, verging. Noch einmal einatmen, gleichmäßig und tief. Sie hob den Kopf und traf Lancelots wachsamen Blick.

»Es geht mir gut«, sagte sie.

»Sollen wir es noch einmal versuchen?«, erkundigte sich Merlin.

Vera antwortete »Ja«, während Lancelot ein »Nein« bellte.

»Es fühlt sich gefährlich an. Das gefällt mir nicht«, knurrte er durch zusammengebissene Zähne.

»Ich habe geschlafen«, beharrte sie. »Es geht mir gut.«

Er presste die Lippen zusammen und schüttelte den Kopf.

»Ich muss das tun«, erklärte Vera. »Nach den letzten paar Tagen musst du das verstehen.«

Sie glaubte, dass er widersprechen wollte. Wenn er das tat, dann könnte es sein, dass er sie überzeugte, ihre Meinung zu ändern. Sie wollte das nicht noch einmal tun, aber sie musste.

Vera nahm seine Hände, löste sie von sich und platzierte sie entschieden auf dem Beckenrand. »Es wird gut gehen.«

»Wir müssen etwas mehr von dem Trank verwenden«, unterbrach Merlin. »Um dich wieder untertauchen zu lassen.«

Angst breitete sich in ihrem Magen aus. »Können wir es ohne versuchen?«

Merlin drückte ein zweites Fläschchen in ihre Hand, als er antwortete: »Das wird nicht funktionieren. Du wurdest berührt.«

Es war ein gezielter Schlag, der den von ihm gewünschten Effekt hatte. Lancelot senkte den Blick. Vera wollte nicht, dass er sich schuldig fühlte.

»Es macht mir nichts aus.« Vera trank schnell den Inhalt der zweiten Ampulle. Dieses Mal dachte sie nicht daran, sich hinzulegen, und die Augenbinde war kaum angebracht, da kamen auch schon die Worte. In den letzten paar Sekunden bevor ihr Bewusstsein sich auflöste, verspürte sie Beklemmung. Etwas stimmte nicht.

Vera war wieder in dem Feld. Die sterbende Frau trug das dritte Gesicht: die Frau, die Vera sofort erkannte, die ihr aber im nächsten Atemzug fremd vorkam. Dieses Mal stellte sie fest, dass sie in die Morgensonne starrte. Sie war zu grell. Als Vera wie zuvor zu der Frau ging, fühlte sich das Gras unter ihren Füßen, das zuvor sanft an ihren verwitterten Sohlen gekitzelt hatte, scharf wie Glasscherben an.

So betrachtet, war alles … *mehr,* als es sein sollte: Die Farben waren übersättigt, die Kanten schärfer, die Gerüche überwältigend.

Es war alles schlimmer.

Als die Frau heulte, zerrissen ihre Schreie Veras Trommelfell so sehr, dass sie glaubte, wenn sie ihre Ohren berührte, Blut zu sehen. Die Angst der Frau vor dem Tod, die sie so fest im Griff hatte, die Versuche der Frau, stark zu sein, ihr Wimmern … es war alles so unerträglich, dass Vera viel verzweifelter versuchte zu helfen als zuvor. Sie zerriss ihren Rock, um den Stoff als Kompresse zu nutzen, aber es war nicht genug – sie trug nur ein leichtes Sommerkleid. Vera presste es dennoch auf die Wunde. Der Gestank von Blut war so überwältigend, dass er Veras Zunge bedeckte und sie zu würgen und stottern begann.

Hilflos und geschlagen legte sie sich auf den Boden neben die Frau, deren Atmung langsam aussetzte, bis Vera nur noch auf die leere Hülle eines Menschen blickte. Sie schloss die Augen. Irgendwas würde nun geschehen. Das musste es. Und wenn nicht, könnte Merlin sie zurückholen. Wenn Vera die Augen öffnete, würde es weg sein.

Sie atmete tief durch die Nase ein, erleichtert, nur die frische Luft zu riechen und nicht den Gestank von Blut, und dann öffnete Vera die Augen.

Sie war immer noch in dem Feld.

An der Stelle, an der sie die beiden Male zuvor gestartet war. Sie drehte sich um, und da war es.

Die Frau, ihre Hände auf den Bauch gepresst. Blutend.

Es begann von vorne.

Vera konnte nichts tun, außer es erneut zu durchleben in dieser Hyper-Lebendigkeit, die die Szene, die bereits so real war, noch echter machte. Sie war auf den Knien, packte die Haare, unsicher, ob die Schreie in ihren Ohren ihre eigenen oder die der sterbenden Frau waren.

Als die Schreie endeten, der Geruch verschwand und der einzige Klang der Wind war, der die Luft durchschnitt, wagte es Vera, die Augen zu öffnen.

Wieder. In dem Feld. Und noch zwei weitere Male danach.

Es war Folter.

Das nächste Mal erhob sich Vera nicht einmal mehr. Sie rollte sich auf dem Boden zu einem kleinen Ball zusammen und schrie ins Nichts, in die Leere der sinkenden Verzweiflung, dass etwas mit dem Trank nicht gestimmt hatte und sie dazu verdammt war, diese schrecklichen Momente so lange wieder zu durchleben, bis sie ihren Verstand verlor und es nichts mehr für sie zu tun gab.

Also war es ein Schock für Vera, als der Kreislauf durch eine ganz kleine Verschiebung brach.

Es lag eine Hand in ihrer. Wie ein verlorener Tiefseetaucher, der ein rettendes Seil fand, führte es sie aus dieser schrecklichen Wiederholung. Im nächsten Moment war Vera woanders.

Die Hand hielt ihre immer noch fest, als sie an dem Fluss entlanggingen. Vera konnte es sich nicht erklären, aber es war, als hätte das Gefühl seiner Hand einen Geruch, und sie wusste, ohne hinzusehen, dass es Arthur war. Sie drehte sich zur Bestätigung um, und da war er, sein Gesicht vor Nervosität angespannt, als er auf den Horizont starrte. Vera wusste auf entfernte Weise, dass sie einander nicht lange gekannt hatten. Ein Blick nach hinten schenkte ihr weitere Beweise: Ihr Vater und Merlin folgten ihnen mit etwas Abstand. Aufpasser. Merlins Gegenwart löste einen Strom an Gefühlen aus – Guineveres Gefühlen. Er war der Einzige, dem sie vertraute. Er war derjenige, der sich um sie sorgte, wie es ihr Vater nie getan hatte.

Ein Blitz. Der Fluss war verschwunden. Sie waren im Thronsaal, um Hof zu halten. Guinevere hatte etwas gesagt, das Arthur amüsant fand. Er drückte ihre Hand und schenkte ihr ein gerissenes Lächeln.

Dann waren sie im großen Saal. Vera erkannte die Männer der königlichen Wache um einen Tisch in der Mitte versammelt – nicht der auf dem Podium, und auch sonst schien keiner er selbst zu sein. Lancelot hing zusammengesackt auf einem Stuhl; das Einzige, was seinen Kopf davon abhielt, auf die Tischplatte zu knallen, war die Art und Weise, wie er in seiner Hand lag. Seine Haare waren ungekämmt, und die Augenlider schien es einiges an Kraft abzuverlangen, dass er sie offen halten konnte. Vera hatte Mitleid, aber es war nicht ihre

Erinnerung – es war Guineveres. Und Guinevere empfand ihm gegenüber die seltsamste Welle des Ekels.

Lancelot war nicht der Einzige im Raum, der erschöpft war. Ein anderer älterer Mann mit welligem silbernem Haar, ungekämmt und lose, döste in seinem Stuhl und schnarchte dabei leise. Die wach genug waren, trugen schwermütige Ausdrücke auf den Gesichtern. Percival nagte an seinem Daumennagel, während er auf eine Karte, die vor ihnen ausgebreitet war, starrte, und die Art, wie sein Blick zu ernst zu nehmenden Anführern im Zimmer glitt, bestätigte ihre Angst. Randall hatte auf seinem Platz in der Ecke einen geisterhaften Ausdruck der Resignation im Gesicht. Und andere waren zwischen den ihr so vertrauten Gesichtern. Zwei weitere Männer und Frauen ihnen zur Seite wirkten fokussiert und verzweifelt. Vera wandte sich zu Arthur um. Auch er betrachtete die Karte, sein Gesicht war hart und entschlossen. Unter dem Tisch hielt er jedoch Guineveres Hand. Sie rieb diese mit ihrem Daumen, eine beruhigende Geste in diesem Moment, der hoffnungslos schien.

Es war das Ende des Krieges – auf die eine oder andere Weise würde alles bald vorbei sein. Sie hatten unzähligen Invasionen standgehalten, und die größte würde nun kommen. Die Gesichter im Zimmer waren eine Auswahl von Arthurs Streitkräften. Selbst die Besten unter ihnen hatten nur noch wenig zu geben.

Das Gefühl des Wissens durchfuhr sie wie ein Blitz. Guinevere wusste, was zu tun war – Vera konnte dies in ihren Gedanken abrufen, aber nicht tiefer vordringen … konnte nicht wissen, *was* sie dachte.

»Ich habe eine Idee«, meinte Guinevere. Veras Stimme sagte dies.

Der Raum verschwand. Sie lag im Bett, und Vera wusste nicht, wieso, aber sie fühlte das, was Guinevere fühlte, und es machte ihr Angst. Selbst in ihren dunkelsten Momenten, selbst an dem Tag, als … als … ah. Wie lautete noch sein Name? Sie hatte ihn geliebt, und er war gestorben. Vera wurde übel, als ihr und Guineveres Leben in ihr drin konkurrierten.

Dann fiel Vera der Name ein. Selbst an dem Tag, als *Vincent* gestorben war, hatte sie keine so große Verzweiflung empfunden. Arthur saß neben ihr am Bett, seine Hand in ihrer, die Augen mit Reue und einem seltsamen Glimmer der Ehrfurcht erfüllt.

Die Ecken verschwammen, als würde die Nacht über die Vision hereinbrechen. Vera fragte sich, ob dies bedeutete, dass die Wirkung des Tranks nachließ. Dunkelheit schloss sie von allen Seiten ein, bis ihr inneres Auge nur noch ein nadelkopfgroßes Licht erkennen konnte – und dann nichts. Das Gefühl kehrte in ihren erwachenden Körper zurück.

Vera setzte sich keuchend und hustend auf, die letzten Spuren der Vision waren verschwunden, außer einem Teil, der blieb: Ihre Hand war nicht leer.

21

Vera riss sich die Augenmaske vom Gesicht.

Arthur kniete neben dem Becken, hielt ihre Hand, die Ärmel seiner Tunika waren bis zum Ellbogen nass. Warum hatte er sie nicht hochgekrempelt? Veras Hirn fühlte sich benebelt an. Träumte sie immer noch – erinnerte sich – an was auch immer?

Wasser tropfte von ihren klatschnassen Haaren in einem leisen Rinnsal, und für einen Augenblick war dies das einzige Geräusch. Arthur und Vera starrten einander an. Sie wollte ihn fragen, was er hier machte, aber konnte den Gedanken nicht in Worten formulieren. Irgendetwas in ihr stimmte nicht.

»Du bist da?«, presste sie mit viel Kraft hervor, überrascht über das Kratzen ihrer Stimme. »Wie?« Vera schluckte und räusperte sich, bemerkte dabei, dass sich ihre Kehle rau anfühlte.

»Ich – hatte das Gefühl, dass ich es sollte«, erklärte Arthur. Seine Augen suchten ihre. Sie verstand nicht, warum er so ängstlich aussah.

Aber auch der andere Mann wirkte so. Ihr Freund. Es war dumm. Vera konnte sich nicht an seinen Namen erinnern. Sie kannte ihn … natürlich tat sie das. »Das zweite Mal war es anders«, berichtete der Mann nun. *Lancelot*. Das war sein Name. »Du hast eine halbe Stunde am Stück durchgeschrien.«

Dann bemerkte sie Merlin neben Arthur in der Nähe ihres Kopfes. Eine dünne Schweißschicht lag auf seinen Augenbrauen, ein Tropfen davon löste sich und rann am Gesicht hinunter. Vera hatte den Magier bisher nie schwitzen sehen.

»Was ist passiert?«, fragte Merlin. »Erinnerst du dich, was so schrecklich war?«

Vera wischte sich das Wasser mit der freien Hand aus dem Gesicht. Sie ließ Arthurs Hand nicht los. »Ich …« Sie wollte ihnen von dem Feld erzählen und davon, wie es aufgehört hatte, aber es kostete so viel Kraft, Worte zu formen. Zu viel.

»Ich glaubte festzustecken«, war alles, was sie hervorbrachte.

»Du *bist* festgesteckt«, entgegnete Lancelot, dessen Augen unüblich wild und groß waren, das Hemd hatte nasse Flecken. »Wir haben beide versucht, dich nach ungefähr zehn Minuten zurückzuholen. Haben dich regelrecht geschüttelt, um ehrlich zu sein. Merlin hat dich mit Magie attackiert. Du hast einfach weitergeschrien. Nichts hat funktioniert, bis …« Er sah zu Arthur.

»Seine Hoheit kam, nachdem wir alles versucht hatten, und zwar zwei Mal«, endete Merlin. »Als er deine Hand nahm, hast du aufgehört zu schreien, dennoch bist du nicht aufgewacht, wie es hätte sein sollen.« Sein müdes Gesicht schimmerte hoffnungsvoll. »Hast du dich an irgendwas erinnert?«

Der Nebel, der davon stammte, dass sie sich in zweierlei Gedanken gleichzeitig befand, lüftete sich langsam, und deshalb kam Veras Antwort schnell und sicher. »Ja. Ich erinnere mich.«

Abgetrocknet und angezogen, saß sie mit den drei Männern um Merlins Tisch. Dieser hat vorgeschlagen, dass sie sich in die Nähe des Feuers setzten, aber Vera war bei der bloßen Idee beinahe umgekippt. Sie schwitzte, seit sie aus dem Wasser gestiegen war, und ihre Haut brannte wie verrückt. Zumindest hatte sich der geistige Nebel beinahe komplett aufgelöst. Als sie zu sprechen versuchte, kamen die Worte. Also erzählte Vera den Männern, was sie gesehen hatte.

»Das war vor dem finalen Kampf«, meinte Arthur, als sie zu der Szene im großen Saal gekommen war.

Lancelot atmete laut aus. »Nicht unser bester Tag.«

Die Erinnerung daran, dass Guinevere ihn ablehnte, stürmte auf Vera ein. »Sie mochte dich nicht«, sagte sie daher.

»Nein«, stimmte er mit einem traurigen Lächeln zu. »Das tat sie nicht.«

»Ich dachte, ihr beiden kanntet euch kaum«, murmelte Vera. »Warum mochte sie dich also nicht?«

Er zuckte mit den Schultern, und seine Augen funkelten, als er Merlin einen Blick zuwarf. »Hat vielleicht etwas damit zu tun, dass ich laut und töricht bin.« Merlin seufzte und Lancelot gluckste, aber Vera war sich nicht sicher, ob sie seiner unbekümmerten Antwort glaubte.

Sie zögerte, bevor sie die Erinnerung in ihrer Kammer zu Ende erzählte, als Guinevere vor Verzweiflung bettlägerig war.

»Und das war nach dem Kampf«, flüsterte Arthur. Sie wollte ihm versichern, dass sie nun wusste – nachdem sie auf eine seltsame Weise Zeugin geworden war –, dass es nichts gab, was Arthur hätte sagen können, um Guineveres Schmerz zu lindern. Sie hatten sich nicht wie ihre eigenen Erinnerungen angefühlt, eher als hätte sie die von jemand anderem belauscht.

»Dann hörte es auf«, erzählte Vera.

»Das muss wenige Wochen vor dem Angriff gewesen sein«, meinte Merlin. »Das war ergiebiger, als ich erwartet hatte. Du kommst näher.«

Sein Verlangen nach Antworten war in seinen Augen zu erkennen. Es kam ihrem eigenen gleich. »Wann können wir es wieder versuchen?«, fragte sie.

Lancelot gab ein erstickendes Geräusch von sich, aber Merlin lächelte. »Die Magie fordert ihren Preis. Gib deinem Verstand ein paar Tage, um sich auszuruhen.«

Lancelot rutschte auf seinem Platz hin und her, aber Arthur kam ihm zuvor. »Du wirst das nicht noch einmal tun.«

»Es geht mir gut!«, widersprach Vera, eine eklatante Lüge. Sie schwitzte. Ihre Stimme war schwach, besonders als sie sich mehr aufregte. Und wenn sie nicht aktiv redete, kämpfte sie damit, ihre Augen offen zu halten. »Es hat funktioniert. Wir können das tatsächlich richten!«

»Nein«, entschied Arthur. Sie wollte ihn gegen das Schienbein treten. Es war nicht mutig, beharrlich zu sein; es war notwendig. Es war ihr einziger Zweck. Dies war der Grund, weshalb sie existierte. Sie konnte den Schmerz ertragen. Das musste sie.

»Seine Majestät hat recht«, stimmte Merlin zu. »Nicht heute.«

»Überhaupt nicht mehr«, murmelte Lancelot. Vera wollte auch ihn treten.

Sie schnaubte und bereitete sich darauf vor, wieder loszulegen.

»Ich verlange eine private Audienz mit Merlin«, kam ihr Arthur zuvor.

»Jetzt?« Lancelot zog eine Augenbraue hoch.

»Sofort«, befahl Arthur und erhob sich.

Und damit war es vorbei.

Sie waren so kurz davor gewesen, die Wahrheit zu erfahren. Wie konnte Arthur ihre Dringlichkeit nicht teilen? Eine Idee kam Vera in den Sinn, nur kurz, aber dennoch eindrücklich. Zum ersten Mal fragte sich Vera, ob er vielleicht nicht *wollte*, dass sie sich erinnerte. Und direkt auf diesen Gedanken folgte die Frage: Warum?

Vera konnte ihre Augen nicht dazu bringen, sich zu fokussieren, als sie es sich an diesem Abend im Bett gemütlich machte, um zu lesen. Sie hatte noch nicht einmal die erste Seite beendet, da war sie bereits eingeschlafen, aber erwachte mit einem Schreck, als Arthur in das Gemach kam. Zuvor war er immer direkt in das Seitenzimmer gegangen, manchmal hatte er einen Umweg am Schreibtisch vorbei genommen, um ein neues Buch zu wählen. Aber die letzten beiden Tage (Gott, waren es wirklich nur zwei Tage gewesen?) hätten genauso gut eine Dekade sein können, so viel hatte sich geändert.

Als Arthur sah, dass Vera wach war, kam er zum Bett und setzte sich zu ihren Füßen.

Sie richtete sich auf. Das war neu. Und … es ließ ihr Herz schneller schlagen. Auch neu. Sie mochte das nicht. Seine Fürsorge nach so einer absichtlichen Meidung hinterließ sie mit einem armseligen Verlangen, ihm nah zu sein. Sie kämpfte frustriert dagegen an.

»Ich hätte es gut noch einmal versuchen können«, erklärte Vera.

»Ich habe keine Zweifel, dass du es ertragen würdest, aber die Prozedur sollte nur als äußerste Maßnahme genutzt werden.« Arthur hatte einen abwesenden Gesichtsausdruck, ein Überbleibsel von zuvor. So wie die drei reagiert hatten, musste der Anblick von Vera in dem Becken schrecklich gewesen sein. »Merlins Hingabe für das Königreich ist löblich, aber es vernebelt sein Urteilsvermögen. Wir müssen vorsichtiger sein. Er wird weitere Nachforschungen betreiben, wie man die Last mindern kann, die die Erinnerungsprozedur dir abverlangt. Wir können es nach dem Julfest und Weihnachten noch einmal versuchen.«

»Wir können nicht so lange warten!«

Er fixierte sie mit einem traurigen, wissenden Lächeln. »Es sind nur zwei Wochen.«

»Ich …« Vera war verblüfft. Natürlich wusste sie, dass es Winter war. Aber ohne jeden Tag ihr Handy oder den Computer zu checken, kannte sie das Datum nicht.

Arthurs Lippen öffneten sich, er atmete ein, um etwas zu sagen, und schüttelte dann den Kopf. Was erzählte er ihr nicht?

Er sah auf das Buch in Veras Schoß. »*Der Hobbit*?«, fragte er und überraschte sie mit dem Themenwechsel.

Vera nickte. Natürlich erkannte er es. Es war das einzige Buch vom Schreibtisch mit einem moosgrünen Einband.

»Ich habe alle Bücher gelesen, die Merlin für dich brachte. Zuerst, um etwas über die Welt zu lernen, aus der du kommst. Egoistisch, aber ich … mochte sie.«

»Das hier ist eines meiner Lieblingswerke«, erzählte Vera. »Meine Eltern und ich haben es einander zur Weihnachtszeit immer laut vorgelesen.«

»Möchtest du …« Er deutete unbeholfen mit einer Kopfbewegung zu ihr, zu dem Buch.

Wärme breitete sich in ihrer Brust aus. »Du willst es gemeinsam lesen?«

»Das würde mir gefallen«, meinte er.

»In Ordnung.«

Arthur verlagerte sein Gewicht, hielt aber inne. »Wäre es okay, wenn ich etwas näher bei dir sitze?«

Vera konzentrierte sich auf seinen Ausdruck, obwohl sich ihr Puls beschleunigte. Sie zählte in ihrem Kopf bis drei, bevor sie antwortete. »Ja, kein Problem.«

Sie rutschte in die Mitte des Bettes, um ihm Platz zu machen, sich neben sie zu setzen. Sie waren Schulter an Schulter, beide saßen da und lehnten sich an das Kopfteil.

»Wir können von vorne anfangen«, bot Vera an. Sie hatte es schon zum Teil durch.

»Nein, das ist in Ordnung. Lass uns da weiterlesen, wo du aufgehört hast.«

Vera öffnete das Buch auf der Seite, die sie mit dem Foto von ihr und ihren Eltern markiert hatte. Arthur fuhr mit dem Daumen über das Bild.

»Das bist du«, murmelte er. »Was ist das?«

»Es ist eine Fotografie. Es ist wie …« Vera überlegte, wie sie es erklären könnte. »Es ist wie ein Gemälde, aber es wird mit Licht und einem klugen Ding namens Fotoapparat hergestellt. Jemand zielt damit, dann drückt man einen Knopf, und er macht ein Bild.«

»Sind das deine Eltern?«

»Ja.« Er starrte weiter auf das Foto, also fuhr sie fort. »Meine Mum heißt Allison. Dad heißt Martin.« Ihre Eingeweide zogen sich bei den Namen ihrer Eltern schmerzhaft zusammen.

Arthur brachte das Bild nahe an sein Gesicht. »Das ist außergewöhnlich«, sagte er, und seine Stimme wurde sanft. »Du siehst so glücklich aus.«

Das tat sie. Es war ungefähr ein halbes Jahr zuvor nach ihrem Uniabschluss aufgenommen worden. Ein Mädchen, das zwischen Allison und Martin geklemmt war und keine Ahnung davon hatte, was auf sie zukam, die Arme um ihre Eltern geschlungen. Allison hielt freudestrahlend Veras Zeugnis in der Hand, und Martin trug die Abschlussmütze schräg auf dem Kopf. Die Quaste baumelte in sein Gesicht, während Vera lachte. Das hätte sie nicht getan, wenn sie von dem Krebs gewusst hätte, der bereits an diesem Tag in ihrem Vater wuchs.

»Wer hat das Foto gemacht?«, erkundigte sich Arthur.

»Hmm?«, machte Vera abwesend.

»Du meintest, jemand hält den Apparat und drückt einen Knopf. Wer hält ihn hier?«

Sie verstand, weshalb er neugierig war. Auf dem Foto schien Vera, als blickte sie direkt durch das Foto, teilte einen privaten Witz mit dem Betrachter. Arthur hatte richtig geraten, dass dieser Moment zwischen Vera und dem Fotografen geteilt worden war.

»Ich erinnere mich nicht«, murmelte sie, während die Traurigkeit sie zu überwältigen drohte. Sie spürte seinen Blick auf sich und vermied es, ihn anzusehen.

»Soll ich anfangen?«, fragte sie übertrieben fröhlich.

Vera legte das Buch zwischen sie, damit er es sehen konnte, während sie laut las. Ihre Stimme kam viel zögerlicher, als wenn sie mit ihren Eltern las. Aber schnell verlor sich Vera in der Geschichte, und ihre unterschiedlichen Stimmen für die verschiedenen Charaktere kamen hervor. Bei ihrer witzigen Zwergenstimme spürte Vera Arthurs tiefes Lachen in ihrer Schulter vibrieren. Als das Kapitel zu Ende war, reichte sie ihm das Buch. Er sah sie verwirrt an.

»Du bist dran.«

Arthur leckte sich die Lippen und räusperte sich aufgeregt – aber er begann in seinem tiefen Timber zu lesen. Seines war das Kapitel, in dem Gollum auftauchte. Vera fiel erfreut die Kinnlade runter, als Arthur seine Stimme zu einem kratzenden Flüstern der Kreatur verstellte.

»Das ist ein toller Gollum«, unterbrach sie ihn.

Arthur legte grinsend das Kinn auf die Schulter. »Abgesehen von meinem Lehrmeister und meinen Eltern, habe ich noch nie für jemanden laut gelesen.«

»Nun, du bist sehr gut darin.«

»Mein Vater wäre stolz«, meinte er. Arthur fand die Stelle und begann wieder zu lesen.

Seine Stimme war einlullend. Vera erinnerte sich nicht daran, wie sie die Augen schloss oder ihren Kopf auf seine Schulter legte. In einem halb wachen Moment der Klarheit bemerkte sie, dass ihre Wange an ihn geschmiegt war, aber wegen seiner stabilen, durch sie hindurchdringenden Stimme und der Hitze seiner breiten Schulter unter ihrer Haut, konnte sie sich nicht dazu bringen, sich abzuwenden. Es fühlte sich beinahe so an wie mit Vincent. Sie konnte fast so tun. Vielleicht konnte sie sich einbilden, Guinevere zu sein – die echte Guinevere aus seiner Erinnerung. Vielleicht war dies ihr Weg nach vorne … ein gebrochener und nicht perfekter Weg, bei dem sich Vera und Arthur vielleicht Halt schenkten.

Irgendwann hatte er scheinbar aufgehört zu lesen. Sie kam wieder zu sich, als Arthur sie auf das Kissen legte, und dann war sein Gewicht vom Bett verschwunden. Vera öffnete die Augen, um zu sehen, wie er das Foto zurück ins Buch steckte und es auf den Tisch legte, bevor er die Kachel berührte, die das Licht dimmte. Ihr fielen die Augen zu, und sie spürte, wie sie vorsichtig zugedeckt wurde.

Vera hatte immer gedacht, immer angenommen, dass Matilda diejenige war, die mitten in der Nacht nach ihr sah, das Licht ausschaltete und das Buch zur Seite legte. Nun war sie sich da nicht mehr so sicher.

22

Jene Nacht markierte den Beginn einer vorsichtigen Freundschaft und einer sofortigen Veränderung von Veras Leben in Camelot.

»Es ist vermutlich das Beste, etwas Zuneigung zu zeigen«, hatte Arthur am darauffolgenden Tag gesagt, als sie in die Stadt gingen. »Darf ich deine Hand halten?«

Das Herz sprang Vera beinahe aus der Brust. »Ja, in Ordnung«, meinte sie.

Aber zum Ende der Woche neigte er den Kopf zu ihr, um einen privaten Scherz während des Abendessens mit ihr zu teilen. Sie legte eine Hand auf seinen Arm, als sie lachte. Es war eine überzeugende Geste, zum Teil, weil Vera nicht nur so tat. Sie mochte ihn. Seine Nähe fühlte sich an, wie frische Luft nach einem langen Aufenthalt im Keller einzuatmen. Und den Menschen in Camelot begann dies aufzufallen.

Es würde nicht alles mit einem Fingerschnipsen wiedergutmachen, aber der Wandel hatte bereits begonnen, wellenförmige Kreise um sie zu ziehen. Überraschenderweise war das meist wegen Gawain, von dem Vera glaubte, dass er sie abgrundtief hasste. Lancelot beharrte darauf, dass sie sich das einbildete, aber Vera hätte schwören können, dass sich das Stirnrunzeln jedes Mal misstrauisch vertiefte, wenn er sie ansah.

Sie hatte jedoch kaum einen Grund, ihm zu begegnen. Gawain wurde regelmäßig fortgeschickt, um sich um magische Probleme in

Camelot und den Nachbargebieten zu kümmern. Dies war eine Aufgabe, die er scheinbar gut erfüllte, denn die magischen Beschwerden wurden in der nächsten Woche, als sie Hof hielten, wesentlich weniger.

An einem wunderschönen Wintermorgen sahen Vera und Arthur Percival und Lancelot dabei zu, wie sie das Spiel in der Grube spielten, während die Schlossköchin in der Nähe Zutaten vorbereitete. Das Julfest wurde zwei Tage vor Weihnachten gefeiert, und Vera und Arthur würden mit einer kleinen Gruppe (wie sie erfreut lernte, dass es Brauch war) nach Glastonbury reisen, um den Julfeierlichkeiten am folgenden Morgen beizuwohnen. Alles schien gut in Camelot. Die Wildschweinjagd zum Fest wurde vor den Stadtmauern abgehalten, und ein großes Horn ertönte in der Ferne, signalisierte, dass die Gruppe sich dem Wildschwein näherte. Die Tore sollten bald geöffnet werden, damit sie das Schwein auf einem Wagen zur Kochstelle bringen konnten.

Margaret, die Chefköchin des Schlosses, die lieb und großmütterlich bei allem war, außer bei dem, was in der Küche geschah, unterbrach das Zwiebelschneiden, als das Geräusch ertönte.

»Sie kehren bald mit der Bestie zurück«, meinte sie und starrte in die grobe Richtung. »Ich dachte, wir hätten etwas mehr Zeit.« Sie wischte die Hände an der Schürze ab und verließ ihre Schneideposition, während sie rief: »He! Ruft den Metzgerburschen, um das Fleisch zuzubereiten. Lasst uns das Feuer für den Spieß schüren!« Sie warf einen letzten Blick über die Schulter. »Und bei Gott, jemand soll das Gemüse fertig schneiden!«

Vera sah zu ihrer Linken und Rechten. Alle anderen Bediensteten des Schlosses waren bereits beschäftigt. Sie war sich nicht sicher, ob sonst jemand Margarets Anweisungen gehört hatte.

Also verließ Vera die Grubenmauer ohne ein Wort an Arthur, stellte sich an die verlassene Stelle am Tisch und nahm das Messer.

Sie hatte seit Monaten nicht einmal mehr eine Steckrübe geschnitten, aber die Jahre, die sie in der Küche des George verbracht hatte, waren nicht einfach zu vergessen.

»Sollte mich dein geübter Umgang mit einem Messer beunruhigen?«

Vera blickte kurz auf, nur um festzustellen, dass Arthur seinen Zuschauerplatz ebenfalls verlassen hatte und stattdessen nun sie beobachtete.

Vera lachte. »Ich wurde von der Besten unterrichtet.«

Er legte den Kopf schief und zog eine Augenbraue hoch.

»Meiner Mutter«, erklärte sie überrascht, dass sie es so bereitwillig teilte. Sie hatte jegliche Unterhaltungen über ihre Eltern versucht zu meiden und war definitiv nicht bereit gewesen, selbst eine zu beginnen. »Sie ließ mich schon Gemüse schnippeln, bevor es angemessen war, ein Messer in meine Hand zu legen. Ich nehme mal an, dass deine Mutter dich nicht in der Küche rekrutiert hat?«

In dem Augenblick, als die Frage ihre Lippen verließ, wollte sie sie schon wieder zurückziehen. Sein Lächeln war nicht verschwunden und auch seine Schultern hatten sich nicht angespannt, aber es gab etwas … Undurchsichtiges, das sich in ihm verändert hatte und Vera das Gefühl gab, dass sie einen wunden Punkt getroffen hatte.

»Nein«, meinte er und senkte den Blick auf den Tisch, als er eine knollige weiße Zwiebel unter der Handfläche hin und her rollte. Einfach so fielen die Schatten von seinen Zügen. »Willst du es mir beibringen?«

»Möchtest du dir denn nicht das Spiel ansehen?« Vera nickte zu der Grube, versuchte ihm die Möglichkeit zu geben, sich abzuwenden. Aber er gab nicht nach.

»Wir können es von hier aus sehen.« Seine Augen funkelten etwas, als sich die zusammengepressten Lippen zu einem Lächeln verzogen. Sie stellte fest, dass sie den Blick nicht abwenden konnte. Vera wurde von der Erkenntnis überrascht, dass Arthur durchaus wusste, wie es sich anfühlte, sie zu küssen. Er kannte den Geschmack ihrer Lippen, sie hatte jedoch keine Ahnung, wie seine schmeckten.

Vera schob den Gedanken beiseite, als sie ein zusätzliches Messer für ihn fand und begann ihm die richtige Schneidetechnik beizubringen, die Allison sie einst gelehrt hatte. Arthur war nicht daran gewohnt, den Zwiebeldämpfen so nah zu sein, und Tränen strömten ihm innerhalb von Sekunden über die Wangen, was beide dazu brachte, in schallendes Gelächter auszubrechen, während Vera seine Zwiebeln gegen Kohl tauschte.

Die Leute hatten begonnen, ihnen zuzusehen … zeigten darauf, wie der König und die Königin das Gemüse für das Festessen der ganzen Stadt vorbereiteten. Grady winkte Vera zu, als er mit einem der frisch dressierten Pferde vorbeiging.

Sie lächelte und neigte den Kopf, dankbar für die freundlichen Gesichter. Gemüse zu schneiden, war nicht gerade eine hoheitliche Beschäftigung, was Vera beinahe dazu brachte, aufzuhören, aber Arthur war bei ihr. Jeder, der sie beobachtete, konnte sehen, dass sie Spaß hatten, dass er so warm ihr gegenüber war … ah.

Es traf sie wie ein Blitz. Das Flirten war eine gelungene Show.

Das hätte sie nicht gestört, wenn sie nicht darauf hereingefallen wäre und mitgemacht hätte. Er war viel zu charmant.

Als das Geräusch eines Horns erneut die Luft durchschnitt, konnte sie sich glücklich schätzen, nicht das Messer fallen zu lassen. Es erklang wieder, nur dieses Mal brach es mittendrin ab.

Dann ging alles rasend schnell. Vera hätte keine Veränderung bemerkt, wenn sie nicht ohnehin schon Lancelot in der Grube im Blick gehabt hätte, dessen Gesichtsausdruck sich plötzlich verhärtete. Er hörte auf zu spielen und kletterte wie in Trance auf die Grubenmauer und hielt dort seine Position auf dem dünnen Geländer. Keiner reagierte zu Beginn, außer dass sie ihm fragende Blicke zuwarfen.

»Zwei Töne bedeuten, dass die Jagd vorbei ist«, erklärte Arthur, aber auch er starrte Lancelot an. »Sie werden dort drüben die Tore öffnen.« Er deutete in die Richtung, in die Lancelot sah, wo ein großes Feld zwischen den Mauern Camelots und dem Wald lag. »So kann die Gruppe ihre Trophäe in die Stadt führen.«

Aber Lancelot schüttelte den Kopf. Arthur legte sein Messer beiseite und ging zu ihm. Vera folgte.

»Dieser Ton klang nicht richtig«, murmelte Lancelot.

»Was meinst du?«, erkundigte sich Arthur.

»Ich weiß nicht … einfach … Arthur, ich denke, du solltest dafür sorgen, dass die Tore geschlossen werden.«

Arthur zögerte nicht, um weitere Fragen zu stellen. Er winkte Percival zu sich und schickte ihn zu der Stadtmauer. Es war nicht weit, nur die Straße runter und um die Ecke.

Aber sie waren schon zu spät.

»Shit!« Lancelot sprang von der Erhebung, als eine Kakofonie an Schreien von dort ertönte, wohin Percival verschwunden war. »Die Jagd ist nicht vorbei. Der verdammte Eber hat sich losgerissen. Er ist in der Stadt.«

Augenblicklich setzte sich alles in Bewegung.

»Sofort rein!«, befahl Arthur schreiend.

Er und Lancelot riefen wiederholt Warnungen, während Arthur ein gefallenes Kind aufhob und es der panischen Mutter reichte und Lancelot zu der Stelle rannte, wo sie ihre Schwerter abgelegt hatten, aber ihnen ging die Zeit aus. Er hatte kaum die Klinge berührt, da kam das wilde Biest bereits um die Ecke geschossen und rannte über den Platz.

Vera keuchte. Sie hatte keine Ahnung, wie schnell und rasend ein Wildschwein sein konnte. Es war kein kleines Schwein, sondern kam eher an die Größe eines Bullen heran, und die Augen waren vor Wut geweitet, sodass sie hauptsächlich aus Weiß statt den Pupillen bestanden. Es trampelte an ihr vorbei, so nah, dass Vera seine schwarzen, rauen und öligen Haare sah und den Schaum, der sich um sein Maul gebildet hatte, sowie die bösartig scharfen Hauer. Arthur sprang neben Vera zu Boden, nicht in der Lage, mehr zu tun, als sie am Arm zur Seite zu ziehen, als das Wildschwein an ihnen vorbeidonnerte. Die panischen Schreie kamen hauptsächlich aus dem Inneren der Häuser, Gott sein Dank hatten es die meisten Leute sicher vom Platz geschafft.

Percival kam um die Ecke, das Schwert gezogen und den Schild in der Hand. Lancelot rannte bereits in Richtung des Monsters, als dieses abrupt stoppte. Selbst wenn er einen Speer wurfbereit in der Hand gehabt hätte, wäre er zu weit weg gewesen, um die Hinterläufe zu treffen. Und außerdem hatte er ja keinen. Keiner der bewaffneten Soldaten, die dem Schwein folgten, hatte das.

Bei dem unerwarteten Halt geriet Lancelot ins Stolpern. Vera hörte Pferde wiehern, bevor sie dem Grunzen des Ebers folgte. Grady hatte einen Arm um den Nacken des frisch eingerittenen Hengsts gelegt, mit der anderen Hand hatte er die Zügel mit ganzer Kraft gepackt, aber die Panik des kaum trainierten Pferds war weitaus stärker als der Halt des vierzehnjährigen Jungen. Das Tier stemmte sich auf die Hinterbeine, warf Grady zu Boden, der grunzend auf dem Hintern landete. Befreit galoppierte das Pferd im Höchsttempo davon, ließ Grady allein und verwirrt auf dem Boden zurück, eingesperrt zwischen zwei Gebäuden und einem wütenden Monster vor ihm.

»Grady!«, schrie Arthur. Der Junge hob sofort den Blick, suchte Arthur, fand aber stattdessen das Schwein, und seine Augen weiteten sich. Arthur rannte unbewaffnet zu ihm, doch unter keinerlei Umständen würde er ihn rechtzeitig erreichen. Lancelot war am nächsten dran. Aber auch er würde es nicht schaffen.

Das Wildschwein grunzte. Noch mal. Und wieder – der Rhythmus wurde immer schneller wie Kriegstrommeln, bevor es angriff. Grady krabbelte rückwärts, bis er nicht mehr weiterkam, als sein Rücken auf die Wand traf. Hilflos hob er die Arme vors Gesicht.

O Gott. Vera konnte nicht hinsehen, aber sie konnte auch nicht wegsehen. Sie ging mit einem Schrei in die Knie, fühlte den Schmerz, als sich die Steinchen in ihre Haut gruben, nicht, sondern nur ein brennendes Gefühl, das nicht von der Winterluft kam. Selbst wenn Grady nicht wusste, dass sie da war, selbst wenn es grauenvoll war, würde Vera nicht wegsehen. Sie würde ihn nicht sterben lassen, ohne dass jemand, der sich um ihn sorgte, Zeuge war. Ein ferner Teil von ihr registrierte, was für ein schrecklicher Gedanke dies war, aber eine Hitze durchströmte sie und verbrannte ihn zu Asche.

Als das Schwein kurz davor war, Grady zu rammen, als dieser seinen letzten Atemzug hätte nehmen sollen, war da etwas anderes. Es begann in Gradys Brust und explodierte von dort aus – eine blauweiße Scheibe löste sich mit einem kolossalen Windhauch aus ihm, so mächtig, dass die Sau wie eine Lumpenpuppe in die Luft gerissen und auf den Rücken geschleudert wurde. Eine Schockwelle wurde durch die Explosion ausgesandt, die sich wie eine Schnur durch alle zog, sich straff spannte und pulsierte. Wäre das Biest nicht durch die Unmöglichkeit dessen, was geschehen war, fassungslos gewesen, würde es immer noch kämpfen, um Grady zu finden.

Jedes lose Stückchen Holz, ob es der Griff eines Werkzeugs, ein übrig gebliebenes Brett oder sogar ein Heuwagen war, sauste Richtung Grady und formte sich vor ihm zu einer Mauer. Dies gab Lancelot und Percival genug Zeit, das benommene Schwein zu erreichen und ihm ein schnelles Ende zu bereiten.

Vera rannte los, um Arthur einzuholen. Sie alle starrten den unverletzten Grady hinter seinem provisorischen Schutzwall an. Der Junge starrte schockiert darauf.

»Es scheint, als nutze jemand seine Gabe für dich«, rief Percival, während er den toten Eber an den Hufen zusammenschnürte. Vera traf Arthurs Blick und wusste, dass auch er alles gesehen hatte.

»Ich … ich habe das gemacht«, stammelte Grady erstaunt. Wie zur Bestätigung bewegte er die Hand, und die ganze provisorische Wand fiel in ihre Einzelteile zusammen. »Ich hatte das Gefühl, dass etwas in meinem Körper explodierte, und dann …« Der Junge schüttelte den Kopf, und die Kinnlade stand ihm offen. »Ich wusste, dass ich es kann. Ich wusste es, und ich wusste, wie.«

»Das ist nicht möglich«, meinte Percival. Seine Blicke huschten auf der Suche nach Antworten über die Versammelten. »… Kräfte tauchen nicht einfach auf. Du musst damit auf die Welt kommen.«

Keiner der Anwesenden hatte es jemals gesehen, dass eine Person nach dem Säuglingsalter eine neue Gabe zeigte, aber man konnte es nicht bestreiten. Unmöglich oder nicht, Grady besaß nun Magie, eine Gabe, die sein Leben gerettet hatte.

23

Die Geschichte der misslungenen Jagd und dem, was darauf folgte, machte so schnell wie das Wildschwein selbst in der Stadt die Runde. Der Klang des Horns, der fälschlicherweise als das Ende der Jagd interpretiert worden war, sollte eigentlich eine Abfolge von Warnsignalen sein, dass sich das Biest befreit hatte, wurde aber durch scharfe Stoßzähne in den Magen des Bläsers unterbrochen. Dank Gawains schneller Arbeit, der gerade noch rechtzeitig dem Mann zu Hilfe gekommen war, um ihn vom Rande des Todes zurückzuholen, würde der Bläser überleben.

Am nächsten Morgen vor ihrer Abreise nach Glastonbury sandte Arthur Percival aus, um den Magier zu ihm zu bringen, sodass der König ihm seinen Dank aussprechen konnte, aber dies war keine leichte Aufgabe.

»Nun, ich habe ihn gefunden, nachdem ich das ganze vermaledeite Schloss und die halbe Stadt durchsucht habe.« Percival verdrehte die Augen. »Und Ihr werdet es nicht glauben, aber er hat sich einfach *geweigert zu kommen*. Meinte, er wäre zu beschäftigt.«

Ein genervter Ausdruck huschte über Arthurs Gesicht, aber Vera sah, wie sich seine Lippen an den Mundwinkeln zu einem Lächeln verzogen.

Sie entschieden, Gawain selbst aufzusuchen.

Percival führte Arthur und Vera direkt zum Übungsplatz und an der Spielgrube vorbei. Zuerst dachte Vera, dass Percival sie missverstanden hatte. Sie sah niemand außer den Städtern, die besorgte Blicke auf den Ort warfen, an dem Grady gestern beinahe getötet worden war. Zog Aberglaube ihre Aufmerksamkeit an? Dort war nichts …

Veras Gedanken kamen zu einem abrupten Halt, als sie einen Mann in einer schmuddeligen braunen Robe im Dreck krabbeln sah. Gawain.

Percival räusperte sich. Gawain ignorierte ihn.

»Magier Gawain«, rief Arthur.

»Ja«, antwortete dieser kaum hörbar, während er mit dem halben Gesicht nahe dem Boden war, um ihn zu untersuchen, und Arthur nicht einmal einen Blick zuwarf.

Percival starrte Gawain entsetzt an, während sich seine Augen zu Schlitzen verengten. »Magier Gawain«, schnauzte er. »Euer König hat Euch angesprochen. Ein anderer Herrscher würde Euch für wesentlich nichtigere Dinge als den dargestellten Mangel an Respekt in den Kerker werfen lassen.«

Gawain blinzelte, als er sich aufsetzte.

»Ich lag gerade auf dem Boden oder nicht?«, fragte er dann trocken, sprach dabei aber nur Percival an.

»Ja«, entgegnete dieser genervt, während er zu Arthur deutete. »Und dennoch ignoriert Ihr weiterhin den König und die Königin.«

Einen langen Augenblick ruhten Gawains eingesunkene Augen auf Percival. Dessen Gesicht rötete sich. Vielleicht hatte er sogar aufgehört zu atmen. Arthur betrachtete das Ganze in amüsiertem Schweigen.

»Ihr habt recht«, murrte Gawain. Er räusperte sich. »Euer Hoheit, ich entschuldige mich.« Er klang ungefähr so begeistert, als würde er ein Telefonbuch lesen. Vera wünschte sich, Lancelot wäre hier, um das mitanzusehen, denn sie hätte schwören können, dass sich Gawains finsterer Blick noch weiter verdunkelte, als er sie ansprach. »Und auch bei Euch, meine Königin.«

Sie senkte sich in eine armselige Verbeugung, in der Erwartung, dass dies das Ende wäre. Aber er hielt seine stürmischen Augen weiterhin auf sie gerichtet, als ob er stille Anklage erhob.

»Warum kamt Ihr nicht, als Wir nach Euch verlangten?«, fragte Arthur, sein Ton gleichmäßig und den Kopf zur Seite gelegt.

»Ein beispielloser Ausbruch an Magie fand gestern genau *hier* statt.« Gawain senkte das Gesicht wieder zum Boden, nahm seine Untersuchung der gewöhnlichen Erde wieder auf. »Magie hinterlässt Spuren, aber diese halten nicht an. Ich kann es mir nicht leisten, das zu verschieben.«

Percival schnaubte laut.

»Was erhofft Ihr zu finden?«, fuhr Arthur fort.

Gawain seufzte und setzte sich hin, Arthurs Aufmerksamkeit nervte ihn ganz offensichtlich. »Dies ist mein Forschungsgebiet.«

»Was? Dreck?«, schoss Percival zurück.

Gawain lächelte, aber es war gezeichnet von Herablassung. »Muster darin zu erkennen, welche Gaben auftreten und wo. Aber vor allem, wie es zu dem magischen Riss kommt.«

»Was ist ein magischer Riss?«, fragte Vera.

»Der genaue Moment, wenn eine Person das erste Mal ihre Gabe zeigt. Bisher habe ich nur Säuglinge untersucht, aber der Krieg hat meine Meinung geändert.«

»Weshalb?«, erkundigte sich Arthur.

»Wegen etwas, das ich einmal sah.«

»*Was*«, presste Percival nachdrücklich hervor, »habt Ihr gesehen?«

»Eine Hinrichtung auf dem Schlachtfeld. Nicht nur einmal, natürlich. Ich habe viele gesehen, wie auch ihr beiden mit Sicherheit. Aber als sich das Schwert in seinen Nacken bohrte, habe ich einen magischen Riss gesehen.«

Die Haut an Veras Nacken prickelte. »Sah es aus, als würde ein Licht aus ihm explodieren?«

Gawain nickte. »Aus seiner Brust. Ist das bei dem Jungen gestern geschehen?«

»Ja«, bestätigte Vera. »Ich habe es gesehen. Arthur und ich haben es beide gesehen. Dann nutzte Grady sie – seine Gabe.«

»Was war die Gabe des Mannes auf dem Schlachtfeld?« Percivals Genervtheit war reinem Interesse gewichen.

»Keine Ahnung«, meinte Gawain. »Er starb.«

Sie starrten alle den Magier an, jedoch verlieh Percival ihren Gedanken Ausdruck. »Seid Ihr absichtlich begriffsstutzig?«

Gawain fuhr fort, als hätte Percival nichts gesagt. »Der Krieger wusste sehr wahrscheinlich nicht einmal, dass es geschah. Aber der Junge gestern«, redete Gawain weiter, »konnte einer von euch beiden seine Augen sehen, als es geschah?«

»Ich«, meldete sich Vera.

»Wie wirkten sie?«

»Verängstigt.« Sie erschauderte, als sie an Gradys Gesichtsausdruck dachte, den Horror, den kein vierzehnjähriger Junge je kennen sollte.

»Panisch? Erstarrt? Verzweifelt?« Gawains Stimme wurde vor Aufregung bei jedem seiner Vorschläge lauter.

»Ja, natürlich. All das. Er glaubte, er würde sterben.«

Gawain ließ sich auf seine Fersen zurückfallen und seufzte wehmütig. »Ich wünschte, ich hätte es gesehen.«

Vera schreckte zurück. »Das war der schlimmste Moment seines Lebens.«

»Ja, aber bei allem Respekt, Euer Majestät, er ist nicht gestorben und hat nun eine sehr nützliche Gabe.« Gawain musste das, was er gesucht hatte, auf dem Boden gefunden haben, denn er zog eine Ampulle aus der Tasche seiner Robe hervor und füllte sie mit Dreck, bevor er seine Aufmerksamkeit Arthur widmete. »Und besonders, da ich das Geschehnis nicht bezeugen konnte, ist es unerlässlich, dass ich die Spuren von dem, was zurückblieb, untersuche. Dies konnte nicht warten.«

»Verstehe«, meinte Arthur. Vera warf ihm einen bösen Blick zu, den er entweder nicht bemerkte oder ignorierte. »Aber wenn Ihr einem Ruf nicht Folge leisten könnt, dann erwarte ich eine Erklärung für Eure Abwesenheit.«

»Das ist das Mindeste«, fügte Percival hinzu, obwohl er ganz offensichtlich gern mehr gesagt hätte.

»Es tut mir leid, Euer Hoheit«, entschuldigte sich Gawain. »Das war gedankenlos von mir. Es wird nicht wieder vorkommen.«

»Gut«, meinte Arthur.

»Ihr wart gestern hier, als das Ereignis stattfand?«, erkundigte sich Gawain. »Wart Ihr in der Lage, den Jungen deutlich zu sehen?«

»Ja«, bestätigte Arthur.

»Beschreibt mir so detailliert wie möglich das Grauen im Gesicht des Jungen.«

Vera entschied, dass sie es bevorzugte, Gawain nicht besser kennenzulernen, aber als sich Arthurs Reisetrupp nur wenige Stunden später in den Stallungen des Schlosses einfand, wurde ihr klar, dass sie ihn kaum meiden konnte. Wie ein unförmiges Teil, das in ein bereits existierendes Puzzle gepresst wurde, war Gawain da, stand am Rande des aufgeregten Stimmengewirrs der Gruppe, ein verbeulter Reisesack zu seinen Füßen und das Gesicht mürrisch.

Während sie ihre Pferde bereit machten, führten Percival und Lancelot die Festlichkeiten mit einer Flasche Ahornlikör an, die sie herumreichten. Abgesehen von Arthur, Lancelot, Percival und Matilda, würden nur vier weitere Ritter sie begleiten. Und Gawain. Die Soldaten trugen alle einen benommenen Ausdruck im Gesicht, ungläubige Freude, dass sie sich glücklich genug schätzen durften, um mit der Gruppe des Königs zu reisen. Dann gab es da noch die paar, die kamen, um sie zu verabschieden: Grady, sein Vater und Randall.

Nachdem Grady und sein Vater sich überzeugt hatten, dass die Pferde und Ausrüstung passend für die Reise waren, ermutigte Lancelot Grady neckend dazu, seine neu gefundene Gabe zu demonstrieren. Er begann damit, verlegen einige Scheite des Feuerholzes neu anzuordnen. Seine ursprüngliche Zurückhaltung verlor sich unter dem enthusiastischen Lob der Soldaten, und bald schon jonglierte Grady die Hölzer in der Luft, ohne sie dabei physisch zu berühren. Gawain kam näher, versuchte bestimmt, herauszufinden, wie er Grady in die Mangel nehmen und ihn über das kürzliche Trauma aushorchen konnte.

Randall, der erneut bekräftigte, dass er der Feierlichkeit nicht beiwohnen würde, stand in Matildas Nähe. Nachdem sie einen großen Schluck des Ahornlikörs heruntergekippt hatte und ihn an Randall weiterreichte, ließ die Anspannung von ihm ab, und auch er grinste und nahm einen Schluck.

Percival schlenderte zu Vera und Arthur, während er Gawain im Auge behielt. »Hier, Euer Majestät. Dies ist das Paket von Merlin«, sagte er und reichte ihnen einen schweren Beutel. Arthurs Augen verdunkelten sich bei dem Anblick, aber er nahm ihn entgegen und steckte ihn in die Satteltasche.

»Warum zum Teufel glaubt er, dass er mitkommen sollte?«, grummelte Percival bockig mit einem knappen Nicken in Gawains Richtung und unterbrach damit jegliche Frage, die Vera zu dem Paket von Merlin hatte. Arthur sah kurz zu dem Magier, bevor er die Tasche verschloss und sein Pferd erklomm.

»Vermutlich, weil ich ihn eingeladen habe«, erklärte er.

Percival fiel die Kinnlade runter, aber er bemerkte es und schürzte die Lippen. Er verehrte Arthur zu sehr, um laut etwas dagegen zu sagen, aber sein Gesichtsausdruck machte seine Meinung ziemlich deutlich, als er zu seinem eigenen Pferd zurückging. Vera teilte diese.

Arthur gluckste. »Ich lud Gawain ein, um höflich zu sein«, meinte er, als Percival außer Hörweite war. »Ich hatte nicht erwartet, dass er einwilligen würde.«

»Entschuldigt, Euer Majestät?« Randalls Stimme erklang hinter ihr. Vera fuhr damit fort, ihre Tasche zu sichern. Randall räusperte sich. Scheinbar unbekümmert zog Arthur seine Reithandschuhe an, bis Vera bemerkte, dass er sie ansah.

»Er meint dich«, erklärte Arthur, wobei sich sein Mundwinkel auf der einen Seite hob.

»Mich?«

Das Grinsen breitete sich auf beide Seiten aus, und er nickte.

»Euer Majestät, könnte ich einen Moment Eurer Zeit haben?«, erkundigte sich Randall, und Vera drehte sich diesmal schnell zu ihm um.

»Es tut mir so leid. Ich dachte, du meinst den König.«

Randall sagte nichts. Er verlagerte sein Gewicht von einem Fuß auf den anderen. »Ich habe Matilda etwas für Euch mitgegeben, falls Ihr es wollt.« Dann, nach einer weiteren Pause, fügte er hinzu: »Habt Ihr denn ein Kleid für die Feier morgen?«

»Ich habe eines mitgenommen, das ich mag.« Es war das rote mit den weiten Ärmeln.

»Ist es ein Kleid von zuvor?«, fragte Randall. Es dauerte einen Augenblick, bis Vera die Bedeutung seiner Worte verstand: von vor dem Unfall. Bevor sie ein Jahr »weg gewesen« war (und ein gesamtes Leben lang).

»Ja«, meinte sie.

»Abgesehen von der Trainingsausrüstung, solltet Ihr ein Gewand haben, das für *Euch* gefertigt wurde, Euer Hoheit. Ich habe Euch ein Kleid genäht. Ihr müsst es aber natürlich nicht tragen«, fügte er schnell hinzu. »Aber Ihr solltet die Wahl haben.«

»Natürlich werde ich es anziehen«, meinte Vera rasch.

Die Röte stieg Randall bis über die Barthaare. »Nur wenn es Euch genehm ist.«

»Randall, du bist so freundlich zu mir. Ich danke dir.« Vera hätte ihn gern umarmt, aber er gab ihr keine Gelegenheit.

Er nickte ihr zu und verbeugte sich vor Arthur. »Gute Reise, mein König. Frohes Jul, frohe Weihnachten, frohes was auch immer wir nun feiern. Wir werden dafür sorgen, dass Camelot während Eurer Abwesenheit nicht den Bach runtergeht.«

Die Feierlichkeiten gingen auch unterwegs weiter. Es war definitiv kein stiller Ritt. Es gab reichlich Geplauder, als sie in Grüppchen ritten, ihre Aufregung dadurch teilten, Geschichten von vergangenen Julfesten wiederzuerzählen.

Vera hielt sich an Lancelot und die Ritter. Auch wenn sie mit den anderen mitlachte, sah sie nach vorne zu Arthur und Matilda und bemerkte, wie einfach das Gespräch zwischen ihnen zu sein schien. Vera bemerkte, dass Matilda Arthur mit so viel Liebe betrachtete. Warum war ihr das zuvor nicht aufgefallen? Es war ihr bis zu diesem Moment nicht in den Sinn gekommen, dass sie vielleicht seit Guineveres Tod Liebe beieinander gefunden hatten. Sie könnte es ihnen nicht verübeln.

Aber dennoch. Es tat weh, die überraschende Bestätigung, dass sie Arthur gern hatte. Vera hatte damit begonnen, sich nach ihm zu sehnen.

Schnell suchte sie nach etwas anderem, worauf sie sich konzentrieren konnte, und fand Gawain, der weiter hinten allein ritt, den Kopf gesenkt und die dunklen Augen leer, ein besonders starker Kontrast zu dem Enthusiasmus, den der Rest der Gruppe zeigte. Vera war nur allzu gut damit vertraut, allein zu sein, um die Freundschaft anderer zu beobachten.

Sie seufzte und murmelte »Verdammt«, während sie ihr Pferd in die Nähe von Lancelots lenkte, ihm den Krug ab- und einen tiefen

Schluck des mysteriösen Alkohols nahm. Sie hatten ihn bereits den ganzen Morgen herumgereicht, also schenkte Lancelot ihr gerade mal ein Lächeln, als er ihn ihr übergab, fuhr aber ungehindert mit seiner Unterhaltung mit einem der Soldaten fort.

Vera zog an den Zügeln und ließ sich so weit zurückfallen, bis Gawain zu ihr aufschloss. Er sah überrascht auf, was ihm wesentlich besser stand als das dauerhafte Stirnrunzeln. Vera bot ihm den Krug an.

»Was ist das?«, fragte er mit einem skeptischen Blick in den Flaschenhals.

Vera zuckte mit den Schultern. »Alkohol. Es schmeckt nicht schlecht.«

»Ihr habt dies getrunken, ohne zu wissen, was es ist?«

»Ja.« Sie lachte, aber war etwas genervt von seinem verurteilenden Tonfall. »Percival hat das mitgebracht. Und ich vertraue ihm.«

Gawain betrachtete weiterhin nachdenklich die Flasche. Ein grünliches Licht, nur die winzigste Aura eines Glühens, begann am Grund der Flasche. Es ging von seinen Fingern aus, die auf der Flasche lagen. Seine Augen waren geschlossen, und die Lippen bewegten sich leise, bildeten Worte, die für Vera keinen Sinn ergaben. Als das grüne Glühen mit einem letzten Hauch verschwand, öffnete Gawain die Augen.

»Es ist sicher.« Er legte die Öffnung an die Lippen und nahm einen tiefen Schluck. Dann plötzlich: »Ich habe Eure Tante Cecily auf meinem Weg von der Magierei getroffen. Sie erzählte, dass die Hochzeit Eurer Cousine dieses Frühjahr stattfinden wird.«

»Oh!«, machte Vera und spielte mit, so wie es ihr bereits Gewohnheit geworden war. »Das sind wunderbare Neuigkeiten.« Sofort speicherte sie diese neue Information über ihre Familie ab, die Gawain ihr gegeben hatte.

Dieser starrte sie an.

»Was?«, fragte sie.

»Ihr habt keine Tante. Zumindest nicht, soweit ich weiß. Ich habe mir das ausgedacht.« Bei dieser Enthüllung zog sich Veras Brust zusammen und noch mehr bei der Art, wie er sie ansah. Als ob sie gemessen und für nicht passend empfunden wurde. »Merlin erzählte mir, dass Ihr aufgrund des Angriffs an Gedächtnisverlust leidet, aber ich dachte mir, dass Ihr das vielleicht nur vorspielt.«

Vera spannte sich an. »Warum sollte ich bei so etwas lügen?«

»Um Verantwortung für Euer Handeln zu vermeiden«, erklärte er, als ob dies offensichtlich sei. »Aber Ihr erinnert Euch an nichts.«

»Ich erinnere mich daran, wie man ein Pferd besteigt.« Ein armseliger Versuch von Humor, um ihr Unbehagen zu überspielen, aber Gawain schenkte ihr dafür wenigstens ein mitfühlendes Lächeln.

»Das ist nicht viel. Wie auch immer, Ihr müsst vor mir nicht so tun, als würdet Ihr Euch erinnern. Und falls Ihr Fragen habt, könnte ich jemand sein, der diese beantwortet.«

Dies war vielleicht ein gut gemeintes Angebot, wäre es nicht mit dem Einfühlungsvermögen eines Ziegelsteins präsentiert worden. Er war die letzte Person, mit der Vera etwas teilen wollte. Bereits zuvor hatte sie sich vor Gawain gehütet. Diese Unterhaltung untermauerte das nur.

»Ich habe den Eindruck, dass Ihr mich nicht sonderlich mögt«, sagte Vera daher.

»Da habt Ihr recht«, entgegnete er sehr direkt. »Aber das war, bevor ich Euren geistigen Mangel kannte.« Vera lachte überrascht auf. Gawain sah sie blinzelnd an. »Aber sich nicht zu erinnern … vielleicht ist es ein Geschenk. Ihr könnt noch einmal von vorne beginnen.«

»Ich muss mich erinnern.« Merlin hatte Vera erzählt, dass die Zauberer von Vivianes Verrat wussten. Gawain sollte dies also besser als jeder andere verstehen. »Ihr wisst, dass ich mich erinnern muss.«

Lange Zeit schwieg er, bevor er einen weiteren Schluck nahm, zusammenzuckte, als die Flüssigkeit seine Kehle traf, und dann den Krug an Vera weiterreichte. »Ich bin mir nicht so sicher. Die Magie hat sich bereits eine gewisse Zeit lang merkwürdig verhalten … schon lange vor Vivianes Angriff auf Euch.«

Ein seltsamer Geschmack breitete sich in Veras Mund aus, und in ihrem Kopf begann sich alles zu drehen. »Wie lange?«, fragte sie und vergaß, dass sie ihm nicht die Genugtuung ihres Interesses hatte schenken wollen.

»Seit vor den Kriegen«, berichtete er. »Ich habe keine Beweise, die dies belegen, aber ich vermute, seit dem Massaker von Dorchester.«

Weshalb kam Vera das bekannt vor? Und warum sah sie vor ihrem geistigen Auge einen sich senkenden Nebel, wenn sie daran dachte? Sich senkender Nebel, Donner und eine Tänzerin … Dann fiel es ihr wie Schuppen von den Augen. Es war die Geschichte, die die Künstler an einem ihrer ersten Abende aufgeführt hatten.

»Als eine ganze Stadt von einem verrückt gewordenen Magier massakriert wurde?«

Gawain warf ihr einen langen Seitenblick zu. »Es war nicht die ganze Stadt. Es war die effiziente Auslöschung jeder nichtmagischen Person in Dorchester. Ein dunkles Experiment an der Bevölkerung. Wenn Menschen, die Gaben besitzen, nur mit anderen Leuten mit Gaben Kinder bekämen, gäbe es mehr magische Geburten. So zumindest die Hypothese.«

»Und … war es so?«

»Nein«, meinte Gawain. »Ich wage zu bezweifeln, dass das Erlangen Eurer Erinnerungen einen Unterschied macht.«

Er fuhr fort, als hätte er nicht gerade Veras einziges Ziel ihrer neuen Existenz brutal mit einem Hammer erschlagen. »Bei meiner Statistik zur Volkszählung ergab sich, dass die magische Geburtenrate seit beinahe einer Dekade gesunken ist. Und inzwischen spüren wir das auch.«

Vera saß steif im Sattel. Sie spannte die Muskeln an, um sich vor der Angst zu schützen, die sie zu vereinnahmen versuchte. Seltsamerweise schien Gawain sich darüber zu amüsieren. Seine Augen funkelten sogar kurz, während er gluckste. »Ihr seid weise, vorsichtig zu sein. Ihr solltet niemandem trauen.«

Vera war überrascht genug, um ihre Stimme wiederzufinden. »Was ist mit dem König? Was ist mit Merlin?«

Gawain zuckte lediglich mit den Schultern. »Zumindest ihm solltet ihr definitiv nicht vertrauen.« Er deutete auf Lancelot. »Er stinkt regelrecht nach Lügen.«

Vera lachte. »Ich werde das im Gedächtnis behalten. Hört zu, ich wollte mich einfach nur dafür entschuldigen, der Grund gewesen zu sein, weshalb Ihr einen Mann hinrichten musstet.« Vera hatte nicht gewusst, dass sie das sagen würde, bevor die Worte ihren Mund verlassen hatten.

»Es ist meine Pflicht«, entgegnete Gawain.

»Ja, aber es ist keine, die Ihr bisher offiziell ausüben musstet, nicht wahr?«

Er sah sie wieder mit einem Seitenblick an. »Nicht offiziell. Aber auf dem Schlachtfeld war es nicht unüblich.«

Er war so fähig und präzise gewesen. Es machte Sinn, dass er diese Aufgabe bereits zuvor übernommen hatte.

»Werden Magier für so etwas ausgebildet?«, erkundigte sie sich.

»Wie?« Gawain lachte. »Ihr stellt die falschen Fragen, Euer Hoheit.« Ein lautes Lachen ertönte von Lancelots und Percivals Reitergruppe, und Vera warf ihnen einen wehmütigen Blick zu.

»Ihr wollt nicht mehr mit mir sprechen, nicht wahr?«, fragte Gawain.

Vera war so überrascht von seiner direkten (und korrekten) Wahrnehmung, dass sie sich nicht sicher war, wie sie darauf reagieren sollte.

»Ich bin ohnehin damit fertig, mich zu unterhalten«, erklärte er. »Ich habe gehört, dass Ihr seltsam seid, aber ich mag Euch lieber, als ich für möglich hielt.«

Und mit diesen Worten zog er an den Zügeln seines Pferdes und ließ sich zurückfallen, um allein zu reiten.

Immer noch irritiert, schloss Vera zu Percival und Lancelot auf, die nun getrennt von den anderen Soldaten waren.

»Ich habe Euch dahinten beobachtet. Worum ging es?«, erkundigte sich Percival.

»Dieser Typ ist verdammt schräg«, meinte Vera.

Dies brachte Lancelot zum Aufheulen, weshalb sie weiter ausführte: »Er meinte, dass er genug davon habe, mit mir zu reden, und allein reiten wolle.«

Percival murmelte ein paar gewählte Beleidigungen vor sich hin.

»Oh, ich habe noch nie erlebt, dass dich jemand so sehr in den Wahnsinn treibt«, kommentierte Lancelot. »Du magst doch so gut wie jeden.«

»Ich habe auch noch nie jemand mit so wenig Respekt für Arthur getroffen«, meinte Percival. »Und nun auch noch gegenüber der Königin. Er ist ein ungeheuerlicher, pompöser …«

»Schon gut, schon gut. Hab's verstanden«, unterbrach Lancelot ihn. »Tut er dir nicht auch leid? So allein in dieser unflätigen Gruppe?«

»Nein«, entgegnete Percival.

»Außerdem«, fügte Vera hinzu und teilte Percivals Genervtheit, die Lancelot ganz offensichtlich nicht verstand. »Er sagte zu mir, du stinkst nach Lügen, und dass ich dir nicht trauen solle.«

»Wirklich?« Lancelots Augen funkelten fröhlich. »Das ist fabelhaft. Ich werde ihn in den Wahnsinn treiben. Bis nachher!« Er machte ein sanftes Klickgeräusch, und sein Pferd trabte in Richtung Gawain davon, bevor ihn die anderen beiden aufhalten konnten.

24

Im Gegenzug zu Veras nicht vorhandenem Wissen hinsichtlich der Legenden um König Arthur (ein urkomischer Witz des Universums), war sie nur allzu vertraut mit der Geschichte Glastonburys. Basierend auf allem, was sie in der Schule gelernt hatte, und dem, was sie während Schulausflügen zur Abby erfahren hatte, sollten alle Gebäude und Unterkünfte aus Holz bestehen – einfachen Strukturen, die weniger zivilisierte altertümliche Menschen vor den Elementen schützen sollten. Doch wie so vieles in ihrem neuen Leben entpuppte sich auch dieses Wissen als falsch.

Am frühen Nachmittag erreichte die Truppe die High Street Glastonburys, als ein kalter Regen in gebrochenen Spritzern einsetzte, so als redete der Himmel aufgeregt und konnte nicht verhindern, dass sich etwas Spucke löste.

Eine fröhliche Frau begrüßte sie am Stadtrand mit einem dramatischen »Guten Morgen«, das sich hob und senkte und dadurch wie ein Bogen klang.

»Das ist Maria, sie ist die Festivitäten-Meisterin«, raunte Arthur Vera zu.

Maria war freundlich, mit einer Anordnung goldener Locken auf dem Kopf und einem hellen magentafarbenen Kleid, das nicht so aussah, als gehöre es ins siebte Jahrhundert. Aufgeregt führte sie die Gruppe zu einem Steingebäude, das gerade mal, soweit Vera es sagen konnte, einen halben Block von dort stand, wo sich in ungefähr achthundert Jahren das George and Pilgrims befinden würde.

»Lasst Eure Pferde bei Edwin; er wird sich darum kümmern, dass sie versorgt werden. Wagt es nicht, die Taschen zu berühren«, schnauzte sie Lancelot an, der grinste und ergeben die Hände von der Satteltasche an seinem Pferd nahm. »Tawdry wird sie in Euer Gemach bringen. Euer Majestät, dürfte ich Euch wohl für einen Moment entführen? Meine Königin, Ihr könntet, wenn Ihr möchtet, bereits in Eure Gemächer gehen. Ich bin mir sicher, dass Ihr Euch von der langen Reise erholen möchtet.«

Es war die Unterkunft, die sie jedes Jahr bei dem Besuch während der Feierlichkeiten in der Stadt nutzten. Die Entourage des Königs hatte das gesamte Erdgeschoss.

»Dies ist dein Zimmer«, flüsterte Matilda Vera zu, griff an ihr vorbei und öffnete die erste Tür auf der linken Seite. Vera linste in den Raum, ihre Augen wurden direkt von dem brennenden Feuer in einem großen Kamin auf der gegenüberliegenden Seite angezogen, und dazwischen lagen alle Annehmlichkeiten eines Schlafzimmers.

»Ich bin im nächsten Zimmer, und das von Lancelot ist gegenüber«, fuhr Matilda fort. »Soll ich dir helfen, dich zurechtzufinden?«

Vera versicherte Matilda, dass sie zurecht kam, und schickte sie weg. Seltsamerweise stellte sie mit dem Kopf zur Seite gelegt fest, dass der gesamte Raum von Feuer erleuchtet war – von dem kräftigen im Kamin hin zu kleinen, flammenden Kerzen, die sich die Wand entlang aufreihten. Ein Kronleuchter mit Kugeln hing von der Decke, vollständig dunkel, und die Marmorfliese, die genutzt wurde, um ihn zu erhellen, war an ihrem üblichen Platz, aber mit einem Stück Stoff abgedeckt.

»Zur Sonnenwende nutzen wir nur das Licht des Feuers.« Vera zuckte zusammen, als Arthurs Stimme hinter ihr ertönte. »Entschuldige, ich wollte dich nicht erschrecken.« Er lächelte. »Kein magisches

Licht während des Julfestes. Es stammt alles von der Erde, um zu feiern, dass das Licht der Sonne zurückkehrt.« Sorge grub sich in seine Züge, als sein Blick durch das Zimmer huschte. »Ist das in Ordnung?«

Vera sah zu den Möbeln. »Es ist wunderschön.«

Aber Arthur blieb weiterhin angespannt. »Es … gibt nur ein Zimmer für uns beide.«

Ah. Daran hatte sie nicht gedacht, hatte sich daher keine Sorgen gemacht. Sie hatten zuvor noch nie das Bett geteilt. »Ich muss nicht …«, begann Arthur. »Ich kann in Lancelots Gemach schlafen.«

Vera lachte. »Das wäre ihm gegenüber schrecklich unfair.« Sie stellte sich vor, dass zumindest eine der Frauen, die er in seine heilige Höhle mitgenommen hatte, anwesend war. »Es ist in Ordnung«, meinte sie nun wieder ernst, hoffte, dass ihre Versicherung vielleicht seine Stirn glätten würde. »Ich vertraue dir.« Und in Vera löste sich bei diesen Worten auch ein Knoten, denn sie meinte es ernst.

Heute Abend würde die Jul-Abendfeier stattfinden, eine Nacht voll Essen, Getränke und tollen Aufführungen. Als sie unter dem enormen Steinbogen zum Festgelände gingen, wurde Veras komplettes Sichtfeld von Fackeln erfüllt, deren offene Flammen tänzelnde Lichter in alle Richtungen warfen. Außerdem gab es überall auf dem Hof Kerzenständer, Lagerfeuer mit Gruppen von Bewunderern, die sich darum am hinteren Ende des Platzes versammelten, und in der Mitte, in der Nähe der Vorderseite, wurde eine Bühne clever von niedrigen Flammenbecken erleuchtet. Tische und Stühle waren über den Hof verteilt, und an jeder Ecke stand eine behelfsmäßige Bar, an der Wein und Ale ausgeschenkt wurden.

Ein Kribbeln begann auf Veras Armen, und ihre Augen mussten sich an das Licht der Umgebung gewöhnen, um über den Hof hinwegzusehen. Zuerst konnte sie nur eine sich abzeichnende Struktur erkennen. Etwas kam ihr dort, wo sie stand, bekannt vor. Das Kribbeln verwandelte sich in Gänsehaut, als Vera sich zur High Street drehte, um sich zu orientieren. Sie stand da, wo eines Tages die Abtei errichtet werden würde. Jetzt, im Jahr sechshundertdreiunddreißig nach Christus wäre hier allenfalls eine einfache Holzkirche gestanden, um die Grundstruktur vorzugeben. Aber Vera ging darauf zu, verengte die Augen.

Arthur folgte ihr. »Was siehst du dir an?«

»Das … es ist …« Sie wollte »unmöglich« sagen, während sie keuchend die kunstvolle Steinkathedrale betrachtete, die sich über ihr erhob. Zwei Türme standen Vera gegenüber, in ihrer Mitte befand sich der Großteil eines Gebäudes – nicht in dem gotischen Stil, den sie von der Ruine der Kirche aus ihrer Zeit kannte, sondern mit Zacken und Strebepfeilern. Sie war runder und sanfter, eher im selben Stil wie das Schloss in Camelot, aber dennoch so beeindruckend wie das moderne Abbild, das Vera kannte. Und da es keine Aufzeichnungen gab, keine Archäologie, die diese Realität, in der Vera nach vorne gehen und sie mit den Fingern berühren konnte, gab, wusste sie, dass die Kathedrale durch Magie errichtet sein musste. Die Steinstruktur, von der es archäologische Beweise *gab*, würde erst in über hundert Jahren errichtet werden. Was, bitte, könnte geschehen, dass diese gigantische Schönheit vor ihr auslöschen würde?

»In meiner Zeit gibt es hier nur Ruinen«, berichtete sie. »Beeindruckende Ruinen, aber nicht so. Das ist … niemand aus meiner Zeit hat sie je so gesehen.«

Arthur legte den Kopf schief. »Außer dir.«

»Ich schätze mal, das stimmt.«

Vera folgte Arthur zurück zu den Feierlichkeiten. Sie bahnten sich ihren Weg zu einem Tisch in der Nähe der Vorderseite, wo Matilda, Percival, Gawain und Lancelot bereits saßen und sich die Künstler ansahen, die schon mit ihrer Vorführung begonnen hatten. Vera saß neben Percival, der besonders elend wirkte, die Ellbogen auf den Tisch gestützt hatte und seine Wange auf eine Hand, um den Kopf aufrecht zu halten, was die Narbe in seinem Gesicht noch deutlicher zum Vorschein brachte als sonst. Er sah nur kurz zur Bühne, ansonsten starrte er in seinen Becher.

»Sie erzählen gerade Percivals Geschichte«, flüsterte Lancelot Arthur und Vera zu.

»Die ist famos«, meinte Arthur, dessen Lippen so nah an Veras Ohr waren, dass die kaum vergangene Gänsehaut an ihrem Nacken wieder aufflammte. Er nahm zwei Kelche von einem vorbeieilenden Bediensteten und reichte Vera einen davon, als sie Platz nahmen.

Percival stöhnte, und Lancelot verdrehte die Augen. »Oh, du armer leidender Krieger. Es muss so schrecklich sein, verehrt und geliebt zu werden, weil du so ein großer Held bist«, neckte er, als er ebenfalls einen Kelch nahm. Ihm fiel auf, dass Gawain der Einzige war, der ohne Getränk dasaß, nahm ein zweites und reichte es ihm.

Gawain sah beinahe so unglücklich wie Percival aus, aber Vera vermutete, dass dies eher sein normales Gesicht war. Er funkelte böse die Bühne an und murmelte beinahe nicht hörbar Lancelot seinen Dank zu.

Vera verlagerte ihre Aufmerksamkeit zur Bühne. Ein Redner erzählte, während die Darsteller graziös die Geschichte durch ihren Tanz, der von Musikern untermalt wurde, interpretierten.

»Es gab dabei kein Tanzen«, grummelte Percival. Vera grinste und ignorierte ihn sonst, da sie gespannt seiner Geschichte lauschte. Sie erschufen eine Szene: Es war die ausschlaggebende Schlacht im Krieg.

»Das entspricht nicht einmal annähernd der Wahrheit«, meinte Percival.

Er war gerade mal fünfzehn Jahre alt gewesen.

»Genau genommen war ich fünfzehn, als ich den Streitkräften beigetreten bin. Bei diesem Kampf war ich sechzehn«, erzählte er

Vera. Matilda wies ihn an, still zu sein, und er seufzte, aber schwieg danach.

Sein Mut und seine Loyalität führten dazu, dass er direkt in den Dienst des Königs gestellt wurde. Sie hatten den vorherigen Kampf verloren, und es sah nicht gut aus. Arthur war mitten in der Schlacht, und Percival kämpfte mutig, um zu ihm zu gelangen und ihn zu unterstützen. Beide waren in einem Schwertkampf gefangen, kämpften um ihr Leben.

Vera sah zu den drei Kriegern am Tisch. Percival biss sich auf die Lippen, während er zögerlich die Aufführung beobachtete. Arthur und Lancelot lächelten beide. Sie wollten ihn nicht nerven, sondern feierten ihn wie einen geliebten Bruder. Arthur ließ den Blick über die Menge schweifen, versicherte sich, dass die Leute auch zusahen.

Die Geschichte erreichte den Höhepunkt, als Arthur und Percival nur wenige Meter voneinander entfernt kämpften. Arthur war beschäftigt, und seine Arme waren nicht frei. Es gab jedoch einen weiteren Angreifer, und dessen Schwert war kurz davor, von der Seite in Arthurs Kehle einzudringen. Auch Percival wurde attackiert. Er hätte problemlos den Stoß auf sein Gesicht blockieren können. Stattdessen stach er mit seinem Schwert zu, um Arthurs Angreifer zu stoppen, in dem Wissen, dass er das Schwert seines Gegners ins Gesicht bekommen würde.

Es hätte seinen Tod bedeuten sollen, tat es aber nicht. Laut dem Erzähler diente Percivals mächtiger und selbstloser Geist als Schild, der von Gott geschickt wurde, um ihn am Leben zu halten. Arthurs gesamte Streitmacht war Zeuge dieses Wunders, fand ungezügelte Stärke darin, und kurz darauf war die Schlacht gewonnen. Arthur schlug Percival noch vor Ort zum Ritter; er war die jüngste Person, der diese Ehre jemals zuteilgeworden war.

»Aber das ist nicht passiert«, erzählte Percival Vera. »Magie hielt das Schwert davon ab, mich mit seiner vollen Macht zu treffen, oder mein gesamter Kopf wäre Gesicht voraus in zwei geteilt worden, anstatt nur eine mickrige Narbe darauf zu hinterlassen.« Es handelte sich dabei wohl kaum um eine mickrige Narbe, immerhin verlief sie über seine gesamte Gesichtshälfte. Percival kratzte unbewusst an der Stelle direkt unter seinem Auge. »Es war wie«, er schüttelte frustriert den Kopf und starrte ins Leere, als er sich erinnerte, »ein unsichtbarer Arm oder … oder ein Seil oder so etwas, das den Schwertarm des Kriegers genau dann zurückzog, als sein Schlag mich traf.«

»Wer war es?«, fragte Vera. »Wer hat dich gerettet?«

»Keine Ahnung«, gestand Percival. »Aber es war kein göttliches Wunder. Es war die Magie von jemandem, der mit uns auf dem Schlachtfeld war.« Er sah sich um, als würde sich sein Retter zeigen.

»Ja, und Arthur hat ihn auch nicht direkt dort zum Ritter geschlagen. Zuerst hat er veranlasst, dass die Blutung gestoppt wurde«, mischte sich Lancelot ein. »Aber das ist keine gute Geschichte!«

Percival schüttelte den Kopf und leerte seinen Becher in einem Zug. Niemand erwähnte es den restlichen Abend mehr, welcher stattdessen mit Gelächter und jeder Menge Kelche voller Alkohol für ihren Tisch verbracht wurde. Die Besucher des Fests kamen vorbei und begrüßten sie, vor allem Arthur und Vera.

Vera hielt ungefähr ein Dutzend Babys, wurde öfters auf die Hand geküsst, als sie zählen konnte, und ihre Wangen schmerzten von all dem Lachen. Es war nicht unangenehm, aber sie war erschöpft, als es immer später wurde, und sie hatte sich bereits einen Plan überlegt, wie sie ihren Sonnwendmorgen in Glastonbury verbringen würde. Sie konnte nicht so nah am Tor sein, ohne zum Sonnenaufgang hinaufzusteigen.

Matilda sah Vera vom anderen Ende des Tisches aus gähnen. »Bist du bereit, dich für den Abend zurückzuziehen?«, erkundigte sie sich.

Vera lächelte dankbar. »Ja, ich denke schon.«

Matilda erhob sich, um sie zu begleiten.

Arthur ebenfalls.

»Du kannst gern bleiben. Das ist in Ordnung.« Sie berührte seinen Arm. Es war eine Geste, die niemandes Aufmerksamkeit auf sich zog, aber Arthur starrte auf Veras Finger, als sich Schmetterlinge in ihrem Magen ausbreiteten. Sie hatte ihn zuvor bereits berührt. Warum war dies so anders? Sie blinzelte, um sich aus ihren Gedanken zu befreien.

»Du tust mir einen Gefallen«, meinte Arthur. »Ansonsten wird dieses Pack versuchen, mich bis Sonnenaufgang hier festzuhalten.«

»Stimmt«, bestätigte Lancelot laut. Er grinste mit glasigen Augen zu ihnen hoch. »Es gibt nur ein paar Tage im ganzen verdammten Jahr, an denen ich keine Verpflichtungen und Aufgaben habe und …« Er wedelte mit der Hand, suchte nach dem Wort. »Und so. Ich habe vor, das Beste daraus zu machen.« Seine Sprache klang bereits verwaschen und verriet seine Trunkenheit, aber er gab sich sichtlich Mühe, noch verstanden zu werden.

»Ich schätze mal, du möchtest nicht morgen früh mit mir zum Tor hochrennen?«, fragte Vera lachend, hoffte aber, dass ihre Enttäuschung nicht sichtbar war.

»Auf keinen Fall«, entgegnete Lancelot. »Aber ich werde es für dich, Guinna.« Er schlug mit der Faust auf den Tisch und zeigte ernst auf sie. »Nur für dich.«

»Wag es ja nicht«, entgegnete sie. Sosehr sie es auch liebte, dies mit ihm zu teilen, wollte Vera seinen Morgen der Erholung nicht stehlen. Und sie würde auch nicht zulassen, dass ihn Schuldgefühle dazu trieben, die Folter eines verkaterten morgendlichen Laufs den unfassbar steilen Hügel hinauf anzutreten.

»Ich war noch nie oben auf dem Tor«, meinte Arthur. »Ich würde gern mitkommen.«

»Wirklich?«, fragte Vera. »Bist du sicher?«

»Nur wenn es dir nichts ausmacht, dass ich dich aufhalte. Ich bin kein großartiger Läufer wie ihr zwei.«

»Das macht mir gar nichts«, versicherte Vera. »Danke.«

War dies derselbe Mann, der sie den Großteil von drei Monaten nur mit einem kalten, abschätzigen Blick betrachtet hatte? Nun war Arthurs Gesicht überzogen von Sanftheit, seine Augen von Sorge gezeichnet. Er wusste, wie viel ihr das bedeutete.

25

Den Berg Tor hochzurennen, war genauso vertraut wie zu atmen, aber dieses morgendliche Unterfangen hätte ebenso gut das erste Mal auf dieser Strecke sein können. Auf viele Arten war es das auch. Chronologisch gesehen (auf eine Art und Weise, die ihr Hirn ganz schön überforderte), *war* dies das erste Mal, dass Vera den Weg lief, der ihr irgendwann so vertraut war. Es war auch das erste Mal, seit sie die Wahrheit über sich kannte (oder zumindest etwas *mehr* davon). Und es war das erste Mal mit Arthur.

Das Bett, das sie letzte Nacht geteilt hatten, war groß genug gewesen, dass sich, wenn überhaupt nur ihre Fingerspitzen berührten. Sie hatte erwartet, dass das Wissen, dass er so nah war, sie vielleicht wach halten würde, aber sie schlief schnell ein und tiefer, als sie es seit Wochen getan hatte.

Dies hatte vielleicht etwas damit zu tun, dass sie sich an einem Ort befand, der sich nach zu Hause anfühlte. Und sie ihrem Lieblingsmorgenritual nachgehen konnte. Arthur war bereits auf und angezogen, als Vera erwachte. Unsicher hinsichtlich der Konditionen, in denen sich der Pfad befand, gingen sie früher als nötig los und bahnten sich ihren Weg durch die Landschaft. Sie joggten die Straße entlang, an der White-Spring-Quelle vorbei, wo Vera zum ersten Mal diese Zeit betreten hatte, und weiter nach oben, entlang der langen Steigung. Der Weg war frei. Genug Pilger hatten einen natürlichen Trampelpfad auf dem ansonsten mit Gras übersäten Hügel geschaffen.

Dennoch war das Gelände zum Laufen eine größere Herausforderung. Sie rannten einen besonders steilen Teil hinauf, Vera war ungefähr einen halben Schritt vor Arthur. Als er anhielt, fühlte sie seine Abwesenheit sofort und stoppte ebenfalls.

»Shit.« Er keuchte, als er den Anstieg vor sich betrachtete. Sein Gesicht glänzte vor Schweiß, und sein Atem kam schwer in kalten Nebelwölkchen.

Vera grinste. »Ja, es ist hart. Möchtest du eine Weile gehen?«

Er gluckste durch einen tiefen Atemzug und sah sie bewundernd an. »Nein«, meinte er.

Es war eine Lüge, von der sie wusste, dass er sie nur tapfer ihr zuliebe anbot. Sie war durch die vielen morgendlichen Läufe mit Lancelot schneller geworden, und in ihrer Aufregung, wieder diesen Weg zu joggen, hatte sie das Tempo vielleicht noch mehr angezogen als sonst. Arthur hielt spielerisch mit ihr mit, bis zum letzten Teil, als ihre Aufregung die Überhand gewann. Sie sprintete zur Spitze. Der Atem hätte ihr auch dann gefehlt, wenn sie nicht schon außer Puste gewesen wäre.

Mit sich dehnender Brust bestaunte sie die Aussicht mit einem offenen Lächeln im Gesicht. Der St Michaels Tower würde erst in ein paar Jahrhunderten erbaut werden. Stattdessen stand ein einzelnes Steintotem dort, wo eines Tages der Grundriss des Turms sein würde. Es war größer als sie beide, aber nicht gigantisch. Arthur konnte hüpfen und seine Spitze berühren, welche wie das abgerundete Ende eines stumpfen Wachsmalstifts war. Gedrungene graue Steine umgaben es in gleichmäßigen Abständen. Diese sahen wie Bänke aus. Vera zählte zwölf an der Zahl und fragte sich, ob sie eine Sonnenuhr bildeten.

Dann fiel ihr das Fundament des Totems in der Mitte auf. Dieses war von einer Ansammlung von Opfergaben und einem behelfsmäßigen Schrein umgeben. Dort standen Kerzen, handflächengroße

Zeichnungen lagen unter Steinen, gebundenen Kordeln und Schleifen, keltischen Knoten aus dünnen, biegbaren Zweigen und eine Handvoll Tonstatuen.

Arthur erklomm die Spitze des Tors und stieß in dem Kreis zu ihr. Auch er hatte so etwas noch nie zuvor gesehen. »Ist das in deiner Zeit noch da?«, erkundigte er sich.

Vera schüttelte den Kopf.

Er kniete sich hin, um eine der Miniaturstatuen, die umgefallen war, wiederaufzurichten, bevor er sich die Zeichnungen und Notizen ansah. Vera drehte sich auf der Stelle um. Keine andere Person war auf dem Gipfel, und es gab keine Richtung, in der die Aussicht nicht unglaublich war. Und dort war ihr Fleckchen: der Ort, an dem sie gern saß (oder, wie sie annahm, der Ort an dem sie *eines Tages* in der entfernten Zukunft gerne sitzen würde). Sie zog die Schuhe aus, ließ Arthur in dem Kreis zurück und sich von ihren nackten Füßen an die Stelle tragen, die ihr Wohlbefinden schenkte.

Nebelschwaden hatten sich am Fuße des Bergs gesammelt. Dadurch sah es von hier oben immer wie eine Insel aus. Nun lag unter der Nebelschicht tatsächlich Wasser und Moorgebiete. *Die Insel Avalon*. Die Worte kamen Vera, als Arthur sich neben sie setzte.

Auch sein Gesicht war auf die sie umgebende Landschaft gerichtet, mit dem Blick von jemandem, der über ein Weltwunder gestolpert und von der Pracht wie betrunken war. »Von hier aus kann man meilenweit sehen«, erklärte er und sah Richtung Camelot. »Ich habe das ganze Königreich bereist. Bin schon Dutzende Male an diesem Hügel vorbeigekommen. Aber ich habe es noch nie zuvor wirklich *gesehen*.«

Seine vorsichtige Maske war einer unterwürfigen Ehrfurcht gewichen, die Augen streiften von links nach rechts den Horizont entlang, als wäre dieser eine Schrift, die gelesen werden konnte. Aber selbst in seiner Ehrfurcht wirkte er so erschöpft. Und das nicht, weil er frühmorgens für eine Joggingrunde aufgestanden war. Unter diesen ehrfürchtigen Augen lagen Ringe, und beinahe permanente Falten gruben sich in seine Stirn. Er war müde und ausgelaugt. Es war etwas, das Arthur nicht häufig durchblitzen ließ, das er aber immer in sich trug. Es gab vieles, was er nicht zeigte.

»Wie oft bist du hier hochgerannt?«, erkundigte er sich.

»Mindestens ein paarmal pro Woche.« Vera zuckte mit den Schultern, eine beiläufige Geste, die der Wichtigkeit dieser Erinnerung nicht gerecht wurde. »So ziemlich jeden Tag, seit ich zurück nach Hause gezogen bin, nachdem ...« Ihre Stimme überschlug sich in der Kehle. »Nach ...« Sie wollte es ihm unbedingt erzählen. Sie konnte nicht weiter diese halbwahre, halblebendige Existenz führen, aber sie wusste nicht, wie sie es entwirren konnte.

Arthur ließ die Leere zwischen ihnen hängen. »Wie wäre es, wenn du diesen Satz beenden würdest?«

Seine Einladung verkleinerte die Lücke zwischen dem, was geschehen war, und dem, was sein könnte.

»Ich würde gern wissen, was du nicht gesagt hast«, meinte er.

Vera würde sich nicht erlauben, ihre Antwort zu überdenken. Wenn sie zögerte, würde sie sich einen Weg aus dieser Zuflucht (und dem Schrecken) der Wahrheit erschwindeln.

»Nachdem Vincent starb«, sagte sie. Es erklärte gar nichts. Dennoch wartete er. »Ich habe ihn geliebt.« Sie zitterte, aber konnte nicht aufhören. »Er hat das Foto von mir und meinen Eltern gemacht. Weniger als zwei Wochen später ist er umgekommen.«

»Was ist passiert?«

»Ein Autounfall«, erzählte Vera, wobei ihr klar wurde, dass dies für ihn keinen Sinn machte. »Ähm ... Ich weiß nicht wirklich, wie ich es erklären soll. Es ist eine Kutsche ohne Pferde ...«

»Ich weiß von Automobilen«, unterbrach Arthur. Vera drehte sich verwirrt zu ihm, und er stellte es klar. »Aus den Büchern, die Merlin für dich brachte.«

Sie war neugierig, wie diese Entdeckung wohl für ihn gewesen war, aber schob es fürs Erste beiseite. Sein Wissen machte diese Geschichte für ihn leichter zu verstehen. Vera schluckte und fuhr fort: »Ich habe erfahren, dass er in einen Unfall verwickelt war, und bin ins Krankenhaus geeilt. Ich wusste, dass es schlimm war, aber nicht *wie* schlimm. Ich kam gerade rechtzeitig, um zu sehen, wie er nach hinten gebracht wurde. Es war schrecklich. Er war … entstellt. Ich hätte wissen müssen, dass er sterben würde, aber ich war naiv-hoffnungsvoll. Er starb allein. Dann kamen seine Eltern, und ich musste ihnen erzählen, dass ihr Sohn tot ist. Es war ein Albtraum.«

Ihre Worte wirkten wie Hefe in ihrer Erinnerung, als sie die Geschichte erneut erzählte. Sie schwollen an und erwachten wieder zum Leben: die hektischen Geräusche, das fluoreszierende Licht an der Decke, das alles in eine grässliche Aura hüllte, und Vincents Mutter … wie es mehrere Sekunden dauerte, bis sie die Worte verstanden hatte, nachdem sie sie hörte, und die Art, wie der Schrecken physisch durch sie fuhr.

»Ich habe noch nie jemandem von dieser Nacht erzählt.«

Arthur nahm Veras Hand. »Es tut mir so leid.«

»Es machte es einfacher hierherzukommen«, meinte Vera. »Was dazu führt, dass ich mich erst recht schlecht fühle.«

»Was meinst du? Das ist doch verständlich.«

Würde sie ihm wirklich alles erzählen?

»Mein Vater … mein echter Vater, der, der mich großgezogen hat, ist sehr krank. Er wird gerade behandelt und könnte überleben, aber es ist …« Sie hielt inne. Sie war kurz davor gewesen, *unwahrscheinlich* zu sagen, konnte es aber nicht. »Es sieht nicht gut aus«, erklärte Vera stattdessen, musste aber dennoch die Zähne zusammenbeißen und zum Horizont starren, bevor sie ihrer Stimme wieder traute. »Wenn ich dir helfen kann, das hier in Ordnung zu bringen, dann gehe ich zurück, um bei ihm und meiner Mutter zu sein, bis es … ihm besser geht.« Sie beendete die Lüge mit einem angestrengten Lächeln.

Zu diesem Zeitpunkt wünschten sie sich vielleicht schon alle, dass sie einfach von Anfang an weggeblieben wäre. Vera lachte verächtlich. »Auch wenn ich sehr viel näher dran bin, dein Königreich zu Fall zu bringen, statt zu helfen. Vielleicht würde es etwas nutzen, wenn ich nicht jedes Mal die Beherrschung verlieren würde, wenn ich …« Ihre Erinnerungen überschlugen sich bei dem Gedanken an Joseph und den Moment, in dem er zu einer leeren Hülle wurde. »Ein Mann wurde getötet, weil er mich beleidigte und ich nicht die Klappe halten konnte.«

Aber Arthurs Gesichtsausdruck wurde ungläubig, als er Vera anstarrte. »Das ist es nicht, was geschah. Ich stand keine zwei Meter von dir entfernt. Und ich habe alle Zeugen von diesem Tag befragt.«

Hatte er das? Und sie wusste auch, dass er in der Nähe gewesen war, aber sie hatte nicht gedacht, dass er zugehört hatte.

»Du dachtest, dass er Helene beleidigt.« Arthur rieb mit dem Daumen über Veras Handrücken und Schmetterlinge breiteten sich in ihrem Bauch aus. »Das ist auch nicht das, was mit Wulfstan geschah. Das ist nie das, was passiert ist.«

»Woher weißt du das?« Es klang anklagender als beabsichtigt. Vera ließ Arthurs Hand unter dem Vorwand los, sich neu hinzusetzen, bereute es aber noch, bevor die Wärme seiner Finger von ihrer Haut verschwunden war.

»Denn du tust dies nicht für dich selbst«, meinte er. »Ich habe dir Hunderte Gründe gegeben, um mich deinen Zorn spüren zu lassen, und du hast nichts getan.«

Darauf hatte Vera keine Antwort, aber ein Glühen begann am Horizont.

»Die Sonne geht auf.« Vera nickte in die Richtung. »Das willst du nicht verpassen.«

Dies ließ erfolgreich die Blase der Anspannung platzen, als er seinen erwartungsvollen Blick von ihr löste. Sobald die ersten Sonnenstrahlen erschienen, atmete Arthur hörbar ein.

»Ich habe noch nie zuvor einen Sonnenaufgang gesehen«, gestand er. Sie saßen schweigend nebeneinander, bis sich die Sonne vollständig hinter dem Horizont erhoben hatte, eine Münze aus Gold, die tief im Himmel hing und das Land mit seinem Glühen badete.

»Es wäre nicht falsch gewesen, wenn du zu deiner eigenen Verteidigung etwas gesagt hättest«, meinte Arthur, den Blick immer noch in die Ferne gerichtet. »Ich wünschte, das hättest du.«

»Ich würde es bevorzugen, wenn du mir keine weiteren Gründe dazu liefern würdest.« Sie meinte es als Witz, aber seine Reaktion passte nicht zu ihrem Lächeln. Es war, als wäre ihm eine Last auferlegt worden.

Vielleicht die Last seines eigenen Verlustes? Sie war nicht die Einzige, die trauerte. Vera schlang eng die Arme um die Knie. »Ist es das, was Guinevere getan hätte? Dich angeschrien?«

Sein Atem entkam ihm als hartes Lachen. »Ich bin mir nicht sicher. Es gab auf jeden Fall einiges, das sie gesagt haben sollte, das mit ihr gestorben ist.« Arthurs Kiefer spannte sich an, löste sich aber wieder, bevor Vera Zeit hatte, sich zu überlegen, was das wohl bedeutete. »Du bist auf viele Arten wie sie. Diese Dinge mag ich an dir«, fügte er hinzu, als sie sich sträubte. »Und auf viele Arten bist du anders.«

»Hast du sie geliebt?«, fragte Vera leise.

Seine Antwort war fast eine Grimasse. Schuld? Sie dachte an Matilda. Wenn Vera und Arthur ehrlich waren, dann konnte sie genauso gut fragen: »Bist du in Matilda verliebt?«

Seine Grimasse verschwand. Arthur sah aus, als hätte sie ihm einen Eimer eiskaltes Wasser über den Kopf gekippt. Er lachte sogar. »Ist es das, was du denkst?«

Vera zuckte verlegen mit den Schultern und nickte.

»Ich liebe Matilda«, meinte er vorsichtig. »Aber nicht auf eine romantische Art. Sie ist Familie. Unsere Mütter waren Schwestern. Matilda ist das, was einem Geschwisterteil immer am nächsten gekommen ist, außer vielleicht noch Lancelot.«

Jetzt war es Vera, die lachte. »Das hättest du mal früher erwähnen können.«

»Ich habe nicht darüber nachgedacht, weil …«

»Weil ich es wusste.« Sie beendete den Gedanken für ihn, korrigierte sich dann aber. »Guinevere wusste es.«

Arthur seufzte. Er erhob sich und machte ein paar Schritte nach vorne. Dann schüttelte er den Kopf und begann auf und ab zu tigern, tief in Gedanken versunken. »Ich hasse es, dass dir dein Leben gestohlen wurde. Das ist so ein Durcheinander.«

»Das ist es. Ich liebe mein Zuhause. Meine Eltern. Es war ein einfaches Leben, ein gutes.« Vera war sich nicht sicher, wie sie mit ihren Gefühlen umgehen sollte, dennoch versuchte sie es. »Aber es gibt auch Dinge hier, die recht schön sind. Ich hatte noch nie zuvor echte Freunde. Und … für die Sonnwendfeier in Glastonbury zu sein, es auf eine Art zu erleben, wie es sich jemand aus meiner Zeit nicht einmal im Traum vorstellen könnte?« Sie sah sich um und war erneut gebannt von dem Sonnenaufgang und dem Kreis oben auf dem Hügel. Dann fiel ihr Blick auf Arthur. Mit ihm hier zu sein, war ein Teil von dem, was ihr Herz schneller schlagen ließ. »Das ist spektakulär. Ich werde diesen Morgen für immer wertschätzen.«

Arthur lächelte, auch wenn ein Teil der Maske zurückgekehrt war und das Aufblitzen von Scham verbarg. Er marschierte ein paar Schritte, drehte sich dann um und tat dasselbe in die entgegengesetzte Richtung. Wenn sie die Stille lange genug andauern lassen würde, dann wusste sie, dass er die Worte finden würde, mit denen er kämpfte. Aber dann machte er kehrt, um in die andere Richtung zu tigern, und Vera wurde klar, dass sie dies schon einmal gesehen hatte.

Sie keuchte, und Arthur sah zu ihr, komplettierte dadurch die Vision, stimmte perfekt mit ihr überein.

»Das warst du«, flüsterte sie.

»Was?« Arthur war verwirrt.

»Ich war während der letzten Sonnenwende hier. Genau hier, saß an dieser Stelle, und ich habe geglaubt, einen Geist zu sehen.« Vera schluckte. Ihre Hände zitterten. »Das war es. Ich habe genau diesen Augenblick gesehen. Ich habe dich gesehen.«

26

Vera erzählte Arthur auf dem Weg vom Tor zurück die ganze Geschichte: was sie gesehen hatte, wie alles übereinstimmte – alles in exakten Details. »Ich *weiß*, dass du es warst«, meinte sie. »Da bin ich mir sicher. Ist das vollkommen verrückt?«

Aber Arthur fand es überhaupt nicht verrückt. Vielleicht war der Schleier aus Magie und Zeit dünn: derselbe Tag, derselbe Ort. Vielleicht war es Glück. Wie auch immer, es fühlte sich so an, dass was auch immer *es* war, bedeutete, dass zumindest *etwas*, das geschah, mit dem Universum in Ordnung war.

Sie hielten kurz an, damit Vera ihre Schuhe tauschen und sich ein Kleid überziehen konnte, bevor sie die High Street entlangschlenderten. Dort herrschte bereits reges Treiben, da die Besucher sich auf den Markt stürzten, um schon früh Festartikel zu erstehen. Arthur hielt an einem Essenswagen mit süßem Apfelgebäck an, das heiß, aber so köstlich war, dass Vera selbst dann zufrieden die Augen schloss, als der Dampf ihr die Zunge verbrannte.

Es wäre weise gewesen, mit dem nächsten Bissen zu warten, da dieser näher an der Mitte des Stückchens war und reichhaltig mit heißer, klebriger Füllung voll, die ungefähr dieselbe Temperatur wie geschmolzene Lava hatte.

Der besondere Appetit nach einem Lauf machte diese Entscheidung schwer. In diesem Augenblick hatte Vera die Wahl, aber keine war besonders anmutig: sie könnte entweder den Bissen auf den

Boden spucken oder ihr Bestes geben und leiden. Vera entschied sich für das Letztere und sog alles andere als elegant frische Luft in den siedeheißen Mund, um den hinterhältigen Apfel abzukühlen, als Maria zu ihnen kam. Arthur riss den besorgten Blick von Veras Mätzchen los (welche sie natürlich nicht erklären konnte, da sie den Mund voll hatte), um Maria zu begrüßen.

Vera gab ihr Bestes, um zu lächeln, ohne den Mund vollständig zu schließen (immerhin brauchte der Dampf ein Ventil) und versuchte nicht so zu wirken, als hätte sie lächerliche, selbstverursachte Schmerzen, die sie aber offensichtlich hatte.

Maria bemerkte es nicht. »Guten Morgen, Euer Hoheiten!«, sprudelte sie los, während sich ihre Stimme melodiös um die Worte hob. »Euch beide wiederzusehen … und mein Gott! Unzertrennlich, wie es scheint. Nun, ich schätze mal, dass dies Sinn macht, nachdem Ihr so lange getrennt wart.«

Vera verengte die Augen, als sie schluckte, ein weiterer Fehler, da sie sich nun fühlte, als wäre ihre Kehle heiß genug, um Feuer zu speien. Maria hingegen fuhr einfach fort: »Wir hatten nicht vor zu fragen, da wir wissen, dass sich die Königin erholt. Aber nun, da wir Euch beide zusammen gesehen haben – also, wir haben gesehen, wie gut die Königin aussieht …« Maria strahlte sie an. Vera hörte die versteckte Botschaft heraus. Die Gerüchte der Zwietracht zwischen Arthur und ihr hatten es bis hierher geschafft.

»Ja?«, forderte Arthur auf.

»Erinnert Ihr Euch an das Jahr, in welchem Ihr die Feierlichkeiten eröffnet habt? Mit dem Jul-Carol?«, erkundigte sie sich.

»Ja«, bestätigte Arthur, und Vera begann zu nicken, versuchte mitzuspielen. Er biss sich auf die Lippen, um das Grinsen zu verbergen.

»Es wäre wundervoll, wenn Ihr dies heute Abend wieder tun könntet. Wäre das möglich? Bitte?« Marias Augen funkelten Vera fröhlich an.

»Auf jeden Fall!«, verkündete diese schulterzuckend, immer noch aufgewühlt wegen ihres verbrannten Munds, aber zur Freude einer überschwänglichen Maria und zu Arthurs großem Erstaunen.

Maria quietschte regelrecht vor Begeisterung, als sie davoneilte, um wen auch immer wissen zu lassen, dass Vera sich einverstanden erklärt hatte.

»Was ist das … Jul-Carol?«, wandte sie sich an Arthur. »Ist das eine Art Lesung oder Prozession oder … muss ich etwas aufsagen?«

»Das … ich kann nicht fassen, dass dies gerade wirklich passiert ist«, stammelte Arthur. »Ähm, nein. Es ist ein Tanz.«

»Oh«, machte Vera. »Scheiße.«

Die Sorge verschwand von seinem Gesicht, und er lachte. »Das ist schon in Ordnung. Wir haben den ganzen Tag, um ihn dir beizubringen.«

Sie hatten nicht *wirklich* den ganzen Tag. Maria stellte klar, dass sie vorhatten, Vera eine etwas traditionellere königliche Behandlung zukommen zu lassen, um sie auf den Abend vorzubereiten. Aber sie hatten einige Stunden Zeit, bevor diese begann, selbst nachdem Arthur meinte, dass er etwas Zeit benötigen würde, um ein paar Dinge zusammenzutragen. Vera und Matilda gingen eine Weile auf dem Markt einkaufen, wo sie genug Schätze zum Erstehen fanden, dass sie die Hände voll hatten, was die Entscheidung, in ihr Gemach zurückzukehren, einfach machte. Vera hatte sich dort nicht lange aufgehalten, als Arthur zurückkehrte, ebenfalls mit vollen Händen – und eine Laute bei sich trug.

Vera zog die Augenbrauen hoch, als sie dies sah, und schlürfte weiter an dem Getränk, das sie sich eingeschenkt hatte. »Bist du musikalisch veranlagt?«

Aber er antwortete nicht darauf. Seine Augen verdunkelten sich und blieben an ihrem Kelch hängen. Sie huschten zu der Ecke, in der seine Satteltasche lag.

»Woher hast du das Getränk?«, erkundigte er sich mit einer panischen Note in der Stimme.

»Ich – habe etwas Wein gekauft, Apfelwein, während ich mit Matilda heute Morgen unterwegs war.« Vera stolperte über ihre Worte. »Ist das okay?«

Die Steifheit verschwand aus seiner Haltung. »Natürlich ist es das.«

Worum, zum Teufel, ging es hier? »Möchtest du etwas davon?«, fragte Vera. Im Glastonbury ihrer Zeit waren Äpfel ebenfalls eine Spezialität. Der ganze Morgen hatte sich so angefühlt, als hielte sie das Ende einer Schnur hier im siebten Jahrhundert in der Hand, während der Drachen am anderen Ende in ihrer Zeit schwebte. Speziell. Mystisch. Sie hatten den Wein in der Absicht gekauft, ihn mit Arthur zu teilen.

»Ähm, ja«, willigte er verlegen ein. »Danke.«

Er verlagerte die Laute in der Hand, um das Getränk entgegenzunehmen.

»Also.« Vera tippte mit dem Zeigefinger auf das Instrument. »Was hat es mit der Laute auf sich?«

»Ah«, machte er. »Wir können nicht gerade einen Musiker engagieren, der das Stück für uns spielt, während du den Tanz lernst.« Das stimmte natürlich. Es wäre seltsam, dass Arthur es ihr beibringen musste. »Ich habe Gawain gebeten, sich eine Möglichkeit zu überlegen, dass wir Musik haben, während wir allein für diesen Abend üben.« Er hielt die Laute zwischen ihnen hoch. »Es ist ein brillanter Zauber.«

Arthur legte das Instrument auf einen Stuhl und zupfte an einer Saite. Die Note hallte durch den Raum, und gerade als der Ton langsam ausklang, begann die Laute von allein zu spielen, eine kurze, fröhliche Melodie, die sie zweimal wiederholte.

»Ist dies das gesamte Lied, zu dem wir tanzen?«, erkundigte sich Vera.

»Das ist es«, bestätigte Arthur. »Ich bin kein sonderlich begabter Tänzer, aber selbst ich finde, dass dieser hier einfach ist.«

Arthur unterschätzte sich selbst. Er war ein geduldiger und angenehmer Lehrer, der ihr hilfreiche Anhaltspunkte gab, während sie die Bewegungen durchgingen. »Die rechten Hände zusammen … gut. Zur linken Seite wechseln und – wie nanntest du das hier? Schicke Füße?« Er gluckste. Vera hatte begonnen, den Dingen einen Namen zu geben. Namen, die immer lächerlicher wurden, während die Flasche Apfelwein immer leerer wurde.

»Oh fuck!« Vera stampfte auf, nachdem sie dieselbe Bewegung das dritte Mal in Folge vermasselte.

Arthur legte eine Hand auf die Saiten der Laute, und die Musik stoppte. »Es ist in Ordnung. Möchtest du eine Pause machen?«

»Haben wir das meiste geschafft?«

»Wir sind ganz nah dran«, meinte er.

»In Ordnung.« Vera nickte in Richtung Laute. »Lass es uns noch einmal versuchen.«

Aber Arthur sah sie lächeln und hielt inne. »Was ist so lustig?«, fragte er.

»Nichts. Es ist … nichts.«

»Oh, komm schon.«

»Ich habe mir einen Liedtext zu der Melodie ausgedacht«, gestand Vera.

Arthur strahlte sie an, als er erneut an der Saite der Laute zupfte und die Musik wieder einsetzte. »Dann hoffe ich, dass du ihn singst.«

Sie begannen mit dem Tanz: zusammenkommen, Handflächen aneinanderlegen, einen Schritt zurück. Seine Hand fuhr über ihre Taille und ihre Hand für eine Drehung über seine. Arthur betrachtete sie in freudiger Erwartung. Nun war Vera an der Reihe zu lachen.

Als die Melodie sich zu wiederholen begann und sie zu der nächsten Bewegungsabfolge übergingen, sang sie die Worte.

»Einst in einer Winternacht, war die wilde Königin aufgebracht.
Wenig anmutig und würdevoll, willigte sie ein, zu tanzen in Moll.«

Arthur lachte. »Du bist aber anmutig. Du schlägst dich sehr gut.«

Er brachte ihr einen weiteren Schritt des Tanzes bei, und sie begannen von vorne und fügten die neue Abfolge hinzu. Vera dachte sich nichts dabei, als die Musik endete und ihre Hand noch in Arthurs lag. Er führte ihre Finger an seine Lippen, als sie sich zu einem Knicks senkte.

Arthur starrte sie mit einem seltsamen Ausdruck an.

»Was?«

»Das war das Ende des Tanzes. Aber ich – habe dir diesen letzten Teil noch nicht beigebracht.«

Es stimmte. Das hatte er nicht. Und es war nicht nur der Knicks. Es hatte zuvor bereits zwei oder drei Teile gegeben, einen, bei dem sich ihre rechten Hände auf Brusthöhe verschränkten und sich die linken über den Köpfen trafen, während Vera eine Art Spaziergang um Arthur machte. Keine davon war eine Bewegung, die einfach zufällig geschehen war. Vera hatte sich erinnert. Zwei gute Zeichen an einem Tag.

»Huh«, machte Vera, als sie sich aufs Bettende setzte. Sie erinnerte sich nicht *bewusst*, aber sie kannte den Tanz. Sie kannte die Schritte. So viel war sicher. »Ich weiß, dass ich das nicht in meiner Zeit gelernt habe. So tanze ich nicht.«

»Wie tanzt du dann?«, wollte Arthur wissen.

»Meine Art zu tanzen könnte man wohl besser als Fuchteln beschreiben«, erklärte sie. »Ich … fühle die Musik, weißt du?«

»Nein, das tue ich nicht«, meinte Arthur grinsend. »Ich denke, dass du es mir zeigen musst.«

»Ernsthaft?«

Er zuckte die Schultern und deutete auf die freie Fläche auf dem Boden in seiner Nähe.

Vera schüttelte den Kopf und nahm einen großen Schluck von ihrem Kelch, bevor sie sich erhob und dorthin ging, wo er sie haben wollte. »Es ist so wie …«

Mithilfe der Angetrunkenheit und dessen, wie viel Spaß sie bereits zusammen gehabt hatten, war Vera überraschend einverstanden mit der Verletzlichkeit, als sie ihre verrücktesten Tanz-Moves zum Besten gab: die Hände über den Kopf streckte, die Schultern schüttelte, hüpfte und sich drehte. Nach einer gesprungenen Drehung erwischte sie Arthur dabei, wie er herzlich lachte, ein erfreulicher und ungehemmter Klang. Aber er brachte Vera nicht dazu, sich zu schämen, oder machte sich über sie lustig. Seine Augen funkelten. Für einen Wimpernschlag kam ihr sein Gesichtsausdruck in der Nacht, als sie ihm zum ersten Mal begegnet war, in den Sinn: hart und kalt. Sie konnte nicht glauben, dass dies dieselbe Person war. In Wirklichkeit war sie das auch nicht. Der Mann von damals fühlte sich wie ein Fremder an, und Arthur fühlte sich … anders an.

»Das ist das erste Mal, dass ich dich so lachen gehört habe«, meinte Vera.

Er grinste breit. »Ich habe jede Menge in den Jahren gesehen, seit ich dich kennenlernte, und das ist gewiss das erste Mal, dass ich dich so tanzen sah.«

Es war auch das erste Mal, dass Arthur von Vera sprach, als wären sie und die Guinevere von zuvor dieselbe Person. Ihr Lächeln verrutschte, da sie sich fragte, ob ihm sein Versehen auffallen würde. Es war auch der Moment, in dem Vera klar wurde, dass sie an diesem Morgen eine schreckliche Vermutung geäußert hatte, als sie ihm keine Zeit für eine Antwort auf die Frage gab, ob er Guinevere liebte.

Falls er sie geliebt hatte und nun eine Frau ansah, die mit ihr identisch war …

Sie konnte nicht darüber nachdenken und verspürte die egoistische Angst, dass die Blase dieses süßen Moments vielleicht abrupt platzen würde.

»Wie tanzen normale Leute miteinander in deiner Zeit?«, erkundigte sich Arthur gespielt unschuldig.

»Fies!« Veras ließ theatralisch die Kinnlade fallen, auch wenn sie sich das Grinsen nicht verkneifen konnte. »Nun, für gewöhnlich ist es nicht einstudiert und viel einfacher als das, was wir heute Abend tun werden. Man … wiegt sich einfach nur in den Hüften. Nicht viel mehr.«

Arthur sah auf seine Füße. Als er wieder aufblickte, lächelte er immer noch, aber seine Augen bohrten sich in Veras. Sie war nicht daran gewöhnt, ihm direkt in die Augen zu sehen.

»Wirst du es mir zeigen?«, fragte er.

Nun war Vera nervös. »Es … es ist seltsam ohne Musik.« Ihre Stimme war schwerfällig in ihrer Kehle. »Das Lied von der Laute passt nicht. Es ist zu langsam.«

»Was ist mit dem Lied vom Vogel im Sykomorenbaum?«, meinte Arthur.

Vera starrte ihn verständnislos an. Dann begann Arthur, der alte König von Britannien, die unverwechselbare Melodie von »Dream a Little Dream of Me« zu summen. Sie konnte es nicht fassen. Seine königliche Stimme das Lied summen zu hören, von dem sie nur die Version von The Mamas and the Papas kannte, erfreute sie.

»Dich dieses Lied summen zu hören, muss das seltsamste Ereignis der Geschichte sein«, meinte sie.

»Wird das funktionieren?«

Vera nickte und hielt Arthur die Hand hin. Ihre Handfläche war schwitzig, und das Herz schlug schneller, als es sollte. Arthur sah mit einer Intensität zu ihr hinunter, die sie fast aus dem Gleichgewicht brachte, als seine Finger sich in ihre legten.

»Hier«, sagte sie und führte seine rechte Hand an ihre Taille. Seine Finger glitten etwas tiefer zu ihrem unteren Rücken, hielten sie fester als nötig. Das hatte sie nicht erwartet, aber es war auch genau das, was sie wollte. Vera schluckte verlegen. Sie hatte Angst, dass er vielleicht spürte, wie sich ihr Puls beschleunigte.

Sie begann leise das Lied zu singen, und sie tanzten miteinander. Vera konnte sich nicht vorstellen, Arthur in die Augen zu sehen, wenn er so nah war, wenn sie so dicht beieinanderstanden, also legte sie den Kopf an seine Brust. Beinahe augenblicklich zweifelte sie ihre Entscheidung an. Kam dies einer richtigen Umarmung zu nah? Aber er reagierte auf dieselbe Art, schmiegte die Wange an ihren Kopf.

Sie konnte nicht sagen, wer sich zuerst zurückzog – nur, dass das Lied endete und sie sich nicht mehr so nah waren. Er ließ die Hand von ihrem Rücken gleiten, und sie ließ seine Schultern los, und auch wenn ihre anderen Hände sich ebenfalls lösten, hielt Arthur sie behutsam weiter an der Seite ihrer Finger.

»Es geht so ähnlich.« Vera brachte gerade mal ein Flüstern zustande, als sie den Kopf in den Nacken legte, um seinen Blick zu treffen. »Woher kennst du das Lied?«

»Du hast es immer in der Kapelle gesungen«, erklärte Arthur. »Ich habe nicht … ich wollte für dich da sein, ohne dir wehzutun, und wusste nicht, wie ich sonst …« Seine Stimme brach ab. »Ich ging dir in die Kapelle nach und setzte mich in den Alkoven, damit du nicht allein bist.«

Ihr fehlten die Worte. Sie starrte auf den Boden, hatte keine Ahnung, wie sie diese fürsorgliche Geste verstehen sollte. Fürsorge, die jemand anderem gelten mochte, aber sie war nichtsdestotrotz in ihrem Licht.

»Es tut mir leid«, entschuldigte sich Arthur. »Es war dumm und aufdringlich …«

Er hielt inne, als Vera zu ihm aufsah. »Das war es nicht«, meinte sie.

Er versuchte nicht, den Schmerz in seinem Ausdruck zu verstecken. Seine Lippen öffneten sich, und er atmete tief ein. »Ich muss dir etwas gestehen.«

Vera war sich beinahe sicher, dass sie wusste, was nun folgen würde.

Sie fand es sehr merkwürdig, dass sich Merlin damit einverstanden erklärt hatte, mit der Erinnerungsprozedur zu warten, ohne in der Zwischenzeit etwas anderes zu versuchen. Und die Art, wie sich Arthurs Verhalten ihr gegenüber nach diesem Tag in Merlins Arbeitsstätte verändert hatte … Merlin musste ihn davon überzeugt haben, zu versuchen, eine Verbindung zu Vera herzustellen. Während er merkte, wie ihre Zuneigung ihm gegenüber wuchs, musste er anfangen, sich schuldig zu fühlen, dass er nicht ehrlich zu ihr gewesen war. Das musste es sein.

Aber weiter kam er nicht. Ein scharfes Klopfen erklang von der Tür, bevor sie geöffnet wurde und Maria erschien, bereits in ein prächtiges, bauschiges Kobaltgewand gekleidet mit blaugrünem und türkisfarbenem Glitzer um die Augen. Die obere Gesichtshälfte war wie die Federn eines Pfaus geschminkt.

»Ich hasse es, diesen intimen Moment unterbrechen zu müssen«, trällerte Maria, als ihre Augen zwischen Vera und Arthur hin und her huschten, wobei sie wirkte, als hätte sie eine anzüglichere Unterbrechung als diese hier noch mehr genossen. Vera entwand ihre Finger Arthurs Hand eher wie ein verlegenes Schulkind als eine Ehefrau. »Aber wir müssen uns auf diesen Abend vorbereiten, wenn Ihre Königliche Hoheit rechtzeitig fertig sein will.«

»Kann es noch ein paar Minuten warten?«, fragte Arthur.

»Nein, Euer Majestät! Wir sind bereits in Verzug.« So entsetzt, wie Maria klang, hätte Arthur sie genauso gut bitten können, ihn und das Land zu verraten.

»Schon in Ordnung«, versicherte Vera und lehnte sich dabei näher zu ihm. Ihre Lippen waren nur Millimeter von seiner Haut entfernt. Gänsehaut brach an seinem Nacken aus. »Erzählst du es mir später?« Warum sollten sie diesen Moment ruinieren?

Er fuhr mit der Hand über ihren Arm. »In Ordnung.«

Das genügte Maria, die Vera umgehend mit der Hartnäckigkeit eines Border Collies, der Schafe vor sich hertrieb, aus dem Raum scheuchte. Vera riskierte es, sich an ihre Fersen zu heften, um einen letzten Blick auf Arthur werfen zu können und wie er lächelte, als er sie gehen sah.

27

Sich für die Feierlichkeiten herzurichten, war nicht so einfach, wie sich auf einen Tag im Schloss vorzubereiten, dessen Ungezwungenheit Maria im Laufe des Nachmittags mehrfach beklagte. Was jedoch für sie sprach, war, dass jede Klage mit einer vorgeschlagenen Lösung einherging, welche in der Regel beinhaltete, dass Maria permanent in Camelot anwesend sein sollte. Vera gab ihr Bestes, das Thema graziös abzuwenden, anstatt jedes Mal ein panisches »Nein!« zu schreien, wenn der Vorschlag kam.

Für das Fest plante Maria den Nachmittag jedoch ohne Fehl und Tadel, arrangierte, dass Veras Haare gemacht und ihr Make-up direkt danach aufgetragen wurde. Vera hatte gehört, dass in manchen altertümlichen Pudern Blei und in anderen frisches Tierfett verwendet wurde, daher war sie sowohl erleichtert als auch erfreut, dass die Kosmetika direkt vor ihren Augen frisch gemischt wurden. Die dünne Frau mit scharfen Augen und angemalten pinken Lippen hatte zwei Taschen mit Zutaten hereingerollt. Sie erzählte Vera Geschichten von ihren Jahren entlang der Gewürzroute, wo sie ihre Alchemie zur Schau gestellt hatte, und nutzte dabei Rote Beete aus Ägypten als Grundlage für das Rouge, Beeren, die Vera nicht mal kannte, für ihre Lippen und dunkle, getrocknete Blätter, die zu einem feinen Pulver gemahlen worden waren, für ihre Augen.

Unter Marias genauen Anweisungen halfen die Bediensteten Vera in das Kleid, das Randall für sie gemacht hatte, während sie bei seiner Handwerkskunst in Lobhudeleien ausbrachen.

Vera liebte alles an dem Gewand. Es war ein wahres Kunstwerk, ein Meisterstück, das sie nun die Ehre hatte zu tragen. Sie hätte nicht geglaubt, dass so ein Kleid möglich war, wenn sie nicht gewusst hätte, dass Randall im wahrsten Sinne des Wortes Magie in den Fingerspitzen besaß. Es war cremeweiß und mit Ranken bestickt, die sich bis zum taillierten Korsett schlängelten. Die Fäden waren in einem Goldton, der das schimmernde Licht in einem Bach wiedergab. Der Ausschnitt des Gewands war tief und endete unterhalb von Veras Brust, aber lief dabei spitz zusammen, sodass er nicht unangenehm freizügig war.

Der Rückenausschnitt reichte bis runter zu Veras Rippen, und die Ärmel lagen bis zu den Ellbogen eng an und teilten sich dann. Der Rest davon hing frei herunter und enthüllte dadurch eine kräftigere goldene Stickerei auf der Innenseite des Kleids.

Die Bediensteten traten zurück, um ihr Werk zu begutachten, wirkten dabei zufrieden, besonders Maria. Während Vera wünschte, sie hätte einen Spiegel, schwang Maria dramatisch den Arm wie ein Orchesterdirigent vor ihrem Körper. Doch anstatt dass Musik einsetzte, folgte Wasser aus dem plätschernden Brunnen ihrer Bewegung und formte sich vor Vera zu einer aufrechten Säule, erschuf dadurch die perfekt glatte, reflektierende Fläche.

Vera hatte ihr Spiegelbild nicht mehr gesehen, seit sie das George and Pilgrims verlassen hatte, und sie erkannte sich selbst kaum wieder. Sie sah genauso aus, wie sie immer erhofft hatte, an ihrem Hochzeitstag auszusehen. Dann erinnerte sie sich daran, dass sie tatsächlich ein Leben führte, in dem sie bereits verheiratet war, also war es vielleicht genug, dieses hinreißende Kleid zu tragen und mit einem gut aussehenden König zu tanzen. Mit einer Bewegung ihres Handgelenks verlagerte Maria das Wasser dorthin zurück, wo es herkam.

»Kommt Arthur hierher?«, erkundigte sich Vera. Maria starrte sie ausdruckslos an. »Um … mich zu begleiten?«, fügte sie schnell hinzu.

»Oh gütiger Gott, nein«, entgegnete Maria bestimmt. »Seine Hoheit ist bis nach Eurer Ankunft schwer beschäftigt. Sir Lancelot sollte …«

»Nein, ist er nicht«, unterbrach die Make-up-Dame nebensächlich, während sie ihre Materialien in ein Stück Leder einrollte.

Maria blinzelte sie verständnislos an.

»Der König«, erklärte die Frau. »Er ist draußen vor der Tür … meinte, er würde dort warten … bis wir fertig sind …« Ihre Stimme brach ab, als sich Marias Gesicht in eine Maske des Grauens verwandelte.

»Ihr habt den König im Gang sitzen und warten lassen?« Jede Silbe, die Maria von sich gab, kam einer unsichtbaren Ohrfeige gleich. Die Kosmetikerin sackte zusammen. Sie tauschten angespannte Blicke aus, erstarrt, bevor Vera die Augen rollte und selbst zur Tür ging.

»Wartet!«, rief Maria, als Vera sie unfeierlich aufriss. Arthur lehnte an der gegenüberliegenden Wand. Maria stöhnte hinter ihr. »So viel zu der Enthüllung«, grummelte sie.

Vera grinste, als sein Blick den ihren traf.

Arthur trug eine viel feiner gewebte Tunika als sonst, mit Fäden und Knöpfen, die zu Veras Gewand passten. Sein dunkelblondes Haar war zu einem Knoten in seinem Nacken gebunden, was, wie Vera in genau dieser Sekunde entschied, ihre Lieblingsfrisur an ihm war. Er richtete sich auf, als er sie sah, und durch das erfreute schiefe Lächeln, mit dem er sie betrachtete, wirkte sein sonst permanent angespanntes Gesicht jugendlich.

»Hi«, hauchte Vera. »Du siehst sehr gut aus.«

Arthur wurde bei dem Kompliment rot, und Vera war begeistert davon. »Danke«, murmelte er und ließ den Blick über sie schweifen. »Du bist atemberaubend.«

Maria hatte keine andere Wahl, als sie mit wenig Trara zu verabschieden, nur beschwichtigt durch die Zusicherung, dass sie planten, den Eröffnungstanz anzuführen. Arthur bot Vera seinen Arm an und sie gingen gemeinsam zum Festplatz, wo sie ihre Freunde am selben Tisch wie zuvor sitzend vorfanden.

Lancelot kam zu ihnen geeilt und packte beide an den Schultern. Dann lenkte er seine Aufmerksamkeit auf Vera und küsste ihre Wange. »Guinna!«, rief er. »Du siehst wundervoll aus. Ist dies das Kleid, das Randall gemacht hat?«

»Ja. Und danke.« Sie schob die Hände in die Schlitze zu beiden Seiten des Rockes, scharf darauf, es jemandem zu zeigen, der es zu schätzen wusste. »Es hat Taschen!«

»Ja, verdammt!«, sagte er anerkennend.

Sie spürte die Schwere von Gawains Blick, bevor sie ihn sah. Lancelot bemerkte es und zuckte mit den Schultern. »Ich glaube, ich habe ihn geknackt. Er ist tatsächlich ziemlich witzig.«

Es gab keine Zeit, um über Gawains gute Eigenschaften zu diskutieren. Maria bedeutete ihnen bereits, für den Tanz nach vorne zu kommen. Es ging alles sehr schnell. Im einen Moment standen sie noch mit ihren Freunden um den Tisch, und im nächsten schien es, als wären sie allein auf der Tanzfläche – mit Hunderten von Jul verehrenden Augenpaaren auf sie gerichtet. Vera stockte der Atem.

»Bist du nervös?«, flüsterte Arthur.

»Etwas«, gestand Vera.

Arthur und Vera begannen den Tanz, als die Musiker neben der Bühne anfingen zu spielen. Ihre Bewegungen waren steif, da sie all ihre Energie darauf verwendete, es nicht zu vermasseln, aber während des ersten Teils, als sie und Arthur sich näher kamen, hörte sie seine tiefe Stimme leise singen und sah ihn überrascht mit großen Augen an.

»Ich habe mir auch einen Liedtext überlegt«, murmelte er.

Vera verlagerte ihre Aufmerksamkeit auf ihn, gab sich Mühe, die tiefen, leisen Worte zu hören, die der Melodie folgten.

»Der König lehrte einen Tanz, aber Seine Hoheit machte nur Firlefanz, und als das Fest ruiniert war, bekam Maria einen Anfall.«

Vera warf den Kopf in den Nacken und lachte.

»Nicht gerade ein Meisterwerk«, meinte Arthur, als er und Vera sich für die Drehung wieder annäherten, aber er lächelte, da er sie so durch und durch erfreut hatte. Der Rest des Tanzes war lockerer und machte überraschenderweise sogar Spaß. Das Publikum verschmolz in Veras Augenwinkeln, und sie sah nur noch Arthur. Jedes Mal, wenn sie sich nah genug kamen, um zu flüstern, murmelte einer von ihnen einen ausgedachten Namen für die nächste Bewegung. Vera war beinahe traurig, als das Lied endete.

Als Nächstes folgte die Präsentation der Jul-Kronen. Es war nicht Maria, die dafür auf der Bildfläche erschien, sondern eine Bande aus vier Kindern. Die zwei jüngsten gingen voran, ein Mädchen und ein Junge, beide trugen eine Krone auf einem Kissen, ähnlich wie Ringträger. Sie hatten gerade das Ende des Kleinkindalters erreicht und ein älteres Geschwister als Aufpasser bei sich, das sie begleitete, damit sie bei der Sache blieben, anstatt davonzulaufen oder vor der versammelten Meute zurückzuschrecken.

Vera ging in die Hocke, um mit ihnen auf Augenhöhe zu sein, und Arthur folgte ihrem Beispiel. Sie lächelte ermutigend, was das Mädchen dazu brachte, die Lücke zu schließen.

»Frohes Julfest, meine königliche Dame!« Sie streckte Vera die Jul-Krone entgegen. Das wunderschöne, erdige Teil war aus Quarzstäben hergestellt und mit Gold umwickelt. Die älteren Kinder platzierten die Kronen auf Veras und Arthurs Köpfen. Seine war einfacher: verwobener Draht mit einem dunklen, runden Kristall in der Mitte. Veras war eine strahlende Eruption aus Kristallen.

»Können wir die jeden Tag tragen?«, fragte Vera Arthur.

Sie scherzte, aber Arthur sagte »Ja«, obwohl seine Augen noch viel deutlicher antworteten: *Was immer du möchtest.*

Danach begannen das Festmahl und Tanzen erst richtig. Arthur und Vera zogen sich an ihren Tisch zurück, wo sie lautstark von ihren Freunden empfangen wurden, denen es scheinbar allen sehr gut ging. Lancelot sorgte sich und stellte sicher, dass Vera etwas zu essen hatte (denn das war es, was er tat, und sie liebte ihn dafür), und Arthur besorgte ihr etwas zu trinken.

»Ich muss eine schnelle Runde drehen, um alle zu begrüßen, aber du«, meinte er und verdeutlichte seine Aussage, indem er die Hände hob, als sie aufstand, um sich ihm anzuschließen, »solltest hierbleiben und Spaß haben. Das ist nichts Offizielles. Keiner würde es dir übel nehmen.«

Vera hatte nicht das Verlangen, zu diskutieren. Sie wollte genau hier sein, an diesem Tisch, an dem schallend gelacht wurde und niemand von ihr erwartete, jemand anderer zu sein als sie selbst.

»Guinna«, meinte Lancelot. »Wir horchen Gawain aus, um ihn besser kennenzulernen, und es ist sehr unterhaltsam.«

Matilda lehnte sich zu Vera, um sie auf den neuesten Stand zu bringen. »Bisher haben wir erfahren, dass er der jüngste Magier im Hohen Rat ist …«

»Mit gerade mal zweiundzwanzig«, unterbrach Lancelot.

»Ja, das wollte ich gerade sagen«, warf Matilda ein und schlug mit der Serviette nach Lancelot. »Mit gerade mal zweiundzwanzig, dass seine Lieblingsgabe, die er besitzt, das Heilen ist und dass er sehr genau weiß, wie wahnsinnig sein Auftreten Percival macht.«

»Aber nur weil Lancelot es ihm gesagt hat«, mischte sich nun Percival mit der Verärgerung ein, die er normalerweise für den Zauberer reservierte. »Ansonsten hatte er das Gefühl, dass wir uns gut verstehen.«

Selbst Gawain verzog den Mund zu einem zögerlichen Lächeln,

aber auch er hatte ein Getränk vor sich, und Vera vermutete mal, dass keiner von ihnen noch bei der ersten Runde war.

»Ich habe eine Frage.« Percival funkelte Gawain scharf an. »Du meintest, du studierst, zu wem die Magie kommt und wie der Ausbruch entsteht und all diesen Quatsch, stimmt's?«

Gawain ging nicht auf die Beleidigung ein. Er nickte lediglich.

»Liegt die magische Geburtenrate nicht bei einer von vier Personen?«, erkundigte sich Percival.

Gawain schüttelte den Kopf. »Inzwischen ist sie geringer. Eher bei einer von zehn Personen laut meiner Nachforschungen. Aber als du geboren wurdest, lag sie vermutlich bei einer in vier.«

»Natürlich.« Percival verdrehte die Augen. »Hier«, er deutete auf alle am Tisch Anwesenden, »haben wir vier von uns, und keiner hat magische Fähigkeiten.«

Gawain wartete ausdruckslos. »Hast du eine Frage?«

»Ja!« Percivals Genervtheit entlockte allen ein Kichern. »Meine Frage lautet: Was zum Teufel soll das? Sollte nicht wenigstens einer von uns eine Gabe besitzen?«

»Statistiken richten sich nicht nach unseren Erwartungen.« Falls Gawain beabsichtigt hatte, herablassend zu klingen, war er erfolgreich. »Es läuft alles auf die Bevölkerungsverteilung hinaus, wie sich die Menschen zusammentun und welche Rolle jedem Beteiligten zufällt. Ich habe festgestellt, dass die Rate der Magie bei, sagen wir mal Anführern von Armeen wesentlich geringer ausfällt. Vielleicht fühlen sie sich von ihrer Fähigkeit bedroht und teilen daher jenen mit Magie kleinere Rollen zu? Vielleicht erteilen die, die es selbst nicht können, anderen Befehle.«

Wenn Vera doch nur ein Blasrohr gehabt hätte und Gawain dadurch den Gefallen tun könnte, ihn zu sedieren. Lancelot drückte sich fest die Hand auf den Mund, aber sie konnte sehen, wie er lachte. Matilda tätschelte Percivals Arm, dieser sah aus, als würde er nichts lieber tun, als Gawain zu schlagen. Gott sei Dank stand der Tisch zwischen ihnen. Ohne etwas zu merken, redete Gawain weiter: »Was auch immer der Grund ist, in Wahrheit ist es absolut verständlich, dass keiner von euch eine Gabe hat.«

»Lass mich das klarstellen.« Percival lehnte sich so weit zu Gawain, wie er nur konnte, dem endlich seine heikle Lage auffiel und der sich daraufhin zurücklehnte. »Du willst damit sagen, dass Lancelot und ich entweder talentlose Stümper sind, die Angst vor Magie haben, oder dass wir ein beschissenes Glück hatten und statistische Anomalien sind? Habe ich das richtig verstanden?«

»Ähm«, machte Gawain, dessen Blick zwischen ihnen hin und her huschte. Das war ein Ja. Als Percival zu lachen begann, stiegen alle mit ein.

»Was ist mit Guinnas Händchen für Strategie?«, meinte Lancelot. »Das könnte doch eine Gabe sein …«

»Nein«, widersprach Gawain. »Besäße Guinevere eine Gabe, dann wäre sie keine Königin geworden.«

»Warum nicht?«, fragte Vera.

»Ihr müsst zu jung sein, um Euch daran zu erinnern«, antwortete er schnell, seine Tarnung für Veras Unwissenheit so aalglatt, dass es nicht einmal Lancelot zu bemerken schien. »Ungefähr zur Zeit Eurer Geburt trieben christliche Anführer in der Nähe Eurer Heimat in den Gebieten von North Upton alle Kinder, die eine Gabe hatten, zusammen, ungeachtet dessen, wie stark sie sich manifestierte, und schickten sie zur Ausbildung in ein Übungslager, um sich dem religiösen Orden anzuschließen. Es war ihr Versuch einer Antwort auf die Gründung des Rats der Magier nach dem Massaker von Dorchester. Sie wollten ihren eigenen mächtigen Vorstand haben. Und«, fügte er gewichtig hinzu, »sie wollten alle Spuren von Magie von ihrer Bevölkerung fernhalten. Eine Reaktion auf das angerichtete Grauen von …«

»Oh! Ich weiß!« Percival zeigte auf nichts Bestimmtes. »Lancelot hat echt verdammt viel Glück. Noch *nie* ist jemand in der Schlacht gefallen, wenn er sich mit ihm zusammengetan hat. Wenn man so darüber nachdenkt«, er drehte sich zu Lancelot, »ist es verdammt genial, dich im Team des Königs zu haben.«

Lancelot schnaubte. »Danke, Perce. Lass uns absichtlich vergessen, dass ich seit meiner Kindheit trainiere und mein ganzes Leben dem Rittertum verschrieben habe. Es kann nicht sein, dass ich tatsächlich ein exzellenter Kämpfer bin. Nein, es muss Magie sein.«

Gawain betrachtete Lancelot abwägend. »Keiner ist je gestorben, wenn er an deiner Seite kämpfte?«

Er neigte den Becher in Richtung des Magiers. »Kein einziger. Darauf bin ich schon ein bisschen stolz. Aber selbst in meiner Großspurigkeit kann ich zugeben, dass vieles dabei nur Glück war.«

»Das könnte eine Gabe sein«, erklärte Gawain und kratzte sich nachdenklich am Kinn. »Ein Teil meiner Theorie über magische Ausbrüche ist, dass selbst wenn sie im fortgeschrittenen Alter auftreten, jemand, der sich seiner schlummernden Gabe nicht bewusst ist, latente magische Eigenschaften aufweisen kann. Wie das Beispiel in Camelot …«

»Sein Name ist Grady«, meinte Vera mit einem bösen Blick.

Gawain stoppte und nickte nach einer kurzen Pause steif. »Danke. Wie Grady, ja. Sein Vater berichtete mir, dass er schon immer eine natürliche Neigung hatte, mit Holz zu arbeiten. Selbstverständlich ist dies kein tatsächlicher Beweis, aber die Korrelation zwischen dem und der Manifestation seiner Gabe gibt mir zu denken.«

Lancelot stieß Gawain mit dem Ellbogen an und schenkte ihm sein gewinnbringendstes Lächeln. »Meinst du, ich habe eine fantastische Macht in mir schlummern?«

Gawain blickte zum Himmel und wägte ab. »Hm. Magie ist clever, und ich glaube, dass sie sich absichtlich verbirgt. Solltest du eine

Gabe besitzen, dann machen wir es sehr viel unwahrscheinlicher, dass sie sich zeigt, indem wir dir davon *erzählen.* Im späteren Verlauf des Lebens bricht Magie meist nur aus, wenn es notwendig ist, zum Beispiel im Angesicht einer Katastrophe.«

»Da hast du es«, meinte Lancelot. »Mein Leben schwebte unzählige Male in höchster Gefahr, und wenn meine unglaubliche Gabe in keinem dieser Fälle ausgebrochen ist, dann bin ich mir ziemlich sicher, dass sie nicht existiert.«

»Das scheint genauso wahrscheinlich wie die Existenz der ursprünglichen Gaben«, gestand Gawain. »Sehr unwahrscheinlich.«

»Was sind die ursprünglichen Gaben?«, erkundigte sich Matilda. Sie lehnte sich abwartend nach vorne.

»Gerüchte größtenteils. Es sind die Kräfte der Mythen und Geschichten überall auf der Welt. Eine spricht von der Macht, die Toten wieder zum Leben zu erwecken, eine andere von Unbesiegbarkeit und es gibt viele unterschiedliche Versionen von der Gabe der Unsterblichkeit: dem Jungbrunnen. In den griechischen Geschichten ist es Ambrosia …«

Vera wurde hellhörig, als sich die Fäden verbanden. »Der Heilige Gral?«

Gawain wandte sich ihr zu, die fahlen Augen misstrauisch. »Wie habt Ihr davon gehört?«

Vera zupfte mit den Fingerspitzen an der Tischdecke herum, um sich etwas Zeit zu verschaffen. »Sie erwähnten ihn im Kloster.« Ah. Obwohl Gawain von ihrem angeblichen Gedächtnisverlust wusste, musste sie vorsichtig sein, nicht den Teil mit der Zeitreise zu verraten. Sie wusste nicht, wie lange sie ihre Dauerausrede »Kloster« noch nutzen konnte, um Dinge zu rechtfertigen, die sie nicht wissen sollte.

Gawain starrte Vera weiterhin an.

»Was ist der Heilige Gral?«, fragte Lancelot. Auch Percival und Matilda waren neugierig.

Dies beantwortete eine Frage. Weder Arthur noch seine Ritter waren auf der Suche nach dem Gral. Dieser Teil der Legende musste falsch sein.

Nach einer Pause, die sich für Vera länger anfühlte, als sie gewesen war, antwortete Gawain: »Es handelt sich dabei angeblich um den Kelch, den Jesus von Nazareth während des letzten Abendmahls nutzte und in dem sein Blut aufgefangen wurde, nachdem er am Kreuze starb. Es wird gemunkelt, dass er denjenigen, die daraus trinken, die Gabe der Unsterblichkeit schenkt, wie auch all die anderen kulturellen Geschichten behaupten. Immer dasselbe Ende – nur unterschiedliche magische Apparate, die dazu führen.«

»Also verleiht der *Gegenstand* die Kraft? Dazu muss man also nicht einmal die Gabe haben?«, erkundigte sich Matilda.

»So lautet der Mythos«, meinte Gawain. »Aber es steckt keine logische Wahrheit dahinter.«

»Wie kannst du dir da sicher sein?«, fragte Percival. »Wenn so viele Menschen überall auf der Welt auf so etwas gekommen sind, steckt vielleicht ein Fünkchen Wahrheit darin.«

»Was haben alle Leute, die leben gemein?«, hakte Gawain nach. Er wartete wie ein Lehrer, der hoffte, dass sich einer seiner Schüler der Herausforderung stellen würde. Als sie dies nicht taten, fuhr er fort: »Wir haben alle Angst vor dem Tod. Das ist es, was verängstigte Leute tun. Sie denken sich Geschichten aus, damit sie sich besser fühlen. In diesem Fall dachte sich die Menschheit eine Geschichte über Magie aus, die unsere größte Angst lindern kann. Es ist eine verlockende Aussicht, an die man glauben kann, besonders in dunklen Zeiten.

Selbst der Rat der Magier wurde davon eingelullt. Aber solange wir nicht die tatsächliche, konkrete Antwort haben, ist die Magie, wie wir sie kennen, dem Untergang geweiht. Ich habe nicht gerade an Beliebtheit gewonnen, weil ich dies sage, aber jemand muss die Situation ansprechen, wie sie ist. Die Magie stirbt aus. Wenn sie weiterhin in der Geschwindigkeit verschwindet, dann wird sie innerhalb von zwei Generationen vollständig ausgelöscht sein. Ich bin mir nicht sicher, ob die Welt ohne sie existieren kann.«

Vera rutschte auf ihrem Platz hin und her, nicht sicher, wie ihr Leben in der Zukunft zu alldem passte. Lancelot beobachtete sie aufmerksam, das Kinn auf die Hand gelegt, zog er eine Augenbraue hoch, als sich ihre Blicke trafen.

»Es gibt eine Sekte von Magiern, die glaubt, dass die ursprünglichen Gaben der Schlüssel sind, um alles zu retten.« Trotz der Schwere der Unterhaltung blieb Gawains Stimme trocken. »Sie sind genauso verblendet wie diejenigen, die sich die ursprünglichen Gaben ausdachten. Die Vorstellung, dass es dort draußen eine Kraft gibt, die wir vielleicht finden und nutzen, um diese aussichtslose Situation zu retten, ist beruhigend. Aber es ist auch eine Farce.«

»Also … das war's?«, fragte Matilda. »Wir sind dem Untergang geweiht?«

Sie starrten ihn alle in der schweren Stille an, die folgte, die nur durch einen tiefen Pfiff von Percival gebrochen wurde. »Autsch, Gawain«, meinte er mit einem ungläubigen Lachen. »Du bist ja wirklich der Kracher auf Festen, nicht wahr?«

»Das ist vielleicht schwer zu glauben«, murmelte Gawain, »aber ich wurde noch nicht zu vielen Feierlichkeiten eingeladen.«

Sie waren sich nicht sicher, ob er scherzte, bis er den Blick hob und ein zögerliches Grinsen seine Lippen zierte.

»Ein Witz!«, rief Lancelot und riss die Arme in die Luft. Sie lachten und hoben die Kelche auf Gawains Versuch, sich an der Unterhaltung bei einem Fest zu beteiligen, eine inoffizielle Begrüßung seiner Anwesenheit in ihrer Runde. Vera war noch nicht ganz von ihm überzeugt, nachdem seine Theorien den Zweck ihrer Existenz infrage stellten. Aber wenn Lancelot in Gawain einen

Freund gefunden hatte, dann war dies genug, um den Mann zumindest für absehbare Zeit erträglich zu nennen.

Dieser letzte Toast hinterließ jede Menge leerer Kelche. Vera sprang auf und begann die Krüge an den Henkeln mit den Fingern einzusammeln, mit der besonderen Gabe einer Frau, die gekellnert hatte, seit sie siebzehn Jahre alt war.

»Auf gar keinen Fall!« Matilda griff nach vorne, um ihr die Krüge wegzunehmen, aber Vera hielt sie stur fest. »Du wirst uns nicht bedienen!«

»Schere, Stein, Papier?«, schlug Vera vor.

Matilda rollte mit den Augen und stimmte mürrisch zu. Als Vera die Becher abgestellt hatte, begannen sie ihren Kampf zwei von drei, und Lancelot starrte sie mit offenem Mund an.

»Was um alles in der Welt ist das?«, fragte er. »Ist das ein Spiel? Warum kenne ich das nicht?«

Vera gewann die finale Runde und bedeckte Matildas Stein mit ihrem Papier. Sie zuckte Lancelot mit den Schultern zu. »Entschuldige! Matilda wird es dir beibringen, denn sie hat gerade verloren, und ich werde uns neue Getränke besorgen!«

Vera hatte vergessen, dass sie nicht untertauchen konnte. Nicht in dieser Zeit, nicht in dieser Nacht und ganz bestimmt nicht in diesem unglaublichen Gewand mit der schimmernden Krone auf ihrem Haupt, die sie als Adlige auswies. Die Wirtin schien überwältigt, als Vera vorsichtig die fünf Krüge auf den Tresen stellte.

Sie sah sich nervös um, als sie sie wieder auffüllte. »Bitte lasst mich jemand finden, der sie für Euch trägt. Es gibt hier … Schankmägde.«

Vera versuchte ihr zu versichern, dass es kein Problem sei, aber die Krüge waren recht schwer, und sie hatte sich nicht überlegt, wie sie das anstellen sollte, nachdem alle gefüllt waren. Gott sei Dank (und noch schlimmer für die Wirtin) trat Arthur neben sie an die Bar.

»Ich kann dir helfen«, bot er an. Auch er zog seinen leeren Kelch zum Wiederauffüllen hervor. »Ich habe meine Begrüßungen pflichtgemäß hinter mir. Meinst du, wir können sechs davon zu zweit zum Tisch bringen?«

»Problemlos.«

Als sie zu ihrer Runde zurückkehrten, jubelten Lancelot, Percival und Matilda über Arthurs Ankunft.

»Perfekt!«, entschied Lancelot, als Vera und Arthur sich setzten. »Nun haben wir eine gerade Zahl. Also: das Spiel Schere, Stein, Papier. Wer zwei von drei Runden gewinnt, gewinnt das Spiel. Der Verlierer trinkt. Arthur, du wirst es während des Spiels aufschnappen. Mach einfach das, das oder das.« Er führte die drei Optionen vor. »Auf ›Zeigen‹. Es ist ohnehin alles nur Glück.«

Vera verlor den Überblick darüber, wie viele Spiele sie gewann oder verlor, aber sie war sich sicher, dass es nie eine Nacht in ihrem Leben gegeben hatte, in der sie mehr lachte, nie eine, in der ihr Name (nun ja, irgendwie ihr Name) so häufig von jemandem gerufen wurde – einem Freund –, der sich mit ihr unterhalten wollte.

Sie und Arthur hatten zum dritten Mal in Folge gleichzeitig Stein gezeigt, als sie lachte und sich an seine Schulter lehnte. Er lächelte, während er vorsichtig ihren Ellbogen berührte, seine Finger fuhren einen der gestickten Wirbel nach, bevor er die Hand wieder senkte. Vera wurde es schwer ums Herz, als er ihr die sanfte Berührung entzog. Sie wollte ihm nah sein.

»Hast du Lust, noch etwas zu tanzen?«, fragte Vera rein aus einem Impuls heraus.

Er erinnerte sie nicht daran, dass sie nur einen Tanz kannte. Und sie konnte nicht sagen, wie lang sie tanzten, nur dass Arthur ihr genauso wie an diesem Morgen die Bewegungen zurief. Niemand schien es zu interessieren, dass ihre Königin häufig die falschen Schritte machte oder sich in die falsche Richtung bewegte – nur, dass sie viel mit dem Kopf zurückgeworfen lachte, während ihr

König, fröhlicher als sie ihn bisher gesehen hatten, seine Augen kein einziges Mal von ihr abwendete.

Während die Nacht voranschritt und die Tanzmusik aufhörte, leerte sich der Platz, um ein Freudenfeuer aus den trockenen Bäumen des letztjährigen Julfests vorzubereiten. Der Tisch der Freunde hatte sich aufgelöst und unter den Feiernden verteilt. Vera entdeckte Matilda und Percival drüben bei den Wachen, die mit ihnen nach Glastonbury gereist waren. Lancelot war schwerer zu finden. Nachdem sie eine Weile die Menge abgesucht hatte, erspähte Vera Gawain, der sich am Rande des beleuchteten Festplatzes rumdrückte. Sie war beinahe bereit, ihre Suche nach Lancelot aufzugeben, als sie eine Bewegung in der Dunkelheit hinter Gawain bemerkte.

Diese sah nur wie ein verschwommener Geist aus, bis er die Schwelle zu den Lichtkegeln der Laterne übertrat. Natürlich war es Lancelot. Vera hatte nur einen Wimpernschlag Zeit, sich zu fragen, wo er sich rumgetrieben hatte, als eine hübsche junge Frau, deren dunkle, lockige Haare auf eine Seite geworfen waren, ebenfalls weiter hinten aus der Dunkelheit trat. Nun, da Vera genauer hinsah, erkannte sie, dass Lancelots Tunika verschoben war und er sich schnell Gras von der Hose wischte.

Das war allgemein üblich. Andere traten an unterschiedlichen Orten am Rand des Festes kichernd und atemlos zurück ins Licht. Auch wenn sie offensichtlich zusammen in der Dunkelheit gewesen waren, kamen dennoch viele wie Lancelot auch einzeln zurück, immerhin bemüht um etwas Diskretion.

Lancelot erschrak, als sich ihre Blicke trafen, sein Ausdruck panisch angespannt.

Vera wollte nicht, dass er sich unwohl fühlte, weil sie es wusste. Warum sollte es sie interessieren, wenn er und diese Frau ihre gegenseitige Zuneigung genossen hatten? Sie zog eine Augenbraue hoch und sah zu der dunkelhaarigen Frau, von der sie vermutete, dass sie

Lancelots Partnerin gewesen war und grinste ihn dann wissend an, in der Hoffnung, dass dies seine Sorge abschwächen würde. Sein Blick wanderte ebenfalls zu der Dame, und nun, da er auf frischer Tat ertappt worden war, wich die Angst aus seinem Gesicht und wurde von einem schiefen Lächeln und einem schelmischen »Was soll man sagen?«-Achselzucken ersetzt.

Vera sagte nichts, als er an ihren Tisch zurückkehrte und die anderen kurz darauf ebenfalls folgten – außer Gawain, der mit seiner Magie dabei half, die Bäume ins Feuer zu werfen. Er hielt die Hand zur Faust geballt vor seinem Gesicht und bewegte den Daumen zwischen den Fingern hin und her, während sein finsterer Blick auf die Bäume gerichtet war, die über dem Lagerfeuer schwebten. Maria winkte ihm zu, er ließ die Faust zur Seite sinken und auch die Bäume krachten mit einem knisternden Geräusch ins Feuer. Flammen zuckten hungrig um das frische Zündholz und verschlangen es innerhalb von Sekunden, während eine feurige Explosion höher in den Himmel schoss. Die Menge keuchte, klatschte und jubelte, als ein heißer Wind vom Lagerfeuer über sie hinwegwehte.

Die spektakuläre Wirkung erhellte den Festplatz so sehr, als wäre es mitten am Tag, obwohl es viel näher an Mitternacht war. Für einen Augenblick konnte Vera Arthur deutlich erkennen, seine Augen waren glasig, wie sie es nur einmal zuvor gesehen hatte; in der ersten Nacht, als sie sich kennenlernten. Aber da hörte die Ähnlichkeit auch schon auf. Heute Nacht sah sie nichts als Glück darin.

»Euer Majestät«, sagte sie kokett. »Bist du etwa betrunken?«

Arthur gluckste und hob die Hand, um einen ganz kleinen Abstand zwischen seinem Zeigefinger und Daumen zu zeigen. »Ein klein wenig«, meinte er.

Vera lachte, schmiegte sich an ihn und legte den Kopf auf seine Schulter, eine beiläufige Geste der Zuneigung. Ihre ausgeprägten Hemmungen erinnerten sie daran, dass sie auch nicht mehr ganz nüchtern war. Arthur legte so locker den Arm um ihre Taille, als würde er das ständig tun. Sie blickte aus der Sicherheit seiner Umarmung auf und entdeckte, dass Matilda sie mit einem durchdringlichen Funkeln in den Augen beobachtete. Plötzlich verlegen, setzte sich Vera auf. Arthur ließ so lässig von ihr ab, wie er sie bereits in den Arm genommen hatte, mitten in einer Unterhaltung mit Percival zu seiner anderen Seite. Dennoch schien er jede ihrer Bewegungen zu registrieren.

Als sie das Gähnen nicht länger unterdrücken konnte, ertönte seine Stimme an ihrem Ohr. »Guinevere«, begann er. Bei diesem Namen verspürte sie einen Stich. Vera hatte sich inzwischen daran gewöhnt, aber wenn er ihn nutzte, rührte sich die Schuld wieder in ihr. Früher lag es daran, dass es Vera daran erinnerte, dass sie eine Betrügerin war, die versuchte, den Platz seiner toten Frau einzunehmen. Nun sehnte sie sich danach, dass er *ihren* Namen sagte. Dass er *sie* wollte, nicht Guinevere. »Bist du bereit, dich für heute zurückzuziehen?«

»Nur wenn du so weit bist«, entgegnete sie, auch wenn sie komplett erschöpft war. Arthur erhob sich bereits von seinem Platz und bot ihr die Hand. Wie auch am Abend zuvor erhob sich Matilda, um sie zu begleiten und Vera behilflich zu sein, sich fürs Bett fertig zu machen.

Vera hielt sie auf. »Ich werde nicht einmal Schere, Stein, Papier gegen dich spielen. Bleib hier und genieß das Fest. Als deine Königin befehle ich es.« Sie hatte bisher nicht den Mut gehabt, die Bedeutung ihrer Position auszunutzen, merkte aber, dass es ihr ganz gut gefiel.

Matilda lachte und schüttelte den Kopf. »Ja, Euer sture Hoheit. Wie du wünschst.«

»Lancelot«, rief Vera und unterbrach dadurch seine angeregte Unterhaltung. »Morgen joggen?«

Er spiegelte ihre Energie wider und hob den Becher. »Unter keinerlei Umständen!«

Arthur grinste bei diesem Austausch, und »Gute Nacht« und

»Frohes Jul« wurden über den Tisch hinweg einander gewünscht. Dann legte er den Arm um Veras Taille, und sie gab ihr Bestes, so zu tun, als wäre dies völlig normal und dass sie von seiner Berührung nicht übermäßig begeistert war.

Es half etwas, dass Arthur seine ausgedachten Worte zu dem Lied sang, Vera mit einstieg und sie noch lächerlicher machte. Ihr Lachen klang immer noch nach, als sie ihr Zimmer betraten. Jemand war vorbeigekommen und hatte das Feuer im Kamin entfacht. Auch die Kerzen an der Wand brannten.

»Das hat so viel Spaß gemacht!«, meinte Vera. Sie nahm ihre Quarzkrone ab und legte sie zur Seite, bevor sie sinnloserweise versuchte, die Schnürung hinten an ihrem Kleid zu erreichen. Das führte dazu, dass sie zappelte und zurückstolperte, was Arthur so sehr zum Lachen brachte, dass er auf einen Stuhl hinter sich fiel.

»Sei ein Gentleman und hilf mir«, schimpfte sie.

»Das ist eine Premiere«, meinte er lächelnd. »Eine Dame, die mir befiehlt, ein Gentleman zu sein, indem ich ihr dabei helfe, sich zu entkleiden.«

Vera öffnete den Mund, um zu protestieren, aber Arthur hielt eine Hand hoch. »Und ich gehorche gern.«

Sie lachten beide, als sie sich umdrehte und seine Finger an unterschiedlichen Fäden am Rücken ihres Kleides zogen. »Vielleicht hätte ich besser daran getan, wenn ich mich selbst durchgekämpft hätte«, scherzte Vera.

Direkt danach schaffte er es, die Schnürung zu lösen. Vera merkte, wie das Mieder locker wurde. Vielleicht war es nur ihre Einbildung, aber sie dachte, dass Arthurs Finger ein paar Sekunden länger als nötig auf der bloßen Haut ihres unteren Rückens verweilten. Sie schloss die Augen. Ein Schauer überkam sie. Vera war froh, dass sie sein Gesicht nicht sehen konnte.

Sie hörte, wie sich seine Schritte zur anderen Seite des Raums entfernten, und wusste, dass er sich höflich abwendete, ihr etwas Privatsphäre gab, damit sie in ihr Nachtgewand wechseln konnte.

Als Vera sich zu ihm umdrehte, sah sie ihn heftig mit den Knöpfen am Kragen seiner Tunika kämpfen. Ihre Blicke trafen sich, und sie brachen in schallendes Gelächter aus.

»Ich schätze mal, nun bin ich an der Reihe, eine Dame zu sein und dir dabei zu helfen, dich zu entkleiden«, spottete sie.

»Ich weiß nicht«, meinte Arthur, als sie den Abstand zwischen ihnen schloss. »Über mein Versagen zu lachen, hat dir gefallen.«

Vera grinste. Sie stand sehr dicht bei ihm, aber es fühlte sich anders an, als sie ihm half. Dieses Mal standen sie einander gegenüber, von Angesicht zu Angesicht, eine Intimität, der sie nicht entkommen konnten, auch wenn sie es versuchte, indem sie wieder zum Humor zurückkehrte, während sie mit den Knöpfen kämpfte.

»Mein Gott, wen versuchen sie damit auszusperren? Jemand sollte Randall von diesen Verschlüssen berichten. Vielleicht wirken sie besser als Rüstungen.« Sie zog so fest daran, dass Arthur beinahe stolperte und eine Hand an Veras Taille legte, um sich abzufangen.

Er gab ein leises Glucksen von sich, eines, das Vera in den Fingern an seiner Brust spüren konnte. Sie konzentrierte sich wieder auf seine Tunika, bis sie es schaffte, den nervigen Knopf zu lösen. Sie dachte nicht darüber nach, als sie damit fortfuhr, auch die anderen für ihn zu öffnen. Als sie den letzten an seinem Sternum erreichte und gerade von ihm ablassen wollte, legte Arthur die Hand auf ihre Finger.

Inzwischen lachte er nicht mehr. Er hatte die Augen geschlossen, während er ihre Hand hielt. Dann hob er sie zu den Lippen, küsste sie sanft auf die Fingerspitzen und erstarrte dann, öffnete die Augen, als würde er aus einem Traum erwachen. Vera bewegte keinen Muskel, während sie seinen Blick hielt.

Dann fühlte sie es: Sein Daumen bewegte sich auf und ab, sanfte Streicheleinheiten an ihrem Bauch. Sie stieß zitternd den Atem aus.

Jedes Mal, wenn Vera sich seit Vincents Tod erlaubt hatte, etwas annähernd Romantisches zu empfinden, war es Trauer gewesen. So viel Trauer und das Gewicht von Verlust. Aber nun war der Schmerz von Sehnsucht überlagert; und diese Sehnsucht fühlte sich gut an … als ob man hellwach unter Strom stand.

Arthur blickte einen Moment zögernd zu Boden. Es war, als stünde er am Rand einer Klippe und überlegte, ob er springen sollte oder nicht. Die Unterbrechung war quälend, dennoch wollte Vera sie für immer halten, diese Zeit, in der sie sich zwischen allen Möglichkeiten befanden, und es gab schließlich keine Konsequenzen für das, was man nicht tat. Mit ihrer freien Hand strich Vera Arthur über die Wange.

In einer flüssigen Bewegung entschied sich Arthur zu springen. Er legte die Hand in ihren Nacken, und seine Lippen trafen auf ihre, küssten sie mit einem unstillbaren Hunger.

Vera hatte nicht bemerkt, dass auch sie an der Klippe gestanden hatte, aber sie sprang mit ihm. Es war wie eine Explosion in ihrem Inneren, als sie ihn zurückküsste, ihr Verlangen wurde schnell zu einem Gefühl der Not.

Arthur zog sie näher, seine Fingerspitzen wanderten oberhalb ihres Nackens in die Haare, als sie einander umarmten. Vera wollte mehr.

Sie wollte alles.

»Sag mir, dass ich aufhören soll«, flüsterte er hastig.

Aber das würde sie nicht. Vera merkte, wie seine Lippen ein Lächeln unter ihren formten, als sie sich an ihn schmiegte – zwei gegensätzliche Kräfte, die aufeinandertrafen.

Ein unerwünschter Teil von Veras Verstand unterbrach das Glück: die Erinnerungen an ihn, wie er sie vor nicht einmal einer halben Stunde Guinevere genannt hatte. *Für ihn bist du Guinevere.* Sie konnte diesen Gedanken nicht verdrängen. So sehr Vera das auch wollte, ihm nah sein wollte, mit ihm zusammen sein wollte … Sosehr sie sich auch nach ihm verzehrte, sie würde sich selbst nie verzeihen, wenn dies bedeutete, seine Liebe zu der Frau zu manipulieren, die sie nicht sein konnte.

Ihr Körper musste ihre Gedanken für den Bruchteil einer Sekunde verraten haben, und Arthur bemerkte es. Er löste die Verbindung ihrer Lippen, aber blieb in der Nähe, lehnte die Stirn an ihre.

»Geht es dir gut?« Seine Stimme war sogar noch tiefer, wenn er so leise sprach, und Vera erschauderte, als seine Brust an ihrer vibrierte.

»Arthur, ich bin nicht sie. Ich kann nicht sie sein. Ich …« Vera verhaspelte sich. Sie wusste, dass sie nicht die richtigen Worte hatte, aber sie redete dennoch weiter. »Ich würde … Wenn ich dich trösten könnte …« Alles war falsch. Sie hasste die Worte, als sie ihren Mund verließen.

Arthur erstarrte. Er hielt sie einen Atemzug lang fest.

»Es tut mir leid«, murmelte er, dann ließ er von ihr ab. Als sich ihre Körper voneinander entfernten, fühlte es sich an, als würde Vera entzweigerissen. Er stand da, als ob er etwas sagen wollte, aber schüttelte stattdessen den Kopf. Sein Gesicht verdunkelte sich, all die sanften Augenblicke von zuvor verflogen.

»Nein«, presste er durch zusammengebissene Zähne. Vera war sich nicht sicher, ob er mit ihr redete. Er machte auf dem Absatz kehrt und stürmte aus dem Zimmer.

»Shit«, stieß Vera aus. Sie folgte ihm nicht. Sie trank Wasser. Sie tigerte im Zimmer auf und ab. Und sie ging zu Bett in dem Wissen, dass er am Morgen nicht da sein würde, verängstigt, dass sie und Arthur jeden Schritt vorwärts, den sie getan hatten, innerhalb von ein paar Momenten betrunkener Impulsivität ruiniert hatten.

28

Die für die Jahreszeit ungewöhnliche Wärme der letzten Tage verwandelte sich unter dem Einfluss eines Nordwinds, während Vera schlief. Sie hatte nicht damit gerechnet, dass Schlaf kommen würde. Nicht nur, dass sie an einem fremden Ort und allein war, sondern die Seite, die Arthur normalerweise eingenommen hätte, war eine unausweichliche Erinnerung an seine Abwesenheit, wie der Negativraum in einem Gemälde. In einem Atemzug spielte sie den Moment ab, in dem seine Lippen auf ihre trafen. Im nächsten rutschte ihr der Magen bei der Erinnerung in die Kniekehle, als die Wut in seinen Blick zurückgekehrt war, bevor er den Raum verließ.

Vera wollte sich nicht umdrehen, als sie zu dem sanften Licht des Morgens erwachte, da sie wusste, dass sein Platz leer sein würde und sie wieder in dieselbe Spirale aus Freude und Furcht schicken würde, während sie gedanklich jede ihrer Handlungen vom Vortag abspielte. Sie drehte sich um, tröstete sich damit, dass sie sich vielleicht zumindest ausstrecken oder die Decke gegen die Kälte doppelt nehmen und ihren Kokon besser isolieren könnte.

Aber das Bett war nicht leer. Arthur war da, schlief tief und fest, lag auf der Seite Vera zugewandt. Seine Züge waren friedlich, da das Gewicht des Bewusstseins nicht auf ihm lastete. Vera hätte gern seine Wange mit den Fingern gestreichelt, so wie sie es letzte Nacht getan hatte.

Stattdessen stand sie mit der Absicht auf, sich leise fertig zu machen, aber selbst das einfachste Reisegewand anzuziehen, war nicht leise. Der Rock raschelte, ganz gleich, wie sie ihn zog. Als sie fertig war, hingen die offenen Verschlüsse unerreichbar lose an der Rückseite von Veras Gewand, aber dies müsste genügen, bis sie Matilda fand.

Vor lauter Geraschel hatte sie nicht gehört, wie Arthur aufgestanden und zum Kamin gegangen war. Dort kniete er, fütterte die glühenden Kohlen und erweckte das Feuer wieder zum Leben. Vera vermied es, in seine Richtung zu blicken, redete sich selbst ein, dass sie ihm Privatsphäre geben wollte, damit er sich anziehen konnte. Vor allem hatte sie Angst, dass sie nur noch die Hülle seines früheren Ichs vorfinden würde, wenn sie ihn genauer betrachtete. Sie kniete sich auf den kalten Boden, faltete ihr Kleid der letzten Nacht und versuchte es zurück in den Beutel zu stecken, ohne es zu ruinieren.

»Guinevere?«, erklang Arthurs Stimme hinter ihr. Sie schreckte bei dem Klang auf und spielte es herunter, als sie sich ihm zuwandte. Angst übermannte sie; da war sein maskierter Blick wieder. »Ich … hatte letzte Nacht mehr zu trinken, als weise war. Ich entschuldige mich.« Er bot keine weitere Erklärung und bei seiner Entschuldigung breitete sich ein flaues Gefühl in ihrer Magengegend aus. Sie waren so nah dran gewesen, mehr zu sein als zwei Menschen, die gezwungen waren, sich den Platz zu teilen – beinahe sogar Freunde.

Und nun hatte Vera ihn verloren.

»Es ist in Ordnung. Das hatten wir beide«, meinte Vera.

Er deutete auf die Schnürung hinten an ihrem Kleid. »Möchtest du, dass ich …«

Das wollte sie nicht. Es erinnerte zu sehr an letzte Nacht, an das, was sie nun als bedauerlichen Fehler bezeichneten. Aber es wäre auch schön, bereit zu sein und nicht auf Matilda warten oder ein unangenehmes Gespräch führen zu müssen, das sich aus ihrer Interaktion ergeben könnte.

Arthur war sehr bedacht darauf, ihre Haut nicht zu berühren.

Als sie ihre Unterkunft verließen und hinaustraten, brannte ein kalter Wind auf Veras Gesicht, als sie zu spät realisierte, dass sie ihren Umhang weggepackt hatte. Arthur legte ihr seinen über die Schultern. Sie sahen einander nicht an.

Vera hatte sich törichterweise von ihrem eigenen Märchen mitreißen lassen, und nun war alles, was zurückblieb, eine stetige und unterschwellige Übelkeit, die in ihrem Magen schwelte. Er hatte ihre Umarmung als einen Akt der Trunkenheit verstanden, der eine Entschuldigung erforderte.

Aber es gab größere Sorgen. Ehrlich gesagt, war die vergangene Nacht ein nahezu perfektes Beispiel dessen, was im Königreich geschah: ein Glanz des Glücks, als sich alles am Julfest richtig anfühlte – aber es war eine oberflächliche Schicht auf einer düsteren Realität. Ihre Abreise aus Glastonbury verzögerte sich, da die Ortsvorsteher diskret Gawain um die Reparaturen einer längeren Liste von magischen Problemen baten. Und Vera überhörte den Bericht, den Lancelot Arthur gab: ein weiterer Angriff. Dieser lag weiter nördlich entlang der französischen Küste, viel näher als der vorherige.

Verbunden mit der späten Feier letzter Nacht und dem unangenehmen Wetter, war die Stimmung auf der Reise zurück nach Camelot eher gedämpft.

Nachdem Vera und Arthur sich schweigend zu ihrem Gemach aufgemacht hatten, war Vera bereit, unter die Decke zu krabbeln und den ganzen Tag zu schlafen. Sie erwartete, dass Arthur sich in das Seitenzimmer zurückziehen würde, aber das tat er nicht. Er öffnete seinen Waffengurt und hängte ihn am Schreibtisch auf. Dann … stand er einfach nur da, starrte auf den Boden und rieb sich mit dem Daumen und Zeigefinger übers Kinn.

»Was tust du?«, fragte Vera.

»Ich weiß nicht, wie ich dir sagen soll …«

Ein Klopfen ertönte an der Tür.

Arthur atmete langsam aus, bevor er öffnete.

»Könnte ich eine Unterredung haben, Euer Majestät?« War das Gawains Stimme? Vera lehnte sich nach vorne, um nachzusehen. Keiner der Magier kam in diesen Turm. Dennoch war er da.

»Nicht jetzt«, meinte Arthur. »Ich werde in Eure Arbeitsstätte kommen, wenn …«

»Nein«, unterbrach Gawain. »Nein. Es muss hier sein. Augenblicklich. Es geht um den Fluch und den Gedächtnisverlust der Königin. Wir können es nicht riskieren, belauscht zu werden.«

Gawain drehte sich zur Seite und drängte sich ohne Einladung an Arthur vorbei in das Zimmer.

Arthur und Vera tauschten einen Blick aus. Beinahe lächelte sie, bevor ihr wieder einfiel, dass er nicht derjenige war, mit dem sie das weiterhin teilen sollte. Ihr Grinsen erstarb, und sie schluckte.

Die drei setzten sich ans Feuer, Vera ließ viel Abstand zwischen sich und Arthur, und der junge Magier warf ihnen einen ausdruckslosen Blick zu.

»Ich habe meine Zweifel am Untergang der Magie, und ich frage mich, ob es wirklich das Sinnvollste ist, die Erinnerungen der Königin wiederherstellen zu wollen. Ich weiß nicht, ob Euch die Königin von unserer Unterhaltung berichtet hat …«

»Das hat sie.« Der verteidigende Unterton in Arthurs Stimme überraschte Vera. »Sie hat es mir direkt erzählt.« Das stimmte. Sie hatte Arthur alles über ihre Interaktion mit Gawain berichtet. Aber das war vor … letzter Nacht gewesen.

Gawain nickte kaum, bevor er direkt wieder anfing: »Ich schätze mal, dass da mehr hinter Eurem Gedächtnisverlust steckt, als ich weiß … mehr, als Merlin bereit ist mir zu sagen, so viel steht fest. Meiner Beobachtung nach scheint der Trank die Anziehung zwischen Euch beiden zu fördern, ohne die gewünschten Auswirkungen auf Eure Erinnerungen zu haben. Liege ich damit richtig?«, erkundigte er sich bei Vera.

Arthur hatte sich bewegt, eine Hand halb gehoben, als wolle er Gawain aufhalten. Aber die Worte waren bereits gesagt. Worte, die Vera nicht ganz verstand, aber Hitze breitete sich auf ihrer Haut aus – als ob sie eine glühende Herdplatte berührte, ihr Verstand das aber noch nicht verarbeitet hatte.

Ein Trank. Zur Anziehung.

Gawain musste falschliegen.

Es hatte keinen Trank gegeben. Zumindest abgesehen von dem der Erinnerungsprozedur, und dieser war allein dafür gewesen, oder nicht?

Aber …

Sie hatte Merlin nie gefragt, was darin enthalten war. Und ihre Anziehung, das … Verlangen, diese Sehnsucht nach Arthur waren neu.

Fuck. Ihr schwamm der Kopf. Ihre Gefühle für ihn stammten von einem Trank. Wusste Arthur das? Wusste er, dass Merlin sie unter Drogen gesetzt hatte, damit sie ihn wollte? Ihre Wangen glühten vor Scham, als sie darüber nachdachte, wie armselig und verzweifelt sie sich verhalten hatte. Er hatte es jedoch erwidert. Und es war ja nicht so, als *hätte er* einen Zaubertrank zu sich genommen.

Moment mal.

Es hatte ein Paket von Merlin gegeben, bei dem Arthur das Gesicht verzogen hatte. Das Paket, zu dem seine Blicke gehuscht waren, als Vera den Apfelwein trank.

Nein. Nein, nein, nein. Er würde sie diesbezüglich nicht anlügen. Gawain lag falsch. Oder … Arthur wusste es nicht. Das konnte er nicht.

Sie erwartete seine Verleumdung oder dass er ausrasten würde, aber er sah sie nur an, wie zur Salzsäule erstarrt.

Veras Sichtfeld verengte sich. Ihre Ohren begannen zu klingeln.

»Es gibt eine andere Möglichkeit, die wir …« Gawain redete immer noch weiter, aber seine Worte verschmolzen mit dem Klingeln, wurden zu Lärm, nichts als Lärm. Veras Atmung wurde schneller, und ihre Wut breitete sich mit jedem Moment aus, in dem Arthur ihren Blick hielt und schweigend seine Mitschuld gestand.

»Wirst du etwas dazu sagen?«, knurrte sie und unterbrach dabei einen ahnungslosen Gawain mitten im Satz.

Arthur warf dem Magier einen schnellen Blick zu. »Es ist kompliziert.«

Vera war so wütend, dass sie kaum noch klar sehen konnte. »Oh. Es ist kompliziert«, wiederholte sie und zog dabei jede Silbe lang.

Gawain warf einen vorsichtigen Blick zwischen ihnen hin und her, als er auf seinem Platz herumrutschte. »Ich bin mir nicht sicher, was gerade passiert.«

»Ich ent-kompliziere es für dich«, stieß Vera hervor, deren Muskeln vor Anspannung angefangen hatten zu zittern. Sie wünschte, sie hätte ihn anschreien können, aber sie war sich nie kleiner vorgekommen. »Halte dich von mir fern.«

Sie wollte keine weitere Sekunde mehr in seiner Nähe sein. Vera stolperte von ihrem Platz, verlor beinahe den Halt, als sie aus der Tür rauschte. Bevor ihr überhaupt bewusst wurde, wohin sie ihre Füße trugen, war sie bereits im Hof. Der Wasserturm ragte vor ihr auf. Merlins Turm.

Sie war sich nicht einmal sicher, ob der Magier da war. Seit dem Tag der Prozedur hatte er sie gekonnt gemieden – und dem des Tranks. Aber die Tür zu seiner Arbeitsstätte war offen, also stürmte sie hinein.

Merlin saß an seinem Schreibtisch und sah von einer Sammlung an Fläschchen vor ihm auf. Der Schock ihres Eintretens verwandelte ein freundlich einladendes Lächeln in einen besorgten Blick, als er ihr Gesicht sah. All dies spielte sich innerhalb eines Sekundenbruchteils auf seinen Gesichtszügen ab. »Guinevere?« Er erhob sich, ließ die Fingerspitzen auf dem Schreibtisch vor sich ruhen.

»Ist er das?« Vera deutete auf die Flaschen auf dem Tisch.

»Was?« Merlins verwirrter Blick folgte ihren Augen. »Oh, das«, meinte er. Er hob die kleinste Flasche hoch und ging zu ihr, hielt sie vor sich hin. »Es ist ein ganz neuer Trank, den ich entwickelt habe, um …«

Vera schnappte sich das Gefäß, welches er so vorsichtig in der Hand hielt, und schmiss es mit all ihrer Kraft gegen die Wand hinter ihm. Es zerbrach, der Aufprall und Merlins darauf folgender Schock spornten sie weiter an.

»Um mich heimlich unter Drogen zu setzen und mit meinen Gefühlen zu spielen?« Das war keine Frage. Nicht wirklich.

Merlin seufzte, bevor er traurig lächelte, was Vera noch wütender machte. »Nein.«

»Wo ist der Trank?«

»Guinevere …«

»Ich werde jede gottverdammte Flasche hier drin zerstören, wenn ich muss.« Ihre Augen schossen zu den Regalen, wo Merlins Hunderte farbenfrohe Ampullen und Fläschchen sie im Schein der Lichtkugel anfunkelten.

»Das wäre nicht sehr klug«, entgegnete Merlin leise. Er schritt zurück zu seinem Schreibtisch und setzte sich, schob die restlichen Flaschen zu der am weitesten entfernten Ecke von Vera. »Einige davon sind rar, einmalig. Und ich habe keinen Zugang zu den notwendigen Gaben, um sie erneut zu brauen. Auch nicht den Trank, der das Zeitreisen ermöglicht.«

Veras Brust schnürte sich zusammen, als sie zurück auf die glitzernden Scherben vor ihr auf dem Boden und die Reste des Gebräus starrte, das von der Wand tropfte. Was hatte sie getan?

»Das«, sagte Merlin, »war der Trank, den ich braute, um Getreide dabei zu helfen, unter schlechten Bedingungen zu wachsen. Ich hatte gehofft, dass er dem Königreich in der kommenden Saison helfen würde.« Er deutete auf den Platz in der Nähe seines Schreibtisches. »Würdest du dich bitte …?«

Vera blieb an Ort und Stelle stehen. »Warum hast du mir nicht gesagt, was der Trank bewirken würde? Ich hätte eine Wahl haben sollen.«

»Das hätte ich«, erwiderte er. »Aber ich dachte, dass es vor Sir Lancelot nicht gerade weise wäre. Und nachdem mir der König jegliche weitere Arbeit daran verbot, hatte ich keine Gelegenheit mehr, mit dir zu sprechen.«

»Aber du hast dir genug Zeit genommen, um Arthur einen vermaledeiten Trank bringen zu lassen«, entgegnete Vera spitz.

Merlin nickte langsam. »Das habe ich.«

»Nun, es hat nicht funktioniert. Es wird nicht funktionieren. Es wird keine Verbindung geben.«

»Es tut mir leid, das zu hören«, meinte Merlin. Seine Ruhe war zum Verrücktwerden. »Ich dachte, ich hätte deutlich gemacht, wie wichtig diese Arbeit ist.«

Vera zog eine Augenbraue hoch. »Gawain meinte, dass die Erinnerungen vielleicht gar nicht nötig sind.«

»Das sind sie.«

»Wie du es mir versichert hast«, knurrte Vera. Da musste mehr dahinterstecken. Weitere *Gründe.* »Wenn eine Verbindung zu mir aufzubauen, alles ist, was nötig ist, um Arthurs Königreich zu retten, weshalb zum Teufel ist es für ihn dann unmöglich? Was verschweigst du mir?«

Vielleicht sah er in ihren Augen, dass sie nicht gehen würde, bis er ihr geantwortet hatte. Merlin deutete geduldig auf den Stuhl in der Nähe. Dieses Mal ließ sich Vera darauf fallen.

»Ich war überrascht«, begann Merlin langsam, »dass du nie gefragt hast, weshalb Viviane uns verflucht hat – überrascht, aber dankbar. Ich hatte gehofft, dass du dich von selbst daran erinnern würdest und ich nicht derjenige sein müsste, der es dir erzählt.« Merlin bewegte sich nicht. Sein Gesichtsausdruck änderte sich auch nicht, aber Gänsehaut breitete sich auf Veras Armen aus und bis hoch zu ihrem Nacken.

»Als die Kriege endeten und Arthur begann, das Königreich aufzubauen, wuchs Vivianes Enttäuschung«, berichtete Merlin. »Sie glaubte, dass er eine andere Art von Herrscher wäre als die machthungrigen Eroberer, und – bitte verstehe das nicht falsch – das ist er. Aber sie wollte mehr. Sie träumte von einer recht idealistischen ökonomischen Struktur, und Arthur akzeptierte Geld von den Reichen, um das Königreich aufzubauen, und gewährte ihnen Adelstitel, Land und Macht, und Viviane war bestürzt, dass es alles dasselbe war. Warum sollte man dafür kämpfen, ein Reich aufzubauen, das wie jedes andere war? Ihre Perspektive war nicht unbegründet. Auf viele Arten war es eine angebrachte Kritik, die Art von Denken, die ein Herrscher wie Arthur in seinen Beratern sucht: jemand, der ihn herausfordert und höhere Ansprüche an ihn stellt. Aber er ist auch pragmatisch. Er wusste, dass wir irgendwo anfangen müssen.«

Merlin rieb sich die Schläfen und schloss einen Moment die Augen, als ob die Worte ihn erschöpften. »Viviane war eine gebildete Magierin. Sie reiste, um neue Wege zu erforschen, wie wir Magie nutzen können. Sie war oft unterwegs. Wir wussten nicht, dass Viviane auf diesen Reisen auch nach einem anderen Herrscher suchte, einem, den sie als würdiger als Arthur erachtete. Ihr Verrat begann, als sie einen sächsischen Herrscher fand, der ihre Vision teilte. Viviane plante, Arthurs Sturz und den seines Königreichs zu inszenieren.«

Merlins Augen ruhten auf Vera, als hoffte er, dass sie sich vielleicht allein an den Rest der Geschichte erinnern würde und er sie nicht erzählen müsste. »Viviane hat dich verhext. Du warst das Hauptelement – *der* Schlüssel in ihrem Plan gegen die Krone.«

Verhext.

Etwas hallte in ihrem Kopf wider, ein subtiles und anhaltendes Klopfen eines Stückes, das nicht recht passen wollte. »Was meinst du mit verhext?«

Merlin antwortete nicht.

»Hat sie einen Zauberspruch oder einen Trank oder so benutzt?«, hakte Vera weiter nach, während sich ein ungutes Gefühl in ihr ausbreitete.

Merlin schielte kurz auf den Schreibtisch, bevor er ihren Blick traf. Es bestätigte ihre Vermutung: Die »Verhexung« hatte nichts mit Magie zu tun.

»Viviane war sehr mächtig und sehr überzeugend. Und du warst in einer einzigartigen Position, um beeinflusst zu werden. Du hast schreckliche Dinge durchgemacht. Sie sah, wie diese dich belasteten, und machte sich das zunutze. Und es gab niemanden, der besser als du geeignet war, diese Rolle zu füllen. Du hattest das Vertrauen des Königs und Zugang zu allen militärischen Informationen. Es war einfach für dich, diese weiterzugeben. Wer eignet sich besser, den Herrscher zu Fall zu bringen, als die Person, die ihm am nächsten steht?«

Es gab ein neues Wort: *Verrat*.

»Ihn zu Fall zu bringen? Ich würde nicht … sie würde nicht …« In Wirklichkeit wusste Vera nicht, was Guinevere getan hätte. »Aber …« Sie dachte daran, wie sehr Arthur sein Volk liebte, und an die magische Anziehungskraft, die ihn auf den Thron gebracht hatte. Von all den Dingen, die davon unhaltbar waren, war dies vielleicht das größte. »Die Menschen würden keinem anderen Herrscher folgen. Das hätte sie wissen müssen! Sie hätten sich dagegen aufgelehnt.«

Merlin legte die Finger an den Mund. Hätte Vera den Inhalt der

Unterhaltung nicht gekannt und hätte gerade erst das Zimmer betreten, dann hätte sie geglaubt, dass er sich mit einem komplizierten mathematischen Problem herumschlug. »Die Magie, die Arthur auf den Thron berief, wäre mit seinem Tod geendet. Ich kenne die Einzelheiten von Vivianes Plan nicht. Ich weiß nicht, ob sie vorhatte, Arthur zu töten, oder ob sie wollte, dass du es tust.«

»Nein«, hauchte Vera. Sie wusste nicht, was sie erwartet hatte, aber das war es auf jeden Fall nicht. Dies war viel schlimmer. Eine Affäre mit Lancelot wäre im Vergleich dazu Kinderkram gewesen. Und Arthur … Sie hatte die Art und Weise gesehen, wie sein Gesichtsausdruck sich letzte Nacht verhärtet hatte. »Arthur weiß es, nicht wahr?«

Vera benötigte keine Antwort, aber Merlin gab sie ihr dennoch. »Ja.«

Ah. Das war es also.

Sie war eine Verräterin. Zuallererst und am allermeisten gegenüber Arthur. Die ganze Zeit war er kalt gewesen, hatte sich Vera physisch entzogen … Er war unglaublich großzügig gewesen, wenn man all das bedachte. Kein Wunder, dass er absichtlich ihre Gegenwart gemieden hatte. Wenn Vera mehr mit Guinevere gemein hätte als nur ihre Erinnerungen, dann wäre sie eine Gefahr für ihn und alles, für das er stand.

Vera ließ den Kopf in die Hände sinken. Das Öl war vom Feuer ihrer Wut genommen, von der Wahrheit erstickt worden. Ihre noch verbleibenden Gefühle der Abneigung Arthur gegenüber lösten sich in Scham auf. »Warum hast du es mir nicht früher erzählt?«

»Ich dachte, wir hätten genug Zeit, dass du dich von allein daran erinnerst«, erklärte Merlin. »Früher konnte meine Lebenskraft die Magie im kompletten Königreich aufrechterhalten. Aber ihre Reichweite hat sich verringert. Inzwischen reicht sie nicht einmal mehr zuverlässig bis Exeter.« Bittere Frustration mischte sich in seine Stimme, und sein Gesicht wirkte grauer als zuvor, als ob allein der

Gedanke an seine kürzlichen Bemühungen ihn erschöpfe. »Außerdem sind da noch die Angriffe im fränkischen Königreich – vor Kurzem erfolgte wieder einer. Ich bin nicht überzeugt, dass es nichts mit Vivianes Herrschaft zu tun hat. Die einzige Chance, die wir haben, den Schaden ungeschehen zu machen, ist, indem du dich daran erinnerst, was sie getan hat. Wenn die Magie weiterhin so schnell abnimmt, dann werden die Sachsen diese Gelegenheit nutzen und selbst ohne Viviane angreifen. Auch dann benötigen wir deine Erinnerungen, um eine taktische Chance, gegen was auch immer für Informationen du ihr gegeben hast, zu haben.« Vera versuchte zu schlucken, aber ihre Kehle war zu trocken.

»Selbst wenn ich mich erinnere, was Viviane getan hat, bist du dir nicht sicher, ob du in der Lage bist, es wieder geradezubiegen, nicht wahr?«

Einen Atemzug lang hielt Merlin ihren Blick, bevor er verbittert den Kopf schüttelte.

»Das ist nicht viel Hoffnung«, meinte Vera.

Er verschränkte die Finger und lehnte sich zu ihr. »Es ist alles, was wir haben. Wenn wir die Magie nicht wiederherstellen können, wird unsere Gesellschaft untergehen. Die Sachsen werden einmarschieren, und sie werden gewinnen.«

Obwohl sie sich nicht bewegte, spürte Vera den Schmerz der Fingernägel, die sich in ihre Haut gruben, und die Kante ihres Stuhles, der unangenehm in die Kniekehlen drückte. Sie hatte das Gefühl, nach vorne zu kippen oder als würde der Raum um sie herum nach hinten fallen. Sie konnte nicht sagen, was es war. Sie wusste nur, dass das Gefühl in ihrem Kopf war, denn da war Merlin vor ihr, ein aufrechter Anker, der sie in der Realität hielt, während ihr Verstand begann außer Kontrolle zu geraten.

»Aber das … Woher weißt du, was passieren sollte? So steht es in meinem Geschichtsbuch. Die Sachsen werden das Land erobern.«

Vera rang mit den Worten. Sie fühlten sich bleiern und schwer an, kamen tief aus ihr, und sie zwang sich, an niemanden zu denken, besonders nicht an ihre Freunde – nicht an Lancelot, der die Armee zu ihrem Niedergang führen würde. »Vielleicht ist es ja so, wie die Dinge immer hätten sein sollen. Die Magie stirbt aus, und Arthurs Königreich …« Ihr Magen rumorte. »Dass Arthur …« *Und Lancelot und Matilda und Percival …* Vera presste fest die Lippen zusammen, bekämpfte den Drang, sich zu übergeben.

»Darauf hoffst du doch sicherlich nicht«, entgegnete Merlin sanft, und es lag keine Frage darin. Sie zwang sich, eine ausdruckslose Miene zu bewahren, um das Bild ihrer blutenden Freunde auf dem Schlachtfeld zu verbannen.

»Nein«, sagte Merlin. »Das ist nicht, wie es sein sollte.«

»Aber ich habe in dieser Zeit gelebt«, sagte sie. »Es gibt keine Magie in meiner Zeit.«

»Woher weißt du das?« Seine Mundwinkel hoben sich leicht, und die Augen funkelten. »Nur weil du sie nicht gesehen hast, heißt das nicht, dass es sie nicht gibt.«

Vera hatte nie darüber nachgedacht, dass ihre eigene Welt vielleicht nicht das war, was sie zu sein schien. »Willst du damit sagen …?«

»Es ist kompliziert, Guinevere. Alles. Und die Zukunft steht nicht fest.« Merlin hielt in Erwartung von Veras Widerspruch die Hand hoch. »Ich weiß. Du hast dort gelebt. Du wurdest dort zu der, die du bist, aber das Einzige, was diese Realität am Leben erhält, bist *du*.«

»Das kann nicht sein. Ich … ich habe Essen serviert. Ich habe Toiletten geschrubbt«, protestierte Vera schwach.

Dies entlockte Merlin ein ironisches Lächeln. »Ja. Und du hieltest die Existenz mit jedem Schrubben aufrecht. Das ist der eher schwierige Teil der Gegenwart von Magie in unserer Welt. Es ist eine führende Macht, genau wie sie Arthur auf den Thron berufen hat und wie sie mich sicher macht, dass er dort auch bleiben sollte, aber sie kontrolliert uns nicht. Wir können ihren Ruf brechen, wenn es zu unserem Schaden ist.«

»Was kann ich tun?« Ihre Stimme gab nach. »Kannst du dafür sorgen, dass ich mich erinnere? Gibt es Magie, die Erinnerungen hervorziehen kann?«

Vera sah Merlins Eifer, aber er wurde schnell von einer entschlossenen Miene ersetzt. »Es gibt eine«, führte er aus. »Sie ist invasiv und wird schmerzhaft sein.«

»In Ordnung«, sagte Vera. Was hatte sie schon für eine Wahl? Wie konnte sie sich für ihr eigenes Wohlergehen entscheiden und das gesamte Königreich verdammen – die Zukunft verdammen? »Wie machen wir das?«

»Die Prozedur verlangt deine Einwilligung, und du kannst sie jederzeit beenden. Ich werde in deine bewussten Gedanken eindringen und …« Er unterbrach sich, wog ab. »Meine Erinnerungen an dich von zuvor hinzufügen. Ich werde Dinge verwenden, die parallel zu den emotionalen Erfahrungen aus dem Leben sind, das du kennst, um das Leben, an das du dich nicht erinnerst, wiederherzustellen. Das ist der Teil, der wehtun wird. Und am besten machen wir das nur einmal, also wenn du dazu bereit bist, solltest du das trinken.«

Er hielt eine Glasampulle zwischen dem Daumen und Mittelfinger. Die graue Substanz im Inneren wirbelte von allein, wurde nur von dem Korken darin gehalten. Sie schien eher neblig als flüssig zu sein, während sie ruhelos gegen den Verschluss schwappte, als kenne sie ihren Weg hinaus. Vera musste die Frage nicht laut aussprechen. Merlin beantwortete sie bereits.

»Es beinhaltet eine Komponente, um deine Anziehung zu Arthur zu verstärken. Es tut mir leid, aber ohne sie können wir nicht fortfahren. Diese Verbindung ist ein elementarer Teil deiner Erinnerungen. Im Großen und Ganzen ist dies jedoch ein Sensibilitätstrank. Er wird dir nicht dabei helfen, dich an irgendetwas von zuvor zu erinnern, aber er wird alles, was du heute erlebst, lebendiger machen. Du wirst keinen Augenblick von dem vergessen, was geschehen ist. Ich möchte dich nicht fehlleiten, Guinevere.« Er ließ die freie Hand auf ihren Arm sinken. »Es wird nicht angenehm sein. Wenn wir es richtig machen, dann könnte es den entscheidenden Unterschied ausmachen.«

Dies ließ Vera innehalten. Der erste Eingriff war bereits beängstigend und lähmend genug gewesen.

»Es überrascht mich«, sagte Merlin und riss Vera damit aus ihrer Angst. »Du hast nie gefragt, weshalb sich Viviane gegen dich gewendet hat.«

Daran hatte sie nicht gedacht. »Weshalb?«

»Oh, mein liebes Mädchen.« Der Hauch eines traurigen Lächelns erschien kurzzeitig in seinen Zügen. »Du hast deine Meinung geändert. Deine Liebe zu Arthur hielt dich zurück. Nenne Vivianes Macht über dich Hexerei, nenne sie Überzeugung. Dass du sie brechen konntest, war keine kleine Sache. Du bist zu mir gekommen und hast mir alles erzählt. Ich hätte dich danach keinen Augenblick mehr aus den Augen lassen sollen. Diesen Fehler werde ich mir nie verzeihen. Ich wäre um ein Haar zu spät gekommen.« Er schüttelte den Kopf, bevor er Vera mit einer tiefen Zuneigung, vielleicht sogar Bewunderung ansah. »Der Punkt ist, dass du bereit warst, dein eigenes Leben zu riskieren, um das wiederherzustellen, was zerbrochen war.«

Merlin ließ die Ampulle gleichmäßig zwischen seinen Fingern tanzen. Guinevere hatte dazu beigetragen, dieses Chaos zu kreieren, aber sie hatte ihre Existenz aufgegeben, um es wiedergutzumachen. Vera spürte keine Verbindung zu den Taten ihrer Vorgängerin. Dennoch überkam sie ein Verantwortungsgefühl. Sie könnte den Schmerz ertragen, um Guineveres Verrat rückgängig zu machen. Genau genommen war sie dafür geschaffen worden.

Vera nahm die Flasche aus Merlins ausgestreckter Hand. Sie entkorkte sie und kippte den Inhalt wie einen Schnaps hinunter. Die graue Substanz lief über ihre Zunge, glatt und geschmacklos. Sie hinterließ eine warme Spur in Veras Kehle.

Nachdem alles ihren Magen erreicht hatte, verwandelte sich die Wärme in Hitze, und Veras Impulsivität fühlte sich wie ein Fehler an. Vera hielt sich an der Tischkante vor sich fest, keuchte hilflos. Die stechende Hitze begann so schnell wieder nachzulassen, wie sie begonnen hatte, wurde von etwas anderem, als sie je gekannt hatte, ersetzt.

Ihre Fingerspitzen kribbelten vor Empfindung. Vera fühlte nicht nur den Stuhl, auf dem sie saß, sondern das Holz durch ihre Kleidung. Der abgedunkelte Raum schien nun lichtdurchflutet, und unter dem erdigen Aroma des Kellers konnte Vera den Geruch von backendem Brot in der Küche als Vorbereitung auf das Abendessen ausmachen. Sie hörte die sich drehenden Mechanismen des Brunnens über ihnen knarren. Ihre Sinne hatten all das Feuer des Tranks aufgenommen. So musste sich Randall die ganze Zeit fühlen.

Merlin erhob sich und umrundete den Tisch, um direkt hinter Vera zu stehen. »Habe ich die Erlaubnis, in deine Gedanken einzudringen?«, fragte er. Vera war erleichtert, dass es beinahe ein Flüstern war.

»Ja«, hauchte sie. Ihr Herz schlug so laut, wie das Feuer im Kamin knisterte.

»Wenn wir aufhören sollen, dann sag es einfach.« Merlin hob die Hände und legte sie vorsichtig an Veras Kopf. Seine Handflächen bedeckten Veras Ohren fest genug, dass sie einen Sog erzeugten und so für ein surreal brummendes weißes Rauschen sorgten. Merlins Mittel- und Zeigefinger pressten gegen ihre Schläfen, die nächsten Finger direkt auf ihre Wangenknochen, und die kleinen Finger legten sich an ihren Kiefer, hielten ihn fest verankert. Vera erzitterte unter dem Druck der überraschenden Stärke des Magiers.

»Bereit?«, murmelte er.

Vera versuchte zu nicken, aber Merlins Hände hielten ihren Schädel an Ort und Stelle.

»Schließ die Augen, Guinevere.«

Sie atmete tief ein und schloss bei der Ausatmung die Augen.

»Lass uns anfangen.«

29

Die Dunkelheit hinter Veras Augenlidern schwoll zu einer ungewöhnlichen Größe an, von der sie intuitiv wusste, dass sie ein Teil ihres Verstandes war. Alles jenseits davon, sogar ihre physische Form, fühlte sich eher wie ein Traum an.

»*Wonach suchst du?*« Sie stellte die Frage schweigend, versuchte ihren Sinn zu testen, ob Merlin ihre aktiven Gedanken hören konnte. Er antwortete nicht.

Vera fühlte seine Gegenwart durch ihren Verstand wandern, aber es gab kein Bild von ihm, nichts war zu *sehen*. Er befand sich nicht im aktiven, denkenden Teil ihres Kopfes. Seine fremde Gegenwart bezog sich einzig auf ihre Erinnerungen. Merlin bewegte sich, als wüsste er, wohin er ging. Es gab ein entferntes Ziehen zu einer Empfindung: Zuneigung.

Er zog sie zu sich, so als hätte er ein Buch aus einem Regal genommen. Dann erschienen Bilder in schneller Abfolge, Teile ihrer Erinnerungen liefen vorbei, bis die Rollkartei stoppte. Die erste Erinnerung daraus spielte sich genauso ab, wie Vera sie im Kopf hatte: Arthur, der sie hielt, während sie vor der Menge tanzten und lachten, als er ihr die Bewegungen zurief – Gott, war das gerade mal gestern gewesen? Vera dachte, dass Merlin dort vielleicht halten würde. Das schien ein guter Ort zum Anfangen zu sein, aber er blätterte weiter.

Als Nächstes kam Lancelot. Kurze Szenen liefen in schneller

Abfolge ab: wie er ihre Stirn im Thronsaal küsste, sie auf dem Hügel mit der Schulter schubste, mit ihr lachte, während sie liefen.

Nicht all ihre Erinnerungen an ihn waren zu sehen, aber es gab so viele: wie er in der ersten Nacht die Arme erfreut in die Luft warf, wie er zu den Wäldern rannte, am Tag, als sie die heilige Grotte besuchten … Vera wandte sich bewusst von dieser Erinnerung ab, bemerkte dabei, dass sie etwas Kontrolle darüber hatte, wenn Merlin ziellos durch sie blätterte. Stattdessen kramte sie die hervor, in der sie Tik-Tak-Toe spielten, und sah die Bewunderung in seinem Gesicht in ihrer Erinnerung.

»Guinevere«, sagte Merlin missbilligend. Seine physische Stimme klang, als käme sie aus dem entlegensten Winkel einer pechschwarzen Grube. »Du musst vorsichtig sein.«

»So ist das nicht«, entgegnete Vera, aber er war bereits vorangeschritten, bevor sie überhaupt eine Gegendarstellung bieten konnte. Obwohl sie sich unwohl fühlte, kicherte sie. Was hätte er wohl gesagt, wenn er sie halb nackt zusammen in der Höhle gesehen hätte?

Merlin preschte weiter vorwärts, tiefer in ihre Erinnerungen zurück zur Universität. Das konnte nicht stimmen. Das war zu lange her. Es war der Beginn von Veras drittem Jahr gewesen, und sie erinnerte sich besonders gut an diesen Tag. Der stürmische Tag, an dem sie Vincent in der Bibliothek kennenlernte. Alles lief so ab, wie sie sich daran erinnerte. Es schmerzte, ihn in dieser Erinnerung zu sehen, so voller Leben und Licht. Er hatte keine Ahnung … keine Spur von Angst vor dem, was auf ihn zukam und was sein Ende sein würde.

Veras Eintauchen in die Erinnerung brach ab. Sie lag offen vor ihr, aber der Fokus veränderte sich. Dunkelheit brach herein, als wäre die Energie ihres Verstandes unterbrochen worden, und ein lautes Klingeln in der schwarzen Finsternis erschütterte sie, als ob sie in einer Kirchenglocke gefangen wäre. Der Ton ließ sie erstarren. Merlin hatte gesagt, dass es wehtun würde, und das war der erste Vorbote.

»Atme weiter«, wies er sie an, und seine Stimme beruhigte Vera etwas.

Ein Schnitt, der in die Dunkelheit geritzt wurde und sich zu einer Erinnerung formte, die in ihrem Geist geboren wurde, die aber nicht ihr gehörte. Sie sah alles aus der Perspektive eines anderen. Die Gefühle, die dabei aufkamen, waren fremd. Es mussten Merlins sein. Sie hatten kein Zuhause in ihr, und sie zu erleben tat weh. Die neue Erinnerung gewann an Schärfe, und Vera sah Guinevere aus Merlins Perspektive.

Etwas von Merlins Gedankenwelt schwappte magisch auf Vera über, und sie wusste, dass sie Guineveres und Arthurs erste Begegnung sah. Sie strahlte vor nervöser Vorfreude, als sie sich vor ihm verbeugte. Keine zwei Schritte von Guinevere stand deren Vater, der dabei zusah, wie sie Arthur ein Geschenk überreichte. Er wirkte streng, selbst als er lächelte.Von ihrem Blickwinkel aus konnte sie nicht erkennen, worum es sich dabei handelte – von Merlins Blickwinkel aus, verbesserte sie sich selbst. Guinevere und Arthur bewegten sich, und Vera konnte ihr Gesicht nicht mehr gut sehen, nur seins. Strahlend gab er das Geschenk direkt an Lancelot weiter, bevor er Guineveres Hände nahm und küsste.

Merlins Gefühle flossen mit voller Wucht in Vera. Erleichterung und Freude. Guinevere und Arthur – die Hoffnung des Königreichs.

Es war nicht so schlimm, nun, da sie sich an diese Erinnerung gewöhnt hatte. Merlin manövrierte das Ganze, sodass sie sich an die Erinnerung an Vincent schmiegte. Sie passten gut zusammen. Etwas von dem, was Vera am ersten Tag für Vincent empfunden hatte, ging in die neue Erinnerung über, schwappte hinein und veränderte sich zu Zuneigung zu Arthur.

Dann gab es da Gefühle, die weder Merlin noch Vera gehörten, aber auch sie krachten in ihren Verstand. Es war Merlins Verständnis dessen, was Guinevere empfunden hatte: Zuneigung und Anziehung.

Er gab sie zu den anderen, machte daraus ein unförmiges Päckchen. Dieser Teil tat etwas mehr weh. Vera packte die Stuhllehnen und stieß den angehaltenen, zittrigen Atem aus. Die klumpige Erinnerung gesellte sich zu den anderen, und Merlin entfernte sich davon. Vera entspannte die Muskeln, als der Schmerz nachließ.

Wieder bewegten sie sich durch Veras Erinnerungen, rauschten an ihnen vorbei. Sie flitzten wie die Szenen mit Lancelot dahin: Vincents Finger auf ihren unter dem Tisch in einer Bar – dies war kurz bevor sie offiziell begonnen hatten, miteinander auszugehen, tanzend auf der Hochzeit von Vincents Schwester und schließlich eine der letzten Erinnerungen, die sie an Vincent hatte. Merlin hielt an.

Vera und Vincent lagen in ihrem Bett in Bristol. Seine Hand zeichnete Wirbel auf ihren nackten Bauch, was dafür sorgte, dass sie den Rücken durchstreckte, halb kitzlig, halb freudig erregt. Das war zu intim. Sie wollte sich daran nicht erinnern, und sie wollte auf gar keinen Fall, dass ein anderer das sah. Vera konnte nicht vergessen, dass dies ihre letzte Nacht mit Vincent gewesen war, bevor er starb – gerade mal letzten Juni. Kaum ein halbes Jahr zuvor. Sie hatte absichtlich nicht darüber nachgedacht, und obwohl sie die Schönheit darin für immer zu schätzen wissen würde, war die Erinnerung auch durch das Ende der Geschichte verdorben.

Sie versuchte die Bilder wegzuschieben, so wie sie es auch mit der heiligen Grotte getan hatte, aber Merlin war punktgenau auf sie konzentriert, als ob er danach gesucht hätte, und sie bewegten sich nicht.

In der Erinnerung rollte Vera sich zu Vincent und er vergrub das Gesicht in ihrem Nacken. »Ich kann nicht glauben, dass ich dich lieben darf«, hatte er gemurmelt und damit Gänsehaut bei ihr verursacht, die sich schnell über ihren ganzen Körper erstreckte.

Sie hatte gelacht. Sie hatte in seine warmen, braunen Augen geblickt, reich an Ernsthaftigkeit und Freude, und bevor sie ein Wort sagen konnte, waren seine Lippen auf ihren, benötigten keine verbale

Antwort. Die Art, wie sich Veras Hüften gegen ihn pressten, die Tiefe ihres Kusses und die Freude, die von ihren Bewegungen ausging, waren genug.

Eine Träne löste sich von ihren geschlossenen Augen und rollte eine Wange hinunter in die trübe Grube der Welt außerhalb von Veras Verstand. Gnädig schob Merlin die Erinnerung zur Seite, weiterhin präsent, aber nicht mehr im Fokus.

Dunkelheit brach herein, bevor der Schmerz eines neuen Einschnitts Vera durchbrannte. Licht drang ein, unerwünscht. Das Bild schimmerte wie zuvor und rückte in den Fokus. Wieder Guinevere und Arthur, aber es war falsch. Augenblicklich konnte Vera spüren, dass etwas nicht stimmte. Es war ein intimer Moment.

Sie standen oben auf der Schlossmauer, wo Vera bisher nur die Wachen gesehen hatte. Sie hatte nie in Erwägung gezogen, sich Zugang zu verschaffen, aber sie sah alles durch Merlins Augen, von seinem Standort aus, verborgen hinter dem nächsten Wachturm. Vera konnte seine Schuld fühlen, weil er sie heimlich beobachtete.

Guineveres Arme waren weit entlang der Steinmauer ausgebreitet, ihr Kopf zwischen sie gesenkt. Ihr Haar hing lose und verworren. Sie trug ein nicht reinweißes Kleid, die Art, wie Vera es als Nachthemd trug. Arthur stand neben ihr. Er streckte vorsichtig eine Hand nach ihr aus, aber als er ihre Schulter berührte, entriss sie sich dem Kontakt.

Vera keuchte bei ihrem Ausdruck: der eines in die Enge getriebenen Tieres, das wusste, dass es vorbei war. Es war kein Kampf mehr in ihm. Arthur begegnete ihr genauso, seine Hände mit den Handflächen nach außen vor sich erhoben.

»Bitte«, sagte er, streckte seine Hände nach ihr aus, aber schloss nicht die fünfzehn Zentimeter zwischen ihnen. »Bitte, lass mich dir helfen.«

Es war Guinevere, deren Schultern sanken, die nach seiner Hand griff, als wäre sie eine Rettungsweste, und sich an ihn zog, steif an seine Brust. Arthur legte die Arme um sie. Er hielt sie, bis sie sich von ihm zurücklehnte, der wilde Blick war durch etwas ersetzt, das Merlin als Beruhigung verstand, aber das Vera deutlicher als Resignation erkannte.

Ihr Magen rumorte, als Guinevere ihre Hand in Arthurs Nacken legte und ihn küsste, Verzweiflung in ihren angespannten Gliedern. Sie packte die Vorderseite seines Oberteils und zog daran. Er gab nach, stolperte nach vorne und sank in ihren Kuss.

Merlins Erleichterung kam wie in Fluten. Er glaubte, dass es eine Darstellung der Liebe war. Er sah Hingabe. Er fügte seine Interpretation von Guineveres Gefühlen ein – Liebe, Dankbarkeit und Sehnsucht. Aber diese Frau, die so identisch mit Vera war, fühlte sich an, als wäre sie die Schwester, die Vera nie getroffen hatte, und daher wusste es Vera besser. Auch für Arthur war es falsch. Seine Augen öffneten sich und waren mit Sorge gefüllt, nicht mit Liebe. Nicht einmal mit Erregung.

Was Vera in ihrem Körper wahrnahm, war zuerst kein Schmerz. Unbehagen, sicherlich. Übelkeit, definitiv. Es war nicht so schlimm, und wenn es dabei half, Guineveres Erinnerungen mit ihrem eigenen Verstand zu vereinen, dann wäre es das alles wert.

Es traf sie wie ein Felsbrocken, der von oben auf sie herunterfiel: plötzlich, unerwartet und mit einem blendenden Schmerz. Es entzündete Veras Lunge – jeder Millimeter ihrer Haut schmerzte. Es gab keine Stelle ihres Körpers, die nicht qualvoll brannte: Augen, Kopfhaut, selbst die Zunge.

Dann verstand Vera, weshalb. Merlin versuchte, diese Erinnerung mit der zärtlichen an Vincent zu verbinden. Er presste sie zusammen, so wie er es mit den anderen getan hatte. Vielleicht lag es daran, dass die Emotionen davon nicht einmal annähernd ähnlich waren oder weil so viel Schmerz in beiden Erinnerungen steckte. Dies war eine Qual, wie Vera sie noch nie erlebt hatte. So fühlte sich Folter an.

Es wurde immer schlimmer. Die Erinnerung hielt nicht. Merlin drückte fester.

»Stopp!«, schrie Vera, kaum in der Lage, den Sauerstoff dafür zu finden.

Er hielt inne, aber ließ sie nicht los. Merlin manövrierte seine Erinnerung um sie herum, schlich an den Ecken entlang und versuchte, einen Weg hineinzufinden.

»Wir sind so nah dran«, murmelte er.

Er drückte und Vera winselte. »Stopp, stopp, stopp«, jammerte sie panisch, erwartete, dass er sich zurückziehen würde, während ihre Tränen flossen. Er hatte versprochen, dass er aufhören würde.

Er begann die Erinnerung zurückzuziehen. »Fast geschafft«, flüsterte er.

Vera erkannte zu spät, dass Merlin sich nur zurückzog, um mehr Momentum zu schaffen. Die Ruhe hielt zwei Atemzüge an, bevor die fremde Erinnerung auf ihre eigene zuschoss, und es gab nichts, was sie tun konnte, um sie aufzuhalten. Sie krachte mit einer solchen Wucht in Veras Erinnerung, dass sie auf eine Art schrie, wie sie es, seit sie ein Kind gewesen war, nicht mehr getan hatte, mit all der Kraft, die ihre schmerzende Lunge hergab. Die neue Erinnerung presste sich so brutal gegen die alte, dass Vera glaubte, sie selbst würde unter dem Druck zerbrechen. Es konnte keinen schlimmeren Schmerz geben als diesen. Inmitten dieser unnachgiebigen Qual wäre der Tod ein Segen gewesen.

Aber ihre Brust hob und senkte sich weiter. Vera versuchte zu stöhnen, aber sie hatte keine Luft mehr in sich. Merlin presste weiter die Erinnerung gegen ihre.

Und dann geschah es.

Sie zerbrach nicht, aber die Erinnerung an Vincent dafür schon. Die Scherben davon explodierten in alle Richtungen und gruben sich in Veras Verstand.

Vera keuchte in einem schmerzhaften Atemzug, der ihre Lunge füllte. Sie riss die Augen auf und schrie mit all der Kraft, die ihr Körper aufbringen konnte: »Nein!« Sie hörte einen dumpfen Schlag und ein Klappern hinter sich am Boden. Sie hatte nicht bemerkt, dass sie in derselben Bewegung aufgesprungen war und sich aus Merlins Griff befreit hatte. Sie fuhr zu ihm herum, wie er vor ihr mit dem Rücken auf dem Boden lag, unverletzt und auf die Ellbogen gestützt. Sie nahm zitternde, wütende, von Grauen erfüllte Atemzüge und funkelte ihn böse an.

Die Auswirkungen ihrer zerstörten Erinnerung sickerten in ihr Bewusstsein. Sie wusste, was es war, wusste, dass sie mit Vincent in ihrem Bett gelegen hatte. Sie konnte sich an seinen Namen erinnern, aber die Erinnerung an sich – das Bild, die Details, die Gefühle – sie alle schwanden schnell wie ein Traum, der sich nach dem Aufwachen auflöst. Wasser, das bereits den Abfluss hinuntergelaufen war.

Das Schrecklichste war jedoch, dass Vincents Gesicht verschwunden war. Einfach weg. Sein Bild war nicht nur aus dieser Erinnerung ausgelöscht, sondern aus allen. Sie wusste, wer er war; sie konnte sogar seine Züge beschreiben, aber eine armselige Wiedergabe, die Skizze eines Künstlers, erstellt nach der hektischen Erzählung eines Zeugens nach einem Angriff. Es war nicht er.

»Wusstest du es?«, knurrte Vera. »Wusstest du, was es mit meinen Erinnerungen machen würde?«

Sie hoffte, dass er Nein sagen würde. Sie flehte ihn schweigend an, aber er starrte sie einfach nur an. Es kam einem Schuldeingeständnis gleich.

»Oh mein Gott«, keuchte sie, ihre Hände berührten den Kopf, zogen an den Haaren. Vera hatte ihn nie gefragt, ob die Prozedur sicher war. Nie daran gedacht, sich zu erkundigen, ob es Verluste geben könnte. »Du bist ein verfluchter Psychopath!«

Als Vera sich auf ihn stürzte, stand Merlin auf und besaß die Dreistigkeit, enttäuscht zu wirken. »Ich dachte, du verstehst, wie ausweglos unsere Situation ist …«

»Das tue ich. Aber alles, was ich noch von ihm hatte, waren Erinnerungen …« Ihre verräterische Stimme brach, und Vera biss die Zähne zusammen, um ihre Atmung zu kontrollieren. »Er war der Einzige, abgesehen von meinen Eltern, der es an diesem verdammten Fluch vorbeischaffte und mich kannte.« Sie hatte noch nie jemanden so sehr schlagen wollen, daher bebte ihr ganzer Körper. Ihre Wut fraß all ihre Energie. Sie musste sich mit einer Hand auf den Tisch stützen. »Was war eigentlich mit der Abmachung, aufzuhören, wenn ich Stopp sage?«

»Es musste funktionieren«, meinte Merlin ohne Entschuldigung. »Ich wollte nicht, dass du es noch einmal machen musst.«

»Oh, das werde ich auch nicht. Du willst, dass Arthur eine Verbindung zu mir aufbaut? Dann spiel mit *seinen* Gedanken. Mir reicht's.« Vera stürmte zur Tür, fühlte sich leerer als je zuvor.

»Guinevere …«

Vera drehte sich von der Tür aus zu ihm um und funkelte ihn an. »Ich dachte, zurückgebracht zu werden, um ein Kind zu bekommen, wäre das Schlimmste, was du mir antun könntest. Aber du hast mir ein ganzes verdammtes Leben zur Vorbereitung gegeben mit Eltern, die ich liebte, und mit Vincent, der …« Sie hielt inne und schluckte schwer. »Und wofür? Damit ich mehr für Guineveres Erinnerungen opfern muss?«

Merlin starrte sie in stiller Trauer an.

»Du hättest zulassen sollen, dass Viviane mich tötet.« Vera schlug die Tür hinter sich zu und sah nicht zurück.

30

Vera hatte nicht bemerkt, wie lange sie in Merlins Arbeitsstätte gewesen war, bis sie aus dem Keller hervorkam in der Erwartung, Tageslicht zu sehen, aber stattdessen auf Dämmerung traf. Die Klänge vom Abendessen wehten ihr in einer Brise entgegen. Vera hoffte, dass dies bedeuten würde, niemandem auf dem Weg zu ihrem Gemach zu begegnen, aber die Zeichen standen gegen sie. Sie hatte zu Boden gestarrt und blickte kaum rechtzeitig auf, um nicht geradewegs in Thomas hineinzurennen. Vera stolperte rückwärts und wäre gefallen, hätte er sie nicht am Ellbogen gepackt.

»Es tut mir leid«, entschuldigte sie sich. Ihr Sichtfeld verschwamm, als sie versuchte, sich auf ihn zu konzentrieren und so zu tun, als ginge es ihr gut.

Es funktionierte nicht. »Euer Hoheit, was ist geschehen?« In seiner Stimme schwang Sorge mit. »Ist euch nicht wohl?«

Sie wünschte sich, dass er ihren Arm loslassen würde. Sie versuchte sich loszureißen, aber er hielt sie fest. Vermutlich wollte er sie aufrecht halten.

»Ihr kippt gleich um«, meinte Thomas. Sie *war* kurz davor, das Bewusstsein zu verlieren, aber die Art, wie er es sagte, machte sie noch wütender. »Ich hole den König.«

»Nein, bitte nicht …«

»Ihr braucht Euren Ehemann«, beharrte er.

»Das tue ich nicht«, entgegnete Vera mit zusammengebissenen Zähnen.

»Ich … ich kann Euch helfen, meine Königin.« Thomas' Finger gruben sich schmerzhaft in ihren Arm, und Vera entriss sich seinem Griff.

»Fass mich verdammt noch mal nicht an«, knurrte sie.

Er schreckte zurück, starrte sie an, als wäre sie eine Fremde. Sein Mund öffnete und schloss sich wie der eines Fisches, bevor er schwer schluckte und zögernd zur Seite trat, Vera erlaubte, an ihm vorbeizugehen.

Der Schmerz und die Erschöpfung nahmen nur noch stärker zu, als der ursprüngliche Schock zu schwinden begann. Sie litt an solch starken physischen Qualen, dass sie es kaum in ihr Zimmer schaffte und auf dem Boden zusammenbrach, nachdem sie die Tür geschlossen hatte. Vera wusste nicht, ob sie dort minuten- oder stundenlang verweilte, bevor sie merkte, dass sie klatschnass geschwitzt war und die Wand ihrer Kammer zum Fenster entlangkrabbelte. Irgendwie gelang es ihr, die Läden aufzufummeln, damit sie ihre Wange gegen den kalten Dübel lehnen und den abendlichen Wind über ihr Gesicht streichen lassen konnte. Für eine Weile schloss sie die Augen und versuchte, dort im Sitzen am Fenster zu schlafen, aber alles, was sie sehen konnte, war Guineveres Hand, die Arthurs Hemd packte, und alles, was sie fühlte, war die Leere der zerstörten Erinnerung. Eine, die wirklich aus Liebe geboren und nun durch Angst und Verzweiflung ersetzt war.

Vera erinnerte sich an jede Sekunde in Merlins Arbeitsstätte und fühlte sich, als würde sie zu nichts zerschmelzen. Es war zu viel. Sie lehnte ihr ganzes Gewicht gegen die Fensterstäbe, die Augen geöffnet und unfokussiert. Es wäre in Ordnung, wenn das Metall nachgeben würde und sie fiel. Vera wusste, dass sie sich morgen früh nicht mehr so fühlen würde, aber gerade zerstörte der Schmerz sie.

Als sich die Tür öffnete, bemerkte es Vera nicht. Der Klang der Unterhaltung zwischen ihren Freunden war so fehl am Platz, dass ihr Blickfeld sich klärte. Sie drehte sich rechtzeitig nach hinten, um zu sehen, wie das Licht in Arthurs Augen erstarb, als sich ihre Blicke trafen. Matilda war bei ihm, und die Fröhlichkeit wich auch aus ihrem Gesicht.

Arthur machte einen Schritt auf Vera zu, hielt dann an und sah hilflos zu Matilda. Die nickte und machte sich sofort an die Arbeit.

»Bringen wir dich ins Bett«, meinte sie. Es war ein anderer Ton als der, an den sich Vera gewöhnt hatte, der schnell lächelnde und scherzende. Sie redete wie jemand, der zuvor schon einmal solch eine Krise durchgemacht hatte.

»Es geht mir gut«, murmelte Vera.

»Ja, wie auch immer.« Matilda nahm ihre Hand mit einem ängstlichen Lächeln. Vera erlaubte Matilda, ihr herunter und ohne Widerstand ins Bett zu helfen, wenn auch nur, weil es ihrer Freundin scheinbar half, sich besser zu fühlen.

»Ich kümmere mich um sie«, sagte Matilda über ihre Schulter. Vera drehte den Kopf, aber es war eher ein Zurseiterollen des Nackens. Sie hatte die Kontrolle über ihren Körper immer noch nicht vollständig zurückgewonnen.

Arthur stand da, die Hände an den Seiten zu Fäusten geballt, erstarrt zwischen Flucht oder Bleiben. Er traf Veras Blick und nahm einen zitternden Atemzug, bevor er sich wegdrehte, und ging, nicht durch die Seitentür, sondern zurück in den Flur. Vera machte sich nicht die Mühe zu überlegen, wo er von dort aus wohl hinging. Sie konnte sich nicht fokussieren. Es fühlte sich immer noch an, als bohrten sich Scherben in ihr Hirn.

Als Matilda ihr half, das Nachtgewand anzuziehen, strich ihre Hand über Veras Gesicht. Sie keuchte. »Du glühst ja!«

Vera bemerkte einen kalten Lappen auf ihrer Stirn, bevor sie in einen unruhigen Schlaf fiel.

Sie erwachte vor Sonnenaufgang von dem, was ein Dutzend Albträume gewesen sein mussten, ihre Haut glühte wie bei einem Sonnenbrand. Ihr war übel, als wäre sie verkatert, aber ihr Verstand war klar und sie hatte das dringende Bedürfnis, sich zu bewegen. Es interessierte Vera nicht, ob Lancelot heute auftauchte. Sie hatten ihre Verabredung zum Laufen nicht bestätigt, aber Vera würde auch allein gehen, wenn nötig.

Als sie die Tür öffnete, stolperte sie beinahe über ihn. Lancelot saß direkt vor ihrem Zimmer auf dem Boden mit angewinkelten Knien.

»Hey«, hauchte er mit einer Mischung aus Erleichterung und Sorge. Vera fragte sich, welche mittelalterliche Begrüßung wohl magisch mit »Hey« übersetzt wurde, selbst als eine nervige Wut wegen seiner Sorge sie durchfuhr.

»Bereit?«, erkundigte sie sich steif.

Sie wartete seine Antwort nicht ab, sondern nahm die Treppen und brachte ihn so dazu, ihr hinterherzustolpern. Alle paar Schritte huschte sein Blick zu ihr. Vera ignorierte es.

»Ist alles …«

»Ich will nicht darüber reden. Ich will einfach nur rennen«, schnitt sie ihm das Wort ab, noch frustrierter, weil ihre Stimme zitterte und die Worte wie ein Flehen klingen ließ.

Lancelot presste die Lippen aufeinander. »In Ordnung. Du gibst das Tempo vor. Ich werde folgen.«

Es war der bisher kälteste Wintertag, aber Vera glühte. Sie rannte schneller als sonst. Kaum hatten sie sich auf den Weg gemacht, war ihr Hemd bereits durchgeschwitzt. Sie hielt auf der Lichtung, wo sie normalerweise nach ihren Läufen redeten, riss sich das Shirt vom Leib und warf es über einen niedrigen Ast.

Nun in ihren Sport-BH und die Laufhose gekleidet, drehte sich

Vera zu Lancelot, forderte ihn heraus, etwas zu sagen – zu lachen oder einen Witz zu reißen, aber das tat er nicht. Sein ausdrucksloser Blick traf ihren, ohne zusammenzuzucken. »Besser?«, fragte er.

Sie nickte verbittert, und sie machten sich wieder auf den Weg. Innerlich tobte Vera während der ersten paar Kilometer. Arthur musste am Vorabend zu Lancelot gerannt sein, um ihm alles zu erzählen. Weshalb wäre er sonst krank vor Sorge vor ihrer Tür gesessen? Und während der ganzen Zeit hatte Lancelot Dinge über ihr Leben gewusst und ihr verschwiegen. Wenn sie so darüber nachdachte, hatte er Arthur vermutlich auch Dinge erzählt, die Vera während ihrer Läufe mit ihm besprochen hatte. Die Abneigung trieb sie an.

Sie schnaubte wütend, wollte, dass Lancelot *irgendetwas* sagte, damit sie einen Grund hatte, ihn anzuschreien. Er schwieg, rannte pflichtbewusst im selben Tempo neben ihr her. Als sich die Kilometer mehrten, setzten die Endorphine ein, und Veras Wut löste sich auf. Der Nebel in ihren Gedanken lüftete sich genug, damit sie erkannte, dass ihr Zorn auf Lancelot einfacher war, als an das zaubertrankförmige Experiment vom Vortag zu denken.

Während des letzten Kilometers bot sie ihm einen Waffenstillstand. »Lancelot?«

»Ja?«

»Wurzel«, sagte sie und deutete auf den Weg.

Sein Gesicht verzog sich zu einem halben Lächeln, und Vera kicherte atemlos. »Da bist du ja«, meinte er erleichtert.

Sie erreichten die Lichtung und ließen sich auf den Boden fallen. Vera saß näher bei ihm, als sie es in der Regel tat. Als sie sich zurücklehnte, folgte er ihrem Beispiel und legte sich neben sie. Die Sonne ging inzwischen so spät am Morgen auf, dass es während ihrer gesamten Zeit hier dunkel war. Zum Großteil war es eine tintenschwarze Decke an Wolken über ihnen mit kurzen Momenten, in denen die Sterne durch die Löcher funkelten. Nach einer langen Pause begann Lancelot zu reden.

»Ich kann nicht glauben, dass du nicht frierst.«

Vera hatte vergessen, dass sie kein Hemd trug. Ihr Schweiß war kaum getrocknet, und die Luft hatte gerade erst begonnen sich kühl anzufühlen. »Ich glaube, ich habe Fieber.«

»Bei den Göttern, Guinna. Wenn du mit einem Fieber so schnell rennst …« Er hörte abrupt auf zu reden, sein Gesicht verzog sich schmerzhaft, als er mit den Händen seine Wade packte. »Oh, verflucht, das tut weh.«

Vera stemmte sich auf die Ellbogen, die Augenbrauen hochgezogen. »Krampf?«, hakte sie völlig unnötig nach. Seine Wadenmuskulatur hatte sich sichtlich zu einem kleinen Ball unter seiner Haut zusammengezogen.

Er nickte und presste die Augen zu.

»Warte.« Sie rollte sich auf die Seite und drückte mit dem Daumen fest auf den Knoten. »Du benötigst mehr Kalium.«

»Was zum Teufel ist das?« Er rang noch keuchend nach Worten, während er sich wand.

»Das ist ein Nährstoff in Bananen und Kartoffeln, aber natürlich kennst du das beides noch nicht«, erklärte Vera lachend, während sie den Knoten massierte.

Lancelot stöhnte erfreut, als sich seine Muskeln unter dem Druck von Veras Daumen entkrampften, was sie nur noch mehr lachen ließ. »Es ist gut, dass niemand in der Nähe ist oder …«

Die Blätter über Veras Schulter raschelten. Sie und Lancelot erstarrten. Sie lauschten, während sich etwas seinen Weg durch das Gebüsch bahnte, weg von ihnen.

Innerhalb eines Wimpernschlags war Lancelot aufgesprungen. »Ist da jemand?«, rief er. Die einzige Antwort war das Flüstern des Windes, erkennbar anders als die vorherigen Geräusche, die sie gehört hatten. »Shit.« Lancelot nahm seine Leuchtkugel in die Hand, überlegte kurz, bevor er sie in die Richtung schleuderte, aus der der Lärm gekommen war. Sie schwebte über den Sträuchern und erleuchtete diesen Bereich. »Wenn das eine Person war, dann sehen wir vielleicht, wie sie abhaut.«

»Vermutlich«, entgegnete Vera, was mehr einen Wunsch als eine Überzeugung darstellte. Sie hatte sich nicht von ihrer Position auf dem Boden erhoben.

Er nickte, als er scheinbar eine Entscheidung traf. »Muss wohl ein Tier gewesen sein. Es hat zweifelsohne gedacht, dass mein armseliges Gejammer wegen des Krampfs die Klänge eines sterbenden Nagers und damit leichtes Frühstück wäre.« Dennoch schnappte sich Lancelot Veras Shirt von dem Ast und warf es ihr zu, während er weiterhin auf das Licht in der Ferne starrte. Er hob die Hand zum Himmel, und das Licht kam zurückgerast. Keiner sprach es laut aus, wie die Geräusche sich für jemanden angehört haben mussten, der zufällig vorbeigekommen war.

Lancelot seufzte, eine Hand an der Hüfte, mit der anderen fuhr er sich über die Augenbrauen. »Wir müssen vorsichtiger sein.«

»Ahh. Genau dasselbe hat Merlin auch gesagt.« Ein Funke Genervtheit schoss durch Vera, während sie schnell ihr Hemd überzog.

»Warum sollte Merlin das sagen?«

»Ach, nichts«, entgegnete sie schnell.

»Nein, nicht nichts.« Er verschränkte die Arme vor der Brust und runzelte die Stirn. »Ich würde behaupten, dass das schon etwas ist. Da es mich involviert, finde ich, dass ich das Recht habe, es zu erfahren.«

Vera wusste ihrerseits einiges über all die Dinge zu sagen, von denen *sie* das Recht hatte, sie zu erfahren. Ihre hochgezogene Augenbraue sagte genau das, aber sie schwieg. »Einfach diese ganze gemeinsame Zeit nur zwischen uns … wie Percival sagte, und … und du hast mich auf diese verliebte Art angesehen, als ich dir Tik-Tak-Toe beibrachte.« Sie versuchte ihren Ton verspielt zu halten, aber erkannte ihren Fehler beinahe im selben Moment, als sie es aussprach.

Lancelot legte den Kopf zur Seite, das Lächeln war aus seinen Augen verschwunden. »Merlin war da nicht dabei. Hast du es ihm erzählt?«

»Ich … nun …«

»Denn wenn du es nicht warst, bin ich mir nicht sicher, wer dann.«

»Nein, ich …«

»Wer dann?« Er ließ ihr keine Zeit zum Nachdenken.

»Niemand! Er sah es, als …« Der Nebel von zuvor bahnte sich wieder seinen Weg in ihren Verstand. »Ich habe es ihm gezeigt. Ich wollte es nicht.«

»In Ordnung.« Sein Blick wurde sanft, als er beobachtete, wie sie kämpfte. Lancelot ließ sich zurück auf den Boden fallen und tätschelte das Gras neben sich. »Erzähl schon.«

Vera setzte sich neben ihn. Sie erzählte Lancelot beinahe alles: dass sie von Guineveres Verrat mit Viviane wusste, über ihre Verzweiflung, die Erinnerungen zurückzubekommen, die Tränke und die schreckliche Prozedur, die Merlin versucht hatte. Dass er gesehen hatte, wie eng Vera und Lancelot inzwischen waren. Sie zögerte, als sie zu dem Teil mit Vincent kam, aber nur für eine Sekunde, entschied dann aus dem Bauch heraus, ihm die ganze Geschichte anzuvertrauen. Er legte ihr die freie Hand aufs Knie, rückte näher, als der Schmerz noch tiefer ging. Als Vera ihm erzählte, wie weh Merlins Prozedur getan hatte und wie ihr Körper selbst jetzt noch brannte, verdunkelte sich sein Gesicht, besonders als Vera erwähnte, dass ihre Erinnerung zersprungen war.

»Also, falls es so wirkt, als wäre ich gebrochen, liegt es daran, dass sich meine Gedanken selbst an Tausenden Stellen Stichwunden zugefügt haben. Soweit ich weiß, könnte mein Hirn sogar aktiv bluten.« Dies war der schlechte Versuch eines Witzes.

»Was er dir angetan hat, ist schrecklich.« Lancelot mahlte mit dem Kiefer vor und zurück und starrte auf seine Füße. »Hast du Arthur davon erzählt?«

Vera stieß ein überraschtes Lachen aus. »Nein. Letzte Nacht konnte ich nicht einmal mehr einen verdammten Satz bilden.«

»Er wird es wissen wollen. Du musst es ihm sagen, Guinna.«

»Hast du den Teil ›Ich habe alles verraten, wofür er steht‹ nicht gehört?«, erkundigte sie sich, während der Funke die Wut wieder entfachte. »Und was ist mit dem Zaubertrank, den er nehmen musste, nur um in der Lage zu sein, sich in meiner Nähe aufzuhalten?«

Lancelot besaß die Frechheit, verärgert zu wirken. »Jetzt mach aber mal einen Punkt. Ich glaube nicht eine Sekunde lang, dass er diesen Trank genommen hat. Und wir wissen alle, dass das, was Guinevere tat, nicht das ist, was *du* getan hast.« Vera begann zu protestieren, und Lancelot erhob die Stimme. »Hör auf! Du musst wirklich versuchen, mit ihm zu reden.«

»Willst du mich verdammt noch mal verarschen? Ich habe es versucht. Ich *versuche* es.«

»Nein, das tust du nicht. Du benimmst dich seltsam und wirst still. Warum redest du nicht so mit ihm? Warum hast du ihm nicht gesagt, was für ein Arsch er war? Also, du warst nicht weit weg von ihm, als du das mit dem Trank herausgefunden hast, hm? Hast du ihm die Meinung gesagt, oder bist du einfach abgehauen?«

Vera schnaubte, sagte aber nichts.

»Das ist nicht dasselbe, wie es zu versuchen.«

Ihr fiel die Kinnlade runter. »Ich kann nicht glauben, dass du mir dafür die Schuld gibst.«

»Du verstehst nicht, was er durchmacht …«

»Du hast recht. Das tue ich nicht. Das ist das Problem. Ihr kennt beide all diese Geheimnisse über mich und mein Leben, zu denen ich keinen Zugang habe. Fick dich. Geh *du* mal damit um.«

Sie erhob sich, um zu gehen, stolperte ein paar Schritte vor Erschöpfung, weil sie es bei ihrem Lauf so übertrieben hatte. Vera hörte, wie Lancelot sich ebenfalls aufrappelte und ihr half, bevor sie ihn angriff.

»Nicht«, knurrte sie. Sie war sich sicher, dass er all die Aussagen dieses einen Wortes verstand. *Fass mich nicht an. Hilf mir nicht. Folge mir nicht.*

Vera stürmte allein zum Schloss zurück.

Vincents Gesicht zu verlieren, fühlte sich an, wie wenn er noch einmal gestorben wäre. Das Zerbrechen dieser Erinnerung sorgte dafür, dass sein Todestag deutlicher in den Fokus rückte. Es war der schlimmste Tag in Veras Leben gewesen. Und das würde er (der schlimmste Tag) auch noch eine ganze Weile bleiben.

Aber dieser Tag – der Tag, der kaum begonnen hatte, während die Sonne schüchtern darauf wartete, den Horizont mit ihrer Wärme zu küssen, würde seine eigene Dunkelheit mit sich bringen.

Und so begann der bisher zweitschlimmste Tag in Veras Leben.

31

Als der Dunst und die aufreibende Übelkeit des Vortags nachließen, spürte Vera, wie Merlins Magie ihre Wirkung entfaltete. Wenn ihre Gedanken zu Arthur abdrifteten, wenn auch nur in Fetzen und unsinnig, dann überkam sie das unerwünschte Gefühl der Zuneigung. Diese Anziehungskraft hatte eine angenehme Aura, die durch das Gift ihres Ursprungs verfärbt wurde. Es fühlte sich so an, wie ein Bestattungsinstitut roch: übertrieben süß in dem Versuch, den Geruch nach unaufhaltsamem Verfall zu überdecken.

Vera konnte sich widerwillig eingestehen, dass Lancelot recht hatte – Arthur musste davon erfahren. Und verdammt sei Lancelot. Sie *würde* in Arthurs Teil der Kammer preschen und ihn aus dem Bett brüllen. Sie würde es tun.

Aber er war nicht dort.

Vera suchte den ganzen Tag nach ihm, aber sie war viel beschäftigter als sonst. Es war Heiligabend. Also gab es jede Menge zu tun, um das Schloss für die Gäste des abendlichen Banketts vorzubereiten. Sie dachte, dass sie Zeit haben würde, wirklich nach ihm zu suchen, sobald sie ihre Aufgaben erledigt hatte, aber dann hieß es direkt zurück in ihr Gemach, das grüne Kleid anziehen und die Mondsteinkrone aufsetzen und ohne Verspätung wieder in den großen Saal.

Die Halle wirkte freundlicher als sonst. Kein Tisch stand oben auf der Erhöhung. Stattdessen wurde dieser Platz von einer Gruppe Musiker belegt, die den Abend klanglich untermalten. Schwebende

Lichtsphären flitzten durch den Raum, von einer Seite der Gewölbedecke zur anderen. Gäste drängten sich auf dem Balkon, nippten an ihren Kelchen, während sie einander Dinge über die wachsende Menge unter ihnen zuflüsterten.

Unter anderen Umständen hätte Vera dies geliebt, aber das verfluchte Fieber ließ nicht nach, genau wie sie weiterhin darauf fokussiert war, Arthur zu finden.

Vera entdeckte ihn auf der anderen Seite des Saals, und ihr stockte der Atem. Arthur hatte seine übliche und viel lässigere Kleidung mit einer eng anliegenden Lederrüstung getauscht, von den Schultern bis zu den Zehen so dunkel wie verbrannte Kohle mit Ausnahme eines tiefroten Umhangs, der an den Schlüsselbeinen befestigt war. Der Schwertknauf strahlte an seiner Taille, und eine einfache Krone aus Gold saß auf seinem Haupt. Das Haar hatte er in einem festen Knoten oberhalb seines Nackens zusammengebunden.

Seit Veras Ankunft hatte er sich nie so formell angezogen, dennoch wirkte es an ihm so natürlich wie alles und sah sehr gut aus. Er traf Veras Blick, bevor er sich schnell umdrehte, um einen Gast zu begrüßen. Ein plötzliches Flattern hatte in ihrer Brust eingesetzt. Vera spürte das Bedürfnis, die Hand an seine Wange zu legen. Der Gedanke an seine Haut auf ihrer schickte ein warmes Verlangen durch sie hindurch. Überrascht stellt sie fest, dass das Gefühl dem der Erinnerung, die verschwunden war, gleichkam … dass ihre schlafende, beiseitegeschobene Leidenschaft für den Liebsten, den sie verloren hatte, nun Arthur galt.

Etwas von dem, was gestern geschehen war, hatte einen Faden von ihrer zerstörten Erinnerung an Vincent direkt zu Arthur gewebt. Selbst die Emotionen blieben intakt, begaben sich auf die Suche und hängten sich an das nächste Gesicht, das ihnen begegnet war. Mit dem Trank und … allem war Arthur bereits das Hauptziel. Wie konnte sich Vera einerseits unwiderstehlich zu ihm hingezogen fühlen und ihm andererseits gleichzeitig den angestauten Zorn ins Gesicht brüllen und tagelang heulen wollen?

Seine Unterhaltung schien sich dem Ende zu nähern: Nicken und allmähliches Weglehnen. Wenn sich Vera nun nicht auf ihn zubewegte, dann würde sie vielleicht die Nerven verlieren. Sie pflasterte sich ihr entspanntestes Lächeln ins Gesicht, zu dem sie im Moment fähig war.

Mit vorgetäuschtem Selbstbewusstsein trat sie an seine Seite. Hatte sich sein Körper etwa bei ihrer Ankunft versteift, obwohl seine Stimme weiterhin ruhig blieb? Vera entschied, dass sie sich dies nur eingebildet hatte, und berührte ihn am Arm. Arthur entzog sich ihr. Nein, er entriss ihr seinen Arm gewaltsam, so als ob ihre Berührung ihn verbrannt hätte. Direkt vor dem Adligen, der für Vera ein Fremder war – und dem es definitiv aufgefallen war und der sich nun unangenehm berührt wegbewegte.

Vera versuchte nicht einmal den Gesichtsausdruck erfreut zu halten. Sie starrte Arthur mit offenem Feuer in den Augen an. *Fick dich, fick dich, fick dich*, wiederholte sie wieder und wieder in Gedanken, in der Hoffnung, dass er es merkte, trotz seiner Weigerung, in Veras Richtung zu blicken.

Ihre Wangen färbten sich rot, als ihr andere in der Nähe auffielen, deren Augen geweitet waren und die nun hinter vorgehaltener Hand tuschelten. Stille breitete sich aus, von ihr und Arthur, dem Epizentrum der Veranstaltung, ausgehend. Ein Gesicht in der Menge passte nicht zum Unbehagen aller anderen. Vera funkelte Lancelot direkt vor ihr wutentbrannt an. Seine Züge waren von Schuld gezeichnet. Sie hob die Schultern, das lauernde Zucken eine Frage und Spott zugleich. *Siehst du? Was erwartest du von mir?*

Er hatte genügend Anstand, den Blick zu senken.

Na schön. Sollten sie doch alle zu ihrer Genugtuung glauben, dass Vera der Fluch des Königreichs war. Das war ja auch nicht komplett falsch. Ohne ein Wort drehte sie sich um, schnappte sich einen Kelch voll Wein vom Tablett eines vorbeieilenden Dieners und sank auf einen Stuhl direkt neben der Seitentür, durch die die Angestellten kamen und gingen, so weit aus dem Weg, wie es ihr möglich war. Sie würde weder mit irgendjemandem sprechen noch die Rolle der guten Königin spielen.

Aus dem Augenwinkel sah Vera Merlin. Absichtlich vermied sie seinen Blick, aber er kam direkt auf sie zu.

Sie verabscheute es, dass sie bei der Aussicht, mit ihm zu reden, zu zittern begann. Lancelot erkannte seinerseits Merlins Absichten und hielt ihn im Vorbeigehen auf, lenkte ihn zu einer Gruppe Besucher, die unbedingt seine Aufmerksamkeit wollte. Vera war viel zu verärgert, um ihrer Dankbarkeit für diesen Akt der Freundlichkeit Ausdruck zu verleihen.

Arthur war inzwischen wieder dabei, die Gäste mit seinem schnellen Lächeln und einfachen Gelächter zu begrüßen, als hätte er keine Sorgen auf dieser Welt. Das brachte Vera beinahe zum Überkochen. Sie spürte, wie ihr die Hitze in die Wangen stieg. Sie sank tiefer auf ihren Platz und hielt den Kopf gesenkt.

»Du musst das nicht tun.«

Vera schreckte auf. Sie war sich nicht sicher, wie lange Matilda schon auf Höhe ihrer Schulter stand. Die immer liebevolle Frau beugte die Hüften, sodass ihr Gesicht in der Nähe von Veras Ohr schwebte, als sie einen Beutel auf ihren Schoß legte. Veras Stickausrüstung. Nach dem schrecklichen Nachmittag in Merlins Arbeitsstätte hatte sie dies vollkommen vergessen.

»Möchtest du verschwinden?«, fragte Matilda. »Ich werde dich decken.«

Vera nahm die Hand ihrer Freundin. »Danke.« Gott segne sie, die einzige Person unter dem ganzen Pack, die Vera derzeit nicht erwürgen wollte. »Wenn du Arthur siehst, sag ihm, ich bin zu Bett gegangen.«

Matildas Augenbrauen hoben sich.

»Ich möchte nicht, dass er mir folgt. Das ist es, was ich meine.«

Matilda sah aus, als wollte sie diskutieren, aber sie nickte stattdessen. Dann flitzte sie vor den Tisch und erlaubte so Vera, unbemerkt den Raum durch die Tür hinter ihr zu verlassen. Eine Traube aus Gästen umgab Merlin, gefesselt von welcher Geschichte auch immer der Magier ihnen erzählte, aber weder Arthur noch Lancelot waren irgendwo zu sehen. Gut.

Der eisige Wind im Hof war ein starker Kontrast zu der erdrückenden Hitze im großen Saal. Dies und die Flucht von dem Bankett stimmten Vera sofort fröhlicher. Sie hatte es zur Eingangshalle geschafft und schritt von den großen Türen aus dem Vorderhof hin zur Kapelle, als ihre Schritte ins Wanken gerieten, da sie aus dem Flur zu ihrer Rechten erhobene Stimmen hörte.

In der Nähe des Haupttors zögerte sie, hoffte zu erkennen, ob die Stimmen näher kamen. Aber es machte eigentlich keinen Unterschied. Sie sollte gehen und nach draußen eilen. Wer auch immer es war, würde nie erfahren, dass sie da war. Aber sie merkte, wie ihre Beine sie vom Eingang weg und zu der anderen Tür hintrugen, der zum Flur.

Sie waren weit genug entfernt, sodass die Stimmen nicht deutlich genug waren, um verständliche Worte auszumachen. Vera schlich näher, als sie wieder lauter wurden, ein Gefühl der Vertrautheit entfachte Gänsehaut auf ihren Armen. Sie glaubte, dass es vielleicht Arthur war – und Worte oder keine, die Lautstärke und der abgehackte Rhythmus machten deutlich, dass er wütend war. Die Tür war bereits weit genug offen, dass Vera hindurchhuschen konnte und … ja, es gab dort eine Nische im Flur, in der sie sich ungesehen verstecken konnte, solange sie nicht an ihr vorbeigingen.

Vera wägte gerade das Risiko ab, aber der Zufall entschied für sie. Sie sah den Schatten auf halbem Weg den Gang hinunter, ein

Warnzeichen, das Arthur und wer auch immer bei ihm war, in Sichtweite kommen würden. Vera duckte sich in die Nische. Während die Hauptwege des Schlosses hell beleuchtet waren, hatte dieser Korridor nur eine Fackel auf der gesamten Länge. Niemand sollte hier sein.

Zwei Paar Schritte kamen in Veras Richtung, und zwar schnell.

»Ich werde das nicht tun«, schimpfte Arthur gereizt.

Die Schritte stoppten, wurden von Schlurfen überlagert. Es klang, als würde etwas gegen die Wand geknallt. Vera lehnte sich weit genug nach vorne, um etwas zu sehen, und stolperte beinahe aus ihrem Versteck, als sie erkannte, dass es Arthurs Rücken gewesen war, als Lancelot ihn stieß. Lancelot hielt den König mit dem Arm gegen dessen Brust an die Wand gedrückt.

»Du kannst nicht vor mir davonlaufen!« Lancelots Schrei hallte durch den Gang. Vera wäre in sich zusammengesunken, wenn er jemals so mit ihr geredet hätte. »Du liegst so verflucht falsch. Hast du eine Ahnung, wie lang es gedauert hat, bis ich es wusste? Eine Unterhaltung mit ihr in der allerersten Nacht in Glastonbury. Das war's.«

Vera hielt sich den Mund zu, um das Keuchen abzudämpfen. Er redete über sie. Er hatte seinen Freund, seinen König, geschubst und schrie ihn gerade an, um *sie* zu verteidigen.

Arthur drückte halbherzig gegen Lancelots Arm. »Ich bin Gift für sie«, entgegnete er.

»Oh, Bullshit!« Lancelot warf die Hände in die Luft. Vera hatte ihn noch nie so sauer erlebt. Sie dachte, dass er Arthur vielleicht sogar schlagen würde, als er fortfuhr: »Bullshit! Du beschützt sie nicht. Das hier ist nicht nobel. Was du gerade tust – *das* ist Gift. Mach so weiter, und wir *werden* sie erneut verlieren. Und dieses Mal«, fügte er hinzu, sein Finger zitterte, als er auf Arthur zeigte, »*wird* es deine Schuld sein. Du wirst dir niemals verzeihen.« Die letzten Worte waren so wirksam wie eine saftige Ohrfeige. Die beiden Männer starrten einander vor Wut schäumend schweigend an. Lancelot schüttelte den Kopf. »Ich werde dir auch nie verzeihen.« Er drehte sich um und marschierte in die Richtung davon, aus der er gekommen war.

Vera hatte nie zuvor einen besten Freund gehabt und hatte bis zu dem Moment, als sie den Blick in Lancelots Augen sah, nicht gewusst, dass sie nun einen hatte.

Sie zwang sich zurück in die Nische und wartete auf das Geräusch von Arthurs sich entfernenden Schritten, aber hörte nichts. Sie fragte sich langsam, ob er, ohne dass sie es bemerkt hatte, gegangen war. Vera schielte um die Ecke ihres Verstecks, als ein gehauchtes »Fuck« durch den Gang hallte. Mit diesem Wort hatte er sich in Bewegung gesetzt, tigerte vor und zurück, die Hände über dem Kopf. Vera hielt den Atem an, als er stoppte.

»Fuck!« Arthur brüllte es so laut, dass Vera erschrak. Er stand bewegungslos genug, dass die Dunkelheit ihn zu verschlucken schien, bis auch er in dieselbe Richtung wie Lancelot davonging.

Veras Wut auf Lancelot verpuffte und – Arthur? Nun, sie wusste nicht, was sie davon halten sollte.

Sie eilte zu der Kapelle, wo das Sticken eine Wohltat war, auch wenn sie an diesem Abend weder sang noch summte und das Licht gedimmt hielt. Immer wieder war sie verblüfft, wie wohl sie sich in Gegenwart dieser Marienstatue fühlte. Vera lehnte mit dem Rücken an der Wand, und ihre rechte Schulter berührte das Podest unter der Statue. Sie zog ihre Stickerei aus dem Beutel, dieses Mal war es ein Schmetterling, und begann den Teil mit dem großen Flügel mit einem hellblauen Faden. Vera musste schon eine Weile beschäftigt gewesen sein, denn sie kam gut voran, als sich die Haupttür der Kapelle öffnete und sie davon losriss, ihr Kunstwerk zu bewundern.

Er war eine Silhouette gegen die Dunkelheit, bis er in den Raum trat und die Tür hinter sich schloss.

»Thomas«, grüßte Vera, die ihn schnell erkannte und zuerst erleichtert war, dass es sich um ein bekanntes Gesicht handelte, bevor etwas an ihr zu nagen begann. Sie war ihm doch gestern begegnet, oder nicht? Während sie beinahe den Verstand verloren hatte. Was hatte sie zu ihm gesagt? Es war nicht nett gewesen.

Offensichtlich war er nicht wütend, denn er antwortete freundlich: »Ich hoffe, es geht Euch besser?«, erkundigte er sich, als er an der Tür lehnte und die Augen schloss.

»Es tut mir leid, wenn ich gestern unfreundlich war«, meinte Vera und legte die Stickerei in ihren Schoß. »Es ging mir nicht gut.«

Thomas kam zu ihr, und Vera spürte die Warnung ihres Bauchgefühls. Sie konnte nicht sofort identifizieren, was dies auslöste, aber als er näher kam, gewannen seine Schritte an Schwung, und er stolperte.

Vera spannte sich an, als er sich neben sie setzte, etwas zu nah für ihren Geschmack.

Er lehnte den Kopf an die Wand, das Kinn gehoben und die Augen geschlossen. »Vielleicht ist es Schicksal – dass Ihr gerade hier seid.«

Vera roch den unverkennbaren Gestank von Alkohol in seinem Atem, und als sich seine Augen öffneten, sah sie auch darin die Zeichen. Seine Pupillen waren zu groß. Ein Blick in die unnatürliche Dunkelheit brachte die schwindende Erkenntnis, dass das, was Vera aus der Entfernung für Wärme gehalten hatte, ein Rausch war. Sie schürzte die Lippen, wägte ab, was sie sagen oder tun konnte, wie sie, ohne für Aufsehen zu sorgen, verschwinden konnte. Wie häufig war sie bereits mit Thomas allein gewesen? Er hatte sich ihr gegenüber nie unangemessen verhalten. Dies beruhigte die aufkommende Panik in ihr. Sie war hier sicher.

»Die Feierlichkeiten hielten mich von ein paar Besuchen in der

Kapelle ab, aber ich bin mir nicht so sicher mit dem Schicksal«, entgegnete sie und begann wieder zu sticken. Sie lehnte sich von ihm weg in Richtung des Sockels der Heiligen Mutter. »Ich bin an vielen Abenden hier.« Veras Hände zitterten. Sie hoffte, es fiel ihm nicht auf, dass der Stickrahmen bebte.

»Jedoch nicht morgens«, meinte Thomas.

In seinem Ton schwang Anklage mit. Vera lenkte ihre Augen auf den zitternden, halb fertigen Schmetterling in ihren Händen und zwang sich, die Nadel weiter durch den Stoff zu ziehen. Sie musste zweimal zustechen, bevor sich ihre Finger erfolgreich darumlegten, und war halb durch den nächsten Stich, als er zubiss.

»Ich habe Euch gesehen«, sagte er mit schneidender Stimme. Veras Blick huschte hoch, um den seinen zu treffen. »Ich habe Euch und Sir Lancelot an diesem Morgen zusammen gesehen.«

Ihr Atem stockte. Das konnte er nicht. *Das konnte er nicht.* Es war ein Tier gewesen.

»Ich habe Euch gesehen.« Thomas Stimme war nun ein grusliger Singsang. »Und ich habe Euch gehört.«

Vera schüttelte schnell den Kopf; diese kleine Verneinung war alles, wozu sie imstande war. Sie wusste instinktiv, dass sie noch nie in einer gefährlicheren Situation als in diesem Moment gewesen war.

»Thomas, es war nicht das, was Ihr denkt …«

»Ich dachte Ihr wäret anders. Loyal. Aber selbst jene, vom Herrn gewählt, kommen scheinbar vom rechten Weg ab«, fuhr er fort, als hätte sie nichts gesagt. »Ich dachte, Ihr wäret eine sanfte Dame und ich ein lustvoller Sünder.«

Vera presste die Stickerei näher an sich. Sie konnte nicht glauben, was sie da hörte.

»Aber nun sehe ich es«, sagte Thomas. »Eure Versuchung ist unaufhörlich. Ihr müsst aufgehalten werden.«

Die Nadel verrutschte und stach in ihre Haut, vergrub sich wie ein

Pfeil in seinem Ziel. Sie schrie auf, als sie sie aus ihrer Hand riss. Ein dicker, schimmernder Tropfen Blut erblühte dort und fiel auf einen immer noch weißen Teil ihres Schmetterlingsflügels. Ein anhaltendes Rinnsal folgte.

Thomas packte Veras Hand und die überraschende Schnelligkeit ließ sie erstarren. Sein wilder Blick fixierte das Blut, das aus ihrer Wunde sickerte. Dann riss er die Hand zu seinem Mund und begann daran zu saugen.

Vera reagierte, ohne nachzudenken. Mit ihrer freien Hand nutzte sie den Sockel neben sich, um aufzustehen, in der Absicht, sich loszureißen und, so schnell es ging, zu verschwinden, aber Thomas' fester Griff hinderte sie daran. Er zog sie mit so viel überraschender Kraft zurück, dass das Nächste, was sie wusste, war, dass sie mit dem Gesicht auf dem Boden an Thomas' anderer Seite lag.

Innerhalb von Sekunden konnte sie seinen Atem in ihrem Nacken fühlen. Vera drückte die Hände unter sich und bäumte den Kopf und die Schultern nach hinten gegen ihn auf. Er krachte in das Podest der Statue. Vera hörte das Wackeln des großen Steins, und bei dem Lärm, der folgte, wusste sie, dass die wunderschöne Statue auf dem Boden zerbrochen war.

Dies tat nur wenig, um Thomas aufzuhalten. Vera versuchte sich aufzurichten, als er sie am Knöchel packte und wieder zu Boden zog. Dieses Mal drehte er sie auf den Rücken, hielt ihre Schultern mit den Händen nach unten und stoppte ihre sich windenden Beine, indem er sich rittlings auf ihre Hüften setzte.

Jeder Instinkt in Veras Körper riet ihr zu kämpfen, und das tat sie – wie verrückt. Mit all ihrer Kraft wehrte sie sich gegen seinen Halt. Sie wand und krümmte sich; sie schnappte mit den Zähnen nach seinen Händen, und es gelang ihr sogar, eine Hand zu befreien und nach seinen Augen zu stechen, bevor er sie wieder nach unten zwang. Thomas ließ ihre Schultern los, und Vera glaubte vielleicht eine Chance zu haben. Sie dachte, dass er aufgeben oder zu Sinnen kommen würde, aber das war nicht der Fall. Er packte mit beiden Händen ihren Kopf, hob ihn hoch und schlug ihn auf den Boden.

Veras Augen waren geöffnet, aber alles, was sie vor sich sah, waren Sterne. Ihre Ohren klingelten, und sie stöhnte schmerzverzerrt. Die Sekunden, die es sie benommen machte und ihre Bewegungen abschwächte, waren wertvoll, da sie sich nicht erlauben konnte, handlungsunfähig zu sein. Als ihre Sicht klarer wurde, erkannte sie ein Messer mit kurzer Klinge in Thomas' Hand, keine zehn Zentimeter lang. Er saß nicht länger auf ihr, zog beide Beine auf eine Seite und schlitzte einen Riss von der Taille in Veras Kleid nach unten, entblößte den oberen Teil ihres Beins.

Das war ihre Chance. Er war nicht mehr auf ihr. Veras Verstand befahl ihr, sich zu bewegen, und ihre Panik nahm nur zu, als sie feststellte, dass ihr Körper nicht gehorchte, benebelt von dem Schlag auf den Kopf.

Thomas war nicht mehr zu erkennen, sein Gesicht war inzwischen zu einer monsterhaften Fratze verzerrt, der Horror glich nichts, was Vera bisher aus der Nähe gesehen hatte, die Pupillen nahmen seine gesamten Augen ein. Hungrig brachte er das Messer an ihre Schenkel, hoch an ihrem Bein an der Außenseite. Er genoss es, die Klinge an ihre Haut zu pressen, so schrecklich langsam. Sie schrie auf, als sie ihre Haut durchdrang, während er sie bedächtig hineindrückte, Millimeter für Millimeter, zum Verzweifeln langsam, bis der Griff ihre Haut küsste. Dies geschah nicht wirklich. Das konnte nicht geschehen.

Tränen liefen über Veras Gesicht. Sie wusste nicht, wann sie angefangen hatte, ihn anzuflehen aufzuhören, aber nun hörte sie wieder und wieder ihre panischen Schreie: »Bitte!«

Er zog das Messer im selben Tempo heraus, wie er es hineingeschoben hatte. Vera hatte kaum Zeit wieder zu Atem zu kommen, bevor Thomas den Daumen hob und ihn gewaltsam auf die Wunde presste, das Blut verschmierte und ihr neue Schreie entriss. Sie waren endlos. Vera war nicht länger in der Lage, den Unterschied der Klänge festzustellen, die von ihren Lippen kamen, ob es nun »Bitte« oder »Hör auf« war oder gar ein wortloser Schmerzensschrei. Sie hatte noch nie im Leben eine solche Art von Qual gespürt.

Sie fand neue Worte, als er den mit ihrem Blut überzogenen Daumen vom Oberschenkel nahm.

»Hilfe! Bitte, Hilfe!« Vera schrie diese Worte laut, betete, dass jemand vielleicht nah genug vorbeigehen würde, um sie zu hören.

Thomas presste das Gewicht seines Körpers auf ihren. Vera erschauderte, erinnerte sich daran, dass dieser Mann sie einst an ihren Vater erinnerte. »Ich habe die Tür verschlossen. Niemand ist in der Nähe. Nicht heute Nacht.« Sein Mund war so nah an Veras Ohr, dass sie die Hitze seines Atems auf ihrer Haut spüren konnte.

»Warum tust du das?«, jammerte Vera zwischen Schluchzern.

Er antwortete nicht. Thomas fuhr mit der Spitze der Klinge an ihrem Mieder entlang und über ihre Brüste, als würde er Butter auf einem Brot verteilen, drückte gerade fest genug zu, um Teile des grünen Flaums ihres Kleides an ihrer Schulter abzukratzen, wo er aufhörte. Ein neuer Glanz der Bosheit trat in seine Augen. Vera zwang sich, ihn anzusehen, erlaubte ihrer Angst, sich deutlich zu zeigen, hoffte entgegen aller Hoffnung, dass es ihm dabei helfen würde, eine Person zu sehen und nicht die Verführerin, die er in Gedanken erschaffen hatte.

»Bitte nicht«, schluchzte sie. Es war das Einzige, was Vera im Moment machen konnte, und es war das Falsche.

Thomas grinste gnadenlos. Er genoss ihre Angst. Wieder brachte er den Messergriff nach oben und presste die Spitze auf ihre Haut. Er stach mit derselben quälenden Langsamkeit zu wie zuvor, bis das Messer bis zum Griff in ihrer Schulter steckte.

Vera wünschte, sie würde das Bewusstsein verlieren, der Schmerz würde aufhören, aber Thomas schien ihren Körper vorsichtig zu durchlöchern, so viel Leiden zu verursachen wie möglich, ohne dass sie dabei ohnmächtig wurde. Als er das Messer wieder herauszog und an ihrem Kleid abwischte, sammelte Vera genug Energie und schoss gegen ihn. Es half nichts. Er hatte einen zu großen Vorteil und die bessere Position.

Thomas warf sein Bein wieder über sie. Er gab ihr eine feste Kopfnuss, die sie wieder auf den Steinboden krachen ließ und dem Zappeln und Schreien ein Ende setzte. Der zweite Schlag gegen ihren Kopf war genug. Sie war nicht mehr ganz bei Bewusstsein. Thomas drückte das Messer mit einer Hand an ihre Kehle und hielt ihre beiden Hände mit der anderen über ihrem Kopf auf den Boden gedrückt.

»Nicht zappeln, sonst rutsche ich noch ab«, befahl er mit einer nervenaufreibenden Ruhe, als er dünne Kratzer unter Veras Kinn schnitt, als ob er es ihr beweisen wollte. Sie stöhnte und spürte, wie sich Flüssigkeit unter ihrem Kopf sammelte. Der rationale Teil ihres Verstandes fragte sich, ob es Blut war.

In ihrem benommenen Zustand bemerkte sie nur beiläufig, dass er sich bewegt hatte, dass ihre Hände nicht mehr auf den Boden gedrückt wurden. Er hatte sie losgelassen, begrapschte stattdessen ihren Körper, ihre Brüste und spielte dann oben an ihrem Oberschenkel herum. Das Messer war von ihrer Kehle verschwunden. Mit derselben Hand fummelte er am Verschluss seiner Hose herum. Er hatte vor, sich jedes bisschen ihres Wesens einzuverleiben.

Vera wimmerte. Als der Klang ihre Lippen verließ, schwand auch der Rest ihrer Gegenwehr. Sie war keine brillante strategische Königin. Sie war niemand. Und sie hatte bei dem einzigen Sinn ihrer Existenz versagt. Sie konnte kein Gefäß für Guineveres Erinnerungen sein. Was hatte dies schon für eine Bedeutung? Sie wurde starr. Ihre Flut an Flehen ebbte ab.

Vera würde hier sterben.

Du bist mehr als nur ein Gefäß.

Sie hörte die Worte so deutlich in ihrem zerbrochenen Verstand, als ob jemand sie direkt in ihr Ohr gesagt hätte. Eine Energie, stark und elektrisierend, floss von Veras Innerem bis in ihre Fingerspitzen. Ihre *freien* Fingerspitzen. Thomas kämpfte nach wie vor mit seiner Hose. Wo sie noch Augenblicke zuvor bereit gewesen war, aufzugeben, befahlen ihre Instinkte ihr nun zu handeln.

Vera tastete nach irgendetwas, das sie packen konnte, und ihre Finger schlossen sich um etwas, das problemlos in ihre Hand passte. Ihr Haar lag über ihrem Gesicht, blockierte ihre Sicht.

Entfernt hörte sie einen Schrei vom Eingang der Kapelle, als sie ihren Arm schwang und Thomas traf.

Es ging alles so schnell. Er war nicht mehr auf ihr. Vera war frei. Sie hob den Kopf minimal, und ihre Haare rutschten von den Augen. Arthur stand über ihr, hatte Thomas gewaltsam von ihr gerissen. Thomas war zurückgestolpert, über die zerbrochene Statue, und versuchte sich nun an dem leblosen Stein wieder hochzuziehen. Arthur hatte sein Schwert gezogen, und die Überbleibsel von Wut waren noch nicht aus seinem Gesicht verschwunden, als er Thomas schockiert anstarrte.

Was ein Monster jenseits aller Vorstellungskraft gewesen war, wurde nun von einem verängstigten Mann ersetzt, der sich kaum noch an das Leben klammerte. In seinem Versuch aufzustehen, schaffte es Thomas gerade noch auf seine Knie. Seine Augen waren klar und mit Angst gefüllt. Er griff an seine Kehle, von der Blut in schrecklichen Mengen zwischen seinen Fingern hervorquoll.

Vera rollte sich auf die Knie und rappelte sich hoch, gebannt, während Thomas' Atmung immer flacher wurde und seine Augen hervorquollen. Gurgelnd öffnete er den Mund, und Blut schoss so schnell heraus wie aus einem umgedrehten Eimer.

Vermutlich waren es nur Sekunden von diesem Stammeln, Keuchen und Schmatzen, die sich wie eine Ewigkeit anfühlten. Sie hallten in der unverfälschten Akustik der Kapelle wider, ein Chor, der das Lied des Todes sang. Als die Stille zwischen seinen Atemzügen länger wurde, wich jegliche Farbe aus seinem Gesicht, bevor er umfiel, die Augen weit geöffnet, blutleer und komplett unbeweglich auf der zerbrochenen Statue.

Veras Blick schoss zu Arthurs Schwert, schimmernd und sauber, brillant das dämmrige Licht reflektierend. Sie sah auf das hinunter, was sie in ihrer Verzweiflung gefunden hatte: Thomas' kleines Messer. Das Messer, das er an ihrem Kleid gesäubert hatte, badete nun wieder in rubinrotem Blut.

32

Vera starrte auf Thomas' Körper, zuerst nicht in der Lage zu verarbeiten, dass sie nun auf eine Leiche blickte. Sein Gesicht war gegen den schwangeren Bauch der Statue gedrückt, sodass seine Wange wie die einer Fratze wirkte, neben seinen leeren Augen, so leblos wie der Stein unter ihm. Blut tropfte aus seinem offen hängenden Mund.

Als sie darauf wartete, dass Thomas noch einen Atemzug tat, was nie geschehen würde, beschleunigte sich ihre eigene Atmung. So sehr, dass sie irgendwann zwischen ihrem Mund und ihrer Lunge stockte, nutzlose Luft, die in der Leere hing.

Was zum Teufel war gerade geschehen? Und bei Gott, *warum*?

Arthurs Schwert fiel zu Boden, als er sich neben sie kniete. Vorsichtig legte er ihr die Hand auf den Rücken. Es war, als hätte Vera vergessen, wie man Luft holte. Wieder und wieder keuchte sie, kaum in der Lage, auch nur eine geringe Menge einzuatmen. Vera fühlte Arthurs andere Hand kaum auf ihrem Oberarm. Sie drehte sich zu ihm, versuchte, an ihm Halt zu finden. Sein Gesicht war verschwommen, ein abstrakter Fleck auf einem chaotischen Hintergrund.

»Guinevere.« Sie glaubte, er hätte ihren Namen gesagt. Wegen des unaufhörlichen Klingelns in ihren Ohren war sie sich jedoch nicht sicher. Wann hatte das angefangen?

Vera setzte sich auf, als die Panik in ihr hochkam. Sie hatte überlebt.

Sie hatte Thomas *getötet,* und nun konnte sie nicht atmen. Vielleicht brachte sein letzter Schlag auf ihren Kopf sie gerade um. Was, wenn sie so stark blutete, wie Thomas es getan hatte, aber in ihrem Kopf dies dazu führte, dass ihr Gehirn anschwoll und sie dadurch vergaß, grundlegende lebenserhaltende Aufgaben auszuführen?

Vera spürte Arthur hinter ihr, sein Arm griff unter sie und über ihren Torso, als er ihr dabei half aufzustehen. Sie hielt seinen Unterarm an ihre Brust gedrückt, aber sie fand sofort heraus, dass ihre Beine ihr Gewicht nicht halten konnten. Die Knie gaben nach und sie fiel gegen ihn. Ihre Versuche, Luft zu holen, wurden lauter und panischer.

»Ich … ich kann nicht atmen«, würgte sie hervor.

»Du bist in Sicherheit. Es geht dir gut.« Arthurs Stimme drang durch ihre Panik, als er ihr dabei half, zusammen mit ihm wieder auf den Boden zu sinken. Er lehnte sich an die Wand, die Knie zu beiden Seite von ihr angewinkelt, während er sie an seine Brust drückte.

»Atme«, sagte er, und als wolle er es ihr zeigen, nahm er einen tiefen Atemzug, seine Brust hob sich gegen ihren Rücken. Sie versuchte es. Vera versuchte es so verzweifelt, dass ihre Nägel sich wegen der Anstrengung in seinen Arm gruben.

»Ich kann nicht!« Sie schaffte es, die Worte herauszupressen.

»Doch, das kannst du«, widersprach er, während er weiterhin regelmäßig atmete. Er redete ruhiger, direkt an ihrem Ohr. »Du tust es bereits. Langsam. Komm schon, mit mir zusammen.«

Er atmete erneut tief ein, aber Vera kämpfte immer noch damit.

Dunkelheit breitete sich am Rand ihres Sichtfelds aus. Sollten Martin und Allison nie wieder von ihr hören, würden sie bestimmt annehmen, dass sie ihr Glück gefunden hatte. Vera hoffte und betete, dass sie niemals erfahren würden, was wirklich aus ihr geworden war, konnte den Gedanken nicht ertragen, dass …

»Atme mit mir, Vera«, sagte Arthur, sein Mund nur einen Daumenbreit von ihrem Ohr entfernt.

Etwas klickte. Das nächste Mal, als Arthurs Brust sich hob, schloss sich Veras an. Ein tiefer Atemzug des Lebens beruhigte ihre stechende Lunge. Die Ausatmung ließ ihren Körper erzittern. Bald folgten mehr Züge ihrer Atmung Arthurs Rhythmus, als dass sie hyperventilierte. Sobald sie sich beinahe komplett beruhigt hatte, ließ Arthur sie los.

Sie krabbelte auf Händen und Knien nach vorne. Warum, wusste sie nicht. Vielleicht war die Welle aus Trauer, Ärger, Verwirrung und Erleichterung einfach zu viel; sie brauchte eine Insel für sich selbst, um dem Ganzen freien Lauf zu lassen. Ihre Sicht hatte sich geklärt, und das Wrack vor ihr entriss ihr einen gutturalen, unmenschlichen Schrei, vielleicht aus den Tiefen ihrer Seele. Vera rollte sich auf dem Boden zu einem Ball zusammen und schluchzte. Die Geräusche, die von ihrem Körper kamen, klangen völlig fremd für sie.

Und dann beruhigte sie sich.

»Du bist verletzt«, hörte sie Arthur sagen. Als Vera sich bewegte, um ihn anzusehen, den Kopf ruhig auf den schrecklichen, nassen Steinboden gelegt, nahm er seine blutigen Fingerspitzen von der Stelle an seiner Schulter, wo ihr Hinterkopf geruht hatte. Er rutschte über den Boden neben sie und berührte zärtlich die Wunde an ihrem Kopf. Auch wenn sie nicht zusammenzuckte, zog er seine Hand schnell zurück, als ob er wusste, dass es sie schmerzte.

»Er hat auf mich eingestochen.« Veras Stimme klang in ihren Ohren klein.

Arthur veränderte seine Position, sodass sie die grauenvolle Leiche nicht mehr sehen konnte. Er war hier so fehl am Platz, obwohl er als Einziger im Raum für den Kampf gekleidet war. Vera und Thomas waren Kriegsopfer, wohingegen Arthurs goldene Krone auf seinem Kopf erstrahlte. Der Geruch seiner makellosen, unbefleckten

Lederuniform war so gut wie ein Potpourri aus dem rostigen Gestank von Blut und Tod.

»Ich muss dich in dein Gemach bringen, damit wir uns um deine Wunden kümmern können«, sagte Arthur.

»Ich kann aufstehen. Ich würde gern versuchen zu gehen.« Sie wollte nicht hilflos sein, und er stellte ihre Entscheidung nicht infrage.

Nach dem Wahnsinn dessen, was geschehen war, hatte sie Angst, dass er Mitleid mit ihr hatte. Aber in seinem Gesicht fand sie nur den Soldaten. Er war auf das konzentriert, was als Nächstes getan werden musste, darauf, jetzt zu überleben, und es gab nicht genug Raum in seinem Ausdruck für etwas so Irrelevantes wie Mitleid. Trotzdem war nichts daran mechanisch.

Versehentlich drückte Arthur mit seinen Fingern auf die Stichwunde an ihrer Schulter, als er versuchte, ihr aufzuhelfen, und entriss damit Vera einen Schmerzensschrei. Er zog sich zurück, und sie sah durch verengte Augen, dass seine Hände zitterten. Wenn sie dies nicht gesehen hätte, dann hätte sie nicht gewusst, dass auch er Angst hatte. Arthur rieb sich mit den Handflächen über die Stirn, als er tief einatmete, bevor er ihr mit neuer Stabilität aufhalf.

Sie lehnte ihre unverletzte Schulter gegen ihn, und er legte den Arm um ihre Taille. Aber Veras gute Schulter und ihr gutes Bein waren beide auf ihrer linken Seite, was sie nur armselig humpeln ließ. Sie hinterfragte es nicht, als Arthur sie vom Eingang der Kapelle weg und hin zum Altar führte. Sie bogen nach links in den Alkoven ab, wo es eine Tür gab, anders als der gut zu unterscheidende Haupteingang, einfach und klein. Eine Mönchstür. An jedem anderen Tag hätte sie dies angemerkt. Doch alles, was gerade zählte, war, dass sie sie schneller hier herausbrachte.

Sie führte direkt in den Schatten der Schlossmauern. Arthur versuchte ihr Tempo zu beschleunigen, sobald sie an der frischen Luft waren. Veras Atem zischte durch die zusammengepressten Zähne, als der Druck jedes Schritts mehr Blut aus ihrer Wunde am Oberschenkel presste als der letzte. Jeder Auftritt der rechten Seite pochte stärker als der letzte. Arthur hielt an, warf ihr einen Seitenblick zu. Vera hatte nicht realisiert, wie stark die Wunde blutete. Der Stoff ihres Kleides war so durchnässt, dass er schwarz wirkte. Und der Schnitt in ihrem Rock, den Thomas gemacht hatte, öffnete sich im Nachtwind bis zu ihrer Taille. Ihr gesamtes freigelegtes Bein bis hinunter zu ihrem Schuh glich einer Szene aus einem Horrorfilm.

»Darf ich dich tragen?«, fragte Arthur, das Gesicht angespannt aufgrund der Mühe, keine Regung zu zeigen.

Vera nickte.

Er beugte sich vor, um den freien Arm unter ihre Knie zu legen. Es war dumm, dass sie überhaupt versucht hatte zu gehen. Die Bemühung hatte sie nur geschwächt. Nun lag Vera in seinen Armen, ihr Blut lief über beide hinweg, und seine Geschwindigkeit verdoppelte sich. Sie neigte das Kinn, schmiegte den Kopf in seine Halsbeuge. Trotz des Schmerzes in ihrem ganzen Körper, obwohl ihr Herz gebrochen war aufgrund dessen, was sie hatte tun müssen, um zu überleben, trotz des Gefühls, kurz davorzustehen, sich wegen des Blutverlusts übergeben zu müssen, rumorte eine eigenartige Zufriedenheit durch Vera, weil sie von ihm gehalten wurde, an seine Brust gekuschelt war. Sie schluchzte wieder, verfluchte, was auch immer Merlin ihr angetan hatte.

Nichts … *nichts* daran sollte sich so gut anfühlen.

»Ich will nach Hause«, flüsterte sie zwischen Schluchzern.

»Ich weiß«, sagte er.

Vera hielt den Großteil des Weges zurück die Augen geschlossen, als ob das sie davor schützen könnte, dass irgendwer auf dem Grundstück sie sah. Weder sie noch Arthur sprachen es aus, aber ihr Instinkt vermittelte eine eindeutige Warnung: Sie mussten unentdeckt bleiben.

Matilda traf Vera beinahe immer an den Abenden in ihrem Gemach, um ihr dabei zu helfen, sich bettfertig zu machen, also war es keine Überraschung, ihren erschrockenen Schrei wegen Veras und Arthurs schauerlicher Erscheinung zu hören. »Oh mein Gott! Was ist geschehen? Ist sie am Leben?«, fragte Matilda und klang dabei, als erwarte sie, dass die Antwort Nein lautete.

»Ja«, sagte Arthur, als er Vera auf etwas Weiches legte, vermutlich ihr Bett, und sie die Augen öffnete. Ein Großteil dessen, was dafür gesorgt hatte, dass ihr schlecht war, war die Bewegung gewesen. Sie fühlte sich bereits besser, weil sie nun still dalag, oder vielleicht, weil sie sich in einem Zimmer befand, das nicht nach Tod stank.

»Solltest du nicht Merlin rufen?«, fragte Vera. Sie hatte nicht vorgehabt zu flüstern. Sie wollte in einer normalen Lautstärke sprechen, aber ihre Stimme war schwach. Dennoch flog Matildas Hand an ihre Brust, als ob es ein Wunder wäre, dass Vera redete.

Arthur antwortete nicht. Er suchte nach sauberen Tüchern, füllte einen Krug mit kühlem Wasser aus dem Waschbecken und kniete sich neben sie, presste das Tuch auf ihre Schulter.

»Kannst du das hier festhalten?«, fragte er Vera. Diese nickte, gestärkt, nun, da sie etwas zu tun hatte. »Matilda, du musst Medizin holen.« Er blickte auf das, was sich ihr Bein schimpfte. »Wo ist die Wunde?«

Vera deutete auf die genaue Stelle auf ihrem Oberschenkel. Obwohl sie aktiv blutete, war das Blut so stark über ihren gesamten Oberschenkel verteilt, dass es schwer war, zu erkennen, wo der Ursprung lag.

Er wollte gerade einen weiteren Lappen darauf drücken, hielt dann aber inne. »Würdest du es vorziehen, wenn Matilda dir hilft?«

»Arthur, das ist überhaupt nicht mein Fachgebiet. Ich bin keine …« Matilda brach ab, als er ihr einen Blick zuwarf. Nur ein Blick, und sie presste die Lippen zusammen. Welche unausgesprochene Kommunikation auch immer zwischen ihnen stattfand, sie sprach Bände.

Tränen sammelten sich wieder in Veras Augen, als sie den Kopf schüttelte. Merlins Fluch oder nicht, sie wollte Arthur und schreckte bei dem Gedanken an eine andere Hand als seine zusammen. Matilda eilte zur Tür.

»In Ordnung«, sagte er. Seine Stimme hatte nicht immer so sanft geklungen, aber sie hatte auch nicht immer aus zwei unterschiedlichen Stichwunden und einer Kopfverletzung geblutet.

Mit einer Hand auf der Wunde an ihrem Oberschenkel, arbeitete er mit der anderen daran, das Blut mit einem feuchten Tuch vom restlichen Bein zu säubern. Als Matilda mit den Vorräten zurückkehrte, sah es wieder mehr nach einem Bein als einem Massaker aus.

Arthur entfernte sich einen Schritt von ihr. Vera konnte das angespannte Flüstern hören, bevor Matilda wieder ging. Als er an ihre Seite zurückkehrte, kniete er sich in der Nähe ihres Kopfes ans Bett. »Kannst du dich aufsetzen, damit wir dein Kleid ausziehen können?«

Sie nickte. Arthur half ihr liebevoll, eine sitzende Position einzunehmen. Sie hatte nicht bemerkt, dass er ein Messer bereithielt, bis er die Schnürung hinten an ihrem Gewand durchschnitt und ihr half, es über den Kopf zu ziehen. Vera zuckte zusammen, besonders als sie ihre Schulter aus dem Ärmel befreite. Der Schmerz war bemerkenswert. Sie musste sich daran erinnern zu atmen.

Arthur warf das ruinierte Kleid zur Seite und begann sich sofort an Veras Schulter zu schaffen zu machen, die Wunde zu reinigen und eine Flüssigkeit, die nach Essig roch, darauf zu verteilen. Sie dachte nicht einmal daran, sich in ihrem Sport-BH und der Unterhose entblößt vorzukommen, als sie bei dem scharfen Schmerz zischte, sobald die saure Flüssigkeit auf ihrer Schulter brannte. Sie hätte sich in die Matratze gedrückt, wenn sie gekonnt hätte.

Arthur zuckte ebenfalls zusammen. »Ich weiß«, meinte er. »Es tut mir leid. Es tut mir so leid.« Er verteilte eine Masse auf den Schnittwunden, die die Haut an dieser Stelle wieder zusammenklebte, bevor er ihre Schulter fest verband, was Vera wieder zum Stöhnen durch zusammengebissene Zähne brachte. Erneut entschuldigte er sich, sein Gesicht passte zu dem Geräusch, das sie von sich gab.

Arthur bewegte sich, um dasselbe bei der Wunde an ihrem Oberschenkel zu machen, achtete dabei aber genau darauf, ihren nackten Körper nicht anzusehen. »Beide sind nicht zu tief«, murmelte er.

»Es war ein kurzes Messer«, entgegnete Vera mit einer Grimasse, als Arthur den Verband eng um ihren Oberschenkel zog.

Er sah sie an, als wolle er tausend Dinge erwidern. »Es war lang genug«, meinte er schließlich. »Lang genug, um dir das anzutun. Und lang genug, um ihm ein Ende zu setzen.«

Furcht und Reue in der ersten Hälfte, eine grimmige Zufriedenheit im zweiten Teil.

»Kannst du das hinten an deinen Kopf drücken?«, fragte er.

Vera nahm ein weiteres Tuch von ihm und presste es auf ihre Kopfwunde. Sie hatte zuvor nicht bemerkt, dass ihre Krone fehlte, und fragte sich, wo in dem Chaos der Kapelle sie lag. Außerdem überlegte sie sich, wo ihre ruinierte Stickerei gelandet war und was die erste Person, die all dies vorfand, wohl denken würde.

Arthur widmete seine Aufmerksamkeit der Reinigung ihres Körpers. Man konnte nicht sagen, welches ihr Blut und welches das von Thomas war. Er wischte alles gründlich ab. Dann deckte er sie zu und kam wieder ans Kopfende.

Sein Gesicht war dem ihren so nahe, und es war so kontrolliert. Ihre Augen fielen auf den Muskel vor seinem Ohr und – ja, da war es: die Beule dort, der einzige Hinweis, dass er die Zähne zusammenbiss. Aus irgendeinem Grund brachte es sie zum Weinen, ihm wieder so nah zu sein. Sie versuchte es nicht zu tun, aber er hatte es bereits bemerkt. Natürlich hatte er das. Arthur runzelte die Stirn, als er ein neues Tuch nahm und damit unter ihren Augen entlangfuhr. Vera wollte nicht, dass er ihre Tränen aus Dreck, Staub und Blut wegwischte. Es war zu viel, zu intim. Der Versuch, aufzuhören, war so ausweglos wie das Öffnen eines Wasserhahns, den man eigentlich schließen wollte.

Vera erzitterte durch ihr Schluchzen und zwang sich, tief Luft zu holen. Ein Atemzug (unterdrücke es, vergrab es), ein weiterer (ruhiger nun) und schließlich noch einer. Ihre Tränen hörten auf.

»Es geht mir gut«, sagte sie mit stumpfer Stimme.

»Stopp.« Arthur knurrte praktisch. »Hör auf damit – dich selbst …« Er schüttelte den Kopf, als ob er nach dem richtigen Wort suche. »Zu verausgaben.«

Ein Funke der Wut entfachte in Vera stärker, als ihre Verletzungen schmerzten. »Was soll ich denn sonst tun? Ich kann nicht unter dem Gewicht der Existenz zusammenbrechen, das auf diesen Erinnerungen lastet. Und du benötigst einen verdammten Trank, um überhaupt in meiner Nähe zu sein. Du kannst es nicht einmal für dein Königreich aushalten. Da ist mehr als ihr Verrat, nicht wahr?«, fragte Vera, den Kiefer angespannt, als sie gegen den Schmerz ankämpfte. »Also, was ist es? Was weiß ich nicht?«

»Du blutest. Das ist nicht die Zeit dafür. Morgen …«

Sie lehnte sich nach vorne und packte sein Handgelenk, schaffte es, den Drang zu unterdrücken, wegen der abrupten Bewegung aufzuschreien, und steckte stattdessen alles, was sie hatte, ihren ganzen Schmerz und die Angst und Unfähigkeit in ihr nächstes Wort. »Jetzt.« Ihre Stimme zitterte. Ihre Hand zitterte. »Jetzt sofort. Entweder erzählst du mir, was du verdammt noch mal vor mir verbirgst, oder ich werde mich zusammenreißen, weil ich keine andere Möglichkeit habe, hier zu überleben.« Die Verausgabung brachte sie dazu, nach Luft zu ringen.

»In Ordnung«, gab er nach und bewegte schnell seine freie Hand, um sie ihr in den Nacken zu legen. Sie wollte ihn deswegen gerade schimpfen, aber sackte in seinem Griff zusammen. Er legte sie wieder aufs Kissen, sein Blick hielt ihrem stand, ein seltsames Glitzern der Bewunderung lag darin, aber ihr war schwindlig, und sie musste sich wohl irren.

»Du hast recht«, begann er, als er die Hände zurückzog und den Kopf zwischen sie sinken ließ.

Die Umstände ihrer Pflege ließen ihn in einer seltsamen Haltung zurück, neben ihr kniend, die Hände auf dem Bett an Veras Seite verschränkt und den Kopf geneigt. »Ich war ein verfluchter Narr.« Sein Gesicht zeigte kein Zeichen der Steinmaske. Alles, was sie nun sah, war Trauer und Reue. »Ich war noch viel schlimmer als das, und es tut mir so leid.«

Sie ließ den Kopf wieder ins Kissen sinken, unfähig, das Stöhnen zu unterdrücken, das ihr entwich. Aber ihr wütender Blick wurde nicht sanfter. »Wie viel hast du vor mir geheim gehalten?«

»Zu viel.« Er sagte dies so schnell, dass es Vera in ihrer Wut überraschte. »Alles, was zählt. Es war falsch …«

»Sag mir, warum du einen Zaubertrank brauchst, um in meiner Nähe zu sein.« Es würde keine Ruhe geben, während das Angebot der Wahrheit auf dem Tisch lag.

»Das tue ich nicht.« Arthur atmete tief ein, bevor er nachgab und sich auf das Bett neben sie setzte, ungeachtet dessen, dass das Laken teilweise blutverschmiert war. »Als Viviane Guinevere angriff und Merlin ihre Essenz neu zusammensetzte, war so viel zerstört, dass – und ich verstehe es nicht ganz – er sich nicht sicher war, ob es funktionieren würde. Es gelang ihm, drei Teile zu bekommen. Drei unterschiedliche Teile ihrer Essenz.«

Er hörte auf zu reden und hielt Veras Blick. Ihr Herz schlug schneller in der Brust. »Was heißt das?«

»Es gab drei von dir«, sagte Arthur. »Zwei weitere Guineveres wurden mit dir wieder zum Leben erweckt. Sie kamen vor dir zurück.«

All der physische Schmerz, die Gefühle der Angst, selbst ihre Wut auf Arthur – alles verschwand augenblicklich, als Vera seine Worte aufnahm.

»Was …«, begann sie, aber alles, was sie herausbekam, war ein unverständliches Murmeln. Sie räusperte sich. »Was ist mit ihnen passiert?«

Arthur sah Vera mit ängstlicher Entschlossenheit an. »Sie sind tot.«

Vera sog scharf die Luft ein.

»Es war derselbe Gedanke wie bei dir«, fuhr Arthur fort. »Sie wuchsen in einer anderen Zeit auf. Merlin brachte die erste eine Woche nach Vivianes Angriff zurück.«

»Erinnerte sie sich?«, fragte Vera.

»Das tat sie. Nicht an die Attacke. Sie hatte keine Erinnerung daran, aber sie kannte mich nach einer Weile, wusste, wer sie war, von ihrem Leben … Und dann war es, als riss etwas. Sie wurde mörderisch, beinahe fanatisch. Sie griff mich an und den Soldaten, der dazwischengegangen war, und sie wurde getötet.«

Die seltsame Art der Beschreibung blieb Vera nicht verborgen.

»Von dir?«, fragte sie.

»Nein«, widersprach er. Er drängte weiter, bevor Vera es hinterfragen konnte. »Zu diesem Zeitpunkt wollten weder Merlin noch ich, dass es umsonst war. Er bestand darauf, dass wir es noch mal versuchten. So viel daran war richtig gewesen, und es war neue Magie. Komplizierte Magie. Wir konnten nicht einfach aufgeben. Merlin brachte die zweite zurück, und sie schien mehr wie sie selbst. Sie erinnerte sich ungefähr an so viel wie die erste, aber sie verlor sich in einer noch tieferen Melancholie als Guinevere – die Guinevere von davor. Eines Morgens erwachte sie …« Arthurs Stimme brach. Er schloss die Augen und schluckte. Seine Wagen wurden rot, als er die Flut an Emotionen bekämpfte. Er richtete seinen Blick wieder auf Veras. »Und es war nichts mehr von ihr übrig. Sie war«, er schüttelte den Kopf, »die personifizierte Trauer.« Seine Augen huschten zum Fenster. »Sie sprang.«

Dies erinnerte Vera an Matilda, den Schrecken in ihren Augen, als sie Vera am Fenster lehnen sah. »Und Matilda hat es gesehen«, erkannte sie. Sie benötigte keine Bestätigung, aber Arthur nickte.

Und der Schmerz in seinem Gesicht ließ sie fragen: »Warst du auch da?«

Arthur nickte erneut.

»Du hast es beide Male gesehen?«

»Ja.« Er hielt inne. »Und auch das erste Mal. Nach Vivianes Angriff.«

Arthur war drei getrennte Male Zeuge dieses Horrors geworden. Vera hatte das Gefühl, als wäre ihr der Wind aus den Segeln genommen worden. Sie hätte ihm Trost spenden sollen, aber sie saß einfach nur da, erstarrt. Sie konnte nicht mit Sicherheit sagen, ob es die Geschichte war oder ob der Schock langsam nach- und sie leer zurückließ, aber eine matte Übelkeit ließ ihren Magen rumoren.

»Als sie fiel … sprang«, berichtete Arthur, »war es mehr in der Öffentlichkeit. Die Leute sahen es, sahen ihren Körper. Zugegebenermaßen nur aus der Entfernung, aber man konnte nicht abstreiten, dass es irgendeine Art Unfall gegeben hatte. Die Berichte verbreiteten sich wie Lauffeuer und mussten angesprochen werden. Daher stammt die Geschichte, dass du dich im Kloster erholst. Merlin wollte es sofort wieder versuchen, aber ich weigerte mich. Er erklärte sich damit einverstanden, ein Jahr zu warten, was auch die Notwendigkeit einer Erklärung erfüllte. Jeder, der es sah, wusste, dass es ihr danach unmöglich gut gehen konnte, sehr lange nicht. Merlin hat das Jahr damit verbracht zu versuchen, mich zu überzeugen, meine Meinung zu ändern. Als es an der Zeit war, weigerte ich mich immer noch. Ich wollte den Leuten erzählen, dass Guinevere ihren Verletzungen erlegen war, und dich dort lassen, wo du warst. Merlin hat mich hintergangen und dich dennoch hergebracht. Alles, woran ich denken konnte, war, mich so weit von dir fernzuhalten wie möglich, damit es nicht genauso endet wie zuvor.« Er sah sie entschuldigend, flehend an.

»Warum bist du so überzeugt davon, dass du der Teil warst, der sie gebrochen hat?«, wollte Vera wissen. »Die Magie ging schief, Arthur. Du hast das nicht getan.«

Er fühlte sich offenbar elend, und sie wusste, dass er trotzdem weitermachen würde, die Augen auf sie gerichtet, weil er sich dazu verpflichtet hatte, ihr alles zu erzählen.

»Es gab einen Wendepunkt, und es war dasselbe. Beide Male«, sagte er. »Alles wurde sehr schnell sehr schlecht, nachdem sie und ich intim miteinander waren. Als ich dich gestern Nacht sah, nachdem Merlin dir wehgetan hatte und du so«, er suchte nach dem Begriff, »am Boden zerstört warst, dachte ich, dass es wegen mir sei. Ich dachte, dass das, was in Glastonbury geschehen ist … nun, egal. Ich hätte es besser gewusst, wenn ich gefragt oder auch nur zugehört hätte, als du versuchtest, mit mir zu reden.«

»Oh«, machte Vera überrascht. »Und …« Shit. Sie musste fragen. »Wenn wir in jener Nacht nicht aufgehört hätten, glaubst du, dass das, was den anderen zugestoßen ist, auch mit mir geschehen wäre?«

»Ich weiß es nicht«, gestand er. »Im Nachhinein ist es so offensichtlich. Eine Person in drei zu teilen, war Wahnsinn. Magie oder nicht, auf keinen Fall kann das funktionieren. Nur eine von euch hatte je eine Chance, und es ist ein Wunder, dass du es bist. Du bist deine eigene Person. Wenn ich es vermeiden kann, werde ich dich niemals zu etwas drängen. Du solltest nicht mit mir zusammen sein, weil ich hier bin … weil ich die erste Person bin, mit der du auf engen Raum gedrängt wurdest, die dich kennt und sich an dich erinnert. Die für dich sorgen kann. Deine Gefühle wurden bereits gegen deinen Willen durch Magie manipuliert. Du solltest mit demjenigen zusammen sein, mit dem du willst. Ich habe keine Ansprüche auf dich. Du bist mir nichts schuldig. Wenn du mit Lancelot zusammen sein willst …«

»Das will ich nicht«, entgegnete Vera, die nicht widerstehen konnte, ihn zu unterbrechen.

»Ich weiß«, meinte Arthur mit einer Sicherheit, die sie überraschte. »Oder mit Percival oder … Gawain.«

Vera lachte, ein demütiges Geräusch in ihrer aktuellen Verfassung, aber nichtsdestotrotz ein Lachen. Er ließ einen Mundwinkel zu einem Halblachen nach oben wandern. »Der Punkt ist, dass es deine Entscheidung ist. Du wirst nicht gezwungen werden. Nicht von Magie oder von anderen Umständen.«

»Es ist die einzige Möglichkeit, wie ich mich an irgendwas erinnere«, entgegnete Vera. »Ich muss mich erinnern. Ich kann nicht nach Hause, bis ich es tue. Mein Vater …«

»Du kannst nicht zurückgehen, wenn die Erinnerungsprozedur dich umbringt«, widersprach Arthur. »Ich *werde* dich nach Hause bringen. Wir werden einen anderen Weg finden. Merlin meinte, dass das Portal das nächste Mal im Spätfrühling zugänglich sein wird. Wir haben Zeit. Wenn die Welt anfängt unterzugehen oder … nun, wir können uns damit beschäftigen, wenn es so weit ist. Aber bis dahin haben wir Zeit.«

Weitaus weniger, wie wenn Vera von vorneherein die Wahrheit gekannt hätte. »Warum hast du es mir nicht einfach erzählt?«, fragte sie.

»Merlin hielt es für unklug, und bevor ich dich kannte, hatte ich Angst, dass es dich auch zerstören würde.« Er senkte den Kopf in seine Hände. »Und dann wusste ich nicht, wie ich es dir sagen sollte.

Ich dachte, wenn du deine Erinnerung zurückbekommen kannst und wir dich nach Hause bringen, dann wäre es egal. Aber ich lag falsch. Dies vor dir geheim zu halten, war falsch.«

Dennoch hatte Merlin darauf bestanden. Sie hatte Guineveres Erinnerungen gesehen, wie die Frau ihm vertraut, ihn bewundert hatte. Und auch Vera hatte all ihr Vertrauen in ihn gesteckt. Aber dass er das getan hatte? »Vertraust du Merlin?«, wollte sie daher wissen.

Arthur spannte sich an. »Er wurde in seine eigene Ecke gedrängt. Auch das war ich.« Er war stärker von Schuldgefühlen geplagt, als sie es je bei jemandem gesehen hatte, und Vera hegte die Vermutung, dass sie gerade mal die Spitze des Eisbergs sah. »Ich vertraue ihm, was das Königreich betrifft, aber ich vertraue ihm nicht in Bezug auf dich. Du bedeutetest ihm etwas, aber er wird das tun, was er glaubt, dass das Beste für das Königreich ist, ungeachtet der Kosten. Das ist es, wo seine Loyalität immer zuerst liegen wird.«

»Und was ist mit deiner?«, fragte Vera. »Liegt deine Loyalität beim Königreich?«

»Nicht auf deine Kosten«, antwortete er, ohne zu zögern. »Nicht mehr. Ich habe diesen Fehler bereits drei Mal begangen. Ich werde ihn nicht noch mal machen. Ich werde dich nicht zerstören, um sie wiederherzustellen.«

»Ist das der Grund, weshalb du nicht nach ihm geschickt hast?«

»Ich habe gesehen, wie dich die erste Prozedur durcheinandergebracht hat. Und was Merlin da neulich getan hat … wenn er doch ganz genau wusste, was aus jenen vor dir wurde«, fuhr er fort. »Ich werde ihn morgen bei Tagesanbruch zurück zum Rat der Magier schicken. Es wird ihm nicht erlaubt sein, nach Camelot zurückzukehren, außer er findet eine Alternative zu dieser Folter. Du …«

Vera glaubte, dass er mehr zu sagen hatte, aber er schluckte es hinunter, wie er es häufig tat.

»Was ist?«, fragte Vera. »Bitte sag es mir.«

»Was du vor einer Weile getan hast, als du … leer wurdest? Sie hat das dem Ende zu häufig getan. Immer häufiger, genau genommen, bis es schien, als wäre dies alles, was von ihr übrig war.«

Es verängstigte Vera, wie sehr sie den Impuls verstehen konnte, einfach taub zu werden, wie nah sie diesem Zustand auf dem Boden der Kapelle gekommen war. »Es ist wesentlich verlockender als die Alternative. Zusammenzubrechen … so sehr zu leiden, dass ich nicht mehr atmen kann.«

»Ich weiß nicht, wie ich deinen Schmerz lindern kann«, gestand Arthur, und Vera konnte sehen, wie verzweifelt er sich wünschte, dies zu können. »Aber ich verspreche dir, dass ich dich nicht wieder damit alleinlassen werde. Es tut mir so leid, Guinevere.«

Als Arthur sie Guinevere nannte, erinnerte sich Vera an einen Moment auf dem Boden der Kapelle, während sie nicht atmen konnte, und dann machte etwas in ihr klick!, und sie konnte es wieder.

»Du sagtest meinen Namen«, meinte sie.

Nun war Arthur an der Reihe überrascht zu sein. »Was meinst …«

»In der Kapelle. Du hast mich Vera genannt. Du hast *meinen* Namen gesagt. Woher kanntest du ihn überhaupt?«

Arthur rieb die Bartstoppeln am Kinn. Sie wusste, dass dies eine angespannte Geste war, da sie ihn stundenlang beim Hofhalten beobachtet hatte. »Ich hörte, wie du ihn dem kleinen Jungen genannt hast, dessen Schwester du gesegnet hast. Es tut mir leid. Ich war verzweifelt. Ich dachte, es hilft vielleicht.«

»Das hat es«, erklärte Vera. Als ihr die Wahrheit bewusst wurde, korrigierte sie sich. »Das tut es.«

»Ist es besser? Wenn ich dich Vera nenne?«

»Ja.« Ein Schauer jagte über sie hinweg. Sie hatte nie darüber nachgedacht, dass Namen eine Macht hatten, aber der Hauch davon, die Tat, dass jemand ihn laut aussprach und sie ihn hörte … machte einen gewaltigen Unterschied.

»Vera«, sagte Arthur, während er sanft seine Hand auf ihre legte. »Es tut mir zutiefst leid.«

Vera musste in genau diesem Augenblick eine Wahl treffen. Die Wahrheit hatte die Wut fortgespült. Sie konnte sie nicht wieder erwecken, auch wenn sie es versuchte. Sie war verletzt.

Aber Arthur war das auch.

»Ich vergebe dir«, sagte sie.

Er sah sie an, als hätte sie ihn geschlagen. »Eine Entschuldigung ist nicht genug. Das sollte dir nicht reichen.«

»Wenn du wirklich willst, dass ich in meinem Leben selbst entscheide, dann ist dies nicht deine Entscheidung«, erinnerte ihn Vera. »Versprichst du, in Zukunft nichts mehr vor mir geheim zu halten? Ich meine es ernst. Absolut nichts.«

»Ja«, sagte er feierlich.

»Und …« Wenn sie erwartete, dass er aufrichtig war, dann musste sie es ebenfalls sein. »Nach dem, was zwischen uns in Glastonbury geschah …«

»Es tut mir leid. Ich hätte nicht …«

»Es muss dir nicht leidtun«, unterbrach Vera. Ihre Hände zitterten, und ihr Herz schlug wie wild. »Mir tut es nicht leid.«

Arthurs Lippen öffneten sich, als er sie anstarrte, seine Augen loderten. Sie hatte die ferne Vermutung, dass sie mit diesem Schock sein Verlangen geweckt hatte. Dass er nichts lieber wollte, als die Distanz zwischen ihnen zu überwinden und das zu beenden, was sie begonnen hatten. Es verging in einem Wimpernschlag, ersetzt von seiner entschiedenen Reue – vermutlich zum Teil aufgrund der frisch verarzteten Wunden und des blutigen Chaos, welches sie umgab. Und des Tranks. Arthur wägte vorsichtig ab, was er als Nächstes sagte. »Wir können nicht so tun, als hätte sich Magie nicht zwischen uns eingemischt. Es gibt Grenzen, die wir nicht überschreiten können, auch wenn wir es wollten.«

Seine Wangen färbten sich rot, als er innehielt und auf seine Hände schielte. Vera nickte schnell. Die Schande des Ganzen war kaum auszuhalten.

»Du musst dich ausruhen«, entschied er.

Sie hätte ihm noch Hunderte weiterer Fragen stellen können, aber er hatte recht. Ihr Bewusstsein hing nur noch an einem Faden. Er half ihr, das Nachtgewand anzuziehen und tauschte die Bettdecken gegen frische aus.

Dann brachte er ihr ein Glas Wasser, welches sie dankbar in einem Zug leerte, nachdem sie beim ersten Tropfen, der ihre Zunge berührte, feststellte, wie durstig sie war.

»Darf ich das Blut aus deinen Haaren waschen?«, fragte Arthur. Vera nickte. Sie hatte vergessen, dass ihr Haar plattgedrückt und blutig an ihrem Hinterkopf klebte.

Arthur nahm eines der vielen überflüssigen Kissen und platzierte es an der Seite des Bettes. Vorsichtig bot er Vera den Arm, um ihr zu helfen, sich darauf zu legen. Sein Gesicht, welches von Zweifel durchzogen war, ob sie seine Hilfe akzeptierte, brachte sie beinahe zum Lächeln. Beinahe. Die einzige Person, die unter Veras Sturheit litt, war sie selbst.

Sie legte sich auf den Rücken, das Haar hing über die Seite des Betts.

Arthur saß auf einem Schemel hinter ihr und begann warmes Wasser über ihren Hinterkopf zu schütten, welches dabei helfen sollte, das Blut auszuwaschen. Seine Finger waren geschickt und sanft.

»Ist das in Ordnung?«, fragte er.

»Ja.« Seine Berührung spendete mehr Trost, als sie sollte. »Ich will nicht sauer auf dich sein«, sagte Vera und überraschte sich selbst damit, dass sie entschieden hatte, dies laut auszusprechen.

Seine Finger hielten inne. Sie wünschte sich, sie könnte seine Reaktion sehen.

»Okay«, meinte er schließlich und nahm die Arbeit an ihren Haaren wieder auf. »Aber solltest du deine Meinung ändern, werde ich bereit sein.«

Sie lächelte kaum merklich.

Sie wurden still. Es war friedlich genug, dass Vera begann, zwischen Wachsein und Schlaf zu driften, während er weitermachte. Sie spürte, wie er ihr Haar mit einem Handtuch trocken rieb und etwas auf der Verletzung auf ihrem Kopf verteilte. Er legte ihr Haar auf ein Kissen und zog die Decken um Vera in dem Glauben, dass sie schliefe. Sie genoss den halb wachen Zustand, wach genug, um seine Gegenwart zu spüren, aber weit genug entfernt, um nicht darauf zu reagieren. Arthur setzte sich wieder auf den Schemel.

Als Vera die Türklinke hörte, war sie sich nicht sicher, ob sie träumte, bis sie Matildas Stimme vernahm. »Euer Majestät, auf ein Wort?«

Vera riss die Augen auf und packte Arthurs Hand, als er sich erhob. »Lass mich nicht wieder allein.«

Es kümmerte sie nicht, wenn er einen Moment den Raum verlassen würde. Das war es nicht, was sie meinte, und er wusste es. Er wusste, was sie meinte. Arthur kniete sich wieder hin und schloss ihre Hand in seine beiden.

»Das werde ich nicht.« Und zwischen den Zeilen lag so viel Unausgesprochenes. »Ich verspreche es.«

Vera hielt seinen Blick, erwartete, dass er sich schnell aus ihrer Nähe lösen würde und sich einer wichtigeren Aufgabe wie dem Regieren des Landes hingeben würde. Aber das tat er nicht. Vera war diejenige, die irgendwann nickte und den Moment durchbrach.

»Legen wir dich richtig hin«, meinte Arthur.

Er half ihr, sich anders ins Bett zu legen, ihr rechter Arm lag erhöht auf einer gefalteten Decke, ein Kissen in ihrer Kniebeuge. Ihre Augen fielen zu, während sie ihn sagen hörte: »Ich bin gleich wieder da.«

Sie glaubte ihm.

33

So wie das Licht durch die Stäbe des offenen Fensters strömte, musste es später Morgen sein. Frische weiße Blumen zierten den Tisch beim Feuer, welches runtergebrannt war zu glühenden Kohlen. Sie mochte diesen Kontrast, wenn sie schlief: ein geheizter Raum mit einem offenen Fenster, um eine kalte Böe hindurchfegen zu lassen, wann immer der Wind es für angemessen hielt.

Und wie versprochen, war sie nicht allein. Arthur saß in einem Stuhl neben dem Bett und las. Er sah anders aus, wenn er dachte, dass ihn niemand beobachtete. Seine Brauen waren etwas mehr zusammengezogen als natürlich, während seine Augen der Seite von links nach rechts folgten und schnell wieder zurück wie eine stille Schreibmaschine. Es gab einen Moment, in dem seine Lippen sich ganz leicht bewegten, zur Hälfte Worte formten, die er las, während seine Mundwinkel zuckten. Was auch immer für ein Bild die Stelle zeichnete, es schien ihm zu gefallen.

Vera hätte ihn gern noch länger beobachtet, aber seine Augen blickten hoch zu ihr. Arthur legte das Buch zur Seite und beugte sich zu ihr. »Wie fühlst du dich?«

»Nicht annähernd so schlecht wie erwartet.« Sie setzte sich ordentlich auf. Ihre Stimme war rau, und Arthur reichte ihr einen Becher mit Wasser, der neben ihr auf dem Nachttisch gestanden hatte.

Es misslang ihm, ein Gähnen zu unterdrücken.

»Hast du geschlafen?«, erkundigte sich Vera.

»Ein bisschen.« Bevor Vera sich schlecht fühlen konnte, weil er die Nacht unbequem in einem Stuhl verbracht hatte, fuhr er fort: »Was würdest du dazu sagen, wenn Gawain deine Wunden behandelt?«

Der Becher war auf halbem Weg zu Veras Mund, als seine Worte ihn aufhielten. »Aber … Merlin wird es wissen. Gawain wird ihm davon erzählen, oder nicht?«

»Vielleicht«, lenkte Arthur ein. »Aber nicht in absehbarer Zeit. Merlin ist bereits unterwegs. Ich kann eine Wunde auf dem Schlachtfeld gut genug versorgen, aber es wäre besser, wenn Gawain sie sich ansieht und heilt. Es klingt vielleicht lächerlich, aber Lancelot hält ihn für vertrauenswürdig, und das ist genug für mich.« Er zuckte mit einem verlegenen Lächeln die Schultern. »Und wenn man vom Teufel spricht, ist er erpicht, dich zu sehen. Wenn du bereit bist.«

»Wer?« Vera richtete sich auf. »Lancelot?«

Arthur nickte. »Es macht ihm nichts aus zu warten, bis deine Wunden …«

»Es geht mir gut. Es tut nicht sehr weh«, beharrte Vera. »Ich bin bereit.« Die letzten Worte, die sie zu Lancelot gesagt hatte, waren schrecklich gewesen. Sie wollte unbedingt neue sagen.

Vera nahm an, dass Arthur nach Lancelot schicken lassen würde, aber er hatte kaum die Tür zu ihrem Gemach geöffnet, da preschte Lancelot auch schon herein.

»Hast du im Flur geschlafen?«, fragte Vera über ein ungläubiges Lachen hinweg.

Er antwortete nicht, eilte an ihre Seite, zog den Stuhl, auf dem Arthur geschlafen hatte, so nah es ging ans Bett und setzte sich.

»Vera?«, sagte Arthur und zog damit ihre Aufmerksamkeit auf sich, brachte ihr Herz dazu, einen Salto zu schlagen. »Ich komme bald zurück.«

Sie nickte und hielt den Atem an, während sie zusah, wie er ging, als ob sie so festhalten könnte, wie es sich anfühlte, wenn er ihren Namen nannte.

»Du bist … du bist noch hier«, begann Lancelot. Seine Augen suchten ihr Gesicht ab und landeten dann bei der bandagierten Schulter, die unter ihrem Nachthemd erkennbar war. Wie in Trance hob sich seine Hand, um sie zu berühren – so sanft. Sie konnte das Streifen seiner Fingerspitzen kaum durch den Verband ausmachen.

»Ich bin hier«, versicherte ihm Vera.

»Ich … ich war gestern Morgen ein Arsch. Es tut mir so leid.«

»Nein. Du musst dich nicht entschuldigen …«

»Doch, Guinna«, schnauzte er, verzog das Gesicht, und sie wusste, dass es nur an seiner eigenen Reaktion lag. »Doch, das muss ich. Du hast eine Art Folter erlebt, die ich mir nicht einmal vorstellen kann – und das war vor dem, was gestern Nacht geschah.«

Wie von selbst huschte ihr Blick zu seiner Kehle, wo sein Adamsapfel hüpfte, als er schluckte. Sie wusste, wie es aussah, wenn er in den Nacken gestochen wurde, wie er stottern und röcheln würde. Wusste, wie Blut aus der Arterie mit einer Kraft schießen und bei jedem Herzschlag weniger werden würde. Sie traf seinen Blick. Er hatte gesehen, wie sich ihr Gesicht verändert hatte. Zwei Linien gruben sich in die Mitte zwischen die Augenbrauen.

»Ich habe die Kapelle gesehen«, gestand er. »Und die Leiche.«

»Ich habe ihn getötet.« Es war ein Geständnis, welches sie wie eine bleierne Last getragen hatte. Sie hatte Thomas umgebracht. Es machte nichts, dass es aus Selbstverteidigung geschehen war. Alles, woran sie sich erinnern konnte, war die Angst in seinen Augen, als das Leben ihn verließ.

Lancelot legte eine Hand auf ihr Knie. »Ich weiß.«

Die Art, wie er es sagte … als ob er es auf eine Weise verstand, wie kein Mensch es sollte. Aber es war die Zärtlichkeit in seiner Stimme, die sie fertigmachte. Veras Tränen flossen danach schnell, wurden zu zerrissenen Schluchzern, die ihren schmerzenden Körper schüttelten.

»Oh Liebes«, flüsterte er. Lancelot kletterte neben sie ins Bett und legte vorsichtig die Arme um sie. »Ich weiß. Ich weiß.«

Vera hing an seinem Hemd und weinte in seine Schulter.

»Möchtest du mir davon erzählen?«, fragte er.

Das wollte sie. Und als sie versuchte, sich dafür zu entschuldigen, dass sie mit den Tränen kämpfte, beschwichtigte er sie, beharrte darauf, dass sie alle Zeit der Welt hätte. Er hielt sie fest, während sie berichtete, wie Thomas sie zu Boden gezogen hatte, als sie schließlich (und dummerweise verspätet) versuchte zu fliehen. Lancelot rieb ihren Arm, als sie die Geschichte mit dem blutigen Messer in der Hand zu Ende brachte.

»Warum hat er es getan?«, fragte sie, als sich ihre Atmung normalisiert hatte. »Selbst wenn er mit dir und mir recht gehabt hätte, war dies genug für ihn, um zu versuchen, mich zu töten oder mich unter seine Kontrolle zu bringen, oder – ich verstehe es nicht. Er war bisher immer nur nett zu mir. Sogar ein Freund.«

Lancelots Kinn war auf ihrem Kopf gelegen. Sie lehnte sich zurück und hob ihren Blick, um ihn anzusehen, hoffte, dass er es ihr erklärte. Aber das tat er nicht.

»Ich weiß es nicht. Leute können schrecklich sein, und das manchmal ohne Grund.«

Vera schmiegte sich wieder an seine Schulter, so vertraut mit ihm, wie sie es je mit jemandem gewesen war, und hundertprozentig sicher, dass es keine Absichten gab, außer jener, füreinander da zu sein. Aber sie war nicht dumm. Sie wusste, was allein der Schein ihrer Zuneigung ausgelöst hatte, und war dankbar für die Privatsphäre, die es ihnen gerade erlaubte. Die Privatsphäre, die Arthur ihnen gegeben hatte. Sie musste auflachen.

»Was?«, fragte Lancelot.

»Letzte Nacht, als Arthur mir alles erzählte, schlug er vor, dass ich mich auf dich einlassen soll.«

»Hat er das?« Seine Stimme klang amüsiert.

»Mhm. Und als ich darauf beharrte, dass ich kein Interesse habe«, fuhr Vera fort, woraufhin Lancelot gespielt beleidigt schnaubte, »schlug er Gawain vor.«

Daraufhin lachte er laut. »Was für ein perfektes Gespann.« Er löste die Arme von Vera und half ihr, es sich in den Kissen gemütlich zu machen. Aber er kehrte nicht auf den Stuhl zurück. Er rutschte nach hinten, um an dem Kissen neben ihr zu lehnen. »Es wird interessant sein zu sehen, wie sich Gawain in der Rolle des Hauptmagiers während Merlins Abwesenheit schlägt.«

Merlin. Verdammt. Vera tat es leid, ihn zu enttäuschen, so wie es ihr bei ihren eigenen Eltern leidgetan hätte, aber dennoch konnte sie den Schmerz nicht fassen, den er ihr zugefügt hatte.

»Glaubst du, Merlin bereut, was er getan hat?«, fragte sie.

»Das hoffe ich doch«, meinte Lancelot und verzog das Gesicht. »Ich war nie sein größter Bewunderer, aber ich muss gestehen, dass er davor sehr gut zu dir war – zu Guinevere. Er war ihr engster Vertrauter, häufig der Einzige, der sie aus ihrer Melancholie befreien konnte.«

»Standen sie sich nahe?«, erkundigte sich Vera. Auch wenn sie die Wahrheit in Guineveres Erinnerungen gefühlt hatte, war es nun kaum zu glauben.

»Das taten sie«, sagte Lancelot. »Ich denke, dass dies ein Teil dessen ist, weshalb Arthur ihm vertraut – weil sich Merlin oft um sie gekümmert hat. Er will alles unbedingt in Ordnung bringen …« Er schüttelte den Kopf. »Die Magier sind ein besonders irres Pack, haben in der Regel irgendeinen Erlöserkomplex. Habe ich dir je erzählt, dass meine Mutter Magierin war?«

Veras Augenbrauen schossen in die Höhe. »Nein, das hast du nicht.«

Er wusste, dass er das nicht hatte. Sie würde sich daran erinnern, wenn er das getan hätte, genauso wie er.

»Es ist ein einsames Leben. Ich glaube, dass das der Grund ist, weshalb ich Merlin so sehr in den Wahnsinn treibe«, erzählte Lancelot grinsend. »Ich kenne ihn besser als die meisten anderen. Als ich klein war, versuchte ich immer meine Mutter dazu zu bringen, dumme Spiele mit mir zu spielen, um sie von ihrer Arbeit und ihrer Forschung abzulenken. In der Regel bin ich wohlgemerkt kläglich gescheitert, aber wenn sie mitspielte – Götter, das war so ein Spaß mit ihr. Und sie war kreativ und albern. Sie dachte sich die besten Geschichten aus. Ich wünschte, sie hätte ihre Gabe genutzt, um eine großartige Geschichtenerzählerin zu sein, anstatt …« Er schüttelte den Kopf.

»Starb sie?«, fragte Vera.

Er lächelte traurig. »Ja, vor einer Weile.«

»Das tut mir wirklich leid.«

»Danke. Ich vermisse sie.«

»Was ist mit deinem Vater?«, erkundigte sich Vera. »Ist er noch am Leben?«

»Keine Ahnung. Hab den Mann nie getroffen. Ich bin ein wahrer Bastard. Die meisten Magier enden allein, wurde mir gesagt. Es ist tatsächlich sehr ungewöhnlich, dass meine Mutter überhaupt ein Kind hatte. Erzähle mir von deinen Gaststätteneltern«, verlangte er fröhlicher. Und nun war es an Vera, sich unwohl zu fühlen.

»Sie sind … sie sind die Besten. Meine Mum, nun, du würdest schwerlich jemanden finden, der freundlicher ist als sie. Sie ist die Art von Mensch, die sich mit jedem versteht. Es gibt Leute, die vor einem Jahrzehnt für zwei Nächte bei uns im Hotel waren, und sie melden sich immer noch jede Weihnachten. Und Dad …« Vera lachte. »Ich glaube nicht, dass das Wort ›Scham‹ im Vokabular meines Vaters existiert. Er hat kein einziges Mal darüber nachgedacht, was andere wohl denken. Nicht für eine Sekunde. Er würde dich lieben.«

Lancelot lächelte wehmütig mit ihr. »Ich wünschte, ich könnte sie treffen. Du musst sie schrecklich vermissen.«

»Das tue ich. Und«, ihr Atem stockte, »mein Dad ist sehr krank, was es, ähm …« Sie wusste nicht, wie sie es in Worte fassen sollte, aber das musste sie auch nicht.

»Es macht es noch schwerer«, sagte er sanft.

»Seit ich hier bin, habe ich versucht, so wenig wie möglich an sie zu denken«, gestand Vera. »Ich dachte, dass ich zusammenbrechen würde, wenn ich zulasse, dass ich mich zu viel mit ihnen beschäftige.« Das war nicht gelogen. Der Schmerz, auch nur ein Wort ihrer Geschichte zu erzählen und sich selbst in die Erinnerung fallen zu lassen, kam augenblicklich.

»Du kannst mit mir gemeinsam zusammenbrechen.« Er hatte eine tiefe Falte zwischen den Augenbrauen, als er sie beobachtete. »Weshalb siehst du mich so an?«, fragte er.

»Wir haben nie über ernsthafte Dinge gesprochen.« Vera pickte am Saum der Decke herum, verlegen wegen dem, was folgte: »Ich hatte Angst, du würdest denken, dass man mit mir keinen Spaß mehr haben kann.«

»Keinen Spaß mehr?« Er schnalzte mit der Zunge. »Ich liebe dich nicht, weil man mit dir Spaß haben kann. Ich liebe dich, weil ich dich liebe.«

Ihr Herz fühlte sich so voll an, als würde es gleich überlaufen. »Es ist so einfach, hm?«

»Ja«, sagte er. Er lehnte sich in die Kissen zurück. »Und natürlich für deine Macht und deinen Einfluss.«

Vera schnaubte.

»Aber ich habe dich im Stich gelassen, Guinna.« Etwas Winziges veränderte sich in seiner Stimme, und seine Augen wurden trüb, als ob er mit den Gedanken irgendwo anders wäre, bevor er sich schüttelte und sie aus welcher Erinnerung auch immer befreite. »Du hättest letzte Nacht niemals allein sein sollen. Ich werde, was auch immer nötig ist, tun, um dich zu beschützen. Ich werde jede Minute an jedem Tag deine persönliche Wache sein.«

Vera wurde schwer ums Herz. »Ich weiß, dass du nur zu helfen versuchst, aber das klingt schrecklich. Dauerhaft Schutz zu benötigen, ist das Letzte, was ich möchte.«

»Es tut mir leid.« Seine Augen suchten ihr Gesicht ab. »Was kann ich tun?«

»Ich möchte lieber lernen, selbst auf mich aufzupassen.«

Lancelots Lippen verzogen sich zu einem schiefen Grinsen, als er den Kopf schief legte. »Das kann ich dir beibringen. Ich bin darin nämlich tatsächlich ziemlich gut.«

»In Ordnung«, meinte Vera. »Dann ist es beschlossene Sache.«

Sie hatte damit nicht gemeint, dass er sofort anfangen würde, aber er begann direkt zu überlegen, wie er Veras Trainingsplan mit dem der königlichen Wache in Einklang bringen konnte. So fand Arthur sie vor, als er hereinkam: im Bett sitzend, Schulter an Schulter, in eine Unterhaltung vertieft.

»Es tut mir leid, euch zu unterbrechen«, begann Arthur und klang dabei, als meinte er es ernst. Selbst nach den Enthüllungen von letzter Nacht war Vera überrascht, wie wenig es Arthur ausmachte, sie zusammen zu sehen. Aber dieser Gedanke kam zu einem abrupten Ende, als sie Gawain hinter ihm erblickte.

»Meine Güte«, rief Lancelot. »Jemand sollte Percival und Matilda einladen, dann könnten wir hier ein richtiges Fest feiern.«

»Bitte nicht«, entgegnete Gawain. »Ich bin hier, um die Königin zu heilen, was eine private Angelegenheit sein sollte. Mir wäre es daher auch lieber, wenn du gingest.«

Lancelot grinste. »Verstanden. Ich sollte ohnehin am Training teilnehmen.« Er küsste Vera auf den Kopf, bevor er vom Bett rutschte, Arthur zunickte und auf seinem Weg hinaus Gawain auf die Schulter klopfte. Der Magier verdrehte die Augen, aber Vera konnte den Beginn eines Lächelns erkennen.

Arthur setzte sich an den Rand des Bettes, während Gawain neben ihm stand, bereit, mit der Heilung von Veras Oberschenkel anzufangen. Aber in dem Augenblick, als Gawains Hand den Saum ihres Nachthemds berührte, kam sie sich wieder vor, als wäre sie erneut auf dem Boden der Kapelle. Vera konnte Thomas' ausgehungerte Augen sehen, konnte das Zerreißen ihres Kleides an der Taille hören, konnte seinen Schweiß riechen, als wäre er wieder auf ihr. »Nein.« Vera keuchte, als sie das Nachtgewand mit zitternden Fingern an sich drückte. Auf einmal schnürte sich ihr die Kehle zu, und ihr Herz begann wie wild zu schlagen.

Gawain machte einen Schritt zurück.

Veras Atem rasselte. »Es tut mir leid. Ich weiß nicht, warum ich …« Sie griff nach Arthur, und er war augenblicklich an ihrer Seite, nahm ihre Hand. »Es ging mir gut, als Arthur mich verbunden hat.«

»Das ist verständlich«, erklärte Gawain auf seine unbewegte Art und Weise, auch wenn er leiser sprach. »Die Erinnerungen des Körpers sind mächtiger als die des Verstands. Euer Körper erinnert sich an Seine Majestät, selbst wenn Euer Verstand dies nicht tut.«

Vera biss sich auf die Innenseite der Wange und vermied Arthurs Blick.

»Ich habe keinerlei andere Verpflichtungen«, fuhr Gawain fort. »Wir haben es nicht eilig. Bewegt Euer Nachtgewand so weit wie nötig, und Seine Majestät kann dabei helfen, die Verbände abzunehmen. Sagt mir, wenn Ihr bereit seid.« Er betrachtete sie mit einer Art … Weichheit, bevor er sich umdrehte und ein paar Schritte davonging.

Arthurs Hände spendeten nichts als Trost. Er half dabei, die Binden abzunehmen, und seine Augenbrauen schossen in die Höhe, als er ihre Wunden untersuchte. Beide Einstichstellen waren rau und offen, aber keine blutete. »Sie sind nicht so schlimm, wie ich dachte. Ich muss letzte Nacht panischer gewesen sein, als mir bewusst war.«

Vera rief Gawain zurück.

»Ich beginne mit Eurem Oberschenkel und muss dafür die Ränder der Wunde berühren«, erklärte er und wartete, bis sie nickte, um fortzufahren. So ging er vor: Er erklärte ihr immer erst genau, was er vorhatte. Vera hatte nicht mit dieser einfühlsamen Art am Krankenbett gerechnet. Aber es half.

»Sind das an der Schulter als auch am Bein Einstichwunden?«, fragte er, als er mit dem Daumen über den offenen Riss unter ihrem Schlüsselbein fuhr.

»Ja«, erwiderte Vera.

»Hm.« Gawain runzelte die Stirn, faltete die Hände vor sich und starrte auf einen Fleck auf Veras Bettdecke neben ihrem Knie.

Die Stille hielt an. Vera und Arthur tauschten einen Blick aus. »Gibt es ein Problem?«, erkundigte sich Arthur, aber im selben Augenblick sah Gawain auf.

»Nein. Ich kann sie heilen.« Er griff wieder langsamer nach ihrem Oberschenkel. »Es wird unangenehm sein, aber es sollte nicht wehtun.«

Der Heilungsvorgang an sich, war … seltsam. Gawain fuhr mit den Fingern über den Schnitt an ihrem Oberschenkel, und Vera fühlte, wie ihr wirklich schwindelig wurde. Sie glaubte, dass er etwas sagte. Der Klang einer Brise kam auf, und ein prickelndes Gefühl breitete sich von ihrem Nacken aus.

Als sich ihr Verstand und die Sicht wieder klärten, war die Haut auf Veras Oberschenkel wieder ganz, nur eine leichte pinke Linie erinnerte daran, dass dort eben noch eine Einstichwunde gewesen war.

Gawain fuhr mit der Wunde an ihrer Schulter fort, und es war so ziemlich dasselbe. Schließlich wandte er sich der Abschürfung an ihrem Hinterkopf zu. Vera lehnte sich weiter nach vorne, damit Gawain die Stelle problemlos berühren konnte. Dieses Mal bildete sich Schweiß auf ihrem Körper, als die heilende Energie unter ihrer Haut zuckte. Wie zuvor auch wurden ihre Gedanken träge. Aber dieses Mal war sie sich sicher, dass sie eine Stimme hörte.

»Was waren das für Worte?«, fragte sie wie durch den Nebel des Schlafs.

Arthur sah sie verwirrt an. Offensichtlich hatte er nichts gehört.

»Ihr – Ihr habt Worte gehört?«, fragte Gawain.

Vera nickte. Gawain machte einen Schritt zurück und starrte auf sie herab, die Stirn in Falten gelegt und die Lippen leicht geöffnet, aber er sprach es nicht noch einmal an. »Die Heilung Eurer Wunden war bereits weiter vorangeschritten, als es der Fall sein sollte. In der Regel bin ich nicht in der Lage, Stichwunden zu heilen.« Er ließ sich auf einen Stuhl sinken, als hätte ihn die Aufgabe ausgelaugt. »Aber Eure Wunden begannen bereits sich zu schließen.«

»Wie?«, fragte Arthur. Er setzte sich neben Vera auf das Bett, und ihr Magen machte einen nervösen Salto.

Gawain saß so still wie eine Statue, der Gesichtsausdruck leer. Er schluckte und nickte einmal kurz, als hätte er eine Entscheidung getroffen. »Vor der Prozedur, die neulich so viel Schaden anrichtete, habt Ihr einen Trank genommen.«

Vera war zu überrascht, um dies zu bestätigen oder zu verneinen. Hatte Arthur auch Gawain von der Prozedur erzählt?

Aber Arthurs erschrockener Ausdruck verdeutlichte, dass er dies nicht hatte.

Merlin, der ständig auf die Gefahr hinwies, sollten andere es wissen, hätte das bestimmt nicht getan … oder doch?

»Seit meiner Ankunft habe ich das Schloss mit Heiltränken aufgestockt. Ich nehme mal an«, Gawain unterbrach sich und taxierte Vera mit einem harten Blick, »dass Merlin diese Eurem Trank hinzugefügt hat, in der Erwartung, dass seine Gedächtnisarbeit Eurem Verstand schaden könnte. Es gibt keine Beweise dafür, dass Heiltränke präventiv wirken, aber das ist die einzige Erklärung …« Er schwieg einen Augenblick. »Es ist die einzig logische Erklärung, die mir einfällt.«

»Merlin hat dir von der Prozedur erzählt?«, hakte Arthur nach.

»Das hat er nicht. Ich wusste, dass es Geheimnisse gab, also habe ich dort genau hingehört, wo ich es hätte nicht tun sollen. Ich habe die Prozedur gehört. Ich habe auch noch einiges mehr gehört.« Er fixierte Vera mit einem bedeutungsschweren Blick. »In der Geschichte gibt es ein paar Lücken für mich. Aber … ich weiß Bescheid.«

»Du solltest besser erklären, wovon du da redest, und zwar *sehr* schnell«, befahl Arthur leise, was aus irgendeinem Grund nervenaufreibender war, als hätte er geschrien.

Gawain seufzte. Er erhob sich und ging zu der Ecke des Betts, die der Tür am nächsten war, dann griff er darunter und zog eine dünne hölzerne Scheibe hervor, kleiner als seine Handfläche. Er trat neben Arthur (eine mutige Wahl, wie Vera fand) und reichte sie ihm. »Dies nimmt Geräusche wahr, und das«, er zog einen hölzernen Block aus seiner Tasche, mit dem ihn Vera vor dem Julfest gesehen und den sie für ein Smartphone gehalten hatte, »ist der Empfänger. Zuvor war die Scheibe in unserer Arbeitsstätte versteckt, und gestern habe ich sie hierhergebracht.«

»Du hast was getan?« Arthur knurrte beinahe.

Gawain gab nicht klein bei, wofür Vera ihm Respekt zollte. Aber ihre Aufmerksamkeit galt den Unterhaltungen – jenen mit Merlin während der Prozedur, als es um ihre Zeitreise ging. Und um Vincent. Und die hier mit Arthur über die beiden Versionen von Guinevere, die vor ihr kamen.

Vera fiel die Kinnlade herunter. »Du weißt alles.«

»Mehr oder weniger«, meinte Gawain. »Ich werde nicht versuchen, mein Handeln zu rechtfertigen. Alles, was ich tun kann, ist, Euch zu versichern und zu beweisen, wenn Ihr mich lasst, dass ich vertrauenswürdig bin. Ich werde es nicht dem Rat der Magier berichten. Ich kann Euch helfen.«

Arthur erhob sich und ragte mehr oder weniger über Gawain auf. »Wenn du glaubst …«

»Warum?«, fragte Vera.

Arthur wurde still. Beide sahen sie an.

»Warum Ihr mir vertrauen solltet?«, erkundigte sich Gawain.

»Nein … nun, ja. Aber … warum willst du uns helfen?«

»Ich möchte nicht, dass Ihr leidet«, sagte er unverhohlen, während sich sein fahler Blick in Veras bohrte. Es war nicht das erste Mal, dass er sie heute überrascht hatte. »Und ich möchte nicht, dass die Magie stirbt. Ihr – ihr beiden«, er änderte seinen Blick, bevor er sich an Arthur wandte, »seid die beste Chance, die wir haben. Ich weiß, dass mein Verhalten dies nicht zeigt, aber ich bin meinem König gegenüber *loyal.* Das bin ich.« Gawain sagte dies mit solch einer glühenden Leidenschaft. Arthur hielt schweigend seinen Blick, bevor er lang ausatmete und sich wieder setzte.

»Ich habe noch nie gehört, dass Merlin die Gabe des Heilens besitzt«, fuhr Gawain, nun wieder an Vera gewandt, fort. »Was auch immer er getan hat, um Euch zu retten, ist eine Gabe, die er bisher vollständig verschwieg. Es gibt im Reich der bekannten Gaben keinen Mechanismus, um die Lebensessenz einer Person wieder zusammenzusetzen. Davon hat man noch nie gehört. Und als er in Eure Gedanken eintrat …« Sein Atem zitterte. »Euer Hoheit, dass Ihr dies überlebt habt, ist nichts Geringeres als ein Wunder. Was auch immer Eure Heilung vorantrieb, ist mächtig. Ihr habt vielleicht sogar …« Er atmete tief ein und legte die Stirn in Falten. »Alles, was ich sagen kann, ist, dass Eure Existenz eine heikle Balance ist und«, er schüttelte ungläubig den Kopf, »eine empfindliche. So unfassbar empfindlich. Es ist viel schockierender, dass Ihr bleibt, als dass die anderen beiden dabei zugrunde gingen. Die Gemeinsamkeit, nachdem die anderen beiden verloren wurden, war physische Intimität, nicht wahr?« Er sagte dies klinisch, und Vera wusste nicht, ob es das nicht noch schlimmer machte.

»Ja«, bestätigte Arthur. Seine Hand fuhr über die Decke zu Veras.

»Gab es zuvor auch mit der originalen Guinevere Traumata in diesem Bereich?«, erkundigte sich Gawain.

Vera zog scharf die Luft ein. Auch Arthur stutzte.

»Ich … nein.« Er sah Vera an, als wäre er gerade erst niedergeschmettert worden. »Zumindest hast du mir nie davon erzählt. Wenn … wenn ich dir wehgetan haben sollte, dann hast du es mir nie gesagt.«

»Was auch immer es ist, die Erinnerung Eures Körpers geht tiefer als die Eures Verstandes«, erklärte Gawain und wiederholte damit das, was er nur Minuten zuvor bereits geäußert hatte. »In Eurem Geiste befindet sich etwas unfassbar Wichtiges. Und es kann gut sein, dass Eure Intimität Eure Erinnerungen auslöst, aber … ich liege vielleicht falsch, doch ich denke, dass es klug wäre, keinen Geschlechtsverkehr zu haben.« Lieber Gott. *Da* war der Gawain, den Vera erwartet hatte, ahnungslos, dass dies dazu führte, dass sie am liebsten vom Erdboden verschluckt worden wäre. »Zumindest so lange nicht, bis wir die Magie verstehen, die da mit hineinspielt. Und Ihr solltet auch an keinen weiteren Erinnerungsprozeduren mehr teilnehmen.«

»Was sollen wir dann tun?«, fragte Vera.

»Wenn Merlin recht hat und es sich dabei wirklich um einen Fluch handelt, den Viviane Euch auferlegt hat, dann gibt es noch eine weitere Möglichkeit, wie wir ihn brechen können. Magische Arbeit verliert mit der Zeit an Kraft. Vivianes Fluch würde auf natürliche Weise geschwächt werden, besonders nach ihrem Tod. Wir können das Ende beschleunigen, indem wir die Mächte, die bereits in und um

Camelot existieren, verstärken. Eine Gabe ist gut. Mehrere Gaben, die gemeinsam genutzt werden, sind besser. Die Menschen versuchen nicht häufig, Gaben miteinander zu verbinden. Ich kann den so Beschenkten Camelots dabei helfen.

Und Ihr könnt das Königreich behutsam vorbereiten. Wir müssen alles tun, um das Land zu unterstützen – die Verbindung der Leute zu Euch, zueinander … sie bestärken; das Königreich zu seiner ganzen Kraft aufbauen. *Dies* kann den Fluch brechen, wenn es wirklich ein Fluch ist, was hier vor sich geht.«

Das »Wenn« blieb Vera im Gedächtnis. Denn wenn es kein Fluch war, was in Gottes Namen war es dann?

34

Die Geschichte von dem Angriff auf Vera würde nicht mit der Öffentlichkeit geteilt werden. Sie machten etwas Fortschritt mit der Bevölkerung Camelots; sie konnten es nicht gebrauchen, dass die Neuigkeit eines weiteren Angriffs auf die Königin die Runde machte. Es würde einen kleinen Kreis an Auserwählten geben, die auch nur eine Version der Wahrheit kannten: die königlichen Wachen und der Priester, die das Blutbad bereits gesehen hatten. Der ganze nächste Tag wurde damit verbracht, eine Geschichte zu erfinden und zu verbreiten, in der Vera und Arthur gemeinsam von einem sächsischen Spion angegriffen worden waren. Dass Arthur derjenige gewesen war, der ihn tötete. Niemand würde von Veras Verletzungen Kenntnis erhalten. Dies war die Unwahrheit, die Arthur Merlin ebenfalls vor dessen Abreise erzählt hatte.

Die Lüge fühlte sich falsch an, besonders gegenüber Percival, der Arthur mit aller Kraft unterstützte – und somit auch Vera. Aber Gawain hatte darauf bestanden. Sie konnten es nicht riskieren, dass etwas an die Öffentlichkeit drang und ihre Geschichte auffliegen ließ. Eine Lüge führte zur nächsten. Wie konnte die Königin so schnell von Stichwunden geheilt werden, die der Magier eigentlich nicht hätte heilen können?

Weil sie einen präventiven Heiltrank genommen hatte.

Doch weshalb?

Weil Merlin gefährliche Magie an ihrem Verstand anwendete.

Weshalb?

Weil sie keine Erinnerungen mehr besaß. Wegen dem, was Viviane getan hatte.

Eine Wahrheit würde zu allen Wahrheiten führen. Sie waren bereits zu tief in dem Netz aus Lügen verstrickt.

Arthur hasste das. »Wir hätten den Menschen die Wahrheit an dem Tag anvertrauen sollen, an dem Viviane uns angriff«, erklärte er, das Gesicht vor Reue angespannt, während Percival zurück auf dem Weg zum Übungsfeld war, nachdem sie ihm die neueste Lüge aufgetischt hatten.

»Nein«, widersprach Gawain. »Der hohe Rat der Magier misstraut bereits der Geschichte der Königin – genauso, wie ich es getan habe. Naiam ist unsere Vorsitzende, und sie ist bekannt dafür, gerecht zu sein, aber der niedrige Rat folgt Ratamun bereitwilliger. Ich fürchte, sein Verlangen nach Macht würde ihn blenden. Diese Magie ist eine zu verführerische Gewalt. Allein wegen des Rates werdet Ihr niemals die Wahrheit sagen können.«

»Weil sie sonst lernen könnten, diese Magie zu nutzen?« Vera wandte sich an ihn.

Er schürzte die Lippen. »Sozusagen.«

»Was soll das bedeuten?«

»Es gibt ein paar Dinge über Magier und die Magie, von denen ich Euch auch dann nichts erzählen könnte, wenn ich es wollte.« Er betrachtete sie aufmerksam. »Ihr müsst Euch keine Sorgen machen. Konzentriert Euch auf die Arbeit mit dem König.«

Gawain hatte recht. Vera und Arthur würden mit dem fortfahren, was sie vor dem Julfest begonnen hatten: als liebendes Paar in Camelot gesehen zu werden. Dieses Mal war Vera entschlossen, es richtig zu machen, entschlossen, die Rolle der echten Königin zu spielen. Sie würde bei Mahlzeiten ernst sein und nur dann sittsam lächeln, wenn die Männer lachten. Sie würde nicht noch einmal den Fehler begehen, Unterhaltungen zu meiden und wie zuvor distanziert wirken, sondern sparsam sprechen, wie es eine Dame vielleicht tat. Was sie an höfischen Gebräuchen nicht kannte, würde sie lernen. Und sie und Arthur würden das Volk davon überzeugen, dass sie wahre Seelenverwandte waren. Dass das Königreich alles war, was sich seine Untertanen während der Kriegsjahre erträumt hatten und dass die Leute ihrem neuen Herrscher und seiner pflichtbewussten, liebevollen Königin vertrauen konnten.

Es war das siebte Jahrhundert, und Vera hatte sich bereits zu viele egoistische Ablenkungen erlaubt. Der Moment der Klarheit während Thomas' Attacke klang glaubhaft: Sie war nicht nur ein Gefäß für Guineveres Erinnerungen. Natürlich. Sie war auch ein Gefäß für die Erinnerungen aller anderen an Königin Guinevere.

Sie musste besser werden.

Und später an diesem Morgen würde sie ihre Chance bekommen, denn sie und Arthur waren verabredet, um gemeinsam auf den Markt zu gehen. Zuerst brachte Lancelot sie jedoch in die Waffenkammer, um eine Vielzahl an Schwertern zu testen und Ausrüstung für ihr Training vorzubereiten. Er war ziemlich hippelig, aber sie konnte es nicht genießen, denn ihr Fokus lag auf dem, was als Nächstes kommen würde.

Es beherrschte ihre Gedanken, als sie ihn durch Camelot zurückbegleitete und Jubelrufe ihre Tagträumerei durchbrachen. Sie und Lancelot drehten gleichzeitig ihre Köpfe zu dem Lärm hin: die Grube, die von dem größten Publikum umgeben war, das Vera je gesehen hatte und welches der Ursprung des Geschreis war.

»Was, im Namen der Götter …?«, murmelte Lancelot. Seine Beine schienen sich von allein in Bewegung zu setzen, die Menge um die Grube zog ihn an wie die Flamme die Motte.

Als er Schultern berührte und dabei charmant und schief grinste, teilte sich die Masse bereitwillig, und Vera folgte ihm einfach nach vorne.

Als er an den Leuten vorbei war, lachte er laut auf. »Ich will verdammt sein.«

Vera drängte sich durch eine Lücke an Lancelot vorbei, damit sie sehen konnte, was vor sich ging. Im ersten Moment war außer der beachtlichen Menge nichts ungewöhnlich. Dann entdeckten ihn ihre Augen. Wie sie seine Umrisse, gebieterisch und graziös, auch nur eine Sekunde lang unter den anderen Spielern hatte übersehen können, war ihr nicht klar. Auf der einen Seite der Grube waren noch vier Männer im Spiel, auf der anderen stand ein kleines Mädchen, das sich hinter dem letzten Spieler versteckte.

Arthur.

»Hat er je zuvor gespielt?«, fragte Vera.

Lancelot grinste stolz, ohne den Blick von Arthur abzuwenden. »Nicht, dass ich wüsste.«

Arthur schützte das Mädchen mit seinem Körper, hatte die Arme dafür ausgebreitet, die Ärmel bis zu den Ellbogen hochgerollt, und die Hose war mit Flecken übersät. Schweiß sammelte sich in seinen Brauen, trotz des kühlen Morgens. Er kämpfte mit Haut und Haar, um sich und seinen kleinen Schatten weiterhin im Spiel zu halten. Das Mädchen rief ihm von hinten Befehle zu, nicht nur zu Arthurs Entzücken, sondern auch zu dem des Publikums.

»König, schnapp ihn dir! Schnapp IHN DIR!«, kreischte es und zeigte dabei auf den Mann, der den Ball in ihre Richtung springen ließ. Jedes Mal adressierte die Kleine Arthur so. »Schlag zu, König!« oder »Nicht so, König. Kicke *fester*.«

Arthur gab sich die größte Mühe, ernst und konzentriert zu bleiben, konnte sich aber ab und an ein Grinsen nicht verkneifen. Die Menge johlte vor Lachen, als Arthurs Mitspielerin ihn dafür schimpfte, dass er härter spielen sollte.

Irgendwie waren kurz darauf, entweder weil die anderen Spieler so heftig lachten oder aufgrund ihrer Großzügigkeit nur noch Arthur und das Mädchen übrig. Er überquerte die Grube, um Platz zwischen ihnen zu schaffen, und drehte sich dann zu ihr um, der Ball lag in der Mitte zwischen ihnen. Die Augen der Kleinen waren so groß wie Untertassen.

»Was mache *ich* jetzt?«, fragte sie Arthur.

»Kick ihn, Flora«, meinte er. »Mach schon! Schau, ob du mich erwischst!«

Flora leckte sich über die Lippen und warf ihr goldenes Haar über die Schulter. Sie rannte, so schnell sie konnte, zu dem Ball und trat ihn ungeschickt, aber Arthur gab sich keine Mühe, ihm auszuweichen. Der Ball hüpfte über den Boden und rollte langsam vor seine Füße. Sobald er ihn berührte, ließ sich der König auf den Boden fallen, als hätte die Kraft ihn bewusstlos geschlagen. Flora kreischte erfreut, und die Menge jubelte. Arthur grinste vom Boden aus, bevor er sich erhob und von Flora beinahe umgerannt wurde, als diese sich in seine Arme warf und schrie: »Wir haben gewonnen! Wir haben gewonnen!«

»*Du* hast gewonnen!« Er drehte sie feierlich im Kreis und ließ dabei den Blick auf Vera landen. Arthurs Augen glühten, während er leise zu dem Kind sprach. Die Kleine sah ebenfalls kurz zu Vera, dann schenkte sie ihm ein strahlendes Lächeln, bevor er sie absetzte.

Flora verlor keine Zeit und rannte sofort zu Vera, zog Arthur mit sich an der einen Hand und nahm dann mit der anderen Veras. »Komm schon!«, sagte sie. »Du bist dran!«

Vera blickte von Floras süßem Gesicht mit den großen flehenden Augen zu Arthur und den anderen, die sich auf das Spiel vorbereiteten.

»Geh schon.« Lancelot knuffte sie mit dem Ellbogen.

»Ich …« Das war *nicht* Teil von Veras Plan. »Ich sollte nicht …«

»Ich bestehe darauf«, sagte Arthur. »Lass uns spielen.«

Und so spielte sie, und das war erst der Anfang. Sooft das Wetter es erlaubte, wurden das Abendessen und die Vorführungen auf den Dorfplatz verlegt. Es wurde öfter als einmal getanzt, was ausgerechnet Arthur initiierte. Vera war nicht vornehmer geworden, Arthur dafür aber weniger, und ganz Camelot schien es ihm gleichzutun.

Während alldem hatte auch Veras Training mit der königlichen Wache nun ernsthaft begonnen. Es war schrecklich und absolut erniedrigend, gleichzeitig aber auch eine Art Belohnung. Häufig blieb sie länger, um ihnen bei einem schnelleren und sehr viel intensiveren Sparring zuzusehen, was Vera angesichts der Fähigkeiten sprachlos zurückließ. Aber heute half Randall Percival in Kettenhemd, Eisenrüstung und Helm, während Lancelot eine ausgesprochen merkwürdige Anlage am anderen Ende des Felds aufbaute: eine Stange, von der ein hölzerner Arm abstand und ein Brustpanzer herunterhing. Er schlug dagegen, und der Arm drehte sich um die Stange. Lancelot fing ihn auf seinem Rückweg wieder ein und nickte zufrieden.

Auf der anderen Seite des Felds war Percival nun aufgesattelt, und Randall reichte ihm einen großen Speer, der mindestens zwei Meter lang war. Vera stand der Mund offen. *Er würde doch nicht …*

Percival klemmte sich die Lanze unter den Arm und galoppierte in Richtung des Brustpanzers los. Die Spitze der Lanze rammte diesen, was dazu führte, dass sich der angebrachte Arm schnell um die Stange drehte.

»Trainiert er … Lanzenstechen?«, fragte Vera. »Ihr habt Lanzenstechen?«

Arthur nickte. »Jedes Jahr im Frühling veranstalten wir ein Turnier in Camelot. Es ist die einzige Zeit im Jahr, zu der sich alle Ritter an einem Ort versammeln. Das größte Turnier im Königreich«, erklärte er stolz.

»Das …« Percival machte eine Kehrtwende, um es noch einmal zu versuchen. »Ich mag vielleicht schlecht in Geschichte sein, aber ich bin mir ziemlich sicher, dass es das noch nicht geben sollte. Erst in ein paar Hundert Jahren.« Einiges an Camelot war fortschrittlicher, als sie erwartet hatte, und das alles nur aufgrund der Magie. Aber Dinge wie die Lichtkugeln und magisch erhitztes Wasser ergaben Sinn. Doch weshalb sollte Magie ausgerechnet das Lanzenstechen hervorbringen?

Arthur nickte Randall zu, der in der Ferne die Hand hob und steif winkte. »Es entstand während der Kriege. Ich glaube, es war ein Ritter des fränkischen Königreichs, der es uns beibrachte … aber wir begannen es zwischen den Kämpfen zu spielen, um die Spannung abzubauen, und es wurde ziemlich beliebt.«

Vielleicht war dies die Erklärung und Lanzenstechen hatte einfach einen früheren Ursprung in Frankreich.

Percival ließ die zersplitterten Überreste einer Lanze fallen, ritt nah an Randall heran, um eine neue von ihm entgegenzunehmen, und begann den Angriff von Neuem.

»Ihn einfach nur trainieren zu sehen, ist schon ziemlich aufregend«, gestand Vera.

Arthur lehnte sich neben sie an den Zaun und beäugte sie.

»Was?«, fragte Vera verteidigend, aber sie lebte für diese Momente. Kleine, private Gesten, die zeigten, dass sein Versprechen von Freundschaft nicht nur eine Show gewesen war.

Er grinste. »Möchtest du es versuchen?«

»Ich?« Vera lachte, auch wenn Arthur das nicht tat. »Ich – o mein Gott, das könnte ich niemals. Ich wäre eine absolute Katastrophe … Falls ich nicht herunterfallen oder sterben würde, würde ich vermutlich die Kontrolle verlieren und jemanden töten.«

»Nein, das würdest du nicht«, meinte Arthur auf seine ruhige Weise. »Du solltest es versuchen.«

»Und wer würde es mir bitte beibringen?«

»Ich«, entschied er.

Keine zwei Tage später sattelte Grady ihre Pferde, und Vera und Arthur ritten gemeinsam in die Wälder, wo sie häufig mit Lancelot joggen ging. Sie folgte Arthur zu einer Lichtung, die bereits so ausgestattet war wie der Lanzenstechübungsplatz in der Stadt.

Er hatte an alles gedacht und es entsprechend vorbereitet, hatte eine Rüstung hier, die vermutlich für einen Teenager gedacht war, ihre Laufkleidung zum Daruntertragen und drei unterschiedlich große Lanzen. Nachdem er sich weggedreht hatte, um ihr etwas Privatsphäre zu geben, damit Vera ihr Kleid gegen Hose und Hemd tauschen konnte, half er ihr, die Rüstung anzulegen. Zuerst kam eine dicke Reithose über die Jogginghose. Oben ein gepolstertes Langarmshirt.

»Das wird Gambison genannt«, erklärte Arthur hilfreich, als er das Kleidungsstück hochhielt, bereit, dass sie mit dem Kopf und den Armen hineintauchte, gefolgt von dem Bruststück mit den Schenkeldecken, die über die obere Hälfte ihrer Beine hingen, dann die Achselstücke und das Armzeug sowie die Armkacheln, die alle an etwas befestigt wurden, das wie ein Pferdegeschirr wirkte.

Arthur kniete sich hin, um das komplette Beinstück, bestehend aus dem Schenkel-, dem Kniestück und der Beinröhre, anzubringen, die er unter ihren Sohlen festband, bevor die Eisenschuhe folgten. Die Haut an ihren Beinen prickelte, als er mit den Fingern über ihre Schenkel streifte. Sie hoffte gleichzeitig, dass es endlich vorbei war und dass es niemals endete.

Dann legte auch er seine Rüstung an. Sie begannen damit, einfach zu lernen, ein Pferd in Rüstung gekleidet zu reiten, was schon eine echte Herausforderung war. Vera übte mit der leichtesten Lanze, und er leitete sie durch die Bewegungen mit der Übungsplatte in absolutem Schneckentempo. Dennoch stach sie zweimal daneben. Aber dies war die erste Stunde einer Handvoll Trainingseinheiten während der nächsten paar Wochen. Jedes Mal fügte Arthur neue Elemente des Lanzenstechens hinzu.

Die ganze Zeit über lobte er sie, wie gut sie das machte und wie schnell sie lernte. Vera legte eine perfekt adäquate Leistung ab, aber er behandelte sie, als wäre sie Gottes Geschenk an den mittelalterlichen Sport. Und sie griff die Übungsplatte an, während sie Filmzitate brüllte, die für Arthur keinerlei Sinn ergaben, aber ihn zum Lachen brachten, was ein wundervolles Geräusch war, weshalb sie sich nicht beirren ließ und weitermachte.

Er machte es ihr mit dem anderen Teil ihres Schauspiels – verliebt zu wirken – einfach. Viel zu einfach, um genau zu sein.

Er musste nur ihren Blick treffen, wenn sein Gesicht vom Lachen erhellt war, und schon tanzten Schmetterlinge in Veras Bauch. Wenn Arthur ihre Hand nahm oder ihr den Arm nebenbei um die Hüften legte, während sie auf dem Markt unterwegs waren oder, noch schlimmer, wenn sie einen schnellen, scheuen Kuss für die Öffentlichkeit tauschten, dann verflüchtigte sich jeder Anflug von Täuschung in Vera. Seinetwegen verlor sie noch den Verstand. Der Trank hatte gut gewirkt, und es schmerzte jedes Mal, wenn Vera sich an die Wahrheit erinnerte: dass ihre Gefühle nicht wirklich ihre eigenen waren.

Aber sie wollte auch nicht, dass sie aufhörten – und sie *waren* effektiv. Je mehr Zuneigung Arthur ihr gegenüber zeigte, desto mehr Menschen buhlten um *ihre* Aufmerksamkeit, beinahe so viele wie um die von Arthur. Und er war entweder ein geübter Diplomat, der die Auswirkung ihrer Täuschung erkannte, oder auch er war noch von der Magie beeinflusst, die ihn dazu brachte, sie zu verehren. Vielleicht auch beides.

Denn er verhielt sich auch so, wenn sie nur zu zweit waren. Bevor Arthur in den Nebenraum ging, um zu schlafen, verbrachten sie die

Abende miteinander. Sie setzten sich, um das letzte Kapitel von *Der Hobbit* zu lesen, als es an der Tür klopfte. Ein Brief für Arthur wurde überbracht. Ein Schatten huschte über sein Gesicht, als er ihn las.

»Was ist los?«, erkundigte sich Vera von ihrem Platz auf dem Bett, wo sie im Schneidersitz saß.

»Die Lords aus dem Norden.« Er seufzte und warf den Brief auf den Schreibtisch. »Sie drohen damit, sich vom Königreich abzuspalten.«

Dies zu hören, fühlte sich an, wie in den Bauch geboxt zu werden. Vera drückte sich die Hände ans Gesicht. »Das ist meine Schuld. Guineveres Vater. Wulfstan … alles war in Ordnung, bis ich aufgetaucht bin.«

Arthur begann den Kopf zu schütteln, bevor sie geendet hatte. Er setzte sich auf den Stuhl neben dem Bett. »Sie hatten von Anfang an andere Vorstellungen bezüglich der Strukturierung des Königreichs. Ohne diese Ehe hätte es kein Bündnis gegeben. Die Lords zögerten, weil die Vereinigung ihre Macht einschränkt, aber mit der drohenden Invasion und weil der Schutzbedarf so hoch war, hatten sie keine andere Wahl.« Er lachte reumütig, als er sich auf seinem Platz nach vorne lehnte und die Ellbogen auf die Knie stützte. »Aber ihre Bevölkerung *will* ein Teil von Britannien sein. Wie können wir uns das zunutze machen? Und wenn wir schon dabei sind: Wie können wir der gesamten Nation dabei helfen, sich daran zu erinnern, dass wir versuchen, etwas anderes aufzubauen?«

»Indem wir genau das tun«, erwiderte Vera, ohne groß darüber nachzudenken. »Du musst tatsächlich etwas anderes aufbauen und nicht nur sagen, dass du anders bist.«

Seine Mundwinkel zogen sich nach oben.

»Es tut mir leid«, meinte sie. »Das war …«

»Nein. Du hast recht.« Er rieb sich das Kinn, während er mit einem Finger der anderen Hand nachdenklich auf das Knie tippte.

»Ich kann nicht einfach nur behaupten, dass ich eine Regierung möchte, die die Macht teilt, wenn die Lords die Einzigen bleiben, deren Worte tatsächlich Gewicht besitzen. Aber wie können wir das erreichen, ohne dass die Macht so sehr ausgedehnt wird, dass sie von selbst in sich zusammenbricht?«

Vera wartete darauf, dass Arthur fortfuhr. Aber das tat er nicht.

»Sorry, willst du, dass ich antworte?«, fragte sie.

»Ja.«

»Arthur, ich bin nicht …« Sie schnaubte lachend. »Der ganze Zweck meines Daseins besteht darin, Guineveres Erinnerungen wiederzuerlangen. Wenn du diese nicht benötigst, dann ist das Beste, was ich tun kann, nicht noch mehr Schaden anzurichten, bis das Königreich den Fluch selbst bricht. Ich bin ein Niemand. Ich bin ein Gefäß für eine Frau, die … weg ist.« Dies waren die Worte, die sie auch zuvor schon gesagt hatte. Worte, an die sie glaubte. Sie hatte sie jedoch nie zuvor zu Arthur gesagt. Es fühlte sich inzwischen eher wie auswendig gelernt an als wie die Wahrheit.

Während sie sprach, spannte sich sein Gesicht an. Auch Vera verkrampfte bei dem Gedanken, dass er sich nun vielleicht wieder von ihr entfernte. Aber er erhob sich und kniete sich dann neben sie aufs Bett, sah ihr direkt in die Augen. »Du siehst es nicht, oder?«

»Was?«

»Wir sind besser, weil du hier bist. Du musst nicht Guinevere sein, um wichtig zu sein. Du, Vera, zählst so sehr für dieses Königreich.«

Sie senkte ihr Kinn zur Brust und kniff die Augen zusammen. »Ja, ich habe es an den Rand eines Krieges geführt …«

Sie spürte seine Hand auf der Schulter, und wie die andere sanft ihr Kinn hob. Seine Lippen waren den ihren so nah. Sie sehnte sich danach, die Lücke zu schließen. »Du zählst für *mich*. Ich will das hier nicht ohne dich machen. Ich möchte wissen, was du denkst.«

Sie wünschte, sie hätte sich gegen ihn fallen lassen können. Stattdessen rutschte sie zur Seite, um ihm Platz zu machen, damit er sich richtig hinsetzen konnte. In jener Nacht lösten sie nicht die Probleme des Königreichs, aber es war der Anfang von etwas. Die Last, die sie beide trugen, ohne Geheimnisse zwischen ihnen, wurde zu einer geteilten Last.

Mithilfe eines sanften Flüsterns in Vera, das ihr erklärte, dass sie hier vielleicht etwas Gutes tun konnte – etwas Gutes mit ihm zusammen –, vertagten sie das Thema der Herrschaft und beendeten das letzte Kapitel von *Der Hobbit*.

»Es ist eine wundervolle Geschichte, nicht wahr?« Arthur legte das Buch zur Seite. »Zu einem Abenteuer aufzubrechen, das das Leben verändert, und dann nach Hause zurückzukehren? Vielleicht erlebst du deine eigene *Unerwartete Reise*, die du selbst bald aufschreiben kannst.«

»Vielleicht«, stimmte sie zu, auch wenn sie hoffte, dass er die Unsicherheit in ihrer Stimme nicht hören konnte. Es war immerhin erst Januar. Das Ende des Frühlings lag noch in weiter Ferne. Es machte also keinen Sinn, sich schon jetzt darüber Gedanken zu machen. »Das Buch ist eigentlich nur der Beginn der Geschichte.«

»Wirklich? Erlebt Bilbo noch weitere Abenteuer?«

Vera legte den Kopf schräg. »Hm, nicht wirklich. Es geht mehr um den Ring, den er gefunden hat. Es stellt sich heraus, dass er der mächtigste Gegenstand in ganz Mittelerde ist, der von dem dunklen Lord Sauron gefertigt wurde, um über die ganze Welt zu herrschen.« Sie setzte sich in ihrer Begeisterung weiter auf. »Wie auch immer, Bilbos Neffe muss auf eine Reise gehen, um ihn zu zerstören. Das Ganze ist eine Trilogie, die sich *Der Herr der Ringe* nennt. Sie ist unglaublich. Daraus haben sie diese fantastischen Filme gemacht.«

Arthur lächelte warmherzig, während er ihr lauschte. »Kennst du sie gut genug, um mir die Geschichte zu erzählen?«

»Nein!«, sagte Vera entsetzt. »Ich meine, ja, ich kenne sie gut genug, aber das kann ich nicht. Ich will sie nicht für dich verderben.«

Daraufhin lachte er. »Wie würdest du …« Sein Blick wurde sanft. »Vera, ich werde diese Bücher in meinem ganzen Leben nicht lesen. Und ich werde auch ganz bestimmt die Filme nicht schauen.«

Er hatte recht. Das wusste sie, aber dennoch. »Ich kann das nicht«, beharrte sie. »Was ist, wenn wir Merlin davon überzeugen, dir die Bücher zu bringen, wenn er …«

Mich nach Hause bringt.

Sie konnte den Satz nicht beenden. Und das musste sie auch nicht. Arthur verstand.

»Das würde mir gefallen«, meinte er mit glitzernden Augen. Er schien glücklich. Vera wünschte sich, sie könnte seine Freude teilen. Arthur gehörte in eine andere Welt, und es gab ein paar Dinge – viele Dinge –, die sie niemals miteinander teilen würden. Es war egal, dass ihre Gefühle für ihn durch Magie gestrickt worden waren; sie entschied sich, dass sie keinen Augenblick mehr verschwenden würde.

Er erhob sich, um zu gehen, wie er es immer tat, nachdem sie fertig gelesen hatte.

»Kannst du bleiben?«, fragte Vera, bevor sie es sich anders überlegen konnte.

Als er zögerte und sie mit einem sehnsüchtigen Blick ansah, spornte sie dies nur noch weiter an.

»Ich weiß, dass du für ein paar Nächte auf dem Stuhl geschlafen hast. Und dass du in den Nächten gekommen bist, um nach mir zu sehen.« Ein paarmal war sie dafür wach gewesen, auch wenn sie so getan hatte, als wäre sie es nicht. »Du führst ein junges Land ins Chaos. Guter Schlaf ist das Mindeste, was du gerade brauchst.« Sie versuchte sich an einem zuversichtlichen Lächeln, aber es half nicht, dabei seine Stirn zu glätten.

»Ich möchte nicht, dass du dich …«

»Ich fühle mich mit dir sicher«, sagte sie.

Vera sah es erneut: ein flüchtiges Aufflackern von Scham, so kurz wie ein Wimpernschlag. »In Ordnung«, stimmte er zu.

Vera rutschte auf die Seite des Bettes, wo sie schlief, und Arthur machte es sich auf der anderen gemütlich.

Sie berührten einander in dieser Nacht nicht, aber er schlief danach nie wieder auf dem Stuhl oder im Nebenraum, und es dauerte nicht lang, bis der Vorwand des Schlafs dem wich, was sie sich tagsüber nicht erlaubten.

Unbewusst fanden Veras und Arthurs Arme einander. Es begann unschuldig, als sie kurz vor dem Einschlafen auf seine Seite rollte und ihre Hand auf seiner Brust landete. Der Reflex einer vergangenen Liebe – so hatte Vera beinahe jede Nacht mit Vincent verbracht, aber sie erstarrte, als ihr klar wurde, wo sie war und um wen sie den Arm gelegt hatte. Arthurs Augen öffneten sich nicht, aber seine Atmung hatte sich verändert. Er war wach. Aber er entzog sich ihr nicht. Er bedeckte ihre Hand mit seiner und hielt sie fest.

Aber es ging immer von ihr aus. In einer Nacht, als sie den Entschluss gefasst hatte, ihrem Verlangen nach Berührung nicht nachzugeben, lag Vera auf ihrer Seite von Arthur abgewandt. Es überraschte sie, als er sich eng hinter sie rollte, seinen Arm um ihren Oberkörper legte und sie festhielt, sanft mit dem Daumen über ihr Schlüsselbein streichelte.

Es erfreute und ängstigte Vera gleichermaßen, als sie erkannte, dass sie sich in Arthurs Armen zu Hause fühlte.

35

In ihren Nächten mit Arthur blieben sie lange wach, lasen und träumten. Und an den darauffolgenden Morgen wollte Vera das Bett nicht verlassen, solange er neben ihr lag. Sie fühlte sich ein wenig schuldig, denn sie und Lancelot gingen bedeutend weniger gemeinsam joggen, auch wenn es ihm nichts auszumachen schien. Vera vermutete, dass etwas anderes – *jemand* anders – ihn beschäftigt hielt. Vielleicht war es die Dame, mit der sie ihn in Glastonbury gesehen hatte, oder war es doch jemand aus Camelot?

Er bohrte nicht bezüglich Vera und Arthur nach … was auch immer ihr Beziehungsstatus war, also schenkte sie ihm dasselbe Vertrauen. Und er hatte ausgerechnet in Gawain einen recht guten Freund gefunden. Lancelot fungierte als sozialer Mittelsmann für Gawain, während dieser die Begabten der Stadt kennenlernte und sie zu unterweisen begann.

Eines Morgens kamen Vera und Arthur zu den Stallungen, um ihre Pferde zu holen, und entdeckten Grady, der mit Gawain draußen im Gras saß, ein einzelnes Holzstück schwebte zwischen ihnen und drehte sich dabei langsam. Gradys Stirn lag vor Konzentration in Falten, obwohl Vera ihn schon mal dabei gesehen hatte, wie er acht Stöckchen gleichzeitig jonglierte, jedes einzelne davon um einiges größer als jenes, das nun tief in der Luft hing. Schweiß bildete sich in seinen Brauen, obwohl der Boden unter ihm von einem silbernen Kuss aus Frost bedeckt war.

»Das ist es«, sagte Gawain. »*Sehr* gut, Grady!« Es war eine niedrige Schwelle, aber Vera fühlte eine Welle der Zuneigung für den Magier, wegen der Freundlichkeit in seiner Stimme und der Tatsache, dass er Gradys Namen genutzt hatte.

»Weißt du, was er da tut?«, murmelte Arthur Vera zu, aber der Lärm war genug, um Gradys Aufmerksamkeit zu erregen. Das Holzscheit erstarrte mitten in der Luft, bevor es zu Boden fiel.

»Eure Hoheiten! Es … es tut mir leid. Ich habe die Zeit aus den Augen verloren.« Er blickte gen Osten zu einem der leuchtenden Perlenstrahlen, der wie ein schillernder Farbstreifen die Burgmauer entlanglief. Nur, dass es keine Farbe war, sondern dasselbe Material wie all die Kugeln und Lichter in ganz Camelot. Und daneben gab es entfernte Markierungen: die erste ungefähr ein Drittel weit oben signalisierte den Tagesanbruch, ein weiteres Drittel bis mittags und dann auf der Spitze der Sonnenuntergang. Es war eine Uhr – eine von Gawains vielen Ergänzungen in Camelot während der letzten vier Wochen in Zusammenarbeit mit niemand Geringerem als dem Schlosspriester, Vater John.

Vera hatte sich nie gefragt, wie es Vater John gelang, den Gottesdienst jede Woche perfekt mit dem Sonnenaufgang zu synchronisieren, aber wie sich herausstellte, war dies seine Gabe. Er kannte zu jeder Zeit die Position der Sonne am Himmel – wie lange sie im Himmel stehen würde und wie lange es dauerte, bevor sie über Nacht zurückkehrte. Der perlfarbene Streifen leuchtete vom Boden nach oben und stand zwischen den ersten beiden Markierungen, was bedeutete, dass es Vormittag war. Unten im Dorf gab es eine magische Uhr und zwei weitere im Schloss.

Der Junge rannte in die Stallungen und rief ihnen über die Schulter hinweg weitere Entschuldigungen zu. Gawain hielt das Holzscheit, als er sich erhob, ausgestreckt vor sich in einer Hand und untersuchte es.

»Was habt ihr getan?«, erkundigte sich Vera.

Er reichte ihr das Holz, als ob dies die Antwort wäre. Es war leichter, als es sein sollte, und fühlte sich leer an. Sie gab es an Arthur weiter, als Gawain erklärte: »Grady hat beinahe die gesamte Flüssigkeit aus dem Holzstück entfernt.«

»Grady hat das getan?«, fragte Vera. »Hast du ihm die Fähigkeit dazu verliehen? Ich dachte, er besäße einfach nur die Gabe, Holz zu bewegen.«

Gawain betrachtete sie sehr kritisch, streckte die Hand aus und nahm das Scheit zurück. »Ich habe ihm gar nichts verliehen. Die meisten Gaben sind weitaus komplexer, als es den Anschein hat, und können in wesentlich mehr Bereichen genutzt werden, als der Empfänger es vermutet. Den Menschen wurde nicht beigebracht, die Grenzen ihrer Gaben auszuloten, und nur selten finden sie es von selbst heraus. Ihr betrachtet Grady nun und denkt, dass er mehrere Gaben besitzt, obwohl er einfach nur lernte, seine – eine – Gabe breiter zu fächern. Abgesehen von der Magierei, wo Magier geschult werden, gibt es keine Möglichkeiten für jemanden, etwas zu lernen. Die wenigen ausgewählten jungen Leute, die als besonders begabt gelten und fortgeschickt werden, um das Magiersein zu erlernen, haben für gewöhnlich zu Beginn nur eine Gabe … aber diese wenigen haben zudem ein gründlicheres, angeborenes Verständnis für die Bandbreite ihrer einzelnen Gaben – nicht, weil sie tatsächlich mehr als eine Gabe besitzen. Das kommt später.«

Vera hatte so viele Fragen, aber Gawain fuhr fort, hielt kaum lange genug an, um Luft zu schnappen.

»Grady kann nun die Menge an Flüssigkeit im Holz kontrollieren, er kann es auswringen wie aus einem feuchten Lumpen. Außerdem kann er die Porosität und Absorptionsfähigkeit erhöhen, jedes Stück Holz zusammenpressen, es in zwei Spalten … Wenn er weiterhin übt und seine Fähigkeit ausbaut, dann sehe ich keinen Grund dafür, weshalb er nicht auch jedes hölzerne Material formen und modellieren könnte, als wäre es von einem Schnitzer mit einem scharfen Messer bearbeitet worden.«

»Dies könnte eine beeindruckende Waffe sein«, überlegte Arthur stirnrunzelnd. »Speerspitzen zu formen und die Gabe zu besitzen, diese durch die Lüfte fliegen zu lassen …«

»Hm«, machte Gawain. »Darüber hatte ich nicht nachgedacht, Euer Majestät.«

»Was hattest du im Sinn?«, erkundigte sich Vera.

Gawain lief rot an und schluckte schwer. »Ähm … sehr feine Flöten.«

Gemeinschaftliche Kreationen prägten jede von Gawains Handlungen, und die Wellen, die davon ausgingen, wurden zu einer Flut, die ganz Camelot überrollte. Die Stadt hatte nie zuvor so stark zusammengehalten. Und Vera und Arthur folgten dem Beispiel in ihrer Art zu herrschen, was sie sehr wohl gemeinsam taten.

Arthur hielt an den Idealen fest, die er hatte, seit das Königreich gegründet wurde. Sein ultimatives Ziel war die mit einer Ehrung als Lord einhergehende Macht, die nicht auf Reichtum, sondern auf Verdienst basierte. Aber die Struktur war bereits auf einem Fundament gegründet worden mit den Lords, die über genügend Geld verfügten, um das Königreich zu finanzieren. Diesen Kurs zu ändern, wäre ein langwieriger Prozess. Nachdem sie viele Stunden überlegt und diskutiert hatten – wobei sie sogar die anderen Mitglieder des Hofs und vertrauenswürdige Stadtbewohner mit einbezogen –, entwickelten sie einen ersten Schritt. Sie würden eine neue Machtposition schaffen. Ähnlich wie die Ernennung eines Soldaten zum Ritter, der weit über den höchsten Erwartungen gehandelt hatte, würden sie etwas Ähnliches für Bürger schaffen, die ihrer lokalen Gemeinschaft besonders gut dienten, und ihnen die Ehre des Ortsvorstehers zuteilwerden lassen.

Diese würden aber nicht ihre Städte regieren. Stattdessen würden sie die Wahl des Stadtrats aus der Bevölkerung überwachen. So konnten die Lords ihre Aufsichtsposition behalten, während die Krone unauffällig mehr Macht an das gemeine Volk abgab.

Aufgrund des Herrschens, Lanzenstechens, des Laufens mit Lancelot (wenn auch nicht mehr so regelmäßig) und des Trainings mit der königlichen Wache wurde Vera von Tag zu Tag kräftiger. Doch nichts davon ging so schnell, wie sie erhofft hatte. Sie kam gern zu früh zu ihren Übungsstunden, weil sie dann noch das Ende des Drills der richtigen königlichen Wachen mit ansehen konnte. Sie lernte viel davon, diesen Männern zuzusehen, die bereits ihr ganzes Leben lang gekämpft und trainiert hatten.

Arthur begleitete Vera in der Regel zum Übungsgelände, auch wenn er nie an den Sparring-Matches teilnahm. Heute traf sich Vera jedoch vor ihrem Training mit Randall, um für ihre eigene Rüstung abgemessen zu werden. Er arbeitete besonders emsig, als sie von dem perfekten Kleid zum Julfest schwärmte, welches er für sie hergestellt hatte, und die Aufmerksamkeit bereitete dem Schmied sichtliches Unbehagen. Er brachte sie schnell wieder nach draußen und zum Übungsfeld, was ihr mehr Zeit als sonst gab, um die königliche Wache zu beobachten.

Jeder Ritter war anhand der Variation seiner Rüstung oder der Art und Weise, wie er sie personalisiert hatte, zu erkennen. Zwei Soldaten waren in einem intensiven Sparring-Kampf. Vera erkannte Lancelot sofort an seiner Form und dem Helm, auch aus dieser Distanz, aber es dauerte einen Moment, bis ihr klar wurde, dass der Kämpfer in der dunkleren Rüstung ihm gegenüber Arthur war. Eilig überwand sie die Entfernung und gesellte sich zu Percival.

Bisher hatte Vera Arthur nur unterrichten sehen; mit verlangsamter Geschwindigkeit, aber das war anders. Verdammt, er war wirklich *gut*: schneller, als seine sperrige Form vermuten ließ, stärker und äußerst fähig. Als beide nach ein paar Minuten des Kampfes in Höchstgeschwindigkeit mit schweren Schwertern und lästigen Rüstungen erschöpft waren, gab es eine Öffnung, und Arthur rammte die Schulter in Lancelot und schmiss ihn damit zu Boden. Mit dem Knie fixierte er Lancelots Schwertarm und rammte gleichzeitig sein eigenes Schwert neben Lancelots Gesicht in den Dreck, bevor er sich ohne viel Aufsehen erhob und seinem Freund die Hand bot. Lancelot stieß vom Boden ein frustriertes Knurren aus. Er akzeptierte Arthurs Hand, die ihm hoch half und nahm den Helm ab, während er bereits grinsend den Kopf schüttelte.

»Verdammt!«, rief er, ließ die Hände auf die Knie sinken, während er nach Atem rang. Der Rest der königlichen Wache, die viel Zeit damit verbrachte, von Lancelot geschlagen zu werden, stimmten schnell in gut gemeinte Neckereien mit ein. Arthur sagte nichts, als er seinen Helm abnahm und sich den Schweiß von der Stirn wischte.

»Nun, also …« Lancelot zog die Handschuhe aus, befreite einen Finger nach dem anderen. »Wenn man sein ganzes Leben damit verbracht hat, jemandem beim Kämpfen zuzusehen, wie Arthur es bei mir getan hat, dann hat man eben einen gewissen Vorsprung.« Er fixierte sie mit einem zufriedenen Grinsen.

»Hast du ihn nicht dein ganzes Leben lang beim Kämpfen beobachtet?«, fragte Vera langsam.

Wyatt, das älteste und auch enthusiastischste Mitglied der königlichen Wache, heulte förmlich vor Lachen auf. Lancelot starrte sie in überraschtem Schweigen an, während ihm Percival auf die Schulter klopfte. Selbst Randall stieß ein tiefes Lachen aus.

Arthur schenkte Vera einen wertschätzenden Blick. »Was ist es, das du und Lancelot immer tut?« Er machte ein paar Schritte auf sie zu und hob die Hand für ein High Five.

»Das nenne ich mal Pferdescheiße!« Lancelot eilte zwischen sie, packte Arthurs erhobenes Handgelenk und streckte den anderen Arm nach hinten weg, um Vera fernzuhalten. »Das ist unser Ding, Arthur, das kannst du nicht haben!«

Die nächsten zwei Monate waren die besten in Veras Leben. Sie war noch nie in einer Situation gewesen, in der sie ständig Menschen begegnete, die sie kannten und die sich mit ihr unterhalten wollten. Egal, ob es Margaret aus der Küche war, die sich an Veras Interesse an den verfügbaren Zutaten erfreute; Vater John, der in regelmäßigen Abständen nach ihr sah; Städter, die die Aufmerksamkeit ihrer Königin genossen; oder einer ihrer vielen Freunde.

Viele Freunde … und mit jedem Tag wurden es mehr, während sie sich immer besser mit der königlichen Wache verstand. Vera war daran nicht gewöhnt und erwartete jeden Augenblick, wenn sie an Percival, Wyatt oder einem der anderen auf der Straße vorbeikam, dass sie sie als Fremde betrachten würden.

Und dann waren da noch die Abende.

Eines Nachts kehrte Arthur von Besprechungen in ihr Gemach zurück, nur um Vera und Matilda auf dem Boden rollend, lachend wegen einer Runde von Ich-habe-noch-nie vorzufinden. Er begann damit, Ausreden zu erfinden, um ihnen etwas Privatsphäre zu geben, was nur dazu führte, dass die beiden wie wild durcheinanderschrien, sodass er kein Wort verstehen konnte – und nur anhand ihrer Aufregung und Gestiken wusste er, dass sie wollten, dass er blieb. Aus zwei wurden drei.

Diese Zusammenkünfte hielten ungefähr zwei Abende an, bevor Lancelot Wind davon bekam und ebenfalls auftauchte. Es dauerte nicht lange, bis sie sich entschieden, das Ganze in die größtenteils ungenutzte Kammer unten mit einem Kamin von der Größe eines Badezimmers und jeder Menge Stühle und Sofas für ein richtiges

Fest zu verlegen. Mindestens einmal in der Woche kamen alle königlichen Wachen und selbst Gawain mit seiner Laute im Gepäck in den großen Raum (so hatte ihn Vera genannt – und es blieb hängen), um … gemeinsam Zeit zu verbringen.

An jedem Morgen sprießten neue Knospen an den Bäumen. Das Frühjahrsturnier war weniger als eine Woche entfernt, und das Lanzenstechen war alles, woran die Bevölkerung von Camelot denken konnte.

»Und alle unsere Ritter werden da sein«, erzählte Percival eines Abends, als sie im großen Raum in den gemütlichen Sitzen saßen, die sie in einem Halbkreis in der Nähe des Feuers aufgestellt hatten. »Das Lanzenstechturnier wird das größte sein, das es je gab.«

Gawain saß in dem Kreis, zupfte auf seiner Laute und versuchte erfolglos, Lancelot beizubringen, sie zu spielen. Selbst Randall blieb an diesem Abend, den Kopf nah zu Matildas gesenkt, während er einer ihrer Geschichten mit einem verträumten Lächeln lauschte. Vera grinste, bevor sie ihre Aufmerksamkeit wieder auf Arthur und Percival verlagerte, die immer noch über das Lanzenstechen sprachen.

»Du hast einen Titel zu verteidigen, nicht wahr?«, fragte Arthur. »Hast du dich auch gut vorbereitet?«

Percival zuckte bescheiden mit den Schultern. »Ich werde vielleicht nicht den Preis gewinnen, aber ich bin mir sicher, dass ich eine gute Vorstellung liefern werde.«

Arthur warf Vera einen Blick zu, als würde er etwas in Erwägung ziehen. Er legte die Hand in ihre. »Auch Guinevere hat Lanzenstechen gelernt.«

Es störte sie nicht, wenn Arthur sie in der Gegenwart anderer, die die Geschichte nicht kannten, Guinevere nannte, aber sie war überrascht zu hören, wie er diese belanglose Sache stolz teilte.

Nun war Percivals Interesse vollkommen geweckt. Er lehnte sich zu ihr. »Habt Ihr das wirklich? Und wie läuft's?«

»Hm, mal so, mal so.« Vera lachte nervös. »Aber inzwischen kann ich dauerhaft eine originalgroße Lanze halten und das will was heißen.«

»Du bist zu bescheiden«, meinte Arthur an sie gewandt, bevor er sich wieder zu Percival umdrehte. »Sie glaubt mir nicht, wenn ich es ihr sage, aber sie schlägt sich wirklich gut. Ich glaube, dass sie bereit für einen Gegner ist.«

Es war das zweite Mal, dass er es diese Woche laut aussprach. Das erste Mal war bei ihrem letzten Training gewesen, und Vera hatte es als ermutigende Übertreibung abgetan. Als Arthur jedoch Percival nachdrücklich ansah, begann ihr klar zu werden, dass seine Kommentare an diesem Abend nicht nur der Unterhaltung dienten. Percival legte fragend den Kopf schief. Arthur nickte.

»Ich könnte das machen«, meinte Percival schließlich, und seine Augen funkelten, als er sich nach vorne lehnte.

»Du bist am zielsichersten«, stimmte Arthur zu.

Percival strahlte. »Es ist das Einzige, worin ich Arthur und Lancelot tatsächlich schlagen kann. Seine Majestät ist stärker und Lancelot besser in … nun, einfach allem. Aber ich beherrsche die Lanze. Etwas nutzlos unter all den Dingen, die zählen, aber dennoch. Habt Ihr Lust?«, fragte er Vera.

Diese setzte sich in ihrem Stuhl auf. »Ernsthaft?«

Ihre erhobenen Stimmen hatten Lancelots Aufmerksamkeit erregt. »Weshalb sind wir plötzlich so ernst?«

»Arthur hat Guinevere das Lanzenstechen beigebracht«, berichtete Percival. »Ich werde ihr erster Gegner sein.«

Das Lächeln war nicht aus Lancelots Gesicht verschwunden, aber es hatte sich merklich verdunkelt, als er jedem von ihnen in die Augen sah, bis er bei Arthur landete, den er mit einem vernichtenden Stirnrunzeln bedachte. »Hast du den Verstand verloren? Das ist zu gefährlich. Nein. Auf keinen Fall.«

Veras Augenbrauen schnellten nach oben.

»Okay, okay«, gab Percival nach, hob entschuldigend die Hände vor sich hoch.

Lancelot nickte scheinbar zufrieden. Sobald er seine Aufmerksamkeit wieder der Laute zuwandte, lehnte sich Percival zu Arthur und Vera. »Er muss es nicht wissen.«

36

Vor ihrem morgendlichen Lauf hatte Vera entschieden, dass sie Lancelot nicht erzählen würde, dass sie, Arthur und Percival Pläne für ihr erstes Lanzenstechturnier in ein paar Stunden geschmiedet hatten. Aber dieser verdammte Mistkerl las in ihr wie in einem Kinderbuch. Nach weniger als einem Kilometer wusste er bereits, dass sie etwas verheimlichte. Und nachdem er beinahe eine Stunde lang an ihrem Entschluss herumgepickt und sie mit nervig ernsthafter Sorge überschüttet hatte, gewannen Veras Schuldgefühle die Überhand, und sie erzählte es ihm.

Ein paar angespannte Minuten lang schwieg er.

»Du bist sauer auf mich«, meinte Vera, als es ihr überraschend klar wurde.

»Ich bin nicht …« Er unterbrach sich. »In Ordnung. Ja, das bin ich. Das ist verrückt. Ich bin sauer auf euch alle drei. Ich werde nicht erlauben, dass das geschieht.«

Aber das hatte nicht er zu entscheiden, und das wusste er auch.

Er ging methodisch dabei vor, ihren Plan, sich am Lanzenstechen zu beteiligen, auseinanderzunehmen, während sie zu dem Trainingsgelände in den Wäldern gingen. »Ihr könnt sie nicht diese schlecht sitzende Rüstung bei einem richtigen Kampf tragen lassen, die sie bisher nutzte«, erklärte er den anderen vernünftig. »Es wird warten müssen, bis sie zumindest ihre eigene Rüstung hat.«

Vera schürzte die Lippen, als Arthur sagte: »Das stimmt, aber

Randall hat ihre Rüstung bereits fertiggestellt. Sie trägt diese inzwischen bereits seit zwei Wochen.«

Lancelot schnaubte und drehte sich zu Vera. »Und was hast du vor, wenn Percival danebensticht und du dich ernsthaft verletzt?«

»Nun«, begann sie ruhig, nur um dafür zu sorgen, dass sich Lancelots Stirnrunzeln vertiefte, »Gott sei Dank hast du daran gedacht, Gawain mitzubringen. Er kann uns sofort verarzten, falls sich einer verletzt.«

»Aber nicht ausgiebig«, mischte sich Gawain nicht gerade hilfreich ein. »Wenn einer von euch aufgespießt wird, dann geht das weit über meine Magie hinaus. Dann seid ihr am Arsch.«

Percival drehte sich langsam zu Gawain, um diesen böse anzufunkeln, als Lancelot einen ähnlichen, aber noch zielgerichteteren Blick Arthur zuwarf.

»Sie wird nicht aufgespießt werden«, entgegnete dieser geduldig. »Deswegen mache ich es auch nicht, und deshalb habe ich auch dich nicht darum gebeten.« Er meinte das nicht böse; es entsprach der Wahrheit. »Percivals Zielsicherheit ist immer gleich, und so genau, wie man sich das nur wünschen kann.«

Sie erreichten die Lichtung, und Arthur und Percival begannen damit, Vera in ihre Rüstung zu helfen. Sie liebte es, wie gut diese passte, und die Art, wie sie sich damit wie eine echte Kriegerin fühlte. Aber trotz ihrer gespielten Selbstsicherheit, während sie mit Lancelot diskutierte, hegte auch sie im Stillen ähnliche Zweifel.

Percival und Vera bestiegen ihre Pferde, und das bevorstehende Lanzenstechen schien nun unausweichlich, weshalb Lancelot seine gesamte Wut auf Percival richtete. »Das ist eine schreckliche Idee«, versuchte er es erneut, die Vene in seiner Stirn pulsierte, als er sich Percivals Zügel schnappte und ihn so zwang, ihm zuzuhören. »Wenn du deine Lanze senkst und sie verletzt, dann lasse ich dich als dein befehlshabender Kommandant hinrichten.«

Redete da wirklich gerade Lancelot? Derselbe Lancelot, der Wyatt gesagt hatte, er solle Vera nicht helfen, als sie sich im Training schwertat? Der sie dazu verleitet hatte, sich von einem Seil in einen dunklen Teich zu schwingen? Derselbe Lancelot, der Vera in ihrer ersten Nacht, als sie sich kennenlernten, zu einer Auseinandersetzung mit Jugendlichen am Straßenrand mitgenommen hatte? Und nun, da sie angemessen trainiert und gerüstet war und ihr Gegner stabil und vertrauenswürdig, verlor Lancelot die Fassung. Percival wirkte von der Drohung eingeschüchtert, denn sie klang ernst gemeint.

»Lancelot«, unterbrach Vera, »sollte es geschehen, dass Percival mich versehentlich verletzt, dann befehle ich dir, ihn *nicht* hinzurichten. Und«, fügte sie hinzu, nachdem sie erst kürzlich die hierarchischen Strukturen wirklich verstanden hatte, »ich bin mir ziemlich sicher, dass ich bei einer angeordneten Hinrichtung mehr zu sagen habe als du.«

»Das hat sie«, rief Arthur von hinter ihnen.

Lancelot schnellte zu ihm herum und schrie wortlos auf, bevor er davonmarschierte, um neben Gawain zu stehen; die Arme hatte er vor der Brust verschränkt, während er vor sich hin murmelte und den Kopf schüttelte. Mit einem Seufzen und einem entschuldigenden Lächeln zu Vera klopfte Gawain ihm auf den Rücken. Die verdrehten Rollen wären witzig gewesen, würde Lancelots Leidenschaft nicht schwerer an Vera nagen, als sie sollte.

Vera und Percival waren beinahe bereit. Sie trafen sich in der Mitte, ungefähr dort, wo sie während des Lanzenstechens aufeinanderprallen würden.

»Wagt es ja nicht, die Lanze zurückzuziehen«, verlangte Vera streng aus Angst, dass Lancelots Drohung ihn vielleicht zu sehr verunsichert haben könnte.

Aber Percival öffnete das Visier, und seine Augen funkelten. »Das würde mir nicht einmal im Traum einfallen, Euer Hoheit.« Sie konnte seinen Mund nicht sehen, aber an den gehobenen Wangen, die an seine Augen drückten, erkannte sie, dass sein Lächeln dem ihren glich.

Arthur traf Vera an ihrem Startpunkt, um ihr dabei zu helfen, ihre Lanze zu positionieren.

»Hast du Angst?«, fragte er.

»Etwas«, gestand sie.

»Das ist gut. Behalte etwas Angst, aber lass sie nicht die Kontrolle übernehmen. Du bist gut trainiert, fähig und bereit. Halte deine Lanze gut fest.« Er zeigte ihr die Bewegung, indem er seinen Ellbogen fest an die Seite presste. »Den Kopf etwas nach unten, um deinen Helm stabil zu halten, und gib dein Bestes, um nicht vom Pferd zu fallen.« Während er sie unterwies, tätschelte Arthur den Nacken des Tieres. Falls er wegen Vera nervös war, ließ er es sich nicht anmerken. »Bereit?«

Vera nickte und klappte das Visier nach unten, was dafür sorgte, dass ihr Blickfeld dunkel wurde, bis auf einen kleinen Spalt in der Mitte, durch den sie sehen konnte.

»Ich werde die Fahne schwenken, und das ist dein Signal.« Er ließ seine Finger über ein Stückchen Haut hinten an Veras Bein fahren, an dem keine Rüstung war. Bei der Berührung hielt sie den Atem an; und wegen der Art, wie er sie anlächelte. »Du bist bereit.«

Immer mal wieder gibt es Momente im Leben, in denen die Zeit wie im Flug zu vergehen scheint und gleichzeitig kaum verrinnt. Vera hatte das Gefühl, als würde Arthur niemals die Mitte erreichen, von wo aus er die Flagge schwenkte. Er schien sich in Zeitlupentempo zu bewegen. Und dann plötzlich war die Flagge hoch in der Luft und rauschte im nächsten Augenblick nach unten, während Vera ihr Herz laut pochen und die Beine so zittern hören konnte, dass die Rüstung klirrte. Die Zeit nahm wieder ihre eigentliche

Geschwindigkeit an, und alles passierte zu schnell, um jede Einzelheit beachten zu können.

Vera ließ ihr Pferd in vollem Tempo losgaloppieren. Das Gewicht hatte sie auf die Füße in den Steigbügeln verlagert, um sich zu stabilisieren. Sie hatte vor, ihre Lanze direkt auf das Bruststück von Percivals Rüstung gerichtet zu halten, während ihr Pferd über die Lichtung donnerte. Sie würde sich niemals erinnern können, ob sie irgendwie jubelte oder Ermutigungen schrie oder ob es irgendein anderes Geräusch gab als das Hufgetrappel und ihre Atmung, die seltsam in der engen Höhle des Helms widerhallte.

Sie hatte einen Wimpernschlag lang Zeit, Percival wertzuschätzen, der, wie sie sah, als er näher kam, ein Mann seines Wortes war. Seine Lanze war in ihre Richtung geneigt, und er lehnte sich im Sattel nach vorne. Das war niemand, der kurz davorstand, die Nerven zu verlieren oder entschied, dass sein Gegner den Aufprall nicht verkraften würde.

Dann gab es keine Zeit mehr zum Nachdenken. Sie fühlte den entfernten Aufprall ihrer Lanze auf Percivals Brust (sie *glaubte* zumindest, dass es seine Brust war, konnte sich aber nicht sicher sein), und eine Millisekunde lang rauschten Endorphine durch ihre Adern.

Und bei Gott, als seine Lanze in die Mitte ihrer Brust traf, flog eine Explosion aus Splittern in alle Richtungen. Ein entfernter Teil von ihr bestaunte das befriedigende Knirschen und Zerbrechen der massiven Waffe.

Der Rausch verwandelte sich in eine körperliche Zerreißprobe, als Vera mehr fühlte, als sie jemals für möglich gehalten hatte. Adrenalin dröhnte durch sie hindurch und verstärkte ihre Entschlossenheit, auf jeden Fall im Sattel zu bleiben. Der Schlag ließ ihren gesamten Oberkörper nach hinten schnellen. Vera presste die Beine gegen die Flanken ihres Rosses, als ihr Torso flach nach hinten auf dem Rumpf des Tieres landete. Es forderte alles von ihr, um ihre Beine davon abzuhalten, über ihren Kopf zu segeln und in einem Rückwärtspurzelbaum herunterzufallen, aber irgendwie war sie immer noch auf ihrem Pferd, als die Geschwindigkeit sich wieder normalisierte und Kontrolle und Ruhe einkehrten. Vera setzte sich auf und nahm den Helm ab. Sie bemerkte, dass sie immer noch eisern an dem festhielt, was einst ihre Lanze gewesen war (auch wenn es jetzt kaum mehr als der Griff war), und ließ es fallen. Dann drehte sie sich um, weil sie sehen wollte, was sie erreicht hatte.

Percival sprang praktisch von seinem Pferd und riss sich ebenfalls den Helm vom Kopf, als er zu ihr rannte und vor Begeisterung jubelte, die Faust in die Luft gereckt.

Vera stieg ab, und ein stechender Schmerz durchfuhr ihr Handgelenk. Sie zuckte zusammen.

»Das war gut!«, meinte Percival und starrte sie fasziniert an. Arthur rannte an ihm vorbei, sein Ausdruck war eine Mischung aus Stolz und Aufregung. Er umarmte Vera so enthusiastisch, dass er sie mitsamt der Rüstung und allem hochhob.

»Du warst unglaublich«, meinte er.

»Danke«, entgegnete sie atemlos. »Ich konnte mich kaum auf dem Pferd halten.«

»Nun, ich mich auch, Guinna!«, rief Percival. »Das war *verdammt gut*!«

Da sie nicht wusste, was sie sonst tun sollte, blickte Vera auf ihre Hände, die Wangen wegen der ganzen Aufmerksamkeit rot gefärbt. Ein hölzerner Splitter reckte sich aus ihrem metallenen Handschuh empor. Dort, wo er unter der Rüstung verschwand, begann ihre Hand nun zu pochen. Um alles noch komplizierter zu machen, verwandelte sich das prickelnde Gefühl auf ihrer ganzen Haut langsam in ein Brennen.

Lancelot und Gawain kamen von der Mitte des Felds aus zu ihnen. Sicherlich würde Lancelot wegen so einer kleinen Verletzung nicht direkt in Panik verfallen. Dennoch riss Vera den doch eindrucksvollen Splitter heraus und ließ ihn auf den Boden fallen, bevor sie ihn mit dem Fuß in die Erde drückte. Keinem schien es aufzufallen. Gawain war wie immer miesepetrig, was beruhigend war. Lancelot hingegen war blass, als er langsam ausatmete und es gerade mal schaffte, ihr ein kleines Lächeln zu schenken.

»Du blutest«, meinte Arthur.

Vera öffnete den Mund, um zu antworten, aber er redete mit Percival, dem ein Rinnsal von etwas, das unverwechselbar Blut war, über die silberne Rüstung an der Brust lief. Sie hatte ihn verletzt.

Percival blickte mit einem anerkennenden Stirnrunzeln nach unten. Es war ihm nicht einmal aufgefallen. Vera hielt den Atem an, als seine Brustplatte entfernt wurde, um einen winzigen Schnitt an seiner Schulter preiszugeben, wo sich die Kante seiner Rüstung hineingedrückt haben musste und die Haut unter der Wucht des Lanzenstoßes aufriss. Percival zuckte mit den Schultern, und Vera atmete langsam lachend aus.

Dann plötzlich war es, als sei sie in kochendes Wasser gefallen. So heiß hatte ihre Haut noch nie zuvor gebrannt. Sie beugte sich nach vorne und stützte die Hände auf die Knie.

»Bist du verletzt?«, fragte Arthur. Sie konnte ihn nicht sehen. Der Schmerz brachte sie dazu, die Augen zuzukneifen.

Doch so schnell dieses Gefühl entstanden war, verschwand es auch wieder.

»Nein«, sagte Vera und richtete sie wieder auf. Gawain hatte immer noch eine Hand auf Percivals Wunde liegen, aber er beobachtete sie aus zusammengekniffenen Augen. Lancelot hob seine Faust an den Mund.

»Es geht mir gut.« Sie verstand nicht, weshalb ihre Haut manchmal so brannte. Es hatte nach ihrer ersten Erinnerungsprozedur angefangen und wiederholte sich nun in immer kürzeren Abständen, sogar nachdem diese Prozedur unterbrochen worden war. Heute ging es schnell vorbei, und Vera versuchte es als unwichtig abzutun. »Es ist nur …« Sie kicherte unsicher, suchte nach einer Lüge. »Überwältigend. Percival, es tut mir so leid …«

»Das muss es nicht!« Er winkte ab. Das breite Grinsen war ihm nach wie vor ins Gesicht gepflastert. »Dieses Jahr bist du noch nicht ganz so weit, aber wenn du weiterhin trainierst, dann kannst du nächstes Frühjahr am Lanzenstechturnier teilnehmen!«

Lancelot stöhnte, was Percival amüsiert auflachen ließ. Vera und Arthur tauschten einen Blick aus. Bei keinem der beiden verrutschte das Lächeln, aber sie sah den Funken der Erkenntnis auch in seinen Augen. Nächsten Frühling wäre sie nicht mehr hier.

Vera ging zu ihrem Pferd zurück, um die Rüstung abzulegen. Als sie eine Bewegung hinter sich wahrnahm, vermutete Vera, dass es Arthur war, aber es überraschte sie, als sie Gawains Stimme hörte: »Guinna?«

Ein paar der anderen hatten Lancelots Spitznamen für sie angenommen, aber er klang merkwürdig aus Gawains Mund. »Darf ich dich auf Verletzungen untersuchen?«, fragte er.

Vera blickte an ihm vorbei und entdeckte Lancelot zehn Schritte hinter ihm, der auf seinem Fingernagel herumkaute und versuchte so zu tun, als bemerke er sie nicht. »War das Lancelots Idee?«

»Ja«, erwiderte Gawain ungerührt.

»Oh, na schön«, gab sie sich geschlagen. »Ich habe mich vielleicht an der Hand verletzt.« Vera zog den Metallhandschuh aus und tatsächlich war ein blutiges Rinnsal zu sehen. Der Schnitt auf ihrem Handrücken brannte, aber der Handschuh hatte scheinbar das Blut gerinnen lassen und die Blutung verlangsamt. Es floss nicht so schnell, wie sie es erwartet hätte, nachdem sie von einem fünfzehn Zentimeter langen Splitter durchbohrt worden war.

Gawain ließ seine Finger über den Schnitt gleiten, vor und zurück, mit zunehmendem Druck, während er ihn untersuchte. Das letzte Mal drückte er so fest zu, dass Vera unter Schmerzen aufschrie.

»Entschuldige.« Gawains Finger hielten inne, und er legte die Stirn in Falten. »Dies ist oberflächlicher, als ich annahm.«

Vera erwartete, dass ein träumerischer Nebel sie überkam, als er seine rechte Hand auf die Verletzung legte und konzentriert die Augen schloss. Aber ihre Gedanken blieben klar. »*Ishau mar domibaru*«, murmelte er.

Veras Körper wurde erfüllt von einem Gefühl der Befreiung. Gawain atmete langsam, hörbar ein und wieder aus. Es ähnelte dem, wie ein Arzt sie angewiesen hatte zu atmen, wenn er ihren Rücken mit einem Stethoskop abhörte, aber Gawain tat es kontrolliert und absichtlich – als wäre es der wertvollste Atem in seinem Körper.

»Ich kenne diese Worte«, hauchte Vera, als sich Gawains Hand von ihrer löste.

Er zog sich zurück, sah sie aber mit seinem bohrenden Blick an. »Ach ja?«

»Ich glaube, ich habe von ihnen geträumt.« Doch Vera konnte sich schon nicht mehr an das erinnern, was er gesagt hatte. Sie konnte die Worte auch in ihrem Gedächtnis nicht mehr finden. »Kannst du sie noch mal wiederholen?«

Er schüttelte den Kopf. »Manche Geheimnisse von Magiern sind so wichtig, dass wir durch Magie gebunden sind, sie zu bewahren. Die meisten Menschen vergessen jene Worte augenblicklich wieder.« Er betrachtete Vera vorsichtig. »Aber ich bin mir sicher, dass Merlin sie verwendet hat, als er dich rettete.«

»Was bedeuten sie?«

»Es sind Worte der Macht. Sie wurden von Generation zu Generation an Magier weitergegeben. Sie werden häufig dann laut ausgesprochen, wenn es um Magie geht, die die Lebenskraft betrifft. Es liegt Macht in Worten«, erklärte er ihr. »Ich kann sie nicht wiederholen, aber ich kann dir vom Ende erzählen.« Gawain tätschelte ihre Hand auf eine seltsame, großmütterliche Weise. Er hielt inne, bevor er erneut auf eine geräuschvolle, absichtliche Art einatmete.

»Der Lebensatem«, erklärte er. »Das ist der Name für die Quelle aller Dinge.«

Es erinnerte Vera an etwas, von dem sie glaubte, dass es aus der hebräischen Schrift stammte. »Gott?«, fragte sie. Stimmte das? Dass der Name Gottes Lebensatem war?

Gawain zuckte mit den Schultern. »Das würden manche behaupten. Schöpfer. Gott. Es ist alles ein und dasselbe, aber die Magier sagen ›Quelle‹.«

»Zauberer sind religiös?«

»O ja. Die Magierei ist ein religiöser Orden. Wir glauben, dass unsere Kräfte, unsere Gaben von der Quelle stammen. Ob es sich dabei um ein fühlendes Wesen handelt, bleibt jedem selbst überlassen. Auf jeden Fall sind wir uns alle einig, dass Magie ein Geschenk an die Menschheit ist und dass es unsere oberste Pflicht ist, die andauernde Arbeit der Schöpfung fortzusetzen.«

»Ich merke, dass du das ernst nimmst«, sagte Vera. Wenn es jemand gab, der dies verkörperte, dann war es Gawain. Er allein hatte die Begabten der Stadt trainiert und Magie genutzt, um dabei zu helfen, Camelot auf unendlich vielen Wegen wiederzubeleben.

Sie blickte über seine Schulter und entdeckte Lancelot, der sie in genau diesem Moment ebenfalls ansah. Schnell wandte er den Blick ab. Vera runzelte die Stirn.

»Es geht mir gut«, rief sie ihm zu. Sie erwartete, dass er sich entspannte und lachte und mit einer klugen Bemerkung angejoggt kam. Stattdessen machte er auf dem Absatz kehrt und gesellte sich zu Arthur und Percival.

»Was stimmt nicht mit ihm?«, fragte Vera genervt.

»Er konnte dich nicht beschützen. Und das treibt ihn in den Wahnsinn.«

»Was? Das ist es nicht. Wir haben schon jede Menge gefährlicher Dinge zusammen gemacht. Genau genommen ist er in der Regel derjenige, der sie vorschlägt.«

Gawain zog eine Augenbraue hoch. »Ja, aber ich schätze mal, dass er an diesen Dingen auch direkt beteiligt war. Wenn etwas schiefgegangen wäre, dann hätte er sich einmischen können. Das ist beim Lanzenstechen nicht der Fall. Du warst auf dich allein gestellt.«

»Ich …« Scheiße. Er hatte recht. Sie schielte zu Arthur, der sich weiterhin unterhielt. Er schien in Ordnung zu sein. Glücklich sogar. Vera spürte einen Stich. »Man würde meinen, dass der König so reagiert.«

»Natürlich nicht«, entgegnete Gawain, als ob dies offensichtlich wäre.

»Warum sagst du das?«

Obwohl sich Vera hundert Arten vorstellen konnte, wie der Magier reagieren würde, wäre sie nie darauf gekommen.

»Weil er wusste, dass du keinen Schutz brauchst.«

Vera hatte nie geglaubt, dass man sich in einem Moment verlieben konnte. So etwas entstand mit der Zeit, wenn Verbindungen zwischen zwei Seelen geschaffen wurden – ein einfaches Band der Zuneigung, welches langsam dicker wurde und sich in ein goldenes Kabel der Liebe verwandelte.

Aber exakt in diesem Augenblick, als Gawains einfache Aussage sich in Vera als Wahrheit festsetzte und Arthur sie anlächelte (stolz und entspannt und mit Zuneigung – wie konnte sie all diese Dinge in seinem Ausdruck sehen?), wusste es Vera.

Sie liebte ihn.

37

Sie hatte es getan.

Sie hatte vergessen, ihre Gefühle außer Reichweite zu bringen. Stattdessen hatte Vera sich zu ihnen gesellt und am Ende die Liebe so lange in den Armen gehalten, bis sie sie nicht mehr leugnen konnte. Und nun? Nun war sie unausweichlich. In den Tagen vor dem Festival lagen ihr die Worte auf der Zunge und brachten sie jedes Mal in Versuchung, wenn sie Arthur erblickte.

Aber Vera schluckte sie immer und immer wieder hinunter.

Es bestand weiterhin die widerliche Unsicherheit, woher diese Liebe stammte. War es das, was sie für Vincent empfunden hatte und das nur mithilfe von Magie zu einem neuen Ziel geleitet worden war?

Und wenn das ganze Königreich so gedieh wie Camelot, dann mussten sie doch nah dran sein, den Fluch zu brechen. Das musste einfach so sein. Und dies brachte sie in die Realität zurück: hin und wieder zurück. Veras Geschichte der Heimkehr. Sie würde im späten Frühling gehen. Und das hieß … was? Zwei Monate? Vielleicht weniger?

Also würde sie nichts sagen, aber sie *würde* jeden möglichen Augenblick mit ihm verbringen. Am Tag des Willkommensessens des Festivals war Veras Morgen damit vollgestopft, bei den Vorbereitungen im Schloss zu helfen, während Arthur Unterredungen mit Reisenden und Rittern hielt, die scharenweise die ganze Woche über angekommen waren.

Aber sie sollten beide mittags eine Pause haben, und als die Stunde endlich schlug, eilte Vera auf direktem Weg über den Hof und stürmte dann beinahe in den Thronsaal – die Tür war immerhin leicht geöffnet, aber sie hielt kurz inne, als sie Stimmen hörte. Arthur war scheinbar noch nicht fertig.

Sie lehnte das Ohr in Richtung Tür und versuchte zu hören, ob sich die Unterhaltung langsam höflich dem Ende näherte, aber zuckte zusammen, als das nächste Geräusch keine Stimme, sondern das Schlagen von etwas (einer Faust?) auf den Tisch war.

»Es *wird* funktionieren, Euer Majestät.« Sie erkannte diese Stimme sofort. Sie gehörte Merlin. Vera hatte nicht gewusst, dass er von seinen Reisen zurückgekehrt war.

»Ich werde das nicht erlauben!«

Vera zog sich von der Tür zurück. Arthur hatte … geschrien. Er war stinksauer.

»Ihr seid seit dem Julfest nicht mehr gereist.« Merlin begegnete Arthurs Lautstärke mit angespanntem Flüstern. »Ihr habt nicht gesehen, wie die Infrastruktur versagt. Wir haben über einhundert Magier, und die Magie bricht mit einer Geschwindigkeit zusammen, mit der wir nicht mithalten können. Euer Königreich leidet. Wenn Ihr glaubt, dass die Kunde von unserer Schwäche die Sachsen nicht erreicht hat …«

»Kannst du mir versichern, dass sie nicht zu Schaden kommt?«

O shit. Sie redeten über sie. Vera lehnte sich wieder weit genug nach vorne, um in den Saal zu schauen, und entdeckte die beiden Männer, die durch einen Tisch voneinander getrennt waren. Arthur lehnte sich nach vorne, stützte die Hände großflächig auf der Oberfläche ab. Sollte er wütend klingen, dann war das nichts im Vergleich dazu, wie zornig er aussah.

Es entstand eine Stille, bevor Merlin antwortete: »Ich kann garantieren, dass ich in der Lage bin, ihre Erinnerungen zurückzuholen …«

»Das will ich nicht hören.« Arthurs Stimme klang wieder gemessen, sogar ausgeglichen. Dies war das beste Friedensangebot, auf das Merlin hoffen konnte.

»Das müsst Ihr aber!« Der Zauberer umrundete den Tisch zu Arthur. »Wenn die Sachsen angreifen und Ihr keinen Plan habt, dann wird das Überleben von *niemandem* gesichert sein. Dies ist Eure Pflicht!«

Das war genau das Falsche gewesen. Arthur warf Merlin einen kühlen Blick zu. »Und was ist mit deiner Pflicht? Bisher haben die Magier Versprechen über die Magie gemacht, die sie nicht halten können.« Seine Stimme hob sich wieder. »Was ist mit deiner Verantwortung? Dass du mich nach einem menschlichen Opfer für Magie fragst, die du nicht verstehst, ist widerwärtig. Aber dass es dann auch noch Guinevere ist? Du sagtest, sie sei wie eine Tochter für dich.«

»Das war sie. Das ist sie!«, schrie Merlin. »Was nichts als die Wichtigkeit dieses Unterfangens …«

Arthur schlug erneut mit der Faust auf den Tisch. »Ich habe dir gesagt, du sollst nicht ohne sichere Möglichkeit zurückkehren: Du herrschst nicht über dieses Königreich. Du herrschst nicht über mich. Und du wirst sie nicht anrühren.«

Vera gab sich große Mühe, sich in der Stille, die folgte, nicht zu bewegen, in dem Bewusstsein, dass selbst das leiseste Geräusch hörbar war.

»Wenn du nicht unter mir dienen möchtest«, sagte Arthur schließlich, woraufhin Merlin schnaubte, »… dann werde ich dich wieder zurück zu dem Rat der Magier entlassen. Ist es das, was du willst?«

»Natürlich nicht«, entgegnete Merlin. »Euer Majestät, ist es das, was *Ihr* wollt?«

Arthur warf einen Blick zur Tür, und Vera zuckte zurück und außer Sichtweite, als sie ihn sagen hörte: »Beweise mir, dass du ihre

Erinnerungen wiederherstellen *und* sie dabei keiner Gefahr aussetzen wirst.«

Vera konnte nicht hierbleiben. Benommen und mit rasenden Gedanken ging sie. Sie wusste, wohin sie musste.

Die Tür zur Arbeitsstätte der Magier war geschlossen. Merlin könnte jeden Moment zurückkommen, aber Vera entschied, dass es das Risiko für eine private Unterhaltung mit Gawain wert war. Vielleicht war er auch gar nicht da, aber … sie klopfte.

»Nicht jetzt«, schimpfte Gawains Stimme von hinter der verschlossenen Tür. »Ich habe dir bereits gesagt, dass wir uns beim Aufbau des Festivals treffen …« Er riss die Tür mitten im Satz auf, stoppte aber abrupt, als er Vera sah. »Oh. Entschuldige.«

»Ist es gerade schlecht?«, fragte sie neugierig, wen er wohl erwartet hatte.

Er öffnete einladend die Tür, und Vera trat brav ein. »Ich beende gerade …« Er deutete vage in Richtung seines Tisches, während er die Tür schloss.

Auf seinem Tisch stand ein Glasinstrument – eine Kugel mit einem Röhrchen, so breit wie Veras kleiner Finger, das von unten nach oben neben dem bauchigen Hauptbehälter verlief.

»Was ist das?«, fragte Vera. Sie spielte auf Zeit.

Aber Gawains Ausdruck erhellte sich. »Es ist … nun, Magie schafft eine Art Druck. Dessen Gegenwart beeinflusst die Atmosphäre eines Ortes, besonders in abgegrenzten Räumen.« Er hob den Gegenstand hoch. Dieser lag gut in seiner Hand. »Dieses Gerät ist in der Lage, diesen Druck zu messen. Ich habe gerade erfolgreich meinen ersten Testlauf beendet.«

Er strahlte sie an.

»Brillant«, lobte Vera, nicht ganz sicher, was das bedeutete. »Herzlichen Glückwunsch.«

»Danke. Es ist tatsächlich ziemlich brillant.« Er lachte, als hielt er den Schlüssel zur Welt in seinen Händen. »Genau genommen ist es revolutionär.« Als er ihren Blick wieder traf, nahm seine Aufregung ab, und er legte den Kopf schief. »Aber das ist nicht der Grund, weshalb du hier bist. Stimmt etwas nicht?«

»Wie geht es dem Königreich außerhalb Camelots?«, fragte Vera und versuchte, nebensächlich zu klingen. »Geht es der Magie da draußen inzwischen auch besser?«

Gawain stellte den Gegenstand ab. »Warum fragst du das?«

Sie war inzwischen der Meinung, dass es einen Grund dafür gab, wenn Gawain einer Frage auswich. Vera wurde schwer ums Herz, denn sie vermutete, dass sie ihre Antwort bereits bekommen hatte. »Ich habe gehört, wie Merlin und Arthur gestritten haben.«

Er seufzte und zog den Stuhl, der neben Merlins Tisch stand, näher zu sich. Dann nahm er an der Ecke seines Schreibtisches gegenüber von Vera Platz. »Die Umstände haben sich verschlimmert. Besonders in den östlichen Teilen des Königreichs.«

»Sie haben keinen Gawain«, entgegnete Vera und versuchte lässig zu klingen, während ein ungutes Gefühl an ihr nagte. Sie zitterte leicht und sank tiefer in den Stuhl.

Er lächelte kurz. »Sie haben dich und den König nicht.«

»Das soll wohl ein Witz sein.«

Aber Gawain gluckste nicht einmal.

Vera musste nun mutig sein. »Es klang so, als hätte Merlin einen Weg gefunden, zu meinen verschlossenen Erinnerungen vorzudringen.«

»So habe ich es auch verstanden«, entgegnete er langsam.

»Arthur will nichts davon wissen, weil Merlin nicht für meine Sicherheit garantieren kann.«

Gawain nickte. »Eine vernünftige Wahl.«

»Zuerst war ich erleichtert … darüber, dass ich es nicht machen muss.« Aber diese Erleichterung lief letztlich ins Leere. Vera hatte schreckliche Angst davor, Magie in ihren Verstand zu lassen. Aber wenn das Königreich litt und sie kein bisschen näher dran waren, Vivianes Fluch außerhalb der Stadtmauern zu brechen, was hatte sie dann noch für eine Wahl? Sie wollte dies nicht tun.

Aber was, wenn Merlin recht hatte und es der einzige Weg war? Spätfrühling war nicht mehr so weit weg. Dem Königreich ging die Zeit aus – und so auch Vera. »Ich werde niemals nach Hause gehen können, wenn ich mich nicht erinnere«, sagte sie. »Weißt du, wie Merlin versuchen würde, an meine Erinnerungen zu gelangen?«

»Ja«, meinte er. »Es unterscheidet sich nicht allzu sehr von der Art und Weise wie zuvor.« Vera versuchte den unabsichtlichen Schauer zu verbergen, der sie überkam, aber sie war sich sicher, dass Gawain ihn gesehen hatte. Seine tief liegenden Augen waren auf sie konzentriert.

»Wäre es auch wieder so schmerzhaft und …« Der Schmerz. Sie konnte das brennende, zerstörende Grauen schon spüren, wenn sie nur daran dachte. Und dann war da noch das Loch, das in ihrer Erinnerung geblieben war, ein tiefer Krater, wo eigentlich Vincents Gesicht sein sollte. »Und der Verlust«, fügte sie hinzu.

»Ich weiß es nicht«, gestand Gawain.

»Was, wenn … *du* es versuchen würdest?«

Die Überraschung ließ ihn viel jünger wirken. »Ich kenne nur die Theorie. Ich habe sie nie angewendet.«

»Nun, das hat Merlin auch nicht«, meinte Vera. »Könntest du es versuchen?«

Gawain runzelte die Stirn. Sie hatte genug Zeit mit ihm verbracht, um zu wissen, dass er dies manchmal tat – in einer Unterhaltung mitten im Satz zu schweigen, um nachzudenken. Also wartete sie.

»Ich könnte es versuchen«, meinte er schließlich. »Aber ich werde nicht so tun, als wäre mein Handeln rein selbstlos. Ich bin neugierig.

Ich würde diese Blockade selbst gern besser untersuchen. Ich habe den Trank dafür. Und …«, nun lehnte er sich nach vorne und sagte mit angespanntem Kiefer, »ich werde ohne deine Einwilligung *nicht* weitermachen.«

Hätte jemand Vera vor drei Monaten gesagt, dass sie Gawain statt Merlin wählen würde, um an ihrem Verstand zu arbeiten, hätte sie einfach nur gelacht. Merlin war derjenige, dem Guinevere vertraut hatte. Selbst die Erinnerungen an Veras Kindheitsträume beinhalteten, dass er Guinevere an ihren schlechten Tagen zum Lächeln brachte. Und Merlin war derjenige, dem sich die Königin anvertraute, als sie wieder zur Besinnung gekommen war. Merlin hatte Guinevere das Leben gerettet.

Doch nicht nur aus reiner Freundlichkeit. Er hatte ihr Leben gerettet, damit sie eine Aufgabe erfüllte. Eine, von der er annahm, dass sie für sie überlebensnotwendig sei. Vera hatte es mehr als einmal gehört: Merlin würde immer das Königreich an erste Stelle setzen. Vor alles andere. Jeden. Vera sollte zumindest halb so selbstlos sein wie er. Immerhin war das verdammt noch mal ihre *Bestimmung*.

Aber … was schadete es Vera schon, dieses Mal ein gewisses Vorwissen zu haben, worauf sie sich einließ? Und Gawain, der unhöfliche und unausstehliche junge Magier, der sie in ihren privatesten Augenblicken beobachtet hatte, den keiner von ihnen *wirklich* kannte, war derjenige, dem sie ihr Vertrauen schenkte. Gawain, der insgeheim eine sanfte Seele hatte, die erblühte, wenn er andere darin unterrichtete, Magie zu nutzen, und der davon träumte, dass magische Gaben genutzt wurden, um Instrumente statt Waffen herzustellen.

Ja. Es war egoistisch und vielleicht auch dumm. Aber Vera wählte Gawain.

Sie nahm den Trank und spürte, wie ihre Sinne erwachten, während sie auf dem Stuhl saß. Gawain stand hinter ihr, wie damals

Merlin auch, seine Hände waren in derselben Position auf ihren Ohren, die Finger an den Schläfen. Veras Herz schlug wie wild, raste in ihrer Brust, als versuchte es ihrem Körper zu entkommen.

Dennoch war es anders, als er den Abstand zu ihrem Verstand zu überwinden begann. Gawain bewegte sich sanft. Während er die Gänge von Veras Gedanken durchschritt, konnte sie seine Vorsicht spüren, Dinge zu vermeiden, die nicht relevant waren. Er betrachtete ihre Erinnerungen aus sicherer Entfernung. Wie ein Kind, das in einem Museum die Hände in den Taschen hatte, blätterte er schnell durch ihre vergangenen Momente allein mit Arthur. Er schenkte Lancelot keinerlei Beachtung. Er zog nichts vor, auch wenn er bei den Stellen, an denen sich Merlin zuvor eingemischt hatte, kurz verweilte.

Diese Stellen fühlten sich wie … zerrissenes Papier an. Eine Seite, die von dort gelöst worden war, wo sie hingehörte.

Vera wusste – auch wenn sie nicht sagen konnte, woher sie es *wusste* –, dass es wehtun würde, wenn er sich diesen zerklüfteten Orten nähern würde. Aber das tat er nicht. Vera begann sich zu entspannen.

Dann erreichte Gawain eine Stelle, an der er einfach innehielt.

»Oh«, entfuhr es ihm, und es hallte durch die Höhle ihres Verstandes. »Kannst du das fühlen?«

Unter seinen Fingern schüttelte sie den Kopf. Da, wo er angehalten hatte, war nichts. Es war einfach … leer.

Moment mal.

Es war *leer*. Kein anderer Teil ihres Verstands war leer.

»Ich glaube, wenn ich …« Seine Gegenwart näherte sich dem dunklen Nichts, zeichnete eine Begrenzung darum, zeigte es Vera auf. Auch ein Gefühl war damit verbunden. Ein dumpfes Pulsieren, das zu ihr gehörte wie ein Zahnschmerz, der bereits so lange existierte, dass sie ihn völlig vergessen hatte.

Es war eine Barriere.

»Heilige Scheiße«, murmelte Vera. Die Begrenzung war weitläufig und – das war es. Sie war sich sicher. Alles, worauf sie keinen Zugriff hatte. Es war da. Gawain fuhr daran entlang, immer tiefer in die Aussparungen ihres Gedächtnisses hinein.

»Ich nehme mal an, dass die Vorderseite, wo ich angefangen habe, deine jüngsten Erinnerungen sind. Es ist felsenfest. Ich glaube, dass dieser Teil«, berichtete er über den am weitesten entfernten Teil ihres Verstands, »dein früheres Leben als Guinevere ist. Es fühlt sich brüchig an. Vielleicht können wir dort Öffnungen finden, aber es wird wehtun, wenn ich Druck anwende.«

Aber sie waren nahe. Nun, da Vera es gefühlt hatte und wusste, dass es da war, konnte sie den Gedanken nicht ertragen, nicht fortzufahren. »Kannst du es versuchen?«

Gawain wurde ganz ruhig. »Bist du sicher?«

»Bin ich.«

Sie bereitete sich darauf vor, dass es begann. Als er damit anfing, Druck aufzubauen, kam auch der Schmerz. Sie keuchte, und er zögerte, aber sie konnte es spüren. Die Barriere hatte minimalst gezittert.

»Mach weiter«, sagte sie. Aber er bewegte sich nicht. Sie würde aufgeben, wenn er nicht weitermachte. »Mach schon!«

Er tat es mit neuem Elan. Der innere Schmerz schwoll an, als würde ihr Kopf langsam zerdrückt werden. Vera hielt die Stuhllehne in einer Art Würgegriff, ihre Zähne bissen mit solch einer Kraft aufeinander, dass sie vielleicht brechen würden. Es tat so schrecklich weh, dass sie kaum atmen konnte. Dass Lichter hinter ihren Augen explodierten. Dass Bewusstsein und Vernunft aus ihrer Reichweite drifteten.

Dann hörte alles auf.

Gawains vorsichtige Gegenwart war innen wie außen verschwunden, seine Finger hatten von ihr abgelassen. Vera blieb nach Luft ringend zurück, als der Druck süßer, glückseliger Erleichterung wich.

»Es geht mir gut«, schaffte es Vera kaum zu murmeln, als ihr Kinn auf die Brust fiel, was nur dazu beitrug, zu verdeutlichen, dass dies nicht der Wahrheit entsprach.

Sie rieb sich die Schläfen – sie waren unter ihrer eigenen Berührung schockierend heiß. Vera öffnete die Augen und blinzelte. Sie konnte nicht klar sehen. Sie hörte ein schabendes Geräusch, das keinen Sinn ergab, bevor ihr etwas Kaltes, Festes in die Hand gedrückt wurde.

»Trink«, wies Gawain an. Es war ein Becher voller Wasser.

Sie leerte ihn vollständig, bevor sich ihre Sicht wieder klärte. Gawain hatte seinen Stuhl herübergezogen und saß nun vor ihr. Ein kühler Windhauch streifte angenehm über ihre Haut. Er hatte die Tür geöffnet und auch das Feuer gelöscht.

Vera zwang sich selbst zu sprechen, stellte aber fest, dass sie nicht konnte.

»Ich hätte die Barriere brechen können«, berichtete Gawain leise, die geringe Lautstärke war ein Segen für Veras pochenden Schädel. »Genauso, wie Merlin es tun würde.«

Er schluckte und schüttelte den Kopf. »Es würde dir hinterher nicht gut gehen. Es würde viele Verbindungen in deinem Gehirn zerstören und dich dauerhaft verändert zurücklassen.«

Dies klang nach einer Lobotomie. Nun … viele Menschen hatten eine bekommen. Es war nicht ideal, aber einige führten hinterher ein gutes Leben, oder nicht? Anders, aber … vielleicht gut.

Gawain stellte sicher, dass Vera ihn ansah, bevor er fortfuhr: »Aber dies ist das beste Ergebnis, auf das du hoffen kannst, und es ist sehr wahrscheinlich, dass die Auswirkungen um einiges fataler sind. Meine Vermutung ist, dass du dem Trauma deiner Verletzungen erliegen würdest, bevor du in der Lage wärst, die Erinnerungen zu teilen. Die Art von Magie, die nötig wäre, um dich zu retten, existiert nur in Mythen. Merlin sollte wissen, dass …« Er starrte auf die glühende Kohle in der Feuerstelle. »Du würdest sterben und alles, was dich ausmacht, mit dir.«

Es war eine seltsame Vorstellung, ihr Leben wie eine Frage in der Ethikstunde abzuwägen: Sollte sie es riskieren, den Schlüssel zu finden, der die Welt retten kann auf Kosten des eigenen Lebens?

Es wäre eine einfache Wahl gewesen, wenn eine echte Chance bestanden hätte, dass es funktionierte. »Scheiße«, sagte Vera.

Gawain summte in einem reumütigen Lachen. »Wohl wahr.«

»Und du fängst langsam damit an, Merlin zuzustimmen … Du glaubst, dass meine Erinnerungen vonnöten sind, nicht wahr?«, fragte sie.

»Da ist etwas Bedeutsames in dir«, sagte er vorsichtig, genau, wie er ihr dies auch schon zuvor gesagt hatte. »Aber der König hat recht: Dies ist keine Option.«

»Was soll ich nur tun?« Vera ließ den Kopf in die Hände fallen. »Ich muss das wiedergutmachen, Gawain.«

»Wenn ich die Barriere mit Gewalt zerbreche, wäre es das, was Schaden verursachen würde. Aber hast du gespürt, wie sie sich leicht unter Druck bewegt hat?«

»Ja«, meinte Vera.

»Mit heilenden Interventionen könnten wir damit fortfahren. Ich nutze genug Druck, um die Barriere langsam abbröckeln zu lassen, aber gebe dir einen Trank und die nötige Zeit, um dich zwischen den Sitzungen zu erholen, und dann versuchen wir es wieder. Es wird nicht so schnell gehen, wie Merlin hofft, und es ist auch definitiv für dein Wohlergehen nicht ideal, aber mit der Zeit, glaube ich, könnte es funktionieren, die Barriere aufzulösen. Sehr wahrscheinlich ist das die beste Option.«

Er zog einen Heiltrank für sie hervor, aber außer, dass ihr heiß war, ging es Vera bereits wieder gut, als sie ihn trank.

»Du bist beschäftigt. Ich will nicht noch mehr von deiner Zeit stehlen«, sagte sie und dachte dabei an wen auch immer er da geschimpft hatte, als sie gekommen war. Egal, ob sie es anerkannte oder nicht, sie war die Königin und Gawain war verpflichtet gewesen, alles für sie stehen und liegen zu lassen.

Sie war bereits auf halbem Weg zur Tür, als er redete: »Guinna?«

Sie drehte sich um, als er gerade vorsichtig das glasbauchige Instrument in eine Schachtel unter seinen Schreibtisch packte.

»Würdest du gern mit mir zum Festivalgelände gehen?«, fragte er.

Vera lächelte mit einem Nicken und sie verließen schweigend den Turm. Vera hatte nie das Gefühl, die Stille mit Gawain füllen zu müssen.

Tische und Stühle waren bereits auf der offenen Fläche hinter dem Übungsgelände für das Willkommensessen aufgestellt. Arbeiter rannten hin und her, bestückten die Büfett-Tische mit Tabletts und Tellern. Fünf Männer positionierten eine massive und verzierte Marmorskulptur in der Mitte davon. Das enorme Monstrum musste mindestens so groß sein wie Vera und stellte einen Krieger mit erhobenem Schwert dar. Es war schwer zu handhaben, und es erforderte die ganze Kraft der Männer, um die Statue zu stabilisieren.

Gawain machte sich direkt an die Arbeit, und Vera suchte das Gelände ab, bis ihr Blick auf Arthur landete. Er stand bei Percival und Lancelot, die an einem Tisch am Außengelände saßen.

Arthurs Blick wurde von ihrem Blick angezogen wie von einer unsichtbaren Kraft, und sein Gesicht erhellte sich, die Lippen hoben sich an den Winkeln. Schmetterlinge breiteten sich in ihrem Bauch aus. Wie hatte sie sich je unsicher sein können, ob er gut aussah?

Kaum, dass sie ihm nah genug war, lag ihre Hand auch schon an seiner Wange. Und als sie ihren Körper an seinen drücken konnte, tat sie dies auch. Dies waren die sehnsüchtig erwarteten Momente, in denen sie nichts verbergen musste. Sie waren in der Öffentlichkeit. Zuneigung war gut für das Königreich. Vera gab dem Gefühl nach und küsste ihn, zitterte vor Freude, dass er mit einstieg und die Arme um ihre Taille legte, um sie nah bei sich zu halten.

Es hätte Stunden andauern können, und Vera wäre mehr als glücklich gewesen. Aber es sollte wie jeder andere Kuss eines verheirateten Paares wirken und nicht wie eine verzweifelte Frau, deren Vorstellung von den Berührungen dieses Mannes sie mehr bewegte, als sie zugeben wollte. Ihre Lippen blieben so lang auf den seinen, wie sie es sich traute, bevor sie von ihm abließ.

Er lächelte sie an, streichelte ihren Nacken mit dem Daumen und gab ihr einen weiteren Kuss auf die Stirn. »Ist alles …«

»Hey!«, rief Lancelot. »Entschuldigt die Unterbrechung, aber wir waren inmitten einer wichtigen Unterhaltung.« Seine Bemühungen, entsetzt zu klingen, wurden von dem enormen Grinsen auf seinem Gesicht zunichtegemacht – wie ein Kind, das jahrelang darauf gehofft hatte, dass seine geschiedenen Eltern endlich wieder zusammenkommen. Er deutete über das Feld. »Der arme Merlin und der arme Gawain hängen sorgfältig ein Licht nach dem anderen auf, und ihr knutscht hier herum.«

»Mit wichtiger Unterhaltung«, flüsterte Arthur Vera verschwörerisch zu, »meint er das Planen der Feierlichkeiten nach dem Lanzenstechturnier.«

»Und«, fügte Percival hinzu, der ein Quadrat aus Leinen hochhielt, »wir haben eine Vereinbarung mit Margaret getroffen. Sie wird etwas von ihrem unwiderstehlichen süßen Kuchen für uns zur Seite stellen, wenn wir die Servietten für sie falten.«

Percival und Arthur lachten, aber Veras Lächeln war einfach nur höflich, während sie Gawain und Merlin dabei beobachtete, wie sie Leuchtkugeln in die Lüfte hoben und positionierten. Beide taten bemerkenswerterweise so, als wäre nichts. Als wäre nicht einer wütend und der andere nicht vor einer halben Stunde tief in ihren Verstand eingedrungen. Sie waren gute Heuchler. Sie konzentrierten sich allein auf ihre Aufgabe. Jede Leuchtkugel benötigte ein paar Minuten, um richtig in der Luft zu hängen.

»Warum machen sie das auf diese Weise?«, fragte Vera.

Die drei Männer starrten sie an.

»Was meinst du?«, fragte Lancelot.

»Können sie nicht einfach eine Kugel werfen, die dort hängen bleibt, wo sie es wollen?«

Er gluckste und schüttelte den Kopf. »Nein, das tun sie nicht.«

Sie drehte sich zu ihm. »Aber deine tut das.«

Lancelot presste die Lippen zu einer dünnen Linie zusammen. »Meine ist ein klein wenig anders.«

Arthur legte den Kopf schief.

»Der Rat der Ritter ist angekommen«, erwähnte Lancelot beiläufig.

»Alle?«, fragte Arthur, die Stirn in Falten gelegt, als Percival gleichzeitig sagte: »Ist Elaine hier?«

Lancelot lachte. »Ja zu beidem. Ich habe vergessen, dass du für sie schwärmst …«

Ihm blieb keine Gelegenheit, den Gedanken zu vollenden, da eine Unstimmigkeit ihnen gegenüber zwischen den Männern, die die Skulptur auf das Büfett stellten, ausbrach. Das ganze Marmording wackelte gefährlich, und dann fiel das Teil nach hinten. Es gab nichts, was einer der Arbeiter hätte tun können, außer zu schreien und das Weite zu suchen, wo die Stücke auf dem Boden aufschlugen.

Aber der Aufprall kam nie. Die Skulptur hielt mitten im Fall an, hing in einem Fünfundvierzig-Grad-Winkel wie ein Tänzer, der in einer Neigung gehalten wurde. Dann, als hätte jemand ein Seil um sie geworfen und begonnen, sie aufzurichten, erhob sie sich. Sie wackelte dreimal vor und zurück, hielt dann an und blieb schließlich stabil stehen. Gawain stand da, die Hand immer noch ausgestreckt, hin zu der gesicherten Statue. Einige Zuschauer klatschten.

Aber Percival erkannte es sofort. »So hat es ausgesehen, als die Magie mich rettete.« Seine Stimme war leise, ehrfürchtig. »*Genau* so.« Er atmete lachend aus. »Hätte Gawain je als Soldat gedient, dann hätte ich wohl das Rätsel um mein Wunder gelöst.«

Lancelot hörte auf, die Servietten zu falten. »Er hat als Soldat gedient.«

Percival schnaubte. »Nein, hat er nicht.«

»Alle Magier haben das«, meinte Arthur.

»Aber nicht mit *unserer* Brigade. Er wäre mir aufgefallen.«

Arthur und Lancelot tauschten einen Blick.

»Perce«, begann Lancelot, »wir waren viertausend an der Zahl mit beinahe einhundert Zauberern. Bist du wirklich der Meinung, dass du alle getroffen haben könntest?«

Percival hielt beim Falten der Serviette in seinen Fingern inne. Er starrte Gawain mit einem ungläubigen Blick an, bevor er sich plötzlich erhob.

»Magier Gawain!«, rief er, als er auf ihn zueilte und dabei die Aufmerksamkeit aller auf sich zog, die gerade damit fertig waren, die Rettung der Statue zu feiern. »Wart Ihr bei dem Kampf um Kent?«

Gawain antwortete nicht. Er ließ den Arm sinken und zuckte unter all der Aufmerksamkeit zusammen.

»Wart Ihr?«, hakte Percival weiter nach, seine Stimme brach beinahe vor lauter Ungeduld. Die Arbeiter taten nicht einmal so, als machten sie weiter. Sie hielten einfach inne und beobachteten die Unterhaltung.

Gawain schluckte. »Ja.«

»Heilige Scheiße«, hauchte Lancelot.

Percival stolperte rückwärts, wie von einer unsichtbaren Macht geschlagen. »Du warst das, nicht wahr?«

Gawain musste nichts entgegnen. Er hielt Percivals Blick stand und täuschte dabei auch keine Unwissenheit vor, was genug Bestätigung war.

»Du hast mein Leben gerettet. Und die ganze Zeit über dachte ich, du wärst ein Arsch. Ich habe dich wie einen behandelt.« Percival schüttelte den Kopf, selbst im Moment der Erkenntnis war er von Gawain erschöpft.

Dieser zuckte mit den Schultern. »Ein guter Mann stand kurz davor zu sterben, und du entschiedst, dein Leben für ihn zu geben. Und von meinem Standpunkt auf dem Schlachtfeld aus warst du ein weiterer guter Mann, der bereit war, für seinen König zu sterben – außerdem war es für mich kein Problem, mich einzumischen.«

Percival atmete kurz und amüsiert aus und schüttelte dann murmelnd den Kopf: »Verdammt, Gawain.« Er blickte kurz zu Arthur, stellte ihm eine unausgesprochene Frage, indem er die Augenbrauen hochzog.

Auch Vera und Lancelot sahen zu Arthur. Eine Seite seines Mundes hob sich. Seine Hand legte sich auf den Griff seines Schwertes, und er nickte.

»Wie viele Zeugen benötigen wir?«, erkundigte sich Percival.

»Zwei.« Arthur neigte den Kopf zu Vera und Lancelot.

»Bist du bereit, Teil von etwas Unglaublichem zu werden?«, murmelte Lancelot, während er sich erhob. Vera tat es ihm schnell gleich.

Arthur machte einen Schritt nach vorne, zog dabei sein Schwert. »Gawain, knie dich hin.«

Gawains Blick huschte von Arthur weiter über das Feld, wo Merlin auf sie zugerannt kam. »Was tut ihr da?«, schrie dieser panisch.

»Wir schlagen Gawain zum Ritter.« Lancelots Stimme war von Emotionen durchzogen. Er räusperte sich, und ihm gelang ein stolzes Lächeln.

Merlin warf Arthur einen warnenden Blick zu. »Magier können keine Ritter sein.«

»Sie *waren* keine Ritter«, korrigierte ihn Arthur. Er drehte sich wieder zu Gawain und fuhr fort: »Es gibt kein Gesetz, das dagegenspricht. Gawain ...«

Zögerlich machte Gawain ein paar Schritte nach vorne und ließ sich auf ein Knie fallen.

Arthur legte die Klinge an die Taille. »Bereit?«, fragte er sie alle.

Gawain wirkte, als wolle er etwas sagen, bevor er die Lippen fest aufeinanderpresste.

»Was ist?«, erkundigte sich Arthur.

»Muss das Schwert vom König gehalten werden, oder kann es auch jeder Ritter tun?«

Arthur lächelte wissend. »Jeder Ritter würde mit meiner Zustimmung genügen.«

»Wenn es für Euch akzeptabel ist, dann wäre es mir lieber, wenn Sir Percival die Zeremonie durchführt.« Gawains Augen huschten sofort wieder zu Boden.

Arthur strahlte, während er Percival sein Schwert entgegenstreckte. Die Wangen des Ritters hatten ein tieferes Rot als Karmesin angenommen. Er trat nach vorne, sein Gesicht glich dem eines Mannes, der einen Preis gewonnen hatte, von dem er nicht glaubte, ihn zu verdienen.

»Gawain«, erhob Arthur nun seine Stimme. »Für deine selbstlose Heldentat auf dem Schlachtfeld, wegen deines Engagements, der Verbesserung der Magie im Königreich und für deine tapferen Dienste ohne Erwartung von Lohn und Ehre schlage ich, Arthur, König der Briten, dich zum Ritter unseres wundervollen Königreichs.«

Arthur nickte Percival zu.

»Ich, Sir Percival, fordere Euch hiermit auf, Eurem König und Eurem Volk gerecht zu werden und mit Ehre und Großzügigkeit zu dienen.« Percival drückte die flache Seite von Arthurs Schwert auf beide Schultern Gawains. »Erhebt Euch, Sir Gawain.«

Vera blinzelte, und die erste Träne lief ihr über die Wange, die wegen ihres breiten und stolzen Grinsens schmerzte, aber das leise Flüstern in ihrem Hinterkopf war nicht zu überhören.

Sir Gawain.

Selbst für sie, für jemanden, der gerade mal einen Bruchteil der Legenden um König Arthur kannte, schien es unmöglich, dass so viele Dinge davon stimmten. Reflexartig blickte sie zu Merlin. Auch er wusste es. Unter seiner Fassade des Zorns erkannte sie Angst.

38

Wie sich herausstellte, war seit dem Ende des Krieges niemand mehr zum Ritter geschlagen worden, daher waren dies große Neuigkeiten. Vera wurde von einer Vielzahl an Städtern überrannt, die persönlich kommen und Gawain gratulieren wollten, nachdem sich die Kunde verbreitet hatte. Sie wusste, dass er mit seiner Begabung, Magie zu unterrichten, auch in der Stadt unterwegs war, aber sie hatte keine Ahnung, wie viele Leben er berührte. Sein abschreckendes Verhalten schien kaum ein Hindernis. Genau genommen schien es ihn für manche nur noch sympathischer zu machen.

Als die Sonne langsam unterging und beinahe den Horizont küsste, erwachten all die Lichtkugeln in der Stadt zum Leben und signalisierten damit, dass es an der Zeit war, sich für das Abendbankett zu versammeln. Es war Tradition, dass ein Ausrufer die Ankunft der Gäste oder Darsteller verkündete, und an diesem Abend waren Arthurs Ehrengäste sein Rat der Ritter. Es gab fünf Mitglieder, und während ihre Namen ausgerufen wurden, erschien jeder von ihnen mit einem unterschiedlichen Grad an Wohlbehagen aufgrund der ihm zuteilwerdenden Aufmerksamkeit.

Vera und Arthur standen am Kopfende der Prozession. Sie erkannte sofort, dass es sich bei den Rittern um jene aus Guineveres Erinnerung aus dem großen Saal handelte – die Erinnerungen an vor dem finalen Kampf. Vera hatte fälschlicherweise angenommen, dass die beiden Frauen am Tisch die Ehefrauen von Rittern wären. Aber dem war nicht so – sie waren *ebenfalls* Ritter.

Zuerst war da Elaine, die an einen Cowboy aus einem amerikanischen Western erinnerte. Es war beinahe tragisch, dass sie keinen Revolver an den Hüften trug, aber eine Hand fuhr sofort zu ihrem Schwert, während die andere mit dem Handgelenk schnappte, was eher einem Salutieren als einem Winken gleichkam. Sie eilte an den verteilten Tischen vorbei, um sich vor Arthur und Vera zu verbeugen (gefolgt von einer weniger formalen Umarmung, die von Arthur initiiert wurde), und setzte sich dann zu der königlichen Wache an den Tisch.

Als Nächstes kam Tristan, dessen grüne Augen wie frisches Gras im Frühjahr leuchteten, und seine weichen braunen Haare wellten sich und standen verworren von seinem Kopf ab, was ihm einen rauen Charme verlieh. Er folgte demselben Weg, hatte jedoch kein Problem mit der Aufmerksamkeit. Als er die Vorderseite erreichte, atmete er verlängert aus der aufgeplusterten Brust aus.

Edwin hatte graue, kurz geschnittene Haare und eine weise und beständige Art. Dann folgte Lionel, der wie ein Stier gebaut war, der jeden niederrannte und tiefe Lachfalten sowie ein ungestümes Lachen hatte, während er die Menge weiter anstachelte, wie es ein Fußball-Kommentator nach einem besonders erfolgreichen Spiel tat. Marian bildete den Schluss, graziös und entspannt, die dunklen, langen Haare zu einem dicken Zopf geflochten. Ihre langen Beine und der schlanke, aber muskulöse Körper erregten, als sie vorbeischritt, einiges an Aufmerksamkeit. Sie sah prächtig aus in ihrem flatternden schwarzen Kleid, aber das Kurzschwert an ihrer Taille machte klar, dass sie alles andere als hilflos war. Marian strahlte und drückte die Schultern von jemandem, den sie auf dem Weg nach vorne erkannt hatte.

Als Arthur sie umarmte, küsste sie ihn auf die Wange und nahm sein Gesicht zwischen die Hände mit einem liebevollen Ausdruck in den Augen. Vera stellte sicher, dass ihr Lächeln nicht verrutschte – auch wenn ein tiefer Teil von ihr brüllte.

Jedoch schmolz Veras Eifersucht dahin, als Arthur einen Arm um ihre Taille legte und sie zurückhielt, als die anderen ihre Teller füllten. Er lehnte sich näher zu ihr. »Es gibt da etwas, das ich dir über Tristan erzählen sollte.«

»Der junge Kerl?« Vera warf Tristan genau in dem Moment einen Blick zu, als dieser lachend den Kopf in den Nacken warf, wegen irgendeiner Bemerkung Elaines. Wenn er lachte, hatte er Grübchen. Irgendwie wusste Vera bereits, dass es sie gab, schon bevor sie erschienen.

»Ja.« Arthur hielt inne, als Lionel und Edwin vorbeigingen, um ihre Plätze am anderen Ende des Tisches einzunehmen. »Ihr beiden seid zusammen aufgewachsen. Eure Väter beabsichtigten euch zu verheiraten.«

»Oh«, machte Vera. »Fuck.«

Er lachte. »Und das änderte sich, als ich ein Interesse an einer Partnerschaft mit deinem Vater zeigte. Und mit dir.«

»Also habe ich Tristan deinetwegen abserviert. Habe ich das richtig verstanden?«

»So ungefähr«, meinte Arthur mit einem kurzen Grinsen. »Er ist ein guter Mann. Ich fühle mich geehrt, ihn als Teil meines Rates zu haben.«

Vera wusste nicht, weshalb er ihr das erzählte, und die Gelegenheit zu fragen, verstrich, als die restlichen Ritter über den Tisch herfielen. Sie waren ein ungestümer Haufen. Ihr Tisch war mit Abstand der lauteste, während sie eine Geschichte nach der anderen zum Besten gaben.

Als das Essen endete, war die Nacht immer noch jung und der Rat der Ritter schmiedete gemeinsam mit der königlichen Wache Pläne für den restlichen Abend. Sie hätten das Schlosspersonal darum bitten können, den großen Raum für ihre Feierlichkeiten nach dem Mahl vorzubereiten, aber eine Einheit voller Soldaten, die in den letzten Jahren keine richtige Mission mehr gehabt hatte, verhielt sich, als wäre dies ihre eigene verdeckte Operation.

Lionel stahl Teller mit Essen, und Elaine und Wyatt zogen mit jeweils einem Krug voller Alkohol in jeder Hand von dannen. Arthur mischte sich ein, um Edwin und Percival davon abzuhalten, Gawain in Versuchung zu führen, die große Marmorstatue mitzunehmen, während Marian in der Nähe stand und froh beim Aufkommen dieser Albernheiten zusah.

Lancelot versuchte Randall als Packesel für Silberbesteck zu nutzen, indem er jedes Mal einen Löffel in seiner Tasche versteckte, wenn dieser an ihm vorbeiging. Randall bemerkte es immer, vielleicht wegen seiner sensorischen Gabe, aber sehr wahrscheinlich eher, weil Lancelot unfähig darin war, diskret vorzugehen. Ohne auch nur einen Blick in seine Richtung zu werfen, nahm Randall den Gegenstand jedes Mal wieder heraus.

Nach seinem missglückten Besteckstreich fing Lancelot Veras Blick auf und bedeutete ihr, ihm zu folgen.

»Begleitest du mich in die Küche, um die süßen Kuchen zu holen?«, fragte er, als sie ihn einholte.

Sie bezweifelte, dass er Hilfe brauchte, aber dass alle seine liebsten Freunde versammelt waren und er dennoch Zeit mit *ihr* verbringen wollte, machte Vera auf eine Art glücklich, die sie nicht erwartet hatte.

Margaret hatte die Kuchen bereits geschnitten und auch Tabletts angerichtet.

»Du bist so gut zu uns«, schwärmte Lancelot.

»Natürlich bin ich das.« Sie kniff ihn in die Wange und schenkte ihm ein breites Lächeln, Vera tätschelte sie hingegen am Arm. »Nun geht aber, damit ich noch etwas Schlaf bekomme, bevor wir morgen für das halbe Königreich kochen werden!«

Sie grinsten wie Schulkinder, bereit, mit ihrem Preis das Weite zu suchen.

»Oh! Einen Augenblick«, rief Margaret und hielt dabei einen Finger hoch. Sie eilte zu einem der Schränke und durchforschte ihn, bis sie etwas hervorzog, das wie ein großer Milchkarton aussah; außer, dass er aus Leder war. »Ich bin mir sicher, dass ihr Merlin vor mir seht. Ich habe heute Abend den Rest Eures Tonikums verbraucht, Euer Majestät. Gut, dass er wieder da ist, um mehr zu brauen!«

Das Lächeln war noch nicht von Veras Gesicht verschwunden, aber ihr Inneres rumorte. »Mein Tonikum?«

»Nun, Eures und das des Königs«, verbesserte Margaret, als sie Vera das Gefäß in die Hände drückte. »Ich hatte nicht daran gedacht, die Gaben des Magiers zu nutzen, um Euch über die Wintermonate gesund zu halten, aber es scheint Euch beiden gut bekommen zu sein.«

»Wie, ähm, wie lange nutzt Ihr das Tonikum bereits?«, fragte Lancelot mit einem schnellen Blick zu Vera.

»Merlin gab mir die erste Ladung direkt nach dem Julfest. Seid so gut, und sorgt dafür, dass er es wieder auffüllt, ja?«

Vera war sich nicht sicher, ob sie antwortete oder Margarets Worte irgendwie anerkannte. Entfernt hörte sie Lancelots und Margarets Stimmen, die irgendwelche Höflichkeiten miteinander austauschten; was Gott sei Dank nicht viel Zeit in Anspruch nahm. Vera musste hier raus.

Sie verließ die Küche, so schnell sie konnte, ohne zu rennen, und schaffte es halb über den Hof, bevor sie anhielt und zuließ, dass Lancelot sie einholte.

»Ich hatte geglaubt, dass inzwischen wenigstens Arthur frei vom Einfluss der Magie sei.« Sie wollte das verdammte Gefäß am liebsten über die Schlossmauer werfen. »Ich habe nie darüber nachgedacht, dass ich mir Sorgen machen muss, was aus der verfluchten Küche kommt. *Warum* würde Merlin …«

»Hör auf«, unterbrach Lancelot sie sanft. »Vielleicht ist es wirklich ein Gesundheitstonikum.«

Vera warf ihm einen vernichtenden Blick zu.

»In Ordnung«, gab er nach. »Es sieht nicht gut aus, aber hattest du heute Abend keinen Spaß?«

»Was?« Er hatte wohl den Verstand verloren. »Nein! Das ist nicht meine Art von …«

»Davor«, grätschte er dazwischen. »Hattest du Spaß, bevor du davon wusstest?«

»Ja, natürlich …«

»Nichts hat sich geändert.« Er nickte in Richtung des Gefäßes in Veras Händen. »Es ist leer. Es gibt nichts, was wir wegen dem machen können, was bereits geschehen ist. Lass dir davon nicht deinen schönen Abend ruinieren.«

Vera schnaubte. »Das ist doch dämlich.«

»Ist es das?« Er gluckste. »Du hast recht. Wie dumm es ist, die Feierlichkeiten mit den großartigsten Rittern zu genießen, die du je kennenlernen wirst, wenn du deine Zeit damit verbringen kannst, dich über etwas aufzuregen, an dem du rein gar nichts ändern kannst.«

Er hatte recht.

»Und wenn du die Last der Welt für ein paar Stunden voll gefürchtetem Spaß ablegen kannst«, fügte Lancelot hinzu, »dann verspreche ich dir, dass wir mit Gawain darüber sprechen werden, bevor die Nacht zu Ende geht, um herauszufinden, ob er etwas weiß.«

Sie musste zugeben, dass es ganz schön gut klang, den Kopf für eine Weile in den Sand zu stecken. »Na schön.« Sie seufzte. »Nach dir.«

Die Gruppe hatte es, als Lancelot und Vera eintrafen, bereits mitsamt ihrer Schmuggelware in den großen Raum geschafft. Vera stellte den Karton aus der Küche unter einen Tisch in der Nähe der Tür. Ein paar Minuten später kam Tristan hereingestolpert, der einen schweren Kordelzugsack über einer Schulter trug und ein ummanteltes Schwert in der anderen Hand hielt.

»Was hast *du* gestohlen?«, rief Lionel, während er seine Beute der gestohlenen Teller stolz auf dem Tisch verteilte.

»Nichts!«, empörte sich Tristan. Es standen zwei freie Tische zu je einer Seite des großen Kamins. Er hievte den Sack auf den kleineren der zwei, da der andere bereits von einigen Rittern besetzt wurde. »Das ist für den König und Guinevere von meinen Reisen.«

»Du hast Geschenke mitgebracht?« Lionel schnaubte. »Du sorgst dafür, dass der Rest von uns schlecht dasteht.«

Tristan grinste. »Es sind Geschenke von Tang Gaozu.«

»Ich bin mir ziemlich sicher, dass du dir diese Worte nur ausgedacht hast«, meinte Wyatt, obwohl er und Marian das Zimmer durchquerten, um sich das Schwert genauer anzusehen. Die Scheide bestand aus einem dunklen, glänzenden Holz und war kerzengerade. Wyatt zog die Waffe an dem jadeverzierten Griff heraus. Entlang seiner Kanten war es fein geschliffen und hatte eine abgeschrägte Spitze. Er legte wertschätzend die Stirn in Falten, als er das Schwert in den Händen balancierte.

»Er ist der Herrscher im Fernen Osten, du Schwachkopf«, erklärte Marian, als auch sie die Schmiedekunst bewunderte. »Arthur wird es lieben.«

Arthur war der Einzige, der noch fehlte. Dies war jedoch normal, besonders, wenn es Gäste im Schloss gab. Er war der Erste bei Mahlzeiten und Treffen und der Letzte, der ging.

Vera blieb an dem Tisch mit Tristan und den Geschenken, während die anderen zu ihren Plätzen am Feuer zurückkehrten. Das war eine Goldmine. Keiner aus ihrer Zeit hatte solche Artefakte angefasst, Gegenstände, die kaum jemand hinter dickem Glas in Museen sah. Sie ließ ihre Finger über das Schwert gleiten, als Tristan weitere Schätze auspackte. Vera hatte immer noch den Instinkt, alte Dinge anzufassen, so wie sie den St Michael's Tower auf dem Tor oder die Mauern der Kathedrale berührt hatte. Aber diese Gegenstände waren bisher noch nicht so alt. Sie funkelten und waren neu.

»Ich weiß nicht, was zum Teufel – Entschuldigung.« Tristan warf ihr einen Blick zu. Guinevere hatte scheinbar nicht so viel geflucht, wie Vera es tat. Er korrigierte sich und fuhr fort: »Ich weiß nicht, was das für Dinge sind oder was sie tun.« Er zog einen Gegenstand nach dem anderen heraus. Es gab mindestens ein halbes Dutzend kleiner Statuen, die in hell gefärbte Seide gewickelt waren (wobei bereits die schützenden Verpackungen wertvoll waren), und dann kam eine hölzerne Box zum Vorschein, die ordentlich mit einem braunen Faden zugebunden war.

»Was hast du in China gemacht?«, fragte Vera. Hieß es zu dieser Zeit überhaupt schon China? Sie wusste nicht, ob Tristan sie verstand.

Er zuckte mit den Schultern und lehnte sich an den Tisch. »Ich reise gern. Als der König darum bat, dass ein Abgeordneter dorthin geht, habe ich mich freiwillig gemeldet. Ich lernte ihre Kriegsstrategien und ein paar faszinierende Kampftechniken. Der Herrscher dort hat viele Dinge getan, wie dein Ehemann … Stämme vereint, eine Nation gegründet … all das.«

Seine Augen waren unleserlich und auf die Tür konzentriert, als Arthur eintrat und sich zu den anderen am Feuer gesellte. Tristan nahm die handgroße Box und schüttelte einen dicken Stapel rechteckiger Blätter heraus, die er in der Hand hin und her drehte.

»Weißt du, was das ist?«, fragte er.

»Nein«, gestand Vera nach einem kurzen Blick darauf. Aber dann sah sie noch einmal genauer hin und runzelte die Stirn. Tristan hielt fünf dünne Scheiben in der Hand und hatte sie so aufgefächert, dass sie einander überlappten. Vera legte den Kopf schief.

»Darf ich?« Sie griff danach, und Tristan reichte sie ihr. Kleine Bilder waren darauf. Eines davon war das skizzenhafte Abbild des Gesichts einer Person, und die anderen hatten delikate Blumen darauf. Eine mit zwei Blüten, eine andere mit vier und eine mit acht. Vera drehte die Gegenstände um. Alle hatten dasselbe komplizierte geometrische Muster auf der Kehrseite. Ihr fiel das Kinn runter.

»Das kann nicht sein.« Mit den fünf Karten in der Hand begann sie durch die restlichen zu blättern, um ihre Theorie zu bestätigen. Vera lachte. »Ich glaube, das sind Spielkarten.«

Tristan stellte sich halb hinter sie, das Kinn so nah an ihrer Schulter, dass seine Wange beinahe ihre Haut berührte. Seine Vergangenheit mit Guinevere war mehr als offensichtlich. Er fühlte sich bei ihr definitiv wohl. »Was sind denn Spielkarten?«

»Nun, ich kenne die Symbole nicht, aber das kann man schnell beheben«, meinte Vera, als sich eine Idee in ihrem Kopf formte. »Ich kann sehr viele Spiele damit spielen.«

»Woher weißt du das?«, fragte Tristan erstaunt. Er berührte die Karten, wobei sein kleiner Finger über Veras Hand strich. Ihre Finger zuckten, doch sie entzog sich seiner Berührung nicht, wie sie es hätte tun sollen. Sie beobachtete Tristan aus den Augenwinkeln.

Er verhielt sich normal, außer wie er sie zärtlich streichelte.

»Guinna hielt sich während ihrer Erholung in einem sehr interessanten Kloster auf.«

Vera sprang bei Lancelots Stimme auf, hatte lächerlicherweise das Gefühl, etwas Falsches getan zu haben. Er stand ein paar Schritte hinter ihnen und starrte Tristan an.

»Ist das so?«, fragte dieser und trat unbeeindruckt einen Schritt zurück.

»Ja.« Vera räusperte sich, um die Spannung zu durchbrechen, die vermutlich nur in ihrem Kopf existierte. Sie verteilte die Karten auf dem Tisch, drehte sie auf ihre einzigartigen Seiten, damit die Blüten und Gesichter nach oben zeigten. Es gab weit über hundert mit genügend Wiederholungen der Muster und Bilder. Sie sortierte sie in kleine Stapel und sah zu Lancelot, während die Idee Gestalt annahm. »Kannst du eine Schreibfeder besorgen?«

Vera schob den Gedanken beiseite, das Sakrileg zu brechen, ein Artefakt zu verunstalten, welches in ihrer Zeit einen unvorstellbaren Wert besaß, und nahm Änderungen an den Karten vor. Sie fertigte zwei Decks mit zweiundfünfzig Karten an, von denen einige übrig blieben und als Ersatzkarten beiseitegelegt wurden. Lancelot beobachtete sie genau. Nach einer Weile ging Tristan davon, um sich den anderen anzuschließen.

»Was spielen wir?« Lancelot stand so nah bei ihr wie zuvor Tristan. Sein Arm streifte Veras, und er legte sogar das Kinn auf ihre Schulter. Der Knoten in ihrem Bauch löste sich. Freunde, besonders gute Freunde, können einander Zuneigung zeigen, fand sie. Vera entschied sich bewusst, dieses ganze Getue von wegen arrangierter Heirat und so zu ignorieren.

»Ich finde, wir sollten Poker spielen«, meinte sie. »Texas Hold'em.«

»Wunderbar.« Lancelot zog einen Stuhl heran und nahm Platz. Sie liebte die Tatsache, dass er es nicht infrage stellte. »Bring es mir bei.«

Sie verbrachten den Großteil der nächsten zwanzig Minuten damit, die Regeln zu lernen: welche Hand bedeutete was, wie konnte man sie verstehen, und auch die feineren Nuancen des Spiels. Sie bereitete ihm einen Spickzettel mit der Information vor, welche Hand welche schlägt. Lancelot war in diesem Spiel exzellent und verstand sehr schnell.

»Das ist spitze. Noch eine Runde.« Er drehte sich zu den anderen. »Wer will das Spiel noch lernen?«, rief er und klatschte in die Hände.

Matilda gähnte herzhaft. »Ich bin müde. Das nächste Mal.«

»Ich werde für heute auch Schluss machen«, verkündete Randall und sah überallhin, nur nicht zu Matilda.

Vera versteckte ihre Vermutung, was es bedeutete, dass die beiden zur selben Zeit gingen, hinter einem kurzen, abgehackten Kichern, als Matilda ihr eine gute Nacht wünschte, und gespielt genervt seufzte, als ihre Wangen rot wurden.

Alle anderen außer Marian wollten spielen. Sie bestand beharrlich darauf, zusehen zu wollen.

»Das ist zu wettbewerbsorientiert«, murmelte Elaine. »Sie hat Angst davor durchzudrehen und uns zu zeigen, dass sie nicht immer so anmutig ist.«

»Haargenau«, gestand Marian, während sie sich in einen der Sessel sinken ließ und sich mit einer Hand auf der Lehne entspannte. Sie wirkte wie eine makellose Malerei in Bewegung.

Edwin schnaubte, während er seinen Stuhl näher an den Tisch heranrückte. »Das macht überhaupt keinen Sinn. Sonst ist sie genauso wenig anmutig wie wir alle.«

»Ja«, bestätigte Marian, »aber ihr habt bei dem Spiel alle mehr Spaß, wenn ich nur zusehe.«

Vera zog einen Stuhl neben den, auf dem Arthur noch vor einer Minute gesessen hatte. Aber als er wieder Platz nahm, war es ihr gegenüber. Tristan ließ sich auf den Stuhl neben ihr fallen. Sie rutschten alle eng zusammen, damit zehn von ihnen um den Tisch passten. Vera und Lancelot gaben Anweisungen, sammelten genug unterschiedliche Münzen, um sie als Chips zu verwenden, und nach ein paar Frage- und Übungsrunden begannen sie richtig zu spielen.

Es lief nicht ohne Probleme. Nachdem er die erste Runde gewonnen hatte, war Wyatt ein selbst ernannter Experte und verbrachte die restliche Zeit damit, allen anderen zu sagen, wie sie spielen mussten – was sich aber als schrecklicher Rat entpuppte. Zweimal versuchte Tristan einen Straight zu spielen, nutzte aber zwei gleiche Symbole hintereinander. Vera lachte so sehr, dass sie kaum noch gerade sitzen konnte, als sie ihn das zweite Mal korrigierte.

Nach einer Weile schienen sie den Dreh rauszuhaben, und es war eine tolle Art, das Eis zwischen ihr und den Rittern zu brechen, die zu Besuch waren. Vera mochte Elaine sehr gern. Sie war unfassbar witzig und hatte die besten unleserlichen Bluffs aller am Tisch Anwesenden.

Im Gegensatz zu Wyatt schlich Marian um den Tisch und bot vernünftige Ratschläge, bis Lancelot sie zurechtwies. »Hey! Du kannst nicht all unsere Karten ansehen und dann im Spiel mitmischen.«

Einer ihrer Mundwinkel hob sich. Genau das hatte sie getan. Sie ließ sich auf einen Stuhl neben Arthur sinken, wurde allein seine Beraterin und lehnte sich häufig zu ihm, um ihm etwas zuzuflüstern. Wenn sie redete, neigte er den Kopf in ihre Richtung, und Vera versuchte, nicht vor Wut zu kochen. Sie bemerkte schockiert, dass sie die beiden während des kompletten Spiels angestarrt hatte, und wandte ihre Aufmerksamkeit entschieden wieder Tristan zu.

Er war unterhaltsam, freute sich wie ein Schneekönig, wenn er eine Runde gewann, interessierte sich aber nicht genug für das Spiel, um miesepetrig zu werden, wenn er verlor. Es trieb die kompetitiveren Mitspieler in den Wahnsinn, wenn er mitging, obwohl er dies nicht hätte tun sollen, oder wenn er mit nur einem Drilling erhöhte, anstatt daraus irgendeinen Vierling beim Flop zu machen. Er war Vera vertraut, ähnlich wie es auch Lancelot gewesen war, und er fand es nicht seltsam, dass sie ihm gern dabei zuhörte, wie er von ihren Kindheitsabenteuern berichtete. Percival saß auf Tristans anderer Seite und stachelte ihn an, die peinlichsten zum Besten zu geben. Dieser vollgestopfte Tisch war die glücklichste Familie, die sich Vera vorstellen konnte.

Tristans und Percivals Gelächter wurde in Veras Ohren leiser, als ihr Blick Arthur fand. Er hielt sie alle zusammen. Das Königreich war praktisch ein Paradies, friedlicher und wohlhabender als das Leben der Annehmlichkeiten in der Zukunft, in dem Vera aufgewachsen war. Es schien unmöglich, und doch war es real.

Arthurs Augen blickten von seinen Spielkarten hoch und trafen die ihren. Schmetterlinge flatterten in ihrem Bauch, als er ihr ein Lächeln schenkte. Vera erwiderte es verlegen, weil sie wusste, dass ihre Bewunderung deutlich in ihrem Gesicht zu erkennen war.

Lancelot schrie auf und riss sie aus ihrer Träumerei.

»Verdammt, Gawain!« Er schlug die Karten auf den Tisch. »Das ist so dumm. Woher wusstest du, dass ich kein Ass habe?« Gawain hatte jedes Mal Lancelots Versuch eines Bluffs erfolgreich durchschaut. Letzterer hatte seinen armseligen Stapel Chips verloren und war damit der Erste, der aus dem Spiel geflogen war.

»Gut gespielt, Sir Gawain«, lobte Vera, die ihre Augen auf Lancelot gerichtet hielt, während sie und Gawain einschlugen.

Lancelot warf ihnen einen finsteren Blick zu. »Verdammt seid ihr beide«, knurrte er.

Der ganze Tisch brach in schallendes Gelächter aus, jegliche Bedenken, dass Vera sich dadurch beleidigt fühlen könnte, waren längst vergessen.

In der nächsten Runde schied Percival aus und explodierte frustriert, weil Elaine, die neben ihm saß, in seine Karten gelinst hatte.

»Dann halte sie eben näher an dich ran, wenn du nicht willst, dass ich sie sehe. Du streckst sie einfach so weit von dir weg.« Sie tat so, als würde sie ihre Karten auf Armlänge halten. »Was soll ich denn da machen?«

»Das stimmt doch gar nicht«, schnauzte er. »Du sitzt direkt neben mir; es ist völlig egal, wie ich meine Karten halte. Guinna, wie haben sie die Leute im Kloster davon abgehalten, hinterhältig zu betrügen?«

Vera war an der Reihe und beschäftigte sich mit den Karten, während sie antwortete: »Pokertische sind in der Regel rund. Ich glaube, dass das hilft.«

»Das ist es, was wir brauchen.« Percival klopfte fest mit den Knöcheln auf den Tisch. »Eine runde Tafel.«

Sie hörte es.

Eine runde Tafel. Sie hob den Blick von den Karten und sah sich die Ritter an, Arthurs vertrauenswürdigster Rat der Ritter. Die Tafelrunde. Vera tat das Einzige, was für sie in diesem Moment auch nur ein Fünkchen Sinn ergab: Sie lachte. Lachte wirklich. Lachte, bis sie heulte. Da sie keine Möglichkeit hatte, es zu erklären, musste sie einfach mit den schräg gelegten Köpfen und verwirrten Blicken leben.

»Vermutlich irgend so ein Klosterding«, mutmaßte Gawain, der weitere Münzen in die Runde warf.

Das Spiel lenkte sie von Veras Hysterie ab. Diese verlor kurz darauf, blieb aber noch eine Weile, lehnte sich zu Tristan, um ihn leise zu beraten oder die Unterschiede der Symbole zu erklären, wann immer sie spürte, dass er es versemmeln würde. Lionel begann ein ausgedachtes Seemannslied halb schreiend und halb singend zum Besten zu geben, in welchem er jeden Einzelnen von ihnen aufs Korn nahm. Doch selbst inmitten dieses tosenden Lärms wurden Veras Augenlider schwer, und sie schlief im Sitzen ein.

»Hey.« Lancelots Flüstern in ihrem Ohr ließ sie aufschrecken. Sie hob den Kopf von Tristans Schulter. »Bereit, ins Bett zu gehen?«

Sie nickte benommen. »Sorry«, murmelte Vera zu Tristan, dem es nichts auszumachen schien. Sie war nicht so neben der Spur, dass sie Arthurs Blicke nicht mitbekam, die er ihr alle paar Sekunden zuwarf, aber dabei so tat, als würde er es nicht.

»Ich begleite dich«, sagte Lancelot mit einem Blick zu Gawain.

Dieser erhob sich schnell. »Ich komme auch mit.«

»Warum auch nicht?«, meinte Lancelot. Er tat so, als hätte er dies nicht schon die ganze Zeit über geplant gehabt. »Lass uns eine richtige Eskorte daraus machen.«

Auf ihrem Weg hinaus schnappte sich Vera den Krug. Sie wartete, bis sie die Treppe des Turms erreicht hatten, bevor sie anhielt, Gawain das Gefäß reichte und ihm erzählte, was Margaret gesagt hatte.

»Gibt es eine Möglichkeit für dich, es zu testen?«, fragte Vera. »Um sicher zu wissen, was es ist?«

»Ja.« Gawain runzelte die Stirn, während er mit den Fingern über die Unterseite strich. »Wenn es noch einen Rest Flüssigkeit darin gibt.« Er zog nicht den Korken heraus, um nachzusehen; stattdessen schloss er die Augen und murmelte leise etwas vor sich hin. Das Gefäß begann grün zu glühen, so wie damals, als er am Julfest den Alkohol von Percival getestet hatte. Während das Glühen schwächer wurde, warf er Vera einen Blick zu. »Es tut mir leid, Guinna. Es ist das, was du erwartet hast.«

Ihr rutschte das Herz in die Hose. Wortlos drehte sie sich um und nahm die Treppen. Sie wusste anhand von dem Echo ihrer Schritte, dass Lancelot und Gawain ihr folgten. Als sie den Flur erreichten, durchbrach Gawain die Stille.

»Möchtest du, dass ich es dem König berichte?«, fragte er.

»Ja … nein«, entgegnete sie, änderte aber noch während des Sprechens ihre Meinung. Es war nicht fair. »Warte damit bis nach dem Turnier morgen. Es wird nur eine Ablenkung sein, über die wir ohnehin erst danach reden können.«

»Und wir können nicht zulassen, dass er Merlin schlägt«, fügte Lancelot hinzu, und Vera wusste, dass es nur zur Hälfte ein Witz war.

»Danke, Gawain«, sagte sie, entschlossen, nicht weiter daran zu denken. Immerhin hatte sich seit heute Morgen nichts geändert. Es war alles so wie immer. »Kannst du Lancelot und mich einen Augenblick allein lassen? Und nicht lauschen.«

Gawain nickte, die Blicke huschten zwischen ihnen hin und her.

»Warte hier im Gang auf mich«, wies Lancelot an und drückte Gawains Ellbogen.

»Ist es falsch von mir, noch zu warten, bevor ich es Arthur sage?«, fragte Vera, als sie die Hälfte des Flurs zurückgelegt hatten.

»Ehrlich gesagt, glaube ich nicht, dass es einen Unterschied macht.

Ich kenne ihn schon mein ganzes Leben. Er hat noch nie jemanden so angesehen wie dich.«

Sie wollte dies auch glauben. Als Arthur ihren Blick gehalten hatte, konnte sie sich beinahe vorstellen, dass sie der wichtigste, wunderbarste Mensch auf der Welt war. Beinahe – denn diese Vorstellung war beschmutzt. »Er stand auch noch nie unter dem Einfluss eines Trankes, der ihn zwang, jemanden zu bewundern.«

Lancelot seufzte dramatisch. »Es gibt keinen lebenden Zauberer, der einen Trank mit diesem Resultat brauen könnte.« Als sie vor Veras und Arthurs Gemach zum Stehen kamen, lehnte er sich an den Türrahmen. »Und warum ist das überhaupt wichtig? Was ist so schlimm an zwei Verheirateten, die so widerlich verliebt sind?«

»Was, wenn ich irgendeinem schrecklichen Schicksal, das ich nicht aufhalten kann, genau in die Karten spiele?« Die Worte sprudelten einfach aus Veras Mund. »Merlin war so versessen darauf, dass die Geschichten über Arthur aus meiner Zeit nicht stimmten, aber sie haben auffällig viele Ähnlichkeiten.«

»Was meinst du damit?«

»Nun, da sind zuallererst einmal wir beide. Und ich weiß, dass wir keine Affäre haben und nicht verliebt sind oder so …«

»Das gilt vielleicht für dich.« Er zog flirtend eine Augenbraue hoch.

»Oh, halt die Klappe«, schoss sie zurück, dankbar für einen Grund zu lächeln. »Aber auch Gawain kommt in den Legenden vor. Zuerst dachte ich mir nichts dabei, da ich wusste, dass der Gawain in den Geschichten ein Ritter war und unserer nicht, aber dann …«

»Ah. Ich verstehe.«

»Und«, fuhr Vera fort, wobei sie sich etwas dumm vorkam, »es gibt einen großen Teil in der Geschichte, in dem Arthurs Ritter als die Ritter der Tafelrunde bekannt sind. Hast du gehört, was Percival heute sagte?«

»Ja, er redete von Poker.«

»Ich weiß. Es ist lächerlich. Aber«, sagte sie und dabei fiel es ihr auf, »in der Geschichte gibt es nur wenige Belege aus dieser Zeit. Allein schon, dass Arthurs Name stimmt, abgesehen von denen so vieler anderer, und auch ihre Rollen und du und ich … das ist merkwürdig.«

»Huh.« Er legte den Kopf in den Nacken und starrte ins Leere, während er nachdachte. »Du meintest, dass es jede Menge Geschichten darüber gibt. Gibt es eine Haupterzählung? Eine, die besser ist als alle anderen?«

»Ich glaube, *Le Morte d'Arthur* war die erste, die die ganze Geschichte erzählte.«

Lancelot verzog besorgt das Gesicht. »*Der Tod von Arthur?* Das klingt toll. Geht es darin darum?«

»Ich weiß es nicht. Ich habe es nie gelesen.«

Er schnaubte. »Das ist schlecht. Ich wünschte, du hättest es.«

»Ich auch.«

»Die Zeit, die du allein im Gemach der Königin verbringst, hat sich inzwischen von akzeptabel zu verdächtig geändert«, meldete sich Gawain von der Treppe.

Vera und Lancelot lachten. »Vielen Dank, Sir Gawain. Ich komme.« Lancelot verdrehte die Augen, aber lächelte, als er sagte: »Es ist doch immer ein Abenteuer mit Gawain. Hör zu, ich bin mir sicher, dass es nichts ist. Es sind … merkwürdige Zufälle – und sie liegen ja nicht komplett richtig, oder?«

Vera schätzte mal nicht. Sie hatte nie etwas darüber gehört, dass Gawain Zauberer gewesen war. Und die Tafelrunde stand ganz bestimmt nicht in Verbindung mit Poker.

Lancelot küsste Vera auf die Wange. »Gute Nacht, Liebling. Versperr die Tür. Arthur hat einen Schlüssel.«

»Ich weiß. Danke, Mama. Wir sehen uns morgen.« Aber sie beobachtete Lancelot, als dieser davonging. Ihrem Gefühl nach war etwas an ihrer Unterhaltung seltsam gewesen, aber sie konnte nicht genau sagen, was.

Vera benötigte keine Hilfe beim Umziehen, wollte aber mit Matilda reden. Sie schlich zu ihrer Tür und lauschte vorsichtig einen Moment, da sie nicht stören wollte, falls Randall da war. Nachdem die Stille anhielt und sie sich versichert hatte, nicht zu stören, klopfte Vera. Keine Antwort.

Wenn Matilda nicht hier war und sie und Randall zur selben Zeit gegangen waren … Vera kicherte allein im Flur. *Das* würde morgen für Gesprächsstoff sorgen. Sie konnte es kaum erwarten, Arthur davon zu erzählen.

Vera zog sich um und legte sich hin. Es war ein wundervoller Abend gewesen, die Art, die dafür sorgte, dass schmachtende Liebende einander endlich fanden.

Das unerwünschte Bild von Marians wunderschönen Lippen an Arthurs Ohr schob sich in Veras Gedanken. Sie riss die Augen auf. Was, wenn er heute Nacht gar nicht kommen würde? Vielleicht leistete er Marian Gesellschaft? Immerhin durfte er das. Vera hatte kein Anrecht auf ihn. Er hatte deutlich gemacht, dass sie jeden nehmen konnte, den sie wollte, also galt dasselbe auch für ihn.

Sie waren Freunde, und bald würde sie gehen. Genau genommen wäre es besser, wenn er dieses Pflaster heute Nacht herunterreißen und bei einer anderen Intimität finden würde. So sehr er auch betonte, dass er Vera nicht in die Enge treiben wollte, war er auch gefangen. Sie war nicht die Einzige, der man einen Trank gab, der ihre Gefühle manipulierte.

Es könnte sein, dass zwischen Marian und Arthur bereits etwas gelaufen war. Immerhin tat sie unglaublich vertraut mit ihm. Es gab diese einjährige Lücke, nachdem Arthur bereits zwei Versionen von Guinevere beim Sterben zugesehen hatte. Er hatte nicht einmal gewollt, dass

Merlin Vera zurückbrachte. Warum also hätte er in dieser Zeit keine Leidenschaft oder gar Liebe finden sollen?

Vera wollte sich übergeben.

Sie lag im Bett, versuchte nicht darüber nachzudenken, stellte aber fest, dass sie scheinbar keinen anderen Gedanken mehr hatte. Nach mindestens einer Stunde oder so war Vera kurz vor dem Einschlafen, als sie ein leises metallisches Geräusch vernahm, das vom Türschloss kam. Sie öffnete die Augen weit genug, um Arthurs markante Silhouette in der Tür zu erkennen. Er schloss diese vorsichtig und verriegelte sie. Er zog sich nicht einmal um, sondern einfach nur das Shirt aus und krabbelte ins Bett.

Vera war sauer, dass sie so erleichtert war, dass sie am liebsten losgeweint hätte. Sie drehte sich zu ihm und legte eine Hand auf seine nackte Brust, überrascht von ihrer eigenen mutigen Vertrautheit. Er tat nicht einmal so, als würde er schlafen und legte einfach die Hand auf ihre.

Vera erschauderte. Sie wollte ihren Körper an seinen pressen, und bei diesem Gedanken schlug ihr Herz wie wild.

Arthur fuhr mit dem Daumen ihre Hand nach. »Gute Nacht, Vera.«

»Gute Nacht«, sagte sie.

39

Das einzige Lanzenturnier, das Vera ja besucht hatte, war das auf dem Glastonbury Abbey's Medieval Fayre gewesen, wo ein als Hofnarr verkleideter Mann mit einer Hand jonglierte, während er mit den Nasenlöchern eine Plastikflöte spielte. Camelots Festival hatte keinen jonglierenden Nasenmusikanten, und das Lanzenstechen war weit entfernt von dem auf dem Fayre. Dort gab es anmutige Seilakrobatik, die in choreografierten Schwertkämpfen auf dem Boden endete.

Vera saß neben Arthur auf einer erhöhten Tribüne für Königshäuser und Adlige, sah sich Kampf um Kampf des *echten* Lanzenstechens an und hatte dabei entweder schockiert die Augen aufgerissen oder zusammengepresst. Lanzen explodierten in Splittern, der Aufprall ließ Ritter zu Boden gehen, und es gab jede Menge Verletzte. In Wyatts erstem Kampf bekam dieser eine Lanze direkt gegen das Visier des Helms. Auch wenn er keine bleibenden Schäden davontragen würde, sah er wirklich übel aus. Bei jeder neuen Runde verkrampften sich Veras Hände auf den Stuhllehnen, sie wurde kleiner und zuckte zusammen, als könnte sie darin versinken, wenn sie es nur fest genug versuchte.

Arthur bemerkte ihre Anspannung und hielt ihre Hand gut fest. Er lenkte sie mit Nebensächlichkeiten und Witzen ab. Es war kaum Mittag, als ein Bediensteter mit einem Glas Wein neben Vera erschien. Sie nahm es aus Höflichkeit entgegen, war aber verwirrt, da sie nicht darum gebeten hatte.

»Ich dachte mir, dass dich das vielleicht etwas entspannt.« Arthur zwinkerte ihr zu. Die verspielte Geste war auf seinem häufig so ernsten Gesicht unglaublich attraktiv.

Es bestand kein Zweifel: Percival war der beste Lanzenstecher des Turniers. Ohne Unfall würde er gewinnen. Er stieß seinen momentanen Gegner mit einem Schlag vom Pferd.

Auch Tristan und Lionel schlugen sich nicht schlecht. Wyatt tat sich nach seinem unglücklichen Start in den Tag etwas schwer. Er hatte bereits zwei Kämpfe verloren. Als Lancelot kurz vor der Mittagspause auftauchte, schwitzte Vera bereits.

»Du machst nicht beim Lanzenstechen mit«, erkannte Vera.

»Nein«, meinte Lancelot angewidert. »Lanzenstechen ist dumm.«

»Er ist nicht sonderlich gut«, erklärte Arthur. Lancelot verdrehte die Augen, aber ignorierte Arthur ansonsten.

»Ich habe eine Idee.« Er trommelte mit den Fingern auf ihre Armlehne, seine Augen funkelten. »Eine Aktivität nach dem Mittagessen für all jene, die keine Soldaten sind. Kannst du mir helfen?«

Vera grinste. Was er wohl im Sinn hatte?

Sie hatte keine von Guineveres Erinnerungen an Lancelot während des Krieges, aber Arthur hatte einmal etwas gesagt, das hängen geblieben war. »Wenn es scheint, als würde ich gerade eine schwere Bürde tragen, ist es das wie für Lancelot während des Krieges. Damals war er ein anderer Mann. Ich konnte nicht mit Sicherheit sagen, ob die Person, die ich kannte, je wieder zurückkehren würde.«

Aber Lancelots Wertschätzung des Friedens schien seinen Geist nur zu stärken. Wenn kein Krieg herrschte, war das Leben meist ein Spiel für ihn. Entweder ärgerte er Merlin oder nahm Vera nach ihrer morgendlichen Joggingrunde mit in die Grube oder einen neuen Ritter in ihrer Runde auf. Von daher hätte Vera eine Vorstellung haben können von dem, was sie erwartete.

Sie und Lancelot begannen das allererste Schere-Stein-Papier-Turnier der Geschichte vorzubereiten. Sie entschieden sich für eine K.o.-Runden-Klausel und verbreiteten dann die Kunde, dass die Leute sich versammeln sollten. Das Volk Camelots mochte Spiele, was anhand der Beliebtheit der Grube zu erkennen war, und dort veranstalteten sie auch ihr Turnier. Es lag praktischerweise in der Nähe des Übungsplatzes, wo auch das Lanzenstechstadion für das Festival errichtet worden war.

Wie oft diente der beliebte General des Königs und Kriegsheld Sir Lancelot schon als Kommentator und Schiedsrichter eines brandneuen Turnieres, welches einzig für Nicht-Adlige, Nicht-Königliche und Nicht-Ritter, dafür aber für reguläre, gewöhnliche Bewohner und Reisende ausgerichtet wurde?

»Niemals«, berichtete Lancelot Vera, als diese fragte. »Wir haben noch niemals *so etwas* getan, was ganz offensichtlich verrückt ist.« Er deutete zu der immer weiter wachsenden Menge. Beinahe alle, die das Lanzenstechen nicht aktiv verfolgten oder gar selbst daran teilnahmen, hatten sich für die Einweihung des Turniers des Volkes (wie es Lancelot nannte) eingefunden. Er sprang auf eine der Grubenmauern und rief beeindruckend übermütig: »Versammelt euch, ihr guten Leute Camelots und Reisende von fernen Hügeln und Tälern des Königreichs!«

»Oh, nett«, murmelte Vera an seiner Seite.

Er blickte zufrieden zu ihr hinunter. »Gut, oder?«, entgegnete er leise.

»Hört nun! Ich präsentiere euch ein Spiel nicht für jene, die behände auf den Rücken von Rössern oder mit dem Schwert sind: ein Spiel für alle. Ein Spiel, welches euer Geschick, euer Gegenüber zu lesen, testet. Ein Spiel, welches eure Hände ermüdet und eure Herzen erregt.« Er senkte die Stimme dramatisch. »Ein Spiel, das ultimativ rein vom Schicksal entschieden wird.«

»In Ordnung, komm auf den Punkt«, meinte Vera.

Dies tat er auch brav. Auf dieselbe dramatische Weise erklärte er die Regeln des Spiels: dass sie »Runden« aus drei »Matches« für jeden Gegner abhalten würden, und dann fügte er noch Regeln hinzu, die Vera ihm nicht beigebracht hatte. »Ihr *müsst* eure Wahl bei der vierten Handbewegung zeigen. Es gibt eine gut gemeinte Warnung, aber danach«, er deutete nachdrücklich in die Luft und schwieg einen Augenblick, »wird euer Gegner das Spiel gewinnen.« Während er zum Ende kam, wiederholte er mithilfe der Zuschauer die Regeln. »Ist das Papier?«, rief Lancelot, hielt dabei eine flache Hand schräg und die Finger übereinandergelegt.

»Nein!«, rief die Menge vereint. Vera lachte sich ins Fäustchen.

»Ist *dies* Papier?« Er korrigierte seine Handhaltung und streckte sie vor sich aus.

»Ja!«, jubelten sie.

Lancelot stieß mit der Faust in die Luft und erklärte das Turnier offiziell für eröffnet.

»Oho.« Er sprang von der Mauer.

»Was?«

»Merlin«, murmelte er und blickte zielgerichtet über Veras Schulter.

Sie hörte ihn, bevor sie sich zu ihm drehte.

»Was tut ihr da?« Sein Gesicht war bemüht angespannt, auch wenn die Vene an seiner Stirn pulsierte.

»Ein Spiel spielen«, entgegnete Lancelot, als ob dies offensichtlich sei. »Guinna hat es mir beigebracht.«

Merlin zeigte steif auf ein Match, welches gerade hinter ihnen ausgetragen wurde. »Das ist kein Spiel für unsere Zeit und du hast es *allen* beigebracht. Das geht nicht. Du kannst dir nicht deine eigenen Regeln ausdenken!«

»Oh, ich versteh schon«, sagte Vera. »Du bist der Einzige, dem dies erlaubt ist.«

Er funkelte sie wütend an, während Lancelot, ohne auch nur in ihre Richtung zu sehen, die Hand seitlich zu einem High Five hochhielt. Vera grinste und schlug ein. Merlin kochte regelrecht vor Zorn.

»Ach, komm schon, Merlin. Das ist doch nicht schlimm.« Lancelot drückte Merlins Schulter freundschaftlich. »Ich habe dir tatsächlich einen Platz im Turnier freigehalten, *und* diese Runde überlebst du. Was sagst du dazu? Willst du direkt in Runde zwei einsteigen?«

Der Zauberer schnaubte und fixierte Vera mit einem enttäuschten Kopfschütteln, aber diskutierte nicht weiter.

»Der arme Merlin.« Lancelot seufzte, als der Magier davonmarschierte. »Du und ich werde ihn noch ins Grab bringen. Da bin ich mir sicher.«

Vera hätte sich vielleicht schuldig gefühlt, dass sie sich gegen ihn verschworen, wenn sie nicht gerade erst von seinen vermaledeiten Tränken erfahren hätte. Er verdiente mehr als ein wenig soziales Unbehagen. Aber Merlin überraschte sie und tauchte tatsächlich auf, um seine Runde zu spielen. Als er die ersten beiden Matches gewann und damit die Runde für sich entschied, glaubte Vera die Andeutung eines Lächelns zu erkennen, während die Zuschauer ihrem Magier stolz zujubelten.

Lancelot intervenierte bei Streitigkeiten während der Spiele, wenn jemand seine Wahl zur falschen Zeit traf oder zu lange zögerte. Er sorgte dafür, dass die Stimmung locker blieb, und brachte Vera zum Lachen.

»Okay, okay, okay, warte mal!«, unterbrach er, als sich ein paar Leute im Publikum über vermeintlichen Betrug aufregten. »Wir, die Versammelten, haben eine Pflicht, nein, gar eine Verantwortung, die Ehre dieses prestigeträchtigen Wettbewerbs zu wahren. Sind wir gefühllos?«

Alle antworteten mit einem einvernehmlichen Nein.

»Nay! Das sind wir nicht. Wie abgemacht, werden wir eine Warnung aussprechen.« Lancelot drehte sich zum Angeklagten. »Also, eine kleine Erinnerung, Junge: Schere, Stein, Papier, und *dann* zeigst du deine Wahl.«

Das Lanzenstechen endete, bevor das Schere-Stein-Papier-Turnier vorbei war, und alle Ritter und Soldaten kamen dazu, um die verbliebenen Spieler anzufeuern und ihre Unterstützung denjenigen zuteilwerden zu lassen, die ihrer Heimat am nächsten waren. Sie jubelten laut bei Siegen und stöhnten theatralisch, wenn es eine Niederlage gab.

Merlin war eindeutig der Liebling der Menge und überstand jede Runde bis zum Finale, wo er im dritten Match von einer süßen alten Dame von auswärts geschlagen wurde. Er lachte, etwas, das Vera zuvor noch nie gesehen hatte, und umarmte die Frau zum Glückwunsch. Percival, der Sieger des Lanzenstechens, eilte an Veras Seite und drückte ihr seinen Preis – eine goldene Pfauenstatue – mit einem Blick auf die Dame in die Hand.

»Bist du sicher?«, erkundigte sich Vera, wobei sie schreien musste, damit er sie über die grölende Menge hinweg hören konnte. Der Ritter nickte.

Lancelot verkündete die Gewinnerin, als sie der Frau ihren Preis überreichte. Vera fand Arthur in der Menge, wo er mit dem Rest applaudierte. Sie erkannte reine, ungetrübte Freude – bestimmt auch aufgrund des schönen Tages, des Gemeinschaftssinns seiner Leute, aber *dies* – was sie in diesem Augenblick sah – war wegen ihr, das wusste sie tief in ihrem Innersten.

In ihrem ganzen Leben war Vera nie so glücklich gewesen, wie in diesem Moment, während sie Arthur in der Menge anschaute. Er sah sie ebenfalls an.

Vera wusste, was sie sagen wollte, und Nervosität machte sich in ihr breit. »Arthur, ich …«, begann sie, als er nah genug war, um sie zu hören, aber er blieb nicht stehen. Ohne seine Schritte zu unterbrechen, nahm er sie beim Handgelenk, riss Vera an sich und küsste sie, ohne zu zögern.

Ihre Hände legten sich auf seine Brust, packten ihn an der Tunika und hielten ihn so fest, als hätte sie Angst, er könnte jeden Augenblick gehen. Als Vera spürte, wie er ihre eigene mit seiner Zungenspitze neckte, keuchte sie, um sich selbst von einem lustvollen Stöhnen abzuhalten. Sie lehnte sich zurück und presste die Lippen aufeinander.

»Ich weiß nicht, wie ich jemals gehen soll«, gestand Vera, als sie sich sicher war, ihrer Stimme wieder vertrauen zu können, wobei ihre selbstsüchtigen Gedanken die Oberhand gewannen, der unangenehme Stich der Schuld aber direkt folgte. Sie musste wieder nach Hause zu ihren Eltern – zu ihrem Vater. Sie war nicht Guinevere; sie gehörte nicht hierher.

Arthur war Herr über seine Gefühle und Vera inzwischen beinahe eine Expertin darin geworden, ihn zu »lesen«. Sie sah, wie er versuchte, seine Euphorie in den Griff zu bekommen, indem er schwer schluckte. »Ich möchte nicht, dass du gehst«, war alles, was er sagte. Ihr Herz hätte einen Satz gemacht, wäre es nicht durch die magische Einmischung und Veras unausweichliche, aber notwendige Abreise getrübt.

Er küsste sie erneut; diesmal zärtlich. Langsam. Als er sich zurückzog, überlegte er es sich noch einmal und presste die Stirn gegen ihre. Solch ungezügeltes Verlangen lag in seinem Blick – ah, natürlich. Der Trank brachte ihn dazu, sie zu wollen. Arthur wusste nicht, dass er ihn zu sich genommen hatte. Sie musste es ihm sagen.

Sie hatten sich noch nicht einmal aus ihrer Umarmung gelöst, als ein Geräusch durch Camelot hallte. Es war eine mehrtönige Dissonanz, deren Qualität ein Kontrast aus reichhaltig und schrill war und das Volumen so unnatürlich laut, dass es bei allen, die es hörten, ein

Gefühl der Angst hinterließ. Es war das Blasen eines Horns, aber anders als an dem Tag, an dem das Wildschwein entkam. Arthur hatte Vera von diesem Horn erzählt, das als Sirene gedacht war. Dies war sein Zweck, es sollte niemals geblasen werden außer unter den allerschlimmsten Umständen.

Als sein quälender Ruf ertönte, reagierten alle mit mehr Schrecken, als wenn er nicht zu solch einer Zeit unverschämter Glückseligkeit erklungen wäre. Die Schreie waren mehr als panisch. Viele Menschen duckten sich, als ob das Horn ein Drache im Himmel sei, der Flammen auf sie herunterregnen ließ. Es herrschte helle Aufregung.

Arthur spannte sich an, aber ließ nicht gleich von Vera ab. Er hielt sie noch einen Wimpernschlag länger inmitten des Tumultes, ein gefrorener Teich in aufgewühlten Gewässern, und küsste sie ein weiteres Mal; denn Arthur wusste, was dieses Horn bedeutete. Was auch immer auf sie zukam, weshalb auch immer das Horn geblasen worden war, es lief alles auf ein und dasselbe hinaus: Camelot … das Leben, wie sie es kannten, war dem Untergang geweiht.

40

Die Stille im Thronsaal bot Gnade von dem zerstörenden Chaos draußen, aber sie war nicht besser. Es war die Ruhe vor dem Sturm, und sie konnten nur hoffen, dass die Nachrichten nicht allzu schlimm ausfallen würden.

Als Arthur Vera aus seiner Umarmung entlassen hatte, hielt er weiterhin ihre Hand fest, zog sie hinter sich her, als er den Strudel betrat. Sie war Zeugin, wie sich eine beeindruckende Ordnung zwischen den Rittern und Arthur ausbreitete. Für Vera fremd, doch für sie so selbstverständlich wie zu atmen. Sie hatte Elaine den ganzen Tag über nicht gesehen, aber nun war sie da, stand direkt neben Vera, eine beschützende Hand auf deren Rücken, die Augen stählern und das Gesicht verhärtet. Sie alle – die gesamte königliche Wache und seine Ritter, alle bis auf Randall und Lancelot, fanden Arthur, als wären sie von einer unsichtbaren Macht geleitet worden. Arthur kletterte einhändig auf ein Fass, denn er ließ Vera nicht los.

Sein Blick huschte über die Ritter und fand Edwin. Vera beobachtete fasziniert ihren stillen Austausch, als Edwin sich seinen Weg durch die Menge bahnte und neben Arthur kletterte. Er schloss die Augen und verzog konzentriert das Gesicht, während er eine Hand um die Kehle des Königs legte. Es hätte wie eine Drohung ausgesehen, wenn Arthur nicht so ruhig geblieben wäre, was von ihm ausging wie Wärme an einem kalten Tag.

Als er redete, war seine Stimme durch die Gabe verstärkt, die aus Edwins Fingerspitzen floss. Bei Arthurs Ruf beruhigten sich die Leute, und das nicht nur wegen der Lautstärke. Eine Welle des Trosts schwang ebenfalls in seiner Stimme mit. Es fühlte sich wie ein Bissen Karamell an; so wie dies die Zunge beim Essen verlangsamte, ließ auch Arthurs Stimme die anschwellende Panik abebben.

Er verkündete, dass die Leute zum Schutz in die Burg kommen konnten, und setzte Percival darauf an, sie anzuführen, erinnerte sie an die bestehenden Schutzmaßnahmen, versicherte ihnen, dass er ihnen weitere Informationen zuteilwerden ließ, sobald auch er mehr wusste und dass er auf jeden Fall jedes Mittel ausnutzen würde, um sie in Sicherheit zu halten. Vera fühlte sich in seiner Gegenwart so klein, dass es ihr peinlich war, ihn zu berühren, als wäre er eine zu große Macht, die von ihr nicht geerdet werden konnte.

Als Lancelot und Randall mit einem Soldaten durch die Ränge geeilt kamen, den Vera von der Mauer erkannte, setzte sich alles wieder in Bewegung.

»Sprecht«, befahl Arthur ohne den Hauch von Höflichkeiten, als er von dem Fass kletterte.

»Ich schätze mal zweitausend«, berichtete Randall. »Sie sind einen Tagesritt entfernt, aber einer ritt voraus. Wir haben ihn festgenommen.«

Nun warteten sie im Thronsaal auf den Boten. Zweitausend war für eine Invasion wenig, was dies zu einer unwahrscheinlichen Erklärung machte. Naiv glaubte Vera, dass dies gute Neuigkeiten seien, dass es sie vor der belastenden Angst schützte, aber die Spannung ließ nicht nach. Zweitausend waren zu viele, als dass sie nichts Schlimmes im Schilde führten.

Sie waren alle versammelt: die gesamte königliche Wache, Matilda und beide Zauberer von Camelot. Vera hatte Angst. Alle unterhielten sich flüsternd oder starrten abwartend zur Tür, alle bis auf Tristan. Er traf ihren Blick, und eine Erinnerung erwachte in ihrem Kopf.

Vera stand auf einem leeren, schwelenden Feld, welches mit Erdhügeln für eine ihr unbekannte Ernte übersät war, Rauch erhob sich in sich schlängelnden Säulen in unnatürlichen Farben von Juwelen, Bruchstücke, die auf Magie hinwiesen. Es wäre vielleicht schön gewesen, hätte sie nicht den sauren Geruch von verbranntem Fleisch und etwas widerlich Metallischem wahrgenommen. Die unregelmäßigen Abstände zwischen den Erdhügeln, deren seltsame Größen … ihre Augen fokussierten sich durch den Nebel des Rauches und des sich ausbreitenden Sonnenaufgangs. Leichen. Körperteile, keine Erde. Der scharfe Geruch von Blut, der beginnenden Verwesung und das drohende Verständnis, dass sie das alles zu verantworten hatte.

Vera – Guinevere – drehte sich an Ort und Stelle, ihr Gesicht eine Maske der Ruhe. Sie war die Architektin dieses Blutbads. Das Blut all dieser Leben, die auf diesem Schlachtfeld ausgelöscht worden waren, klebte an ihren Händen.

Als sie sich umdrehte, stieß sie beinahe mit Tristan neben ihr zusammen, stark, dreckig und blutend. Er ließ sich von ihrem Anblick nicht täuschen. Er sah die Wahrheit: Guinevere war zerstört. Für den Bruchteil einer Sekunde zitterte sein Kinn. Er packte sie am Ellbogen und sah sich den Schaden an.

Das war es.

Vera blinzelte die Erinnerung fort.

Tristan schenkte ihr vom anderen Ende des Thronsaals aus ein dünnes Lächeln, welches sie nicht erwidern konnte. Die Schwere dessen, was gerade passiert war – eine Erinnerung, eine *echte* Erinnerung –, erdrückte sie. Es war anders gewesen. Es war nicht wie Merlins Erinnerungen oder das, was sich wie ein Traum in dem sensorischen Becken angefühlt hatte. *Vera* erinnerte sich. Ihre eigenen Erinnerungen. Bedeutete dies, dass sie …

Die Türen flogen auf. Der Bote eilte herein, von zwei Soldaten

Camelots gestützt. Er war weder gefesselt noch folgte ihm jemand als zusätzliche Wache. Er trug auch keine Rüstung und wurde nur an den Armen von den Soldaten gehalten, weil er allein zusammengebrochen wäre. Arthur war als Erster auf den Beinen. Die Wachen zogen einen Stuhl für den Mann heran, während Lancelot ihm Wasser besorgte. Arthur kniete sich vor ihn, starrte ihm intensiv ins Gesicht, eine beeindruckende Mischung aus Kontrolle und Mitgefühl. Der Atem des Manns kam stoßweise. Er würde noch eine Weile nicht in der Lage sein zu sprechen. Arthur wandte sich an den Soldaten zu seiner Rechten. Dieser sah sich unsicher um und redete erst, nachdem Lancelot ihm kurz zugenickt hatte.

»Es … es war eine sächsische Invasion in Crayford, Sire. Jene, die kommen, sind auf der Flucht. Überlebende. Die komplette Stadt wurde zerstört. Das ist Robert, der Ortsvorsteher.«

Dies sorgte dafür, dass der Raum von Gemurmel erfüllt wurde. Es hatte seit dem Ende der Kriege keine Invasion mehr gegeben. Als der erschöpfte Bote aus Crayford zu reden begann, war seine Stimme so leise, dass Vera ihn zuerst gar nicht hörte. Arthur lehnte sich näher zu ihm.

»Ruhe«, brüllte Lancelot, der neben Vera saß.

»Alle mit Gaben wurden getötet.« Roberts Stimme brach, aber nach einer Pause fuhr er beherzt fort: »Da war ein Licht, hell und heftig. Alle Begabten, die in der Nähe des Lichts waren, gingen sofort zu Boden. Jene, die seinen Strahlen entkommen konnten, wurden gejagt und abgeschlachtet …« Er räusperte sich stark. »Aufgespießt auf Speeren in der Größe meines Armes.«

»Woher wussten sie, wer eine Gabe besaß?«, fragte Gawain, sein Gesicht auffällig emotionslos.

»Wir feiern unsere Begabten mehr als andere Städte im Königreich«, erklärte der Mann, seine Augen flehten den Magier um Vergebung und Frieden an, was dieser nicht geben konnte. »Ihre Namen stehen auf einer berühmten Rolle. Wir veranstalten Paraden für sie. Es ist kein Geheimnis.«

»Wie viele gehören der Streitmacht der Sachsen an?«, verlangte Arthur zu erfahren.

Robert stutzte, seine Überraschung war groß genug, um die Trauer zu überschatten. »Ihr missversteht mich, Euer Majestät. Es war keine Armee. Es war ein Sachse.«

»Ein Mann hat das getan?«, unterbrach Merlin scharf.

»Ja. Ein König. Ein Magier. Nichts ist mehr von Crayford übrig.«

»Die Stadt wurde niedergebrannt?«, fragte Arthur nun.

»Nein. Die meisten Häuser und Geschäfte stehen noch.« Robert schüttelte den Kopf, und seine Augen verloren ihren Fokus, als er an Crayford dachte. »Das Land. Das Land ist tot. Jeder Grashalm. Nicht verbrannt.« Seine Stimme hob sich, klang beinahe hysterisch. »Tot. Das Leben wurde ihm entzogen.«

Robert ergab sich den heftigen Schluchzern. Arthur legte eine Hand auf eine zitternde Schulter des Manns, während er sich an die Soldaten wandte. »Bringt ihn in ein Gemach, damit er sich ausruhen kann.«

»Ich muss euch alle bitten zu gehen, damit ich mich mit unseren Magiern besprechen kann«, verkündete Arthur, als er sich erhob, seine Augen folgten Robert und den Soldaten zur Tür. »Percival, berichte dem Volk, was wir wissen, und komm dann zu mir. Jeder Festivalbesucher, der in der Sicherheit Camelots verweilen möchte, kann dies tun. Tristan, begleite ihn. Ihr anderen: Wir müssen die Truppen bereithalten und die Kunde verbreiten, dass die Streitkräfte des Königreichs sich bereitmachen sollen. Betet dafür, dass sie nicht gebraucht werden.«

Sie gingen ohne weitere Fragen. Lancelot bewegte sich nicht.

»Soll ich gehen?«, flüsterte Vera.

»Du bleibst«, meinte er. »Du bleibst immer.« Er offenbar genauso.

Sofort, als der Raum sich geleert hatte, wandte sich Arthur an Merlin. »Glaubst du, dies ist der Anführer, den Viviane im Kopf hatte?«

»Das tue ich«, entgegnete Merlin ernst.

Oh mein Gott. Vera sank das Herz in die Hose. Sie hatten zu lange gewartet. Sie waren zu langsam gewesen. Was hatten sie sich nur dabei gedacht?

Merlins nächste Worte waren ein Lebensretter, ein Entkommen aus dem Desaster, in das sie sie geführt hatte. »Wir brauchen Guineveres Erinnerungen. Die Prozedur *wird* funktionieren, und wir müssen es jetzt tun. Ich würde es nicht vorschlagen, wenn es nicht absolut notwendig wäre. Ich werde so vorsichtig sein, wie ich kann.«

Er hatte recht. Natürlich hatte er das. Wie hatte sie sich jemals über das Wohlergehen des Königreichs stellen können? Nun war es so viel realer, nun, da eine ganze Stadt ausgelöscht worden war. Wie viele waren es gewesen? Wenn zweitausend übrig geblieben waren, was bedeutete das? Fünfhundert Tote? Fünfhundert Leben für Veras Leben, für ihre Annehmlichkeiten, ihr Glück.

»Ich werde es tun«, entschied sie.

Jegliche Farbe war aus Arthurs Gesicht gewichen. Er wusste, dass sie keine andere Möglichkeit mehr hatten.

»Wir sollten den Verstand der Königin nicht drängen«, warf Gawain ein. Merlin wurde unnatürlich still. »Euer Majestät, wir müssen uns an den Rat der Magier wenden. Viviane liegt seit beinahe zwei Jahren unter der Erde. Der sächsische Zauberer brachte Verderben. Es war kein Fluch der versagenden Magie. Es war eine vorsätzliche Straftat eines dunklen Magiers und eines Angreifers gegen das Königreich. Er hat die Magie in der Stadt zerstört und das Land korrumpiert. Wir wissen nicht, was er sonst noch getan hat, und wir können es uns nicht erlauben, weiterhin damit zu warten, Hilfe zu suchen.«

»Außerdem wissen wir nicht, wo er ist«, entgegnete Merlin. »Mit einer Gruppe zu reisen, die groß genug ist, um uns zu schützen, macht uns zu einer Zielscheibe und verletzlich. Was, wenn dieser dunkle Zauberer uns alle tötet, Gawain? Was dann?«

Lancelot setzte sich aufrechter hin. »Dann reisen wir einfach nicht in einer großen Gruppe.«

Sie alle sahen ihn an.

»Es muss nicht öffentlich bekannt sein«, erklärte er, während er scheinbar die Idee, die ihm gekommen war, weiter ausbaute. »Wir reisen klein und bewegen uns schnell.«

Merlin rutschte auf seinem Platz hin und her. »Euer Majestät, Ihr müsst die Ungewissheiten bedenken. Vielleicht sind die Magier nicht in der Lage zu helfen. Wir *können* Guineveres Erinnerungen wiederherstellen.«

»Wenn du sie nicht vorher umbringst«, schleuderte ihm Lancelot entgegen. Und ihm war nicht einmal bekannt, was Gawain und Vera wussten: dass es kein Ergebnis des Ganzen gab, bei dem sie unversehrt daraus hervorgehen würde.

»Es macht keinen Sinn, mit der Königin anzufangen. Das Risiko ist zu hoch. Viel zu hoch.« Gawains Appell richtete sich direkt an Arthur. »Es besteht die Möglichkeit, vielleicht sogar die Gewissheit …«

»Gawain«, warnte Merlin.

Gawain hörte nicht auf. Er sprach lauter. »Dass ein weiterer Versuch dafür sorgen wird, dass ihr Verstand zerbricht. Sie überlebt vielleicht, aber hätte nicht mehr genug Hirnfunktionen übrig, um in der Lage zu sein, Essen zu sich zu nehmen.«

»Genug!« Merlin schlug mit der Faust auf seine Stuhllehne.

Gawains charakteristisches Stirnrunzeln war nichts im Vergleich zu dem Zorn, der seine Züge nun entstellte. »Was würde es bringen, wenn sie stirbt, bevor sie uns etwas erzählen kann? Es ist umsichtig von uns, wenn wir zuerst zu den Zauberern gehen und Guineveres Verstand nur als letztes Mittel nutzen.«

Merlin begann zu argumentieren, aber Arthur hielt seine Hand hoch. »Wir gehen zu den Magiern.«

Es war entschieden. Merlin und Gawain, Arthur, Lancelot, Vera und zwei weitere Soldaten.

»Ich denke, dass es gut wäre, wenn noch ein weiterer Ritter Guinevere begleitet«, meinte Lancelot. »Percival wäre die beste Wahl.«

»Nein. Percival wird hier als Regent verbleiben«, entschied Arthur. »Wir werden Tristan mitnehmen.«

Lancelot kaschierte die gerunzelte Stirn beinahe perfekt, aber Vera bemerkte sie dennoch. »Warum nicht Randall? Oder Marian?«

Arthur schüttelte den Kopf. »Ich möchte, dass sie in Camelot verweilen. Tristan ist die richtige Wahl.« Er führte dies nicht weiter aus; es stand nicht zur Diskussion. Lancelot verschränkte steif die Arme vor der Brust, eindeutig unzufrieden.

Sie würden an diesem Abend noch aufbrechen, unter dem Deckmantel der Dunkelheit.

Arthur und Vera machten sich sofort zu ihrem Gemach auf. Sie packte ihre Laufschuhe und Socken in den Rucksack, überlegte sich dabei, was sie ihm sagen sollte. Die Erinnerungen waren *genau hier*. Sie hatte eine echte Erinnerung gehabt. Die anderen konnten nicht mehr weit weg sein. Aber dies führte sie zu einem anderen Punkt, mit dem sich Vera noch nicht auseinandergesetzt hatte: Sie war wahrhaftig Guinevere.

Bevor sie sich ein Herz fassen konnte, erschienen Percival und Tristan an der Tür. Pflichtbewusst berichtete Percival über den Status der Stadt: ruhiger als zuvor, aber sie bereiten sich auf den Ansturm der Flüchtigen vor.

»Sie reagieren gut auf Percival«, fügte Tristan hinzu, der ganz eindeutig beeindruckt war. »Beinahe wie auf Euch.«

Percival überging das Kompliment. »Welche Neuigkeiten gibt es von den Zauberern?«, fragte er stattdessen.

Arthur war ehrlich. Es gab viel, das er nicht sagen konnte, was Percival bereitwillig akzeptierte. Erst als Arthur von ihren Reiseplänen berichtete, stockte er. »Du wirst in Camelot verweilen«, erklärte der König dem jungen Ritter. »Du musst als Regent dienen.«

Percival wich zurück, bevor er die Stirn in Falten legte, was die Narbe auf seinem attraktiven Gesicht betonte. »Die Königin sollte dies übernehmen«, widersprach er.

Arthur schüttelte den Kopf. »Sie wird uns begleiten.«

»Weshalb?«, fragte Percival. Das war eine gute Frage, und es gab jede Menge Gründe. Weil sie es wollte, war nur einer davon. Weil Arthur wusste, dass der sicherste Ort für sie bei ihm und Lancelot war. Und weil sie die Magier brauchten, sollte etwas mit ihrem Verstand sein.

Stattdessen sagte Vera: »Ich möchte gehen«, während Arthur »Ich werde sie nicht verlassen« antwortete.

Zu ihrer Überraschung war dies genug Rechtfertigung für Percival.

»Tristan.« Arthur wandte sich ihm zu, als dieser pflichtbewusst einen Schritt nach vorne trat. »Du musst uns als Wache der Königin begleiten.«

Vera erschrak. Sie hatte nicht erkannt, was der Zweck eines weiteren Ritters war.

»Es ist mir eine Ehre, Euer Majestät«, antwortete Tristan mit funkelnden Augen.

»Arthur, ich weiß nicht, wie ich als König handeln soll«, warf Percival ein.

»Natürlich tust du das.« Arthur durchquerte das Zimmer zum Schreibtisch. Er nahm einen Stapel Pergamente und reichte diesen einem überraschten Percival, bevor er nachdenklich innehielt. »Ich werde dir ein paar Dinge zeigen. Komm mit.« Auch Vera folgte ihnen zur Tür. Arthur hielt sie auf. Sein Blick huschte für einen Augenaufschlag zu Tristan, bevor er auf Vera landete. »Bleib hier und pack fertig.«

»Ich …«, stammelte sie. »In Ordnung.«

»Soll Tristan …«, begann Percival.

»Nein«, unterbrach Arthur. »Er kann bleiben.«

Ihre Schritte verhallten im Korridor und ließen Vera und Tristan zurück. Unsicher, was sie sonst tun sollte, nahm Vera das Packen wieder auf, während er ans Fenster trat. Die Läden waren geöffnet, und eine angenehme Brise wehte herein. Tristan packte einen der Gitterstäbe und rüttelte fest daran. Vera war nicht aufgefallen, dass sie ihre Tätigkeit unterbrochen hatte, nur um ihn zu beobachten, ein Reiseumhang lag halb gefaltet in ihren Händen. Es gab etwas an Tristan, das sie vermisste. Sie war direkt davor, konnte aber nicht dazu durchdringen, nicht die letzten Spinnweben beiseitewischen, die ihre Erinnerungen verbargen. Vera schloss angestrengt die Augen, um sich zu konzentrieren. Sie ließ sich auf das Bett hinter ihr fallen.

»Gwen?«, fragte Tristan vorsichtig. Veras Augen flatterten auf. Er schloss bereits die Entfernung zwischen ihnen beiden. »Hast du Angst?«

»Ich …« Sie suchte nach den richtigen Worten, aber ihr drehte sich der Kopf. Sie war so kurz davor.

Tristan zog einen Stuhl heran und setzte sich ihr gegenüber. Er lächelte grimmig. »Ich weiß. So hat es sich seit den Kriegen nicht mehr angefühlt. Es wird alles gut werden.« Er rieb ihren Arm, und da war es.

Vera erinnerte sich.

Es gab keinen dramatischen Moment der Rückbesinnung, sie erlebte die Szene nicht wieder wie in dem sensorischen Becken. Eine Sekunde lang hatte sie noch nicht einmal daran gedacht, diese verstaubte Ecke ihres Verstandes aufzusuchen, und in der nächsten waren Tristan und so viele Dinge einfach … da, als ob es immer so gewesen wäre. Es existierte eine ganze Kindheit voller Erinnerungen mit dem Mann vor ihr. Ihre Eltern teilten sich einen Lehrer, der sie beide unterrichtete. Tristan hatte Vera gezeigt, wie man verkehrt herum von dem Ast eines Baumes hing, und sie brachte ihn in jede Menge Schwierigkeiten, als sie ein Sonnwendfeuer anzündeten, welches beinahe das gesamte benachbarte Gerstenfeld in Flammen aufgehen ließ. In den beiden Leben, die sie geführt hatte, war Tristan ihr liebster Kindheitsfreund.

Außerdem war er vor so vielen Jahren an einem verregneten Sommertag auch ihr erster Kuss in der Scheune seines Vaters gewesen. Sauer, salzig oder süß. Es war ein Spiel, welches sie spielten, wenn einer die Augen geschlossen hatte und der andere ihn mit etwas zu essen überraschen sollte und sie gemeinsam lachten, wenn es die Geschmacksknospen schockierte. Sie wechselten sich ab, und Tristan war damit an der Reihe gewesen, die Augen zu schließen. Vera war vierzehn und die Spannung zwischen ihnen hatte seit Monaten zugenommen. Wenn nicht gar seit Jahren. Sie hatte bereits Stunden zuvor entschieden, dass heute der Tag war. Als Vera ihre Lippen auf die seinen presste anstelle von dem süßen Kuchen in ihrer Hand, hatten Tristans Lippen an dem Tanz teilgenommen.

Aber dies war nicht das Ende gewesen. Und die Pläne ihrer Väter, dass sie heiraten sollten, waren nicht nur abenteuerlich; sie waren nett. Tristan und Vera waren verliebt. Die fehlenden Jahre, die sie zuvor nicht hatte erreichen können, überfluteten sie nun. Momente des Glücks, Hände, die sich auf Banketts unter den Tischdecken berührten, Tänze, bei denen er sie etwas zu nah bei sich hielt, geheime Küsse, wenn sie glaubten, dass sie hinter den Rücken ihrer Eltern oder der Diener heimlich handelten, aber es jeder wusste.

Und sie erinnerte sich an den Tag, als alles endete, an dem sie ihn in derselben Scheune traf. Diesmal war es ein perfekter sonniger

Tag gewesen. Das Licht fand jede Lücke und jede Kante in der holzverkleideten Wand und tauchte Tristan und Vera in unregelmäßige Streifen. Sie weinte, als sie ihm gestand, dass sie erwählt worden war, den König zu heiraten. Er flehte sie an, dies nicht zu tun, und malte für sie ein Bild des Lebens aus, das Tristan und Guinevere miteinander führen könnten. Es wäre ein gutes Leben, ein wundervolles. Sie hatte gewusst, was sie aufgab, aber sie wusste auch, dass es das Beste für das Königreich war … dass die Ländereien und Truppen ihres Vaters (unter ihnen auch Tristan) es ermöglichten, den neuen Traum einer Nation zu erfüllen.

Tristan hatte ihre Gruppe sogar den ganzen Weg bis nach Camelot begleitet, in der Hoffnung, dass Guinevere ihre Meinung ändern würde, nachdem sie Arthur begegnet war, und dass er sie fortbringen könnte. Aber dann traf auch er Arthur. In der darauffolgenden Nacht kam Tristan zu ihr.

Dieses Mal war er derjenige, der ihr unter Tränen gestand, dass sie recht hatte, da er das Licht in Arthur gesehen hatte, welches auch alle anderen sahen.

Nach den Kriegen nahm er sogar die Reise von seiner Heimat im Norden auf sich. Arthur hatte nach ihm schicken lassen, als der Zustand der ursprünglichen Guinevere seinen Tiefpunkt erreichte, sie kaum noch in der Lage war, das Bett zu verlassen. Tagelang hatte Tristan an ihrem Bett gesessen, aber es machte keinen Unterschied für sie.

»Ich bereue es, je gegangen zu sein«, sagte Tristan. Dies riss Vera aus ihren Erinnerungen. Sein Blick schweifte zum Fenster. »Ich ging, und dann bist du gestürzt.« Trauer verdunkelte sein hübsches Gesicht.

»Es war nicht deine Schuld«, sagte Vera. Das war es nicht, was der Guinevere zugestoßen war, die er gekannt und geliebt hatte. Aber das konnte sie ihm nicht erzählen.

»Bist du … glücklich mit ihm?«, fragte Tristan, wagte es aber nicht, sie dabei anzusehen.

»Ja«, meinte Vera und es war keine Lüge.

»Ich freue mich für dich. Das meine ich ernst«, erklärte er, als er sich erhob. »Es ist mir eine Ehre, dir als Wache zu dienen.«

»Danke«, gelang es ihr zu murmeln, kaum dass er schon halb an der Tür war.

Als Arthur zurückkehrte, wusste Vera, dass sie es ihm sagen sollte, aber sie fand die Worte dazu nicht.

Kaum dass der Horizont die letzten Sonnenstrahlen verschlungen hatte, brachen sie auf und ritten die Nacht durch, mit nur kurzen Pausen dazwischen. Die Magierei war in Oxford, was weit über hundert Kilometer entfernt lag. Auch die nächsten zwei Tage ritten sie durch.

Die Morgendämmerung war noch gute zwei Stunden entfernt und der Himmel eine tintenfarbige Leere, als sie an ihrem Ziel ankamen: einem unauffälligen Kloster nördlich von Bristol. Die dortige Priorin war eine Frau, die Arthur gut kannte und der er vertraute. Sie gewährte ihnen heimlich Unterschlupf in den Gästezimmern.

Vera ließ sich dankbar auf das Bett fallen und wäre im Sitzen eingeschlafen, wenn Arthur sie nicht bei der Hand genommen hätte. Sie blinzelte ihn durch ihre Benommenheit an.

»Kannst du noch etwas länger wach bleiben?«, flüsterte er.

Sie nickte, neugierig genug, dass ihr Verstand sich aus dem Nebel des Schlafs befreite. Arthur führte sie durch eine Tür gegenüber jener anderen Tür, die sie genutzt hatten, um die Kammer zu betreten, und in eine bescheidene Kapelle. Vera stolperte über ihre eigenen Füße. »Unser Zimmer grenzt an eine Kapelle?«, fragte sie.

Es war ein kleiner Ort: zwei Bänke standen vor einem hölzernen Altar. Arthur setzte sich auf die vordere, und Vera folgte ihm direkt, wartete auf eine Erklärung.

Sie drehte sich zur Haupttür, die sich hinter ihnen öffnete. Erst kam Lancelot, dann Gawain herein.

»Wir haben nur ein paar Minuten«, sagte Lancelot.

Arthur nickte und Gawain begann. Also war dies der Grund, weshalb sie hier waren, aber warum die Geheimnistuerei?

»Ich glaube, dass der sächsische Magier, der Crayford terrorisierte, derselbe ist, der das Massaker in Dorchester veranstaltete«, begann Gawain. Arthur, Lancelot und Vera tauschten schockierte Blicke aus. »Die Art, wie ihr Bote das Sterben dort beschrieb, sowohl das magische als auch die herkömmliche Gewalt, so war es auch dort.«

Arthur lehnte sich nach vorne, die Ellbogen auf die Knie gestützt. »In Dorchester waren es all jene ohne Magie, die ermordet wurden. Dieses Mal hat er alle mit Magie abgeschlachtet. Das ergibt keinen Sinn.«

Lancelot sah Gawain mit einem seltsam angespannten Ausdruck an. »Du warst dort? In Dorchester?«

»Ja«, bestätigte Gawain und vermied es, Lancelot anzusehen. Nichtsdestotrotz zuckte Lancelots Hand, als wolle er Gawain tröstend berühren. Er ballte sie stattdessen auf seinem Oberschenkel zu einer Faust.

»Ich bin dort geboren«, fuhr Gawain fort. »Meine Familie wurde während des Angriffs getötet. Merlin war der erste Magier, der nach dem Massaker reagierte. Er bot mir einen Platz in der Magierei. Er ist die Person, die einer Familie für mich am nächsten kommt.«

Das war Vera nicht klar gewesen. Eine Welle der Zuneigung für Merlin breitete sich daraufhin in ihr aus, die aber durch seine Handlungen in letzter Zeit verkompliziert wurde. »Vertraust du ihm?«, fragte sie.

Gawain zögerte, bevor er antwortete. »Das tue ich. Das habe ich immer.«

»Warum halten wir dann ein geheimes Treffen ab?«, wollte Vera nun wissen.

»Aus dem wahren Grund, weshalb wir die Magier aufsuchen müssen.« Gawain atmete tief ein. »Ich glaube, dass sie uns mit dem Sachsen helfen können, aber es gibt einen weiteren Grund, weshalb die Magie schwindet, und dieser muss mit ihnen besprochen werden. Merlin würde mich aufhalten, wenn er es wüsste.«

»Weshalb würde er das tun?«, erkundigte sich Arthur.

»Weil es damit zu tun hat, wie wir Magier unsere Macht ausbauen.«

Vera setzte sich aufrechter hin. Sie hatte sich dies schon lange gefragt. Es war ihr seit dem Tag im Hinterkopf geblieben, als Gawain ihr erzählte, dass die meisten Magier mit nur einer Gabe begannen. »*Wie* sammeln die Zauberer mehr Gaben?«

Lancelot antwortete augenblicklich: »Durch Lernen und Erfinden.«

Arthur nickte beipflichtend.

Gawain hielt Veras Blick. Sie lehnte sich zu ihm und fragte erneut: »Wie?«

Er leckte sich über die Oberlippe und schluckte schwer.

»Du kannst es nicht sagen«, hauchte sie.

»Nun stellst du die richtige Frage«, entgegnete Gawain und lächelte sie schwach an. Er drehte sich zu Arthur. »Magier können nur mit anderen Magiern in der Magierei während eines einberufenen Ratstreffens offen sprechen. Nachdem du die Magier um Hilfe gebeten hast, musst du im Raum bleiben. Sie werden dich auffordern zu gehen. Sie werden Druck ausüben, dass du gehst. Als Herrscher über das Königreich und damit über die Magier ist es dein Recht zu bleiben. Sag ihnen das. Verlass auf keinen Fall das Zimmer.« Seine Stimme war ernst. Er rieb sich angespannt die Schläfen mit den Daumen, die Hände zitterten. Was auch immer er wollte, dass Arthur verstand, es ängstigte ihn.

»Das werde ich nicht«, versprach Arthur.

»Wie sah der Zauberer in Dorchester aus?«, fragte Lancelot.

»Er wurde von Magie verborgen, wie ein fleischgewordener Schatten. Schrecklich und gleichzeitig unsichtbar.«

Vera erschauderte. Etwas … da war noch etwas. Es lag ihr auf der Zungenspitze, aber entwischte immer wieder. Sie erinnerte sich immer wieder an die Legenden um Arthur aus ihrer Zukunft. Vera versuchte es abzutun, aber sie konnte es nicht aufhalten.

Le Morte d'Arthur.

Der Name des Wälzers kam ihr in den Sinn, und sie erstarrte. Der Tod von Arthur.

Sie erinnerte sich an eine Figur aus den Legenden, die sie bisher noch nicht getroffen hatte. Er musste ausgedacht sein. Und dennoch … so viele Dinge waren wahr geworden. Ein ängstlicher Ruck durchfuhr sie.

»Hatte der Zauberer einen Namen?«, fragte sie in der Hoffnung, dass die Wahrheit sie von der Panik befreien würde.

Das tat sie nicht.

Gawain nickte. »Er nannte sich Mordred.«

41

Von Arthur und Lancelot kam bei diesem Namen keine Reaktion. Arthur stellte eine weitere Frage, aber Vera konnte sie nicht hören. Sie konnte nur das anhaltende Klingeln in ihrem Kopf wahrnehmen.

Gawain beantwortete Arthurs Frage nicht, sondern hielt den Blick weiter auf Vera gerichtet. »Du kennst den Namen«, stellte er fest. Es war keine Frage.

Es gab Namen aus den Legenden um König Arthur, die sie kannte, aber nicht genau ihrer Rolle zuordnen konnte. Nicht jedoch Mordred. Sie kannte diesen Namen, und in jeder Version, die Vera über den Mythos gehört hatte, war er derjenige, der Arthur töten würde.

»Er ist … ein Bösewicht in unseren Geschichten«, sagte sie.

Ihr gingen die Worte aus. Sie konnte nicht einmal mehr der Unterhaltung um sie herum folgen, die flüsternd fortgesetzt wurde. Ihre Gedanken wurden von Angst beherrscht, und darüber lag eine Entschlossenheit, sicherzustellen, dass diese Ereignisse so nicht geschehen würden. Sie kämpfte immer wieder mit sich selbst, was sie mit dieser Information anfangen sollte, bis sie schließlich eine Entscheidung traf: Sie würde es Arthur erzählen, sobald sie wieder in ihrer Kammer waren. Es würde keine Geheimnisse zwischen ihnen geben. Sie musste ihm alles sagen; auch das mit Tristan.

Zu dem Zeitpunkt, als sich ihre Wege vor der Kapelle trennten, konnte Vera es kaum erwarten, sich zu erklären. Sie begann, sobald sie die Tür hinter sich geschlossen hatten.

»Arthur, etwas ist geschehen.« Nervös spielte sie mit ihren Fingern, als sie sich auf das Bettende setzte. »Ich habe durch den Thronsaal geblickt und sah Tristan, und dann habe ich …«

Arthur kam und setzte sich neben sie, legte seine Hand auf ihre. Veras Herz begann zu rasen, aber dieses Mal vor Beklemmung und nicht wegen der Anziehung.

»Ich habe mich an ihn erinnert«, platzte es aus ihr heraus. »Eine ganze Kindheit voller Freundschaft und ähm, wie wir zusammen aufwuchsen.« Über die Gefühle, die damit einhergingen, würde sie kein Wort verlieren, darum ging es auch gar nicht. »Es waren *meine* Erinnerungen. *Meine* Kindheit, auch wenn es sich so lange her anfühlt. Ich … ich bin Guinevere. Ich bin mir sicher.«

Sein Gesicht blieb entschieden passiv. »Erinnerst du dich daran, was mit Viviane geschah?«, fragte er auf eine leise Weise, die Gänsehaut auf Veras Nacken erzeugte.

»Nein.«

Er nickte, und sie sah, wie sein Kiefer den Kreislauf des Anspannen-Entspannens begann.

»Es tut mir so leid«, meinte Vera. Das war ihr am allermeisten ein Bedürfnis gewesen, es auszusprechen, jenen Teil, der einen Knoten in ihren Eingeweiden gebildet hatte. »Das bedeutet, dass ich diejenige bin, die dich verraten hat. Ich war es. Ich habe es getan.«

»Schon in Ordnung«, sagte Arthur einen halben Moment später etwas zu schnell. »Ich mache dir deswegen keine Vorwürfe.« Sein Gesicht war wieder zur Maske geworden, und sie hätte deswegen am liebsten geheult.

»Meinst du das ernst?«, gelang es ihr zu fragen, ohne dass ihre Stimme brach.

»Ja.« Er drückte ihre Hand, bevor er sich erhob und zu seinem Beutel ging. »Und wir benötigen beide Schlaf.«

Zwischen ihnen war alles in Ordnung. Sie entschied sich, seinen Worten zu vertrauen, denn kurz darauf, nur wenige Minuten später, würde sie neben ihm ins Bett klettern und für ein paar gesegnete Stunden Trost in seinen Armen finden.

Aber Arthur suchte nicht nach Wechselkleidung in seiner Tasche. Er nahm die Satteltasche hoch und schwang sie sich über die Schulter.

»Gehst du irgendwohin?«, fragte sie.

»Am Ende des Gangs gibt es ein freies Zimmer. Ich werde dort schlafen.«

Vera rutschte das Herz in die Kniekehlen. »Arthur …«

»Gawain hat mir von dem Trank erzählt, der uns beiden verabreicht wurde. Ich denke …« Er schob den Kiefer nach vorne und konzentrierte sich auf Veras Schulter, sah ihr nicht in die Augen. »Wir haben uns beide etwas damit vorgemacht, zu wollen, dass das zwischen uns mehr als Magie ist, aber so war es zuvor nicht, bevor sie weg war … bevor *du* weg warst.«

Vera sah ihn mit offen stehendem Mund an, dem einzigen Ausdruck, zu dem sie gerade in der Lage war und der nicht bedeutete, dem prickelnden Schmerz von Tränen und dem Knoten, der sich in ihr formte, nachzugeben.

»Wenn du möchtest, kann Tristan bei dir sein«, sagte Arthur dann. »Ich bin mir ziemlich sicher, dass er dich immer noch liebt.«

Zuerst ergaben seine Worte keinen Sinn. »Was?«

»Du magst ihn. Das kann ich sehen.« Arthur zuckte mit den Schultern. Wie konnte er dies so locker sagen, als ob er sich mit ihr übers Wetter unterhielt? »Diese Gefühle sind von der Magie unberührt. Du hast dich nicht an mich erinnert …«

»Ich erinnerte mich an die Tanzschritte«, unterbrach Vera, wusste aber, dass sie sich an Strohhalme klammerte. »Und während der Prozedur …«

»Die Prozedur war eine magische Einmischung«, sagte er. »Und das andere war reines Muskelgedächtnis. Nicht bewusst. Du *erinnerst* dich an Tristan. Echte Erinnerungen.«

Seine entschlossene, feste Stimme verärgerte sie. »Also noch mal zum Mitschreiben: Du möchtest nicht, dass ich mich von dir in die Ecke gedrängt fühle. Aber es ist in Ordnung, wenn du mich dazu drängst, Sex mit Tristan zu haben?«

Dies traf ihn so sehr, wie sie es beabsichtigt hatte. Er vermied ihren Blick. »Das musst du nicht, aber du kannst es. Du wirst bald aufbrechen, also gehen dir die Gelegenheiten aus. Du mochtest ihn immer. Liebtest ihn vielleicht sogar.« Sie hörte den verbitterten Unterton. »Mach, was du willst. Und wenn dies Tristan beinhaltet, dann umso besser. Vielleicht erinnerst du dich. Ich würde nämlich verdammt gern wissen, was dich dazu gebracht hat, unser Volk zu verraten.«

Und da war es.

»Das hast du ganz schön lange zurückgehalten, nicht wahr?«, entgegnete Vera.

Arthur verzog das Gesicht. »Das war unfair. Es tut mir leid. Ich bin müde. Ich werde nun gehen.«

»Nein. Mach schon. Sag es. Sag alles. Sag mir, was du meinst, was ich getan habe.«

»Vera«, sagte er erzwungen geduldig. »Du hast nichts getan …«

»Doch. Ich bin sie. Ich habe all das getan, egal, ob ich mich daran erinnere oder nicht. Sag es.«

Er starrte sie wieder durch diese Maske aus ihren ersten gemeinsamen Tagen an. Dies schürte ihre ängstliche Wut nur noch mehr und brachte sie zum Ausbruch.

»Sag es!«, verlangte sie.

Arthur atmete schwer durch die Nase aus. Er war beinahe so weit. Sie wusste es. Nur noch einen kleinen Schubser …

»Was für ein König teilt sein Bett mit der Frau, die versucht hat, sein Reich zu zerstören? Ich sollte diejenige sein, die dich tötet. Und du wusstest dies vor dem Julfest. Merlin erzählte es dir. Was *willst* du, Arthur? Was ist der große Plan hier? Mich den verdammten Job beenden zu lassen?«

Arthur atmete schneller. »Ich hatte keine Ahnung, wie sehr du mich gehasst hast. Die Tiefen des Verrats, die du ergründet hast, sind unvorstellbar. Den Krieg zu unseren Leuten zu bringen? Das Geheimnis unserer Sicherheit preiszugeben? Wie konntest du das tun? Warum hast du nicht mit mir *geredet*?«

Vera lachte. Es war von Verachtung durchzogen. »Mit dir geredet! Du glaubst wirklich, du hättest diese Art von Bruch durch eine *Unterhaltung* reparieren können? Stell dir mal vor, wie gut das gelaufen wäre, wenn du mir mit demselben statuengesichtigen Bullshit gekommen wärst wie jedem anderen. Wünschst du dir, dass es so gelaufen wäre? Einander anzuschreien?«

Die Kontrolle seines Gesichts zerbrach in ungezähmte Wut. »Es war noch nie so.« Er spie ihr jedes Wort wie Gift entgegen. Sie hatte nicht erwartet, dass es das war, was ihn am meisten zur Weißglut trieb. »Ich hätte alles getan, um es für dich besser zu machen. Ich war bereit, einen anderen Mann den Platz in unserem Bett einnehmen zu lassen, und es reicht dir immer noch nicht!«

»Dann hat sich ja nichts geändert«, entgegnete Vera wild. O Gott. Was tat sie da? Es war, als kippte sie Gift auf den Schmerz seiner Ablehnung. Im Moment tat es gut, ihm diese Worte an den Kopf zu schleudern, die wehtaten, auch wenn sie wusste, dass sie später in ihr vor sich hin faulen würden. Schockiert machte Arthur einen Schritt zurück. »Du setzt immer noch mein Wohlbefinden vor das des Königreichs. Du bist immer noch derselbe Narr, der einen anderen Mann zu seiner Frau schickt. Das ist es doch, was du gerade machst, nicht wahr?«

»Gott, Vera«, sagte Arthur. »Genau.« Er betrachtete sie, als sähe er sie zum ersten Mal und entdeckte dabei einen Feind. Sie hatte es getan. Sie hatte erfolgreich jegliche Zuneigung zerstört, die er für sie empfunden hatte.

»Ich dachte, du wolltest gehen. Dann geh. Gut, dass es am anderen Ende des Flurs ist. Du willst ja nicht hören, wie er mich fickt, stimmt's?«

Seine Augen wurden groß. Einen Augenblick lang wirkte es, als würde er die Maske wieder aufsetzen, aber stattdessen starrte er sie mit verächtlichem, offenem Ekel an.

»Was stimmt mit dir nicht?«, knurrte er, als er den Raum durchquerte und die Tür aufriss.

Vera warf die Hände in die Luft, ein verrücktes Lachen sprang von ihren Lippen. »Das ist doch die große Frage, nicht wahr?«, schrie sie, als Arthur die Tür hinter sich zuschlug.

Sie starrte darauf, wartete eine ganze Minute, dass er zurückkam, bevor sie auf dem Boden zusammenbrach, hart mit den Knien aufschlug. Sie hätte aufgeheult, wenn sie nicht Angst gehabt hätte, dass Arthur es im Gang vielleicht hörte. Vera schluchzte; ihr Mund wie zu einem stummen Schrei verzogen. Er war fertig mit ihr, und vermutlich war es das Beste so. Arthur hatte recht. Sie hatte sich innerhalb von ein paar Tagen an mehr von Tristan erinnert als von jedem anderen in beinahe einem halben Jahr. Vielleicht sollte sie ihn suchen gehen.

Aber nicht heute Nacht. Das war das Letzte, was Vera wollte.

Als sie keine Tränen mehr übrig hatte und sich wie eine leere Hülle auf dem Boden fühlte, schleppte sie sich ins Bett und schlief unruhig, bis eine Hand sie sanft nach viel zu wenigen Stunden an der Schulter schüttelte. Sie hoffte, dass es Arthur war. Es war Lancelot. Falls er wusste, was zwischen Arthur und Vera letzte Nacht vorgefallen war, ließ er es sie nicht spüren.

Der Morgen war noch jung, als sie sich auf den Weg machten. Sie waren nur ein paar Stunden geblieben, um etwas Schlaf zu bekommen. Dies kam Vera sehr gelegen; keiner war sonderlich redselig, also fiel die anspannte Stille zwischen Arthur und ihr nicht auf. Sie vermied ihn aktiv, ritt am anderen Ende der Gruppe, entschied sich in Gawains Nähe zu bleiben, der keine Unterhaltung von ihr erwartete.

Während sie einen stetigen Rhythmus des Herumhoppelns im Sattel fanden, zischte Vera wegen des rauen Leders, das an ihren schmerzenden Oberschenkeln rieb. Sie war es nicht gewöhnt, den ganzen Tag zu reiten und dann wieder aufzusatteln, um weiterzureiten. Gawain streckte eine Hand in ihre Richtung aus und murmelte leise Worte. Plötzlich fühlte sich Veras Sattel an, als würde eine weiche Decke darüberliegen. Sie blinzelte ihn an. Er schenkte ihr ein schnelles Lächeln und ritt weiter.

Tristan fand Vera zur Mittagszeit, als sie alle etwas wacher waren. Schnell warf sie Arthur verstohlene Blicke zu. Als sich ihre Augen einmal trafen, sahen sie beide rasch weg. Sie versuchte nicht an ihn zu denken, denn je mehr Zeit sie in Tristans Gegenwart verbrachte, desto mehr erkannte sie, dass Arthur nicht nur bezüglich ihrer Erinnerungen recht gehabt hatte.

Sie mochte Tristan wirklich. Er war umgänglich und hatte einen von Leichtigkeit erfüllten Geist, der sie von den überwältigenden Hindernissen, die vor ihnen lagen, ablenkte. Als Regen einsetzte, zitterte Vera. Gawain und Merlin konnten die Gruppe mit einem unsichtbaren Schutz, der über ihnen schwebte, davor bewahren, klatschnass zu werden, aber die Luft war ungewöhnlich kalt. Sie konnte ihren Mantel nicht problemlos herausholen, also nahm Tristan seinen ab und reichte ihn ihr, ohne seine Geschichte zu unterbrechen. Er beabsichtigte es nicht als noblen Akt, der Lob verdiente, es war lediglich ein einfacher Dienst, die jeder anständige Ritter der Königin erbringen sollte, was es nur noch so viel liebenswürdiger machte.

Und er liebte es, sie zum Lachen zu bringen. Sie konnte dies an der aufgeregten Art und Weise erkennen, wie seine Augen funkelten und sich sein Grinsen weitete, wenn sie einen seiner Kommentare besonders lustig fand. Lancelot verbrachte seltsamerweise den Großteil seines Tages am hinteren Ende abgeschnitten mit Merlin. Eine Schande, da Vera gehofft hatte, sich mit dem alten Magier unterhalten zu können.

Sie bekam ihre Chance dann doch noch, als sie am späten Nachmittag die Pferde tränkten. Es schien, als hätte auch er nur auf den passenden Augenblick gewartet. Während Arthur und Lancelot ihre Köpfe in einer leisen Unterhaltung zusammensteckten, schlängelte sich Merlin seinen Weg zu Vera ans Flussufer.

»Am Ende ist es deine Wahl, Guinevere«, begann er und bewegte dabei seine Lippen so wenig, dass sie sich nicht sicher war, ob er wirklich redete. Als sie ihn überrascht anblickte, fuhr er fort: »Wenn du einverstanden bist, werde ich die Prozedur versuchen.« Er betrachtete einen Baum in der Nähe, als ob er und Guinevere sich über Vögel, die in dessen Ästen nisteten, unterhielten und nicht über eine gefährliche magische Prozedur.

Vera lächelte verträumt den Baum an, aber ihr Herz raste wie wild. »Kannst du es unterwegs machen? Wenn ich mich heute Abend mit dir treffe …«

Merlin nickte. Er ließ seine gespielte Lässigkeit genug fallen, um Veras Blick mit einer tiefen, trauernden Dankbarkeit zu begegnen.

Den restlichen Tag konnte sie an nichts anderes mehr denken. Wenn tatsächlich die Möglichkeit bestand, dass Mordred Arthur umbrachte, dann musste Vera alles in ihrer Macht Stehende tun, um dies zu verhindern. Es war besser, dass sie nicht mehr miteinander redeten und er einen Schlussstrich zwischen ihnen gezogen hatte. Wenn sie sich in nichts auflöste, wäre dies einfacher, während sie zerstritten waren.

Sie kehrten in einer Gaststätte in Faringdon, nicht allzu weit von Oxford entfernt, ein. Nach ein paar weiteren Stunden Ritt am nächsten Morgen würden sie am Ende ihrer Reise ankommen. Arthur hatte wieder sein eigenes Gemach und Vera ihre Entscheidung getroffen. Sie würde nicht warten. Sie hatte sich bei ihrer Ankunft Merlins Zimmer gemerkt, und sobald sie sich sicher war, dass alle schliefen, stand sie auf, trank zwei schnelle Kurze von flüssigem Mut (aus einer Flasche, die Percival ihr vor einiger Zeit gegeben hatte) und schlich zur Tür, entschlossen, nicht im letzten Moment die Nerven zu verlieren – denn sie hatte wirklich Angst.

Vera zog den Metallriegel aus dem Schloss. Es gab keine Möglichkeit, Stahl auf Holz ruhig zu bewegen, obwohl sie es versuchte. Dann wartete sie kurz in der darauffolgenden Stille, und als sie nichts hörte, öffnete sie die Tür weit genug, um hinaushuschen zu können. Doch dann sah sie den unverkennbaren Glanz zweier Augen in der Dunkelheit und mit ihnen die dunkle, kräftige Gestalt eines Mannes, der keine drei Schritte von ihr entfernt stand. Vera keuchte und stolperte rückwärts.

»Ich bin es! Es ist alles gut!« Tristan eilte ihr nach ins Zimmer. »Tut mir leid. Ich wollte dich nicht erschrecken.«

»Gott!« Vera legte ihm eine Hand auf den Arm, um sich zu stabilisieren. »Was hast du da draußen gemacht?«

»Ich halte Wache«, erklärte er. »Was hast *du* gemacht?«

»Oh …« Vera dachte schnell nach. Er wusste nichts von der ganzen Erinnerungssache. »Ich, ähm, wollte wegen morgen mit Merlin sprechen. Und einen Trank bekommen, der mir beim Schlafen hilft. Ich … habe Angst«, sagte sie, und ihr kam eine Idee, auch wenn es eine schlechte war. »Könntest du mich hinbringen, und dann musst du auch nicht mehr Wache halten, da ich ja bei einem Zauberer bin. Ich bin mir sicher, dass du auch gern ein paar Stunden ungestörten Schlaf bekommen würdest.«

Tristan verlagerte das Gewicht. »Das kann ich nicht machen.«

»Warum?«, fragte Vera mit verengten Augen.

Er verzog seltsam das Gesicht. Zu jeder anderen Zeit hätte es sie vielleicht zum Lachen gebracht. »Du wirst wütend werden. Ich – darf dich nicht aus dem Zimmer lassen. Das ist ein Befehl«, fügte er hinzu, als ob es das besser machen würde. Immerhin besaß er genügend Anstand, um ihr einen verlegenen Blick zuzuwerfen.

»Verdammter Lancelot«, knurrte Vera. Dies war genau die Art von überbeschützendem Bullshit, den er abziehen würde. »Hol ihn. Ich werde ihm mit einem Schürhaken das Fell über die Ohren ziehen.«

»Er war das nicht.«

Sie starrte ihn reglos an, obwohl sie genau wusste, wer dann noch übrig blieb.

»Der König hat es mir persönlich aufgetragen«, bestätigte er ihre Vermutung.

Vera war müde. Sie war bereits stinksauer auf Arthur und verletzter, als sie in Worte fassen konnte. Ihr Hintern tat von einem ganzen Tag im Sattel weh. Ihr Plan, zu helfen, wurde vereitelt, und der flüssige Mut hinterließ sie ziellos angetrunken. Ansonsten hätte sie vielleicht nicht diese Tirade an mit Obszönitäten geschmückten Beschimpfungen losgelassen. Sie begann als ein Murmeln, aber mit Veras Wut nahm auch ihre Stimme an Volumen zu. Tristan machte schnell mit großen Augen und einer abwehrenden Geste die Tür zu und ermahnte sie, leise zu sein.

»Hast du gerade gesagt, ich solle *leise sein*?« Wütend entzog sie ihm den Ellbogen bei seinem Versuch, sie zu beruhigen.

»Soll ich ihn holen?«, fragte Tristan, der unbedingt ihrem Zorn entkommen wollte.

Vera schnaubte. »Nein.«

»Warum, ähm«, begann Tristan vorsichtig, »warum ist er nicht bei dir?«

Sie antwortete nicht.

»Warum wusste er, dass du den Magier aufsuchen würdest? Und warum will er das nicht?«

»Du bist voller Fragen.« Vera drehte sich abrupt zu der Flasche mit Alkohol auf ihrem Nachttisch um. »Ich habe eine. Willst du was trinken? Ist das erlaubt?«, fügte sie mit nicht gerade wenig Verachtung hinzu, während sie ihm bereits einschenkte.

Als sie sich wieder zu ihm umdrehte, ließ Tristans Gesicht sie mitten im Schritt erstarren. Es war nicht das hoffnungslose Entsetzen, welches Vera in Arthurs Gesicht in der Nacht gesehen hatte, in der ihre Erinnerung zerbrochen war, aber es ähnelte ihm.

»Weshalb wolltest du zu Merlin?«, fragte Tristan nun nachdrücklicher.

»Das kann ich dir nicht sagen«, erwiderte Vera, weil dies die einzig ehrliche Antwort war, die sie bereit war zu geben.

Tristan seufzte und setzte sich ans Fußende ihres Bettes. Er spielte an seinem Schwert herum, das neben ihm lag, wurde frustriert und nahm schnaubend den Schwertgurt ab. Vera setzte sich neben ihn und reichte ihm den halb vollen Becher mit Alkohol.

»Hattest du vor, etwas Selbstzerstörerisches zu tun?«, fragte er leise.

Vera erstarrte. Es dauerte einen Moment, bis sie die Schuld verbergen konnte, wie nah dies der Wahrheit kam. »Was soll das denn heißen?«

Tristan nickte, hatte nicht die geringste Regung in ihrem Gesicht verpasst. Er drehte den Kelch zwischen den Fingern, während Vera den Inhalt von ihrem wie einen Absacker leerte und sich die Flüssigkeit brennend ihren Weg Veras Kehle hinunterbahnte.

»Du neigst dazu«, sagte er. »Ich weiß nicht, wie oft du die Schuld auf dich genommen hast, für etwas, das wir als Kinder taten. Sich freiwillig den Hunden zum Fraß vorzuwerfen, ist als Königin jedoch etwas schwerwiegender.«

»Nun, in diesem Fall«, murmelte Vera, ihre Worte bereits an den Enden zusammengezogen, »habe ich den Hund gezüchtet, der euch alle zerfleischen wird. Denkst du denn wirklich, dass sich ein anderer opfern sollte?«

»Das macht keinen Sinn.« Tristan schüttelte den Kopf und leerte ebenfalls seinen Becher. »Ich hoffe, du weißt, dass ich mein Leben Hunderte Male für Arthur geben würde«, sagte er dann. »Ich glaube nicht, dass es auf der Welt einen besseren Herrscher gibt, und ich habe schon einige getroffen, aber … er ist ein verdammter Idiot, wenn es um dich geht.« Er stellte den Kelch zur Seite, und als er die Hand zurückzog, legte er sie auf Veras Oberschenkel.

Ihr Blick hob sich zu seinem Gesicht. Tristan starrte weiterhin geradeaus, während er Kreise mit dem Daumen auf ihrem Bein zog. Er wandte sich ihr zu, die Augen erfüllt von Verlangen. Vorsichtig hob er die Hand und strich über ihr Haar. Sein Adamsapfel hüpfte, als er schwer schluckte. Tristans glattes Gesicht, das weniger von den Jahren der Verantwortung gezeichnet war als das des Königs, glich einer perfekten Mischung aus Beklemmung und Sehnsucht.

Vielleicht war dies das Beste. Vielleicht hatte Arthur recht, und das war es, was es brauchte. Veras Herz war gebrochen; von Arthurs Ablehnung und all den Entscheidungen, die sie in dem Leben getroffen hatte, das sie kaum kannte und welches all jene in Gefahr gebracht hatte, die sie liebte. Mit dem bevorstehenden Desaster war es wohl das Beste, dieser magiegesteuerten Obsession von Arthur ein für alle Mal ein Ende zu setzen. Und vielleicht würde sie das schaffen, wenn sie die Nacht mit Tristan verbrachte. Vielleicht könnte er ihr helfen, die Prozedur, die sie vermutlich – sehr wahrscheinlich – töten würde, zu umgehen.

»Ich liebe dich, Gwen«, gestand er. Vera hielt den Atem an, als er sich näher zu ihr lehnte, die Augen auf ihren Mund fixiert.

Sie hatte ihn einst geliebt.

Aber jetzt nicht mehr.

Vera drehte sich mit einem tiefen Atemzug von ihm weg, bevor seine Lippen die ihren trafen.

»Ich kann das nicht«, sagte sie.

Tristan schloss die Augen und lehnte sich zurück.

»Verstanden«, murmelte er. Ohne ein weiteres Wort erhob er sich und verließ das Zimmer. Er stürmte nicht hinaus oder schlug die Tür hinter sich zu. Dies hätte das Ganze vielleicht erträglicher gemacht.

Fuck. Der arme Tristan war derjenige, der unter alldem hier litt.

Beinahe wäre Vera über sein Schwert gestolpert, als sie sich erhob. Sie nahm es und eilte zur Tür, erwartete beinahe, dass er schon zur Hälfte den Gang hinunter war. Sie hätte ihm keine Vorwürfe gemacht, wenn er seine Verpflichtungen als Wachmann vernachlässigen würde, und immerhin könnte sie dann mit ihrem Plan, Merlin zu sehen, fortfahren. Aber Tristan stand vor der Tür, seine Hand bewegte sich bei dem Geräusch instinktiv dorthin, wo das Schwert hätte sein sollen.

»Hier.« Vera streckte ihm das Schwert entgegen. Er nahm es schweigend und der Magen rutschte ihr in die Kniekehlen. »Es tut mir leid, Tristan. Ich bin so …«

»Hör auf«, unterbrach er. Sie presste die Lippen aufeinander, und sein Blick wurde bei dieser Reaktion weicher. »Wirst du klarkommen?«

Sie wollte gerade antworten, als ein Geräusch vom anderen Ende des Flurs sie beide überraschte. Es war der Klang einer sich schließenden Tür. Beide sahen hin, aber es war zu dunkel, um mehr als

Schatten zu erkennen. Nun. Wenn irgendjemand dies gesehen hatte, Vera in ihrem Nachtgewand und Tristan, der seinen Gürtel wieder umschnallte … dies sah schlimmer aus als sie und Lancelot, wie sie nach ihrem Lauf im Feld gelegen hatten.

Aber alles blieb still. Tristan betrachtete Vera mit einem wertschätzenden Blick.

»Erkennst du, was Arthur tut?«, fragte er in einem spöttischen Flüsterton. »Er ist so überzeugt davon, dass er dich nicht gut genug lieben kann, dass er versucht, dich gehen zu lassen.«

Tristan lag falsch. Sie kannte so viele weitere Teile davon, die er übersah.

»Das ist es nicht«, gelang es Vera zu entgegnen.

»Was dann?«, fragte Tristan zweifelnd. Als sie nicht antwortete, schnaubte er. »Ich bewundere alles an ihm, außer dass er dich hat und es ständig vermasselt. Dies ist eine gewaltige Sache. Es ist ein Witz, den Mann zu lieben, der meine zukünftige Ehefrau gestohlen hat und es nun verbockt.«

»Es tut mir leid.« Es gab nichts mehr zu sagen.

»Mir auch.« Tristan seufzte. Er strich ihr eine entkommende Strähne hinters Ohr. Vera wusste, dass er sie küssen wollte. Stattdessen sagte er: »Wenn du es dir anders überlegst …« Er verzog verlegen das Gesicht und schüttelte den Kopf. »Geht schlafen, Euer Majestät.«

42

Im Zimmer war es so dämmrig, dass Vera sich nicht sicher war, was sie geweckt hatte. Sie setzte sich auf und erkannte sofort, dass jemand auf dem Stuhl ihr gegenüber neben dem Fenster schlief. Einen Augenblick lang dachte sie, dass es Arthur wäre, wie in den Tagen nach Thomas, als er ihr nicht von der Seite gewichen war. Was für ein seltsamer Moment, um nostalgisch zu sein. Aber es war Lancelot, und es wurde klar, was sie geweckt hatte. Er schnarchte. Laut. Vera atmete sanft lachend aus, schnappte sich die Decke und legte diese über ihren Freund.

Eine Bewegung draußen erregte ihre Aufmerksamkeit, und sie sah, wie Merlin im Hof von seinem Pferd stieg und die Zügel an einen Stallburschen übergab. Was in drei Teufels Namen tat er da zu dieser Stunde?

Vera blickt erneut kurz zu Lancelot. Wenn er hier drin war, bedeutete dies dann, dass er Wache hielt und gerade niemand vor der Tür stand? Sie ging nachsehen, achtete dabei darauf, dass das Öffnen des Metallriegels mit einem Schnarchen zusammenfiel, und es gelang ihr, Lancelot nicht zu wecken.

Der Flur war leer.

Vera konnte gehen. Nichts stand zwischen ihr und Merlin. Sie atmete zitternd ein und schlüpfte in den Gang. Gleichzeitig mit ihm erreichte sie seine Tür. Er schien erleichtert, sie dort zu sehen.

»Wo warst du?«, fragte Vera.

»Es gab Kunde, dass etwas Finsteres in der benachbarten Stadt vor sich geht. Diese ist nur ein kurzer Ritt von hier. Ihr Ortsvorsteher hat gehört, dass wir in der Gegend sind, also nehme ich mal an, dass unsere geheime Reise nicht mehr ganz so geheim ist.« Er schenkte ihr ein schwaches Lächeln, ein nicht sonderlich gelungener Versuch, seine Sorge zu überspielen. »Sie haben Probleme mit ihren Ländereien, ein Sterben wie in Crayford. Wir sind mit dem König los, um nachzusehen, was getan werden kann. Die anderen sind noch dort.«

»Warum bist du das nicht mehr?«

Er wirkte leicht beschämt. »Ich hatte gehofft, dich zu treffen. Sie werden noch ein paar Stunden beschäftigt sein. Wir haben genug Zeit für die Prozedur, falls du noch willig bist.«

Vera atmete schneller als gewöhnlich. »Wir sind so nah bei den Magiern und – und ich erinnere mich an Tristan. Es kommt zurück. Ich weiß es. Können wir bis nach den Magiern warten?«

»Tristan …« Er runzelte die Stirn. »Das habe ich nicht erwartet. Aber du hast dich an sonst nichts anderes erinnert, oder?«

Sie schüttelte den Kopf.

»Er ist hier, Guinevere«, sagte Merlin, die Augen auf das Ende des Gangs gerichtet, als würde Mordred dort vielleicht plötzlich erscheinen. »Der Sachse ist auf unserem Boden, und er könnte überall sein. Wir haben keine Zeit mehr.«

»Aber könnten uns die Zauberer nicht helfen? Was ist schon dabei, noch einen Tag zu warten?«

»Ich vermute bereits seit einiger Zeit, dass Viviane nicht allein gearbeitet hat.« Er benutzte klare Worte, wie für ein Kind. »Ich fürchte, dass wir geradeaus in eine Falle laufen. Und wenn das stimmt, dann gibt es vielleicht keine andere Gelegenheit mehr.«

»Du sagtest, ich könne nach Hause gehen.« Vera starrte auf ihre Füße. »Ich möchte nach Hause.«

»Ich weiß«, meinte Merlin. »Und ich hoffe, dass du in der Lage sein wirst. Ich bin mir sicher, dass du dich besser schlagen wirst, als Gawain es annimmt.«

Aber selbst, wenn sie dies nicht tat, konnte sie nicht so egoistisch sein. Sie konnte nicht ihren Wunsch, ihren Vater wiederzusehen, über das Wohlergehen von Arthurs gesamtem Königreich stellen. Vor *Arthur*. Dies – sich zu erinnern – war ihr einziger Zweck.

»Ich gehe mich anziehen.« Sie konnte zumindest sich selbst (oder ihr Leben – was auch immer geschah) würdevoll verlieren, indem sie nicht ihr Nachtgewand trug.

»Vera?«, begann Merlin, als sie sich bereits in Bewegung gesetzt hatte. Er hatte sie seit Glastonbury nicht mehr so genannt. Sie blickte zurück, und er lächelte traurig. »Danke.«

Vera versuchte leise zu sein. Sie schaffte es zurück in ihr Zimmer und sich anzuziehen, bevor sie gegen ihren Nachttisch stieß, das Geräusch davon weckte Lancelot.

Er sah sie aus verschlafenen Augen an. »Morgen, Guinna«, krächzte er. »Habe ich geschnarcht?«

»Etwas«, entgegnete sie mit einem unaufgeforderten Lächeln. Ein Teil von ihr war erleichtert, dass sie noch ein letztes Mal mit ihm reden konnte, aber es würde das Ganze auch schwieriger machen. Sie musste ihn dazu bringen zu gehen. »Was tust du hier?«

Als er wiederholte, was Merlin ihr gerade über die Schwierigkeiten in der Gegend erzählt hatte, tat Vera, als wüsste sie von nichts. »Nur du und ich sind hier, bis sie am späten Morgen zurückkehren werden«, fügte er hinzu.

»Ich dachte, Tristan wäre meine Wache. Du solltest mich nicht babysitten müssen«, meinte Vera. »Geh dich in deinem Gemach ausruhen, wo du es gemütlich hast.« *Geh. Bitte geh.*

»Tristan *ist* deine Wache.« Lancelot beschäftigte seine Hände, indem er die Decke auf seinem Schoß faltete. »Aber er ist auch besser bei der Spurensuche, und ich wollte bei dir bleiben. Ist das ein Problem?« Er sagte dies lässig, aber seine Augen waren dunkel. Vera wusste, dass sie rot geworden war. Sie nahm ihm die Decke ab und warf sie aufs Bett.

»Ich denke, dass dieser Mist lächerlich ist«, fuhr er fort. »All dieses ›dir Raum zu geben, damit du dir überlegen kannst, ob du was mit Tris haben willst‹!« Vera wirbelte mit großen Augen zu ihm herum. »Das ist verdammt dumm.«

»Du musst deswegen kein Arsch sein«, gab sie zurück, um ihren Schock zu überspielen, darüber, dass er davon wusste. »Ich habe nicht um all das hier gebeten.«

Lancelots grimmiges, wissendes Lächeln ließ nicht nach. »Nein, aber du hast ihn letzte Nacht in dein Gemach gelassen.«

Schande schien Vera zu erdrücken, aber es war einfacher, sich auf die Empörung zu konzentrieren. »Du hast gut reden.« Sie deutete auf ihn. »Schläfst hier, ohne dass ich überhaupt weiß, …«

»Das mit dir und mir ist anders, und du *weißt* es.«

»Wenn du sauer sein willst, dann sei sauer auf Arthur«, entgegnete Vera.

Lancelots verschränkte bockig die Arme vor der Brust. »All das wäre so viel leichter, wenn du und Arthur zugeben könntet, dass ihr ineinander verliebt seid.«

Dies zu hören, war wie einen Stein zu schlucken. »Das sind wir nicht«, erwiderte sie schwach.

Er schnaubte. »Ich kenne dich, und ich kenne ihn sogar noch besser. Ihr seid verliebt.«

»Hör auf«, beharrte Vera. »Das sind wir nicht. Alles zwischen uns ist falsch, und es ist weder Arthur noch mir gegenüber fair. Er ist ein guter Mann und ein guter Freund.« Sie stolperte über die Worte. Trotz ihrer Wut stimmte all das. »Wir stehen beide unter dem

Einfluss eines verdammten Zaubertranks, und es Liebe zu nennen, ist fies und demütigend.«

Lancelot lehnte sich auf seinem Stuhl zurück, die Beine auf eine ärgerlich lässige Art vor sich ausgestreckt. »Okay, stimmt«, meinte er und rieb sich müde die Stirn.

Mechanisch wandte sich Vera von ihm ab. Es wäre ein Leichtes, ihn aus der Tür zu bugsieren, aber dieser selbstgefällige Unglaube trieb sie in den Wahnsinn.

»Hast du dich immer überall so eingemischt?«, fragte sie und drehte sich wieder zu ihm. »So getan, als wüsstest du es besser als alle anderen um dich herum? War das der Grund, weshalb ich dich früher nicht leiden konnte?«

Er versteifte sich. Seine Augenbrauen zogen sich leicht zusammen. Vera spürte, dass sie ins Schwarze getroffen hatte, und nutzte diese Reaktion, genau wie sie es bei Arthur getan hatte.

»Oh, das ist es nicht«, sagte sie gespielt lieblich. Sie hasste sich selbst in dem Moment. »Also, was ist es dann? Wie kann es sein, dass die einzige Erinnerung, die ich an dich von früher habe, darin besteht, dich anzusehen und angewidert zu sein?«

Lancelot zuckte zusammen, als hätte sie ihn geschlagen. Sein Mund verzog sich zu einer Linie. Er würde nicht antworten.

»Unfassbar!«, schrie Vera und warf dabei die Hände in die Luft. »Du hast immer noch Geheimnisse vor mir. Das ist keine Freundschaft! Du hast kein Recht, dich hier aufzuspielen und zu versuchen, mir zu sagen, wer ich bin und wen ich liebe, wenn du nicht einmal dich selbst betreffend ehrlich sein kannst. Ist es zu schrecklich, um es auszusprechen, hm? Was hast du Abgefucktes getan, von dem es dir lieber wäre, ich würde es für immer vergessen?«

Er sah bewusst zum anderen Ende des Zimmers, mied ihren Blick, während sich rote Flecken auf seinem Nacken bildeten. Vera konnte sich nicht einmal im Traum vorstellen, dass es etwas gab, das sie dazu bringen würde, Lancelot zu hassen, aber ihr Worte hatten etwas ausgelöst, und sie würde nicht nachgeben.

»Wenn du mir nicht die Wahrheit sagen kannst, dann verpiss dich, verdammt noch mal«, fuhr sie fort.

Veras brutale Fassade brach beinahe bei dem Schmerz, den sie in seinem Gesicht sah.

Er erhob sich und ging zur Tür. Sie müsste nur ein paar Sekunden durchhalten, und dann könnte sie in ihren eigenen Qualen versinken. Aber der Klang des Schließens ertönte nie. Sie wagte einen Blick. Lancelots Hand lag auf dem Türknauf.

»Ich werde nicht gehen«, sagte er und drehte sich zu ihr. »Ich weiß, was du tust.«

Etwas Überhebliches lag in der Luft. »Verpiss dich«, schimpfte Vera.

»Nein.« Er schüttelte den Kopf und marschierte zu ihr. »Ich werde mich nicht verpissen.«

»Warum? Willst du, dass ich dich noch weiter fertigmache ...«

»Halt die Klappe«, sagte Lancelot.

»Wie bitte? Hast du gerade ...«

»Ja, das habe ich.« Er trat sehr nah zu ihr, sodass Vera nirgendwo anders mehr hinsehen konnte als zu ihm, und sagte nachdrücklich: »Halt. Die. Klappe. Du wirst mich nicht loswerden. Du bist mein bester Freund.«

Vera grunzte. »Arthur ist dein bester Freund.« Es klang kindisch.

»Halt die Klappe«, wiederholte er zum dritten Mal innerhalb einer Minute. »Ich weiß, was du tust – du versuchst es uns leichter zu machen, wenn du fort bist, nicht wahr? Versuchst uns abzuschrecken, damit es nicht so schlimm wird? Sorgst dafür, dass du selbst weniger wert bist?« Vera biss die Zähne zusammen, um sich davon abzuhalten, darauf einzugehen. »Nun, weißt du was, Guinna? Du bist es verdammt noch mal wert.«

Dies war ihr Untergang. Ihr Atem stockte, als sich die Wut als das entpuppte, was sie wirklich war: Angst. »Bin ich nicht. Ich habe ihn verraten. Ich habe euch alle verraten. Ich wurde gerettet, um mich zu erinnern, damit ich das Richtige tun kann. Wenn mein Leben weitergeht, dann auf eure Kosten …«

»Du weißt nicht, was kommen wird!«

»Ich kann es nicht riskieren. Ich bin es nicht wert, das zu riskieren! Wie kannst du das nicht verstehen? Das hier ist meine Bestimmung. Mich zu erinnern, ist alles, wozu ich gut bin.«

»Nein«, sagte er entschieden, nahm ihre Hände und presste sie an seine Brust. »Das ist es nicht.«

Es klopfte an der Tür, wobei kaum Zeit blieb, das Geräusch überhaupt wahrzunehmen, da erklang auch schon Merlins gedämpfte Stimme: »Guinevere? Bist du so weit?«

Lancelot starrte sie mit offenem Mund an. »Du willst mich doch verarschen?« Er marschierte zur Tür und riss sie auf. »Fick dich, Merlin«, sagte er mit tiefster, leidenschaftlichster Aufrichtigkeit. Er knallte die Tür zu und drehte sich wieder zu Vera. »Ich werde das *nicht* erlauben.«

»Es ist nicht deine Entscheidung!«, entgegnete sie. Sie wollte zur Tür, aber Lancelot stellte sich ihr in den Weg. Vera drückte fest gegen seine Brust. Es brachte ihn nicht einmal zum Stolpern. Der Klang der sich öffnenden Tür erregte ihre Aufmerksamkeit, als Merlin eintrat.

Lancelot hatte den Blick nicht von ihr genommen, hatte nicht einmal geblinzelt. »Wenn du an meiner Stelle wärst«, versuchte es Vera sanfter, in der Hoffnung an sein Pflichtbewusstsein zu appellieren, »wenn die Antwort auf all dieses Leid in deinem Verstand wäre, würdest du dich sofort dazu bereit erklären.«

»Nein. Das würde ich nicht«, entgegnete er stur.

Ein verächtliches Lachen bahnte sich seinen Weg über ihre Lippen.

»Es ist mein Leben – mein Körper. Das ist nicht deine Entscheidung!«

»Du hast recht«, warf Merlin ein. »Und es ist eine sehr mutige, die du da triffst.«

Lancelot fletschte die Zähne und atmete schwer durch die Nase. »Na schön«, sagte er, als er sich zu dem Zauberer wandte. »Und hier ist meine Wahl.« Er zog sein Schwert. »Du willst das tun? Na schön. Aber nicht, während noch ein Fünkchen Leben in meinem Körper steckt.«

Oh fuck.

»Lancelot, nicht …« Vera packte ihn am Arm, aber er schüttelte sie ab, den Blick auf Merlin gerichtet.

»Das ist unklug«, entgegnete der Magier kühl.

Lancelot lachte um einiges lauter als angemessen. »Unklug? Du hast das Leben der Königin gerettet, nur damit du es deinem Willen unterwerfen kannst. Und ich bin unklug, mich dir in den Weg zu stellen? Und was, wenn Arthur zurückkommt und seine Frau tot auf dem Boden vorfindet? Was dann?«

»Ich weiß es nicht.« Seine Ruhe wich, als er dies sagte, ein Schimmer von Verachtung flackerte in seinem Blick auf. »Ich war nicht da, und *ich* war für das letzte Mal nicht verantwortlich, als er seine Frau tot am Boden fand.«

Was sollte das heißen? Lancelots Blick verdunkelte sich. Er hob das Schwert an und griff nach hinten, um eine schützende Hand nach Vera auszustrecken.

Merlin verlor langsam die Selbstbeherrschung. »Ich würde dich töten, ohne mit der Wimper zu zucken.«

Lancelots Lippen verzogen sich zu einem schiefen Grinsen. »Ah. Da ist es ja«, sagte er. »Das hast du ganz schön lang zurückgehalten.«

»Hört auf!«, schrie Vera.

Merlin blinzelte, sein Blick huschte zu ihr, als würde er sich gerade erst daran erinnern, dass sie ein wichtiger Teil dieser Unterhaltung war.

»Ich … ich hätte das nicht sagen sollen«, meinte er. »Ich würde niemals … Guinevere, er liebt dich. Das sehe ich. Und es freut mich auch, aber Lancelot versteht nicht, was ich hier tue.«

Vera trat nach vorne und drückte Lancelots Schwertarm sachte nach unten. Dieses Mal gab er nach und ließ sie ohne ein Wort an ihm vorbeigehen, nur seine Augen flehten sie an.

»Er versteht nicht, dass ich dir all das Leben gegeben habe, das mir möglich war«, meinte Merlin. »Es gibt einen Grund, weshalb du die letzte warst, die ich zurückbrachte. Ich wollte, dass es eine der anderen ist, damit du dein Leben verbringen kannst, ohne jemals von dieser Bürde zu erfahren.« Er legte den Kopf nachdenklich schief. »Ohne jede Bescheidenheit sage ich dir, dass ich stolz darauf bin, dass ich Martin und Allison als deine Eltern gewählt habe. Sie waren perfekt. Und du. Du, mein Kind, bist etwas Besonderes. Die Art, wie du darauf bestehst, Schönheit und Licht selbst da zu finden, wo dein Leben eingeschränkt ist … ich habe dir alles gegeben, was ich kann.«

Das hatte er. Das hatte er wirklich. Vera hatte mehr bekommen, als sie je verdient hatte. Wie viele Kinder waren so geliebt worden wie sie, hatten solch wundervolle Sonnenaufgänge mit vollen Bäuchen und einem sicheren Zuhause gesehen, konnten in die Fußstapfen einer Königin treten und für kurze Zeit in einer Legende leben?

»Guinna, bitte«, flehte Lancelot hinter ihr.

»Ich weiß, dass du schwierige Zeiten hattest«, fuhr Merlin an Vera gewandt fort, als diese einen weiteren Schritt auf ihn zu machte. »Und ich habe dich auch damals nicht im Stich gelassen. Als ich zuließ, dass Vincent sich an dich erinnert …«

»Was?« Vera hielt inne.

»Ja«, sagte er mit einem neuen Lächeln. »Eine absichtliche Verfehlung der Magie ließ zu, dass du unbemerkt bliebst, bis …«

»Du hast kontrolliert, wer sich an mich erinnern kann?«

Das Lächeln verschwand. Vera erkannte, wie Merlin klar wurde, dass das, was er für schockierte Dankbarkeit gehalten hatte, nichts dergleichen war. Ihre Welt stand kopf, aber seine Worte hatten eine Tür geöffnet, und plötzlich war ihr alles klar. In ihrem ehemaligen Leben, als sie Guinevere gewesen war, hatte sie ganz eindeutig unter Depressionen gelitten. Und bei den beiden danach, die ihre eigene Zerstörung beabsichtigten …

»Du hattest Angst, dass ich mir das Leben nehmen würde, bevor ich bereit war zurückzukommen, nicht wahr?«, fragte Vera. Merlin atmete scharf aus, sagte aber nichts. »Also hast du mir Vincent geschickt, als ich an meinem Tiefpunkt war.«

War irgendetwas in ihrem Leben *je* ihr eigenes gewesen?

Es ist deine Wahl. Das hatte Merlin am ersten Abend im Pub in Glastonbury zu ihr gesagt, direkt nachdem er ihr erklärt hatte, dass ihre Existenz in sich zusammenfallen würde, sollte sie seinen Wünschen nicht nachkommen.

So war es jedes Mal gewesen. Jede »Wahl« kam, nachdem Merlin ihr keine andere Option geboten hatte.

»Du hast mir nie eine Wahl gelassen. Du hast mich immer in die Ecke getrieben. Du hast mein gesamtes Leben kontrolliert.« Erst als Vera es laut aussprach, erkannte sie die Wahrheit in dieser Aussage.

»Du existierst aufgrund meiner Handlungen«, sagte Merlin nur, wobei jegliche Sanftheit aus seiner Stimme verschwunden war. »Das, was du in dir trägst, ist der Grund, weshalb du zählst …«

»Ich bin mehr als nur ein Gefäß.« Vera sagte dies mit einer Vehemenz, die ihn zum Schweigen brachte. Sie hatte Merlins Begründung so oft selbst wiederholt, aber nun spürte sie die Falschheit dieser Überzeugung tief in ihrem Inneren.

Und es war nicht, weil Lancelot oder Arthur es sagten, oder Matilda oder Gawain oder sogar ihre Eltern. Vera trug Leben in sich, ein Herz schlug in ihrem Brustkorb, und sie besaß einen Verstand, der, ja, vielleicht Geheimnisse beherbergte, aber er gehörte *ihr,* und sie würde ihn nicht aufgeben. Sie hatte ihr Leben damit verbracht, für die Menschen um sie herum von Bedeutung sein zu wollen, ihre Leere zu füllen, erwartete, dass dies sie ganz machte.

Aber es ging nicht darum, ganz zu sein. Sie war zerbrochen und chaotisch und komplett wundervoll menschlich, und das Gewicht dessen zählte. *Sie* zählte.

»Ich werde die Prozedur machen«, sagte Vera, atmete dabei schwer, so als hätte sie gerade einen Marathon hinter sich gebracht. Dennoch war Veras Stimme stabil, als sie Merlins überraschten Blick hielt. »Aber erst nachdem wir bei den Magiern waren. Und Gawain wird es tun, nicht du.«

»Mach dich nicht lächerlich«, entgegnete er und trat einen Schritt auf sie zu. Er schien tatsächlich der Meinung zu sein, dass diese Auseinandersetzung noch nicht vorbei wäre. »Gawain kann all das nicht sehen. Und er glaubt nur, dass die Prozedur dich zerstören wird, weil er nicht in der Lage ist, sie sicher durchzuführen …«

»Das hat er bereits.« Sie badete in dem Anblick, wie Merlin keuchte und einen Schritt nach hinten stolperte. »Gawain war in meinem Geist. Er weiß alles über mich.«

Angst huschte über Merlins Gesicht. »Dies war nicht deine Entscheidung«, sagte er.

»Stimmt. Denn es ist nur dann meine Wahl, wenn es zu deinem Vorteil ist, nicht wahr?« Vera wusste, dass er nicht antworten würde, aber sie ließ die Stille zwischen ihnen zu, bevor sie fortfuhr: »Geh und hol den Rest unserer Gruppe. Wir werden zur Magierei aufbrechen, sobald sie zurück sind. Du kannst Arthur erzählen, was hier passiert ist, oder du kannst warten, bis ich es tue. Diese Entscheidung werde ich dir überlassen.«

Merlin sah sie an, als ob sie verrückt sei. »Ich werde dich nicht hierlassen mit …«

»Ich bin deine Königin«, sagte Vera, »und ich befehle es dir.«

Merlin atmete tief und zitternd ein. Er berührte seine Stirn mit den Fingern, die Augen ungläubig hin und her huschend. »Du stürzt uns alle ins Verderben.«

Dann ging er, ohne sich noch einmal zu ihr umzudrehen.

Vera starrte für einen langen Moment die Tür an, bevor sie sich an Lancelot wandte. »Habe ich gerade einen schrecklichen Fehler begangen?«

»Nein«, sagte er entschlossen. Dann nahm er sie fest in die Arme, drückte sie und küsste sie auf den Kopf. »Ich bin so stolz auf dich.« Sie spürte, wie er zitterte.

Vera lehnte sich zurück, sah ihn wirklich, nahm die Tiefe seiner Panik wahr und hörte Merlins Worte in ihrem Kopf widerhallen. *Ich war für das letzte Mal nicht verantwortlich, als er seine Frau tot am Boden fand.* In diesem Augenblick verstand sie es, und ihr wurde schwer ums Herz. »Als Merlin Guinevere zurückbrachte und sie verrückt wurde, warst du derjenige, der sie tötete, nicht wahr?«

Er schloss die Augen und atmete tief ein, bevor er sagte: »Ja. Eine Version von dir starb durch meine Hand. Ich werde dich nicht auch sterben lassen.«

Sie nahm seine Hand und küsste die Knöchel. »Wir werden alle eines Tages sterben.«

Lancelot öffnete die Augen und blickte sie ernst an. »Es ist dir nicht erlaubt zu sterben.«

Vera lachte und auch er lächelte. »Ich verspreche dir, nicht zu sterben, wenn du es mir auch versprichst«, sagte sie.

»Abgemacht. Sterben verboten.«

43

Der Rest der Gruppe würde in Kürze eintreffen, aber Vera summte förmlich vor Adrenalin. Sie fühlte sich … anders. Sie spürte ein Unbehagen aufgrund der Gewichtigkeit ihrer Entscheidung, aber auch Euphorie.

»Haben wir noch Zeit, eine Runde joggen zu gehen?«, fragte sie durch den Raum tigernd.

Lancelot war beinahe genauso scharf darauf wie sie, wollte aber unbedingt, dass sie Schwert und Rüstung trug. »Wir hätten das öfter machen sollen. Es ist ein gutes Training.«

Vera stöhnte. Sie war bisher nur einmal mit der Rüstung und dem Schwert, welches Randall ihr gemacht hatte, laufen gewesen. Es war nervtötend, wie das Schwert, das sie sich auf den Rücken geschnallt hatte, gegen die Rüstung schlug und damit sie bei jedem Schritt umzuwerfen drohte, wenn sie sich nicht aktiv seine Gegenwart ins Gedächtnis rief.

»Umso mehr Grund, es nun zu tun und sich daran zu gewöhnen«, meinte Lancelot. »Das ist so ziemlich der Sinn und Zweck von Training, Guinna.«

Vera wollte weder Helme noch Beinschienen tragen, sondern nur das Kettenhemd über ihrer normalen Laufkleidung plus Schwert und Schild auf dem Rücken. Lancelot, der vermutlich etwas weicher geworden war, weil er sie beinahe verloren hatte, verdrehte die Augen und gab sich geschlagen.

Vera nahm die Hintertreppe an der Küche vorbei, wo sie beinahe in einen Schrank von einem Mann rannte, der riesengroße Weizensäcke von einem Karren in die Küche brachte.

»Morgen!«, quietschte sie, als sie an ihm vorbeischoss. Seine Augen landeten auf ihr und blieben an ihr haften. Sie glaubte, dass er sie vielleicht erkannte, aber dann wurde sein Blick leer und unleserlich. Das irritierte Vera zwar, aber sie vergaß es schnell wieder, als sie um die Ecke rannte und dort Lancelot in seinem Kettenhemd und mit einem viel schwereren Schwert über den Rücken gespannt, vorfand.

Lancelot griff in seine Tasche und zog etwas hervor, das auf den ersten Blick für sie nach einem Nagetier aussah. Vera machte einen Satz weg von dem haarigen grauen Ball, der auf seiner Handfläche tanzte. Aber es war kein Fell. Sie trat näher. Die baseballgroße Kugel bestand aus strudelndem grauem Rauch, der zufrieden in Lancelots Hand wirbelte. Er hatte kein Gesicht oder irgendwelche anderen Züge, dennoch *fühlte* er sich irgendwie glücklich an.

»Ich will, dass du das weißt, falls ich mir den Kopf an einem Ast anschlage oder auf irgendeine andere Weise ausgeschalten oder unschädlich gemacht werde. Es ist eine weitere von Gawains Erfindungen«, berichtete Lancelot, dessen Mund sich zu einem schiefen Lächeln hob. »Er hat eines und ich habe eines. Wenn bei ihnen alles schiefgeht, dann kommt seines geflogen, um uns zu finden – und führt uns dann zu seinem Aufenthaltsort. Genauso funktioniert dieses hier, wenn einer von uns es wirft, wird es Gawain suchen.«

Vera piekte den Schwaden und hatte das seltsame Gefühl, dass er *kicherte*, auch wenn sie nichts hörte. »Wie kommt es, dass er so … süß ist?«

Lancelot lachte. »Ich weiß es nicht. Gawain ist ein außerordentlich schräger Vogel«, sagte er liebevoll.

Es reichten zehn Minuten Laufen, und der Stress der vergangenen Tage fühlte sich schon leichter an. Vera und Lancelot verfielen in ihre üblichen Neckereien. Sie ärgerte ihn weil er ihr vorher oft befohlen hatte, »die Klappe zu halten«, bevor sie dazu übergingen, über Randall und Matilda zu spekulieren.

Es waren nicht mehr als ein paar Kilometer in den nahe gelegenen Wald vor der Stadt, bevor sie kehrtmachten. Sie rannten um einen Baum, um den Rückweg anzutreten, und waren an einem Mann mit einer Axt direkt neben der Straße vorbeigekommen. Nach ein paar Minuten wurde Lancelot immer einsilbiger. Schließlich verschwand sein Lächeln, und seine Gesichtszüge verhärteten sich.

Veras Haut prickelte, als sie fragte: »Was ist hier …«

»Lauf weiter.« Lancelot fasste, ohne das Tempo zu drosseln, in seine Tasche und zog ein Bündel hervor, das er dann davonschleuderte. Es schoss mit einer unheimlichen Geschwindigkeit in Richtung Bäume.

»Wir müssen raus aus dem Wald«, flüsterte Lancelot. Vera glich sich seinem schnellen Tempo an. Sie waren nicht weit gekommen, da wichen die Bäume großen, offenen Feldern. Sie seufzte und wurde langsamer, als die Morgensonne sie direkt ins Gesicht traf, aber ihr Gefühl von Sicherheit war nur von kurzer Dauer. Lancelot packte sie am Arm.

»Lauf weiter.«

Sie waren mindestens zwanzig Minuten von der Gaststätte oder einem anderen Gebäude entfernt. Die Straße lag breit vor ihnen, und als Vera ihr mit dem Blick folgte, sah sie es: drei Gestalten, die auf sie zukamen.

»Shit«, zischte Lancelot. Er blickte über die Schulter. Vera wagte es ebenfalls. Da waren zwei weitere Männer hinter ihnen, langsamer allein aufgrund ihres Körpergewichts, aber sie rannten. Was dem Kleineren an Größe fehlte, holte er durch Breite wieder herein – und durch die Wikingeraxt in seiner Hand. Es war der Kerl, den Vera im Wald gesehen hatte. Da sie annahm, dass er Waldarbeiter war, hatte sie keinen weiteren Gedanken an ihn verschwendet, aber dies war eine Streitaxt. Sie wusste nicht, wo der Mann neben ihm herkam. Er war größer, mit einem beeindruckenden Bart und zerzausten Haaren. Er rannte mit gezogenem Schwert. Die Klinge war so lang, dass Vera kaum in der Lage gewesen wäre, sie auch nur einmal zu schwingen. Er hingegen behandelte sie, als wäre sie Teil eines Plastikschwerts.

Die Gestalten, die von der Stadt aus auf sie zukamen, waren schon viel näher. Drei Männer, nicht gerade jung: zwei, die durch ihre verdreckte Kleidung wie grauhaarige Bauern wirkten, bewaffnet mit Schwertern und Dolchen. Vera stolperte beinahe, als sie den dritten als keinen anderen erkannte als den Schrank von einem Mann, den sie hinter der Gaststätte gesehen hatte.

Vera und Lancelot könnten den beiden hinter ihnen entkommen, aber was war mit den drei vor ihnen? Sie saßen in der Falle.

»Die können nicht unseretwegen hier sein«, sagte Vera verzweifelt. Aber sie kannte die Antwort.

»Ich habe es verbockt.« Lancelot wurde langsamer und hielt schließlich an. Vera folgte seinem Beispiel und stoppte ebenfalls neben ihm, während die Augen von der einen Gruppe bewaffneter Männer zur nächsten huschten, die nun viel zu nah war. »Es tut mir leid«, sagte er und zog sein Schwert. »Wir verlassen hier die Straße. Und wenn sie uns folgen, dann wirst du kämpfen müssen, Guinna. Bleib in der Nähe. Konzentrier dich. Ich werde uns hier rausholen.« Er nahm sie am Ellbogen und führte Vera von der Straße, sodass niemand mehr hinter ihnen war. Alle fünf Männer kamen nun gezielt auf sie zu.

»Schwert gezogen, Schild bereit«, befahl Lancelot schnell. »Jetzt, Guinna. Zieh dein Schwert. Bleib hinter mir.«

Das war alles, was er noch sagen konnte, da erreichten die ersten beiden Männer, diejenigen, die ihnen aus dem Wald gefolgt waren, sie auch schon. Derjenige mit dem enormen Langschwert war der erste. Er führte es mit zwei Händen. Lancelot hielt seines in einer Hand und den Schild in der anderen, was ihm mehr Reichweite, aber weniger Kraft gab. Dies war jedoch gewollt. Er lockte den Mann, gab vor, geschwächt zu sein, und verleitete den Angreifer dazu, sein Schwert mit aller Macht zu schwingen. Lancelot riss seinen Schild gerade noch rechtzeitig hoch, um den Schlag abzufangen, der so fest war, dass Vera überzeugt war, der Schild würde entzweibrechen. Sie schrie bei dem Aufprall auf, aber Lancelot hielt dagegen und nutzte den verletzlichen Stand des Mannes, um ihm tief in den Bauch zu stechen. Dann zog er seine Klinge heraus, und eine Spur aus Eingeweiden und Blut folgte.

Einer weniger.

Vera schloss den ihr offen stehenden Mund und konzentrierte sich darauf, tief einzuatmen. Dies war nicht die Zeit für Panik. Nicht die Zeit, um sich mit dem Grauen durch die Hand ihres Freundes auseinanderzusetzen.

Der breite Mann mit der Streitaxt war bereits auf Lancelot losgegangen und die anderen drei folgten ihm auf den Fersen. Lancelot war ein großartiger Krieger, aber vier Gegner waren zu viele, um sie allein zu bekämpfen. Vera rückte näher. Sie wollte es mit ihrer Unbeholfenheit nicht noch schlimmer machen, aber sie wollte ihn auch nicht im Stich lassen. Lancelot bekämpfte den Mann mit der Axt und der erste Bauer aus der Gruppe schloss sich nun ebenfalls dem Gemetzel an. Er mischte sich ein, als der Riese vom Wirtshaus gerade zu einem Schlag ausholte, der auf Lancelots verletzliche Seite gerichtet war. Vera sprang mit ausgestrecktem Schild nach vorne und blockte ihn. Die Kraft ließ sie zurückstolpern, die Füße über dem Kopf.

»Steh auf, Guinna!«, schrie Lancelot, ohne den Kampf zu unterbrechen.

Das war das Erste, was sie in ihrem Training gelernt hatte: Bleib auf jeden Fall auf den Beinen. Sie rappelte sich auf, schnitt sich dabei beinahe selbst mit dem Schwert ins Bein und stolperte nach hinten.

Der Riese fixierte sie mit hungrigem Blick, die Pupillen so groß, dass sie die Iriden komplett füllten.

»Pass auf!«, schrie Lancelot über die Schulter. Vera hob ihren Schild, ihr war nicht einmal aufgefallen, dass sie ihn gesenkt hatte. Der große Mann sprang um Lancelot und die beiden anderen (gleich drei, nachdem auch der letzte Bauer nun am Kampf teilnahm). Lancelot versuchte ihn aufzuhalten, aber keine Chance. Vera musste kämpfen.

Als sie ihren Schild nutzte, um den ersten Hieb seines Schwertes abzufangen, schüttelte es sie durch, vibrierte von dem Punkt auf ihrem Vorderarm hinter dem Schild bis zu ihren Zähnen, die sie bemüht zusammenpresste. Vera blockierte Schlag um Schlag. Der Mann ließ nicht locker – und seine Attacken nahmen an Geschwindigkeit zu. Sie wusste, dass sie ihn ebenfalls angreifen sollte, wenn er die Balance verlor, aber es war Angst einflößend, es überhaupt zu versuchen. Sie richtete all ihre Konzentration auf eine Aufgabe: versuchen zu überleben.

Lancelot trieb die drei Männer weit genug zurück, um einen Augenblick Zeit zu haben, Vera zu Hilfe zu eilen. Mit seinem Schwert hielt er einen Hieb auf, der auf Veras Brustbein abzielte und rief ihr zu: »Renn!«

Das musste man ihr nicht zweimal sagen.

Schweiß überzog ihre Haut, während sie weiter hinaus auf das Feld rannte, Lancelot direkt hinter ihr. Dies war jedoch anders als Langstreckenläufe. Es war ein verrückter Sprint, der einem auslaugenden Schwertkampf folgte. Sie konnten das Tempo nicht aufrechterhalten und nutzten das Laufen nur, um eine bessere Position zu haben, bevor ihre Angreifer sie einholten und den Kampf wieder aufnahmen.

Vera konnte sich nicht einmal vorstellen, drei Gegner so im Zaum zu halten, wie Lancelot es tat. Ihre Arme schmerzten von dem Versuch, die anhaltenden Attacken ihres Angreifers abzuwehren, und ihr Atem kam in abgehackten, rasselnden Zügen. Sie würde das nicht mehr lange schaffen.

»Halte durch, Guinna!«, rief Lancelot, der ihre Erschöpfung spürte, während er einen hoffnungsvollen Blick den Weg hinunter in Richtung Stadt warf. Keiner kam. Wer wusste schon, wie weit Gawain entfernt war? Vera konnte keinen weiteren Schlägen auf ihren Schild standhalten. Der Schmerz brannte in ihrem Handgelenk. Widerstrebend begann sie den Angriff mit ihrem Schwert abzuwehren. Sie musste den Schild fallen lassen, um ihre Waffe mit beiden Händen zu schwingen; sie brauchte all ihre Kraft, um das Schwert zu stabilisieren.

Ihr Angreifer sah sie lüstern an, als er nach dem Schild griff. Vera versuchte sich seine Bewegung zunutze zu machen, schwang das Schwert, und er konnte kaum rechtzeitig den Schild hochreißen. Ihre Klinge bohrte sich in das Holz und verhakte sich dort. Sie ließ sich nicht mehr lösen. Dies war die falsche Wahl gewesen. Es hatte sie zu nah zu dem Mann gebracht, seine tintenschwarzen Augen schleckten an ihrer Seele.

Das war schlimm. Wenn sie nah genug bleiben würde, um zu versuchen, ihr Schwert zu befreien, dann könnte er ausholen und sie in die Seite treffen. Das Risiko war zu groß. Sie ließ von ihrem Schwert ab und entfernte sich hektisch. Vera nahm einen Stein vom Boden, das Einzige in ihrer Nähe, das auch nur annähernd als Waffe dienen könnte. Sein Angriff kam schnell. Wie konnte es sein, dass er nicht erschöpft war? Vera schwankte an Ort und Stelle, bemühte sich, aufmerksam zu bleiben und den Stein bereitzuhalten, um ihn schließlich zu werfen.

Lancelot war vollkommen im Kampf verstrickt. Er würde nicht

einmal mitbekommen, was mit ihr geschah. Vera starrte trotzig in das hasserfüllte Gesicht ihres Angreifers und …

Sie hörte das Donnern von Hufen, welches stetig lauter wurde. Sowohl Vera als auch ihr Gegner blickten gleichzeitig in seine Richtung, und der Riese wurde augenblicklich von einem berittenen Krieger und seinem großen, nach oben gerichteten Hieb zerrissen. Vera stolperte zurück.

Der Reiter warf ihr einen Blick zu und eilte dann zu Lancelot. Es war Arthur. Vera trat auf den weggeworfenen Schild, riss das feststeckende Schwert mit schmerzenden Armen heraus und rannte ihm hinterher. Weder Arthur noch sein Pferd trugen eine Rüstung. Er rutschte aus dem Sattel und rannte weiter, um dem Kampf beizutreten, während er, ohne sich umzudrehen, schrie: »Reite, Vera!«

Sie wollte sie nicht zurücklassen, aber wusste, dass sie im Kampf keine Hilfe war. Vera sprintete zu Arthurs Pferd.

»Wo ist Gawain?«, hörte sie Lancelot rufen.

Vera kämpfte damit, Halt in den Steigbügeln zu finden, als sie zurückblickte und sah, dass Arthur die drei verbliebenen Männer erreicht hatte. Er hatte gerade erst den Arm nach hinten gerissen, um auszuholen, dann strauchelte Arthur. Für einen Wimpernschlag hielt Panik Veras Herz fest im Griff. War er verletzt?

Und dann sah sie es.

Der älteste Bauer vor Arthur hatte ein klaffendes Loch mitten in der Brust. Seine Haut, die Organe – alles, was je diese Stelle ausgefüllt hatte, war in einem perfekten Kreis verschwunden, in Nichts aufgelöst. Er brach auf dem Boden zusammen, noch bevor das Licht aus seinen Augen verschwand. Dasselbe geschah mit dem Mann vor Lancelot. Von ihrem Standpunkt aus, den Sattel von Arthurs Pferd packend, ein Fuß im Steigbügel, sah Vera direkt durch den Körper des Mannes hindurch, auf das unbefleckte Gras dahinter. Er blutete nicht einmal. Der dritte Mann schreckte auf. Seine schwarzen Pupillen verkleinerten sich augenblicklich. Seine Augen wurden klar und nahmen überrascht Lancelot wahr, der den finalen Schlag austeilte.

Vera blickte die Straße hinunter, ihre Aufmerksamkeit wurde wie von einem Magneten angezogen.

Merlin, der immer noch im Sattel saß, hatte beide Hände vor sich erhoben. Ein Feuer loderte in seinen Augen, und Macht ging von ihm aus. All die Zeit, die Vera ihm entgegengetreten war und ihn angeschrien hatte, war es ihr kein Mal in den Sinn gekommen, ihn zu fürchten.

Erleichterung, gepaart mit Erschöpfung, brachen über sie herein, und Vera sank in die Knie, schwer atmend und schwindelig. Dann spürte sie Hände auf den Schultern, und Arthur kniete neben ihr.

»Geht es dir gut?«, fragte er, seine Augen suchten sie nach Verletzungen ab und blieben dann an ihrem Gesicht hängen. Erwartung grub tiefe Rillen in seine Stirn.

Vera dachte daran, wie ihr Körper, nachdem sie Thomas getötet hatte, vergaß zu atmen. Aber das war anders. Sie nickte.

»Sie war brillant«, murmelte Lancelot, die Hände nach Luft ringend auf die Knie gestützt. »Hat sich besser geschlagen, als ich es mir je erträumt hätte.«

»Ich musste kämpfen«, meinte Vera zwischen tiefen Atemzügen. »Aber ich konnte nicht … Es tut mir leid.« Sie hoffte, dass er all die ungesagten Dinge in ihrer Entschuldigung hörte. Aber als Arthur ihr über die Haare strich, konnte sie in seinem Blick lesen, dass er es verstand.

»Ich weiß.« Er küsste ihre Stirn, hielt sie an den Schultern, und Vera lehnte den Kopf an ihn, rang immer noch nach Luft, aber zitterte nicht. War nicht zerbrochen. Aber erleichtert. Er hasste sie nicht.

Merlin erreichte sie mit Gawain direkt hinter ihm. »Was habt ihr hier draußen gemacht?«, fragte er, die glühenden Augen auf Lancelot gerichtet.

»Trainiert. Sind gelaufen«, sagte dieser keuchend. »Ich dachte, dass das Risiko bei euch läge. Jene Männer, sie waren verzaubert und wurden auf die Königin gehetzt.«

Vera setzte sich abrupt auf, ignorierte den Schweiß, der in ihre Augen zu tropfen drohte. »Waren sie das?«

Lancelot nickte. »Sie waren ganz versessen darauf, zu dir zu gelangen. Ich stand nur im Weg und …« Er deutete zu den toten Männern, die auf dem Boden verstreut lagen. »Hast du ihre Augen gesehen?«

Das hatte sie. Diese unnatürlich hungrigen, schwarzen Augen.

Lancelot kniete sich hin und wischte seine blutige Klinge am Gras ab, während er sprach: »Der Sachse?« Sein Blick huschte zwischen Merlin und Gawain hin und her. »Heißt das, er ist hier?«

Gawain stieg von seinem Pferd. Er antwortete nicht. Stattdessen marschierte er zielstrebig von Leiche zu Leiche, zog ihre Hemden zur Seite und ging nach ein paar Sekunden weiter.

»Was tust du da?«, erkundigte sich Lancelot, die Frage aller Fragen aussprechend.

Gawain ignorierte ihn. Er ging zum nächsten Mann, demjenigen, den Vera hinter der Gaststätte gesehen hatte, derjenige, auf den sie ihre ganze Energie verwendet hatte, um ihn davon abzuhalten, sie zu töten. An seiner Seite hielt sich Gawain am längsten auf. Er murmelte mit geschlossenen Augen leise Worte, und seine Hand schwebte über der nackten Haut des Mannes. Eine Brise brachte die Blätter der nahen Bäume zum Rascheln und Arthurs Pferd stampfte angespannt auf – und dann ertönte ein unnatürliches Schmatzen von dem Mann, so als hätte sich ein Stiefel, der im Schlamm steckte, gelöst. Ein blutiger Klumpen legte sich in Gawains Hand. Dieser wischte ihn an der Hose ab, drehte ihn und zeigte ihn dann Merlin. »Eine Auslöser-Verfluchung.«

»Was ist das?«, fragte Vera.

»Es ist eine mehrstufige Verwünschung«, erklärte Gawain. »Der Mann war der Auslöser, durch eine Ampulle deines Blutes. Es hat ihn an dich gebunden. Sobald die betroffene Person ihr Ziel sieht, hat sie den Geruch und verfolgt es wie ein Jagdhund. Er hat die anderen infiziert.«

»Das ist möglich?«, fragte Lancelot ungläubig. »Magier können so etwas?«

»Es ist größtenteils theoretisch«, sagte Merlin. »Und strikt verboten. Ich habe noch nie gesehen, dass es so effektiv angewendet wurde. Es ist unpräzise und unglaublich gefährlich.«

»Wie ist er an ihr Blut gekommen?«, wollte Arthur wissen.

Merlin schüttelte den Kopf. »Ich würde mal annehmen, dass es irgendein Arrangement mit Viviane war. Möglicherweise zur Absicherung.«

»Bedeutet das, dass der Sachse kürzlich hier war?«, fragte Vera.

»Das können wir nicht wissen.« Merlin griff nach der Ampulle und Gawain händigte sie ihm bereitwillig aus. Er verbrannte sie an Ort und Stelle. »Nachdem eine Auslöser-Verfluchung begonnen hat, hört sie erst auf, wenn sie von einem Magier gereinigt wird oder der Eingebettete stirbt. Nun, da wir wissen, dass er sie nutzte, können Gawain und ich nach weiteren suchen.«

Die gefallenen Männer waren nicht böse gewesen. Nur verhext. Lancelot starrte den letzten Bauern an, den er niedergestreckt hatte, dessen Augen klar waren und der am Ende seines Lebens verwirrt gewesen war. Er seufzte schwer und rieb sich die Brauen. Blut tropfte von einem Schnitt über seinem Ellbogen.

Mit der Hilfe von Gawains Magie brachten sie die Leichen an den Waldrand, während Merlin sich darauf vorbereitete, in die Stadt zurückzureiten. Er würde alles nach weiteren Flüchen absuchen und dann weiter nach Oxford eilen, um die Magier über ihre Ankunft zu informieren.

Er sah vom Rücken seines Pferds aus zu Vera, das Gesicht von Sorge überzogen. »Nun gibt es kein Zurück mehr.«

Vera war sich nicht sicher, was sie zu ihm sagen konnte. »Danke, dass du uns gerettet hast.«

Er seufzte. »Ich würde Euch nie im Stich lassen, Euer Majestät.«

Sie erwartete, bei seiner Loyalität Scham zu empfinden, und vor allem wegen des Pfads, auf den sie sie alle mit ihrer Entscheidung geschickt hatte, aber das tat Vera nicht.

Als Merlin die Straße hinunter verschwand, führte Arthur sein Pferd in großem Bogen, um dabei zu helfen, das Biest zu beruhigen, während sich Gawain in Lancelots Nähe aufhielt.

Lancelots Gesichtsausdruck entspannte sich zum ersten Mal nach der anhaltenden Angst, die der Kampf in seine Züge gegraben hatte. Er gluckste. »Du willst das heilen, nicht wahr?«, sagte er und sah auf die Schnittwunde an seinem Arm.

»Unbedingt«, bestätigte Gawain. Sofort machte er sich ans Werk.

Lancelot grinste über seinen Kopf hinweg Vera an. »Wir haben Glück. Heilungsgaben sind unglaublich selten.«

Gawain lief mitten in seiner Konzentration rot an. »Meine sind nicht sonderlich hilfreich, außer bei manchen Schnitten und Schürfwunden«, murmelte er, als er die Wunde auf dieselbe Art rieb, wie er es bei Vera getan hatte. Aber er sah einen kurzen Moment zu ihr hinüber, bevor er hinzufügte: »Es gibt wesentlich größere Heilungsgaben da draußen, aber ich habe Glück.«

»Es ist die Gabe, mit der er geboren wurde«, sagte Lancelot, als Gawain konzentriert die Augen schloss und »Schh« zischte.

Lancelots Grinsen wurde breiter. Er senkte den Kopf und legte die Stirn an Gawains, was einer Umarmung des Magiers so nah kam wie nur möglich, während dessen Hände mit dem Heilzauber beschäftigt waren. Das Rot auf Gawains Wangen vertiefte sich. Er versuchte, nicht zu lächeln, verlor aber den Kampf und sah Lancelot bewundernd an.

Und in diesem Augenblick verstand Vera, was sie die ganze Zeit übersehen hatte. Dies war nicht nur Freundschaft. In der Nacht des Julfests, als Vera dachte, dass Lancelot mit einer Frau davongeschlichen war, hatte sich Gawain da nicht auch direkt am Rande des Lichtscheins aufgehalten? Dass sie und Lancelot danach seltener laufen gingen. Wie Gawain und Lancelot beinahe immer zusammen waren.

Heilige Scheiße. Nun, da sie es sah, war es so offensichtlich. Und ein egoistischer Schmerz breitete sich sofort in ihr aus. Lancelot war ihr bester Freund. Sie wünschte, er hätte es ihr erzählt.

Vera ritt auf Arthurs Pferd mit zurück in die Stadt und Lancelot mit Gawain. Sie hielt sich davon ab, alle paar Minuten zu den beiden hinüberzusehen. Es war das Mindeste, was sie tun konnte; dies war keine Geschichte, die sie kennen sollte.

Die Soldaten standen bereit, als sie eintrafen. Tristan wechselte damit ab, wem er bei ihrer Ankunft eine feste Umarmung gab. Vera entzog sich dieser schnell.

Sie mussten dringend los. Arthur wollte eine Audienz bei den Magiern, sobald sie Oxford erreicht hatten, das Gefühl von Gefahr war nun sehr viel präsenter als zuvor. Gawain ließ sich zurückfallen, als Vera vom Pferd stieg. Sie wusste nie, ob er mit ihr reden wollte oder einfach nur diese Gegend gewählt hatte, um in ihrer Nähe zu stehen.

»Du weißt mehr über Mordred, nicht wahr?«, fragte er.

»Er tötet Arthur.« Vera sprach die Worte so schnell aus, dass sie zuerst glaubte, Gawain hätte es nicht gehört.

Er starrte auf die andere Seite und meinte: »Ich bin froh, dass wir etwas tun, um ihn niederzustrecken.«

»Was, wenn es das Falsche ist?«, fragte Vera.

»Weil Mordred vielleicht die Flüche geschaffen hat, um gegen dich vorzugehen?«

»Was auch immer ich weiß, es muss ausschlaggebend sein. Es war egoistisch, Merlins Prozedur zu ignorieren, wenn sie uns einen Vorteil hätte einbringen können. Das scheint der strategischste Zug zu sein.«

»Das sehe ich anders. Lancelot erzählte mir, was heute Morgen mit Merlin vorgefallen ist«, sagte er. »Merlin ist viel zu versessen auf das, was in dir verschlossen ist, Guinevere.« Er hielt sie mit seinem stechenden Blick gefangen. »Es steckt mehr in dir als Erinnerungen.«

Die Haut in ihrem Nacken begann zu prickeln. »Was meinst du?«

Gawain blickte eine lange Zeit in die Ferne, bevor er wieder sprach. »Ich bin froh, dass du dich geweigert hast und in Sicherheit bist.«

»Das beantwortet meine Frage nicht«, entgegnete Vera. »Du machst das häufig, weißt du? Und ich weiß ganz genau, dass es Absicht ist.«

Er gluckste leise und seufzte dann lang. »Unterschätze nie, was du vielleicht zu bieten hast.« Seine Worte waren mit Bedacht gewählt.

Vera dachte daran zurück, wie er über Grady gesprochen hatte, als wäre dieser kein menschliches Wesen, dennoch war er nun hier, begegnete einer aussichtslosen Situation gemeinsam mit ihnen und reagierte leidenschaftlich.

»Weshalb beschützt du mich?«, fragte sie.

Gawain blickte Vera direkt in die Augen. Sie war immer davon abgelenkt gewesen, wie tief diese lagen, wie er häufig die Menschen mit diesem irritierenden Stirnrunzeln betrachtete. Aber er hatte eigentlich sehr freundliche Augen.

»Weil die Magier einen Teil dazu beitrugen, und wir müssen dafür zur Verantwortung gezogen werden«, sagte er. »Und weil du meine Königin bist.«

Vera starrte auf ihre Zehen, berührt von seiner Loyalität. Sie war überrascht, als er erneut sprach.

»Aber in erster Linie, weil du meine Freundin bist.«

44

Vera rutschte im Sattel hin und her, nicht daran gewöhnt, wie die Rüstung ihre Bewegungen während des Reitens versteifte. Lancelot hatte recht: Sie hätte sie öfters zum Training tragen sollen, bevor es im Ernstfall nötig gewesen war. Nach dem Hinterhalt an diesem Morgen trugen sie nun alle Rüstungen, sogar Gawain. Sie stand ihm überraschend gut. Abgesehen von Vera, waren alle Mitglieder ihrer Reisegruppe im Krieg gewesen. Sie war als Einzige fehl am Platz.

Tristan kam näher. Seine dunkelsilberne Rüstung glänzte, und als das Morgenlicht sie aus einem bestimmten Winkel traf, wurden die Dellen und Kerben enthüllt, die er bestimmt problemlos hätte reparieren lassen können. Er hatte sich jedoch entschieden, sie als Abzeichen des Krieges zu tragen. Er warf Vera einen Seitenblick zu und versuchte, dabei nicht erwischt zu werden.

Sie grinste. »Was?«, fragte sie, wie sie es auch an jedem anderen Tag tun würde. Es war eine unausgesprochene Übereinkunft, dass sie so taten, als wäre die Grenze gestern Nacht nicht überschritten worden.

»Ich hätte nie gedacht, dich jemals in Rüstung zu sehen«, erklärte er. »Du siehst unglaublich aus.«

Sie konnte nicht anders, als in Arthurs Richtung zu blicken. Er ritt mit dem jüngeren der beiden Soldaten, einem Mann mit einem grimmigen, aber doch jungenhaften Gesicht und einer Nase, die eindeutig schon mal gebrochen worden war. Er strahlte aufgrund von Arthurs ungeteilter Aufmerksamkeit, obwohl dieser gerade lang genug wegsah, um Veras Blick zu treffen und seinen Kopf mit einem Lächeln in ihre Richtung zu neigen, bevor er sich wieder der Unterhaltung widmete.

Er mied sie nicht, aber nachdem sie und Lancelot ihm alles erzählt hatten, was mit Merlin vorgefallen war, hielt er Distanz. Tristan blieb jedoch in ihrer Nähe. Er ritt neben Vera her, so charmant wie eh und je. Wenn er besonders liebevolle Kommentare von sich gab, dann warf er Arthur verstohlene Blicke zu, um die Reaktionen des Königs zu beobachten. Vera kicherte, als ihr klar wurde, dass Tristan immer noch versuchte, sie rumzukriegen. Sie konnte sich zwar nicht vorstellen, dass sie ihre Meinung in Bezug auf ihn ändern würde, aber sie bewunderte seine Ausdauer.

Es gab kein eindeutiges Zeichen, wo eine Stadt aufhörte und die nächste begann. Aber eineinhalb Stunden nachdem sie Faringdon verlassen hatte, überquerten sie eine hölzerne Brücke (lediglich aneinandergebundene Holzlatten) über einem tröpfelnden Bächlein, und auf halber Strecke schimmerte alles Sichtbare, so wie es die Luft über einem Topf kochenden Wassers tat. Vera drehte sich beunruhigt zu Gawain um.

Er nickte einmal, seine Ruhe bot ihr augenblickliche Sicherheit. »Wir haben den Schleier der Magier betreten«, erklärte er. Er ließ sein Pferd zu Veras aufschließen und murmelte: »Oxford wird in einem Radius von zwanzig Kilometern von einem Netzwerk aus Magiekünsten geschützt. Sollten Angreifer kommen, wird dies sie aufhalten. Hier gibt es weder eine Armee noch einen Lord oder gar einen König. Aber dafür jede Menge Magier«, Gawains Augen funkelten, »und es ist ein großer Schatz, der beschützt werden muss.«

Nichts hätte Vera auf Oxford vorbereiten können. Bereits aus der Ferne konnte sie erkennen, dass es nicht das Oxford war, das sie kannte. Dort, wo sie dramatische gotische Türme erwartete, die in die Lüfte ragten, fand sie stattdessen eine Skyline mit zahlreichen Kuppen wie Wolken, die über die Stadt gesprenkelt waren. Als sie um die Kurve der High Street kamen, weiteten sich Veras Augen. Die meisten Gebäude waren rund (»Dies ist die Form, die Magie am besten leitet«, flüsterte ihr Gawain zu) und bestanden aus poliertem cremefarbenem Stein, der selbst bei Tag im Licht von riesengroßen Kugeln strahlte. Diese schwebten alle dreißig Schritte über den Pflastersteinstraßen, wie als Herzstück gedachte Kronleuchter. Ganz gleich, in welche Richtung Vera blickte, sie sah Magie am Werk.

Sie kamen an einem Freiluft-Amphitheater vorbei, wo Schauspieler gerade die Erzählung eines großen Abenteuers mit fliegenden Darstellern, präzisen und farbenfrohen Explosionen aus Feuerwerk und perfekt verstärktem Sound probten. Auf der anderen Seite der Straße ging ein lebensgroßer Elefant, hergestellt aus schimmerndem Stein – für welchen Zweck, erschloss sich Vera nicht. Beinahe hätte sie aufgeschrien, als eine Frau mit krausem Haar, das Gesicht tief über das Pergament in ihrer Hand gesenkt, geradewegs in den Elefanten lief. Aber sie wurde nicht umgenietet. Sie bewegte sich einfach durch den Bauch des Tieres, nur eine Nebelwolke erschien, wo sie wieder zum Vorschein kam.

Während sie die High Street entlangritten, versuchte Vera, nicht zu blinzeln. Sie lugte in jede offene Tür, an der sie vorbeikam, erkannte ein rundes Zimmer voll mit lebhaft-farbigen Bildern und zwei Leuten in der Mitte, die Rücken an Rücken standen. Vera konnte weder Züge noch ein Geschlecht oder gar Kleidung erkennen, denn auch sie waren voller Farbe und nur als Menschen erkennbar, aufgrund der Art, wie sie die Arme bewegten, als dirigierten sie ein Orchester, die Farben spritzten bei jeder Geste.

Weiter die Straße runter, reckte sie den Hals, um zu beobachten, wie eine mit Schriftrollen beladene alte Frau eine andere Tür auftrat.

Beeindruckender indigofarbener Rauch quoll heraus und wirbelte über ihnen, bis er sich in nichts auflöste. Helle Funken sprühten in dem Labor, bevor die Tür abrupt geschlossen wurde.

Das Ende der Straße zu erreichen, war beinahe enttäuschend, aber Merlin wartete dort mit einem angespannten und unleserlichen Blick. Er stand vor dem bisher auffälligsten Gebäude; das runde Gebilde hinter ihm hatte zu beiden Seiten röhrenförmige Gänge, die sich weiter nach außen und hinten wölbten, als man mit bloßem Auge erkennen konnte. Es ragte über ihnen auf. Vera konnte fünf Stockwerke mit gewölbten Fenstern unter dem domartigen Dach ausmachen. In einer Schrift, die kaum größer als ihr Zeigefinger war (außer im Vergleich zu dem ausladenden Gebäude, welches sie zierten) stand, in einfachen Blockbuchstaben an die Wand geschrieben: *MAGIEREI.*

»Der Rat erwartet eure Ankunft«, sagte Merlin. Er kümmerte sich darum, dass ihre Pferde versorgt und ihr Gepäck in die Gaststätte gebracht wurden, in der die Gruppe die Nacht verbringen würde. Tristan blieb mit den Soldaten vor der Magierei in Bereitschaft. Vera wusste nicht, ob das bereits zuvor besprochen gewesen war, aber er schien wegen des Ausschlusses weder überrascht noch beleidigt. Die Attacke am Morgen hatte immerhin etwas Hilfreiches ergeben: Es bestand kein Zweifel an der Dringlichkeit dieses Treffens. Gawain nahm seinen Platz neben Merlin ein, die Bewegungen steif und das Gesicht blass. Merlin führte sie zu dem gewölbten Tor.

Es gab dort keine Tür, überhaupt keine sichtbare Barriere. Arthur ging als Erster hindurch mit Vera dicht auf den Fersen, aber als ihr Körper die Schwelle übertrat, spürte sie das Gefühl vieler Hände, die jedes bisschen ihrer Haut, egal ob freigelegt oder nicht, berührten – selbst die verborgensten und intimsten Stellen. Sie schreckte dadurch rechtzeitig auf, um zu sehen, wie Lancelot eine Augenbraue hochzog, und erschauderte. Auch er fühlte es.

Die fröhliche Kakofonie aus Klängen war auf der anderen Seite des Tors abgeebbt. Merlin und Gawain kamen herein, unbeeindruckt von dem Erlebnis.

»Was war das?«, fragte Vera.

»Das war eine Enthüllung«, erklärte Merlin, marschierte an ihnen vorbei, um wieder seinen Platz an der Spitze einzunehmen, und führte sie dann durch den widerhallenden Rundbau. »Jegliche Zauber, die einer Person anhaften, werden entfernt, wenn sie über die Schwelle tritt.«

Ihre Schritte hallten auf den Bodenfliesen des gewölbten Eingangs wider, bis sie in einen Gang auf der gegenüberliegenden Seite kamen, wo die Geräusche erstarben. Auf beiden Seiten gab es jede Menge Türen, aber sie eilten an allen vorbei, setzten ihren Weg fort, bis der Flur an einer weiteren Tür endete; diese bestand aus Granit und erinnerte Vera an den Eingang eines Mausoleums.

Merlin legte eine Hand in die Mitte. Es leuchtete an seinen Fingerspitzen, und Adern aus Licht breiteten sich aus wie ein Spinnennetz. Als das Netzwerk glühender Nebenflüsse die Ecken an allen Seiten erreicht hatte, verpuffte das Gewicht, und als der Granit nach hinten rutschte, kratzte er nicht über den Boden. Die Bewegung klang wie eine Brise an festem Glas. Langsam glitt die Tür zur Seite und hinterließ dabei ein Loch, welches gerade mal groß genug war, dass sie einzeln hindurchgehen konnten.

Das Zimmer, welches sie betraten, war nicht überraschend, ebenfalls rund mit drei Reihen von gestaffelter Bestuhlung, die im Halbkreis aufgebaut waren. Jede Reihe stand hinter schmalen Tischen.

Es handelte sich um einen steinernen Hörsaal, und da, wo sie eintraten, war das Podium, während das Publikum aus Magiern sie beobachtete. Veras Blick wurde zur ersten Reihe gezogen, wo vier von sechs Plätzen belegt waren. Der Mann in der Mitte befehligte den Raum und jene Leute auf eine nicht benennbare Art und Weise, bei der Vera davon ausging, dass es Magie war. Seine Energie lockte sie, und als er über seine Hakennase Blickkontakt zu ihr herstellte, lächelte er zufrieden. Es lag nichts Freundliches darin. Sie wandte den Blick ab und spürte, wie er sich an ihrer Einschüchterung erfreute.

Zur Linken des hakennasigen Zauberers saß ein Mann, der sehr viel mehr so aussah, wie Vera sich Merlin vorgestellt hatte. Sein silbriger Bart reichte ihm bis zum Bauchnabel, und die Augen waren aufgrund von grauem Star milchig-grau. Golfballgroße Knoten zierten die Handrücken. Auf der rechten Seite des hakennasigen Mannes saß eine Frau, die einen Seidenturban trug. Ihr Gesicht zeigte keinerlei Falten, dennoch strahlte sie die Weisheit von Jahrhunderten aus. Und neben ihr saß eine vierte Magierin in der ersten Reihe, bei der sich Vera wirklich konzentrieren musste, um sie wahrzunehmen. Sie wirkte wie ein kleines Irrlicht, das zufrieden damit zu sein schien, unbemerkt zu bleiben.

Die Reihen dahinter lagen im Schatten verborgen. Vera konnte keines der Gesichter der Magier erkennen, aber sie alle erhoben sich, als Arthur eintrat, eine beeindruckende Welle aus identischen cremefarbenen Seidenroben raschelte in der Dunkelheit.

»Willkommen, Euer Hoheit.« Die Frau mit dem Turban breitete einladend die Arme aus. Ihre Stimme erfüllte mühelos den ganzen Raum. »Eure Anwesenheit ist uns eine Ehre.«

Arthur trat nach vorne. »Ich danke Euch, Naiam. Dennoch wünschte ich, es wäre unter anderen Umständen.«

Sie lächelte und legte den Kopf schief. »Ihr seid immer herzlich willkommen, Sire. Es benötigt kein Desaster für Euren Besuch. Bitte, setzt Euch.« Naiam deutete dorthin, wo sie standen. Eine Reihe von Stühlen erschien hinter ihnen.

Sie nahmen Platz. Mit einer Bewegung ihrer Arme änderten Merlin und Gawain ihre Gewänder zu den cremefarbenen Roben, um zum Rest zu passen. Sie standen in der vordersten Reihe. Vera nahm an, dass diese sechs den Hohen Rat bildeten. Naiams Beispiel folgend, führten sie alle gleichzeitig den Atem des Lebens aus, bevor sie sich setzten. »Ich rufe diese besondere Zusammenkunft des gesamten Rates aufgrund einer magischen Krise zur Ordnung.«

Vera erwischte Gawain dabei, wie er erleichtert ausatmete und sich seine Schultern entspannten.

Die Magier hatten die Geschichte von Crayford bereits vernommen, baten Arthur aber, sie noch einmal zu erzählen – auch die des Angriffs auf sie an diesem Morgen.

»Bist du sicher, dass es sich um eine Auslöser-Verfluchung gehandelt hat?«, fragte Naiam Merlin.

»Absolut. Gawain hat die Ampulle extrahiert, und ich habe sie zerstört.«

»Das war unklug.« Der hakennasige Mann funkelte ihn böse an. »Wir hätten Informationen darüber erhalten können, und du hast sie ohne weitere Tests zerstört.«

»Die Verfluchung befand sich im Blut selbst, Ratamun«, konterte Merlin. »Glaubst du wirklich, dass es irgendeinen Test gibt, der das Risiko wert ist, dass sich ein nicht zügelbarer Zauber verbreitet? Es gibt in diesem Raum vielleicht drei von uns, die wenn überhaupt theoretisch zu einer solchen Verfluchung in der Lage wären. Ich bin nicht bereit, die Königin auf solch eine Weise zu riskieren.«

Vera wagte nicht einmal für einen kurzen Moment, zu Lancelot zu sehen, der bei so einer Aussage in Camelot geschnaubt hätte oder auf seinem Sitz herumgerutscht wäre. Sie ging davon aus, dass er Merlin gern verprügeln würde, weil dieser sich hier hinsichtlich Veras Sicherheit aufspielte, nachdem er nur wenige Stunden zuvor bereit gewesen war, ihren Verstand zu opfern.

Ratamun schnaubte. »Die Königin hat sich selbst riskiert, als sie sich mit Verrätern wie Viviane einließ.« Ihr Name kam als Knurren über seine Lippen. »Ein Verbrechen, bei dem uns dauerhaft das Recht verwehrt wurde, es anzuprangern oder zu verurteilen.«

Natürlich konnten sie sie dafür nicht verurteilen. Viviane war tot. Dann begriff Vera, was sie meinten.

»Königin Guinevere sollte befragt und verurteilt werden«, sagte Ratamun. Ein Murmeln breitete sich bei seiner Aussage in den Reihen der anderen Magier aus. Manche protestierten, andere stimmten zu.

Ratamun besaß die Gabe, eine Menge zu fesseln, aber Arthur ebenfalls. Er lehnte sich in seinem Stuhl nach vorne, die Augen verdunkelten sich, als er die Magier betrachtete.

»Ratamun«, begann er gefährlich leise. Es sorgte für Ruhe in der versammelten Menge, als hätte er sie mit gezogenem Schwert angeschrien. »Ihr habt eine Magierin an meinen Hof geschickt, die versuchte, das Königreich zu stürzen. Jenes Königreich, wie ich hinzufügen möchte, das wir erbauten und als unmöglich erachtet hätten, bevor es zu der Realität wurde, in der wir nun leben. Guinevere war von Viviane verhext, eurer vertrauenswürdigen Magierin des Hohen Rates. Und Guinevere hat sich letzten Endes selbst in Gefahr begeben, um sich gegen sie zu erheben. Ihre Tat galt dem Königreich und mir. Damit habe ich meine Genugtuung, und sie wurde begnadigt. Solltet Ihr Beweise für ihre Loyalität benötigen, müsst Ihr nicht weiter gehen als zu dem Angriff auf sie heute Morgen. Ich habe vom Rat der Magier nicht verlangt, sich dafür zu verantworten, die Verräterin Viviane ausgebildet und geschickt zu haben, und so werdet Ihr es auch nicht von der Königin verlangen. Habe ich mich klar ausgedrückt?«

Ratamuns Knurren verzog sich, um ein Gegenargument vorzubringen.

»Genug«, befahl Naiam. Dennoch beäugte sie Vera, als hätte sie selbst Fragen.

Als Nächstes sprach die kleine Frau mit einer sanften Stimme, die zu ihrer Figur passte. »Und Ihr glaubt an diesen dunklen Magier Mordred?«

»Ja«, bestätigte Arthur, »und ich glaube, dass es ebenfalls mit der Abnahme der Magie im Königreich in Zusammenhang steht.«

Wieder gab es Unruhe unter den Magiern. Merlin schürzte die Lippen und starrte unzufrieden auf seine Füße.

»Weshalb?«, fragte die leise Zauberin.

»Ich berufe mich auf Magier Gawain«, sagte Arthur.

»Gawain, diese Theorie stammt von dir?«, fragte Naiam überrascht, aber freundlich. Die Art, wie sie Gawain betrachtete, der mindestens dreißig Jahre jünger war als sie … Auch andere unter ihnen sahen ihn so an; den einzigen Magier, der je seit seiner Kindheit in der Magierei großgezogen worden war. Er war ihr gemeinsames Kind.

Dies galt jedoch nicht für alle. Ratamun funkelte Gawain auffällig böse an, als dieser sich auf seinem Platz aufrichtete.

»Das tut sie. Die Beschreibung von Crayford stimmt mit meiner eigenen Erfahrung in Dorchester überein. Aber da ist noch mehr. Und – und zuerst muss ich mich bei dem versammelten Rat entschuldigen«, aber er adressierte Arthur, als er fortfuhr, »denn ich habe vieles verheimlicht, das gesagt werden muss. Es gibt ein größeres Problem als Mordred, das bezüglich des Verschwindens der Magie angesprochen werden muss.« Er gab niemandem die Zeit, Einspruch zu erheben, fuhr nach einem Atemzug inmitten unbehaglichen Kicherns fort:

»Wir wissen, dass Magie nicht unendlich ist; es ist eine Art Energie, die sich selbst erneuert. In den sechshundert Jahren, seit mit der Aufzeichnung begonnen wurde, blieb die Geburtenrate und Regeneration der Magie stabil.«

Viele unter den Anwesenden nickten zustimmend. »Dies änderte sich, als die Magier begannen, Macht anzuhäufen, besonders während der Kriege.«

Es war schon vorher still im Zimmer gewesen, aber nun schienen alle Anwesenden die Luft anzuhalten. Selbst Merlin wandte sich entsetzt Gawain zu.

Ratamun brach das Schweigen. »Ein magisches Defizit hätte nur unter den Sachsen zu spüren sein sollen.«

Ein kurzer Hauch von Triumph huschte über Gawains Gesicht, wurde aber sofort von seinem üblichen mürrischen Ausdruck ersetzt. »Wir alle wissen, dass die Gaben so nicht funktionieren. Sie bevorzugen keine menschliche Nation. Und dann ist da noch das Aufkommen des Vorratsspeicher-Zaubers. Wie viele Magier sind gestorben, und ihre Mächte wurden damit zerstört? Wie viel verloren wir allein mit Viviane?«

Arthur und Lancelot sahen so verwirrt aus, wie Vera sich fühlte.

Gawain redete weiter: »Crayford ist ein Mikrokosmos dessen, was wir im Großen tun. In Crayford nahm sich der Magier alle Gaben jener, die er abschlachtete. Jedes bisschen bekannte Magie einer ganzen Stadt wurde von einem einzigen Mann leer gesaugt, und was ist passiert? Selbst die Erde verschrumpelte und starb. Wir entziehen der Erde ihre Macht.«

»Wir sollten diese Angelegenheit in einer geschlossenen Runde besprechen«, meinte Naiam, eine deutliche Warnung, bei der das delikate Glockenspiel ihrer Stimme schriller klang.

»Als euer Herrscher«, begann Arthur auf ein Nicken von Gawain hin, »bestehe ich darauf, für eine Unterhaltung dieses Ausmaßes anwesend zu sein. Durch die erste Ordnung, die bei der Gründung des Rats der Magier festgelegt wurde, hat man bestimmt, dass ich das Recht habe, Zeuge eures Prozesses zu sein, wenn das einen direkten Einfluss auf das Königreich hat.« Es klang, als zitierte er diese Regelung Wort für Wort, und Vera vermutete, dass dies auch der Fall war.

Nichtsdestotrotz schienen sie geschockt darüber zu sein, dass dieses Recht eingefordert wurde. »Fahr fort, Magier Gawain«, befahl Arthur, ohne sich von Naiam abzuwenden. Ihr Lächeln erreichte nicht länger ihre Augen.

»Der König muss wissen«, sagte Gawain, »dass wir kurz vor der Zerstörung all dessen stehen, auf das wir hingearbeitet haben. Er *muss* es wissen. Wir können uns nicht weiter darauf berufen, dass wir dies zum Schutz des Königreiches geheim halten. Wir schützen unsere eigenen Kräfte, und dies auf Kosten der Magie selbst.«

»Verstehe ich das richtig, dass Magier ihre Gaben auch noch aus einer anderen Quelle außer Training und Lehre bekommen?« Arthur richtete seine Frage direkt an Naiam, die offensichtlich um die Antwort rang.

»Ich – es ist kompliziert.«

Arthur hielt ihren Blick.

»Ja, Euer Majestät«, sagte sie schließlich, als sie keinen anderen Ausweg mehr fand.

»Wie?« Ein Wort brachte alles ins Wanken. Ließ es seitwärts kippen. Keiner antwortete. »Muss ich eine Antwort von euch erst befehligen?«, fragte Arthur und durchforschte mit hartem Blick ihre Reihen.

Der uralte, gebeutelte Magier mit dem langen Bart war es, der antwortete: »Lehre und Training bringt uns bei, wie wir unsere Gaben großflächig einsetzen können. Es gibt zwei Möglichkeiten, wie wir vielleicht eine weitere Gabe erhalten. Eine Gabe kann von einem magischen Wesen, das Meister über seine eigene Fähigkeit ist, an ein anderes gegeben werden. Der zweite Weg ist … auf dem Schlachtfeld. Wenn ein Feind mit einer Gabe getötet und er von der Waffe eines Magiers direkt ins Herz getroffen wird, während noch etwas Leben in ihm ist, kann der Magier die Gaben des Feindes mit dessen letztem Atemzug absorbieren. Bisher war dies ein gut gehütetes

Geheimnis, welches nur der Rat kannte, und es war während der Kriege unser größter Vorteil. Keiner, den wir bekämpften, verstand, weshalb unsere Magier so mächtig waren.«

»Die Kriege waren lang«, unterbrach Gawain. »Laut meiner Zählung haben wir allein im Hohen Rat über zehntausend Gaben. Und das nur unter uns sechs. Es beinhaltet nicht die anderen Magier hier im Raum, mal ganz zu schweigen von den niedrigeren Magiern, die nicht im Rat sind. Ich glaube, dass diese Anhäufung dazu führt, dass die Magie sich verflüchtigt. Sie stirbt, weil wir sie horten. Und auch verstecken.«

»Spielst du auf den Jungen in deinem ersten Bericht aus Camelot an?« Wieder war es die Magierin mit der leisen Stimme.

Gawain nickte. »Grady. Seine Gabe trat erst zum Vorschein, als er ohne sie gestorben wäre. Magie ist schlauer als wir alle. Sie versteckt sich aktiv, damit wir sie uns nicht einverleiben können. Aber für jeden Grady, dessen Gabe sich manifestieren könnte, sterben wie viele, deren Gaben zu spät in Erscheinung treten oder sie nicht retten können? Ich bin mir sicher, dass viele von euch auf dem Schlachtfeld ähnliche Momente erlebten wie ich – Ausbrüche von Macht, als ein Soldat in Nöten war, gelöscht, bevor sich die Gabe manifestieren konnte. Wie viele sind in einem Zustand traumatischen Zwangs verloren gegangen?«

»So interessant deine Geschichten auch sind, was schlägst du vor, dass wir *unternehmen*?«, fragte Ratamun genervt.

Gawain entspannte seine Schultern, drückte sie nach hinten. »Wir sollten eine Stichprobenstudie darüber durchführen, was geschieht, wenn ein Magier seine Macht wieder an die Erde zurückgibt.«

Die Magier des Hohen Rates tauschten überraschte Blicke.

»Meldest du dich etwa freiwillig?« Ratamun dehnte den Satz absichtlich.

»Wenn es sein muss, dann ja, das tue ich«, erwiderte Gawain.

Ratamuns einstudiertes Desinteresse verrutschte. Damit hatte er nicht gerechnet. »Hast du das mit ihm ausgeheckt, Merlin?«, verlangte er nach einem Moment zu erfahren.

»Nein …«, begann Merlin, aber Gawain unterbrach ihn.

»Ich hielt meine Theorie vor Merlin verborgen. Dies ist meine Arbeit, mein Spezialgebiet. Ich bin bereit, die Konsequenzen davon auf mich zu nehmen.«

Vera wurde klar, dass sie gerade Zeugin eines Momentes außergewöhnlichen Mutes wurde.

»Lass uns nichts überstürzen, Gawain«, sagte Merlin. »Was hilft es schon, die Macht abzuwerfen? Es würde Jahre dauern, die Veränderung entsprechend zu erforschen und zu messen. Es gibt keine Möglichkeit herauszufinden, ob es auf so einer kleinen Waage einen Unterschied macht.«

»Doch, gibt es.« Vorsichtig zog Gawain ein Bündel Stoff aus einer seiner Taschen und packte es aus. Vera reckte den Hals. Es war sein Glasinstrument, welches er ihr in seiner Arbeitsstätte gezeigt hatte. Die Magier rutschten auf ihren Plätzen hin und her, um besser sehen zu können.

»Es misst das Gleichgewicht zwischen einer zugeteilten Gabe und einer, die zu einem bestimmten Zeitpunkt in der Nähe des Instruments zur Verfügung steht. Wenn jemand mit einer Gabe stirbt, ohne dass der Vorratsspeicher-Zauber angewendet wird, erscheint eine flüssigkeitsähnliche Substanz in dem Röhrchen. Wenn sich die Gaben durch die Geburt eines neuen magischen Kindes verteilen, übertragen sie sich diesem Glaskolben. Wenn Magier eine große Menge an Gaben angesammelt haben und sterben, während ein Vorratsspeicher-Zauber wirkt, kehrt diese Magie nicht wieder in die Zirkulation zurück. Es kann keine weiteren magischen Geburten mehr geben. Während wir mit Tausenden von Gaben leben, die in uns verschlossen sind, können auch diese Gaben nicht zirkulieren.

Ich glaube, wenn wir einen Teil unserer vielen Gaben freigeben – nicht alle, aber ein paar –, werden diese wieder zirkulieren. Mein Instrument kann dies testen.«

»Die magische Geburtenrate fiel erstmals vor dreiundzwanzig Jahren ab«, erzählte der älteste Magier nachdenklich. »Und die Magierei wurde vier Jahre davor gegründet. Ich weiß nicht, wieso bisher keinem von uns dieser Zusammenhang aufgefallen ist.«

»Weil es langsam genug voranschritt, um es auf andere Dinge zu schieben«, erklärte Gawain.

Vera konnte nicht folgen. War dies das Geheimnis, welches sie kannte? War dies Mordreds Ziel? Genug Magie zu stehlen, damit Arthurs Königreich in sich selbst kollabierte?

Naiam erhob sich und sagte scharf: »Wir wissen nicht, ob das stimmt. Es zu hören und zu denken, dass dies logisch Sinn macht, lässt es noch lange nicht Realität werden. Ohne die Macht von uns Magiern würde dieses Königreich nicht einmal existieren. Wir *beschützen* die Magie. Magier Gawain ist nicht alt genug, um sich zu erinnern. Aber viele von uns können sich nur zu gut daran erinnern, als unsere Großeltern ihre Gaben verstecken mussten, weil sie als unheilig galten und ihnen die Todesstrafe einbringen konnten, bevor der Orden gegründet wurde. Ich respektiere Gawains Fähigkeit, sein eigenes Interesse von seinen Forschungen zu trennen, aber ich erinnere euch daran: Das bedeutet nicht, dass er recht hat.«

»Lasst mich das Experiment durchführen«, forderte Gawain. »Laut unseren besten Schätzungen und Aufzeichnungen gibt es pro Tag zwanzig Geburten in unserem Königreich. Ich werde heute Abend zwanzig meiner Gaben ablegen. Wenn meine Theorie stimmt, wird das Ablegen auch wieder Mächte in Zirkulation bringen, genau wie es durch den Tod geschehen würde. Wir könnten sehen, ob dieser Teil sofort in Kraft tritt. Und wenn wir dann morgen noch einmal ablesen, sollte sich Flüssigkeit in der großen Schüssel befinden.«

Die kleine Zauberin rutschte auf ihrem Platz hin und her, bevor sie sprach: »Wenn all dies so läuft, wie du es dir theoretisch vorstellst, heißt das …«

»Ja.« Gawain nickte. »Dann bedeutet dies, dass einzig wir allein Schuld an dieser Krise tragen.«

»Und dieses Instrument. Du hast es mithilfe deiner Gaben hergestellt, nicht wahr?«, meinte Ratamun, dessen Wut verflogen und durch Wissenshunger ersetzt war. »Es gab noch nie etwas, das Macht verfolgen konnte. Funktioniert es?«

Gawain zögerte. »Das nehme ich an.« Er beantwortete die erste Frage nicht und wickelte das Gerät schnell wieder ein, bevor er es wegsteckte.

Ratamun reckte das Kinn und rief über das Gemurmel um ihn herum hinweg: »Ich denke, wir sollten es machen.«

Im Saal brach Chaos aus. Gawain machte das keinen Mut. Er hatte angespannt die Hände gefaltet, die Knöchel standen weiß hervor. Naiam klopfte mit der Hand auf den Tisch, der große goldene Ring, den sie trug, erzeugte bei jedem Schlag ein Echo wie ein Auktionshammer.

»Wir werden abstimmen«, sagte sie, als sich der Raum beruhigt hatte. Ihre Augen waren dunkel und der Singsang aus ihrer Stimme verschwunden. »Würdest du dich kurz entschuldigen?«, bat sie Gawain.

Gawain erhob sich mit angespannten Schultern, nickte und verließ den Raum, nicht durch den Stein, der als Haupteingang diente und sie hier einschloss, sondern in eine Seitenkammer direkt hinter ihm.

Lancelots Stuhl kratzte über den Boden, als er sich ebenfalls abrupt erhob. »Ich würde mich auch gern entschuldigen.« Er bewegte sich, bevor irgendwer zustimmen konnte.

Vera wollte ebenfalls folgen, aber dann fiel ihr ein, dass sie ihr bereits misstrauten, und sie sank zurück in ihren Stuhl.

Arthur drückte sanft ihre Hand. »Geh schon«, flüsterte er.

Sie sprang auf, um hinterherzugehen, bemerkte dabei Naiams schmallippige Missbilligung und spürte diese den ganzen Weg über in ihrem Nacken. Vera war es egal. Sie schlüpfte in die Seitenkammer und schloss die Tür. Sie war kaum größer als ein Kleiderschrank, ein Steinkerker ohne Fenster.

Gawain drückte sich in eine Ecke. »Ich habe mein Todesurteil unterschrieben«, meinte er stumpf, wobei die Augen groß und die Haut blass waren. »Es hätte schon genügt, unser Geheimnis zu verraten, aber auch noch vorzuschlagen, dass wir unsere Gaben opfern, … dafür werde ich hingerichtet.«

»Wirst du nicht.« Lancelot nahm Gawains Gesicht zwischen die Hände und gab damit dem wandernden Blick des Magiers ein Ziel. »Das werden wir nicht zulassen.«

Gawain sah aus, als täte ihm Lancelot leid. »Die Autorität, die du besitzt, enthält nicht die Macht, die du glaubst«, sagte er monoton.

Lancelot seufzte und tätschelte ihm mit einem verzweifelten Lachen die Wange. Dies brachte Gawain auf die Palme. Er schob Lancelots Hände weg. »Hast du nicht gehört, was ich da drin gesagt habe? Darüber, wie wir unsere Gaben erhalten? Mit einem Stich ins Herz. Lancelot, ich habe über tausend Gaben.«

»Du hast so viele Leute getötet?«, fragte Vera leise.

»Nein.« Der animalische Drang verpuffte, und der Gawain, den sie kannten, kehrte zurück, während er über Zahlen nachdachte. »Einige waren …« Sein Mund zuckte, bewegte sich klanglos, als sein Gesicht rot anlief. »Scheiße. Ich bin nicht in dem Zimmer. Ich kann es nicht sagen. Ich hätte es zuvor sagen sollen.« Er stöhnte und schüttelte den Kopf. »Über zweihundertfünfzig Menschen haben ihr Ende gefunden, während sie in das Weiß meiner Augen blickten. Verstehst du das?« Seine Stimme erhob sich verzweifelt.

Lancelot griff nach ihm. »Du hast nur …«

»Nein«, knurrte Gawain und wich zurück. »Ich bin ein Monster. Sieh mich an, als wäre ich ein Monster.« Lancelot tat dies nicht. Und Vera genauso wenig, glaubte sie. Gawain stolperte zurück gegen die Wand. »Fuck.« Er schlug die Hände vors Gesicht.

»Was ist ein Vorratsspeicher-Zauber?«, fragte Lancelot plötzlich.

Gawain seufzte. »Er sorgt dafür, dass es nicht möglich ist, die Gaben nach dem Tod zu stehlen, soll davor abschrecken, dass sich Magier gegenseitig umbringen. Viviane erfand ihn. Sie hatte mehr Gaben als die meisten Magier vereint.« Hätten sie gewusst, dass allein, … dass jene Gaben nicht von ihrer Brillanz im Labor stammten, sondern von ihrer Bereitschaft Leben auszulöschen, hätten sie ihr dann je vertraut? Würden sie dann überhaupt einem Zauberer vertrauen?

Die Tür öffnete sich, und alle spannten sich bei der Kombination aus Bewegung und Lärm an und entspannten sich erst wieder, als sie sahen, dass es Arthur war, der in den bereits überfüllten Raum trat. Gawain bewegte sich, als wolle er in die Knie gehen, aber er war nicht schnell genug.

Arthur umarmte ihn und murmelte: »Danke.« Als er Gawain losließ, fügte er hinzu: »Das war selbstlos und mutig, dich gegen deine Erziehung zu wenden …«

»Meine Erziehung, aber auch meine Wahl, Arthur. Niemand hat mich gezwungen, ein Magier zu bleiben.«

»Wie alt warst du, als du ein Zauberer wurdest?«, erkundigte sich Arthur. »Musstest du töten, um deine frühesten Gaben zu erhalten?«

Gawain schüttelte den Kopf. »Uns allen wird unsere zweite Gabe gegeben, um den Beginn eines Lebens als Magier einzuläuten. Ich war sieben, als Merlin mir die meine gab.«

»Als du sie erhieltest, wurdest du auch in die Geheimnisse eingeweiht, die du aufgrund der Magie für dich behalten musst. Dann kam der Krieg, und du hast getan, was wir alle im Kampf getan haben.«

Gawains Stimme klang, als wolle er protestieren, aber Arthur ließ dies nicht zu und fuhr fort: »Und du wurdest zum jüngsten Mitglied des Hohen Rats der Magier ernannt. Und heute bist du ihnen entgegengetreten, wie es kein anderer je zuvor getan hat, und hast damit vielleicht sogar das gesamte Königreich und die Magie gerettet. Wenn ich könnte, würde ich dich ein zweites Mal zum Ritter schlagen.«

Gawain wirkte hoffnungsvoll, durchforschte Arthurs glänzende Augen. »Haben sie zugestimmt …«

»Ja. Sie haben dem Test zugestimmt.«

Es war eindeutig, dass die Abstimmung nicht einstimmig ausgefallen war, aber genügend Magier sprachen sich dafür aus und teilten Gawains selbstloses Wesen, indem sie anboten, einige ihrer Gaben für den Zweck zur Verfügung zu stellen. Der alte Mann und die leise Frau, die die besten Fragen gestellt hatten, boten drei Gaben, und zu Veras Überraschung bot Ratamun fünf seiner Gaben, sodass Gawain nur neun seiner eigenen freigeben musste, um die besprochene Anzahl zu erreichen.

Sie versammelten sich auf der freien Fläche, der Rest des Rates und die Gruppe um den König sahen zu. Gawain reichte sein Instrument an Arthur, um es zu halten.

»Wie gehen wir vor?«, fragte die Magierin mit der sanften Stimme, die, wie Vera erfahren hatte, Phoebe hieß.

»Es ist genauso, als würdest du eine Gabe an eine andere Person geben, nur dass du dich auf die Erde konzentrierst … Dreck, Gras oder Bäume«, erklärte Gawain. »Welchen Teil der Natur du dir auch immer vorstellen musst, und dann …«

»Gebe ich sie frei«, beendete Phoebe die Ausführung für ihn.

Ratamun grinste, als er die Ärmel seines Umhangs hochrollte. »Was, wenn einer von uns lügt und weniger Gaben gibt als versprochen?«

»Wenn das Instrument funktioniert, sollten wir in der Lage sein, sie zu zählen, und würden es wissen«, meinte Gawain. »Wenn es nicht funktioniert? Dann wird nichts passieren.«

Gawain fing an. Er erdete sich, schloss die Augen in einer Ruhe, die sich einige lange Sekunden hinzog, und atmete dann den absichtlichen und heiligen Atem, während er die Hand mit der Fläche nach unten vor sich ausstreckte. Nichts Auffälliges änderte sich, aber Arthur gab ein zustimmendes Summen neben Vera von sich, und alle Blicke wandten sich ihm zu.

Ein Strudel gelartiger Flüssigkeit blubberte aus dem Nichts heraus in der Röhre. Auf den ersten Blick war alles ein silberner Schimmer. Aber aus einem anderen Winkel erkannte man scharfe Abgrenzungen und tatsächlich neun separate und zählbare Sektionen, die sich alle farblich ganz leicht unterschieden.

Daraufhin wurden die Magier unruhig. Naiam atmete scharf ein. Einer nach dem anderen der drei Zauberer, die sich freiwillig gemeldet hatte, gaben ebenfalls ihre Gaben frei, und die Röhre füllte sich langsam.

»*Zirkulieren* die Gaben wieder?«, fragte Ratamun und trat näher zu Arthur und dem Instrument.

Gawains Hand schoss nach vorne, als wolle er Ratamun aufhalten, aber der Magier war außerhalb seiner Reichweite. »Ja«, bestätigte er.

Naiam sah alles andere als zufrieden aus. »Es scheint so.« Sie trommelte mit den Fingern auf dem Tisch, während sie das Zimmer absuchte. »Wir werden uns morgen beim ersten Tageslicht wieder zusammenfinden und prüfen, was aus diesem Experiment geworden ist.«

Merlins Lippen öffneten sich. Er sah das Gerät in Arthurs Händen ungläubig an. Ratamun beugte sich tiefer über die Kugel, neigte den Kopf in zwei unterschiedlichen Winkeln hin und her.

»Sie haben alle unterschiedliche Farben«, murmelte er mit glänzenden Augen. »Kannst du sagen, was welche Gabe ist?«

Gawain wurde unruhig. »Nein«, sagte er entschieden. »Nur die Anzahl. Es gibt keine Möglichkeit, irgendetwas anderes zu wissen.«

Das Grinsen verschwand nie aus Ratamuns Gesicht. »Wie du meinst.«

45

Es fühlte sich wie ein Sieg an – bis sie die Magierei verließen und in die Stille des Zimmers der Taverne zurückkehrten, wo Vera, Arthur, Lancelot, Gawain und Merlin sich besprachen. Merlins angespannter Ausdruck zeugte von der Wut, die unter seiner ruhigen Oberfläche brodelte.

»Warum hast du mir nicht gesagt, dass dies dein Plan war?«, fragte er mit zusammengebissenen Zähnen.

»Weil ich wusste, dass du mich aufgehalten hättest«, meinte Gawain.

Merlin schnaubte. »Natürlich hätte ich das. Selbst wenn du recht hast, war dies ein Hinterhalt. Es war nicht der richtige Weg. Du wirst mit Sicherheit aus der Magierei ausgeschlossen.«

»Ich weiß«, entgegnete Gawain. »Aber du weißt genauso gut wie ich, dass wenn es kein Hinterhalt gewesen wäre – wenn der König nicht im Saal gewesen wäre –, sie sich das nicht einmal angehört hätten.«

Merlins Gesicht füllte sich mit Trauer, als er Gawain ansah. Es machte Vera Angst.

»Und was ist mit Ratamuns Misstrauen wegen deines Instruments?«, fragte Merlin.

Gawain nickte. »Er weiß, wie es vielleicht genutzt wird.«

»Wie wird es vielleicht genutzt?«, fragte Arthur. Er hielt das Gerät auf seinem Schoß.

»Ratamun hat richtig vermutet, dass dieses Werkzeug die Grundlage dafür ist, herauszufinden, welche Gaben jemand besitzt, und wie viele«, erklärte Gawain. »Ich wusste, als ich es enthüllte, dass das ein Risiko ist.«

»Kein Risiko«, korrigierte Merlin. »Etwas Unausweichliches.« Dann wandte er sich an Arthur. »Mit Ratamun ist einer unter uns, der an die großen Gaben glaubt. Unsterblichkeit und Unbesiegbarkeit sind die Gaben, nach denen die meisten streben. Er und auch andere, was das angeht, wollen nichts mehr, als diese Fähigkeiten aufzuspüren und die Gaben zu verfolgen. Und sie sich zu nehmen, ganz gleich, zu welchem Preis: Feind, Freund, Familie …«

Vera konnte sich die Gefahren solcher Kräfte vorstellen, aber nicht in Gawains Händen. Er würde sie niemals so einsetzen.

»Warum ist das ein Problem?«, fragte sie, versessen darauf, sie alle von der Angst zurückzuholen und ihnen wieder die Hoffnung zu schenken, die sie noch vor ein paar Minuten empfunden hatten. »Das Gerät wurde durch deine Magie hergestellt, Gawain. Sie können es ohne dich nicht nutzen. Ist es nicht *deine* lebendige Magie, die es zum Laufen bringt?«

Merlins Stirnrunzeln vertiefte sich.

Lancelot saß mit gespreizten Beinen da, die Ellbogen auf die Oberschenkel gestemmt, während er sich beim Zuhören nach vorne lehnte. Es war eine seltsame Position für ihn, und er wirkte entspannt, mit Ausnahme seiner Hände, die fest gefaltet waren. »Das setzt dich einem gewissen Risiko aus, nicht wahr? Sie brauchen das Gerät, und sie brauchen dich, um es zu benutzen.«

In Gawains Blick lagen Tausende Worte, die er nicht aussprach, als er Lancelots Augen traf.

»Oder sie wollen ihn töten«, sagte Merlin, der sich auf den Platz neben Vera fallen ließ. »All das ist genau der Grund, weshalb niemand die Wahrheit über dich erfahren darf, Guinevere. Die Macht, die ich nutzte – Zeitreisen, ein Menschenleben neu starten –, ist unwiderstehlich. Manche würden sich von nichts aufhalten lassen, und wenn sie sie nicht bekämen, würden sie sichergehen, dass kein anderer es tut.«

Vera blinzelte. Sie wandte sich an Gawain, der sie traurig anlächelte.

»Verdammt noch mal, Gawain«, murmelte Lancelot dem Boden entgegen. »Du altruistischer Sohn einer …«

»Seht!«, unterbrach ihn Arthur, seine Stimme war leise und voller Ehrfurcht. Er hielt das Gerät hoch, damit sie es alle sehen konnten. Ein hauchdünner Wirbel aus silberner Flüssigkeit bedeckte den Boden der Glaskugel. Dieser war zuvor nicht da gewesen.

Gawain warf beinahe den Stuhl um, so hastig erhob er sich, um Arthur das Instrument abzunehmen. Sein Mund stand offen, die Augen funkelten, als er ehrfürchtig auf den kleinen Nebel starrte.

»Ein Kind kam gerade zur Welt«, sagte er kaum lauter als ein Flüstern, »und eine meiner Gaben ist nun die seine.«

46

Keiner schlief in dieser Nacht gut. Sie kannten bereits das Ergebnis des Experiments. Veras Gemach war das größte, also schleppten die Ritter extra Matratzen aus den nahe gelegenen Zimmern herbei. Während die anderen sich mit Wachehalten abwechselten, versuchten Vera und Gawain zu schlafen, beobachteten aber die meiste Zeit das Gerät. Beobachteten, wie Magie in eine neue Seele geboren wurde.

Zu der Zeit, als sie sich wieder in der Magierei einfanden, waren nur noch zwei sichtbare Gaben in der Röhre. Das Abbild war recht mächtig. Selbst jene Zauberer, die am Abend zuvor ihre Zweifel ausgedrückt hatten – Naiam eingeschlossen –, waren verblüfft von dem kleinen Pool, der die Kugel füllte, mehr als zur Hälfte inzwischen. Es schadete dem Ganzen auch nicht, dass das Gefäß in Arthurs Händen zu vibrieren begann, während sie es ansahen und ein weiteres bisschen von dem Röhrchen in die große Kuppel hinüberblubberte.

Vor ihren Augen übertrug sich die Magie. Phoebe, die leise Magierin, wurde rot, und ihre Augen glänzten voll ungeweinter Tränen. Es war eine ihrer Gaben gewesen. Gawain hatte dies in der Nacht zuvor Vera erklärt. Er konnte es fühlen, wenn eine der übertragenen Gaben die seine gewesen war. Scheinbar ging es den anderen auch so. Ratamuns eitles Lächeln verschwand. Auch seine Gaben waren neu verteilt worden.

Merlin redete am meisten. Er überzeugte den Rat, dass die Flüssigkeit in Gawains Instrument zufällig entdeckt worden war. Dass es keine Formel dafür gab und auch kein Replikat. Und dass das Gerät an sich auch nur einmal funktionieren würde. Danach wäre es nutzlos.

Gawain hatte gegen diese Taktik argumentiert aus Angst, dass ohne das Instrument, das sie zur Verantwortung zog, die Arbeit, die darin bestand, eine beachtliche Anzahl an Gaben freizugeben, nicht vollbracht werden würde.

»Aber du *wirst* das Gerät doch haben«, überlegte Merlin, »und genügend Fähigkeiten, um es zu überwachen. Um die Logistik können wir uns später kümmern. Nun zählt erst einmal nur, dich sicher wieder nach Camelot zu bringen, und das heißt, dass sie glauben müssen, dass es nicht nachgebaut werden kann.«

Die Magier hatten sich selbst immer als religiösen Orden dargestellt, der Frieden suchte und die Magie schützen wollte. Die Natur ihrer Kräfte war beunruhigend. Besonders Arthur war entsetzt darüber, dass die Bedrohung innerhalb der eigenen Reihen der Zauberer so schlimm war. Der Rat hatte sich vom leuchtenden Hoffnungsschimmer des Königreichs über Nacht zur größten Gefahr entwickelt – und sie wussten es.

Vera war sich sicher, dass dies eines der Hauptmotive war, als die Magier sich einen Plan überlegten, wie sie mit dieser neuen Information verfahren sollten. Ihre momentane Priorität war es, Mordred zu finden und entweder zu töten oder bevorzugterweise zur Verantwortung zu ziehen. Naiam teilte Gruppen von Zauberern ein – bestehend aus einem Ratsmitglied und fünf geringeren Magiern –, um ihn zu jagen. Und was die Magie betraf, wurde von jedem Ratsmitglied verlangt, sich von zehn Gaben zu trennen. Gawain hätte eine aggressivere Vorgehensweise bevorzugt, was deutlich auf seiner gerunzelten Stirn zu erkennen war, aber Merlin brachte ihn mit einem strengen Blick zum Schweigen.

Sie waren auf dem richtigen Weg.

Naiam erklärte die Sitzung offiziell für beendet, und Arthurs Gruppe entschied sich, sofort aufzubrechen. Ihre Pferde warteten bereits gesattelt draußen auf sie. Sie verabschiedeten sich höflich, aber angespannt, und brachen in Richtung der Straße auf, obwohl es schon zu dämmern begann. Weder Merlin noch Gawain wollten sich länger als nötig in Oxford aufhalten aus Angst vor Fragen, die zu nah an die Wahrheit herankamen. Sie reisten sechzehn Kilometer, wodurch sie sich noch innerhalb des magischen Schleiers von Oxford befanden, wo Naiam für sie eine sichere Lagerstätte mit extra magischem Schutz arrangiert hatte.

Vera lenkte ihr Pferd neben Gawains. »Wusste Viviane davon?«, fragte sie ihn, während sie gen Westen in Richtung der untergehenden Sonne und Camelot ritten.

Er legte die Stirn in Falten. »Wenn jemand darauf hätte kommen können, dann sie. Sie war eine der brillantesten Magierinnen, die ich je getroffen habe.« Es erschütterte Vera, dass seine Stimme von Bewunderung für Viviane durchzogen war. »Sie musste das Königreich nicht verfluchen – nur genug Magie stehlen und uns davon überzeugen, dasselbe zu tun, bis sich die Magie vollkommen aufgelöst hätte«, sinnierte Gawain. »Wir haben uns selbst dazu verflucht, verwundbar zu sein.«

»Woher wusstest *du* es?«

»Das hätte ich ohne Mordreds letzten Angriff nicht. Ich schätze mal, dass dies das einzig Gute daran ist. Es gibt keine andere Möglichkeit, wie wir das Stehlen konzentrierter Magie hätten bemerken können und damit die direkten Auswirkungen auf die Erde. Auf gewisse Weise hat er uns sogar einen Gefallen getan.«

»Und das war es, was ich wusste?«, fragte Vera.

Gawain schürzte die Lippen. Er schüttelte den Kopf, als ob er es nicht glaubte, sagte aber: »Das muss es wohl gewesen sein.«

Es war vorbei. Gawain hatte es herausgefunden, und ihre Erinnerungen wurden nicht einmal benötigt.

Ihre Erinnerungen wurden nicht einmal benötigt.

Merlin hätte sie nicht retten müssen. Lancelot müsste nicht das Blut einer gebrochenen Version Guineveres an seinen Händen haben. Arthur hätte Guinevere nicht drei Mal sterben sehen müssen. Vera sah zu Arthur, der hinter ihnen ritt.

Sie wusste, dass sie ihn seit dem Tag des Lanzenstechturniers liebte, aber als Lancelot die Worte laut ausgesprochen hatte, hatte es etwas in ihr freigesetzt. Und der Tumult seither war zu einem inneren Schrei angeschwollen. Vera war und würde für immer und komplett Arthur erlegen sein.

Seine Gefühle gingen jedoch nicht so tief. Er war ein loyaler Mann. Er hatte Vera das Versprechen gegeben, ihr Freund zu sein, und dies würde er ehren, aber es war Magie und Magie allein gewesen, die ihn dazu gebracht hatte, sie zu begehren. Je früher sie sich die Ungleichheit ihrer Gefühle eingestehen und ihre eigenen loslassen konnte, desto besser.

Gawain legte eine Hand auf Veras Schulter, riss sie damit aus ihren sich im Kreis drehenden Gedanken. »Wenn wir wieder in Camelot sind, werde ich mich auf diesen Halt konzentrieren, den die Magie über dich hat. Wir werden damit beginnen, die Barriere abzutragen, und uns dabei Zeit lassen.«

»Danke«, flüsterte sie.

»Wirst du danach in dein anderes Zuhause zurückkehren?«

»Ich … ja.« Dies war eine weitere Information, die sie bisher noch nicht hatte verarbeiten können. Es bedeutete, dass sie zu ihren Eltern gehen könnte. Sie konnte sich um ihren Vater kümmern, und das *wollte* sie. Nur … sie *war* Guinevere. Sie gehörte nicht in die Zukunft. Aber Vera gehörte auch nicht wirklich hierher.

Scheinbar war sie eine Zeit lang still gewesen, in den eigenen

Gedanken versunken, bevor Gawain sie irgendwann fragte: »Bist du jetzt fertig damit, dich mit ihr zu unterhalten?«

Vera warf ihm einen Blick zu, und er grinste.

Es war bereits weit nach Einbruch der Dunkelheit, als sie in ihrem recht luxuriösen Lager ankamen. Fünf Zelte waren wie ein Kreis aus Wagen um ein knisterndes Lagerfeuer aufgebaut; nur dass es sich dabei um fantastische, hell gefärbte Seidenzelte handelte, die drei Meter hoch waren. Die Magier hatten jeweils ein eigenes Zelt. Außerdem gab es eins für die Soldaten und eins für die beiden Ritter. Arthur und Vera bekamen je ein eigenes Zelt. Sie hatte gehört, wie Arthur Naiam diskret darum gebeten hatte. Und Vera hasste es. Sie hätte heute Nacht alles für den Komfort seiner Arme gegeben.

Lancelot stand vor dem Soldatenzelt, hängte seine Kugel akribisch mit Merlins magischer Hilfe auf, während Vera ihn mit hochgezogener Augenbraue beobachtete.

Sie lachte. »Er kann das allein, Merlin.«

Aber Merlin blickte nur verwirrt von seiner Arbeit auf. »Was meinst du?«

»Die Kugel …«, erklärte Vera, duckte sich dann aber. Lancelot schüttelte kaum merklich hinter ihm den Kopf. »Ähm. Ich dachte, du würdest … ach egal. Ich war verwirrt.« Sie wollte, dass Merlin ging, damit sie Lancelot ausquetschen konnte, was genau da los war, als eine Hand sie am Ellbogen berührte und sie sich umdrehte, nur um Tristan vorzufinden.

»Darf ich dich heute Abend besuchen?«, fragte er schnell.

»Oh, ähm.« Vera warf Lancelot einen raschen Blick zu, der so tat, als lausche er nicht, während er die Plane seines Zelts zurückband. »Ich kann dir nicht erzählen, was mit den Magiern vorgefallen ist«, entschuldigte sich Vera und führte ihn weiter von Lancelot weg.

»Ich weiß«, meinte Tristan. »Ich bin das gewohnt: Ich bin dabei, um die ritterlichen Muskeln spielen zu lassen, erfahre aber nie mehr, als ich unbedingt wissen muss.« Er lachte. »Ich wollte dir etwas Gesellschaft leisten. Natürlich nur, wenn du möchtest.« Er drückte ihren Arm, ließ dabei den Daumen darüber kreisen, während er sie so festhielt wie neulich Nacht.

»In Ordnung«, hörte sich Vera sagen.

»In Ordnung«, wiederholte er. »Ich gehe mich etwas frisch machen und komme dann später vorbei.«

Damit schlenderte er davon und setzte Vera dem unzufriedenen Blick Lancelots allein aus. Dieser wurde jedoch schnell von Gawain abgelenkt, der aus dem nächstgelegenen Zelt gekrabbelt kam.

»Gawain, was bei allen Göttern tust du da?«, fragte Lancelot.

Der Zauberer drückte das Gesicht in den Dreck und untersuchte diesen eingängig. »Ich kontrolliere die Grenzlinie unseres Lagers, um zu prüfen, ob alles sicher ist.«

Lancelot seufzte und schüttelte dann den Kopf, gluckste gemeinsam mit Vera, sein missbilligendes Urteil eben offenbar vergessen. Er ging zu Gawain und bot ihm eine Hand an. »Komm schon, Sir Magier, ich werde heute Nacht bei dir schlafen. Deine eigene persönliche Sicherheitsmaßnahme.«

Gawain starrte verächtlich auf die ihm angebotene Hand. »Gegen Magie bist du nutzlos«, grummelte er.

Lancelot legte die Hand auf die Brust übers Herz und runzelte die Stirn. »Das hat mich verletzt. Hey!« Er sagte dies fröhlicher. »Erinnerst du dich nicht daran, dass noch nie jemand an meiner Seite im Kampf gestorben ist. Wart Percival und du nicht der Meinung, dass dies meine Magie sei? Also bitte. Damit wäre das geklärt. Nun …« Er wedelte mit der Hand, die er Gawain entgegenstreckte, und dieser blickte ihn finster an, akzeptierte aber irgendwann zögernd.

»Ah, da ist er ja! Das ist der Gawain, den wir alle lieben!« Lancelot legte ihm den Arm um die Schultern und führte Gawain zu seinem Zelt, Vera rief er währenddessen zu: »Lass uns morgen laufen gehen. Wie oft bekommt man schon die Gelegenheit unter dem magischen Schleier?«

Vera staunte über das unsinnige und doch logische Paar, das die beiden abgaben.

Sie ging zu ihrem eigenen Zelt auf der anderen Seite von dem der Soldaten. Merlins war neben ihrem, und dann kam Arthurs, genau gegenüber im Kreis. Die Plane am Eingang seines Zeltes bewegte sich nicht.

Zumindest hatte sie es gemütlich, während sie über alles nachdachte, überlegte sich Vera, als sie sich durch den Eingang ihres Zeltes schob. Das Lager, das Naiam errichtet hatte, ließ selbst das nobelste Glamping schlecht dastehen. Üppige Teppiche nahmen den ganzen Boden unter den schicksten Möbeln ein, die ein Gasthaus anzubieten hatte. Das Bett (und es war ein Bett und keine Liege, mit einem Rahmen und einem mit kunstvollen Schnitzereien verzierten Holzkopfteil) nahm nur einen Teil des Raums ein. Es gab eine Sitzecke mit breiten Sesseln und sogar einen Kamin (hatte jedes Zelt einen *Schornstein*? Das würde sie morgen früh prüfen müssen), einen Schreibtisch wie der in Camelot – und sowohl ihre als auch Arthurs Taschen waren ordentlich auf der Kommode aufgereiht, die aus demselben Kirschholz bestand wie das Kopfteil des Betts.

Arthurs Gepäck. Verdammt. Wer auch immer es gebracht hatte, wusste nichts davon, dass der König und die Königin unterschiedliche Lagerstätten hatten. Vera seufzte, als sie sich seine beiden Satteltaschen über die Schulter hängte. Einerseits war sie froh, einen Grund zu haben, zu ihm zu gehen, aber andererseits hatte sie ein flaues Gefühl im Magen wegen des bevorstehenden freundlichen, geschäftsmäßigen Treffens, welches sie erwartete.

Als sie sich umdrehte, stand Arthur bereits in ihrem Eingangsbereich, eingerahmt von dem Licht der Kugel.

»Suchst du danach?«, fragte sie mit einer Fröhlichkeit, die sie nicht verspürte. Arthur eilte zu ihr, nahm Vera die Taschen von den Schultern. Wärme rauschte durch sie hindurch, als er das Gepäck abstellte, anstatt sofort zu gehen.

Vera nahm dies zum Anlass, das Gespräch zu suchen. »Würdest du dich gern einen Augenblick hinsetzen?« Sie deutete unbeholfen zur Sitzecke.

Arthur lächelte. »Sehr gern.«

Er wählte seinen Sessel ihr gegenüber, stützte die Ellbogen auf die Knie, wie es Lancelot letzte Nacht getan hatte. Es war komisch, die beiden inzwischen so gut zu kennen. Sie glichen einander äußerlich nicht, aber ihr Handeln ähnelte sich auf Hunderte kleine Arten.

»Wie geht es dir?«, fragte er.

Sie atmete lachend aus. »Ich weiß nicht einmal, wo ich anfangen soll. Gott sei Dank gibt es Gawain.«

Arthur nickte bekräftigend, sein Ausdruck ernst. »Ohne ihn, fürchte ich, hättest du die Prozedur durchgezogen.« Er lächelte kurz und schien sich dann plötzlich ungemein für den Teppich zu seinen Füßen zu interessieren. »Ich bin froh, dass diese Last nicht mehr auf deinen Schultern ruht und wir dich bald nach Hause bringen können.«

»Oh«, machte Vera. »Stimmt. Ja, das ist gut.« Ihre Kehle schnürte sich zu. Sie zwang sich dazu, dass ihr Kiefer nicht zitterte wegen der Tränen, die sie zurückhielt.

»Ich sollte gehen und dich den Abend so genießen lassen, wie es dir beliebt.« Er erhob sich und nahm seine Taschen. Seine Worte waren nichts als freundlich, aber Vera erkannte ihre wahre Bedeutung. Arthur meinte Tristan.

»Halt«, sagte sie, bevor er mehr als einen Schritt machen konnte. »Ich will nicht …« Ihre Stimme brach.

Arthur setzte sich wieder hin und lehnte sich zu Vera. »Was ist los?«

Sie schüttelte den Kopf, suchte nach etwas, das sie sagen konnte, um den Moment zu überbrücken. Eine seltsame Klarheit ergriff von ihr Besitz. Auch Arthur sah es und setzte sich aufrechter hin, machte sich bereit. Die steinerne Maske legte sich wieder auf seine Züge. Vera begann zu reden, bevor sie es sich anders überlegen konnte.

»Ich will das nicht mehr. Ich will nicht Tristan. Ich will *dich,* und es treibt mich in den Wahnsinn, dass du nicht einmal fünfzehn Meter von mir entfernt sein und glauben kannst, dass ich mit ihm was habe und …«, sie deutete verzweifelt auf ihn, »und es für dich in Ordnung ist.«

Er hörte ihr zu, ließ den Blick auf ihr ruhen, das Gesicht unleserlich, bewegte sich kaum. Vera musste ihn genau beobachten, um überhaupt zu sehen, wie sich seine Brust während des Atmens hob und senkte.

»Ist es das, was du glaubst?«, fragte Arthur flüsternd.

Vera nickte.

»Möchtest du wissen, was ich denke?«, erkundigte er sich.

»Ja«, antwortete sie. Eine Träne löste sich von ihrem Auge und rann die Wange hinunter. Sie zuckte, als wolle sie sie wegwischen oder verbergen, hielt sich aber davon ab.

Arthur erhob sich und wandte sich leicht von Vera ab, fuhr sich fest mit der Hand über den Mund. Als er sich ihr plötzlich wieder komplett zuwandte, hatte sich sein Gesicht verändert. Seine Züge glichen nicht länger einem ruhigen Teich. Der Ausdruck war dunkler geworden, der Blick überzogen von einer Intensität aus Zorn und Leidenschaft.

»Es ist nicht in Ordnung für mich«, knurrte er. »Ich habe in der Nacht, als ich dachte, du wärest mit ihm zusammen, nicht geschlafen. Ich tigerte im Zimmer auf und ab, und es kostete mich jedes

Fünkchen Selbstbeherrschung, nicht alles niederzubrennen, das mich von dir trennte.

Und am nächsten Tag habe ich ihn angelächelt, obwohl ich ihm am liebsten den Kopf abgerissen hätte, weil er auch nur daran denkt, mit dir zusammen zu sein. Ich habe mir geschworen, dich nicht einzuengen, aber ich bin ein egoistischer Narr und kann dich nicht gehen lassen.«

Arthur kniete sich vor Vera, drückte mit den Händen ihre Arme in den Sitz. »Ich will dich mit jedem Atemzug. Ich will …«

Er brach ab, neigte das Kinn nach unten. Vera drehte unter seiner Berührung die Arme, sodass ihre Handflächen gen Himmel zeigten, und nahm ihn bei den Handgelenken.

»Sag es mir«, flüsterte sie, Hoffnung entzündete sich in ihrem tiefsten Inneren, die sie bisher nicht zugelassen hatte.

Seine Augen brannten. »Ich möchte dein Kleid aufschnüren, ohne die Finger wegzuziehen, wenn sie deine Haut streifen. Ich will dir das Gewand vom Körper reißen, ohne den Blick abzuwenden. Ich will dich halten, ohne so zu tun, als würde ich schlafen. Ich will«, er hielt inne und lehnte sich näher, sein Blick grub sich tief in sie, »dich befriedigen und dein Vergnügen von deinen Lippen hören. Ich will dich jetzt, will dich aufs Bett werfen und bis zum Morgengrauen Liebe machen.«

Veras Herz machte einen Satz, auch wenn sie kaum einen Gedanken an ihre Euphorie verschwenden konnte. Alles kam in einem Strudel aus Verlangen zusammen. Sie löste eine Hand aus seinem Griff, fuhr damit über seinen Arm, den Nacken entlang in seine Haare, erfreut darüber, wie sich das lockige Ende um ihre Fingerspitze wölbte. Er schloss bei ihren Berührungen die Augen und drehte sich, um ihre Handfläche mit den Lippen zu erwischen. Der Kuss jagte einen Schauer durch Veras Körper.

»Warum tust du es dann nicht?«, fragte sie.

Es brach die Spannung genug, dass Arthur keuchend auflachte, was seine Züge, die vor Leidenschaft glühten, jünger wirken ließ. »Wir haben es so weit geschafft und deinen Verstand nicht gebrochen. Das werde ich nicht riskieren.« Er legte die Hände an ihre Taille, bettete den Kopf in Veras Schoß. Ihre Finger wanderten wieder in sein Haar, massierten seine Kopfhaut, als sie ihn mit den Beinen näher zu sich zog. Durch den Rock konnte sie gerade so seinen heißen Atem an den Oberschenkeln fühlen und schluckte schwer, um sich davon abzuhalten, genüsslich zu stöhnen. Es war Arthur, dem ein Seufzer, was mehr einem Stöhnen gleichkam, entwich. Er hob den Kopf. »Aber versteh mich nicht falsch, Vera. Ich will es. Sehr sogar.«

Eine Glocke ertönte von Veras Zelteingang her. Ihr und Arthurs Blicke schnellten nach oben. Vera war nicht klar gewesen, dass die Zelte über Klingeln verfügten. Wer konnte zu dieser späten Stunde …

»Oh. Shit«, sagte Vera und erinnerte sich an die eigentlichen Pläne für den Abend. »Es ist Tristan.«

Arthur ließ sich zurück auf die Fersen fallen, sorgte für Abstand zwischen ihnen. Seine Augen huschten zur Tür. »Es ist egal und auch nicht wichtig«, meinte er. »Und ich habe kein Recht, dich zu fragen …«

»Ich habe nicht mit ihm geschlafen«, berichtete Vera schnell und erkannte an der Art und Weise, wie er versuchte sein erleichtertes Lächeln zu unterdrücken, dass sie richtig vermutet hatte, dass dies die Frage gewesen war. »Ich werde … ihm sagen, dass er gehen soll, okay?« Sie erhob sich von ihrem Platz und ging zum Eingang.

»Nein«, widersprach Arthur von hinter ihr. »Ich würde gern mit ihm reden.«

Sie warf ihm einen Blick zu. Vera erkannte diesen gleichgültigen Tonfall. Sie schürzte die Lippen, als sie die Zeltplane zur Seite hielt und Tristan eintrat. Er grüßte sie herzlich, indem er ihren Ellbogen drückte. Sofort zuckte ihr Kopf zurück und er hob eine Augenbraue. »Warst du laufen? Du scheinst errötet.«

Vera wurde vermutlich dabei noch röter. »Ähm, nein.« Sie sah zu Arthur, der, wie sie bemerkte, mit den verwuschelten Haaren und dem gesenkten Blick ihr Aussehen spiegelte. Tristan folgte ihren Augen und besaß genug Anstand, um verlegen zu wirken, als er sich schnell einen Schritt von ihr entfernte. Er wollte eindeutig überall anders sein als hier in diesem Zelt.

Tristan starrte zu Boden. »Es tut mir leid«, begann er. »Ich …«

»Tristan«, unterbrach ihn Arthur. Er durchschritt das Zelt, um neben Vera zu stehen. »Du bist ein guter Ritter. Und du musst augenblicklich nach Camelot zurückkehren.«

Vera und Tristan starrten beide Arthur an.

»Sire?«, fragte er.

»Ich benötige einen vertrauenswürdigen Boten, der uns vorausreitet und ankündigt, dass wir kommen«, erklärte Arthur. Vera atmete erleichtert aus. Aber dann fuhr er fort: »Aber in Wahrheit ist es, weil ich dich vielleicht umbringen werde.«

Tristans Augen wurden groß.

»Du liebst meine Frau und versuchst sie ins Bett zu bekommen«, führte er weiter mit einer Ruhe aus, die es irgendwie noch alarmierender machte. »Also werde ich dich vielleicht töten, wenn du noch länger hierbliebst.«

Veras Blick huschte zwischen Arthur und Tristan schockiert hin und her. Sie sollte das nicht heiß finden, aber das tat sie dennoch.

Tristan machte einen weiteren Schritt zurück. »Euer Majestät …«

Arthur gebot ihm Einhalt, indem er die Hand hob. »Es ist nicht nötig. Und wir werden nicht mehr darüber reden.«

Tristan öffnete und schloss den Mund zweimal, bevor er Arthur ansah, als ob er die ganze Zeit damit verbracht hätte, eine Sprache zu interpretieren, die er kaum kannte, und erst jetzt verstanden hatte, was los war. Arthur nickte knapp.

Tristan verbeugte sich, vermied Veras Blick und eilte schnell davon.

»Arthur«, sagte sie, ließ den Mund offen stehen und konnte sich das Lachen kaum verkneifen.

Seine gefährliche Ruhe wich einem verlegenen Grinsen. »Würdest du dich gern bettfertig machen?«, fragte er.

»Ja«, antwortete sie, die Schmetterlinge flatterten wie wild in ihrem Bauch. Sie drehte sich so, dass er ihr Kleid aufschnüren konnte.

»Es scheint, als wären es die Erinnerungen des Körpers an unsere Intimität, die was auch immer für ein Fluch auf dir liegt, auslösen«, sinnierte Arthur, während er mit den Fingern die Schnürung öffnete. Er entzog sich nicht, als er ihren unteren Rücken erreichte. Stattdessen führte er eine Hand zwischen den Stoff und ihre Haut, rieb die Finger auf ihrem Torso, um das Korsett zu lockern, und neigte den Kopf tief, so nah an ihren Nacken, dass sein Atem Gänsehaut auf ihrer Wirbelsäule hinterließ. Er küsste ihren Hals, fuhr mit der Innenseite der Lippen über ihre Haut.

Vera schloss die Augen und warf den Kopf zurück.

»Was, wenn es etwas ist, woran sich dein Körper nicht erinnert?«, flüsterte er ihr ins Ohr.

Sie erschauderte, als ein warmes Verlangen schmerzhaft zwischen ihren Schenkeln erwachte. Vera sah Arthur über die Schulter hinweg an.

Seine Augen funkelten hungrig. »Es gibt etwas, das wir nie getan haben.«

Vera hätte heulen können, als er die Hände von ihrer Mitte löste, aber Arthur nahm ihre Hand und führte sie zum Bett. Zum zweiten Mal an diesem Abend kniete er vor ihr. Dieses Mal legte er seine Hände an ihre Knöchel und fuhr langsam an Veras Beinen hinauf, schob ihren Rock ganz hoch, bis sich der gesamte Stoff über ihrer Taille befand. Da er ihr unzählige Male mit den Gewändern geholfen hatte, überraschte Arthur der Anblick ihrer Unterwäsche nicht. Er sah Vera in die Augen und stellte eine Frage, ohne etwas zu sagen. Sie nickte.

Arthur schob die Finger unter den Gummisaum und ihr Höschen in einer flüssigen Bewegung hinunter. Er nahm Vera bei den Hüften und zog sie mit Leichtigkeit zu sich, näher an den Rand des Bettes.

Ihr Herz raste, begierig, aber auch zitternd in ihrer Verletzlichkeit. Arthur küsste ihre Knie, während er eine Hand in ihre legte und sie festhielt. Mit dem Mund folgte er dem Muskel ihres Oberschenkels, wurde langsamer, je weiter er nach oben kam. Vera ließ den Kopf zurückfallen.

Er hielt kurz davor an, die Bartstoppeln rieben an der empfindlichen Haut der Innenseite ihres Oberschenkels. »Soll ich aufhören?«

»Nein.« Sie hatte das Wort kaum ausgesprochen, da gruben sich seine Lippen in sie, und Vera fiel stöhnend auf die Ellbogen zurück.

Arthur ließ ihre Hand los und hielt die Oberschenkel geöffnet, als seine Zunge in Vera eindrang. Sie streckte den Rücken durch, neigte die Hüften in seine Richtung, ihr Verstand wurde leer, als alles außer dem Hier und Jetzt verschwand. Seine Lippen schlossen sich um Veras empfindlichste Stelle, und sie schrie auf.

»Ist das in Ordnung?«, fragte Arthur.

»Etwas mehr Druck«, schaffte es Vera zwischen zwei Atemzügen hervorzubringen, in der Angst, er könnte ihre Anweisung als Missfallen verstehen.

Aber er gehorchte. »So?«

Vera ließ sich vollständig zurückfallen und stöhnte: »Ja!«

Die Realität begrenzte sich nur noch auf dieses Bett: Ihr Körper wand sich, und Arthurs Mund erkundete sie. Veras Muskeln spannten sich an, während die Ekstase anschwoll. Ihre Ellbogen gaben unter ihr nach, und sie krallte sich in die Bettdecke, als Empfindung durch sie hindurchschwappte, immer weiter zunahm, bis sogar jedes Geräusch in ihren Ohren dumpf klang und der Rausch in einem sensationellen Höhepunkt gipfelte. All ihre angespannten Muskeln entkrampften sich.

»O mein Gott!« Sie keuchte, bedeckte das Gesicht mit den Händen. Arthur kletterte zu ihr aufs Bett und küsste ihre Hand. Vera rollte sich zur Seite, um ihn anzusehen, bereit, den Gefallen zu erwidern, ließ die Finger über seinen Oberkörper wandern, bis sie auf den Bund seiner Hose trafen, aber er schnappte sich ihre Finger.

»Nein«, sagte er. »Dies ist kein Tauschgeschäft.« Er küsste sie sanft auf die Lippen, und Veras Unsicherheit löste sich in Luft auf.

Sie schliefen ein, verschlungen in Glückseligkeit. Sie hörte die himmlischen Worte, aber dieses Mal waren sie der Takt ihrer Träume, die ganze Nacht lang. Einer perfekten und ruhigen Nacht.

47

Vera schmiegte sich an Arthurs Seite, genoss die Hitze seiner Haut durch ihr Nachthemd hindurch. Auch wenn er sie schon einige Male durch die finsteren Stunden der Nacht geführt hatte, war dies anders. Dieses Mal gab es kein Vortäuschen, keine Spannung oder Fragen. Sie spürte seinen gleichmäßigen Atem in ihrem Nacken und wusste, dass er noch schlief.

Vorsichtig glitt sie aus dem Bett und zog ihre Laufkleidung im Dunkeln an, so wie sie es bereits an vielen anderen Morgen getan hatte. Sie war drei Schritte von der Tür entfernt, als er verschlafen rief: »Wohin gehst du?«

Vera blickte zu ihm zurück. Er hatte sich auf einen Ellbogen gestemmt, die Augen trüb und noch nicht ganz wach.

Sie kehrte zum Bett zurück und setzte sich an seine Seite, strich ihm die Haare aus der Stirn.

»Ich gehe mit Lancelot laufen«, flüsterte Vera, hielt dann inne, um seine Augenbraue zu küssen. Ein zufriedenes Summen erklang tief aus seiner Kehle. »Schlaf weiter.«

Er legte sich wieder hin, und sie blieb noch kurz, um seine attraktiven Züge unbeobachtet zu bewundern, die scharfe Kante seines Kiefers und die perfekten Lippen, Wimpern, die sich sanft an seine Wangen rieben. Sie strich ihm durch die Haare, und er öffnete ein Auge, was von einer hochgezogenen Braue begleitet wurde.

»Hast du es dir anders überlegt?«, murmelte er.

Sie war tatsächlich hin- und hergerissen. Sie liebte die Stunden, die sie neben ihm lag. Aber Vera lachte, als sie sich erhob und ihm ein Kissen ins Gesicht warf. Arthur grinste und drückte es an seine Brust, als er sich wieder umdrehte.

Am östlichsten Punkt erstrahlte der Horizont minimal. Lancelot war noch nicht aus Gawains Zelt erschienen, also setzte sich Vera auf den Boden und dehnte sich, überlegte, ob sie ihn wecken sollte oder nicht. Sie wollte Gawain nicht stören, würde aber Lancelot auf gar keinen Fall schlafen lassen. Dieser Lauf war seine Idee gewesen.

Nicht einmal eine Minute später erschien er. Vera wollte sich gerade erheben, aber Gawain folgte Lancelot. Sie war kein Teil dieses Moments.

Vera konnte nicht hören, was Gawain sagte. Sie hörte nur Lancelots Lachen als Antwort, ein ungezügeltes Geräusch, als er sich wieder zu Gawain drehte und eine Hand an dessen Wange legte, ihn zärtlich betrachtete. Lancelot lehnte die Stirn an Gawains, und dann küsste er ihn. Es war so natürlich, als ob sie sich schon Hunderte Male geküsst hätten – denn das hatten sie.

Aber es ging sie nichts an. Vera wünschte, sie könnte im Erdboden versinken. Sich zu verstecken, war keine Option. Wenn sie sich erhob, würde sie ihre Aufmerksamkeit auf sich ziehen. Gawain ging zurück ins Zelt. Er hatte sie nicht gesehen.

Als sich Lancelot jedoch zum Soldatenzelt wandte, landete sein Blick direkt auf Vera. Sie erstarrte. Die lässige Fröhlichkeit verschwand aus seinen Zügen. Seine Schultern senkten sich, als er das Kinn an die Brust drückte und im Zelt verschwand.

Vera rappelte sich auf die Beine. Sie überlegte immer noch, was sie sagen sollte, als er wieder auftauchte. Sein harter, leerer Blick ließ sie innehalten. Er sah sie nicht an, als er kühl sagte: »Bereit?« Es klang überhaupt nicht nach ihm.

Sie liefen in angespanntem Schweigen. Vera ließ es für ein paar

Kilometer andauern, bis sie einen grünen Hügel erreichten und ihre Schritte langsamer wurden, bevor sie stoppte. Lancelot rannte noch ein paar Meter weiter, hielt dann ebenfalls zögerlich an und drehte sich zu ihr um.

»Lass uns eine Pause einlegen.« Vera wartete nicht, bis er zustimmte. Sie trat vom Pfad und ließ sich auf den Boden fallen. Eine Minute lang schien es so, als würde Lancelot einfach stehen bleiben und allein in die Ferne starren. Aber dann setzte er sich neben sie, ließ mehr Platz als sonst zwischen ihnen.

Vera ertrug das nicht. »Kann ich einfach sagen, dass du beides bist, ein toller und ein guter Mann?«, begann sie. »Hat dir das in letzter Zeit mal jemand gesagt?«

Seine Augen waren entschlossen auf den Boden zwischen seinen Füßen gerichtet. »Irgendwas stimmt mit mir nicht.«

»Huh.« Vera schüttelte den Kopf. »Es gibt so viele Dinge in dieser Zeit, von denen ich nicht annahm, dass sie so verlaufen würden … aber von all den rückschrittlichen Dingen, die ich erwartet habe, muss es ausgerechnet *das* sein.« Sie seufzte. »Ich stimme dir nicht zu. Ich bin nicht der Meinung, dass auch nur irgendwas mit dir nicht stimmt.«

Er sah sie an, ein hoffnungsvoller Funke in den Augen, der sich jedoch innerhalb eines Wimpernschlags selbst löschte. »Nun, da bist du in der Minderheit.«

»Es wird nicht immer so sein, weißt du. In einem Großteil der Welt in meiner Zeit ist es nicht so. Da kannst du sein, wer du bist. Ihr könntet heiraten, wenn ihr es wolltet.«

Daraufhin schnaubte er. Nach längerem Schweigen sagte er plötzlich: »Glaubst du, Arthur wird mich hassen, wenn er es herausfindet?«

Vera atmete scharf ein, die Nasenlöcher weiteten sich bei dem Gedanken, dass es Arthurs Gefühle für Lancelot verändern könnte, wenn er die Wahrheit erfuhr.

»Ich liebe dich«, erwiderte Vera entschieden. »Ich liebe nicht denjenigen, der du sein solltest oder irgendeine Vorstellung von dir. Ich liebe *dich*. Und wenn Arthur das nicht tut oder kann, dann tut es mir leid, aber dann ist er derjenige, mit dem etwas nicht stimmt und der deine Freundschaft nicht verdient. Nicht andersrum.«

Lancelots Kiefer zitterte minimal, als sich eine Träne, die er schnell wegwischte, aus seinen Augen löste. Vera verspürte eine Welle der Loyalität.

»Dann würde auch ich nichts mit ihm zu tun haben wollen«, fügte sie schnell hinzu.

Sie war überrascht, dass es genau dieser Spruch war, der Lancelots Hülle des Schmerzes zum Zerbrechen brachte. Er lachte leise. »Das sind ganz schön harte Worte für eine Frau, die ihn liebt.«

Vera verschränkte stur die Arme über den angewinkelten Knien. »Nun, ich meine es ernst.«

Lancelot drückte liebevoll ihren Knöchel. Dann wurde ihm die Bedeutung ihrer Worte bewusst, und er erschrak, der Mund stand leicht offen, als ein schiefes Grinsen sein Gesicht erhellte und seine ganze Haltung aufrechter wurde. »Du hast es nicht geleugnet.«

»Nein, das habe ich nicht.«

»Also liebst du ihn *wirklich*?« Selbst in diesem verletzlichen Moment funkelten Lancelots Augen. Vera glaubte, dass er vermutlich erleichtert war, dass der Fokus nicht mehr auf ihm lag.

Sie seufzte, und seine Schultern hoben und senkten sich, während er erfreut gluckste.

»Du solltest deswegen nicht so verdammt selbstzufrieden sein«, meinte Vera, aber auch sie musste lachen.

Die Sonne hatte sich inzwischen ihren Weg über den Horizont gebahnt. Lancelot streckte die Hand aus, um seine Lichtkugel zurückzurufen, die bereitwillig über ihren Köpfen hing. Sie raste in seine Hand.

Vera nickte in Richtung der Tasche, in der er sie verstaut hatte. »Warum zum Teufel willst du nicht, dass Merlin weiß, was dein Licht tut? War nicht er es, der es für dich gemacht hat?«

»Ah, ähm. Nein. Sorry.« Lancelot verzog das Gesicht. »Ich habe zuvor gelogen. Als wir uns in Glastonbury trafen, hatte ich nicht erwartet, dir jemals zu erzählen, dass meine Mutter eine Magierin war. Sie hat mein Licht gemacht. Und sie war um einiges klüger als Merlin, ähnlich wie Sir-Magier Gawain.« Lancelot blickte mit Liebe in den Augen in die Ferne in Richtung ihrer Lagerstätte. Das zwischen den beiden war nicht nur eine lockere Nummer.

Er runzelte die Stirn und versteifte.

»Was ist los?«, fragte Vera.

»Ich weiß es nicht«, murmelte er. »Etwas. Etwas stimmt nicht.«

Auch Vera sah hin. Auch zum Camp, obwohl es zu weit entfernt lag, um die Zelte auszumachen. Vera war sich nicht sicher, wonach sie Ausschau hielten.

»Ist nur so ein Gefühl, und vermutlich bin ich paranoid.« Lancelot versuchte es abzutun. »Ich …«

Ein Blitz erhob sich pilzförmig von ihrer Lagerstätte, heller als die gerade aufgehende Sonne über dem Horizont. Wenn es je einen Zweifel gegeben hatte, dass dies eine Explosion war, dann zerstreute ihn der Donner, der daraufhin vom Wind zu ihnen geweht wurde.

Vera und Lancelot sprangen auf. Sie rannten bereits, bevor einer von ihnen auch nur laut aussprechen konnte, was sie gerade gesehen hatten. Vera fühlte sich zusehends unwohl. Die einsetzende Übelkeit flüsterte ihr leise zu, dass dies die Welt zu Fall bringen würde. Sie sah Arthurs friedvolles, nicht ganz waches Gesicht vor ihrem geistigen Auge. Sie konnte die überraschende Weichheit seiner Wange beinahe spüren, das Gefühl, wenn sie ihre Finger in seinen Haaren vergrub. Die Unterhaltung an diesem Morgen konnte wohl kaum ihre letzte gewesen sein.

Arthur ist vielleicht schon gar nicht mehr am Leben. Der Gedanke kam ungewollt, und Vera schob ihn sofort beiseite. Sie befanden sich in dem magischen Schleier. Merlin war da. Gawain ebenfalls. Vielleicht … vielleicht war es ein Unfall, und alles war in Ordnung. Es könnte auch nichts sein.

Vera belog sich selbst.

Sie und Lancelot rannten schneller als je zuvor. Er war ein paar Schritte vor ihr, sah ständig über seine Schulter zu ihr zurück. Sie machte ihn langsamer. »Ich kann nicht mit dir mithalten«, sagte Vera zwischen abgehackten Atemzügen.

»Willst du, dass ich langsamer …«

»Nein!«, schrie sie. »Geh! Renn, so schnell du kannst.«

»Ich kann dich nicht hierlassen«, entgegnete er.

»Mir geht es gut. Sieh einfach zu, dass du dahin kommst!«

Lancelot wurde langsamer, um sie anzusehen. Er zögerte einen kurzen Augenblick, kalkulierte das Risiko. Mit einem letzten Blick zu Vera schoss er in beinahe doppelter Geschwindigkeit davon. Gut. Er würde dort sein. Das musste er. Und wenn er dort war, dann würde alles gut sein.

Vera rannte, so schnell sie konnte. Dies mussten die schnellsten Kilometer ihres Lebens sein, hätte sie sie getimt, aber auch die längsten. Ihre Gedanken waren von Angst und Unbehagen überschattet, was nur noch schlimmer wurde, je näher sie kam.

Es war nicht nur eine schwelende Explosion gewesen. Feuer brannten als Folge. Vera war nah genug, um zu sehen, wie die Flammen zwei Zelte verschlangen, an der Seide emporzüngelten, die nun schwarz von der Hitze war. Die anderen drei waren bereits zu Asche zerfallen. Aus dieser Entfernung konnte sie noch keine Gesichter deutlich erkennen, aber durch den Rauch und ihre Tränen war sie sich beinahe sicher, dass einige der Haufen auf dem Boden Leichen waren. Veras Welt geriet aus den Fugen. Ihre Füße schlugen so hart und schnell auf den Boden, dass ihre Lunge förmlich nach Erleichterung schrie. Aber sie konnte nicht anhalten.

Sie erwartete Kampfgeschrei, die Geräusche von sich treffenden Schwertern und Befehlen, die gerufen wurden, … sogar Schmerzensschreie von Verwundeten. Aber da war nichts, und dies rammte den Dorn aus Angst nur noch tiefer in Veras Herz. Das Knistern des Feuers wäre vielleicht beruhigend und eine fröhliche Erinnerung an eine Bonfire Night, aber nicht heute, wenn es von dem deutlichen Gestank von verkohltem Fleisch begleitet wurde. Die Luft des Lagers war so verhangen von dunklen Säulen aus Rauch, dass Vera stolperte und ausgestreckt auf ihrer Vorderseite landete, während sie tief einatmete. Ihre Haut brannte und ein entfernter und vernünftiger Teil in ihr befahl ihr, sich zu bewegen, dass sie auf irgendwelchem Schutt gelandet sein musste, der zu heißen Kohlen verbrannt war. Vera rollte zur Seite. Neben ihr war lediglich Gras, aber ihre Haut brannte. Benommen hob sie den Kopf, um nachzusehen, worüber sie gestolpert war, und ihr Herz setzte einen Schlag aus.

Es war ein Körper.

Ihr Geist verlangte wertvolle Sekunden, um sicherzustellen, dass das Gesicht weder zu Arthur noch zu Merlin oder Gawain gehörte. Es war einer der Soldaten, der jüngere der beiden. Seine leeren, nicht sehenden Augen starrten sie an.

Sie schämte sich, als Erleichterung das erste Gefühl war, welches sie überkam – es war keiner ihrer Freunde. Sie kannte nicht einmal seinen Namen. Und nun war er tot. So hätte es nicht sein sollen.

Das war ein Albtraum.

O Gott! Wo war Lancelot? Bei dem Gedanken an ihn schoss das Adrenalin durch ihre Adern. Und wo war Arthur?

Die andere Wache (warum hatte sie ihre Namen nie gelernt?) lag knappe drei Meter entfernt ebenfalls tot im Gras. Vera sah weder Lancelot noch Gawain, aber da war Merlin, der sich mit dem Schwert in der Hand das Schlachtfeld ansah, beide Arme bis zu den Ellbogen blutig. Aus einer Wunde an seiner Stirn tropfte ebenfalls Blut und befleckte sein Gewand. Sein demütiger Blick fiel auf Vera.

»Wo ist Arthur?«, fragte sie.

»Guinevere.« Merlin stolperte in ihre Richtung. Seine Hand zitterte, als er sich bückte, um den Kopf des gefallenen Soldaten zu berühren. Er schluckte schwer. »Ich ... Er ...«

»Wo ist er?«, schrie sie.

Dann hörte sie Lancelot. »Guinna!«

Sie wirbelte herum. Auf der anderen Seite ihres Lagers kniete Lancelot neben einem weiteren Bündel am Boden, noch ein Körper. Aber das konnte nicht sein. Es konnte nicht Arthur sein. Sie rannte zu ihm, vergaß ihre Angst, dass die Feinde noch unter ihnen sein könnten, denn das Unmögliche hatte sich vor ihren Augen materialisiert.

Arthur lag auf dem Rücken am Boden. Lancelot presste ein Tuch auf sein Abdomen. Neben ihm lag ein Berg roter Tücher – Vera erkannte entsetzt, dass diese nicht immer rot gewesen waren. Sie waren als Kompressen benutzt worden. So viele. So viel Blut.

Arthurs Augen waren nur halb geöffnet.

»Er ... er fragt nach dir«, sagte Lancelot, dessen Gesicht blass und tief schockiert wirkte.

Vera fiel auf die Knie. Nun flankierten sie Arthur, Lancelot auf der einen und Vera auf der anderen Seite.

»Ich bin hier, ich bin hier«, jammerte sie und strich ihm die Haare aus der Stirn. Für einen kurzen Moment war sie erleichtert, ihn zu berühren und zu spüren, wie seine Lebensenergie durch ihn floss. Aber es hielt nicht an, denn es stand wirklich schlimm um ihn.

Bei ihrer Berührung und Stimme lebte Arthur etwas auf und blinzelte sie an.

»Es ist in Ordnung«, beruhigte sie ihn. »Ich bin da.«

Er schmiegte das Gesicht in ihre Hand, und sie dachte, dass er versuchte, sie zu küssen, aber er hatte nur die Energie, seine Lippen gegen ihre Haut zu pressen. Vera weinte still. »Es ist … es ist in Ordnung. Alles wird gut.«

Sie sah zu Lancelot. Er übte weiterhin Druck auf die Wunde aus, aber sein Gesicht wirkte ausgelaugt wegen der Niederlage. Er traf Veras hoffnungsvollen, flehenden Blick und schüttelte ganz leicht den Kopf. Kurvige Schlangenlinien zogen sich durch den Dreck und die Asche in seinem Gesicht. Auch er weinte, und Vera brach zusammen.

Sie hörte, wie Merlin von hinten zu ihnen kam und hektisch erklärte: »Es muss sein – es kann niemand anders gewesen sein. Es muss der Zauberer gewesen sein. Ich kann nicht glauben, dass sie …«

»Wo ist Gawain?«, verlangte Vera zu erfahren, und es klang nicht nach einer Frage. Er konnte helfen. Seine Heilungsgabe konnte helfen.

»Ich … ich weiß es nicht.« Merlins Blick war wild. Er hatte panische Angst.

Veras Herz machte einen Satz. Merlin konnte Arthur helfen. Immerhin hatte er sie gerettet, oder nicht? »Rette ihn«, schrie sie.

Er starrte sie ausdruckslos an. »Ich kann nicht.«

Warum verstand er sie nicht? »Tu das, was du bei mir getan hast.« Sie kletterte auf die Füße, packte Merlin am Ärmel. »Rette seine Essenz. Tu, was auch immer du musst!«

Merlin stolperte wie vom Blitz getroffen. »Guinevere!« Er packte ihre Handgelenke. »Ich kann es nicht.«

»Was meinst du? Du hast es bei mir gemacht. Du hast mich gerettet!«

»Das habe ich nicht!«, sagte er. »Es steht nicht in meiner Macht!«

Vera schreckte zurück. *Was zum Teufel?* Er meinte es ernst. Sie schluchzte wortlos, entriss ihm ihre Hände und schlug mit den

Fäusten gegen seine Brust. »Wofür bist du bitte gut!«, schrie sie. »Geh zurück zu den Magiern. Hol jemand, der helfen kann.« Ihre Stimme brach durch die Verzweiflung. »Bitte!«, flehte sie zwischen Schluchzern.

Merlin streckte eine Hand aus, um sie zu beruhigen, aber sie sah das Mitleid in seinem Blick und schlug sie weg. »Geh!«, schrie sie.

Vera stellte nicht sicher, ob er wirklich ging, aber sie hörte das sich entfernende Geräusch von Hufgeklapper, als sie sich wieder zu Arthur drehte und an seine Seite fallen ließ. Ihr war schwindelig, übel und sie litt an körperlichen Schmerzen von den Verbrennungen auf ihrer Haut.

Lancelot hielt Arthurs Hand fest und kniete mit seinem Gesicht so nah über ihm.

»Bring Vera in Sicherheit«, sagte Arthur gequält. »Wenn du sie nach Hause bringen kannst, dann tu es. Wenn nicht, dann …« Er atmete flach und bemüht ein.

»Das werde ich«, versicherte ihm Lancelot unter Tränen. »Du weißt, dass ich das werde.«

Lancelot packte Veras Arm über Arthurs Brust, band sich an sie. Auch sie klammerte sich an ihn. Vera legte die andere Hand an Arthurs Gesicht, so als würde das Leben nicht aus ihm rinnen, wenn sie ihn nur richtig berührte … wie Wasser zwischen ihren Fingern.

Sie wollte ihn anflehen, nicht zu sterben, und all den Schmerz und die Verbrennungen und die Angst in einem verzweifelten Schrei explodieren lassen, aber dies sollten nicht die letzten Dinge sein, die Arthur hörte. Vera fragte sich, ob er Angst hatte, während er nach Luft rang und gegen die Qualen kämpfte, das hübsche Gesicht verzerrt und angespannt, als der Schmerz ihn in Wellen traf. Sie wollte, dass er wusste, dass er nicht allein war und geliebt wurde.

Es war alles, was sie ihm noch geben konnte.

»Alles wird gut«, sagte Vera. Eine Lüge und ein Gebet. Sie wusste nicht, was sie sagen würde, bis die Worte ihre Lippen verließen. »Wir werden gemeinsam in mein Glastonbury zurückkehren. Ich möchte, dass du meine Eltern kennenlernst. Mein Dad wird dich lieben.« Lancelot entwich ein gequältes Schluchzen. Sie drückte auch seinen Arm fester. Tränen strömten über ihr Gesicht.

Vera stellte sich vor, Arthur in ihren Worten zu wiegen, und seine Augen waren auf sie gerichtet, wurden von ihrer Stimme gehalten. »Wir werden abends gemeinsam *Der Herr der Ringe* lesen, und wenn du willst, morgens den Tor hochjoggen. Oder gehen.« Arthurs Mundwinkel wanderten nach oben, und Vera lachte auf, bevor ihre Tränen das Geräusch erstickten. Sie malte sich das Leben aus, von dem sie träumte, denn dieses hier ging zu Ende, und sie wollte nicht, dass es zu einem Albtraum für ihn wurde.

Arthur blinzelte, sein Blick wurde klarer, und es kostete ihn jede Menge Kraft, die Hand an Veras Wange zu legen. Sie zitterte. Er konnte sie nicht länger hochhalten, also hielt Vera sie für ihn. Das Blut aus seiner Wunde benetzte den ganzen Körper, selbst seine Hände, rann an seinen Fingern in zierlichen Flüssen durch die Strömung von Veras Tränen hinunter.

»Vera«, sagte er, aber es war mehr ein Hauchen. »Du hast mir alles gegeben.« Seine Fingerspitzen zitterten heftig an ihrer Wange. Er lächelte leicht und mit unfassbarer Mühe. Blut begann aus seinem Mundwinkel zu tropfen. Arthur lag im Sterben. Das konnte nicht wahr sein. »Ich würde die Zeit mit dir gegen kein langes Leben eintauschen. Ich liebe …«

Seine Stimme brach ab, als Blut in seiner Kehle gurgelte.

»Nein«, sagte Vera eindringlich.

Lancelot schoss nach vorne und versuchte, Arthurs Atemwege mit seinen Fingern zu befreien.

Arthur hatte sagen wollen, dass er sie liebte. Irgendwie wusste sie, dass dies bedeutete, dass es vorbei war und er sterben würde.

Dennoch konnte Vera bei all dem unfassbaren Schmerz, der unter ihrer Haut schwelte, kaum den Blick auf ihn gerichtet halten. Sie war unverletzt und unbefleckt, aber sie hätte schwören können, dass sie bei lebendigem Leib verbrannte, kurz davorstand, wegen einer angestauten Macht zu explodieren, die keinen anderen Ausweg hatte.

Ishau mar domibaru.

Es erklang tief in ihr von einem unberührten Ort.

Und sie wusste es.

Vera empfand eine Sicherheit, die sie nicht verstand und die von den fremden Worten herrührte.

»Du musst zur Seite«, sagte sie schnell zu Lancelot. Nun, da sie die Worte kannte, kostete es sie alles an Kraft, sie nicht auszusprechen.

»Was?« Er sah sie an, als wäre sie verrückt. Aber sie konnte es nicht erklären, und ihnen lief die Zeit davon.

»BEWEG DICH!«, bellte Vera mit einer Stimme, die wahrscheinlich kilometerweit zu hören war.

Lancelot kam auf die Beine und stolperte nach hinten.

Vera richtete sich auf den Knien zu ihrer vollen Größe auf, und die Worte rollten ihr von der Zunge. *»Ishau mar domibaru.«*

In ihrer Stimme lag eine Kraft, die sie nicht erkannte. Und sie wusste, was sie als Nächstes zu tun hatte. Einmal tief ein- und ausatmen, der Name des Ursprungs von allem, der Atem des Lebens selbst. Als der letzte Hauch ihres Atems ihre Lippen verließ, erfüllte eine unnatürliche Stille für eine Millisekunde ihre Ohren. Dann schoss eine Welle der Macht durch Vera, gleichzeitig von ihren Zehen hoch und ihrem Kopf hinunter, traf sich in der Mitte und explodierte in ihrer Brust, glitt die Arme hinunter und trat auch aus ihren Handflächen. Es war ein Licht, das so hell war, es strahlte aus ihr wie eine Explosion, die einen für den Moment blind machte.

Direkt danach war etwas Lebendiges in Vera. Sie kannte es so gut wie ihren ältesten Freund. Nun, da es da war, verstand sie, dass es immer da gewesen war. Sie und Lancelot blickten einander mit großen Augen an.

»Mach«, hauchte er.

Vera ließ sich sinken und presste die Hände auf Arthurs Wunde. Der Effekt war augenblicklich. *Bitte lass es nicht zu spät sein*, flehte sie im Stillen. *Lass es genug sein.*

Sein Fleisch begann sich unter ihrer Berührung zusammenzuflicken. Während die Macht aus ihr in seinen Körper floss, lernte Vera noch mehr. Die Wunde zu schließen, würde nicht ausreichen. Sie konnte den Blutverlust spüren und regenerierte instinktiv seinen Bluthaushalt. Sie wusste, dass auch die Organe betroffen waren, selbst wenn sie deren Namen nicht kannte. Vera heilte sie.

Er würde hier und heute nicht auf diesem Fleckchen Gras sterben. Seine Lebenskraft intensivierte sich. Je näher er der Erholung kam, desto schwächer wurde Vera. Ihre Angst davor, ihm nicht genug geben zu können, verstärkte sich wieder. Sie machte weiter, zog die Kraft aus sich, von dem Boden des Brunnens ihrer Gabe, bis jede Wunde an seinem Körper geheilt wäre und das Blut wiederhergestellt. Vera hatte panische Angst davor, ihre Macht loszulassen, aber es gab nichts mehr, was sie noch tun konnte.

Sie ließ sich nach hinten fallen, schnaufte schwer und verängstigt.

Seine Augen waren offen, der Nebel war verschwunden. Arthur setzte sich auf und riss seine blutverschmierte Tunika weg, enthüllte noch mehr Blut auf seiner Haut.

Aber keine Wunde.

»Du lebst noch«, sagte Vera ungläubig.

»Ja, das tue ich.« Arthurs Stimme war getränkt von Verwunderung. Eines der brennenden Zelte brach krachend in sich selbst zusammen, riss sie aus ihrem traumartigen Zustand. Er blinzelte und sah sich das Schlachtfeld an. Irgendwo aus der Ferne schnitt das Wiehern eines Pferdes durch die Stille.

»Wir können nicht hierbleiben.« Er sah zu Lancelot. »Geht es dir gut?«

Lancelot nickte. Es ging ihm gut und auch nicht.

O Gott. »Wo ist Gawain?«, fragte Vera. Sie fürchtete die Antwort zu kennen.

»Er ist weg. Spurlos verschwunden.« Lancelots Kiefer zitterte, während er den Kopf schüttelte. »Ich suche uns Pferde.«

»Kannst du aufstehen?«, fragte Vera Arthur, bot ihm eine Hand und half ihm hoch. Es ging ihm gut. Er war geheilt.

Aber Veras Sicht verschwamm vor ihren Augen. Sie packte Arthurs Arm, um sich zu stützen. »Ich fühle mich nicht gut«, murmelte sie, bevor sie sich nach vorne beugte und erbrach.

Sie erhob sich wieder und schwankte. Arthur hielt sie aufrecht. Die Welt drehte sich um sie herum. »Ich glaube, ich falle in Ohnmacht«, sinnierte Vera. Dies war ihr letzter wacher Gedanke.

Als sie in der Schwärze versank, spürte sie Arthurs Arme um sich. Dann hörte sie seine und Lancelots Stimmen, doch sie ertönten aus weiter Ferne. Vera fühlte eine Erschütterung und ihr wurde teilweise bewusst, dass sie sich auf einem Pferd befand und dass Arthur sie fest in seinen Armen hielt. Aber sie hatte keine Ahnung, wohin sie gingen.

48

Vera glitt so sanft zwischen Ohnmacht und Wachsein hin und her, dass die Realität zu einer unklaren Verwirrung wurde. Sie glaubte, Regen zu spüren, aber als sie die Augen öffnete, sah sie strahlenden Sonnenschein und im Wind wehende langstielige Blumen, wie jene aus dem Traum, den sie während der Erinnerungsprozedur gehabt hatte. Vielleicht träumte sie das hier auch. Sie erblickte ein Bauernhaus mit Strohdach. Irgendwann befand sie sich nicht mehr auf dem Pferd, und möglicherweise trug Arthur sie sogar hinein. Es erklang eine andere Stimme, bekannt und gleichzeitig die eines Fremden.

Vera fühlte eine Hand auf ihrer Stirn, das Streicheln von liebevollen Fingern über ihre Wange in einem dunklen Raum. Es war Nacht geworden.

Als sie erwachte, schien helles Tageslicht durch ein Fenster. Sie lag in einem Bett, und als Vera sich aufsetzte, fielen zwei Decken von ihren Schultern. Ihr Schädel pochte, als hätte sie einen schrecklichen Kater. Ihre Laufkleidung war verschwunden, ersetzt durch eine saubere, zu große Tunika, die sie als eine von Arthurs erkannte. Sie sah sich um. Das war nicht das Schloss in Camelot, so viel stand fest. Es war auch keine Gaststätte. Dies war das Zuhause von jemandem. In der einen Ecke gab es eine Feuerstelle. Die Kammer, in der sich Vera befand, war einfach gehalten, aber gemütlich, und in der Nähe des Bettes stand ein einzelner Stuhl. Ein Buch lag darauf und verriet, dass Arthur bei ihr gesessen hatte.

Arthur. Immer noch am Leben. Die Freude darüber wurde durch eine aufkommende Erinnerung an die leblosen Augen eines Soldaten getrübt, davon, dass Gawain verschwunden war, von allem, was verloren und ruiniert war. Vera rieb sich das Gesicht, versuchte, alles, was geschehen war, gedanklich zu ordnen.

Sie hörte leise Stimmen und konnte nicht widerstehen, dorthin zu gehen. Sie wollte nicht allein sein, konnte aber auch schlecht in etwas, das einem übergroßen T-Shirt entsprach, nach draußen spazieren. Vera bemerkte ein einfaches dunkelblaues Kleid, das über das Fußende des Betts gehangen war, und entschied, dass es wohl für sie bestimmt war.

Sie zog sich um, bevor sie barfuß auf Zehenspitzen zur Tür schlich, diese einen Spalt öffnete und lauschte.

»… nicht sicher, was du mich fragst«, sagte die bekannte tiefe Stimme eines Mannes.

»Weißt du irgendwas darüber, inwiefern Gefühle durch Magie manipuliert werden können?« Vera schloss die Augen, während Dankbarkeit sie durchflutete. Diese Stimme, sie kannte sie. Arthur so lässig reden zu hören, frei von Schmerzen, nahm eine Last von ihr, von der sie nicht bemerkt hatte, dass sie sie mit sich herumtrug. Sie schlüpfte in den Flur und dann in das Hauptzimmer des Bauernhauses.

Neben dem Herd stand ein Holztisch. Arthur saß ihr am nächsten, hatte ihr aber den Rücken zugekehrt. Der Mann ihm gegenüber ihr zugewandt, war der Fremde. Seine dunklen Haare, die von Silber durchzogen waren, reichten bis zu seinen Schultern. Er lauschte Arthur, die Stirn in Falten gelegt, was die natürlichen Vertiefungen, die sein Gesicht über all die Jahre gezeichnet hatte, noch stärker betonte, ebenso wie die Sorge, die es faltig wirken ließ. Aber er sah Vera, die eintrat, und lächelte dann herzlich. Sie erkannte das Lächeln. Arthur drehte sich um und war, kaum dass er Vera erblickt hatte, auch schon aufgesprungen und zu ihr geeilt. Er umarmte sie, hielt sie dann an beiden Ellbogen und durchforschte ihr Gesicht.

»Es geht mir gut«, sagte sie. Und das stimmte, aber das Mysterium dessen, was in der einen Stunde geschehen war, als sie und Lancelot joggen waren, fraß sie förmlich auf. »Was ist passiert?«

»Ich bin mir nicht sicher«, meinte Arthur. »Ich bin nicht mehr ganz eingeschlafen, nachdem du gegangen bist. Plötzlich wurde alles zu still. Kein Windhauch, keine Grillen … nichts. Ich konnte nicht einmal mehr meinen eigenen Atem hören und wusste, dass etwas nicht stimmte.« Er schüttelte den Kopf. »Ich hätte hinausgehen und nachsehen sollen, dachte aber, ich wäre einfach nur angespannt. Dann gab es eine blau leuchtende Explosion, und ich wusste, dass es Magie war. Alles war komplett dunkel und dann auf einmal so hell, dass es blendete. Alles davon richtete sich auf Gawain.

Ich habe versucht, ihm zu helfen, aber als er mich sah, wedelte er zur selben Zeit mit der Hand, als mich ein Speer traf.« Arthurs Hand glitt dorthin, wo die Wunde in seinem Abdomen gewesen war, berührte die Erinnerung an seine tödliche Verletzung. »Gawain hat mich mit einer Hand zurückgeschleudert und hatte seine Apparatur in der anderen. Ich glaube, er versuchte sie zu zerstören, aber er wurde … genau dann gefesselt. Eingewickelt in ein Seil, das aussah, als würde es brennen. Er schrie ein Wort: Mordred.« Veras Magen rumorte. Eine weitere Schachfigur nahm ihren Platz auf dem Spielfeld der Legende ein. Wie konnte das gut enden? »Und das Seil hat sich selbstständig immer fester zusammengezogen und …« Arthur verzog das Gesicht. »Gott, er schrie wie ein Mann, der gefoltert wird.«

Es schmerzte, sich ihren weichbeseelten Gawain unter solchen Qualen und in den Händen des Schurken vorzustellen, dessen Name sogar das nächste Millennium überdauerte. »Ist Gawain tot?«, flüsterte sie.

»Ich glaube nicht. Sie haben ihn mitgenommen«, antwortete Arthur bedächtig. »Mordred und wer auch immer ihm geholfen hat. Danach ging niemand mehr auf mich los. Sie interessierten sich nicht für mich. Eine Zeit lang war alles voller Nebel. Und dann bist du aufgetaucht.«

Arthurs Mund hob sich in einem Lächeln, seine Finger rieben über ihren Nacken. Sie hatten nicht mit der Zärtlichkeit gerechnet in seinen, wie sie glaubten, letzten Momenten, mit der ehrlichen Bewunderung, die aus ihnen hervorbrach, bevor Vera … nun, bevor Vera ihre Gabe entdeckt hatte.

Aber die Art und Weise, wie sie so viel gegeben hatte, bis nichts mehr übrig gewesen war … sie vermutete mal, dass sie an ihrem Innersten gekratzt und ihm alles gegeben hatte, und das wäre auch in Ordnung. Aber sobald die Angst einsetzte, wusste sie, dass die Gabe noch da war, in ihrem Blut summte. Vera wäre momentan nicht in der Lage, sie zu nutzen, nicht bei einer Verletzung wie der von Arthur. Sie hatte das Gefühl, ein schweres Gewicht so weit getragen zu haben, wie sie nur konnte, bevor sie gezwungen war, es fallen zu lassen. Ihre Stärke war ausgelaugt. Sie brauchte noch mehr Erholung, bevor sie die Gabe wieder einsetzen konnte.

Das Geräusch von Stuhlbeinen, die über den Boden scharrten, erinnerte Vera daran, dass noch jemand anders, der von Arthur verdeckt wurde, im Raum war. Sie lugte über Arthurs Schulter zu dem Mann, der höflich darin absorbiert war, ein handflächengroßes Stück Holz mit einem kurzen Messer zu schnitzen.

Arthur drehte sich, um eine Unterhaltung mit dem Mann zu eröffnen. »Das ist mein Vater.«

»Otto«, bot der Mann an, erhob sich, um mit demselben warmen Lächeln zu ihnen zu treten. Natürlich erkannte sie es. Er hatte diesen Ausdruck an seinen Sohn vermacht, dieselbe Überschwänglichkeit. Otto war einen ganzen Kopf kleiner als Arthur.

»Es freut mich sehr, dich kennenzulernen. Ich bin ...« Vera hielt inne, unsicher, wie sie sich vorstellen sollte. Sollte sie Vera oder Guinevere sagen?

»Vera, Liebes, die Freude ist ganz meinerseits«, sagte er. Ihre Augen huschten zu Arthur, der mit einem Lächeln nach unten sah.

Vera entschied sich, Otto so zu grüßen, wie sie es im einundzwanzigsten Jahrhundert getan hätte. Sie streckte ihm die Hand entgegen, bemerkte aber noch, dass es auf ihn exzentrisch wirken würde. Aber er ließ sich nicht beirren. Seine Augen funkelten beim Lächeln auf eine Weise, die Vera an Martin erinnerte.

»Er kannte Guinevere. Er kannte dich zuvor«, korrigierte sich Arthur. »Ich habe ihm alles erzählt.«

»Ich schulde dir die Welt, Vera. Du hast mir meinen Sohn zurückgegeben.« Vera errötete ob seiner Freundlichkeit. »Ich habe mir ganz schön Sorgen gemacht, als ihr gestern Nachmittag hier plötzlich blutüberströmt aufgetaucht seid und du wie eine Tote geschlafen hast.«

All dies war gestern geschehen. »Wie spät ist es?«, fragte Vera.

»Nachmittag«, meinte Arthur. »Du warst länger als einen Tag lang bewusstlos.«

Wie aufs Stichwort begann ihr Magen zu knurren.

»Lass uns dir etwas zu essen besorgen.« Otto drehte sich um und zog einen Stuhl für sie vom Tisch weg. »Du musst am Verhungern sein.«

Das war sie. Arthur und Otto saßen bei ihr, während sie aß. Sie war bei ihrer zweiten Schüssel Suppe, als Lancelot hereingeeilt kam, sich laut beschwerend, noch bevor seine Füße ihn über die Türschwelle getragen hatten.

»Weißt du, dass dein Scheunentor nur noch zur Hälfte an den Scharnieren hängt?« Er schwitzte so stark, dass sein Shirt an der Brust klebte, Arme und Wange dreckverschmiert. Er klopfte sich den Schmutz von den Stiefeln, fühlte sich wie zu Hause und begann sich die Schuhe auszuziehen. Schließlich landete sein Blick auf Vera, als er sich des einen Schuhs zur Hälfte entledigt hatte. Lancelot vergaß die derbe Show, die er abzog, als ihn Erleichterung überkam.

»Oh, Guinna«, sagte er. Dann stolperte er herbei und ließ sich auf den Stuhl neben ihrem fallen, nahm sie in eine verschwitzte Umarmung, die sehr viel mehr als nur Erleichterung war. Sie konnte den Schmerz fühlen, den er kaum zurückhalten konnte. Ihr Lieblingsfreund, der verängstigt, wütend war, dessen Herz gebrochen war, weil er überhaupt nichts für denjenigen tun konnte, den er liebte.

Sie sagte nichts. Das musste sie nicht. Sie hingen aneinander, sein Gesicht an ihrem Hals vergraben. Als er sich von ihr löste, kämpfte sein Blick mit Staunen. »Du hast eine bemerkenswerte Gabe.«

Dies hatte auch an Vera genagt. Sie konnte inzwischen fühlen, dass es nicht wirklich ein neuer Teil von ihr war, aber hatte Guinevere zuvor davon gewusst? Und …

»Glaubst du, Viviane wusste davon?« Sie stellte die Frage laut.

Unentschlossenheit legte sich in Lancelots Ausdruck.

»Ich denke«, sagte Arthur, der Lancelot eindringlich anstarrte, »dass wir sie fragen sollten.«

»Was?« Vera zuckte erschrocken auf ihrem Stuhl zurück.

Lancelot nickte grimmig. »Wie lange weißt du es schon?«

»Seit letzter Woche«, sagte Arthur. »Als wir die Lichter für die Feier aufhängten und Vera nach deinem fragte. Ich weiß nicht, weshalb es mir nicht schon früher klar wurde. Hast du es die ganze Zeit über gewusst?« Etwas Unterschwelliges schwang in seiner Stimme mit, eine Anschuldigung.

Lancelot antwortete nicht direkt. Er zog das Licht aus seiner Tasche und ließ es in der Hand erstrahlen. »Ich habe darauf gewartet, dass es erlischt. Aber sie war so mächtig. Wenn irgendeine Magie jemandes Tod überdauern könnte, dann wäre es ihre. Aber seit ungefähr einem Monat oder so wird es heller. Es tut mir leid, dass ich es dir nicht früher gesagt habe. Ich wusste nicht, was es bedeutete.«

Vera starrte die beiden an. Kurz warf sie Otto einen Blick zu, der ebenso interessiert, aber kein bisschen verwirrt war.

»Aber du sagtest doch, dass deine Mutter dein Licht gemacht hat«, sagte Vera.

»Ja.« Lancelot sah sie an. Die Erkenntnis brach über Vera herein und dies musste sich in ihrem Gesicht gezeigt haben. Er nickte, als er sagte: »Viviane ist meine Mutter.«

»Was?«, schrie Vera. »Und das hast du mir verschwiegen?«

Otto fuhr sich über den Mund, obwohl Vera die Heiterkeit in seinem Blick sah und wusste, dass er versuchte, nicht in schallendes Gelächter auszubrechen. Lancelot wirkte schuldigbewusst, aber Arthur nicht, und das erzürnte Vera nur noch mehr.

»Wer weiß alles davon?«, verlangte sie zu erfahren.

»Nur die Leute in diesem Zimmer«, sagte Arthur. »Das ist alles.«

Sie drehte sich zu Lancelot. »Also wart ihr gemeinsam in Camelot, und niemand wusste es? Ihr …«

»Wir haben so getan, als würden wir uns nicht kennen«, meinte Lancelot. »Niemand durfte es wissen. Das ist genau die Art von Magier-Bullshit, mit der wir nun rechnen müssen.« Er verdrehte die Augen und trommelte gereizt mit den Fingern auf den Holztisch.

»Um euch beide zu schützen«, warf Otto nachdrücklich ein, neigte den Kopf in Lancelots Richtung, dessen Blick bei der Erinnerung weicher wurde. Otto wandte sich an Vera. »So hat Viviane Arthur gefunden. Sie und Lancelot lebten die Straße runter, und die beiden Jungs wuchsen gemeinsam auf und machten nur Unfug. Viviane war diejenige, die Arthurs Ruf auf den Thron erkannte – als er noch viel zu jung war, möchte ich noch hinzufügen. Ich war alles andere als erfreut darüber.« Auch wenn seine Worte verärgert klangen, funkelten Ottos Augen bei der Erinnerung.

Veras Feuer flachte ab, als ihr die ganze Wahrheit bewusst wurde. »Deine Mutter ist am Leben«, sagte sie und wandte sich an Lancelot.

Er lächelte traurig. »Ja. Meine Mutter, die Zauberin, die versuchte, dich zu töten, ist am Leben.« Er drehte sich zu Arthur. »Obwohl sie angeblich von den Magiern hingerichtet wurde, was offensichtlich nicht der Fall ist. Wir haben mehr als nur ein kleines Problem mit unseren Zauberern, Sire. Und nun ist da auch noch dieser Mordred. Er ist im Besitz von Gawains Apparat, und er hat Gawain. Dieser verfluchte Tölpel wird ihnen niemals die Macht geben, den Gegenstand zu nutzen. Kannst du dir vorstellen, was Mordred ihm antun wird?«

Er sah Vera an, einen Augenblick lang in seiner Qual verloren. Sie suchte unter dem Tisch nach seiner Hand. »Wir werden ihn finden«, sagte sie. »Du wirst ihn finden.«

»Wie?«, fragte Lancelot. Hoffnungslosigkeit zeichnete sein Gesicht.

»Es muss etwas geben, das wir tun können! Wir müssen es Merlin sagen«, schlug Vera vor, deren Stimme lauter wurde. »Er wird denken, du seist tot, Arthur. Und er weiß, dass Mordred Gawain hat.«

Sie hielt inne. Das war alles falsch. »Aber … wie konnte Mordred von Gawains Instrument wissen? Gawain hat es nur dem Rat der Magier gesagt und …«

O nein. Einer der Zauberer des Rates arbeitete mit Mordred. Dies war die einzige Erklärung. Könnte der Verrat so tief gehen? Das war es, wovor Merlin versucht hatte, sie zu warnen, oder?

»Wer hat Vivianes Hinrichtung vollstreckt?«, fragte Otto. »Weißt du das?«

»Merlin«, entgegnete Arthur düster. »Es war seine Pflicht als ihr engster Vertrauter.«

»Er benötigte noch einen Zeugen. Einen anderen Magier«, fügte Lancelot hinzu. »Was bedeutete, dass noch einer unserer Zauberer die Wahrheit kennt.«

»Und … und derjenige ist der, der mit Mordred arbeitet?«, fragte Vera.

»Ich weiß es nicht.« Arthur schüttelte den Kopf. »Wir müssen zurück nach Camelot. Dort gibt es Flüchtlinge, und wenn Mordred herausfindet, wie er das Instrument gegen unser Volk nutzen kann, dann kann ich nicht hier auf dem Land sein.«

Lancelot seufzte schwer. »Ich wusste, dass du das sagen würdest. Aber das geht nicht, Arthur.«

»Erklär mir, warum es nicht geht«, knurrte Arthur.

»Ich weiß, du denkst, dass Merlin an alledem nicht beteiligt ist, aber vielleicht liegst du falsch.« Arthur wollte gerade zum Protest ansetzen, aber Lancelot hob die Stimme und redete über ihn hinweg. »Wir können so viel darüber spekulieren, wie wir wollen, aber er hat dich belogen, und es war keine kleine Lüge. Das ist Hochverrat, Arthur. Selbst wenn du dich nicht irrst, auch wenn es sich um irgendein nobles Geheimnis oder so einen Scheiß handelt, aufgrund dessen er meine Mutter verschont hat, können wir ihm nicht trauen. Ich weiß nicht, warum ich das sagen muss. Du weißt es bereits. Außerdem gibt es da noch etwas.« Lancelot sah zu Vera und drückte ihre Hand. »Du müsstest eigentlich tot sein. Wenn du das nicht bist, dann müssen wir uns erklären. Ich habe noch nie so eine Gabe wie die von Guinna gesehen. Sie werden sie wollen. Unsere Magier. Mordred. Sie alle.«

Arthur nickte grimmig. »Ich hätte mich nie so sehr auf die Zauberer verlassen dürfen. Ich dachte, ich erbaue eine bessere Welt, und nicht, dass ich mich als Hochstapler positioniere.«

Wenn Merlin und sein Zeuge Viviane am Leben gelassen hatten, musste es einen Grund dafür geben. Sie alle einigten sich auf ein Ziel, das sie verfolgen konnten: Sie mussten Viviane finden. Um Antworten zu erhalten und etwas Macht in diesem Spiel zurückzubekommen. Dem Königreich ging es nicht gut, und sie wussten nicht, wem, außer einander, sie noch vertrauen konnten.

»Was nun?«, fragte Vera. »Wie finden wir sie?«

Sie steckten in einer Sackgasse. Lancelot schmetterte wütend seine Kugel auf den Tisch. Er starrte sie zornig an, als sie langsam zu rollen aufhörte und trudelte, bevor sie die Richtung wechselte. Sie machte eine halbe Umdrehung nach links und blieb dann liegen. Lancelot ließ die Stirn auf den Tisch sinken. Sie saßen ein paar Augenblicke in ergebener Stille da, bevor Lancelot mit aufgerissenen Augen hochschoss und die Kugel in beide Hände nahm.

Vera legte ihm eine Hand auf den Arm. »Was tust du …«

»Halt die Klappe«, schnauzte Lancelot und entzog sich ihr ruckartig. »Sorry. Aber halte mal kurz den Mund.« Er schloss die Augen. Dann drehte er das Licht in seinen Händen, stoppte und hielt es in einer neuen Position. Er wiederholte das zwei weitere Male.

Er lachte. »Heilige Scheiße«, sagte Lancelot, als er die Augen öffnete. »Auf einer Seite der Kugel gibt es mehr Energie. Ganz gleich, wie ich sie drehe … das Summen ist immer in meiner linken Hand. Gen Westen.«

»Glaubst du, es wird uns zu ihr führen?«, fragte Arthur.

»Ja, das denke ich«, meinte Lancelot mit einem zufriedenen Klopfen auf den Tisch.

Vera war bereit, sofort aufzubrechen. Es war kein großartiger Plan, aber *etwas* zu tun, fühlte sich richtig an. Nachdem Arthur, Lancelot und sogar Otto jedoch darauf bestanden, dass sie den Rest des Tages ausruhen sollte, stimmte sie grummelig zu. Sie würden am nächsten Morgen aufbrechen.

Lancelot überzeugte Otto, mit ihm in die Scheune zu gehen, damit er das Tor reparieren konnte. Arthur versuchte Vera zu überreden, sich wieder hinzulegen, bot aber an, nachdem sie sich stur weigerte, stattdessen mit ihr spazieren zu gehen und ihr alles zu zeigen. Sie wollte unbedingt mehr über sein Leben erfahren.

»Deine Mutter?«, fragte sie, als sie durch die Hintertür nach draußen traten.

»Starb, als ich noch jung war«, erzählte Arthur. Er bot Vera seine Hand an, um ihr über eine kniehohe Gartenmauer hinter dem Haus zu helfen. »Tatsächlich gehörte das Kleid, das du trägst, ihr. Ich weiß, dass es meinen Vater sehr glücklich macht, es an dir zu sehen.«

Er führte sie zu einer eingezäunten Weide, wo ein Dutzend Ziegen friedlich grasten. Sie lachte, als das kleinste Kitz wie ein Aufziehspielzeug herumhoppelte. Außerdem beobachteten sie Lancelot aus der Entfernung, wie er fröhlich mit Otto lachte, als dieser ihm auf den Rücken klopfte.

»Es geht ihm nicht gut, weißt du«, sagte Vera.

Arthur nickte. »Deine Ohnmacht war das Einzige, was ihn davon abhielt, jeden Augenblick auf der Suche nach Gawain loszureiten.« Er schwieg für einen langen Moment, die Augen immer noch auf Lancelot gerichtet. »Du weißt von ihm und Gawain.« Es war eine Aussage, keine Frage, und Vera hielt den Atem an, um ihre Reaktion zu unterdrücken. »Hat Lancelot es dir gesagt?«

»Oh. Ähm, nein. Ich …« Sie sah auf ihre Füße. Lancelots Angst, wie Arthur reagieren würde, kam ihr in den Sinn. »Ich habe sie zusammen gesehen, aber ich dachte nicht, dass du weißt …«

»Vera«, sagte Arthur scharf. »Ich muss etwas klarstellen, bevor du weitersprichst. Ich bin mir nicht sicher, wie du über Lancelots Neigungen denkst oder ob es etwas an deiner Meinung über ihn ändert. Mir wurde dies über ihn klar, als wir noch jung waren, und ich habe entschieden, dass es mir egal ist. Du kannst darüber denken, was du willst, und ich werde nicht versuchen, deine Meinung zu ändern, aber ich will diesbezüglich kein Wort gegen Lancelot hören.« Seine

Selbstsicherheit verschwand, sobald er aufgehört hatte zu reden. Er sah sie besorgt aus den Augenwinkeln an.

Sie hatte geglaubt, nicht noch tiefer für Arthur empfinden zu können, doch hier stand er und hatte ihr das Gegenteil bewiesen.

»Was wolltest du sagen?«, fragte er sanfter.

Vera starrte ihn an. Solange sie brutal ehrlich miteinander waren, gab es nur eines, das noch zu sagen war. Sie schüttelte den Kopf. »Ich liebe dich«, sagte sie. »Ich bin in dich verliebt.«

Dies hatte er nicht erwartet. Sein Lächeln ließ jeden noch so kleinen Winkel seines Gesichts erstrahlen, und er bewegte tonlos den Mund, sah aus wie ein Mann, der vom Glück selbst betrunken war. Arthur neigte den Kopf und lehnte die Stirn an ihre. Er war glücklich und außerdem … erleichtert.

»Ich liebe dich, Vera«, gelang es ihm trotz seiner Freude zu erwidern.

Als seine Lippen die ihren fanden, bewegten sie sich willig. In ihrer Liebkosung lag keine Eile, keine Angst, dass sie ihnen genommen wurde. Lange sagten sie kein Wort, um diese perfekte Glückseligkeit nicht zu zerstören.

»Ich habe gehört, wie du deinen Vater fragtest, ob Magie Gefühle manipulieren kann«, sagte Vera schließlich und hörte, wie ihre Stimme dabei zitterte, zwang sich aber, stark zu bleiben. »Die Art, wie Merlin meine Gefühle für Vincent auf dich übertragen hat, macht dir Angst. Und ich weiß, dass die Tränke bei dem Verlangen eine große Rolle spielten, aber ich frage mich, wie weit es von uns ausging.« Er sah sie mit so viel Sehnsucht an, dass sie kaum atmen konnte. »Weil«, dies war der schwierige Teil zu sagen, »es ist *mehr*, als es damals bei Vincent war. Ich habe noch nie in meinem Leben so empfunden wie für dich.«

Er nickte. »Ich fühle es auch. Und was, wenn es von der Magie kommt?«

Was, wenn. Vera ließ die Frage einfach stehen: Was, wenn es ein Marionettenspiel war? Was, wenn nichts, das sie empfanden, echt war?

Arthur nahm ihre Hand.

»Selbst wenn alles Magie ist«, sagte er, »endlich zu wissen, dass du dasselbe empfindest, ist mehr, als ich mir erhofft hatte.« Gänsehaut breitete sich auf Veras Körper aus. Er hob ihre Hand an seinen Mund und küsste die Finger.

Niemand konnte sagen, was der Morgen brachte. Für alles, was sie verloren hatten; für Gawain, der vermutlich Schreckliches erlitt; für ihren liebsten Freund, den Beschützer, der seinen Liebsten nicht schützen konnte; für ein Königreich, das an der Schwelle zum Desaster stand – und für all die Liebe, die vielleicht verging und sie beide als Schachfiguren in dem Spiel der Magier verriet. All dies hing in einer furchtbaren Balance.

Aber heute wehten kleine Flecken gelber Blumen im hohen Gras unter einem klaren Himmel. Die Sonne schien. Sie drei waren in Sicherheit. Arthur und Vera liebten einander.

Sie waren am Leben.

Und für den Moment war dies genug.